Taavi Soininvaara

Rot

atb aufbau taschenbuch

Taavi Soininvaara, geb. 1966, »zählt zu den derzeit politischsten und internationalsten Krimiautoren« (ECHO). Er studierte Jura und arbeitete als Chefanwalt für bedeutende finnische Unternehmen. Mit »Finnisches Requiem« – als bester finnischer Kriminalroman ausgezeichnet – erschien 2004 erstmals eines seiner Bücher auf Deutsch. Zuletzt »Schwarz« und »Weiß«, Leo Karas erste Fälle.

Leo Kara wird von Albträumen geplagt. Die Erinnerung an das tragische Schicksal seiner Familie kehrt ganz zurück und er möchte Gewissheit, ob er Schuld am Tod seiner Mutter trägt.

Dabei könnte ihm auch sein neuer Auftrag helfen: Ein Anwalt aus Helsinki vertritt eine Mandatin, Eeva Vanhala, die im Besitz des sogenannten Smirnow-Materials ist, das die Tätigkeit prominenter finnischer Politiker für den KGB beweist. Leo Kara soll das Material den Behörden übergeben. Doch wem kann er trauen? Einmal mehr gerät Kara selbst in Gefahr. Denn Mundus Novus hat schon den kirgisischen Hitman Manas, Mörder von Karas Mutter, beauftragt, alle Mitwisser zu liquidieren.

TAAVI SOININVAARA

Rot

Leo Kara ermittelt

Aus dem Finnischen
von Peter Uhlmann

atb aufbau taschenbuch

Die Originalausgabe unter dem Titel
Punainen jättiläinen
erschien 2011 bei Otava, Helsinki.

FSC
www.fsc.org
MIX
Papier aus verantwortungsvollen Quellen
FSC® C083411

ISBN 978-3-7466-2892-9

Aufbau Taschenbuch ist eine Marke
der Aufbau Verlag GmbH & Co. KG

1. Auflage 2013

Umschlaggestaltung Mediabureau Di Stefano, Berlin
unter Verwendung eines Motivs
von plainpicture/Hanka Steidle
Druck und Binden CPI – Clausen & Bosse, Leck
Printed in Germany

www.aufbau-verlag.de

Hauptfiguren und wichtigste Institutionen

Alanko, Anni. Stellvertretende Generalstaatsanwältin.
Arho, Anita. Ehemals für Finanzen zuständiges Mitglied des »Kabinetts«.

Bellamy, Lilith. Im Jahre 1989 Mitglied der von Aleksi Kara geleiteten Forschungsgruppe.

Carter, Colleen. Analytikerin der USA-Abteilung des britischen Auslandsnachrichtendienstes SIS.

Danilow, German. Verantwortlicher für Immobilienangelegenheiten des AEM-Konzerns.

Egger, Nadine. Wirtin in Wien. Leo Karas Freundin.
Egger, Bruno. Nadine Eggers Sohn.
Elliott, John. Generaldirektor des britischen Nachrichtendienstes MI5.

FSB. Inlandsnachrichtendienst der Russischen Föderation.

Gilmartin, Betha. Vizechefin des britischen Auslandsnachrichtendienstes SIS.
Golowkin, Wasili. Clive Grovers Kontaktperson (»Betreuer«) in der Londoner Botschaft der Russischen Föderation.

Grover, Clive. Leiter der Abteilung für Aufklärungsoperationen des SIS.

Hakanen, Laura. Polizeiinspektorin. Chefin der Abteilung für Interne Kontrolle der Obersten Polizeibehörde.

Das Kabinett. Eine Gruppe führender Persönlichkeiten Finnlands, die in ihrem Land die Interessen der Machthaber Russlands vertritt.

Kankare, Risto. Geschäftsführender Direktor der Fortum AG. Mitglied des Kabinetts.

Kara, Leo. Persönlicher Assistent des Generaldirektors des Büros der Vereinten Nationen für Drogen- und Verbrechensbekämpfung (UNODC).

Karlsson, Jonny (Paranoid). Computerguru, bricht in Datensysteme ein, Hacker. Kati Soisalos Freund.

Ketonen, Jussi. Ehemaliger Chef der finnischen Sicherheitspolizei SUPO.

KPdSU. Kommunistische Partei der Sowjetunion.

KRP (Keskusrikospoliisi). Eigenständige zentrale Behörde der finnischen Kriminalpolizei, deren Hauptaufgabe in der landesweiten Bekämpfung der organisierten und der besonders schweren Kriminalität besteht.

Kärävä, Ville. Rechtsanwalt. Eeva Vanhalas Vertrauter.

Laamanen, Erno. Präsident von Suomen Pankki, der Finnischen Zentralbank. Mitglied des Kabinetts.

Lukkari, Saara. Inspektorin. Leiterin der Abteilung Gegenspionage der SUPO.

Manas. Kirgise, vom KGB ausgebildeter Killer. In Diensten der Stiftung Mundus Novus.

MI5 (The Box). Britischer Nachrichtendienst.

Mironow, Nikolai. Erster Stellvertreter des Chefs des Nachrichtendienstes FSB der Russischen Föderation.

Moser, Anton. Generaldirektor des Konzerns AEM. Nadine Eggers Vater.

Mundus Novus. Eine Stiftung, die Forschungszentren besitzt.

Nyman, Claes (Klasu). Kriminaloberinspektor. Chef der Aufklärungsabteilung der KRP.

Okoye, Joy. Anton Mosers nigerianische Haushaltshilfe.

Palomaa, Eero. Assessor, Rechtsanwalt. Ehemaliger Helfer des Kabinetts.

Rostow, Andrej. Wissenschaftler. Verantwortlich für die Forschungsprogramme von Mundus Novus.

Saurivaara, Kirsti. Dekanin der School of Science an der Aalto-Universität.

Silowiki. Von Wladimir Putin geführte Gruppierung, die Russland beherrscht.

Sinko, Jose. Mitarbeiter von ProTurva, einer Firma für Sicherheitsdienstleistungen.

SIS. Britischer Auslandsnachrichtendienst.

Smirnow, Anatoli. Im Jahre 1992 Leiter der Verwaltungsabteilung im Außenministerium der Russischen Föderation.

Soisalo, Kati. Assessorin, Rechtsanwältin.

Starfire Optical Range (SOR). Forschungslabor der US Air Force.

Timtschenko, Arkadi. Oligarch. Gebürtiger Russe.

Tirkkonen, Sakke. Präsident der finnischen Abteilung des Motorradclubs MC Black Angels.

Ukkola, Jukka. Stellvertretender Leiter der KRP. Kati Soisalos Exmann. Mitglied des Kabinetts.

UNODC. Büro der Vereinten Nationen für Drogen- und Verbrechensbekämpfung.

Vanhala, Eeva. Im Jahre 1992 Mitarbeiterin der SUPO. Mitglied des Kabinetts.

Vasama, Virpi. Jose Sinkos Ehefrau.

Väkikorpi, Asko. Generalstaatsanwalt. Mitglied des Kabinetts.

Ximing, Jiang. Chinesischer Steinbrucharbeiter.

»In den letzten Jahrzehnten wurde die Beherrschung des Weltraums vornehmlich genutzt, um Operationen zu Lande, zu Wasser und in der Luft zu unterstützen ... Anfang des 21. Jahrhunderts wird sich die Beherrschung des Weltraums zu einem eigenen, gleichwertigen Mittel der Kriegsführung entwickeln ... Die Überlegenheit auf den Kriegsschauplätzen sowohl im Weltraum, in der Luft, zu Wasser als auch zu Lande wird zur totalen Beherrschung aller Schlachtfelder führen ... Wir müssen die stabile Fähigkeit entwickeln, die Überlegenheit im Weltraum sicherzustellen, genau so wie wir es zu Lande, zu Wasser und in der Luft getan haben.«

»Vision for 2020« U.S. Space Command, April 1997

»Wenn die USA ein Pearl Harbor im Weltraum vermeiden wollen, müssen sie die Möglichkeit eines Angriffs auf ihre Systeme im Weltraum ernst nehmen ... Wer den USA gegenüber feindlich eingestellt ist, kann sich auf dem globalen Markt die Mittel beschaffen, um die US-Weltraumsysteme zu zerstören oder lahmzulegen, und unsere Satelliten oder deren Steuerungssysteme angreifen ...«

Bericht der US-Kommission zur Untersuchung
von Management und Organisation der nationalen Sicherheit
im Weltraum, 11. Januar 2001

»Ohne dass es irgendeine öffentliche Diskussion darüber gegeben hätte, hat das Pentagon schon Milliarden Dollar für die Entwicklung von Weltraumwaffen und für die Ausarbeitung von Plänen zu ihrer Anwendung ausgegeben.«

Tim Weiner, The New York Times, 18. Mai 2005

PROLOG

Die Tasche

Helsinki, 21. Oktober 1992

Anatoli Smirnow war in Helsinki, um deutlich zu machen, dass die neue Russische Föderation Finnland genauso fest im Würgegriff hatte wie früher die Sowjetunion. Das würde er den finnischen Machthabern in seinem Vortrag klar vor Augen führen. Er saß in einem kleinen Raum hinter dem Vorlesungssaal des Finnischen Außenpolitischen Instituts in Punavuori. Auf seinem Schoß lag eine Tasche mit Kopien geheimer Dokumente aus dem Archiv der Kommunistischen Partei der Sowjetunion, die alle Finnland betrafen. Smirnow fühlte sich wie jemand, der als nächster vor das Hinrichtungskommando treten musste. Er hatte schweißige Hände und einen Kloß im Hals, obwohl er ständig schluckte; sein Herz hämmerte, er war gezwungen, die Krawatte zu lockern.

So richtig konnte er immer noch nicht begreifen, wie es zu all dem gekommen war. Angefangen hatte es 1976. Damals war er, ein junger Sportler mit einer Ingenieurausbildung, für die Arbeit in der Abteilung Internationale Beziehungen des Leningrader Gebietskomitees der KPdSU angeworben worden, und hatte dann bisweilen mit Finnland und Finnen zu tun gehabt. Im Januar 1987 wurden die finnischen Angelegenheiten endgültig sein Hauptbetätigungsfeld, man ernannte ihn zum Sachbearbeiter im legendären »Finnland-Zimmer« der Abteilung Internationale Beziehungen des Zentralkomitees der KPdSU. Dort freundete er sich schnell mit seinem Vorgesetzten an, dem altgedienten Funktionär Iwan Rosdoroschny.

Als Rosdoroschny 1988 pensioniert wurde, überließ er ihm Kopien von Geheimdokumenten zu Finnland aus dem Archiv der

KPdSU. Aufgeschreckt durch deren brisanten Inhalt beschaffte sich Smirnow nun aus verschiedenen Quellen weiteres Geheimmaterial über Finnland. Nach seiner Berufung zum Leiter des Sekretariats der Abteilung Internationale Beziehungen der KPdSU im Jahre 1990 landete auf seinem Schreibtisch eine beträchtliche Anzahl geheimer Unterlagen, noch mehr als seinerzeit im Finnland-Zimmer.

Der fehlgeschlagene Putschversuch der Altkommunisten vom 19. bis 21. August 1991 änderte schließlich alles, sowohl in der Sowjetunion als auch in Anatoli Smirnows Leben. Am 23. August gelangte ein Heft in seine Hände, das vorschriftswidrig in der Abteilung Internationale Beziehungen aufbewahrt worden war. Das Heft enthielt alle Informationen über die Zahlungen der KPdSU an Bruderparteien weltweit, auch an die finnischen Kommunisten. In dem Chaos durch den Putschversuch brachte er noch mehr geheimes Material über Finnland an sich.

Am 26. August stand Smirnow plötzlich mit dem Rücken zur Wand: Der Chef der Abteilung Internationale Beziehungen, Valentin Falin, befahl ihm, alle Dokumente zu vernichten, die bewiesen, dass die KPdSU ihren Bruderparteien, ihren Helfern, Agenten und ebenso Politikern und anderen einflussreichen Personen, die der Sowjetunion wohlgesonnen waren und über erhebliche Macht verfügten, viele Millionen Dollar gezahlt hatte. Mit besonderem Eifer hatte man Geld nach Finnland gepumpt, jedes Jahr flossen Millionen Finnmark sowohl an Politiker und Parteien als auch an Privatpersonen.

Sollte er die Wahrheit vertuschen oder aufdecken? Man zwang ihn, eine Entscheidung zu treffen, die Unmögliches von ihm verlangte. Der Befehl Falins, das Heft zu vernichten, kam vierundzwanzig Stunden nach Präsident Boris Jelzins Erlass über die vorübergehende Beschlagnahmung des Eigentums und des Archivs der KPdSU. Falins Order verstieß demzufolge gegen Jelzins Ukas. Smirnow musste sich also auch für eine Seite entscheiden: für die

Kommunisten der alten Macht oder die reformgesinnten neuen Machthaber. Er beschloss, die Kommunisten zu verraten und auf die Demokratie zu setzen.

Smirnow übergab den Behörden am 26. August 1991 den Großteil seiner Unterlagen und auch das Geld des Geheimfonds der Abteilung Internationale Beziehungen – 11,5 Millionen Dollar. Doch das Heft mit den Angaben zu den Zahlungen der KPdSU ins Ausland und die meisten Dokumente über Finnland behielt er.

Mittlerweile, ein Jahr danach, hatte sich herausgestellt, dass es eine kluge Entscheidung gewesen war: Die Demokratie hatte auch in Russland den Kommunismus besiegt. Tausende alte Parteifunktionäre, Kollegen und Freunde, hatten am Kommunismus festgehalten und inzwischen ihre Arbeit verloren. Sie standen mit leeren Händen da, er hingegen leitete nun die Verwaltungsabteilung im Außenministerium der neu geschaffenen Russischen Föderation.

Und er war auch vermögend, so reich, wie er es sich noch vor einem Jahr nicht einmal in seinen kühnsten Träumen erhofft hätte. Das war das Beste. In den Monaten nach dem Putsch der Kommunisten hatten alle versucht, die verworrene Lage in Russland auszunutzen und von dem unermesslich großen Eigentum der KPdSU zu profitieren, etwas für sich abzuzweigen, ihre Zukunft zu sichern. Er selbst hatte Informationen an den Journalisten Aleksander Jewlachow verkauft, der in der Wochenzeitschrift »Rossija« Artikel über die Parteifinanzen der KPdSU veröffentlichte.

Smirnow war so in seine Erinnerungen vertieft, dass er aufschreckte, als der Direktor des Außenpolitischen Instituts im Hinterzimmer erschien und vor ihm stehen blieb. Jetzt war es soweit. Er konnte sich nicht entsinnen, wann er zuletzt vor einem öffentlichen Auftritt so aufgeregt gewesen war – vielleicht damals vor langer Zeit, als er das erste Mal an einer Versammlung teilgenommen hatte, die vom Generalsekretär des Zentralkomitees der KPdSU geleitet wurde, von dem Mann, der über die halbe Welt herrschte. Smirnow ging zum Rednerpult, öffnete seine Tasche und nahm das Vortragsmanuskript heraus. Das Stimmengewirr verebbte. Er spürte die Angst des Publikums. Sie wussten genau, warum er hier war und was sich in seinem Besitz befand. In diesem Raum war der Kalte Krieg noch nicht zu Ende.

Als er auf dem Rang des Auditoriums Ulf Sundquist und Paavo Lipponen erblickte, fasste er etwas mehr Mut.

Im Jahre 1974, am Beginn ihrer Politikerkarriere, waren die beiden Finnen in Moskau auf dem Weltkongress der Friedenskräfte zu Gast gewesen, um die Beziehungen der Sozialdemokratischen Partei Finnlands zur KPdSU weiterzuentwickeln. Sundquist und Lipponen hatten die Rede Leonid Breschnews gelobt, sie habe bei ihnen einen »unauslöschlichen Eindruck hinterlassen«. Ihren Inhalt bezeichneten die jungen Politiker als »fundiertes Programm der friedliebenden Kräfte«.

Anatoli Smirnow räusperte sich, begann mit den üblichen Höflichkeitsfloskeln und kam dann in fließendem Finnisch zur Sache. »In meinem Besitz befindet sich eine große Anzahl als geheim deklarierter Dokumente über Finnland, darunter fast alle diesbezüglichen Geheimbeschlüsse der KPdSU aus den letzten Jahrzehnten. Leider darf ich sie nicht vorlegen, solange ich nicht weiß, welche Unterlagen aus dem Superarchiv der KPdSU in der nächsten Zeit für die Öffentlichkeit freigegeben werden. Ich kann Ihnen jedoch eine kleine Kostprobe geben«, sagte Smirnow und klopfte auf seine Tasche. »Diese Dokumente werden den Finnen die Augen öffnen. Viele finnische Politiker und andere einflussreiche Persönlichkeiten werden gezwungen sein, ihre Posten aufzugeben, und manche werden sich für ihre Taten auch vor Gericht verantworten müssen. Zu erwarten sind Nachrichten, die einschlagen wie eine Bombe, Skandale und viel Aufruhr.« Smirnow las zunächst von seinem Manuskript ab, aber allmählich ließ die Anspannung nach. Er wurde lockerer und wagte schon, beim Sprechen Blickkontakt zu seinem Publikum aufzunehmen.

»Helsinki war ein Labor, ein Versuchsfeld, auf dem die Sowjetunion in aller Ruhe testete, wie die westlichen Länder auf die verschiedenen Formen der indirekten Machtausübung reagierten. Die Sowjetunion hat die finnische Politik in der ganzen Zeit vom Krieg bis zu ihrem Zusammenbruch nach Belieben gesteuert. Finnland war wie eine Maus in den Krallen der Katze.«

Er trank einen Schluck Wasser und fuhr fort: »Ich besitze zahlreiche Dokumente – es handelt sich um hunderte Seiten –, auf denen die Botschaft der Sowjetunion in der Helsinkier Tehtaankatu die KPdSU über Ereignisse in Finnland informiert: über Gespräche mit Politikern der SPFi, der Zentrumspartei sowie ihrer Vorgängerin, der Agrarunion, und der konservativen Kokoomus, über den Zustand der Kommunistischen Partei Finnlands, über Jugendorganisationen, Gewerkschaften, andere Verbände, Volksbewegungen, Unternehmer und deren Einstellung und Verhältnis zur Sowjetunion. Auf der Grundlage dieser Berichte wurde dann in Moskau entschieden, Menschen zu diffamieren, die sich kritisch zur Sowjetunion geäußert hatten, oder Sympathisanten der Sowjetunion anzuwerben beziehungsweise zu belohnen. Die KPdSU nahm Einfluss auf fast alle wichtigen personellen Entscheidungen in Finnland. Das betraf sowohl die Wahl des Präsidenten und der Ministerpräsidenten als auch der Vorsitzenden von Freundschaftsgesellschaften und Sportorganisationen. Egal, welchen Vertreter der Sowjetunion finnische Politiker trafen, die KPdSU erhielt immer einen Bericht über das Gespräch.«

Smirnow spürte jetzt, dass er Herr der Lage war. Er trank sein Glas in aller Ruhe aus und goss Wasser nach.

»Wenn es in der Sowjetunion etwas gab, worauf man sich verstand, dann war es das Anfertigen von Berichten und Protokollen und das Verwalten von Archiven, geheimen wie öffentlichen. Die Berichterstattung erfolgte permanent und lückenlos. Im Archiv der KPdSU finden sich vollständige Listen der Teilnehmer an den Parteitagen der großen finnischen Parteien, Berichte über alle wichtigen Angelegenheiten Finnlands und über Gespräche mit hunderten finnischen Politikern, führenden Vertretern der Wirtschaft, Beamten, Diplomaten, Professoren, Journalisten und anderen einflussreichen Leuten. Mir liegen auch Zusammenfassungen der Gespräche der finnischen Staatsführung mit Leonid Breschnew, Konstantin Tschernenko, Juri Andropow und Michail Gorbatschow vor. Eine Veröffentlichung dieser Unterlagen in ihrer Gesamtheit wird die berufliche Laufbahn zahlloser Personen in Ihrem Land zerstören. Dann beginnt endlich auch in Finnland die Aufarbeitung der Ereignisse während der Zeit des Bestehens der Sowjetunion.« Bei diesen Worten klopfte er wieder auf seine Tasche.

»Ich bin heute hier in Helsinki, um Ihnen mitzuteilen, dass der Einfluss der Sowjetunion auf die Angelegenheiten Finnlands noch größer war, als es der Westen vermuten konnte. Mir ist bekannt, welche finnischen Politiker ohne Wissen ihrer Parteien mit Vertretern der KPdSU verhandelten, welche Geschäftsleute die Interessen der Sowjetunion vertraten. Und das absolut Wichtigste ist ...« Er ordnete die Seiten seines Manuskripts, um die Spannung zu erhöhen. »Ich verfüge über Beweise, die zeigen, welche Finnen als Helfer des KGB arbeiteten und welche Honorare man ihnen zahlte. Und ich besitze die Belege für alle Geldsummen, die auf Anweisung der KPdSU nach Finnland überwiesen wurden.«

Anatoli Smirnow genoss es, als er die Seufzer im Publikum hörte und die verblüfften Gesichter sah. Die armseligen Kerle fürchteten, demnächst könnten Köpfe rollen, und zwar ihre. Am liebsten hätte er ihnen gesagt, dass er nicht beabsichtigte, sein Material zu veröffentlichen, sondern nur alle in Kenntnis setzen wollte, dass es existierte. Auf diese Weise erinnerte die neue Kreml-Administration die Finnen daran, wer hier in Wirklichkeit die Macht ausübte.

* * *

Der rothaarige Mitarbeiter der SUPO-Überwachungsabteilung war leger, aber korrekt gekleidet, er trug eine dunkle Baumwollhose und ein hellblaues Hemd. Die schwarze Ledertasche auf seinem Schoß wurde vom langen hellbraunen Mantel verdeckt. Er saß im Foyer des Traditionsrestaurants Elite im Helsinkier Stadtteil Etu-töölö. Als 17:09 Uhr ein Charterbus vorfuhr, erhob er sich. Alles war bereit.

Er drückte die Zigarette aus und beobachtete unauffällig, wie der Direktor des Außenpolitischen Instituts die Tür zum Restaurant aufhielt, bis die ganze Gruppe aus dem Kleinbus das geräumige Foyer betreten hatte. Vor der Garderobe wurde es eng, als die Gäste – Beamte des Außenministeriums, ehemalige und aktive Politiker, kommunistische Funktionäre und Journalisten – dem Portier ihre Mäntel hinhielten. Der SUPO-Mann fand Anatoli Smirnow in der Menge und trat näher an ihn heran.

Als Smirnow seine Tasche auf den Fußboden stellte, um den Mantel auszuziehen, bückte sich der SUPO-Mann blitzschnell und tauschte die Tasche des Russen gegen seine. Die des Russen versteckte er sofort unter seinem Mantel. Das Ganze erforderte nur ein paar rasch aufeinander folgende Bewegungen. Anatoli Smirnow hatte seine Tasche höchstens zehn Sekunden losgelassen. Das Gedränge im Foyer erleichterte dem rothaarigen Polizisten die Arbeit.

Er verließ das Restaurant, ging hundert Meter weiter bis zur Oksanenkatu, klopfte dreimal an die Seitentür eines weißen Ford Transit und zwinkerte seiner Kollegin zu, als die Tür des Lieferwagens aufglitt. Dann reichte er ihr die Tasche und kehrte zum Restaurant zurück, er würde im Elite zu Abend essen und Smirnow im Auge behalten.

Die SUPO-Mitarbeiterin Eeva Vanhala, die im Laderaum des Transporters saß, hatte dicke Tränensäcke und dunkle Augenringe. Ihr Gesicht war kreidebleich, letzte Nacht hatte sie nur wenig geschlafen und das auch noch unruhig. Eeva Vanhala schwitzte, sie trug die Verantwortung für diese Operation. Das war mit Abstand ihr wichtigster Auftrag, seit sie in der Abteilung für Gegenspionage der SUPO arbeitete. Sie hatten Smirnows Tasche schon vor einigen Wochen in Moskau fotografiert und somit genug Zeit gehabt, ein identisches Exemplar zu beschaffen und so zu bearbeiten, dass es genau die gleichen Kratzer und abgenutzten Stellen aufwies wie das Original. Den Tausch würde der Russe nur bemerken, wenn es der Zufall wollte, dass er das Double öffnete und die leeren Blätter sah. Doch das war zumindest in den nächsten anderthalb Stunden nicht zu befürchten, so lange würde das Essen für die Gäste des Außenpolitischen Instituts mindestens dauern. Es blieb also nicht viel, aber ausreichend Zeit. Das war die einzige Gelegenheit, das Material zu kopieren. Übernachten würde Smirnow in einem der Gebäude auf dem Gelände der russischen Botschaft, und dort einzudringen kam nicht in Frage.

Eeva Vanhala brauchte nur ein paar Minuten, bis sich das Kombinationsschloss öffnete, denn sie wusste, wie man den richtigen Code mit höchstens dreißig Versuchen fand. Sie klappte den Deckel hoch und fluchte. Die Tasche war vollgepackt mit Unterlagen, das mussten hunderte Seiten sein ... Ihre Hand zitterte, als sie das erste Dokument nahm und umdrehte, auf die Glasplatte des kleinen Tischkopierers legte und den Knopf drückte. Das Gerät sortierte die Kopien in zwei Fächer – eine für die SUPO, die andere für sie selbst. Das nächste Blatt, umdrehen, hinlegen, wieder zwei Kopien, das nächste, umdrehen, hinlegen ... Nach einer Viertelstunde war sie gezwungen, eine Pause zu machen, die Hände wollten einfach nicht mehr in dem Takt arbeiten, den die Befehle aus ihrem Gehirn vorgaben. Sie hatte noch nicht einmal annähernd die Hälfte geschafft. Wieder stand ihr der Angstschweiß auf der Stirn.

Das nächste Blatt, umdrehen, zwei Kopien, oh verdammt, ein Papierstau ... Zwei Kopien, das nächste Blatt, umdrehen ... Nach anderthalb Stunden lag in der Tasche immer noch ein etwa zwei

Zentimeter hoher Stapel. Ihr Kollege im Restaurant Elite würde sich melden, sobald Smirnows Tischgesellschaft den Kellner um die Rechnung bat, ihr blieb also noch etwas Zeit. Dennoch versuchte sie, das Tempo zu beschleunigen, geriet dadurch aber nur in ihren Handbewegungen durcheinander. Sie wollte lieber nicht daran denken, für welche Vergehen man sie anklagen würde, sollten die zusätzlichen Kopien bei ihr gefunden werden.

»Die Tischgesellschaft des BÄREN hat die Rechnung bestellt!«, dröhnte es plötzlich in ihrem Ohrhörer. Eeva Vanhala bestätigte den Empfang der Meldung. Ein Dokument mit etlichen Seiten war noch übrig, das nächste Blatt, umdrehen, zwei Kopien, das nächste Blatt, umdrehen, gottverdammich, wieder ein Papierstau, zwei Kopien ...

Smirnows Material schnell wieder einpacken, ihre Kopien in die Umhängetasche und den Ohrhörer raus. Sie stieg hastig aus, rannte fünfzig Meter bis zu ihrem Peugeot auf der Apollonkatu und warf ihre Tasche in den Kofferraum. Dann versteckte sie Smirnows Aktenkoffer unter ihrem Mantel und eilte im Laufschritt zur Glastür des Restaurants Elite.

Als sie ihren rothaarigen Kollegen im Foyer der Gaststätte sah, blieb sie stehen. Wenn Blicke töten könnten, hätten die ihres Kollegen sie auf der Stelle hingerichtet. Anatoli Smirnow wartete im Mantel vor der Garderobe, rauchte und hatte die Tasche fest in der Hand. Eeva Vanhala begriff, dass sie zu spät gekommen war. Sie stand mit Smirnows Aktenkoffer am Mika-Waltari-Park im eisigen Nordwind und spürte auf der Zunge den gallebitteren Geschmack des Versagens.

Die Teilnehmer am Essen des Außenpolitischen Instituts verließen einer nach dem anderen das Restaurant, um auf ein Taxi oder ein anderes Auto zu warten. Eeva Vanhala beobachtete, wie Anatoli Smirnow am Rand des Parkes stehenblieb und sich mit dem Institutsdirektor unterhielt, aber ihr fiel nichts ein, was sie unternehmen könnte. Wie sollte sie erreichen, dass der Russe die von der SUPO präparierte Tasche losließ? Verdammt, die Sache ging total schief.

Plötzlich tauchte ihr Kollege aus dem Restaurant auf und befahl ihr mit einer Kopfbewegung, ihm zu folgen. In aller Ruhe und so, als wäre es Zufall, schlenderte der rothaarige Mann zu Smirnow hin, steckte sich eine Zigarette in den Mund und suchte in seinen Taschen. Schließlich bat er den Russen um Feuer.

Eeva Vanhala war einen Meter von Anatoli Smirnow entfernt, als der den Aktenkoffer auf den rötlichen Fußwegsteinen absetzte und die Streichholzschachtel aus der Hosentasche holte. Sie trat rasch hinter ihn, stellte ihre Tasche neben seine und schnappte sich das Double. Als sie den Platz vor dem Restaurant verließ, fühlte sie sich fast schwerelos: Die ganze Anspannung und die Enttäuschung waren wie weggeblasen, ein Wohlgefühl überkam sie. Das nannte man wohl einen Endorphinrausch. Sie hatte Smirnows Material für sich kopiert.

ERSTER TEIL

Smirnows Material

4. – 6. Oktober, Gegenwart

1

Dienstag, 4. Oktober

Im Jahr 1989 ist der 13. Oktober ein Freitag. Vater, Mutter, meine zehnjährige kleine Schwester Emma und ich, Leo Kara, sitzen im Esszimmer, um mit dem Dinner das Wochenende zu eröffnen. Die Stimmung ist angespannt. Vater gießt sich einen Drink ein, Wodka mit Selters, Mutter bringt das Essen auf den Tisch und Emma plappert wie immer alles Mögliche. Auf Anweisung meines Vaters schalte ich den Fernseher mitten in einer Folge von »Coronation Street« aus. Es gibt Schmorbraten vom Lamm mit Pfefferminzgelee, Bratkartoffeln, braune Soße, gedünsteten Kohl, Brokkoli und als Beilage Yorkshire-Pudding. Mutter und Vater trinken dazu Rotwein und Wasser, Emma und ich Dr Pepper. Als jeder sein Essen auf dem Teller hat, fängt Vater an, über seine Arbeit zu reden. Es ist die letzte gemeinsame Mahlzeit und wir hören einen Vortrag über die astronomischen Entdeckungen, die das Modul Kvant-1 der sowjetischen Raumstation Mir angeblich gemacht hat. Keinen interessiert das.

Plötzlich klirrt es laut, das Küchenfenster wird eingeschlagen, wir ducken uns alle blitzschnell unter den Tisch. Dann zersplittert eine zweite Scheibe. Emma kreischt und die Eindringlinge stürmen herein, ich kann noch vier schwarz gekleidete Soldaten sehen, zwei in der Küche und zwei im Wohnzimmer, bevor Vater mit dem Gewehrkolben geschlagen und mir ein Beutel über den Kopf gezogen wird. Man schleppt uns in einen Kleintransporter, der vor dem Haus wartet. Als der Wagen durch die Londoner Straßen holpert, werde ich hin und her geworfen und verletze mich an Armen und Beinen, Emma weint hysterisch und Vater verlangt von den Angreifern eine Erklärung. Die drehen statt einer Antwort den Regler der Stereoan-

lage auf volle Lautstärke, If you don't know me by now *von Simply Red ätzt sich in mein Gedächtnis ein. Ich übergebe mich und verliere das Bewusstsein.*

In einem Keller wache ich wieder auf, meine Oberlippe ist mit geronnenem Blut bedeckt. Emma liegt auf dem kalten Betonboden und schläft unruhig. Ich gerate in Panik, brülle und hämmere mit den Fäusten an die Stahltür, bis meine Kräfte erlahmen. Irgendwo weiter oben höre ich Vaters und Mutters gedämpfte Schreie. Dann dreht sich der Schlüssel im Schloss und ich sehe Manas das erste Mal. Der kirgisische Killer lächelt hohl, seine Hände sind blutverschmiert. Und in diesem verdammten Moment wird Emma wach und erblickt Manas, der gerade wieder geht und die Tür abschließt. Vor Angst und Entsetzen verliert meine Schwester völlig die Fassung. Verzweifelt sucht sie einen Fluchtweg und findet schließlich unter Kisten einen uralten Abfluss in die Kanalisation. Sie schafft es, den Metalldeckel beiseitezuschieben und schlägt dann mit einem großen Stein auf den Rand der Öffnung im Boden, um sie zu vergrößern, ein paar Mörtelbrocken brechen heraus. Emma hämmert, bis sie blutige Hände hat, und es gelingt ihr schließlich, in den Schacht hineinzusteigen. Ich probiere es auch, aber für mich ist das Loch zu eng.

»Ich will versuchen zu fliehen«, sagt Emma, und es klingt wie eine Frage, meine Schwester schaut mich so an, als würde sie auf meine Erlaubnis warten. Ich überlege lange. Emma ist erst zehn und kennt wahrscheinlich die Gegend nicht, in die man uns gebracht hat. Was geschieht, wenn sie erwischt wird? Bringt man sie dann um? Bringt man mich um? Ich verbiete ihr, zu fliehen.

Wutentbrannt stürmt Emma zu dem Abfluss und schlüpft hinein, ich erwische gerade noch ihr Bein, ziehe sie wieder heraus und nehme sie in den Arm, bis sie sich beruhigt hat. Wir liegen stundenlang in dem dunklen und kalten Keller; nichts zu essen, kein Wasser und oben ständig Schreie, bei denen einem das Blut in den Adern gefriert. Ich spüre die Angst als physischen Schmerz und bin sicher, dass man uns alle umbringen wird. Als die Nacht anbricht, versuchen wir uns eng umschlungen warm zu halten und schlafen schließlich ein.

Wach werde ich, als die Kellertür aufgeht und Manas etwas brüllt. Mit einem Satz stürzt er zu dem Kanalisationsschacht. Emma ist nirgendwo zu sehen. Der Kirgise steckt eine Hand tief in den Abfluss hinein, ich höre einen gedämpften Schrei meiner Schwester, er kommt von unten, da wird mir klar, was passiert ist: Emma versucht zu fliehen.

Ich richte mich auf. Manas bemerkt es und schlägt mit der Faust auf meinen Oberschenkel wie mit einem Hammer. Es ist nicht so, dass ich irgendeine Entscheidung treffe, alles geschieht wie von selbst, erst als ich schon den dunklen Kellergang entlang renne, wird mir klar, dass ich flüchte. Vorn ist ein Lichtschein zu sehen, ich erreiche das Treppenhaus und beschleunige mein Tempo, soweit das der Schmerz im Bein zulässt. Eine große Werkhalle, weit und breit kein Mensch. Ich renne von einer Tür zur anderen – alle sind abgeschlossen. Die Fenster sind vergittert, draußen sieht man Laubbäume und weiter weg Fabrikgebäude. In einer Ecke der Halle steht ein mehrere Meter hoher Ofen, vermutlich ein Koksofen. Ich kehre ins Treppenhaus zurück und steige vorsichtig hinauf. Die Schmerzensrufe von Vater und Mutter sind nun deutlicher zu hören. Im ersten Stock findet sich kein Fluchtweg, ich laufe schneller, die Stufen hinauf, die Schreie werden noch lauter, auch die zweite Etage ist leer.

Ich bleibe im Treppenhaus stehen und schnappe nach Luft. Ist das Gebäude mit anderen Häusern verbunden? Könnte ich über das Dach fliehen? Doch Vater und Mutter werden im dritten Stock gefoltert, wenn ich mich dorthin wage, erwischt man mich bestimmt. Ich brauche eine Waffe, irgendetwas, womit ich mich wehren kann. Zwar bin ich erst vierzehn, aber groß und kräftig, im günstigsten Fall schaffe ich es möglicherweise, einen der Männer zu überrumpeln, aber nicht mehrere. Ich beschließe, mein Glück im Keller zu versuchen, vielleicht kann ich dort zugleich Emma helfen.

Ich renne die Treppen wieder hinunter und werde erst langsamer, als ich den Keller sehe, in dem Emma und Manas zurückgeblieben sind. Man hört ein gedämpftes Weinen, dumpfe Schläge und das Knirschen von Sand. Vorsichtig trete ich näher und werfe durch den Türspalt einen Blick in die Zelle hinein. Manas schlägt mit einem Stein auf den Rand der Abflussöffnung und hält mit der anderen Hand Emma am Fuß, ihre Stimme ist vom Schreien ganz heiser. Meine Schwester ist eingeklemmt. Ich mustere Manas und schätze meine Chancen ab, der Mann ist so groß wie ein Gorilla und bewaffnet, gegen den komme ich auf gar keinen Fall an.

Im selben Augenblick gelingt es Manas, Emma aus der Kanalisation herauszuziehen. Verblüfft registriere ich, wie er meiner Schwester etwas beruhigend zuflüstert, sie auf den Arm nimmt und schaukelt wie ein Kleinkind. Ich begreife nicht, was hier los ist. Die gleichen Leute foltern weiter oben Vater und Mutter.

Mit Emma auf dem Arm wendet sich Manas zur Tür. Ich renne zurück ins Treppenhaus. Im Erdgeschoss verstecke ich mich hinter einem Stapel Kartons und beobachte, wie Manas die leise weinende Emma die Stufen hinauf trägt. Schon bald werden die alle hinter mir her sein. Es hilft nichts, wenn ich mich verstecke, sie finden mich, das ist unvermeidlich. Ich muss versuchen zu fliehen, und dafür gibt es nur einen Weg.

Ohne anzuhalten stürme ich die Treppen hinauf in die zweite Etage, bleibe stehen, lausche, höre aber nur mein Herz heftig schlagen, sonst nichts. Keine Schreie. Leise schleiche ich weiter hinauf, bis ich gedämpfte Stimmen vernehme. Doch ich muss es riskieren.

Ich werfe kurz einen Blick in die Fabrikhalle der dritten Etage und ziehe den Kopf sofort wieder zurück hinter die Wand. Da drin ist niemand. Ich schaue noch einmal hinein, diesmal in aller Ruhe. Am anderen Ende der Halle, ein paar Dutzend Meter entfernt, sind Türen zu sehen. Dann bemerke ich eine Holztreppe, die zum Dachboden hinauf führt, und plötzlich glimmt ein Fünkchen Hoffnung. Vielleicht gelange ich über das Dach in ein anderes Gebäude und kann entkommen.

So schnell bin ich noch nie gerannt, die kurze Strecke bis zur Bodentreppe kommt mir vor wie ein Marathon, mitten in der Halle höre ich aus einem der Räume hinter den Türen einen schrillen Schrei meiner Mutter, ich würde lieber stehen bleiben, muss aber weiter. Die Bretter knarren, als ich die Treppe zur Bodentür hinaufsteige. Die ist verschlossen. Mit einem verrosteten, altersschwachen Vorhängeschloss. Ich ziehe mit aller Kraft, und sofort lösen sich die Schrauben aus dem Türrahmen, ich stopfe sie mitsamt dem Schloss in die Hosentasche, betrete den Dachboden und schließe die Tür. In meinem Kopf dröhnt es, und ich habe einen metallischen Geschmack im Mund.

Die Dachluke befindet sich neben der Brandmauer. An den Wänden des riesigen Raumes sind Kisten gestapelt, ich zerre zwei unter das kleine Fenster, klettere voller Hoffnung hinauf und stoße die Luke auf. Sie klappt hoch und kracht dann dröhnend auf das Blechdach, ich erstarre. Gott sei Dank sind keine Schritte zu hören. Ich ziehe mich hoch auf das Flachdach, richte mich auf und fluche: Es gibt keinerlei Verbindung zu irgendeinem anderen Gebäude. Trotzdem gehe ich an der Dachkante entlang und sehe nach, ob nicht doch daneben ein niedrigeres Haus steht, auf das ich springen könnte. Nein, nichts. Vor Enttäuschung bekomme ich feuchte Augen, ich muss das Dach wieder verlassen, nie zuvor ist mir etwas so schwergefallen.

Die ersten Stunden auf dem Dachboden vergehen quälend langsam. Ich sitze neben der Tür und bin zu einer Verzweiflungstat entschlossen, sobald man mich findet. Plötzlich ertönt ein gellender Schmerzensschrei meines Vaters, mir bleibt fast das Herz stehen. Die Rufe nehmen kein Ende, ich gehe gebückt auf dem Bohlenfußboden hin und her, bis ich die Stelle geortet habe, wo man sie am deutlichsten hört. Zwischen der Brandmauer und den Dielen ist der Beton bröckelig. Ich hole meine Schlüssel aus der Hosentasche und stoße den mit den schärfsten Kanten in den Beton, der auch schnell bricht. Fieberhaft bohre ich weiter, obwohl mir nicht klar ist, warum ich unbe-

dingt sehen will, wie Vater gefoltert wird. Schließlich durchsticht die Schlüsselspitze die Decke und feine Putzstückchen rieseln hinab. Ich halte den Atem an und rühre mich nicht von der Stelle. Vater schreit nicht mehr. Dann hört man, wie unten eine Stahltür knarrt, hat Vaters Peiniger den herabfallenden Putz bemerkt? Ich verstecke mich hinter den Kisten und zittere vor Angst.

Es dauert lange, bis ich mich traue, an das Loch zurückzukehren. Ich presse das Gesicht auf den Boden, schaue mit einem Auge hinunter und schrecke zusammen: Vater ist blutüberströmt und sitzt anscheinend nur noch auf dem Metallstuhl, weil man ihn festgebunden hat. Ich unterdrücke die Tränen und schlucke die aufsteigende Übelkeit. Dann überlege ich kurz, ob ich es riskieren soll, Vater etwas zu sagen, ihm mitzuteilen, dass ich frei bin. Würde das helfen? Ich beschließe, zu schweigen, in dem Zustand könnte Vater meine Worte ohnehin schwerlich begreifen, schlimmstenfalls erzählt er womöglich seinem Folterer von den Geräuschen. Ich lege mich auf den Fußboden.

Mein Puls beruhigt sich erst nach einer Ewigkeit, dann überkommt mich Müdigkeit. Ich kämpfe gegen den Schlaf an, bis unten Metall klirrt – die Tür des Folterraumes geht auf. Ich drücke ein Auge auf das Loch im Boden und wage kaum zu atmen, schon bei dem Gedanken, was passiert, wenn man mich entdeckt und fasst, wird mir angst. Manas kommt herein, als würde er sein Büro betreten: ganz ruhig und ohne eine Miene zu verziehen. Ich kann ihm beim Foltern immer nur kurz zuschauen, dann muss ich erst einmal wegsehen. Manas schlägt mit einem Stahlrohr auf Vater ein, als würde er einen Teppich klopfen oder Holz hacken. Der Gesichtsausdruck des Kirgisen gleicht einer Maske, er ändert sich nicht einen Deut.

Diese Tortur wiederholt sich Stunde für Stunde, zwischendurch legt Manas kurze Pausen ein, es lässt sich schwer einschätzen, wie viel Zeit jedes Mal vergeht. Ich wage nicht zu schlafen, aus Furcht, ich könnte im Traum vor Entsetzen schreien. Als der Abend anbricht, wird es auf dem Dachboden eisig kalt, vergeblich suche ich in den Kisten irgendetwas, womit ich mich zudecken könnte. Nachts gefriert mir der Atem. Zuweilen kommen mir ganz unversehens die Tränen, ich versuche nicht daran zu denken, was Mutter und Emma gerade angetan wird.

Schließlich geht der Schlaf doch als Sieger hervor. Als ich aufwache, habe ich entsetzliche Angst. Unten sind wieder Geräusche zu hören, Vaters Schreie klingen nun gedämpfter, wie lange wird er das noch aushalten? Die Zeit kriecht dahin, ich habe nicht die geringste Ahnung, wie lange ich schon vor Kälte auf dem Dachboden zittere.

Ich falle in eine Art Trancezustand, dessen Rhythmus von Vaters Schreien und meinem Kampf gegen das Einschlafen bestimmt wird. Allmählich geht mein Zeitgefühl verloren, am Ende weiß ich nicht mehr, ob ich mich erst einen oder schon zwei, drei Tage hier verstecke. Vor Hunger tut mir der Magen weh. In der quälenden Einsamkeit empfinde ich selbst die ewigen Streitereien zwischen Vater und Mutter als angenehme Erinnerungen. Unten wimmert Vater leise, das ist die Stimme eines Mannes, der aufgegeben hat, es klingt, als würde er beten, endlich erlöst zu werden, lange hält er nicht mehr durch. Dann verlässt der Folterknecht Manas den Raum, jetzt können sich alle für einen Moment ausruhen.

Doch plötzlich höre ich, dass die Stahltür wieder geöffnet wird, weshalb kehrt Manas so schnell zurück? Ich drehe mich auf den Bauch und drücke ein Auge auf das Guckloch. Der Kirgise lächelt Vater an, nicht schadenfroh, nicht grausam, sondern irgendwie merkwürdig. Vater sitzt blutüberströmt da, er kann nur mit Mühe den Kopf hoch halten. Mir kommen die Tränen, sie lassen sich nicht unterdrücken.

Auf einmal beugt sich Manas vor und öffnet Vaters Fesseln, das hat der Folterer bisher kein einziges Mal getan. Dann hebt er den Kopf, schaut nach oben zur Decke und starrt mich an, als wüsste er, dass ich hier bin. Im hellen Licht ist sein gleichgültiges Gesicht gut zu sehen, die hohen Backenknochen, die schrägen Augen, das schwarze Haar ... Manas brüllt Vater an, packt ihn am Arm, versucht ihn hochzuziehen und stößt ihn schließlich zurück auf den Stuhl. Dann taucht in der Hand des Kirgisen eine Waffe auf.

Zwei Schüsse. Vaters Kopf schnellt nach hinten, die Wand färbt sich vom Blut ganz rot. Ich übergebe mich heftig, die stinkende Flüssigkeit tropft durch das Loch hinunter in den Verhörraum.

Schwankend stehe ich auf. Panische Angst überkommt mich, mein ganzer Körper ist wie betäubt, die Schüsse dröhnen mir in den Ohren. Ich stürme los und bin nur noch zwei Meter von der Dachbodentür entfernt, da fliegt sie auf. Manas tritt herein und verpasst mir kurzerhand einen Faustschlag gegen die Brust, der mich umwirft. Der Kirgise greift nach meinem Hemd, es wird zerfetzt, als ich versuche mich loszureißen. Dann legt sich seine Hand um meinen Hals und drückt zu. Nun geht alles zu Ende …

Manas schleppt mich in die darunterliegende Etage. In meiner Todesangst wehre ich mich, trete um mich und versuche zu beißen, der Kirgise öffnet eine Tür am Giebelende der Halle und stößt mich auf den kalten Betonfußboden des hell erleuchteten Raumes. Mutter hängt etwa zwanzig Meter entfernt mit Ketten an der Wand, ihr Mund ist zugeklebt. Sie ist nackt und bewusstlos, das Gesicht blutverschmiert, der ganze Körper mit blauen Flecken übersät. Emma sitzt auf dem Fußboden, hat die Arme um die Beine geschlungen, murmelt irgendetwas und starrt mit weit aufgerissenen Augen vor sich hin, mich bemerkt sie nicht. Mir stockt der Atem.

Ich mache ein paar Schritte zu meiner Mutter hin, aber Manas verstellt mir den Weg und packt mich am Kinn. »Wo bewahrt dein Vater sein Forschungsmaterial auf?«

Ich weiß es, ich kenne die Antwort – in seinem Arbeitszimmer, in dem großen, alten Röhrenradio. Ich habe gesehen, wie Vater die Rückwand des Geräts abgenommen und Unterlagen hineingesteckt hat.

»Wenn du nicht redest, erschieße ich erst deine Mutter und dann das Mädchen.«

Vor so eine Entscheidung dürfte niemand gestellt werden. Ich bin halbtot vor Angst, mein Gehirn funktioniert nicht. Emma steht unter Schock. Vater ist wegen seiner Unterlagen getötet und Mutter halb tot geschlagen worden. Aber keiner von beiden hat etwas verraten.

»Ich zähle nicht bis zehn, nicht einmal bis fünf. Ich gehe zu deiner Mutter hin, drücke ihr die Waffe an die Stirn und schieße. Das ist jetzt deine einzige Chance zu reden«, sagt Manas und starrt mich ausdruckslos an. Ich bin sicher, dass er seine Ankündigung wahr machen wird.

Manas wendet sich zu Mutter hin und geht auf sie zu. Ich zähle die Schritte, die Zeit bleibt stehen. Ich öffne den Mund, als Manas ihr die Waffe an die Stirn drückt. Er dreht den Kopf und schaut mich an, ich bekomme kein Wort heraus …

Ein Schuss kracht und Blut spritzt aus Mutters Hinterkopf an die Betonwand. Das ist meine Schuld. Eine zweite Kugel trifft Mutter, das Echo schallt durch die Halle, ich renne los, sehe aber noch, wie Manas seine Waffe auf Emma richtet. Ich stürze ins Treppenhaus, bleibe jedoch stehen, weil ich von unten Stimmen höre. Als ein dritter Schuss knallt, wird mir klar, dass auch Emma meinetwegen umgebracht wurde. Das Herz zerspringt mir beinahe, ich mache kehrt und schaue mich um: die riesige, leere Halle, die Treppe zum Dachboden, der Raum, aus dem ich eben geflohen bin, eine zweite Tür …

Ich haste zu ihr hin, fasse nach der Klinke, drücke mit aller Kraft und spüre, dass sie sich bewegt, hält jemand auf der anderen Seite die Tür zu? Ich springe hoch und versuche mein Gewicht auf die Klinke zu übertragen. Sie senkt sich ein paar Zentimeter, geht aber sofort wieder nach oben. Dann höre ich, wie hinter der Tür ein Mann ruft, zwei Wörter auf Russisch:

»Derschi maltschika! *Halte den Jungen auf!«*

Als ich den Kopf drehe, sehe ich hinter mir Manas näher kommen, er hebt seine Waffe. Ich greife mit beiden Händen nach der Klinke, springe hoch und lasse mich mit meinem ganzen Gewicht auf den Türgriff fallen, im selben Moment kracht ein Schuss, vielleicht auch ein zweiter.

Zähflüssiges Blut läuft mir in die Augen, mein Bewusstsein schwindet, ich will zu Manas hin kriechen. Dann wird um mich herum alles dunkel.

Leo Kara wachte im spartanisch eingerichteten Schlafraum seiner Zweizimmerwohnung in der Wiener Engerthstraße auf. Er lag schweißüberströmt im Bett und starrte auf die blutroten Ziffern, die der Wecker an die Decke projizierte: 03:02. Die nächtliche Wolfsstunde. Er hatte das Gefühl zu ersticken, sein ganzer Körper bebte und brannte wie Feuer. Er war so tief erschüttert, dass er nicht einmal schreien konnte – das zwanzig Jahre währende quälende Warten war endlich vorbei. Jetzt erinnerte er sich an alles, was in London damals geschehen war. Die Bilder kreisten in seinem Kopf wie Schmeißfliegen, er hatte alles in einem einzigen Alptraum gesehen, der über ihn hinweggerollt war.

Er schloss die Augen. Der Schweiß lief ihm übers Gesicht, er zitterte und sein Atem rasselte. Minuten vergingen, es erschien ihm unmöglich, zu akzeptieren, was 1989 geschehen war. Er trug die Schuld an der Ermordung seiner Mutter und vielleicht auch seiner Schwester, seiner Familie. Die bisher fehlenden Erinnerungen waren wieder aufgetaucht, und das hatte ihm den letzten Rest an innerem Frieden geraubt. Es kam ihm so vor, als würde er von einem schwarzen Loch aufgesaugt, als wäre er im freien Fall auf dem Weg zum endgültigen Zusammenbruch. Er würde nie akzeptieren können, was er getan hatte, niemand könnte das.

Kara stand auf, stieß im Flur den Stapel Post und Werbung mit einem Fußtritt um und betrat das Bad. Er blieb vor dem Spiegelschrank stehen und fuhr zusammen, als er sich sah. Die Augen lagen tief in den Höhlen, sein Gesicht war kreidebleich, das Grübchen am Kinn hatte sich noch stärker eingegraben, und nun entdeckte er nicht nur in seiner blonden Bürstenfrisur einzelne graue Haare, sondern auch zwischen den dunklen Bartstoppeln.

Rasch drehte er das Wasser auf und duschte so kalt, wie er es aushielt. In seinem Kopf hämmerte nur ein Gedanke: Er hatte die Antwort auf die Frage von Manas gewusst, vielleicht wäre er imstande gewesen, den Tod seiner Mutter zu verhindern. Wie zum Teufel sollte man damit leben? Wenn extrem traumatische Erinnerungen wieder auftauchten, dann könnte das nach Ansicht der Psychiater einen Menschen zugrunde richten. Und jetzt erinnerte er sich an alles.

Kara zog eine ausgebleichte Trainingshose an, ging in die Küche und holte aus dem hintersten Winkel des Speiseschranks eine alte Teebüchse hervor. Er legte alles, was sie enthielt, auf den kleinen Tisch. Dann setzte er sich auf den Hocker und wickelte zum Abbinden ein dickes Gummiband oberhalb des Ellbogens um den Arm. Er steckte die Kanüle der Injektionsspritze in die Ampulle, zog 0,2 Milliliter Morphium auf, spritzte die Luft und ein paar Tropfen hinaus und leckte die Nadel ab. Nachdem er das Gummiband mit der freien Hand straff gezogen und ein Ende zwischen die Zähne geklemmt hatte, klopfte er mit dem Finger auf die anschwellende Vene in der Ellbogenbeuge, bis sie wie ein dicker, dunkelblauer Wurm sichtbar wurde, stach die Nadel in das Gefäß und drückte den Kolben langsam nach unten, sehr langsam.

Als sich das Wohlgefühl wie auf leisen Sohlen in seinem Körper ausbreitete, seufzte Kara und entspannte sich. Das war der einzige Fluchtweg, wenn die Verzweiflung die Oberhand gewann, wenn er dringend Hilfe brauchte, aber keiner da war und half. Nie war jemand da, der ihm half. Er schloss die Augen und sah seine Mutter in jungen Jahren vor sich, als sie noch in Helsinki gewohnt hatten, vor all dem Grauen. Es schneite damals, Mutter trug eine hübsche weiße Mütze und rote Winterstiefel. Er lief auf der Eisbahn in Tapanila mit den Schlittschuhen, die er zu seinem zehnten Geburtstag geschenkt bekommen hatte. Mutter stand daneben auf dem Eis und freute sich, sie war unglaublich froh und schön und sehr stolz, als sie ihm zuschaute.

Er öffnete die Augen und schüttelte die Erinnerung ab. Dann goss er sich zwei Fingerbreit Linie-Aquavit aus dem Gefrierfach in ein Glas, nahm den Küchenhocker und trat hinaus auf seinen kleinen Balkon. Die Oktobernacht war so kalt, dass er eine Gänsehaut bekam. Die nahegelegenen Straßen schimmerten im diesigen Licht der Laternen, im Vergnügungspark Donau-Insel mitten auf dem Fluss glitzerten nur ein paar Lampen. Auf der anderen Seite des Flusses im Stadtviertel Alte Donau war seine Arbeitsstelle zu sehen, der Gebäudekomplex der Vereinten Nationen, die UNO-City.

Das Schicksal seiner Mutter und seine Schuld gingen ihm immer noch durch den Kopf, aber das Bedrohliche daran schien jetzt in der Ferne zu liegen, wie hinter einem Nebelschleier. Nun wusste er endlich, was damals geschehen war, was er selbst getan hatte und welche Grausamkeiten die Entführer begangen hatten. Aber warum war das alles passiert? Er musste seinen Vater finden, das wurde ihm nun klar. Schon vor etwa zwei Monaten hatte Kara erfahren, dass Manas seinen Vater keineswegs umgebracht hatte. Das war sowohl von den britischen Behörden als auch von seinem Vater selbst mit einem Brief bestätigt worden. Und Manas hatte mit seiner Behauptung gelogen, er habe Emma in dem Keller sofort nach seiner Flucht getötet. Es war alles eine Inszenierung gewesen. Das weckte in ihm die Hoffnung, auch Emma könnte noch am Leben sein. Und nach wie vor erschien es ihm unbegreiflich, dass Vater da irgendwo war, dass er atmete, aß, schlief …

Doch warum ging ihm dieses Lächeln nicht aus dem Sinn, das über das Gesicht von Manas gehuscht war, kurz bevor er ihm Vaters Hinrichtung vorgespielt hatte? Dieses Lächeln ließ Kara nicht mehr los, so sehr er sich auch bemühte, es aus seinem Gedächtnis zu verbannen. Eine Art Verdacht nahm in seinem Kopf Gestalt an, nichts weiter als eine leise Spur, wie der Hauch einer Erinnerung: Er wusste, dass sie existierte, bekam sie aber nicht zu fassen.

2

Dienstag, 4. Oktober

Kati Soisalo beobachtete von ihrem Platz im Café Strindberg die Menschen, die am Morgen durch das Einkaufszentrum »Kämp Galleria« zu ihren Arbeitsplätzen eilten. Um diese Jahreszeit sah man in Helsinki kaum Touristen. Das war auch kein Wunder, denn die Stadt zeigte sich von ihrer kalten, regnerischen und dunklen Seite. Mit der einen Hand hielt sie ihre Kaffeetasse, mit der anderen tastete sie über die Narbe unter ihrem rechten Ohr. An dieser Stelle war zwei Monate zuvor die Kugel in ihren Kopf eingedrungen. Fast den ganzen August hatte sie in halb Europa nach Spuren ihrer vor drei Jahren in Dubrovnik entführten Tochter gesucht und dabei auch erfahren, dass ihr Exmann Jukka Ukkola wusste, wo sich Vilma befand. Gerade als sie das aus ihm herausholen wollte, war ein serbischer *Hitman* eines Menschenhändlerringes in Ukkolas Haus aufgetaucht und hatte ihr mit seiner 9-mm-Pistole eine Kugel in den Hinterkopf gejagt.

Die Stelle mit der Narbe war immer noch kahl. Doch ihr Haar, das man Mitte August im Krankenhaus abrasiert hatte, war gewachsen und immerhin schon wieder ein paar Zentimeter lang. Sie wusste, dass sie wie eine echte Outsiderin aussah: Sie war ohnehin schon dünn gewesen und hatte im Krankenhaus noch fast zehn Kilo und zugleich den größten Teil ihrer weiblichen Formen verloren, ihre Wangenknochen traten deutlich hervor, und die Sachen hingen an ihr, als wären sie drei Nummern zu groß. Aber ihr Äußeres interessierte sie herzlich wenig, Sorgen machte sie sich vielmehr um ihr Seelenleben. Neuerdings redete sie in Gedanken mit ihrer Tochter. Anfangs hatte sie nur ein bisschen die Kindersprache nachgeahmt, aber jetzt erzählte sie Vilma manchmal etwas. Das linderte die Sehnsucht.

Kati Soisalo wartete auf Jonny Karlsson und fühlte sich dabei nicht wohl in ihrer Haut.

»Da bist du ja«, sagte Jonny, der von der Pohjoisesplanadi ins Café gekommen war und plötzlich hinter ihr stand. Er trug viel zu große Jeans und eine Kapuzenjacke und hielt ein Glas mit Kaffee in der Hand.

Kati Soisalo bekam einen Kuss auf die Wange, noch bevor sie ein Wort sagen konnte. Schlechter hätte ihr Treffen gar nicht anfangen können. »Wir müssen miteinander reden«, verkündete sie mit ernster Miene.

»Wem sagst du das. Wochenlang hat man von dir nichts gehört. Ich habe schon befürchtet, dass du dich als Einsiedlerin in deine Wohnung zurückziehen willst wegen dieser ... Verletzung.« Er zeigte mit dem Finger auf Katis Narbe. »Ist das gut verheilt?«

»Der Anfang ist nach Ansicht des Arztes vielversprechend. Ich renne fast jeden Tag zum Neuropsychologen und zu allen möglichen Rehamaßnahmen. Meine geistige Leistungsfähigkeit hat angeblich nicht sonderlich gelitten, aber die Kopfschmerzen, das Schwindelgefühl und die Schluckbeschwerden machen mir zu schaffen. Und die Müdigkeit auch ... oder vielleicht sind es Depressionen. Allerdings weiß ich nicht, ob das an der Kopfverletzung liegt oder daran, dass Vilma immer noch ... verschwunden ist.«

Jonny senkte den Blick und nahm einen Schluck von seinem Latte. »Hast du etwas Neues über Vilma gehört?«

»Die Ermittlungen stecken total in einer Sackgasse, zumindest soviel ich weiß. Der Mann, der Vilmas Entführung geplant hatte, ist tot. Nur Jukka Ukkola könnte mir helfen und sagen, wo das Mädchen ist.« Ihr Blick wurde starr. »Bald ist Vilma schon sechseinhalb Jahre alt.«

»Es ist ja schon fast komisch, dass es ausgerechnet Jukka Ukkola war, der dich gerettet hat«, sagte Jonny. »Mit irgendeinem Schwert, einem Sammlerstück, hat er den Serben umgebracht.«

Kati Soisalos Gesichtsausdruck wirkte nun angespannt, deshalb wechselte Jonny rasch das Thema. »Hast du vor, wieder als Juristin zu arbeiten?«

»Das muss ich mir irgendwann später überlegen, erstmal bin ich noch mindestens drei Monate krankgeschrieben. Ich habe vor, Vilma zu suchen.«

Für eine Weile herrschte am Tisch Schweigen. Kati Soisalo kaute an ihrem Daumennagel und wich Jonnys Blick aus. Schließlich nahm sie allen Mut zusammen, griff nach seiner Hand und bemühte sich, ihn so einfühlsam wie möglich anzuschauen. »Du, Jonny, ich habe lange über uns nachgedacht. Ich glaube, es wäre am klügsten, wenn wir uns trennen. Oder ... also die Beziehung beenden. Wir sollten aber Freunde bleiben, wir haben schließlich ...«

»Scheiße«, fluchte Jonny Karlsson. Er starrte Kati einen Augenblick verdutzt an, trank sein Glas aus und verließ das Café, ohne ein Wort zu sagen.

Das ist ja toll gelaufen, dachte Kati Soisalo, schloss die Augen und seufzte. Was zum Henker war eigentlich schiefgegangen? Sie hatte doch ihren Rollentext vorher gründlich einstudiert. Und warum war Jonny wütend geworden, auch er sah ja wohl ein, dass ihre Beziehung nicht zu etwas Festem führen würde. In den zwei Jahren, die sie zusammen waren, hatten sie kein einziges Mal von einer gemeinsamen Zukunft gesprochen. Sie war vierzehn Jahre älter als Jonny und hatte ihn überdies im Spätsommer zweimal mit Leo Kara betrogen. Für eine dauerhafte Beziehung taugte sie einfach nicht mehr. Die spärlichen Überreste ihrer Energie musste sie jetzt für die Suche nach ihrer Tochter einspannen. Es schien unmöglich zu sein, dass Vilma noch gefunden wurde, nur ein kleiner Hoffnungsfunke flackerte noch in ihrem Herzen. Und damit er nicht erlosch, musste sie ihn immer wieder entfachen, mit Erinnerungen an ihre schönsten gemeinsamen Erlebnisse: die Reise in den Freizeitpark Muminwelt, ihre Ausflüge in den Helsinkier Zoo und zum Pilzesuchen und das Gefühl, mit Vilma im Arm einzuschlafen. Sie trocknete sich die Augen. Ihre Stimmung verdüsterte sich noch mehr, als sie draußen einen alten Bettler sah, einen Rom, der sie mit vorwurfsvollem Blick anschaute.

Sie nahm ihre Umhängetasche, verließ das Café und beschloss, die etwa zwei Kilometer bis zu ihrer Anwaltskanzlei in Hietalahti zu laufen. Sie musste ihre Post durchsehen. Es ärgerte sie, dass sie nicht fähig gewesen war, Jonny ihre Entscheidung sachlicher mitzuteilen. Sie hatte nicht die Absicht gehabt, ihn wütend zu machen. Ohne seine Hilfe würde sie Vilma nie finden. Jonny war ein Weltklassehacker und mit Computern zu Kunststücken imstande, die sich ein normaler Mensch nicht einmal vorstellen konnte. Zu seinem Pech war er vor etwa zwei Jahren beim Einbruch in das Informationssystem des Pentagon erwischt und zu einer Bewährungsstrafe verurteilt worden. Seitdem suchten sowohl die Ermittlungsgruppe der KRP für Straftaten auf dem Gebiet der Informationstechnik als auch die Behörden anderer Länder bei jedem erstklassigen Dateneinbruch Jonnys Nick P@r@noid.

Kati Soisalo erreichte den Kasarmitori und überlegte, wie viel Schnee wohl diesen Winter fallen würde. Voriges Jahr hatte man den Kasarmitori zum Parkplatz machen müssen, weil durch die Schneemassen in ganz Helsinki die Straßen verstopft waren. Blieb nur zu hoffen, dass Jonny bald wieder besänftigt war, denn sie würden beide in Kürze die Hilfe des anderen brauchen. Sie besaßen einen gemeinsamen Feind – den stellvertretenden Chef der KRP Jukka Ukkola, ihren Exmann. Ukkola hatte einen gewaltigen Aufwand betrieben, um den Anschein zu erwecken, als hätten sie beide eine schwere Straftat begangen. Ihr selbst stand ein Prozess bevor, weil Ukkola zwei Zeugen bestochen hatte, falsch auszusagen und zu behaupten, sie habe bei der Aufstellung des Nachlasses einer Bekannten ein Perlenhalsband im Wert von über hunderttausend Euro unterschlagen. Und in Jonnys Wohnung hatte Ukkola Amphetamin versteckt. Zudem wurde gegen Jonny eine Anklage wegen schweren Dateneinbruchs vorbereitet, nachdem man ihn beim Cracken von Ukkolas Computern erwischt hatte. Ukkolas Suspendierung vom Dienst war nur ein schwacher Trost. Er stand unter dem Verdacht der Beteiligung am Drogen- und Menschenhandel. Das war den Beweisen zu verdanken, die sie mit Jonny und Leo Kara im August ausgegraben hatte.

Beim Gedanken an Ukkola spürte sie den Hass wie eine Hitzewallung in ihren Schläfen. Der Kerl hatte seit Vilmas Verschwinden, also über drei Jahre lang, gewusst, wo das Mädchen war, ihr aber bis zum letzten August nichts davon gesagt, keine Silbe. Zu solch einer Gefühllosigkeit war nur ein absoluter Psychopath imstande. Kati Soisalo hielt sich nicht für einen rachsüchtigen Menschen, aber Jukka Ukkola würde sie das alles eines Tages mit Zins und Zinseszins heimzahlen, das war sicher. Sobald er verraten hatte, wo sich Vilma befand.

* * *

Leo Kara saß am Rand des großen, von Fahnen umkränzten Springbrunnens und betrachtete das Kongressgebäude und die Hochhäuser aus Beton und Glas, die an ein geschwungenes Ypsilon erinnerten. Neben dem Büro für Drogen- und Verbrechensbekämpfung UNODC hatten darin auch viele andere Einrichtungen der Vereinten Nationen ihren Sitz, hier arbeiteten mehr als viertausend Menschen aus über hundert Ländern. Die Wiener hatten den Gebäudekomplex UNO-City getauft.

Am Vortag war er nach Wien zurückgekehrt, die Zeit seiner Krankschreibung hatte er in der Villa von Betha und Albert in Torquay an der englischen Riviera verbracht. Das waren für ihn die angenehmsten sechs Wochen seit vielen Jahren gewesen. An regnerischen Tagen hatten sie drinnen gesessen, Karten gespielt und

Alberts brillantes Essen genossen. Und bei gutem Wetter hatten sie leichte Gartenarbeiten verrichtet und Krocket gespielt. Seine Wunden waren zwar verheilt und seine Kräfte wiederhergestellt, aber er hatte wochenlang gefaulenzt und dadurch zu viel Zeit gehabt, zu grübeln. Das hatte vermutlich dazu beigetragen, dass seine Erinnerungen wieder aufgetaucht waren. Das und Exelon, ein Medikament zur Behandlung von Gedächtnisstörungen nach Hirnverletzungen, das er bereits seit über einem halben Jahr einnahm. Er war schon vorher ein Nervenbündel und unberechenbar gewesen, aber so klapprig hatte er sich noch nie gefühlt. Schon allein der Gedanke, was möglicherweise noch passieren würde, machte ihm Angst. Das Morphium konnte auch nicht jeden Tag helfen.

Kara hätte gern mit jemandem geredet und Druck abgelassen. Vielleicht verstünde Betha, was im Oktober 1989 geschehen war und warum. Aber was wollte er ihr denn sagen? Sollte er eingestehen, schuld am Tod seiner Mutter zu sein? Über solche Dinge sprach man nicht am Telefon, zumindest er nicht. Und andere Gesprächspartner hatte er ganz einfach nicht, das war die Quittung, wenn man sich von den Menschen in seinem Umfeld abschottete.

Heute war der letzte Tag seines Genesungsurlaubs, aber der neue Generaldirektor des UNODC, der Däne Preben Leegaard, hatte ihn trotzdem zu sich gebeten, weil er am Nachmittag eine Dienstreise nach Lateinamerika antrat. Kara war ausnahmsweise vorzeitig in der UNO-City eingetroffen. Plötzlich klingelte sein Handy – »Unbekannte Nummer«. Er zögerte einen Augenblick, meldete sich dann aber.

»Rechtsanwalt Ville Kärävä aus Helsinki, spreche ich mit Leo Kara?«

»In welcher Angelegenheit rufst du an?« Kara dachte fieberhaft nach, konnte sich jedoch nicht erinnern, irgendwann einen Ville Kärävä getroffen oder den Namen gehört zu haben.

»Vielleicht ist es am besten, wenn ich sofort zur Sache komme.

Sehe ich das richtig, dass du in letzter Zeit bei deiner Arbeit auf eine Organisation gestoßen bist, die Kabinett genannt wird?«, fragte Käråvä.

»Warum fragst du?«

»Auf Bitten meines Mandanten. Das Kabinett betreffende Unterlagen sind in seine Hände gelangt. Wegen seiner beruflichen Tätigkeit kann mein Mandant nicht selbst Kontakt zu den Behörden aufnehmen, deshalb will er dich um Hilfe bitten.«

»Um Hilfe welcher Art?«

»Mein Mandant hofft, dass du seine Informationen der Polizei übermittelst.«

»Warum wird dafür ein Vermittler gebraucht«, entgegnete Kara schroff. »Kann man diese Unterlagen nicht der KRP oder SUPO faxen oder per Post schicken? Und wo habt ihr von mir und meiner Arbeit erfahren?«

Käråvä schwieg einen Augenblick. »Die Situation ist ziemlich kompliziert. Die Informationen in den Dokumenten, die sich im Besitz meines Mandanten befinden, sind äußerst brisant. Das alles ließe sich leichter erklären, wenn man sich gegenüber sitzt. Kommst du zufällig in der nächsten Zeit nach Finnland?«

»Aller Voraussicht nach nicht«, antwortete Kara, in diesem Zustand wäre er niemandem eine Hilfe.

»In den Unterlagen meines Mandanten wird auch dein Vater erwähnt.«

Jetzt war Karas Interesse geweckt. »Wie viel weiß dein Mandant, hat er …«

»Alles«, versicherte Ville Käråvä.

Kara schaute kurz auf seine Uhr. »Ich bin gerade auf dem Weg zu einem Treffen, aber schick mir eine SMS mit deiner Telefonnummer, ich komme darauf zurück«, sagte er, beendete das Gespräch und rannte los.

Kurz danach betrat er mit Erlaubnis der Sekretärin das Zimmer des Generaldirektors in der 13. Etage des Hauses E. Ihm fiel ein, wie er sich hier mit Gilbert Birou, dem ehemaligen UNODC-Chef, beharkt hatte. Egal, was sein neuer Vorgesetzter für ein Mensch war, schlimmer als mit Birou konnte es nicht werden.

Kara roch Preben Leegaards Rasierwasser schon, bevor der Generaldirektor hereinkam. Sie gaben sich die Hand. Auf der Nase und den Wangen des kleingewachsenen Dänen schlängelten sich dunkle Äderchen, seine Augen sahen trübe aus und das Gesicht geschwollen, auf seiner Stirn perlten kleine Schweißtropfen, obwohl die Klimaanlage in der 13. Etage immer für angenehm kühle Temperaturen sorgte. Der Generaldirektor deutete mit der Hand auf das Sofa und Kara setzte sich.

»Ich habe viel von dir gehört«, sagte Leegaard.

»Bestimmt nur Gutes«, erwiderte Kara zurückhaltend.

»Für dein Alter hast du einen glänzenden beruflichen Werdegang: Vier Jahre im Konfliktforschungsinstitut GCG, drei Jahre beim MI5 und dann das UNODC. Du kommst nicht sonderlich gut mit deinen Kollegen aus, aber wie zu hören war, bringst du Ergebnisse zustande. Das mag ich. Ich bin selbst auch nicht der Typ Verbindungsbeamter, anders als mein Vorgänger. Deine Arbeit im letzten August haben sowohl die finnischen Behörden als auch Betha Gilmartin vom britischen Auslandsnachrichtendienst gelobt.«

Kara wusste nicht, was er sagen sollte. Er bekam Lob von seinem Vorgesetzten, das war für ihn etwas völlig Neues. Leegaard saß in einem Sessel und knetete sein Bein, anscheinend fühlte er sich nicht gut.

»Ich habe deine Berichte über die Ereignisse im August gelesen.« Der Generaldirektor klopfte mit dem Finger auf die Unterlagen, die sich vor ihm auf dem Couchtisch stapelten. »Deine finnische Helferin wurde niedergeschossen, Betha Gilmartin vom SIS – wenn ich das richtig verstehe, eine gute Freundin von dir – wäre fast an einem Herzanfall gestorben, und du selbst hast auch Schweres durchgemacht. Laut ärztlichem Gutachten leidest du unter einer Frontallappenverletzung, die dazu führt, dass du dich aggressiv und unberechenbar verhältst. Bist du wirklich der Meinung, du kannst deine Arbeit wieder aufnehmen?«

Kara fiel der Anruf des Anwalts ein. »Ich bin tatsächlich nicht in allerbester Verfassung … eher weit davon entfernt. Aber meine Krankschreibung endet heute.«

Leegaard ging an seinen Schreibtisch und blätterte in Karas Personalakte. »Dir stehen noch drei Wochen Urlaub zu, den du bisher nicht genommen hast. Du könntest dich erholen … oder Ferien machen, bis ich aus Südamerika zurückkomme, wenigstens eine Woche. Aber die Entscheidung liegt natürlich bei dir.«

»Das wäre mir recht«, erwiderte Kara, ohne groß zu überlegen.

»Ich teile es der Personalabteilung mit«, sagte Leegaard, und damit endete das Treffen.

Kara war perplex. Mit keinem einzigen Vorgesetzten war die Zusammenarbeit so reibungslos angelaufen. Er verließ das Gebäude, ging durch den Verbindungsgang ins Haus D, betrat den Aufzug und begriff, dass er jetzt eine Entscheidung treffen musste. Sollte er weiter Urlaub machen und sich mit dem zufriedengeben, was er jetzt wusste, oder sollte er versuchen, endgültig zu klären, was im Oktober 1989 geschehen war: Warum man den Tod seines Vaters inszeniert hatte, was hinter Mundus Novus steckte … Es schien so, als wollte einer dort oben, oder da unten, dass er weitermachte: Erst hatte ihm dieser finnische Jurist neue Informationen angeboten und kurz darauf Leegaard die Möglichkeit, sie zu überprüfen. Da blieb ihm gar nichts anderes übrig, als herauszufinden, ob er wirklich die Schuld am Tod seiner Mutter trug und was mit Emma geschehen war.

Kara verließ den Aufzug und wand sich durch die schmalen Flure der Gruppe zur Untersuchung des Menschenhandels und des Schmuggels von Migranten. Diese Truppe des UNODC war die weltweit führende Einrichtung auf ihrem Gebiet. Geleitet wurde sie von Reetta Hirvonen. An ihrer Tür blieb Kara stehen. Sie war offen.

Die blonde, durchtrainierte Finnin wirkte wie immer frohgelaunt. »Leo! Schön dich zu sehen. Geht es dir gut?«

Kara musste über ihren Turkuer Dialekt lächeln. »Eher schlecht.«

Reetta Hirvonen bedeutete ihm, Platz zu nehmen. »Ich habe gehört, du hast vor zwei Monaten wirklich gute Arbeit geleistet. Du hast dafür gesorgt, dass der finnischen Polizei eine Lastwagenladung mit Opfern des Menschenhandels in die Hände gefallen ist. Im Haus geht das Gerücht um, es wäre zum Teil dein Verdienst, dass der von Interpol koordinierte Schlag gegen die Balkanroute so hervorragend gelungen ist.«

»Über die Sache wollte ich eigentlich mit dir reden ...«

»Durch die Zerschlagung des Menschenhändlerringes sind überall in Europa hunderte Kinder und Frauen aus der Gefangenschaft befreit worden.« Reetta Hirvonens Augen leuchteten. »Der überwiegende Teil der Kriminellen, die an der Balkanroute beteiligt waren, konnte gefasst werden. Jetzt verhört man die Schuldigen, und da sickern ständig auch zu uns neue Informationen durch. Anscheinend wendet die Polizei in den Ländern auf dem Balkan etwas unsanftere Verhörmethoden an als bei uns in Finnland.«

»Kati Soisalo ist dir und deiner Truppe wirklich dankbar, dass ihr bei der Suche nach Vilma geholfen habt«, sagte Kara. »Hast du etwas Neues über das Mädchen erfahren?«

Reetta Hirvonen wirkte nachdenklich, kramte eine Weile in den Unterlagen auf ihrem Schreibtisch und rief dann erfreut: »Hier ist es ja! Im Haus des Chefs der Balkanroute auf serbischem Gebiet fand die Polizei ein Dokument, in dem der Name Vilma erwähnt wird. Darin heißt es nur: *Bestellung – Vilma. Beschafft 13.9.2007 Dubrovnik. Übergeben 14.9. Lubljana. Eingetroffen 16.9. Helsinki.*«

Kara schüttelte den Kopf. »Vilma wurde nicht nach Helsinki geschickt, sondern nach Vittorio Veneto in Italien. Und was bedeutet Bestellung in diesem Zusammenhang?«

»Vielleicht hatte irgendjemand Vilma gesehen und verlangt, dass gerade sie entführt wurde. Oder jemand hatte sehr genau angegeben, was für ein Kind er will: blond, drei Jahre alt, lange Haare ...«

»Die bestellen Menschen wie Autos, bei diesem ganzen Menschenhandel wird einem übel. Sonst wurde im Zusammenhang mit Vilma nichts gefunden?«

»Leider nicht«, sagte Reetta Hirvonen. »Aber ich halte die Augen offen.«

* * *

Auf dem U-Bahnhof Praterstern stieg Kara aus und ging etwa dreihundert Meter bis zum Lokal Hansy. Der Wind wehte so heftig, dass ihm die Augen tränten. Seine Freundin Nadine Egger arbeitete fast ohne Pause in ihrer Kneipe. Er sah sie aber nicht hinter dem Tresen, und der Kellner Walter am Zapfhahn zuckte die Achseln, um zu bedeuten, dass er nicht wusste, wo sich seine Chefin herumtrieb. Das traditionelle Wirtshaus war zur Hälfte mit Gästen gefüllt. Den Inhalt der Speisekarte konnte man leicht an den Gerichten auf den Tischen ablesen: riesige panierte Schnitzel und vor Fett triefende Würste. Pasta galt im Hansy als Diätessen, und Gemüse legte man höchstens als Farbtupfer auf die Teller.

Plötzlich entdeckte er Nadine an der Giebelseite des Barbereichs. Sie unterhielt sich mit einem gepflegten Mann in dunklem Anzug und wirkte schockiert. Kara und Nadine waren annähernd gleichaltrig, Mitte dreißig, sahen aber beide älter aus. Zwei Monate lang hatten sie sich nicht gesehen. Vor ihrem letzten Telefongespräch war Nadines Sohn Bruno gerade wegen Drogenvergehen verhaftet worden.

Kara beschloss zu warten, bis Nadines Gast gegangen war, er kehrte an den Tresen zurück, bestellte einen Marillenschnaps und ein großes Helles und setzte sich hin, um seinen Lieblingskellner Walter zu beobachten. Der Ober ignorierte sowohl einen jungen Mann, der sein leeres Bierglas hochhielt, als auch einen Geschäftsmann, der winkte und zahlen wollte. Als einer der Gäste aufstand und in Richtung Tresen ging, drehte Walter ihm den Rücken zu und das Radio lauter.

Das Hansy war eine gelungene Mischung aus Neuem und Altem. Die Einrichtung, der Tresen und der große Flachbildschirm wirkten modern, doch die Decke mit den Gewölbebögen, die nackten Ziegelwände und die Fensternischen erinnerten an vergangene Zeiten. Kein Wunder, dass Nadine ihr Lokal so sehr mochte.

Er dachte über Nadine nach. Keiner von ihnen beiden wollte, dass ihre Beziehung enger wurde, mit Ausnahme von Brunos Problemen unterhielten sie sich nie ernsthaft über irgendein Thema. Kara wäre niemals auf die Idee gekommen, Nadine von den Ereignissen im Oktober 1989 zu erzählen. Was für einen Sinn hatte so eine Beziehung? Was für einen Sinn hatte all das, was er in den letzten zwanzig Jahren getan hatte?

»Du hättest wenigstens anrufen können.« Nadine war unbemerkt neben Kara aufgetaucht. »Willst du Mittag essen?«

»Ja, gern«, antwortete Kara und wartete, bis Nadine mit einem vollen Teller zurückkehrte. Durch den Stress der letzten Monate hatte sie so abgenommen, dass sich die Haut über den Wangenknochen spannte. Sie wirkte abgekämpft, der straff gebundene schwarze Pferdeschwanz verstärkte diesen Eindruck noch. Kara bekam marinierten Rostbraten mit Apfelmus, Balsamicosoße und Kartoffeln vorgesetzt.

»Wer fängt an?«, fragte Nadine.

Kara hatte den Mund voll und zeigte mit der Gabel auf Nadine.

»Brunos Prozess beginnt Anfang November, und es sieht schlecht aus. Offen gesagt, verdammt schlecht. Der Jurist, den du mir empfohlen hast, leistet zwar gute Arbeit, aber er sagt, dass Bruno diesmal nicht mit Bewährung davonkommt.« Nadine rieb mit beiden Händen ihre Schläfen. »Dieser verflixte Bengel. Gerade als er selbst vom Stoff losgekommen war …«

»Weswegen wird Bruno angeklagt?«, murmelte Kara.

»Diese juristischen Fachausdrücke habe ich mir nicht gemerkt – wegen Rauschgiftvergehen. Der Vater von Brunos Kumpel arbeitete als Kurier einer serbischen Kriminellen-Organisation und ließ die Jungs überall in Österreich Drogen verteilen. Deswegen musste sich Bruno auch ein Auto anschaffen. Diese serbische Bande war angeblich in den Menschenhandel und sonst noch alles Mögliche verwickelt.«

Kara empfand Gewissensbisse. Bruno war bei der von Interpol koordinierten internationalen Polizeioperation gefasst worden und die verdankte ihren Erfolg zum Teil auch den von ihm beschafften Informationen. »Kann ich irgendwie helfen?«, fragte Kara, als er sah, wie verzweifelt Nadine war.

»Das Unglaublichste bei alldem ist, dass nach Ansicht des Juristen die Freiheitsstrafe nicht mal das Schlimmste sein wird, was Bruno bevorsteht.« Nadine senkte den Blick.

Kara schaute sie überrascht an.

»Man wird Bruno und seine Kumpels zu gewaltigen Schadenersatzzahlungen verurteilen, sie müssen ihre Gewinne aus dem Drogenverkauf an den Staat abführen. Der Anwalt meint, die Summe werde sich bestimmt auf ein paar hunderttausend Euro belaufen. Bruno wird bis ans Ende seiner Tage diese Schulden abzahlen, das Leben des Jungen ist vorbei, noch bevor es überhaupt richtig angefangen hat. Die dauerhafte Freiheitsentziehung wegen Schulden sei eines der sichersten Mittel, um einen jungen Menschen zum Kriminellen zu machen, sagt der Jurist. Für illegal beschaffte Einkünfte braucht man ja keine Pfändungsgebühren oder Steuern zu zahlen.«

Kara schüttelte den Kopf. Er hätte Nadine gern irgendwie getröstet, konnte es aber nicht. »Diesmal scheint Bruno in einer Sackgasse zu stecken.«

»Das darf aber nicht sein!«, erwiderte Nadine gereizt. »Ich habe wegen Bruno auf verdammt viele Dinge verzichtet. Wenn ich den Jungen jetzt seinem Schicksal überlasse, wird aus ihm irgendein Gangster.«

»Was glaubst du denn, was du tun könntest?«, fragte Kara vorsichtig. »Du hast doch das Geld nicht, zumindestens nicht die Summen, von denen du gesprochen hat. Du kannst Brunos Schulden nicht bezahlen, auch wenn du es möchtest.«

»Das stimmt. Ich bin schon bei zwei Banken gewesen und bekäme nur einen zusätzlichen Kredit von höchstens fünfzigtausend Euro.«

»Ungefähr so viel könnte ich dir leihen«, schlug Kara vor.

Nadine lachte, schüttelte den Kopf und wurde wieder ernst. »Keiner von uns beiden hat viel von seiner Vergangenheit erzählt. Aber du weißt zumindest, dass ich schon als Teenager um ein Haar mein Leben ruiniert hätte. Seit meinem dreizehnten Geburtstag hatte ich Zoff mit meinem Vater. Dreimal bin ich von zu Hause abgehauen, aber Vater hat mich jedes Mal mit Gewalt zurückgeholt. Beim vierten Mal bin ich zu Brunos Vater Stefan gezogen. Ich war sechzehn und schwanger. In Österreich darf eine Sechzehnjährige bei ihren Eltern ausziehen, wenn sie nachweist, dass sie für ihren Lebensunterhalt sorgen kann. Und mit Stefans Hilfe konnte ich das.«

»Anscheinend warst du auch nicht gerade ein leichter Fall.«

Nadine zögerte einen Augenblick und fuhr dann fort. »Stefan war Narkomane und Drogendealer. Er hat den Schülern in München Speed, Hasch und Khat verkauft. Verdammt, ich begreife immer noch nicht, wie ich auf diesen Loser fliegen konnte. Vielleicht, weil ich selber Stoff genommen habe, bevor ich schwanger wurde. Ich weiß ganz genau, wie schwierig es ist, aus der Drogenhölle rauszukommen. Bruno ist kein schlechter Junge, er müsste nur sein Leben auf die Reihe kriegen, etwas finden, was ihn ausfüllt.«

Kara fiel dazu kein passender Kommentar ein, also schwieg er.

»Mein Vater wollte mich seinerzeit nicht nur zwingen, wieder nach Hause zu kommen, sondern auch das Kind abtreiben zu lassen. Als ich dazu nicht bereit war, hat das Schwein versucht, mich in den Zwangsentzug zu stecken. Er hat Druck auf die Behörden ausgeübt und von bestochenen Jugendpsychiatern Gutachten eingeholt, denen zufolge ich unter schweren Depressionen litt und ...«

»Alles Verrückte, die ganze Familie.« Die kaum hörbare Bemerkung rutschte Kara heraus. »Wieso war dein Vater dazu in der Lage? Was ist er eigentlich für ein Mann?«

»Anton Moser, einer der einflussreichsten Geschäftsleute in Österreich, der Generaldirektor des AEM-Konzerns. Ich habe den Mädchennamen meiner Mutter angenommen, als ich volljährig wurde. Mit Vater habe ich neunzehn Jahre lang kein Wort gesprochen.«

Kara wurde klar, was sie vorhatte: »Du hast die Absicht, deinen Vater um Hilfe zu bitten.«

»Ich muss den Hut in die Hand nehmen und betteln gehen. Das ist Brunos einzige Chance.«

3

Mittwoch, 5. Oktober

Mit blassem Gesicht saß Eeva Vanhala im Arbeitszimmer ihrer Wohnung an der Viiskulma, einer Kreuzung von fünf Straßen im Zentrum Helsinkis, und erwartete einen Anruf. Sie berührte den Mull auf ihren Tränensäcken. Dass ihr Lebensgefährte Mikael aus heiterem Himmel einfach so ausgezogen war, wegen eines polnischen Musikerflittchens, war also doch nicht das Schlimmste, was ihr passieren konnte. Als sie abends an seinem Schlafshirt gerochen hatte, war sie davon noch überzeugt gewesen. Bis der Vorsitzende des Kabinetts ihr vor einer Stunde mitgeteilt hatte, er wolle heute Morgen genau um neun Uhr mit ihr sprechen. Das war noch nie vorgekommen und verstieß gegen alle Regeln. Die Mitglieder des Kabinetts redeten ausnahmslos nur miteinander, wenn sie sich von Angesicht zu Angesicht gegenüberstanden, doch jetzt wollte der Vorsitzende sie während einer Zwischenlandung auf dem Rückflug von Dubai anrufen. Es kündigten sich also außerordentlich große Probleme an. Eeva Vanhala wusste natürlich, worum es bei dem Gespräch gehen würde: Die für die Ermittlungen zum Kabinett zuständige stellvertretende Generalstaatsanwältin war bei den Untersuchungen auf ihren Namen gestoßen.

Schweiß rann über ihre Schläfen und brannte in den Augen, der Mull wurde allmählich feucht. Die ganze Operation zur Entfernung der Tränensäcke war Blödsinn gewesen. Als Mikael sie verlassen hatte, war sie aus Sorge um den zunehmenden Verfall ihres äußeren Erscheinungsbilds zu dem Entschluss gekommen, Sport zu treiben, damit sie fit wurde, und ihre Tränensäcke in einer sauteuren Privatklinik wegmachen zu lassen. Sogar die Haare ließ sie sich färben, um das Grau zu überdecken. Als würde das etwas ändern. Der Schöpfer mit der großen Kelle hatte ihr nun mal den Körperbau eines Holzfällers und das Gesicht einer Flunder verpasst, da war es immer verdammt schwierig, einen Mann zu finden. In ihren ersten zwanzig Lebensjahren galt sie als das hässliche, aber nette Mädchen, an das man sich wenden konnte, wenn man Hilfe brauchte, aber nicht, wenn man sich amüsieren wollte.

Während des Studiums an der Universität war das Leben schließlich leichter geworden, in der Welt der Vereinigungen und Verbände fanden sich endlich Gesinnungsgenossinnen. Sie trat zunächst in den Jugendverband der konservativen Kokoomus-Partei ein und später auch in andere rechte Organisationen. Nach der Zeit bei der SUPO ging es in ihrer Karriere steil aufwärts, sie wurde dann Vorstandsmitglied im damaligen Finnischen Städteverband, im Verband Uudenmaan liitto, in der Universität Helsinki, im Versicherungskonzern Varma, im Lotto-Unternehmen Veikkaus und im Ölkonzern Neste und außerdem Mitglied des Verwaltungsrates der Nationaloper und des Finnischen Innovationsfonds SITRA. Wegen ihrer derzeitigen beruflichen Tätigkeit war sie jedoch nur noch Mitglied im Lions-Club von Ruoholahti und im City West Rotary Club. Aus der finnischen Organisation der Wirtschaftsjunioren hatte sie nach Vollendung ihres vierzigsten Lebensjahrs nicht wie sonst üblich ausscheiden müssen, denn sie besaß den Ehrentitel eines Senators der Junior Chamber International.

Im Speicher ihres Telefons befanden sich die Nummern von zweitausend Menschen, sie verschickte jedes Jahr hunderte Weihnachtskarten und hatte schon fast viertausend Facebook-Freunde. Sie kannte in Finnland so gut wie jeden »Macher«, den man kennen sollte. Was auch immer sie haben wollte, es fand sich stets jemand, der ihr helfen konnte, sie hatte die Vernetzung zu einer Kunst gemacht, bevor das Wort überhaupt erfunden war. Freunde besaß sie allerdings immer noch nicht.

In Gedanken kehrte sie zu ihrer kurzen Laufbahn bei der SUPO zurück, zu jenem Abend im Oktober 1992, an dem sie Smirnows Material nicht nur für die Sicherheitspolizei, sondern auch für sich selbst kopiert hatte. Sie richtete sich auf und lächelte, immerhin hatte sie Mumm gehabt, als sie jünger war. Es gehörte Schneid dazu, Geheimmaterial der Kommunistischen Partei der Sowjetunion über Finnland, eine ganze Tasche voll, für seine eigenen Zwecke zu vervielfältigen. Als sie den Befehl erhalten hatte, das Smirnow-Material zu kopieren, erkannte sie natürlich sofort den Wert der Dokumente und informierte die Leitung der Stiftung *Suomalaisen Yhteiskunnan Tuki* und andere einflussreiche Personen mit rechtsgerichteten Wertvorstellungen. Also all jene, denen die gesellschaftliche Macht früherer Befehlsempfänger des KGB in Finnland Sorgen bereitete.

Sie hatten gewusst, dass man die Kopie von Smirnows Material im Tresor des SUPO-Chefs verschwinden lassen würde, dort durfte sie dann liegen, bis sie Schimmel ansetzte. Eero Kekomäki, damals Leiter der SUPO, gehorchte Präsident Mauno Koivisto widerspruchslos, und der wollte auf gar keinen Fall, dass all seine Verbindungen zum KGB an die Öffentlichkeit gelangten. Als Regierungschef fungierte 1992 Esko Aho, der engen Kontakt zum KGB hielt, obwohl er noch nicht einmal vierzig war; Aho hatte die Russen sogar gebeten, an der Ausarbeitung des wirtschaftspolitischen Programms seiner Regierung im Herbst 1991 teilzunehmen. Eeva Vanhala war damals zu dem Entschluss gelangt, das Smirnow-Material auch für sich selbst zu kopieren, damit wenigstens ein echter Konservativer jene finnischen Entscheidungsträger im Griff hatte, die für den KGB arbeiteten.

Es war fast tragikomisch, dass sie später dank Smirnows Unterlagen selbst Mitglied des Kabinetts und gewissermaßen auch Partner der KGB-Erben, des FSB, geworden war. Aber was will man machen, ein Streber steigt eben die Karriereleiter immer weiter hinauf, bis er die oberste Sprosse erreicht hat, und die war in Finnland das Kabinett. Und keiner im Kabinett kannte ihr Geheimnis.

Eeva Vanhala erschrak, als das Telefon klingelte. Sie räusperte sich, nannte ihren Namen und hielt den Hörer etwas weiter weg vom Ohr, als der Vorsitzende des Kabinetts mit tiefer Stimme seine Predigt begann. Ohne ihn ein einziges Mal zu unterbrechen, hörte sie sich die minutenlange Litanei an, die schließlich mit einer Anweisung endete: »Du hast noch genug Zeit, deine Angelegenheiten zu regeln. Einigen wir uns darauf, dass du aus Finnland verschwindest, sagen wir, am nächsten Wochenende.«

»Wer übernimmt dann meine Aufgaben, wem ...«

Der Vorsitzende unterbrach sie: »Jukka Ukkola ist von jetzt an für alle ... heiklen Geschäfte zuständig.«

»Ich bin sehr wohl imstande, die Dinge so zu organisieren ...«

»Am Wochenende«, wiederholte der Vorsitzende, und das Gespräch war zu Ende.

Eeva Vanhala ging zum Barschrank, goss etwa vier Zentiliter Pastis in ein Glas, fügte in der Küche ein wenig Wasser hinzu und trat ans Fenster. An einer Kreuzung von fünf Straßen waren immer Leute unterwegs.

Ihr blieb zu wenig Zeit, obwohl sie sofort Maßnahmen ergriffen hatte, um ihre Haut zu retten, als sie in der vorhergehenden Woche erfahren hatte, dass man bei den Ermittlungen zum Kabinett auf ihren Namen gestoßen war. Sie hatte einem alten Bekannten, dem Anwalt Ville Käräv̈ä, Informationen aus dem Smirnow-Material übermittelt, die beweisen sollten, dass sie keine Schuld an den Verbrechen des Kabinetts trug. Das bedeutete allerdings, drei Kabinettsmitglieder zu opfern. Doch sie hatte nicht die geringste Absicht, ins Ausland zu fliehen und sich irgendwo zu verstecken, wo sie allein, unbekannt und unbedeutend war.

Im Laufe der Jahre hatte sie Smirnows Material mit Bedacht und nur äußerst vorsichtig eingesetzt. Wenn sie einen neuen Posten wollte, eine Berufung oder einen Orden, hatte sie Kontakt zu einer Person aufgenommen, die dabei behilflich sein konnte, und nur im Bedarfsfall angedeutet, dass sie die Geheimnisse ihres

Opfers kannte. Lediglich zweimal musste sie ein Dokument vorlegen, um ihr Opfer zu überzeugen. Doch jetzt war sie gezwungen gewesen, Kärävä etliche Dokumente preiszugeben, so viele, dass es reichte, um die Beweise der stellvertretenden Generalstaatsanwältin gegen sie zu entkräften.

Wenn sie als Verräter entlarvt wurde oder wenn jemand erfuhr, dass sich Smirnows Material in ihrem Besitz befand, dann wäre sie verloren. Dieses Material steckte voller hochbrisanter Geheimnisse von Leuten, die in der finnischen Gesellschaft Macht ausübten. Also war niemand, der in Finnland etwas darstellte, daran interessiert, dass der Inhalt der Dokumente an die Öffentlichkeit gelangte – das würde für jeden von ihnen den Untergang bedeuten, auch für sie selbst.

Plötzlich fiel Eeva Vanhala ein Fußgänger in einer Allwetterjacke auf, der unten an der Kreuzung vor dem Schallplattengeschäft von Digelius stand. Der breitschultrige Mann wirkte angespannt, schaute kurz auf seine Uhr und dann nach oben – direkt zu ihren Fenstern. Eeva Vanhala wäre fast das Glas aus der Hand gefallen. Warum hatte der Vorsitzende des Kabinetts ihr befohlen, zu einer bestimmten Uhrzeit daheim zu sein? Er hätte sie schließlich auch auf ihrem Handy anrufen können, sie wussten beide genau, dass ihre Telefone von niemandem abgehört wurden. Wollte man sie zwingen, Finnland zu verlassen? Oder hatte man noch etwas Schlimmeres vor?

Ihr Puls raste, sie durfte jetzt nicht in Panik verfallen, sondern musste nachdenken. Sie hatte Vorkehrungen für so gut wie alle vorstellbaren Probleme getroffen, aber auf den Gedanken, irgendwann Hals über Kopf fliehen zu müssen, war sie nie gekommen. Immer hatte sie sich eingebildet, ihr Netzwerk von Kontakten würde sie rechtzeitig über alle möglichen Gefahren unterrichten. Für eine Flucht war sie nicht geeignet, ihre größte sportliche Leistung bestand darin, dass sie einst schwimmen gelernt hatte.

Der Mann draußen überwachte die Haustür, und über den Hinterhof konnte nur ein Akrobat fliehen, der imstande war, eine drei Meter hohe Mauer zu überwinden. Ihr blieb nur eine Möglichkeit. Das Atmen fiel ihr schwer, sie erkannte die ersten Anzeichen eines Anfalls ihrer Panikstörung. Rasch ging sie zu ihrem Medizinschrank, schüttelte zwei Betablocker auf den Handteller und spülte sie mit ihrem Drink hinunter. Dann schaute sie kurz hinunter auf die Kreuzung und sah nur Autos, zwei Schüler mit Ranzen auf dem Rücken und eine alte Frau, die einen Einkaufsbeutel schleppte. War der Mann schon auf dem Weg zu ihrer Wohnung?

Eeva Vanhala riss den Mullverband unter ihren Augen ab, zog blitzschnell den Mantel an und steckte den Schlüssel ein. Im Arbeitszimmer stopfte sie einen Stapel Unterlagen in ihre Umhängetasche, öffnete dann die Wohnungstür vorsichtig und hörte im Treppenhaus Schritte, die näherkamen. Sie schloss die Tür leise von außen, zog die Schuhe aus und schlich hinauf in die oberste Etage. Dieses Haus kannte sie wie ihre Westentasche, sie wohnte schon fast ein Leben lang in dem Gebäude, zunächst als Kind mit den Eltern im ersten Stock und nun in ihrer eigenen Wohnung im dritten Stock.

Die feuersichere Dachbodentür knarrte, die staubige, muffige Luft schlug ihr entgegen wie eine Kindheitserinnerung. Im Treppenhaus hörte man Schritte, ihrer Meinung nach war das der Mann, der sie observierte. Sie schloss die Tür, schaltete das Licht ein und ging zu der etwa zwei Meter hohen Leiter aus Aluminium, dort hängte sie sich ihre Tasche um den Hals und stopfte sie unter den Mantel. Dann stieg sie die Leiter hoch, stieß die blecherne Dachluke auf und ließ sie an der Kette hängen. Als Kind hatte sie nie gewagt, den Jungs auf das abschüssige Blechdach in schwindelerregender Höhe zu folgen. Sie kletterte hinaus und hielt sich mit beiden Händen an den Trittstufen fest, die zum Schornstein führten. So verdammt hoch war das? Ihr wurde ganz flau im Magen, als sie hinabschaute und unter sich Helsinki sah und das Meer, so weit das Auge reichte.

Eeva Vanhala heftete den Blick auf die Trittstufen und bewegte sich langsam und vorsichtig auf allen vieren vorwärts. Sie brauchte über zehn Minuten bis zum Schornstein, dort ruhte sie sich einen Augenblick aus und kroch dann weiter. Nach einer Viertelstunde änderte sich die Farbe des Bleches, sie hatte das Dach des Nachbarhauses erreicht. Der Wind wehte ihr um die Ohren, aber sie hörte nur, wie ihr Puls hämmerte.

Schließlich sank Eeva Vanhala erschöpft auf die Dachluke des Nachbarhauses und schnappte nach Luft. Ein paar Minuten später stieg sie die Treppe hinab. Vorsichtig spähte sie durch die gläserne Haustür hinüber zur Kreuzung und zuckte so heftig zurück, dass ihr Genick schmerzte – der Mann in der Allwetterjacke stand jetzt dreißig Meter entfernt vor dem Friseurgeschäft. Sollte sie es wagen hinauszugehen? Er konnte nicht annehmen, dass sie aus diesem Haus auftauchte.

Plötzlich sah Eeva Vanhala auf der Fredrikinkatu eine Straßenbahn kommen, die Gott sei dank genau zwischen ihr und dem Mann anhielt. Rasch verließ sie das Haus und ging in aller Ruhe bis zur Merimiehenkatu. Dann beschleunigte sie ihr Tempo, schaute mehrmals über die Schulter zurück und keuchte vor Angst. Würde der Mann hinter ihr auftauchen? Auf der Albertinkatu beruhigte sie sich ein wenig, holte das Handy aus der Tasche und bestellte ein Taxi zum Restaurant Rafla in der Uudenmaankatu, bis dahin waren es etwa zweihundert Meter. Der Wagen kam erstaunlicherweise schon einige Minuten später. Sie bat den Fahrer, nach Kirkkonummi zu fahren und wurde erst ruhiger, als das Auto in Ruoholahti auf den Länsiväylä einbog. Dann rief sie ihre Sekretärin an und meldete sich krank.

Eeva Vanhala wusste genau, wie ihr die stellvertretende Generalstaatsanwältin auf die Spur gekommen war. Sie verfluchte den Anwalt Eero Palomaa einmal mehr. Der Mann, der für die Buchhaltung des Kabinetts zuständig gewesen war, hatte der Polizei vor etwa zwei Monaten Beweise für die Existenz des Kabinetts überlassen, um seine eigene Haut zu retten. Dieser Mistkerl hatte beschrieben, wie das Kabinett 1981 gegründet worden war. Sein Kern bestand aus Helfern des KGB und hatte viele Kanäle der Machtausübung Präsident Kekkonens nach dessen Erkrankung unter seine Kontrolle gebracht. Palomaa hatte verraten, wie das Kabinett Ende der achtziger Jahre gestärkt worden war und wie der Kreml und der KGB den vom Kabinett gegründeten Tarnfirmen riesige Summen überwiesen hatten.

Dieser aalglatte Jurist hatte den Behörden auch über die Ereignisse während des Zerfalls der Sowjetunion berichtet. Wie die große Krise in Finnland Ende der Achtziger Jahre von Moskau aus eingeleitet wurde und wie die Neuaufteilung von Finnlands Eigentum und die Sanierung seines Unternehmensbestands genau zu dem Zeitpunkt erfolgte, als das mit dem KGB kooperierende Kabinett über Milliarden verfügte. Und in Palomaas Bericht wurde auch verraten, dass man das Kabinett dafür eingespannt hatte, in Zusammenarbeit mit den russischen Nachrichtendiensten die Interessen des Kreml zu vertreten. Am verhängnisvollsten war jedoch, dass Palomaa auch den Zweck des Kabinetts erklärt hatte.

Eeva Vanhala holte Palomaas Bericht aus ihrer Umhängetasche und las dessen gefährlichste Passage zum x-ten Mal:

Nach dem Zusammenbruch der Sowjetunion konzentrierte sich das Kabinett mehr und mehr ausschließlich auf die wirtschaftlichen Aktivitäten. Seine Aufgabe wurde es, das in private Hände gelangte Milliardenvermögen der Sowjetunion zu waschen und anzulegen. Das Kabinett war das größte, geheimste und effizienteste aller vom KGB initiierten und vom FSB weitergeführten Komplexprogramme. Der Kreml und die Nachrichtendienste Russlands haben für die wichtigste Aufgabe ihrer Geschichte, die Privatisierung des Eigentums der Sowjetunion, gewissermaßen einen ganzen Staat eingespannt – Finnland.

Bedauerlicherweise stimmte es haargenau, was Palomaa behauptete.

Am Bahnhof von Kirkkonummi bezahlte Eeva Vanhala das Taxi, stieg kurz darauf in den Zug nach Turku, den sie in Karjaa wieder verließ. Mit dem Bus fuhr sie bis ins Kirchdorf Pohja und kaufte im Lebensmittelladen ein. Die Taxifahrt ins Dorf Trädbollstad dauerte nur etwa fünf Minuten. Eeva Vanhala bezahlte, schaute sich um und spürte, wie sie sofort ganz ruhig wurde: Selbst das beste Fahndungskommando würde sie hier nicht finden. Ihr Ferienhaus lag mitten im Wald, an einem wenig befahrenen Kiesweg, in einer Gegend, in der nur selten Menschen unterwegs waren. Sie hatte sich das Grundstück zehn Jahre zuvor als Versteck besorgt, nachdem sie einmal mehr von einem verlogenen Typ bitter enttäuscht worden war. Gerade vierzig geworden, hatte sie damals ihre Hoffnung, Mutter zu werden, endgültig begraben und beschlossen, der ganzen Welt zu entfliehen. Die Verträge für Strom, Wasser und Müllentsorgung liefen über ihre Briefkastenfirma, hier würde sie niemand finden.

Eeva Vanhala ging auf dem kurzen Kiesweg bis zu ihrem Haus, stellte mit Befriedigung fest, dass keine Schäden durch Einbrecher zu erkennen waren, und holte aus dem Brennholzschuppen den Schlüssel. Sie betrat das Schlafzimmer, hockte sich vor den Sentry-Tresor, der in die Brandmauer eingelassen war, und tippte den Code aus fünf Ziffern in das digitale Kombinationsschloss ein. Dann stopfte sie schnell die Dokumente aus ihrer Umhängetasche in den Tresor und schlug die Tür zu. Das Smirnow-Material bewahrte sie nicht hier auf, das befand sich in einem idiotensicheren Versteck. An die Unterlagen würde niemand herankommen.

4

Mittwoch, 5. Oktober

Clive Grovers graue Löwenmähne schwang hin und her, als er die weiße Kugel wuchtig in das von roten Kugeln gebildete Dreieck stieß. Er spielte im Keller des Clubs Oxford and Cambridge Snooker, sofern man das so bezeichnen konnte, wenn jemand allein am Billardtisch stand und die Kugeln knallen ließ. Diesen Club mochte er am meisten, hier schien es so, als wäre die Tradition allgegenwärtig, schließlich reichten seine Wurzeln zurück bis ins Jahr 1821. Als Mitarbeiter des britischen Auslandsnachrichtendienstes SIS war Grover natürlich auch Mitglied des Clubs Special Forces, doch in dessen Klubhaus in Knightsbridge konnte man die Arbeit nie ganz hinter sich lassen, dort schwirrten einfach zu viele Kollegen herum. Allerdings ließen sich auch hier Begegnungen mit Geheimdienstprofis nicht völlig vermeiden, im MI5 und SIS wurden immer noch jede Menge Absolventen von Oxford und Cambridge eingestellt. Vor der Jahrzehnte zurückliegenden Enttarnung der Cambridge Five, des Agentenquintetts Kim Philby, Donald Maclean, Guy Burgess, Anthony Blunt und John Cairncross, sowie des unter Oxford-Studenten angeworbenen Spionagerings hätten die britischen Nachrichtendienste fast den Namen »Oxford and Cambridge Club« tragen können. Heutzutage schaltete der SIS Stellenanzeigen in der Presse und im Radio wie eine Handelskette.

Grover gönnte sich einen freien Tag. In der heutigen, von den Gefahren des Terrorismus durchdrungenen Welt war es bei ihm, dem Leiter der Abteilung für Aufklärungsoperationen des SIS, eher die Regel als die Ausnahme, dass er seinen Jahresurlaub unterbrechen musste. Meistens nahm er immer dann einen seiner Urlaubstage, wenn es in der »Firma« ruhig zuging. Gerade jetzt wäre ein längerer Urlaub so nötig gewesen wie lange nicht. Nach dem Abschuss einer chinesischen Trägerrakete vor etwa zwei Monaten war man sowohl im SIS als auch bei den anderen großen Nachrichtendiensten aufgewacht und konzentrierte nun seine Kräfte auf die Untersuchung einer Organisation namens Mundus Novus. Im SIS lagen diese Ermittlungen in seiner Verantwortung, weil die stellvertretende SIS-Chefin Betha Gilmartin noch krankgeschrieben war.

Als er auch die letzte rote Kugel eingelocht hatte, stellte er den Queue in den Ständer, krempelte die Ärmel seines hellroten Hemdes herunter und befestigte die schwarz-weißen Manschettenknöpfe mit dem Logo des Trinity Hall College der Cambridge University. Er trat hinaus auf die Pall Mall im Herzen Londons. Es war 14:01 Uhr und Grover wollte Dylan vorzeitig aus dem Kindergarten in Highbury abholen, um noch mit dem Jungen spielen zu können, bevor dessen Eltern nach Hause kamen. Beim Gedanken an sein vierjähriges Enkelkind lächelte er. Was würde der Schlingel wohl heute machen wollen? Kricket spielen, Fahrrad fahren oder in der Dachkammer mit dem Bettzeug eine Bude bauen? Gott sei Dank brauchte er keine Aufträge im Ausland mehr zu übernehmen. Die Zeit, in der seine Kinder herangewachsen waren, hatte er größtenteils verpasst, denn während seiner Jahre im operativen Einsatz hatte er in Ländern arbeiten müssen, in die er seine Familie nicht mitnehmen wollte. Jetzt holte er das Versäumte nach, indem er mit seinem ersten Enkelkind so viel Zeit wie möglich verbrachte.

Es war ein klarer, sonniger und kühler Tag. Grover stieg in der Station St. James's Park in eine Metro der District Line, fuhr bis zur Victoria Station und lief den mit weißen Fliesen verkleideten Verbindungsgang entlang bis zum anderen Bahnsteig, um auf den Zug in Richtung Walthamstow zu warten. Der Bahnhof war brechend voll, obwohl die Rushhour am Nachmittag noch nicht begonnen hatte. Er stand ein paar Meter von der Bahnsteigkante entfernt und knöpfte seinen Kamelhaarmantel zu, als er den kalten Luftzug aus dem Tunnel spürte. Jemand faltete seine Zeitung zusammen, ein anderer klappte sein Taschenbuch zu und ziemlich viele Reisende steckten ihr Handy in die Tasche. Der Zug kam. Grover machte einen Schritt in Richtung der gelben Markierungslinie, die auf den Fußboden gemalt war, die Menschen ringsum drängten sich immer enger zusammen und bildeten eine dichte Traube. Der schneidende Wind aus dem Tunnel nahm zu, der Lärm des Zuges auch.

Grover wurde mit der Menschenmenge Zentimeter für Zentimeter näher an die Bahnsteigkante getrieben, jetzt war nur noch so wenig Platz, dass sich die Körper wildfremder Menschen gegen ihn drückten. Plötzlich packte ihn jemand mit aller Kraft von hinten um die Taille. Der Zug dröhnte nur ein paar Dutzend Meter entfernt. Er spürte, wie sich seine Schuhe vom Boden lösten, und stieß einen Schrei des Entsetzens aus, dann trug und schob man ihn in den sicheren Tod. Er war noch einen Meter vom Gleis entfernt und sah den ersten Wagen schon ganz nah vor sich ... Grover streckte die Beine nach vorn, sie schlugen gegen die Front des Metrowagens, und die Wucht des Aufpralls drehte ihn um. Er stieß mit dem Kopf gegen ein Seitenfenster des Wagens und fiel auf den Bahnsteig, dann wurde alles rundum schwarz.

* * *

Kurz nach Mittag stieg Leo Kara auf der Hämeentie aus dem Taxi. Es war kalt und regnerisch und auch sonst empfand er die Rückkehr nach Helsinki als bedrückend, jetzt erinnerte er sich an Dinge, die er viele Jahre lang aus seinem Bewusstsein verdrängt hatte. Beispielsweise wie Vater ihn im Sommer 1982 zu einer Fahrt mit der U-Bahn mitgenommen hatte, als sich die brandneue Metrolinie noch im Probelauf befand.

Kara bezahlte das Taxi, warf einen Blick auf die berühmte Kurve der Hämeentie im Stadtteil Sörnäinen. An der Bushaltestelle saß ein Pärchen, trank einen Longdrink aus Dosen und amüsierte sich auf Kosten der Passanten. Noch in seiner Jugend galt diese Gegend als verrufen, aber jetzt war das anders. Filialen von großen Marken, Gourmet-Restaurants oder renommierte Anwaltskanzleien suchte man hier allerdings auch jetzt vergeblich.

Kara drückte auf den Knopf des Türsummers am Eingang eines Hauses am Rande der Kurve und stieg die Treppe zu Ville Käräväs Kanzlei hinauf. Die Tür ging auf, und überrascht erblickte er einen etwa sechzigjährigen, gebückten Mann mit schmalem Gesicht, der eine Maiskolbenpfeife aus dem Mund nahm. Aufgrund der Stimme hatte er sich Kärävä deutlich jünger vorgestellt.

»Das ist ganz ausgezeichnet, dass du beschlossen hast, dich an diesem ... Projekt zu beteiligen. Ich war richtig überrascht, dass du dich so schnell freimachen und nach Finnland kommen konntest«, sagte Kärävä, während er Karas Mantel an die Garderobe hängte und ihn in seine Kanzlei führte, die nur aus einem Raum bestand. Der war vollgestopft mit Unterlagen und Mappen, die sich sowohl in den Regalen und auf den Tischen als auch auf dem Fußboden stapelten. Es roch nach Staub und Pfeifentabak.

»Ich habe überhaupt noch nichts beschlossen«, erwiderte Kara und setzte sich. Er betrachtete die Zimmerdecke, an der die Farbe abblätterte, die gewellten Tapeten und die blinde Ecke des großen Spiegels. Das vergilbte Plakat des Vergnügungsparks Tivoli Seiterä musste aus den Achtzigerjahren stammen. In dieser Kanzlei wurden wahrlich keine hochkarätigen Fälle betreut.

Kärävä setzte sich an seinen von Papierstapeln gesäumten Schreibtisch und schaute kurz erst zum Besprechungstisch, dann zum Couchtisch und schließlich zu dem kleinen Kühlschrank, der in der Ecke vor sich hin surrte. »Ich fürchte, ich habe jetzt nichts hier, was ich anbieten könnte, nicht mal Kaffee, ich wollte eigentlich …«

Kara unterbrach ihn: »Lass uns einfach gleich zur Sache kommen. Als erstes würde ich die Unterlagen lesen wollen, die meinen Vater und das Kabinett betreffen.«

Käräva fuchtelte nervös mit der Pfeife herum. »Wie ich erwähnt habe, ist die Situation kompliziert. Mein Mandant möchte nicht, dass jemand die in seinem Besitz befindlichen Dokumente sieht.«

Kara verstand nicht, was der Anwalt meinte. »Was soll dieser verdammte Blödsinn? Du hast angerufen und gesagt, dass dein Mandant äußerst wichtige Unterlagen zum Kabinett besitzt, und du hast mich gebeten, sie der Polizei zu übergeben.«

»Ich habe dich gebeten, den Behörden die in diesen Unterlagen enthaltenen Informationen zu übermitteln. Ich habe eine Zusammenfassung der Fakten angefertigt, die mein Mandant aufdecken will.« Käräva zog heftig an seiner Pfeife, deren Glut erloschen war.

Kara wäre am liebsten sofort aufgestanden und gegangen, aber die Neugier behielt die Oberhand. »Wer ist dein Mandant?«

»Das weiß ich nicht«, erwiderte Käräva und vermied es, seinen Gast anzusehen.

»Du wirst doch wohl deinen Mandanten getroffen haben?« Karas Stimme wurde lauter.

Käräva schüttelte den Kopf. »Wir haben nur am Telefon miteinander gesprochen.«

Kara lachte kurz auf. »Du bittest mich, den Behörden Informationen aus Dokumenten zu übermitteln, deren Existenz nicht bestätigt werden kann und deren Besitzer nicht bekannt ist. Die Polizisten würden mich auslachen.«

»Vielleicht solltest du erst einmal lesen, was mein Mandant aufdecken will«, schlug Käräva vor. »Die Behörden werden natürlich schnell herausfinden, dass die Informationen zutreffend sind«, fügte er hinzu und reichte Kara die dicke Zusammenfassung.

Ich möchte der KRP und der SUPO bei den Ermittlungen helfen, die das sogenannte Kabinett betreffen. Zum gegenwärtigen Zeitpunkt werde ich die Namen von drei Mitgliedern des Kabinetts preisgeben und Beweise vorlegen, die ausreichen, um sie strafrechtlich für ihre Taten zur Verantwortung zu ziehen. Meine Wahl fiel auf Personen, die über ein umfangreiches Wissen in Bezug auf die Tätigkeit des Kabinetts, seine Mitglieder und seine Aufgabe verfügen.

1. Erno Laamanen (geb. 1952), der Präsident von Suomen Pankki, der Finnischen Zentralbank

Laamanen wurde 1970 Mitglied der Kommunistischen Partei Finnlands. In die Führung der Schülerorganisation Teiniliitto rückte Laamanen, der beim Richtungsstreit in der KP zu den sog. Jungtaistolaiset zählte, im Jahre 1971 auf. Sein Studium an der Universität Helsinki schloss er 1977 als Diplom-Staatswissenschaftler ab. Nach dem Übertritt zur Sozialdemokratischen Partei war er von 1979–91 drei Wahlperioden lang Parlamentsabgeordneter und wirkte vier Jahre als Finanzminister. Zum Parteivorstand der SPFi gehörte Laamanen von 1979–93. Nach seiner politischen Laufbahn arbeitete Laamanen zunächst als Direktor in der Neste AG (1991–97) und dann in der Europäischen Investitionsbank (1997–2005). 2006 wurde Laamanen zum Präsidenten von Suomen Pankki ernannt.

Als Entwicklungskader des KGB wurde Erno Laamanen 1971 von Major Albert Akulow angeworben, der bis 1973 Laamanens Verbindungsoffizier war, sein »Betreuer«. Anbei Gesprächsprotokolle von Treffen Erno Laamanens (Deckname beim KGB: Armas) mit Albert Akulow (Anhänge M/1747 – M/1804). 1973 änderte sich Laamanens Status beim KGB, er galt jetzt als verlässliche Kontaktperson, und sein Betreuer wurde nun Albert Koslow (Anhänge M/1811 – M/2004). In den Jahren 1975–1991 fungierte als Laamanens Betreuer der jeweilige Chef der Aufklärungsfiliale des KGB in Helsinki, zunächst Anatoli F. Gluschtschenko (1975–77), dann von 1977–1984 Viktor Wladimirow (Gesprächsprotokolle in den Anhängen M/2019 – M/2322) und später Feliks Karasew von 1984–1991 (Anhänge M/2324 – M/2621). Dank seines Ministerpostens wurde Laamanen schließlich als einflussreicher Agent eingestuft.

Erno Laamanen hat dem KGB in den Jahren 1971–1991 Informationen zu folgenden Angelegenheiten übergeben:

- Zur Arbeit und zu den Mitgliedern von Teiniliitto (Anhänge 1–38)
- Zur Lage der Sozialdemokratischen Partei (Anhänge 39–64)
- Zur Tätigkeit des Außenpolitischen Ausschusses des Parlaments (Anhänge 65–110)
- Zur Tätigkeit der Regierung und zu von ihr vorbereiteten Beschlüssen sowie außenpolitischen Leitlinien (Anhänge 111–223)
- Zu Entscheidungen der Europäischen Investitionsbank und zu ihrer Politik (Anhänge 224–295)

Belege über die Entgelte, die Laamanen vom KGB erhielt, sind in den Anhängen A/221 – A/621 aufgeführt. Laamanen hat vom KGB insgesamt Geldleistungen in Höhe von 480 000 Euro entgegengenommen (Finnmark umgerechnet in Euro).

Kara überflog die restlichen Seiten der Zusammenfassung. Der anonyme Mandant von Anwalt Käräva verriet auch zwei andere Namen: Risto Kankare, Geschäftsführender Direktor des Energiekonzerns Fortum, und Kirsti Saurivaara, Dekanin der School of Science der Aalto-Universität. Kara begriff schlagartig, wie brisant Käräväs Zusammenfassung auch ohne die Originaldokumente war. Der Bericht enthielt mehr als genug Fakten, um das entlarvte Trio wegen Spionage und aller möglicher Vergehen zu verurteilen.

»Diese Zusammenfassung soll nachweisen, dass mein Mandant bestimmte Straftaten, deren man ihn zur Zeit verdächtigt, nicht begangen haben kann«, sagte Käräva, als Kara zu Ende gelesen hatte.

»Und gleichzeitig zerstört sie das Leben von drei Menschen«, konstatierte Kara.

»Das lässt sich leider nicht vermeiden.«

»Hat dein Mandant erklärt, warum er gerade mich als Kurier will?«, fragte Kara.

»Du hast schon früher versucht, dem Kabinett auf die Spur zu kommen, du hattest im August mit den Behörden zu tun, die zum Kabinett ermitteln, du hast einen anspruchsvollen Job im UN-Büro für Drogen- und Verbrechensbekämpfung, du kannst Russisch und bist bereit ... fragwürdige Methoden einzusetzen, um Ergebnisse zu erzielen.«

»Woher hat dein Mandant etwas über meine Methoden erfahren?«

Käräva zuckte die Achseln. »Diese Zusammenfassung nimmt keiner ernst, wenn sie nur auf dem Schreibtisch eines einfachen Polizisten landet. Wie ich bereits erwähnt habe, will mein Mandant dem Text keine Originaldokumente beifügen. Doch dich werden die Behörden anhören.«

Kara betrachtete das dringend renovierungsbedürftige Büro und die abgewetzten Ellenbogen von Käräväs grauer Jacke und fragte sich, warum jemand die ungeheuer gefährlichen Dokumente diesem Juristen anvertraut hatte, der höchstens Regionalliganiveau besaß. »Du hast behauptet, dein Mandant habe Informationen über meinen Vater.«

Käräva paffte eine dicke Wolke aus seiner Pfeife. »Anscheinend hast du die Zusammenfassung nicht sehr genau gelesen. Kirsti Saurivaara hat jahrelang mit deinem Vater zusammengearbeitet, sowohl im Forschungsinstitut für Physik als auch im Tieftemperaturlabor der Technischen Hochschule. Aus den Anhängen geht hervor, dass mehrere Male versucht wurde, Aleksi Kara anzuwerben. Saurivaara weiß davon.«

Kara überlegte einen Augenblick, was er antworten sollte. »Gut. Aber unter einer Bedingung. Ich will die Originaldokumente sehen, mich vergewissern, dass sie existieren.«

Käräva erkannte, dass Kara es ernst meinte. Er ging zum Telefonieren ins Treppenhaus und kehrte ein paar Minuten später mit hochrotem Gesicht zurück. »Ich verfüge nur über ein paar der Originaldokumente, die mit der Zusammenfassung in Verbindung stehen, aber ich habe die Erlaubnis erhalten, sie dir zu zeigen.«

Kara nahm das russischsprachige Schriftstück, das Käräva ihm reichte. Es war mit einem roten Stempel versehen – *unitschtoschit*, zu vernichten. Er verglich den Inhalt des Dokuments mit dem entsprechenden finnischsprachigen Anhang in Käräväs Zusammenfassung und fand nicht den geringsten Unterschied. Jedes Dokument trug das Kennzeichen EK/S/476/1992.

»Wie lauten meine Instruktionen?«, fragte Kara, noch bevor ihm selbst klar wurde, dass er seine Entscheidung getroffen hatte.

Käräva wirkte sowohl überrascht als auch erleichtert. »Übermittle die Zusammenfassung der Generalstaatsanwaltschaft und überzeuge sie davon, dass die Informationen echt sind. Erwähne meinen Namen nicht und sage nichts über meinen Mandanten.

Die Behörden werden eure Namen natürlich auch ohne meine Hilfe herausbekommen, dachte Kara, sagte aber: »Alles klar.«

* * *

Das Anfang der Sechzigerjahre errichtete Amtsgebäude in der Albertinkatu 25 wirkte im Vergleich zum Alten Opernhaus daneben heruntergekommen. Das störte Leo Kara allerdings nicht, mit großen Schritten stieg er im Aufgang A die Treppe hinauf in die dritte Etage und sagte dem Angestellten am Empfang, er habe einen Termin bei der stellvertretenden Generalstaatsanwältin Anni Alanko.

Kara wartete einen Augenblick im Stehen, obwohl sich im Foyer eine Sitzgruppe befand, dann traf die Sekretärin ein und führte ihn in Anni Alankos Zimmer. Kara gab der kleingewachsenen Frau in einem dunklen Hosenanzug die Hand. Ihr unsicheres Lächeln und ihr schlaffer Händedruck überraschten ihn. »Du überwachst also die Ermittlungen zum Kabinett?«

Anni Alanko zeigte auf einen Stuhl und setzte sich an ihren Schreibtisch. »Das Kabinett kann nicht Gegenstand von Ermittlungen sein, offiziell existiert es ja nicht einmal. Die Sicherheitspolizei und die KRP untersuchen die Handlungen von Personen, die sich mutmaßlich an den Aktivitäten des Kabinetts beteiligt haben. Und der Generalstaatsanwalt hat mich beauftragt, in diesem gesamten Ermittlungskomplex die Anklage zu vertreten. Möchtest du übrigens einen Kaffee?«

Kara schüttelte den Kopf. »Wie viel hat die Polizei herausgefunden?«

»Darüber kann ich leider nicht mit dir reden«, Anni Alanko lächelte freundlich. »Zwar habe ich gehört, dass du der Polizei im August Beweise für die Aktivitäten des Kabinetts übergeben hast, die von entscheidender Bedeutung waren, aber es geht trotzdem nicht. Ich würde mich der Verletzung des Dienstgeheimnisses schuldig machen, wenn ich über Details eines laufenden Ermittlungsverfahrens spreche.«

Kara hatte allmählich den Verdacht, dass er hier an der falschen Adresse war. Alanko machte einen sehr zurückhaltenden und vorsichtigen Eindruck. Es kam ihm seltsam vor, dass man ihr einen so umfassenden und wichtigen Ermittlungskomplex wie das Kabinett anvertraut hatte.

»Es wurden Ergebnisse erzielt, soviel kann ich jedenfalls sagen«, versicherte Anni Alanko.

Kara zögerte einen Augenblick, hob dann seine altbewährte Ledertasche auf den Schoß und holte Käräväs Zusammenfassung heraus.

Anni Alanko las sie und brauchte dafür über zehn Minuten, in deren Verlauf ihr Gesichtsausdruck zunächst überrascht und dann bestürzt wirkte. »Der Präsident von Suomen Pankki, die Dekanin der School of Science, der geschäftsführende Direktor von Fortum. Und jede Menge Beweise: Berichte des Zentralkomitees der Kommunistischen Partei der Sowjetunion und des KGB über die Informationen, die das Trio verraten hat, Quittungen über gezahlte Honorare ...« Sie schüttelte den Kopf. »Das bedeutet Anklagen wegen Spionage.«

»Diese Seiten enthalten nichts Überraschendes«, erwiderte Kara und zuckte die Achseln. »Im Bericht von Eero Palomaa, der die Angelegenheiten des Kabinetts verwaltet hat, wurden genau die gleichen Vorwürfe und Beweise gegen Anita Arho vorgebracht. Das hatte ja Ende August alles ins Rollen gebracht. Jetzt kommen nur weitere Namen ans Licht.«

»Hast du diese Zusammenfassung geschrieben?«, fragte Anni Alanko.

»Der Besitzer der Unterlagen will unerkannt bleiben, die Zusammenfassung habe ich von seinem Anwalt erhalten.«

»Der Name des Anwalts?«

Kara schüttelte den Kopf. »Er will nicht, dass der bekannt wird.«

»Hast du die Originaldokumente?« Alankos Ton wurde schärfer.

»Ich durfte nur einige davon sehen und mich vergewissern, dass die Unterlagen echt sind. Sie trugen alle dasselbe Kennzeichen – EK/S/476/1992.« Kara spürte plötzlich, dass es für ihn eng wurde. Anni Alanko hatte deutlich mehr Format, als der erste Eindruck erkennen ließ. »Die Zusammenfassung soll angeblich nachweisen, dass eine Person bestimmte kriminelle Handlungen nicht begangen hat.«

»Dass wer was nicht begangen hat? Im Zusammenhang mit dem Kabinett werden die Aktivitäten von Dutzenden Menschen untersucht«, entgegnete die Generalstaatsanwältin erregt.

»Ich habe versprochen, diese Zusammenfassung an die Behörden zu übermitteln und ihnen zu versichern, dass sie auf echten Dokumenten beruht. Und das habe ich hiermit getan«, sagte Kara und stand auf.

»Warum hat man das gerade dir übergeben?«

»Sie wissen, dass ich schon mehrmals versucht habe, etwas über das Kabinett herauszufinden«, antwortete Kara.

»Du darfst mit niemandem über diese Dinge sprechen. Ist dir klar, wie wichtig das ist? Gibst du mir dein Wort?«, erklärte Anni Alanko und sah ihn mit strengem Gesichtsausdruck an.

Sie nahm Leo Karas ausgestreckte Hand und kam nicht mehr dazu, die restlichen Fragen zu stellen, die ihr durch den Kopf schwirrten. Der Mann verließ schon ihr Zimmer. Über diese unerwartete Wendung müsste sie den Generalstaatsanwalt unverzüglich unterrichten.

5

Mittwoch, 5. Oktober

Leo Kara drückte mit dem Ellenbogen auf den Klingelknopf von Kati Soisalos Wohnung, in der einen Hand hielt er eine Rotweinflasche und in der anderen seine vollgepackte, abgewetzte Ledertasche. Er war fix und fertig, wollte Kati aber trotzdem schon an diesem Abend sehen.

Die Tür ging auf, und Kati küsste Kara auf die Wange, noch bevor einer von beiden den Mund aufmachen konnte.

Kara vermochte seine Verblüffung nicht zu verbergen. Kati Soisalo war blass und abgemagert und nur noch ein Schatten ihrer selbst. Auch von ihren blonden Haaren war nicht viel übrig, ihre Brüste zeichneten sich allerdings immer noch sehr sexy unter dem etwas zu eng anliegenden Hemd ab. Und in ihren Augen brannte dasselbe vertraute Feuer wie früher. Kara vermutete, dass sie weiter genauso vehement und resolut wie bisher nach ihrer Tochter suchte. »Schön zu sehen, dass du wieder auf dem Damm bist«, sagte er und griff dann etwas daneben: »Oder zumindest am Leben.«

»Immer noch der alte Schmeichler. Und du siehst offen gesagt selbst wie ein Assi aus«, erwiderte Kati Soisalo, lächelte kaum merklich und bedeutete Kara hereinzukommen. Sie holte Gläser aus der Küche, öffnete seine Weinflasche und ging ins Wohnzimmer.

»Du hast dich wirklich verdammt gut erholt.« Kara wollte seine unfreundliche Bemerkung wiedergutmachen. »Es ist immerhin erst zwei Monate her, dass du im Krankenhaus von Töölö im Koma gelegen hast. Du kannst froh sein, dass du noch am Leben bist, die Kugel hat deinen Hirnstamm nur um Millimeter verfehlt.«

»Die Operation hat sechs Stunden gedauert«, erklärte Kati Soisalo nachdenklich.

»Jetzt ist uns beiden in den Kopf geschossen worden«, versuchte Kara zu scherzen. »Hoffentlich hast du keine ... bleibenden Verletzungen zurückbehalten, so wie ich.«

»Nichts Ernsthaftes«, antwortete Kati Soisalo, obwohl sie gern von der ständigen Müdigkeit und ihren anderen Beschwerden erzählt hätte.

»Ich habe Neuigkeiten von Vilma«, verkündete Kara und sah, wie Kati Soisalo sofort angespannt wirkte. »Gestern habe ich in Wien mit der Chefin der UNODC-Gruppe zur Untersuchung des Menschenhandels gesprochen. Es sieht so aus, als hätte man Vilma gleich im Anschluss an die Entführung nach Finnland gebracht.«

»Das kann nicht stimmen!«, widersprach sie heftig, schaute ihn aber trotzdem hoffnungsvoll an.

Kara leerte sein Weinglas, holte seine Tasche und nahm das Notizbuch heraus. »*Bestellung – Vilma. Beschafft 13.9.2007 Dubrovnik. Übergeben 14.9. Lubljana. Eingetroffen 16.9. Helsinki.* Ein Zettel mit diesem Text wurde in Belgrad gefunden.«

Kati Soisalo schüttelte ungläubig den Kopf. »Jukka Ukkola hat gesagt, dass Vilma nach Italien gebracht wurde. Und die Leute in Vittorio Veneto haben Vilma auf dem Foto erkannt.«

Kara zuckte die Achseln. »Vielleicht war das Mädchen auf dem Foto doch nicht Vilma.«

Kati Soisalo fluchte so heftig, dass Speichelspritzer sprühten, und vergrub schließlich ihr Gesicht in beide Hände. »Das bringt die Karten ja völlig durcheinander, das ändert alles, was ich über Vilmas Verschwinden wusste. Oder zu wissen glaubte. Jetzt kann ich mir nicht mal mehr sicher sein, dass Vilma noch am Leben ist!« Sie fuhr sich mit den Fingern durch die Haare und schluchzte, dass ihr ganzer Körper zuckte.

Kara hätte sie gern irgendwie getröstet, doch er wartete nur ab, bis sie sich wieder etwas gefangen hatte. »Und Ukkola, hat er dich in Ruhe gelassen?«

Kati Soisalo schnaufte verärgert. »Der Verrückte hat sich etwas beruhigt, er hat ja alle Hände voll zu tun, weil gegen ihn selbst Anklage erhoben wird wegen Dienstvergehen. Er war auch einen Monat in Untersuchungshaft. Aber um die von ihm inszenierte Anklage gegen mich und Paranoid hat er sich gekümmert, unsere Prozesse beginnen vielleicht noch vor Weihnachten.«

Kati Soisalo stand auf, um Kara Wein nachzugießen. »Wir beide sind übrigens nicht mehr zusammen.«

»Ach, sind wir das nicht mehr?«, fragte Kara.

»Ich rede von Paranoid und mir. Er ist wütend geworden, als ich ihm meine Entscheidung mitgeteilt habe. Das ist verdammt schade, ich brauche seine Hilfe und er meine, wenn wir Ukkola aufs Kreuz legen wollen. Und an dem Kerl, diesem Stück Dreck, werde ich mich rächen, da kannst du sicher sein. Aber vorher muss man herausfinden, was er wirklich über Vilma weiß.«

Kara hatte nicht die geringsten Zweifel, dass sie ihre Worte in die Tat umsetzen würde. Er zögerte immer noch, über seine eigene Lage zu sprechen, obwohl die Last der Vergangenheit erdrückend war. Rasch leerte er wieder sein Glas. »Ich erinnere mich jetzt an alles.«

Als der Damm geöffnet war, brachen die Sätze aus ihm heraus wie eine Flutwelle. Er schilderte die Ereignisse vom Oktober 1989 und erzählte alles, woran er sich erinnerte, das dauerte fast zwanzig Minuten. »Wenn ich geredet hätte, würde meine Mutter vielleicht noch leben. Man wollte nur Informationen von uns«, sagte er zum Schluss.

Kati Soisalo sah, wie sehr ihm das zu schaffen machte. Sie setzte sich neben Kara aufs Sofa und legte den Arm um ihn. »Du trägst keine Verantwortung für den Tod von irgendjemandem. Du hast niemanden umgebracht.«

»So fühle ich mich aber. Ich will wissen, was tatsächlich geschehen ist und warum, ich will die drückende Last der Schuld loswerden, saubere Hände haben.«

»Du willst die Wahrheit wissen. Du weißt, dass du kein schlechter Mensch bist, und willst das beweisen. Seit wir uns kennen, hast du an der Grenze zwischen Richtig und Falsch immer auf derselben Seite gestanden. Ich wette, aus dir wäre ein wirklich netter Kerl geworden, ohne ... all das, was passiert ist.«

Kara schloss die Augen und dachte über ihre Worte nach.

Nach einer Weile brach Kati Soisalo das Schweigen: »Du hast gesagt, dass die Killer nur Informationen wollten. Man sollte eigentlich annehmen, dass euer Zuhause und das Arbeitszimmer deines Vaters sehr genau durchwühlt wurden. Ein altes Radio ist nicht unbedingt das, was man sich unter einem guten Versteck vorstellt.«

»Vater hat darin nicht ständig etwas aufbewahrt. Manchmal brachte er Unterlagen abends mit nach Hause und nahm sie früh wieder mit.«

»Lebt dein Vater deswegen noch? Weil die Killer die Informationen nicht fanden, die sie finden wollten? Wurde seine Hinrichtung nur inszeniert, um deine Mutter oder dich zum Reden zu bringen?«

Kara richtete den Oberkörper auf. Die Anspannung kehrte in seine Gesichtszüge zurück. »Das möchte ich auch wissen. Jedenfalls brauchten sie Vater für irgendetwas, sie haben ihn gezwungen, in ihren Forschungszentren zu arbeiten. Das hat Vater im August geschrieben.«

»Und du weißt nicht, wofür man ihn braucht?«, fragte Kati Soisalo, obwohl sie die Antwort wusste.

Kara schüttelte den Kopf.

»Und was ist mit deiner Schwester?«

»Das weiß niemand. Die DNA von Emma, Vater und Mutter wurde im Koksofen jener Fabrikhalle gefunden, aber das beweist nicht unbedingt etwas. Schließlich ist Vater ja trotzdem am Leben.« Kara beschloss, das Thema zu wechseln. »Willst du hören, warum ich nach Finnland gekommen bin?«

»Natürlich meinetwegen«, antwortete Kati Soisalo und lächelte.

Kara berichtete rasch, was er von Kärävä erfahren hatte.

»*I rest my case.* Du setzt dich wieder für eine gute Sache ein. Du willst deinen Vater finden und ihm helfen«, sagte Kati Soisalo.

»Ich will herausfinden, was im Oktober 1989 geschehen ist, weil ich mich schuldig fühle.«

Kati Soisalo wirkte nachdenklich. »Die Entlarvung des Kabinetts würde auch mir helfen – Ukkola ist Mitglied des Kabinetts und der einzige Mensch, von dem ich etwas über Vilma erfahren kann. Wollen wir wieder zusammenarbeiten?«

Kara verzog den Mund. »Zu zweit könnte das etwas zu schwierig werden. Wie sehr hast du Paranoid verärgert?«

Kati Soisalo zuckte die Achseln. »Wo wolltest du übrigens übernachten? Du kannst gern hier schlafen, du bekommst meinen Zweitschlüssel. Ich fahre jetzt zu Ukkola.«

* * *

Abends um halb acht stieg Kati Soisalo auf dem Hof von Jukka Ukkolas Kriegsveteranenhaus in Pitäjänmäki aus ihrem Zwergen-Smart. Sie wollte herausbekommen, ob Karas neue Informationen über Vilma zutrafen. Am liebsten wäre sie hingegangen und hätte diesen Scheißkerl mit vorgehaltener Waffe gezwungen zu reden, aber das kam leider nicht in Frage. Ukkola war zwar wegen eines begründeten Straftatverdachts vom Dienst suspendiert, aber trotzdem immer noch stellvertretender Chef der KRP. Wenn sie in den Knast käme, könnte sie ihre Tochter nicht suchen, das war ihr klar. Sie hatte ihr Kommen eine Stunde vorher per SMS angekündigt und wusste, dass Ukkola zu Hause war: Sein brandneuer schwarzer Audi stand auf dem Hof, und zu Fuß ging Ukkola nirgendwohin, nur in seine Stammkneipe Wossikka. Ihr Herz hämmerte und alle möglichen Gedanken schossen ihr durch den Kopf, einer düsterer als der andere.

Hoch oben in der Birke hat der Buchfink sein Nest gebaut, tirili tirila, und nun singt er den ganzen Sommer lang so fröhlich und laut, tirili tirila ... Kati Soisalo hatte Vilmas Kinderlied noch im Ohr. Sie sah die morschen Sandkastenbretter und die vom Rost zerfressene Schaukel, ihr fiel all das Abartige ein, das Ukkola ihr hier angetan hatte, und sie berührte die Narbe, die eine in diesem Haus vor zwei Monaten abgefeuerte serbische Kugel hinterlassen hatte. Bei ihrem letzten Besuch war sie bereit gewesen, Ukkola zu töten, und ihre Gefühlslage hatte sich seitdem kaum geändert. Sie klopfte an der Haustür; die Schlüssel besaß sie nicht mehr, die hatte Ukkola ihr beim letzten Mal abgenommen. Schließlich klingelte sie, erst kurz, dann hielt sie den Knopf einfach gedrückt.

Endlich ging die Tür auf. Jukka Ukkola stand im Bademantel mit rotem Gesicht da und starrte sie verärgert an. »Ich war gerade in der Sauna, aber gut, dass du gekommen bist, es wurde auch Zeit. Bestimmt willst du dich dafür bedanken, dass ich dir das Leben gerettet habe. Merkwürdig, dass man darauf wochenlang warten muss.«

Als seine Exfrau eingetreten war, betrachtete Ukkola neugierig die Narbe, die unter ihrem sehr kurzen Haar rot leuchtete. »Eine Frau, die so schlimm aussah, habe ich zuletzt im Leichenschauhaus gesehen. Und das war eine Wasserleiche, die monatelang in einem See gelegen hatte.«

Kati Soisalo schloss die Augen und ballte die Fäuste, am liebsten hätte sie diesen Psychopathen sofort zum Schweigen gebracht.

»Gib dein Handy her und spreize die Beine, das kannst du ja. Und die Hände hoch und zur Seite«, befahl Ukkola.

»Was zum Teufel soll das …«, ächzte Kati Soisalo, als Ukkola anfing, die Hosenbeine ihrer Jeans abzutasten.

»Ich gehe keinerlei Risiko mehr ein. Dein Bumsfreund, der bald in den Knast wandern wird, ist mit Computern und seinen anderen Geräten zu allen möglichen Tricks fähig, da ist niemand sicher.« Zum Schluss schaltete Ukkola ihr Handy aus und nahm den Akku heraus.

Kati Soisalo ging ins Wohnzimmer und setzte sich auf das Sofa, auf dem sie vor ein paar Wochen zugesehen hatte, wie Ukkola ins Bein geschossen wurde. Als sie die Sammlung der japanischen Gegenstände und Waffen erblickte, weckte das viele unangenehme Erinnerungen. Sie betrachtete ein Samuraischwert, das in einem Holzgestell auf dem Boden steckte und einen Ehrenplatz einnahm.

»Das ist eine handgeschmiedete Kopie des *Katana*, das Uesugi Kenshin im 16. Jahrhundert benutzte. Es kostet mehr als dein Auto. Dieses Schwert hat dein Leben gerettet, ich habe dem Scheißserben dieses Baby bis ans Heft in die Brust gerammt. Der Griff besteht übrigens aus Rochenhaut.« Ukkola streichelte die Samuraiwaffe wie ein Haustier.

Kati Soisalo schloss die Augen und atmete ganz ruhig.

»Machen wir da weiter, wo wir letztens stehengeblieben waren? Du hattest ja versprochen, wieder hier einzuziehen, wenn ich dir sage, wo Vilma ist.« Ukkola zog den Gürtel des Bademantels auf und präsentierte sein Glied. Am linken Oberschenkel war eine große rote Narbe zu sehen, die von der Schusswunde im August stammte.

»Seit wann hat Vilma in Vittorio Veneto gewohnt?«, fragte Kati Soisalo.

Ukkolas Augenbrauen senkten sich, er band den Bademantel zu. »Die ganze Zeit. Das Mädchen wurde sofort nach der Entführung dorthin gebracht.«

»Das ist eine Lüge!«, erwiderte Kati Soisalo in scharfem Ton.

»Ich habe heute erfahren, dass Vilma von Dubrovnik über Slowenien nach Finnland gebracht wurde. Die Entführung war eine Auftragsarbeit.«

Ihr war klar, dass sie ins Schwarze getroffen hatte, als sie Ukkolas Gesichtsausdruck sah. Er lachte, um zu überspielen, wie verdutzt er war, und ging in die Küche. Man hörte es zischen, als eine Bierbüchse geöffnet wurde, danach dauerte es noch eine Weile, bis er ins Wohnzimmer zurückkehrte.

»Was hast du sonst noch über Vilma gehört? Und von wem?«, fragte Ukkola.

Kati Soisalo stand auf und stellte sich vor ihn hin. »Jetzt bist du dran mit reden. Du hast schon erlebt, wozu ich mit Paranoid zusammen imstande bin. Und Leo Kara ist auch wieder in Helsinki, er hat neue Informationen über Kabinettsmitglieder, auch Namen. Wenn du mir hilfst, Vilma zu finden, lassen wir dich in Ruhe. Ansonsten fördern wir die ganze Scheiße zutage, die du angestellt hast, und übergeben die Informationen an Nyman von der KRP.« Kati Soisalo bemühte sich, so überzeugend wie möglich zu wirken, obwohl sie wusste, dass ihre Drohungen soviel wert waren wie ungedeckte Schecks.

Ukkola überlegte einen Augenblick, dann zog ein breites Lächeln über sein Gesicht. »Du hast ganz recht. Vilma ist nie in Belgrad oder in Vittorio Veneto gewesen.«

Kaum hatte sich Kati Soisalo gefreut, dass es ihr gelungen war, Ukkola die Information mit einem Bluff zu entlocken, da packte sie schon die Wut. »Vilma wurde in Vittorio Veneto auf einem Foto erkannt. Du hattest Stein und Bein geschworen, dass sich das Mädchen dort befindet. Und die beiden finnischen Touristen haben Vilma in Belgrad gesehen.«

»Ich habe geschwindelt«, erwiderte Ukkola amüsiert. »Ich wollte nicht, dass Vilmas Aufenthaltsort ... dass die Wahrheit herauskommt. Das Mädchen auf dem Foto war nicht Vilma und hat sie auch nie zu Gesicht gekriegt. Und ich habe nicht die geringste

Ahnung, was für eine Göre die beiden Touristen in Belgrad gesehen haben.«

»Wurde Vilma im Anschluss an die Entführung nach Finnland gebracht? Wo ist sie jetzt? Ist Vilma am Leben?« Kati Soisalos Stimme wurde immer lauter.

»Du ziehst einfach wieder hier ein und machst die Beine breit, wenn man es verlangt. Dann wirst du alles herausfinden. Sonst nicht.«

Kati Soisalo konnte sich nicht mehr beherrschen. »Weißt du, was ich vorhatte, als ich im August hierhergekommen bin und versprochen habe, zu dir zurückzukehren, wenn du mir sagst, wo Vilma ist?«

»Du hattest vor, dich mit deinem Schicksal abzufinden.«

»Ich hatte beschlossen, dich umzubringen. Egal wie«, sagte Kati Soisalo und schaute ihren Exmann mit einem Blick an, der nichts unklar ließ.

Ukkola fuhr sich mit den Fingern durch sein rabenschwarzes Haar und presste die Lippen zusammen. Dann schossen die Worte doch aus ihm heraus: »Es ist Zeit, dass du etwas erfährst. Ich bin nicht Vilmas Vater.«

Kati Soisalo blieb der Mund offen stehen, sie wurde noch blasser.

»Ich bin steril«, erklärte Ukkola mit ernster Miene. »Mumps mit sechzehn, Hodenentzündung und so weiter.«

* * *

Verdammter Mist, das ist nicht einmal annähernd so gelaufen, wie es sollte, dachte Jukka Ukkola, während er durchs Fenster zusah, wie Kati Soisalo Gas gab und ihren Smart durch das Tor in der Weißdornhecke manövrierte. Er bereute es, dass er Kati geärgert und vor lauter Wut auch noch sein Geheimnis verraten hatte. Bisher wusste nur seine Mutter, dass er unfruchtbar und eben ein Gipsei war. Schon seit Jahrzehnten bemühte er sich, nicht an diesen Begriff zu denken: Gipsei hatte ihn sein Vater nach dem Ziegenpeter immer genannt, dieser verdammte Sadist, er hatte das Wort wie einen scherzhaften Kosenamen benutzt.

Auch das noch. Als wäre es nicht schon genug, dass man ihn bei der KRP rausgejagt hatte. Schon der Gedanke, dass er die Rangabzeichen des stellvertretenden Chefs trug, hatte fast jeden Tag seinen Zeiger auf die Zwölf schnellen lassen, das musste er sich eingestehen.

Ukkola stieg die Treppe hinunter in den Keller, zog im Umkleideraum den Bademantel aus und betrachtete seinen Körper im Spiegel. Er war mager, sehnig und effizient. Irgendeine normale Arbeit würde er garantiert nicht mehr übernehmen. Ukkola wusste sehr wohl, dass man im Leben zuweilen gezwungen war, Zugeständnisse zu machen, aber in seinem Fall war das nur äußerst selten eingetreten.

Er setzte sich in der Sauna, die er kürzlich renoviert hatte, auf die Pritsche aus Schwarzerlenholz und versuchte seinen Ärger mit häufigen Aufgüssen zu ersticken. Als an jenem 17. August Kati auf der Treppe seines Hauses lag und er angenommen hatte, sie wäre tot, da hatte sich tief in ihm etwas gerührt, das musste er zugeben. Natürlich war er an dem Tag völlig durch den Wind gewesen, immerhin hatte er gerade einen Menschen getötet und eine Kugel ins Bein bekommen. Doch der Aufruhr in ihm legte sich selbst nach Wochen nicht. Das erste Mal wurde ihm klar, dass auch er sterblich war und dass er Kati tatsächlich nicht endgültig verlieren wollte. Er hatte die Absicht, seine Frau zurückzugewinnen, indem er seine empfindsame Seite offenbarte und sich aufopferungsvoll um sie bemühte, das liebten die Frauen, zumindest behaupteten es alle. Das machte ihn noch lange nicht zum rührseligen Softie, es brauchte ja niemand außer Kati davon zu wissen.

Ukkola duschte kalt und stieg dann nackt und von der Sauna immer noch gerötet hinauf in sein Arbeitszimmer. Kürzlich hatte er von seinen Lieblingsfotos Poster in der Größe 30 × 40 und

50 × 70 Zentimeter anfertigen lassen. Die bedeckten nun die Zimmerwände vom Fußboden fast bis zur Decke.

Die Fensterwand war Fotos von ihm und Kati gewidmet: sie beide auf ihrer Italienreise am Strand von Amalfi, bei einer Wanderung in Kuusamo, beim Sonnenbad auf einem Segelboot, bei der Gartenarbeit mit der Harke in der Hand, in der Kirche von Pitäjänmäki als frischvermähltes Paar ... Die Nordwand zeigte Porträtfotos von Kati: die lächelnde, verweinte, lachende, wütende, verblüffte, sich schminkende und den Mund verziehende Kati. An der Südwand hingen seine Fotos von Kati, die besonders sexy waren: Kati, wie sie nackt auf dem Bett liegt, mit wippenden Brüsten in einen See rennt, ihre Stay-ups anzieht, sich mit dem Saunatuch abtrocknet und im pitschnassen T-Shirt eine Skulptur des Trevi-Brunnens in Rom umarmt.

Jukka Ukkola bekam eine Erektion, als er die Fotos seiner Exfrau anstarrte. Näher an eine Frau heran kam er heutzutage nicht mehr, nachdem man ihn sowohl bei der Jagd nach Teenagern im Internet als auch beim Verfrachten von Huren nach Finnland erwischt hatte. Seine Geduld reichte nicht aus, um sich Fleisch auf dem freien Markt zu beschaffen, er gehörte nicht zu den Männern, die eine Frau zum Essen und Trinken einluden, sie von vorn und hinten bedienten und Süßholz raspelten, nur um sie rumzukriegen und flachzulegen. Außerdem war Kati seine Frau, das wurde ihm jetzt klar.

Die Schüsse im August hatten tatsächlich bewirkt, dass seine Gedanken klarer wurden. Er fand, er müsste etwas demütiger werden, und nahm vom Schreibtisch eine Anthologie japanischer Tanka, reimloser Kurzgedichte. Der Samurai-General Taira no Tadanori, gefallen 1184 in der Schlacht von Ichi-no-Tani, war garantiert kein ätherischer Hasenfuß, obwohl er Verse geschmiedet hatte. Warum sollte er selbst also nicht den Mut aufbringen, das Gleiche zu tun wie einer der besten Soldaten der Weltgeschichte?

Kühl war es damals
und der Mond am Himmel fahl,
als wir uns trennten.
Seitdem hass' ich nichts so sehr
wie seine Morgensichel.

Das Gedicht ergab seiner Ansicht nach keinen Sinn, vielmehr musste er darüber lachen. Aber das war egal, solchen Scheiß mochten angeblich auch Frauen mit einer harten Schale.

6

Mittwoch, 5. Oktober

Clive Grover hinkte mit dem linken Bein, als er auf der Metrostation Kensington High Street aus dem Zug der Circle Line ausstieg. Mit der Rolltreppe fuhr er hinauf zu dem Einkaufszentrum im edwardianischen Stil, bestellte bei Pret A Manger eine Tasse Kaffee und bemerkte, dass seine Hände zitterten. Er hatte verdammt große Angst. Durch die Fenster des Cafés sah man den Strom der Menschen, die ankamen oder abfuhren. Auf dem Bahnsteig der Victoria Station hatte er das Bewusstsein nur kurz verloren, es war niemandem aufgefallen, keiner hatte vor Schreck Hilfe herbeigerufen. Zum Glück waren es die Londoner gewöhnt, sich nur um ihre eigenen Angelegenheiten zu kümmern. Die Schläfe und das Bein schmerzten, aber es war nichts gebrochen, und er blutete nicht. Die meisten Sorgen bereitete ihm, dass Klein-Dylan immer noch im Kindergarten darauf wartete, abgeholt zu werden, und er wagte nicht, seine Tochter anzurufen und ihr zu erklären, in was für einer ... Lage er sich befand. Jetzt enttäuschte er auch schon das Vertrauen seines Enkels.

Grover war in seinen ganzen vierundzwanzig Jahren beim britischen Auslandsnachrichtendienst noch nicht ein einziges Mal Opfer von Gewalt geworden und während seiner operativen Einsätze immerhin sowohl in Syrien, im Irak als auch in Russland und China stationiert gewesen. Jetzt hatte man versucht, ihn zu liquidieren, das war klar. Er konnte schließlich unterscheiden, ob im Gedränge jemand versehentlich geschubst wurde oder mit Absicht vor den einfahrenden Zug gestoßen werden sollte. Man hatte ihn mit aller Kraft von hinten gepackt und hochgehoben. Gemeinhin war es nicht üblich, hochrangige Geheimdienstbeamte zu ermorden, allerdings gab es auch Ausnahmen: Im letzten Sommer hatten Fischer die verweste Leiche von Generalmajor Juri Iwanow an einem türkischen Badestrand gefunden. Der israelische Mossad hatte Iwanow bei der Besichtigung des Geländes für den Ausbau des russischen Flottenstützpunktes im syrischen Tartus liquidiert.

Grover ließ seinen dampfenden Kaffee auf dem Tisch stehen, trat hinaus auf die Kensington High Street und ging in Richtung Westen. Dabei blickte er immer wieder verstohlen in die Schaufenster der Geschäfte. In London war das gute alte *Follow the rabbit*, das Observieren durch mindestens vier Mann, eine beliebte Methode, ein bewegliches Objekt im Auge zu behalten. Die Menschenmassen und die überfüllten Einkaufszentren erschwerten eine elektronische Überwachung, obwohl das Netz der Überwachungskameras in London heutzutage verblüffend dicht war. Grover versuchte sich möglichst viele Gesichter von Fußgängern einzuprägen. Er machte Kehrtwendungen an Straßenecken, blieb vor Schaufenstern stehen und achtete sowohl auf Passanten als auch auf den Verkehr.

Nachdem er sich vergewissert hatte, dass ihm niemand folgte, betrat er das Starbucks Café, kaufte einen Caffè Americano und suchte sich einen Fensterplatz zur Straße hin, um die Menschen und Autos zu beobachtete. Er hatte seine Gründe, nicht beim SIS Schutz zu suchen, erst musste er herausfinden, wer ihn überfallen hatte. Klar war, dass der Anschlag höchstwahrscheinlich mit Mundus Novus zusammenhing. Die Leitung der Ermittlungen zu Mundus hatte er von der stellvertretenden Chefin des SIS Betha Gilmartin geerbt.

Mit Mundus Novus war nicht zu spaßen. Die seit über zwanzig Jahren aktive Organisation unterhielt überall in der Welt Forschungsinstitute, in denen Waffen entwickelt wurden, die sämtliche Grundlagen der Kriegsführung auf den Kopf stellten: Marschflugkörper, Laserwaffen der Gigawattklasse und Abwehrraketen, die ein bewegliches Ziel fanden und trafen. Waffen also, mit denen man imstande wäre, das militärische Gleichgewicht der Welt zu erschüttern. Und das Schlimmste war: Der SIS hatte auch herausgefunden, dass die Spuren von Mundus Novus nach Russland führten, zum Nachrichtendienst FSB.

Plötzlich entdeckte Grover draußen etwas und war so überrascht, dass er seinen Kaffee verschüttete. Den Fahrer eines Ford Mondeo, der gerade Gas gab, kannte er, das war ein Mitarbeiter des MI5. Sie hatten sich im Sommer 2005 während der Ermittlungen zu den Londoner Bombenanschlägen mindestens zweimal getroffen.

Die Puzzleteile passten nicht zusammen – wollten ihn seine eigenen Leute loswerden, warteten sie jetzt auf eine neue Gelegenheit zuzuschlagen?

Grover überlegte einen Augenblick, rief mit dem Handy bei sich zu Hause an und bemühte sich um einen möglichst lockeren Tonfall, als sich die Haushaltshilfe Gwyneth meldete. Er erkundigte sich, wie es ihr ging, und sagte dann: »Ich habe auf dem Küchentisch einen wichtigen Notizzettel vergessen, so ein roter Klebezettel. Könntest du mal nachschauen?«

Es dauerte einen Augenblick, bis Gwyneth antwortete: »Hier ist nichts.«

»Und im Mülleimer?«

Es verging ein zweiter, kürzerer Augenblick. »Der ist leer.«

Grover fluchte gedämpft. »Anscheinend habe ich den Beutel heute früh runter gebracht. Wäre es zu viel verlangt, wenn ...«

»Jetzt muss man hier auch noch im Müll rumwühlen ...«, murrte Gwyneth, während sie losging. Sie lief mit dem schnurlosen Telefon hinunter auf den Hinterhof und öffnete den Deckel des Müllcontainers. »Die Tonne ist leer.«

Grover lachte kurz. »Na gut. Trotzdem danke für die Hilfe«, sagte er und beendete das Gespräch.

Er stand unter Verdacht – der MI5 hatte seinen Hausmüll durchsucht. Grover wusste natürlich, wie sie in derartigen Situationen vorgingen.

Jetzt musste er untertauchen.

* * *

Abends kurz vor zehn Uhr parkte Jukka Ukkola seinen funkelnagelneuen Audi auf dem Hietalahdentori im Helsinkier Stadtteil Punavuori und fühlte sich seit Wochen erstmals wieder so richtig wie ein potenter Mann. Er stieg aus und genoss den Asphaltgeruch. Es war doch nicht alles im Eimer, auch wenn man ihn vorübergehend aus der KRP hinausbefördert hatte. Der Vorsitzende des Kabinetts wünschte ihn zu treffen. Das war eine erhebliche Beförderung in der Hierarchie, die Identität des Vorsitzenden erfuhren nur wenige Mitglieder. Die Grundlage für das gesamte Handeln des Kabinetts bestand darin, dass nur eine Person – der Vorsitzende – alle Mitglieder kannte. Jedes Kabinettsmitglied hatte eine Kontaktperson, über die es Verbindung zu den anderen hielt und ihnen Informationen übermittelte. Das war eine von vielen Methoden, das Kabinett zu schützen.

Ein anderer hätte sich vielleicht gewundert, »befördert« zu werden, während er gleichzeitig vom Dienst suspendiert war und gegen ihn ermittelt wurde. Jukka Ukkola jedoch wusste, dass wirklich kompetente Männer schwer zu finden waren. Er wurde gebraucht.

Ukkola ging zum Rand des Sinebrychoff-Parks und blieb neben dem ehemaligen finnischen Ministerpräsidenten stehen. Der einssechsundneunzig große Mann wirkte leibhaftig noch größer als im Fernsehen. Sein kantiges Gesicht hingegen sah genauso ausdruckslos aus wie auf Zeitungsfotos. Sie gaben sich die Hand und setzten sich auf eine Parkbank, die von den Straßenlaternen nur spärlich beleuchtet wurde.

»Ich habe einen Auftrag für dich.« Der Vorsitzende kam wie gewohnt ohne jeden Small Talk zur Sache.

»Das hört sich gut an«, antwortete Ukkola.

»Du brauchst dich gar nicht einzuschmeicheln. Ich würde einen vom Dienst suspendierten Polizisten nicht einsetzen, wenn es Alternativen gäbe.«

Der Ex-Ministerpräsident benahm sich offenbar auch im normalen Leben wie ein Diktator, fand Ukkola.

»Wir müssen sicherstellen, dass die polizeilichen Ermittlungen zum Kabinett ergebnislos bleiben. Ich habe beschlossen, jegliche ... gesetzwidrige Beschaffung von Mitteln einzustellen. Von den zur Verfügung stehenden Mitgliedern kommst nur du für diese Aufgabe in Frage.«

Ukkola konnte sich vor Freude kaum beherrschen. Er war auf dem Weg in das Machtzentrum des Kabinetts. »Von wem erhalte ich die erforderlichen Informationen?«

Der Gesichtsausdruck des Vorsitzenden wurde, wenn das überhaupt möglich war, noch verdrossener. »Das ist dein erstes Problem. Für alle finanziellen Angelegenheiten war früher Anita Arho zuständig, die aber im August aus Finnland verschwunden ist, wie du weißt. Arho hat leider einen Teil der Unterlagen zu unseren ... Geschäften mitgenommen genau wie der von ihr engagierte Jurist Eero Palomaa. Und auch Eeva Vanhala hat sich als unzuverlässig erwiesen. Ich gebe dir aber zwei Telefonnummern und alles Material, das ich auftreiben konnte.«

»Ich erledige das«, sagte Ukkola.

»Na klar erledigst du das, verdammt noch mal. Diese Aufgabe ist jetzt eine der wichtigsten für das Kabinett. Wir wissen beide, dass du es weit bringen wirst, wenn du bei dieser Sache keinen Mist baust.«

Ukkola zögerte einen Augenblick. »Ich habe auch Neuigkeiten. Schlechte.«

Der Vorsitzende zog die Brauen hoch.

»Leo Kara vom UNODC ist in Finnland, mit neuen Informationen über das Kabinett, darunter sogar Namen. Er hat vor, sie den Behörden zu übergeben. Und meine Exfrau droht, zusammen mit Kara und ihrem Freund Jonny Karlsson in meinen Angelegenheiten herumzustochern. Karlsson alias Paranoid gilt als Hacker der Spitzenklasse, der ist sogar in die Systeme des Pentagons eingebrochen.« Und er hat meine Frau gevögelt, fügte Ukkola für sich hinzu.

Der Vorsitzende schien nicht überrascht zu sein. »Wie viel weiß Leo Kara? Hat der Mann Beweise?«

»Keine Ahnung. Aber Karlsson wird sie als Hacker auf derart hohem Niveau schon finden. Und Kara hat bereits gezeigt, dass er einer ist, der außergewöhnlich hartnäckig darin ist, Ärger zu machen.«

Der Vorsitzende überlegte einen Augenblick. »Du solltest froh sein, dass bei Straftaten von Polizisten die Staatsanwaltschaft für die Ermittlungen zuständig ist und nicht die Polizei. Der oberste Ankläger Finnlands, der Generalstaatsanwalt Asko Väkikorpi, ist Mitglied des Kabinetts. Seiner Ansicht nach hat man besorgniserregend viele Beweise für deine Beteiligung am Menschen- und Drogenhandel zusammengestellt. Wahrscheinlich muss gegen dich Anklage erhoben werden, obwohl ...«

»Scheiße!«, fluchte Ukkola.

»Zu deiner Verteidigung muss man felsenfest darauf beharren, dass du nur versucht hast, den Menschen- und Drogenhändlerring der Russen zu entlarven. Der Beinschuss könnte dich noch vor einer Verurteilung bewahren. Du wirst natürlich behaupten, dass die Russen versucht haben, dich auszuschalten, nachdem sie erfahren hatten, dass du sie verraten willst.«

Ukkola schüttelte den Kopf. »Ach, ich soll also mich, meine Karriere und meine ganze Zukunft auf Gnade oder Ungnade einem Amtsgericht ausliefern, einem oder zwei Juristen und ein paar Schöffen?«

»Hoffen wir mal, dass wir beim Amtsgericht einen geeigneten Mann als Vorsitzenden Richter finden«, sagte der Ex-Ministerpräsident. »Aber spätestens am Helsinkier Berufungsgericht wird man die Anklage natürlich fallen lassen, das ist recht gut mit Kabinettsmitgliedern besetzt.«

Ukkola schien beruhigt zu sein. »Und was ist mit Karlsson und Soisalo?«

»Väkikorpi hat dafür gesorgt, dass die Ermittlungen zu Karlsson demselben Staatsanwalt übertragen wurden, der auch deinen Fall bearbeitet. Aber in Soisalos Unterschlagungsfall sind die Vorbereitungen für die Anklageerhebung schon abgeschlossen, darauf konnte Väkikorpi nicht mehr sonderlich viel Einfluss nehmen.«

Ukkola stand auf, doch dann fiel ihm noch etwas ein. »Wie kommen die Ermittlungen zum Kabinett bei der SUPO und der KRP voran?«

»Derzeit nutzt fast jedes Kabinettsmitglied seine Beziehungen, um diese Untersuchungen zu hintertreiben. Zuständig für den gesamten Komplex der Ermittlungen ist die stellvertretende Generalstaatsanwältin Anni Alanko, die auch die Entscheidung trifft, ob Anklage erhoben wird. Sie hört auf Väkikorpi. Bis jetzt ist sie erst einem Kabinettsmitglied richtig auf die Spur gekommen, natürlich hat sie keinerlei brauchbare Beweise.«

»Und wer ist das?«

»Das geht dich nichts an«, kanzelte der Vorsitzende ihn ab. »Und du solltest nicht vergessen, dass deine Probleme aus der Sicht des Kabinetts ziemlich unbedeutend sind. Aber wir kümmern uns natürlich um unsere Leute, wie du weißt. Wir haben ja auch schon erreicht, dass man dich aus der Untersuchungshaft entlassen hat.«

Die Männer gaben sich die Hand, und Ukkola ging zu seinem Wagen auf dem Hietalahdentori. Für die Planung seiner Verteidigung brauchte er weder den Rat des Vorsitzenden noch des Generalstaatsanwalts Väkikorpi. Dieser Expolitiker, der so aussah, als hätte er eine Zaunlatte verschluckt, bildete sich doch nicht etwa ernsthaft ein, dass er den Ausgang seines Prozesses dem Zufall überließ? Immerhin stand er im Verdacht, schwere Straftaten begangen zu haben: schwerer Amtsmissbrauch, schwere Rauschgiftvergehen, schwerer Menschenhandel ... Und die Behörden hatten auch verdammt viele Beweise zusammenbekommen, dank Jonny Karlsson, der Kerl hatte der KRP eine Kopie der Festplatte seines Computers geliefert. Ukkola war klar, dass er garantiert in den Knast wandern würde, wenn nicht energisch und rigoros in die Arbeit der Staatsanwaltschaft und der Polizei eingegriffen wurde.

Der schwarze Audi schoss los in Richtung Ruoholahti und Ukkola spürte, wie das Adrenalin in seinen Körper strömte. Schon bald müsste er sich an die Arbeit machen. Er beabsichtigte, sich eine ganze Latte von Beweisen auszudenken, die alle belegen sollten, dass er nur Kontakt zu den russischen Kriminellen gehalten hatte, um sie auffliegen zu lassen. Vielleicht könnte er auch ein paar maßgebliche Zeugen dazu bringen, vor Gericht zu seinen Gunsten zu lügen. Außerdem würde er Klasu Nyman von der KRP gründlich in ein schlechtes Licht rücken, schließlich hatte der die ganze Hetzjagd gegen ihn ins Rollen gebracht.

Doch letztlich befand er sich wohl kaum in großer Gefahr. Bald könnte es sich das Kabinett einfach nicht mehr leisten, ihn zu verlieren – er würde in Kürze für alle dunklen Geschäfte des Kabinetts zuständig sein. Dann erfuhr er so viel, dass er unangreifbar wurde.

* * *

Ungeschickt wie er war, stieß der Vorsitzende des Kabinetts beim Betreten seiner Wohnung in Töölö aus Versehen den Koffer um, der an der Tür stand. Er war abends aus Dubai angekommen und während des über zwölfstündigen Rückflugs nur ein paarmal kurz eingenickt. Vielleicht lag es an seiner Müdigkeit, dass dieser Grünschnabel Ukkola es tatsächlich geschafft hatte, ihn zu ärgern. Hol's der Teufel, in Finnland wurde Autoritäten eben keine Achtung entgegengebracht, nicht einmal ehemaligen Ministerpräsidenten. Er hatte auch keine Lust mehr, sich in der Presse darüber zu beschweren, diese unverschämten Kerle behaupteten doch glatt, er würde ständig herumnörgeln.

Als er seinen Mantel auszog, hörte er das Geräusch des Faxgeräts, und wenig später griff er in seinem Arbeitszimmer nach den noch warmen Blättern. Er überflog die von Generalstaatsanwalt Väkikorpi geschickten Unterlagen und begriff sofort, dass schon wieder neues Unheil über sie hereinbrach. Eine Katastrophe folgte auf die andere wie einst Hungersnöte auf Missernten. Die Anhänge der Zusammenfassung, die Leo Kara der Generalstaatsanwaltschaft übergeben hatte, waren allerdings keine Kopien der Originaldokumente, denn die Geheimprotokolle des Zentralkomitees der KPdSU und die Berichte des KGB hatte man ins Finnische übersetzt.

Der Vorsitzende des Kabinetts öffnete seinen Tresor der Marke Robur, holte das Smirnow-Material heraus, das in einer luft- und wasserdichten Kassette lag, und blätterte hastig, bis er schließlich die Originale der übertragenen Dokumente fand. Sein Russisch war zwar schon etwas eingerostet, aber die Texte sahen vollkommen identisch aus. Nun war das eingetreten, was er bereits seit etwa zwanzig Jahren befürchtete – es existierten auch noch andere Kopien des Smirnow-Materials als jene, die er im Februar 1994 in seinem Tresor eingeschlossen hatte.

Wie auch alle anderen finnischen Politiker, die in den goldenen Zeiten der Finnlandisierung vor der Sowjetunion gekatzbuckelt hatten, erinnerte er sich noch sehr gut an den Oktober 1992. In Finnland herrschte nach fünfundzwanzig Jahren erstmals wieder eine bürgerliche Regierung aus konservativer Kokoomus und Zentrum, die Sowjetunion war zusammengebrochen und Anatoli

Smirnows Besuch in Helsinki sah man mit gemischten Gefühlen, auch mit Angst entgegen. Der Mann hatte behauptet, höchst brisante Informationen über so gut wie alle bedeutenden finnischen Politiker zu besitzen, Informationen, deren Aufdeckung vieles nach sich ziehen würde: Anklagen wegen Spionage, Prozesse, die Einberufung des Staatsgerichtshofs ... Die Veröffentlichung von Smirnows Material hätte ihn wie auch die meisten anderen Kabinettsmitglieder ruiniert.

Dass dieses Material in seinen Besitz gelangt war, stellte eine politische Meisterleistung dar, die ihresgleichen suchte. Er hatte es geschafft, Präsident Koivisto davon zu überzeugen, dass es im Interesse Finnlands lag, herauszufinden, was Smirnows Material enthielt. Der Präsident hatte daraufhin der SUPO den Auftrag erteilt, das Material während Smirnows Finnlandaufenthalt zu beschaffen. Der Chef der SUPO, Eero Kekomäki, war von Koivisto für dieses Amt ausgewählt worden, also hatte Kekomäki die Anordnungen des Präsidenten gehorsam befolgt. Die SUPO-Mitarbeiter kopierten das Material, und Kekomäki übergab es Präsident Koivisto, und als der sich 1994 aus der Politik und allen staatlichen Ämtern zurückzog, landete es schließlich bei ihm.

Wie zum Henker war man an die Dokumente des Smirnow-Materials herangekommen? Hatte sie jemand kopiert, bevor sie 1994 in seine Hände gelangt waren? Wer brachte jetzt Unterlagen aus dem Material in Umlauf? Ihm fiel nur eine Möglichkeit ein. Laut Generalstaatsanwalt sollte das von Leo Kara übergebene Material nachweisen, dass ein Mitglied des Kabinetts unschuldig wäre. Vor der Übergabe der Zusammenfassung durch Kara lagen den Behörden aber nur gegen ein Kabinettsmitglied Beweise für Verbrechen vor. Zudem war Eeva Vanhala seinerzeit Mitarbeiterin der SUPO gewesen.

Der Vorsitzende des Kabinetts betrachtete die gerahmten Fotos an den Wänden seines Arbeitszimmers. Auf allen war er zu sehen: mit dem russischen Vizepremier Gennadi Burbulis bei der Unterzeichnung des Vertrages über die Grundlagen der Beziehungen zwischen Finnland und Russland während eines Treffens, bei dem das Ende des finnisch-sowjetischen Vertrages über Freundschaft, Zusammenarbeit und gegenseitigen Beistand vereinbart wurde; bei der Unterzeichnung des Maastrichtvertrags; als Ministerpräsident, der eine Regierungssitzung leitet; bei der Feier nach der Präsidentenwahl, beim Shakehands mit Boris Jelzin, Bill Clinton, Nelson Mandela ...

In der Zusammenfassung, die Leo Kara der stellvertretenden Generalstaatsanwältin übergeben hatte, wurden die Namen von drei Kabinettsmitgliedern offengelegt, mit wasserdichten Beweisen für ihre Straftaten, und das durfte nicht sein. Der Präsident von Suomen Pankki Erno Laamanen hatte einst zu den jungen Radikalen, zur inneren Opposition der Kommunistischen Partei und zu den Besetzern des Alten Studentenhauses gehört. Später war er zum rechten Sozialdemokraten mutiert und danach zum eifrigsten finnischen Verfechter der Marktwirtschaft und des Neoliberalismus. Kirsti Saurivaara, die Dekanin der School of Science an der Aalto-Universität, gehörte damals zu den ersten Kabinettsmitgliedern. Und der Geschäftsführende Direktor von Fortum, Risto Kankare, war ein junger, aufstrebender Star in der Elite der finnischen Wirtschaft. Sie alle drei zu verlieren wäre ein herber Rückschlag, aber immer noch besser als die Vernichtung des Kabinetts.

Eine unangenehme, aber einfache Entscheidung. Als Eeva Vanhala ins Visier der stellvertretenden Generalstaatsanwältin geraten war, hatte er sofort beschlossen, Vanhala aus Finnland zu vertreiben, obwohl Anni Alanko bei weitem nichts Unwiderlegbares gegen die Frau in der Hand hatte. Doch gegen Laamanen, Saurivaara und Kankare verfügte Alanko über hieb- und stichfeste Beweise. Es blieb also nichts anderes übrig, als im Falle des Trios etwas zu unternehmen. Und Eeva Vanhala musste gezwungen werden, zu verraten, woher sie die Dokumente des Smirnow-Materials bekommen hatte. Sollte Leo Kara das gesamte Material gelesen haben, dann musste auch er erledigt werden.

Natürlich wusste der Vorsitzende des Kabinetts, wen er um Hilfe bitten würde: Der FSB wollte garantiert nicht, dass Smirnows Material an die finnischen Behörden weitergereicht wurde. Die Russen würden ihren Einfluss in Finnland verlieren, wenn man die Helfer des FSB enttarnte. Und die Vernichtung des Kabinetts würde auch die Ziele von Mundus Novus gefährden. Er griff zum Telefon. So bedauerlich das auch war, sie würden wahrscheinlich wieder diesen verrückten Kirgisen nach Finnland schicken.

7

Mittwoch, 5. Oktober – Donnerstag, 6. Oktober

Clive Grover, der Leiter der Abteilung für Aufklärungsoperationen des SIS, saß schon eine Ewigkeit im Starbucks Café in der Kensington High Street. Vor etwa zwei Stunden war es in London dunkel geworden. Er hatte eine Tasse Caffè Americano und einen Flat White und zwei Tassen Frappuccino getrunken und sich im Kopf einen exakten Plan für einen *Clearing Run* zurechtgelegt. Eine Flucht hätte nur Aussicht auf Erfolg, wenn es ihm gelang, die Männer vom MI5 abzuschütteln.

Grover stand auf, ging zu einem Mann mittleren Alters in einer Lederjacke, legte seine Zeitung auf den Tisch am Fenster und sagte: »Hier ist der Guardian, Sie können ihn gern lesen, wenn Sie möchten.« Er nahm sich an der Garderobe zwei Mäntel, von denen nur einer ihm gehörte, und trat hinaus auf den Fußweg. Wenn er im Verdacht stand, Informationen zu verraten, dann müsste jetzt zumindest einer der Männer vom MI5, die ihn beschatteten, den Mann überprüfen, mit dem er sich im Café unterhalten hatte.

Im Foyer der Metrostation holte er einen Zettel aus der Tasche und ließ ihn in den Abfallkorb fallen, auch den müssten seine Schatten untersuchen, so funktionierte das. Auf dem Bahnsteig wählte er den Notruf und sagte in einem möglichst fremdländischen Akzent: »Auf dem U-Bahnhof Kensington High Street explodiert in zehn Minuten eine Bombe mit einem Kilo Azetonperoxid, der Mutter des Teufels.« In Großbritannien mussten die Behörden heutzutage jede Bombendrohung erst nehmen.

Als die Evakuierung des Bahnhofs wenig später begann, schob

sich Clive Grover in das Menschengedränge und zog den im Café gestohlenen Mantel über. Während der nächsten zwei Stunden und siebenunddreißig Minuten benutzte er vier verschiedene Metrolinien, stieg etwa zwanzigmal um, fuhr einmal mit dem Taxi und zweimal mit dem Bus, ging zu Fuß weite Wege auf sehr belebten Bürgersteigen und wechselte in drei verschiedenen Warenhäusern von einer Abteilung in die andere.

Um 23:08 Uhr stand Grover am Sheperd Market in Mayfair, im Herzen Londons, und war absolut überzeugt, dass ihm niemand hatte folgen können. Jetzt war es Zeit, aus England zu verschwinden. Darauf hatte er sich schon seit Jahren vorbereitet.

Plötzlich packte ihn jemand an der Schulter. Er drehte sich um und sah eine Frau vom MI5, die er kannte, an deren Namen er sich aber nicht erinnerte.

»Willst du irgendwohin fahren?«, fragte sie und lächelte.

Grover war so überrascht, dass er kein Wort herausbrachte.

»Hast du wirklich ernsthaft geglaubt, du könntest uns entkommen?«

* * *

Völlig erschöpft stieg Leo Kara die Treppen zu Kati Soisalos Wohnung hinauf. Wenn er nach Fakten suchte, die mit dem Verschwinden seines Vaters zusammenhingen, kam es ihm so vor, als würde er im Sumpf waten: Mit jedem Schritt sank er immer tiefer ein, und fester Boden war nirgendwo in Sicht. Im Moment machten ihm allerdings zur Abwechslung einmal positive Erinnerungen zu schaffen: die heißen Sommer seiner Kindheit, die Besuche bei der Schwester seines Vaters in Leppävesi und Tante Eevas Rauchsauna. Außerdem dachte er daran, wie gut seine Eltern trotz ihrer Streitereien Partys organisieren konnten. Deshalb hatte er sich genau wie Emma immer auf den 1. Mai gefreut fast wie auf Weihnachten. Allmählich verstand Kara, wie viel er wegen der Ereignisse im Herbst 1989 aus seinem Kopf verbannt hatte, wie krank ihn diese Oktobertage gemacht hatten.

Sobald er den Flur der Wohnung betrat, wurde ihm klar, dass etwas nicht stimmte. Im Wohnzimmer war es finster. Kati saß schweigend auf dem Sofa und starrte vor sich hin. Erstaunt stellte er fest, dass sich sein Puls schon allein durch Katis Anblick beschleunigte.

»Jukka Ukkola ist nicht Vilmas Vater«, sagte sie.

Kara zog die Schuhe und den Mantel aus, setzte sich in den Sessel und versuchte zu verstehen, was er gerade gehört hatte. »Wie ist das möglich?«, fragte er schließlich, weil ihm nichts anderes einfiel.

»Er hat gesagt, er wäre steril. Ziegenpeter und Hodenentzündung im Teenageralter.«

Kara kniff die Augen zusammen, um Katis Gesicht zu erkennen. »Hast du das heute erfahren?«

Sie antwortete nicht.

»Weißt du, wer Vilmas Vater ist?«

»Allmählich wird mir das alles zu viel.« Kati Soisalo schloss die Augen, fuhr mit der Hand durch ihr kurzes Haar und atmete tief durch. Es dauerte eine Weile, bis sie darüber reden konnte. »Das ist Anfang Oktober vor sieben Jahren passiert. Ich hatte Ukkola im Sommer kennengelernt und war im September zu ihm nach Pitäjänmäki gezogen. Kurz darauf habe ich bemerkt, dass mit diesem Arschloch irgendetwas absolut nicht stimmte. Sein wahrer Charakter kam ans Licht, er wurde überheblich und versuchte, mich bei jeder Gelegenheit zu tyrannisieren.« Kati Soisalo sprach so leise, dass Kara angestrengt hinhören musste.

»An jenem Abend ist dieses Schwein das erste Mal handgreiflich geworden. Ich habe ihm gesagt, dass ich mit meiner Schwester in die Stadt essen gehe, daraufhin kriegte er einen Wutanfall. Er hat mich an den Haaren gezogen und geschlagen.«

Kara wartete schweigend darauf, dass Kati weiter erzählte.

»Ich war furchtbar wütend auf Ukkola. Mit Mari haben wir dann in dem Restaurant bis nach Mitternacht gefeiert, ich habe mich betrunken fast bis zum Filmriss und bin dann in Eira gelandet, wo noch weitergefeiert wurde. Offenbar habe ich dort mit jemandem geschlafen, allerdings weiß ich von dieser ganzen Nacht so gut wie nichts mehr, ich hatte auch keine Lust, mich daran zu erinnern. Damals wollte ich mich einfach an Ukkola rächen, ich weiß noch, dass ich schon am frühen Abend mit allen geflirtet habe.« Kati Soisalo schüttelte den Kopf und wich Karas Blick aus. »Am nächsten Tag bereute Ukkola natürlich, was er getan hatte, und brachte mich soweit, dass ich mich mit ihm versöhnte, darin war er sehr geschickt, so wie jeder Narzisst. Er nutzte meinen moralischen Kater aus. Ich wollte diese Nacht einfach möglichst schnell vergessen. Und das gelang mir auch ohne große Mühe, weil ich ja so gut wie nichts mehr davon wusste. Ein Verhalten wie eine Dame ist das nicht gerade, stimmt's?« Kati Soisalo sah total niedergeschlagen aus.

»Weißt du, wer Vilmas Vater ist?«, erkundigte sich Kara noch einmal.

»Keine Ahnung, wirklich. Zumindest kann es niemand sein, der verrückter als Ukkola ist«, erwiderte Kati Soisalo und geriet wieder in Rage. »Überleg mal – Ukkola hat all die Jahre gewusst, dass er nicht Vilmas Vater ist!«

»Das ist keine Erklärung für sein Verhalten. Ukkola ist psychisch krank«, konstatierte Kara. Seine Augen hatten sich mittlerweile so an das dämmrige Licht gewöhnt, dass er Katis verweintes, verzweifeltes Gesicht sah. Er setzte sich aufs Sofa und nahm sie in den Arm. Er fragte sich, wer wen tröstete, nun, da ihrer beider zerrissene Seelen nach Erleichterung suchten.

Kara wachte mit einer Erektion auf, gerade als der Lichtkegel eines Autoscheinwerfers über das Fenster von Kati Soisalos Schlafzimmer huschte. Die leuchtenden Zeiger des Weckers verrieten, dass es kurz nach fünf Uhr war. Im selben Augenblick klapperte der Briefschlitz und die Zeitung plumpste auf den Teppich im Flur, dann ratterten die Schritte des Zeitungsausträgers die Stufen hinunter und die Haustür fiel ins Schloss. Kara wusste, er würde kein Auge mehr zutun; wenn sein Gehirn auf Hochtouren lief, wurde er immer um diese Zeit wach.

Er zog die Unterhose an, trat in den Flur und machte das Licht an. Dann bückte er sich nach der Zeitung, schlurfte in die Küche und setzte sich an den Tisch, um zu lesen. In dem Augenblick summte sein Telefon etliche Male, das Zeichen für den Eingang mehrerer Nachrichten. Sie stammten von einer unbekannten Nummer.

Leo, endlich ist es mir gelungen, eine Person zu finden, die dir diese Nachricht übermitteln kann. Mir geht es gut. Wir wurden alle von Weißrussland nach Mitteleuropa gebracht. Ich weiß nur, dass in dieser Gegend Deutsch gesprochen wird, man erlaubt uns nicht, das Forschungszentrum zu verlassen. Ich dachte schon, du hättest nun genug von all dem, doch jetzt hörte ich, dass du wieder versuchst, die Ereignisse des Jahres 1989 aufzuklären. Ich würde mir wünschen, dass du noch für einige Zeit die Finger von all dem lässt, in ein paar Monaten ist alles vorbei. Wenn ich könnte, würde ich dir mehr erzählen, aber jeder von uns weiß nur über sein eigenes Forschungsprojekt Bescheid. Ich lebe in der Hoffnung, dass ich nach Hause zurückkehren kann, wenn meine Arbeit fertig ist.

Vater

Kara legte das Telefon auf den Tisch und wunderte sich, dass ihn nicht die Wut packte, wie sonst meistens, wenn er solche überraschenden Neuigkeiten erfuhr. Er spürte, dass sich der unsichtbare Reifen spannte, der um seinen Kopf lag, und dann fiel ihm unvermittelt ein, wie er mit seinem Vater Blitzschach gespielt hatte, nur wenige Stunden vor dem Überfall auf ihr Zuhause. Sie hatten viel gelacht und wie die Verrückten auf die Schachuhr eingehämmert. Das war seit Jahren das erste Mal, dass er sich in Verbindung mit seinem Vater an etwas Positives erinnerte.

Rasch holte er seine Medikamente aus der Tasche und ließ gerade Wasser in ein Glas laufen, als Kati Soisalo nackt in die Küche trat. Ihre Rippen waren deutlich zu erkennen.

»Kannst du nicht schlafen?«, fragte sie.

Kara reichte ihr sein Telefon und warf sich eine Dialar, ein Beruhigungsmittel, in den Mund.

Kati Soisalo las die SMS. »Hast du eine Ahnung, warum dein Vater am Leben gelassen wurde? Warum sein Tod nur inszeniert wurde?«

»Ich kann da nur Vermutungen anstellen«, antwortete Kara. »Jemand brauchte seine Informationen und wollte, dass man glaubte, er wäre tot.«

»Was für Informationen? Womit hat sich dein Vater 1989 in seiner Arbeit beschäftigt?«, fragte Kati Soisalo nach.

»Darauf kann niemand eine genaue Antwort geben. Im August habe ich zumindest herausbekommen, dass die von Vater zuletzt in London geleitete Forschungsgruppe an der Entwicklung verschiedener neuer Instrumente der Kriegsführung gearbeitet hat: Energiewaffen, Infrarot, Röntgenlaser, chemische Laser, hyperschnelle Waffen, Teilchenstrahlen und wer weiß, was noch alles. Von den zweiundsechzig Mitgliedern dieser Forschungsgruppe ist nur eins erreichbar.«

»Die Frau, die an Schizophrenie leidet. Vielleicht solltest du sie noch einmal besuchen«, schlug Kati Soisalo vor.

»Lilith Bellamy ist wirklich krank, ich glaube nicht, dass sie eine Hilfe wäre. Die Ermittler haben sich schon viele Male mit ihr unterhalten.«

Mit gerunzelter Stirn betrachtete Kati Soisalo die Pillendosen auf dem Küchentisch. »Wie viele verschiedene Medikamente nimmst du eigentlich?«

»Beruhigungsmittel gegen die Albträume und die Ängste, das Epilepsiemedikament zur Behandlung der Persönlichkeitsveränderung durch die Frontallappenverletzung und das Exelon morgens und abends gegen die Gedächtnisstörungen als Folge der Hirnverletzung.« Und 0,2 Milliliter Morphium in die Vene, wenn nichts anderes mehr hilft, fügte Kara für sich hinzu.

»Der Cocktail scheint zu helfen, du erinnerst dich an immer mehr.«

»Das ist zu hoffen und zu befürchten. Nach Ansicht der Psychiater kann die Wiederherstellung meines Gedächtnisses dazu führen, dass ich einen ... Zusammenbruch erleide. Falls ich nicht imstande bin, mit den Erinnerungen richtig umzugehen und sie im Griff zu haben.«

»Es tut immer gut, wenn man etwas im Griff hat ...«, sagte Kati Soisalo, nahm seine Hand und zog ihn in Richtung Schlafzimmer.

* * *

Im April 1893 schloss Lauri Otonpoika Vanhala einen Kontrakt mit dem Bauern Anton Aleksi Niittymäki über die Verpachtung einer Kate auf dessen Hof im Dorf Nakkerinpohja des Kirchspiels Korpilahti. Zu der Kätnerstelle gehörten vier Hektar Acker und eine deutlich größere Fläche Wald. Als Pachtzeitraum vereinbarte man fünfzig Jahre. Die Kätner durften mehr Ackerfläche roden, Kühe halten und aus dem Wald Feuer- und Bauholz holen. Als Pachtzins wurden fünfundvierzig Finnmark pro Jahr festgelegt, zudem musste Lauri Vanhala seinem Bauern jährlich zehn Kilo Butter liefern und insgesamt drei Wochen im Jahr für den Bauern arbeiten, das hieß, bei dessen Heumahd und Roggenernte mitzuhelfen.

So ließ sich Lauri Otonpoika Vanhala zusammen mit seiner Frau Minna, einer geborenen Rouvinen, im Dorf Nakkerinpohja in der Kate auf dem Hof Niittymäki nieder, die sie aus gegebenem Anlass Vanhala nannten.

Lauri und Minna machten sich an die Arbeit, rodeten den Acker, bestellten das Feld und fischten, im Winter gab es viel im Wald zu tun. Auch der Familienzuwachs wurde in Angriff genommen. Alles klappte vorbildlich, bis im Frühjahr ein Teerbrenner namens Hammel-Usko nach Nakkerinpohja zurückkehrte und sich anbot, Lauri Vanhala bei der Aussaat zu helfen. Hammel-Usko hatte früher in eben jener Kate gewohnt, war aber dann vom Bauern vertrieben worden, als der einen zahlenden Pächter gefunden hatte.

An einem diesigen Maimorgen fand Minna ihren Mann auf dem Kartoffelacker, in seinem Schädel steckte eine Axt. Es wurde nie geklärt, was mit Hammel-Usko danach geschah. Man vermutete gemeinhin, dass er sich ertränkt hatte, in seine Heimat nach Kainuu geflohen oder nach Amerika gegangen war. Es gab allerdings auch Leute, die glaubten, dass Minna den Tod ihres Mannes gerächt hatte. Wie dem auch sei, Minna verwand den allzu frühen Tod ihres Mannes, bewirtschaftete die Kätnerstelle mit Hilfe ihrer Nachbarn irgendwie weiter und brachte einen Sohn zur Welt. Dieser Antti wuchs im Laufe der Jahre heran zu einem tüchtigen Mann, und als im Jahre 1918 das Gesetz erlassen wurde, das die Kätner berechtigte, ihren gepachteten Boden einzulösen, kaufte Antti Vanhala die Kate, die den Namen seiner Vorväter trug, und das dazugehörige Land.

Eeva Vanhala wachte in ihrem Versteck an einem abgelegenen Ort im Westen der Landschaft Uusimaa auf und spürte den Rußgeruch des altvertrauten *Porin Matti*, eines gemauerten, mit Holz beheizten Ofens, den Duft auf ihrer Haut von den Birkenzweigen, mit denen sie sich am Abend in der Sauna geschlagen hatte, und das Bettzeug, das den Winter über in der Hütte gelegen hatte. Sie fühlte sich so wie in ihrer Kindheit, wenn sie mit Vater und Mutter im Herbst das letzte Mal nach Nakkerinpohja gefahren war – geborgen. Vor etwa zehn Jahren hatte sie die alte Blockhütte aus der Heimat ihrer Familie in Nakkerinpohja hierher versetzen lassen, als ihre Verwandten keine Lust mehr hatten, das Haus zu erhalten. Es verkörperte über hundert Jahre Geschichte der Vanhalas und durfte nicht einfach morsch werden und verfallen.

Als Eeva Vanhala daran dachte, dass sie wieder einmal allein war, fühlte sie sich etwas weniger wohl. Hätte sie beim Geist in der Wunderlampe einen Wunsch frei, dann würde sie sich wünschen, die Sehnsucht nach einem anderen Menschen loszuwerden. Die Männer hatten ihr nichts als Kummer bereitet. In ihrem Alter wäre es an der Zeit, endlich zu akzeptieren, dass sie nie jemanden finden würde, der bei ihr bliebe.

Sie schaltete das Radio ein, hörte sich die Nachrichten an und genoss eine Weile diese Minuten voller Ruhe und Gelassenheit. Dann zog sie den dicken Morgenmantel aus Flanell an, schob die Füße in die herrlich weichen, rosafarbenen Filzpantoffeln und blickte beschämt auf die Sexpuppe RealDoll, die im Kleiderschrank hing. Der Liebhaber aus Silikon hatte einschließlich Porto über fünftausend Euro gekostet. Er war von ihr auf den Namen Reino getauft worden.

Eeva Vanhala lief mit kleinen Schritten in die Küche. Hier in der Hütte trank sie immer nur auf herkömmliche Weise zubereiteten, also ungefilterten Kaffee, und auch sonst lief das Leben hier nicht nach den Regeln, die in der Stadt galten. Halbfettmargarine, hauchdünne Scheiben Putenschinken und fettarmer Joghurt passten nicht zum Leben auf dem Lande. Sie legte eine Packung geräucherte Zervelatwurst aus dem hiesigen Fleischgeschäft West Chark und dazu Butter, eine Tomate und Glimminge-Käse auf den Tisch und beschloss, noch ein paar Eier zu kochen. Es ärgerte sie, dass sie nicht mehr Lebensmittel gekauft hatte, nun war sie gezwungen, morgen kurz nach Pohjankuru oder Fiskars zu fahren.

Am Abwaschtisch fiel ihr Blick auf die schöne Laubfärbung der Bäume draußen. Es herrschte absolute Stille. Immer, wenn sie hier war, verachtete sie den hektischen Rhythmus in Helsinki und ließ sich dennoch nach ihrer Rückkehr in die Stadt sofort wieder von ihm mitreißen. Warum? Auch die Frage, ob sie mit ihrer Flucht aus der Wohnung überreagiert hatte, beschäftigte sie. Hatte der Vorsitzende des Kabinetts tatsächlich jemandem den Befehl erteilt, sie zu überwachen?

Als das Wasser kochte, holte sie aus dem Kühlschrank zwei Eier, legte sie mit einem kleinen Löffel vorsichtig in den Topf und nahm den Kaffeekessel vom Herd. Sie drehte sich um zum Küchentisch und erblickte in der Tür den Asiaten. Vor Schreck ließ sie den Topf fallen, der heiße Kaffee schwappte auf ihre Beine. Der Mann, ein Schrank von einem Kerl, den sie in ihrem Leben noch nie gesehen hatte, hielt ein Stück Leder in der Hand und eine große Lampe.

Die Angst und der Schmerz durch die kochend heiße Flüssigkeit brachen gleichzeitig über sie herein. Eeva Vanhala öffnete den Mund und schrie aus Leibeskräften, aus tiefstem Herzen. Es schien so, als käme der asiatische Mann auf sie zu geschwebt, sie schaffte es nicht mehr, sich vor dem Schlag zu schützen, und verlor das Bewusstsein.

8

Donnerstag, 6. Oktober

Der europäische Weltraumbahnhof, das Raumfahrtzentrum der ESA, befand sich in der Nähe der Stadt Kourou in Französisch-Guayana. Das Gelände wurde äußerst streng bewacht. Im Nordosten Lateinamerikas herrschte Vorfrühling, was man vornehmlich daran erkannte, dass es wenig regnete, denn die Temperaturen lagen zu jeder Jahreszeit bei über zwanzig Grad Celsius.

Der seit drei Tagen laufende Countdown für den Start 212 näherte sich seinem Ende. Die Trägerrakete Girmand des privaten Raumfahrtunternehmens Master Space Systems mit einer Nutzlast von 8393 Kilo war auf der Abschussrampe startbereit. Die Computer hatten die Funktion aller Geräte unzählige Male überprüft. Das Wetter war nach Aussage der Meteorologen äußerst günstig. In zwanzig Sekunden würde sich das erste Startfenster öffnen. Für den Start und die Gewährleistung seiner Sicherheit waren bisher insgesamt 16 147 Operationen durchgeführt worden. Um die von den Nachrichtensatelliten genutzte geosynchrone Umlaufbahn zu erreichen, benötigte die Trägerrakete eine Geschwindigkeitszunahme (Delta V) von 13 300 Metern pro Sekunde. Einen Teil davon würde man dadurch erreichen, dass die Trägerrakete nach Osten in Richtung der Erdrotation gestartet wurde, und einen anderen Teil durch den Abschuss in Äquatornähe.

T minus ten seconds war aus den Lautsprechern des Weltraumbahnhofs zu hören, als die letzten zehn Sekunden des Countdowns begannen. Bei der Ziffer Fünf sagte eine tiefe Männerstimme: *We have ignition,* und bei Null hörte man sowohl das *Lift off*, die Bestätigung für das Abheben der Trägerrakete, als auch den lauten Jubel des vielköpfigen Startpersonals.

Acht Stunden und achtundfünfzig Minuten später kollidierte die Trägerrakete Girmand in einer Höhe von 35 800 Kilometern kurz vor dem Erreichen ihres Ziels mit einem amerikanischen Nachrichtensatelliten. Der Aufprall zerstörte beide, die Trägerrakete und den Satelliten, auf der Stelle, sie zerbarsten in tausende Teile, die ins Weltall geschleudert wurden und zwei weitere Nachrichtensatelliten vernichteten.

* * *

Es war Nacht, als der Hochgeschwindigkeitszug Acela-Express auf dem Bahnhof Union Station in Washington D.C. anruckte und losfuhr. Jessica Simmons ließ sich auf ihren Platz in der Businessclass fallen, schloss die Augen und schnappte nach Luft, um ein Haar hätte sie den Zug verpasst. Sie war müde. Den ganzen Abend hatte sie damit verbracht, Senator Whitleys Aufträge auszuführen, es war ihr letzter Arbeitstag vor dem Urlaub, aber auf so etwas nahm ihr Chef keine Rücksicht.

Als elfjähriges Mädchen hatte Jessica Simmons mit ihrem Vater, einem Bürgermeister, im Fernsehen verfolgt, wie Tausende jubelnde Deutsche mit allem, was sie in die Finger bekamen, die Berliner Mauer in Stücke schlugen. Damals hatte sie beschlossen, Politikerin zu werden. Anfang der Neunzigerjahre wurde sie in ihrem Entschluss noch bekräftigt, als die Sowjetunion und ihre kommunistischen Satellitenstaaten an ihrer eigenen Unmöglichkeit scheiterten und die US-Truppen den Diktator Saddam Hussein im Irak fast unblutig in die Schranken wiesen. Sie hatte damals aufrichtig daran geglaubt, dass die Politik die Welt sicherer und besser machen kann. Armes, bedauernswertes Mädchen.

Irgendwie war es ihr noch gelungen, vor Bill Clintons Sexskandalen und dem fanatischen Militarismus von Bush jun. und seinen

Falken, die sich im Pentagon eingenistet hatten, die Augen zu verschließen. Aber die fünf Jahre als Privatsekretärin von Senator Whitley hatten ihren Glauben an die Politik endgültig zerstört. Einer der renommiertesten Republikaner der USA widersetzte sich leidenschaftlich jedem Rüstungskontrollabkommen mit Russland und forderte lauthals die Errichtung eines umfassenden Raketenabwehrsystems. Whitley drängte auf die Errichtung eines Zauns an der Grenze zu Mexiko gegen illegale Einwanderer und bekämpfte mit äußerster Aggressivität Präsident Obamas Gesundheitsreform selbst dann noch, als das betreffende Gesetz sowohl im Senat als auch im Kongress angenommen worden war. Überdies betrog er seine Frau mit fast allem, was zwei Beine hatte.

Nie würde sie vergessen, was ihre Mutter gesagt hatte, als sie damals erfuhr, dass sich ihre Tochter eine Arbeit in der Politik suchen wollte: Politiker sind wie Windeln, beide müssen regelmäßig gewechselt werden, und zwar beide aus demselben Grund. Sie musste sich eingestehen, dass ihre Mutter recht gehabt hatte.

Jessica Simmons lächelte, kaufte beim Kellner, der mit seinem Servierwagen vorbeikam, einen Becher Tee und lehnte sich bequem zurück. Es war erstaunlich, dass sie die dienstlichen Probleme trotz der Neuigkeit, die sie am Vortag erfahren hatte, noch so an sich herankommen ließ. In acht Monaten könnten ihr der Senator Robert Whitley und die ganze Politik den Buckel runter rutschen. Endlich hatte sie die Chance, für immer nach New York zu ziehen. Eine neue Arbeitsstelle würde sie während der zwölf Monate ihres unbezahlten Mutterschaftsurlaubs wohl kaum finden, aber darüber zerbrach sie sich jetzt noch nicht den Kopf, für die Mutter eines Kleinkindes waren die Arbeitszeit, die Senator Whitley verlangte, und die knapp drei Stunden Fahrt von Washington nach New York entschieden zu lang.

Sie musste lachen und schüttelte den Kopf, was machte sie sich bloß für Gedanken. Schluss mit den Sorgen, das war doch jetzt die glücklichste Zeit ihres Lebens. Sie war auf dem Weg nach New

York, um ihrem Mann die freudigste Nachricht der Welt zu überbringen. Neuigkeiten dieser Dimension übermittelte man nicht am Telefon. Wieder hoben sich ihre Mundwinkel zu einem Lächeln. Sie hatte den Schwangerschaftstest sicherheitshalber viermal gemacht, einen Irrtum konnte sie sich einfach nicht leisten. Jetzt fand sie es schon fast amüsant, was sie und Brendan alles angestellt hatten, damit sie schwanger wurde. Sie war zur Laparoskopie gegangen und zu Tests nach dem Verkehr und zu Ultraschalluntersuchungen der Eileiter mit Kontrastmittel, die Anzahl und Mobilität von Brendans Samenzellen war mit so gut wie allen möglichen Methoden gemessen worden. Sie hatten auf Alkohol und Kaffee verzichtet, auf den Menstruationszyklus geachtet wie auf einen Weihnachtskalender, Ovulationstests vorgenommen, das Optimum der Hormonwerte gejagt und sich an manchen Tagen geliebt wie die Kaninchen. Und nach jedem Koitus hatte sie geduldig mit hochgelegten Beinen gewartet, damit eines von Brendans kleinen Samenfädchen sein Ziel fand.

Plötzlich rauschte der Zug in enormem Tempo am Bahnhof des Flughafens Baltimore-Washington vorbei, Jessica Simmons konnte kaum das Bahnhofsgebäude aus Beton und das Logo von Amtrak erkennen. Sie schaute auf ihre Uhr, warum war der Zug zu früh hier? Und warum hatte er eben auf der Station nicht angehalten wie sonst immer? Er schoss mit einem atemberaubenden Tempo durch die Nacht, sicher fast mit der Höchstgeschwindigkeit von hundertfünfzig Meilen. Was zum Teufel war hier los, der Acela-Express fuhr im Stadtgebiet nie so schnell. Warum gab es keine Informationen vom Zugpersonal?

Jessica Simmons beschloss zum Wagen der Ersten Klasse zu gehen, um mit der Zugchefin oder dem Zugchef zu sprechen. Sie erhob sich, ohne auch nur zu ahnen, dass der Acela-Express von New York nach Washington auf demselben Gleis auf sie zuraste.

Nur wenige der fünfhundertfünfzehn Reisenden und siebzehn Angestellten der Eisenbahngesellschaft Amtrak in dem Zug begriffen noch, dass sie sterben würden, als sich die zwei stromlinienförmigen Triebköpfe der Hochgeschwindigkeitszüge mit hundertfünfzig Meilen in der Stunde ineinander bohrten.

* * *

Der Fluglotse Mark Hanson beobachtete den Start des Airbus A380 durch die getönten Fenster des Towers auf dem Hartsfield-Jackson-Atlanta-International-Airport, bis das größte Passagierflugzeug der Welt in den dunklen Wolken verschwand, die den ganzen Himmel bedeckten. Der Superjumbo der Lufthansa war so riesig, dass seine Bewegungen wie in Zeitlupe aussahen. Hanson trank den Becher Limonade aus und fluchte, dass er am Vorabend schwach geworden war. Die letzten Flaschen Bier hätte er besser nicht trinken sollen, auch wenn es ein Abend mit den Jungs und ein Match der Atlanta Falcons gewesen war. Allerdings hätte es übermenschliche Charakterstärke erfordert, völlig nüchtern zu bleiben, als die Eagles sechs Touchdowns schafften. Und heute Abend musste er auch noch in die Schule zu Jakes Erziehungsgespräch mit dem Lehrer und dem Jungen. Als Vater, der schon zwei Kinder auf die Universität gebracht hatte, wusste er, dass man fünfzehnjährige Jungs nicht erziehen konnte. Man musste nur dann und wann ernsthaft vor Drogen warnen, daran festhalten, dass sie abends nicht zu spät nach Hause kamen, aufpassen, dass sie ihre Hausaufgaben machten und ansonsten das Beste hoffen.

Hanson wandte sich wieder dem Kontrolltisch zu und sah im selben Augenblick, dass alle Bilder, Kennzeichen und Flugrouten der Maschinen wie durch einen Zauberspruch vom Monitor verschwanden. Es dauerte ein paar Sekunden, bis Hanson anfing sich Sorgen zu machen. An den Geräten oder den elektrischen Systemen von Hartsfield-Jackson traten äußerst selten Defekte auf, immerhin war das der verkehrsreichste Flughafen der Welt. Hanson war mit seinen Kollegen zusammen für die Sicherheit von fast einer Million Flügen und achtundachtzig Millionen Passagieren pro Jahr verantwortlich. Plötzlich erkannte Hanson, dass auch das STCA-System, das bei Kollisionsgefahr warnte, außer Betrieb war. Sein Herz schlug schneller und sein Gesicht wurde heiß. Er hob den Kopf und sah die Verwirrung und Verzweiflung in den Gesichtern seiner Kollegen.

Erst eine halbe Stunde später würde Mark Hanson erfahren, dass die Überreste der 524 Passagiere jener Maschine, deren Start er eben begleitet hatte, in dem Moment gerade dreißig Kilometer entfernt auf den Felsen des Naturschutzgebietes Panola Mountain aufschlugen, zusammen mit den Trümmern einer Boeing 787 Dreamliner der Fluggesellschaft Delta und den Leichen ihrer 252 Passagiere. Nur ein paar Wanderer hatten den Zusammenstoß der Maschinen gesehen.

* * *

Emilio Guerrera lenkte einen Gabelstapler im Laderaum des Kreuzfahrtschiffes Oasis of the Seas der Royal Caribbean International, das irgendwo südlich der Insel Saint-Martin unterwegs war. Guerrera kam es so vor, als würde er Schweine für Weihnachten mästen. In das größte Kreuzfahrtschiff der Welt, das so hoch wie ein Wolkenkratzer war, brachte man jeden Morgen fünf oder sechs Sattelschlepper-Ladungen Lebensmittel. Während einer siebentägigen Kreuzfahrt wurden über zwanzigtausend Kilo Nahrungsmittel verbraucht: viertausend Kilo Salat, sechstausend Kilo Kartoffeln, tausend Kilo Zwiebeln ... Die Touristen verschlangen jeden Tag fünfunddreißigtausend Portionen, angeblich gab es auf dem Schiff über zweihundert Köche. Irgendwie war das alles lächerlich. Die Leute in seinem Heimatdorf La Noria würden mit dieser Nahrungsmenge Jahre auskommen. Aber er wollte sich nicht beklagen, im Gegenteil, viele Mexikaner wären sogar bereit, ein Bein herzugeben für einen legalen Arbeitsplatz auf einem amerikanischen Kreuzfahrtschiff. Von seinem Lohn lebten sowohl der Vater, die Mutter und der Bruder als auch seine Schwestern; alle nahen Verwandten, die nicht im Knast saßen wie jene, die man an der Grenze zu den USA erwischt hatte.

Emilio Guerrera fuhr Kartons in den Warenaufzug, mit dem sie in eines der vierundzwanzig Lokale des Schiffes befördert wurden. Er wusste nicht, dass der Tropensturm Evelyn die Karibische See mit fast hundert Stundenkilometern peitschte und das Navigationssystem des Schiffes schon seit über einer Stunde nicht mehr funktionierte.

Ein explosionsartiger Knall war zu hören, als die eine Milliarde Euro teure Oasis of the Seas, die 2009 im finnischen Turku vom Stapel gelaufen war, mit voller Kraft auf ein Korallenriff prallte. An der Schiffsflanke auf der Steuerbordseite entstand ein drei Meter hohes und hundert Meter langes Leck, durch das Meerwasser in neun wasserdichte Abteilungen strömte, fünf davon füllten sich sehr schnell. Das Schiff sank über zehn Meter und neigte sich bedrohlich zur Seite. Die Passagiere und die Mannschaft des dreihundertsechzig Meter langen, siebenundvierzig Meter breiten und von der Wasseroberfläche gemessen zweiundsiebzig Meter hohen Schiffes, insgesamt über achttausend Menschen, wurden in dreißig Rettungsboote evakuiert. Die ließ man in das von auslaufendem Öl schwarz gefärbte Meer hinab, das im Sturm Evelyn schäumte. Das erste der Rettungsboote wurde achtzehn Minuten nach dem Auflaufen in der durch den Orkan entstandenen Kreuzsee gegen die Uferfelsen der Insel Saba geschleudert, es zerschellte und sank, das nächste Rettungsboot wurde einundzwanzig Minuten nach dem Aufprall zerstört …

ZWEITER TEIL

Der Beginn der Zerstörung

6. Oktober – 8. Oktober

9

Donnerstag, 6. Oktober

Das Bild des Campus der Technischen Hochschulen im Espooer Stadtteil Otaniemi beherrschten die leuchtende Laubfärbung der Bäume und das von Alvar Aalto entworfene Hauptgebäude. Das Auditorium maximum des roten Ziegelbaus erinnerte an ein Segel, das sich im Wind blähte, und überragte alle anderen Häuser. Um sieben Uhr morgens herrschte auf dem Gelände eine gespenstische Ruhe, nur wenige Autos waren unterwegs. Kara hörte sich konzentriert die Nachrichten im Radio an, in denen von den zerstörten Nachrichtensatelliten und den Katastrophen auf dem amerikanischen Kontinent berichtet und über die Verwundbarkeit der modernen Informationsgesellschaft diskutiert wurde. Er hoffte, dass dem neuen Generaldirektor des UNODC nichts passiert war, und dieser Gedanke überraschte ihn. Leegaard war der erste Vorgesetzte, mit dem er möglicherweise auskommen würde.

Leo Kara stellte vor dem Nanohaus den Motor ab. Mühsam zwängte er sich aus dem Smart und trat in den Sonnenschein, aufrichtig davon überzeugt, dass er wie kaum ein anderer das Recht hatte, seinen Wagen auf einem Behindertenparkplatz abzustellen. Als er vor einigen Jahren die UNO-Konvention über die Rechte behinderter Personen übersetzt hatte, war er so sehr von der Definition des Begriffs Behinderung überrascht gewesen, dass er sie sich gemerkt hatte:

Zu den Menschen mit Behinderungen zählen Menschen, die langfristige körperliche, seelische, geistige oder Sinnesbeeinträchtigungen haben, welche sie an der vollen, wirksamen und gleichberechtigten Teilhabe an der Gesellschaft hindern können.

Diese Definition traf voll und ganz auf ihn zu.

Kara ging zur Puumiehenkuja und überlegte, wie er Kirsti Saurivaara seinen Besuch begründen sollte, nachdem die stellvertretende Generalstaatsanwältin ihm verboten hatte, über Käräväs Zusammenfassung zu sprechen. Zum Glück hatte er immerhin Zeit gehabt, die Anhänge der Zusammenfassung zu lesen, sein Kopf quoll über von Details der Treffen Kirsti Saurivaaras mit den Vertretern der Sowjetunion. Kara ging durch den Haupteingang des Tieftemperaturlabors und betrat das Foyer. Merkwürdigerweise spürte er den Duft Kati Soisalos immer noch.

Dekanin Kirsti Saurivaara war eine kleine, runde Frau, die einen sanftmütigen Eindruck machte, ihr Gesicht wurde von den viereckigen Brillengläsern dominiert. Sie zeigte sich erfreut, als sie ihn erblickte. »Aleksi Karas Sohn, willkommen. Dein Vater und ich waren seinerzeit sehr gute Bekannte. Es tut mir leid, dass wir uns um diese Uhrzeit sehen müssen, aber mein Kalender ist derzeit so voll, dass sich unvorhergesehene Besuche nur morgens oder am späten Abend einschieben lassen.« Kirsti Saurivaara bedeutete Kara, in einem Sessel des Foyers Platz zu nehmen und forderte ihn auf, sich Kaffee aus der Thermoskanne einzuschenken, die auf einem Tablett stand.

»Warum treffen wir uns hier?«, fragte Kara.

»Du wolltest doch etwas über unsere gemeinsamen Arbeitsjahre wissen, hier haben wir, dein Vater und ich, unsere Laufbahn begonnen – im Tieftemperaturlabor. Damals in den Siebzigerjahren befand sich diese Einrichtung allerdings ein paar hundert Meter entfernt in der Richtung.« Kirsti Saurivaara wies nach Osten. »Hier wurden Weltrekorde bei den niedrigsten Temperaturen aufgestellt – der letzte liegt bei hundert Pikokelvin.« Sie sah, wie Kara die Stirn runzelte. »Wir sind bis auf ein zehnmilliardstel Kelvin an den absoluten Nullpunkt, also –273,15 Grad Celsius, herangekommen.«

Kara wusste nicht, was er sagen sollte.

»Im jetzigen Nanohaus gibt es zwei vom Tieftemperaturlabor geführte Kompetenzzentren der Finnischen Akademie: das Kompetenzzentrum für Quantphänomene und Komponenten bei Niedrigtemperaturen und das Kompetenzzentrum für systemische Neurowissenschaften und Enzephalographie.«

Kara goss sich Kaffee in einen Pappbecher und schlug die Beine übereinander.

Kirsti Saurivaara betrachtete ihn wie ein altes Foto. »Es tut mir heute noch leid, was deinem Vater damals passiert ist«, sagte sie schließlich.

»Ich habe kürzlich erstaunliche Dinge über meinen Vater erfahren.« Kara gab Zucker in seinen Kaffee, rührte um und überlegte dabei fieberhaft, wie er fortfahren sollte. Vielleicht würde es funktionieren, wenn er die Dekanin überrumpelte. »Vater ist am Leben.«

Kirsti Saurivaara starrte ihn verdutzt an.

»Niemand weiß, wo er ist. Ich versuche den Behörden bei der Suche nach ihm zu helfen«, fuhr Kara fort. »Ich wollte dich treffen, weil die Sowjetunion etliche Male versucht hat, Vater anzuwerben, und das gerade in den siebziger und achtziger Jahren, als ihr hier in Otaniemi gemeinsam gearbeitet habt.«

Saurivaaras Augen weiteten sich noch mehr, ihr Gesichtsausdruck wirkte angespannt und die Hand mit der Kaffeetasse hielt mitten in der Bewegung inne, als hätte jemand auf der Fernbedienung die Pause-Taste gedrückt. »Die Sowjetunion ... hat versucht deinen Vater ... anzuwerben. Und wofür?«

Die Antwort klang unbeholfen, und zu alledem wurde Kirsti Saurivaara auch noch rot. Kara beschloss, weiter in die Offensive zu gehen. »Wissenschaftlich-technische Aufklärung wurde das angeblich beim KGB genannt. Kannst du dazu etwas sagen? Warum interessierte sich der KGB für Vater?«

Jetzt wurde der Dekanin endlich bewusst, dass sie die Tasse absetzen wollte. »Worum geht es hier eigentlich? Hängt das irgendwie mit deiner Arbeit bei den UN zusammen?«

»Du hast mit Vater zusammen sogar Botschaftsrat Viktor Wladimirow getroffen, zweimal 1977. Er war immerhin der Chef der KGB-Filiale in Helsinki. Das Treffen fand vermutlich im Pub Angleterre statt, oder?«

»Wer behauptet so etwas, woher hast du solche ... Lügen!« Kirsti Saurivaara sprang erregt auf.

»Ich habe das in authentischen Dokumenten des KGB gelesen. Meines Wissens besitzt auch die Polizei Kopien davon.« Kara bemühte sich, mitfühlend und entspannt zu wirken, es wäre ein Fehler, die Frau so einzuschüchtern, dass sie gar nichts mehr sagte. »Du wirkst ziemlich schockiert, ist bei diesen Begegnungen etwas geschehen, was ... nicht hätte passieren dürfen?«

Kirsti Saurivaara setzte sich wieder hin und verdaute eine Weile, was Kara gesagt hatte. »Das ist diese Zeit der sogenannten Hausrussen gewesen. Wie das damals gelaufen ist, kannst du nicht verstehen. Wenn man in seiner Laufbahn vorankommen wollte, musste man mit den Sowjets auf gutem Fuß stehen. Die SUPO hat uns, alle Forscher des Tieftemperaturlabors, vor Anwerbungsversuchen des KGB gewarnt. Linie X wurde diese KGB-Truppe genannt, die damals wissenschaftlich-technische Spionage trieb, obwohl es nur zwei Mann waren, die sich um diese Dinge kümmerten – Botschaftssekretär Sergej Sidorow und der andere hieß meines Wissens Samarajew. Nach Ansicht der SUPO war bei denen zu der Zeit irgendeine spezielle Kampagne im Gange, bei der technische Informationen aus Finnland beschafft werden sollten, das war astreine Spionage. Die Technische Hochschule war natürlich eines ihrer wichtigsten Objekte, wenn nicht überhaupt das wichtigste.«

Sie schwieg und betrachtete prüfend die Nagelhaut an ihrem rechten Daumen. Kara wartete eine Weile und brach dann das Schweigen. »Warum habt ihr beide, du und Vater, euch mit Wladimirow getroffen?«

»Soweit ich mich erinnere, hatte die SUPO oder der damalige

Rektor der TH empfohlen, die Einladung anzunehmen. Wie ich schon sagte, musste man Ende der Siebzigerjahre ein gutes Verhältnis zu den Sowjets haben, und Wladimirow war immerhin Botschaftsrat. Bei diesen Begegnungen wurde nichts Wichtiges besprochen, Wladimirow versuchte nur zu sondieren, in welche ideologische Richtung die beiden talentiertesten jungen Wissenschaftler der TH tendierten.«

Die lügt ja wie eine Wahrsagerin, dachte Kara, sagte aber: »Und was hat Wladimirow herausgefunden?«

»Deinen Vater interessierte außer seiner Arbeit nichts. Und ich ...« Kirsti Saurivaara verstummte.

Kara beschloss, seinen stärksten Trumpf auszuspielen. »Du hast Botschaftssekretär Sidorow und andere KGB-Mitarbeiter zwischen 1977 und 1991 Dutzende, wenn nicht hunderte Male getroffen.«

Die Frau schaute Kara ungläubig an, jetzt wurde sie rot bis über die Ohren. »Sergej war meine ... Privatangelegenheit. Wir haben uns angefreundet. Ich war nicht verheiratet und ...«

Eine geschickte Notlüge, dachte Kara und sagte: »Ich bin nicht hierhergekommen, um Fragen zu dem zu stellen, was du früher gemacht hast. Aber ich wäre dir dankbar, wenn du mir alles erzählen würdest, was du noch von meinem Vater weißt. Danach werde ich mich auch wieder mit seiner Vergangenheit beschäftigen und darin herumstöbern.«

Die Dekanin wirkte etwas entspannter, nun da es im Gespräch wieder um Aleksi Kara ging. »Ich wüsste nicht, was ich Neues über deinen Vater erzählen könnte. Er war ein charismatischer Mann, ein Forscher mit Leib und Seele. Allerdings auch ein Workaholic der schlimmsten Sorte. Du wirst wohl kaum etwas über unsere Forschungsprojekte hören wollen.«

»Erzähle nur, ich habe keine Eile.«

Kirsti Saurivaara begann mit der Studienzeit, erläuterte genau, woran sie sowohl im Tieftemperaturlabor als auch im Physik-Institut zusammen mit Aleksi Kara gearbeitet hatte. Sie wusste auch einiges über die Jahre, in denen er in der renommiertesten Forschungseinrichtung der Welt tätig gewesen war, in den Bell Laboratories in New Jersey.

Leo Kara fand in der Zusammenfassung der Dekanin nichts, wo er hätte einhaken können. Schließlich unterbrach er sie: »Ich brauche Namen. Hatte mein Vater einen Betreuer, einen Hausrussen, hielt auch er Kontakt zu irgendeinem der Sowjets so wie du?«

»Ich war mit Sergej Sidorow liiert, er war kein ...«

»Beantworte bitte nur die Frage«, fuhr ihr Kara ins Wort.

Kirsti Saurivaara runzelte die Stirn und zog die Lippen ringförmig zusammen. »Dein Vater und ich, wir waren Kollegen, gute Bekannte, aber wir sprachen nicht über private Dinge und haben uns nicht in der Freizeit getroffen. Zum Teil deswegen, weil dein Vater keine Freizeit hatte.«

»Sag mir Namen, dann verspreche ich, dich in Ruhe zu lassen«, sagte Kara.

Kirsti Saurivaara rieb sich das Kinn. »Bleibt das unter uns?«

Kara nickte.

»Ich habe seinerzeit gehört, dass dein Vater zweimal in Finnland war und Arkadi Timtschenko getroffen hat. Das ist 1989 gewesen, wenn ich mich recht entsinne.«

Kara war so überrascht, dass er nicht sofort verstand. »Wen?«

»Timtschenko. Einen russischen Ölmilliardär, der später die finnische Staatsbürgerschaft erhalten hat. Er ist sogar bei Forbes auf die Liste der Milliardäre gelangt.«

Von Timtschenko hatte Kara noch nie gehört. »Und weitere Namen?«

»Dann war da eine Bellamy. Dein Vater hat oft von ihr gesprochen, aber auch sie dürfte lediglich eine Kollegin gewesen sein.« Kirsti Saurivaara wühlte noch eine Weile in ihrem Gedächtnis, bis sie schließlich die Hände auf die Knie schlug. »Das ist alles. Wenn es dich interessiert, hätte ich noch Zeit, dir zu zeigen, womit man sich hier im Tieftemperaturlabor herumschlägt.«

Es interessierte Kara. Er folgte Kirsti Saurivaara bis ans Ende des Flures, wo sie eine Drucktür aus Stahl öffnete.

»Das ist die Kryohalle, das heißt, das Forschungszentrum für ultratiefe Temperaturen. Davon gibt es weltweit nur etwa zehn«, erklärte sie stolz und führte Kara zu einem über zwei Meter hohen Gerät mit vier dominanten weißen Säulen. »Das ist ein rotierender Kryostat oder Atomkühler, das Gerät, mit dem versucht wird, die extrem niedrigen Temperaturen zu erreichen.«

»Ich hätte es mir größer vorgestellt«, sagte Kara.

Kirsti Saurivaara lachte. »Der größte Teil der dazugehörigen Maschinen und Anlagen befindet sich dort hinter der Wand.« Sie zeigte in die Richtung und kehrte dann zum Mittelgang der Kryohalle zurück.

Als nächstes betraten sie einen kleinen Lagerraum voller Maschinen, Geräte, Messeinrichtungen und Werkzeuge. »Hier befindet sich …«, konnte Saurivaara noch sagen, dann fiel die Tür hinter Kara krachend ins Schloss. Gleichzeitig hörte man ein metallisches Poltern, als irgendetwas Schweres zu Boden fiel.

Kirsti Saurivaara schaute auf die Flüssigkeit, die aus dem umgefallenen Behälter auf den Betonfußboden lief, hielt sich die Hand vor den Mund und blies die gerade eingeatmete Luft durch die Nase wieder aus. »Flüssiger Stickstoff! Der wird sofort zu Gas. Nicht atmen!« Sie stieß Kara weg von der Stickstoffpfütze und griff mit rotem Gesicht nach der Türklinke – abgeschlossen. Hastig schaute sie sich in dem Raum um. »Das Fenster ist die einzige Chance«, ächzte sie, atmete ein und sackte sofort zusammen, mitten in die Stickstofflache.

Kara verstand nicht, worum es ging, aber ihm war klar, dass er hier raus musste. Er hielt den Atem an, die Lunge brannte. Dann nahm er den nächstgelegenen schweren Gegenstand, einen glänzenden Metallklumpen, vom Werkzeugtisch und schlug mit aller

Kraft gegen das Plexiglas des Türfensters. Das Metallstück prallte zurück wie von einer Gummiwand. Er war gezwungen einzuatmen, holte tief Luft und spürte ein Schwindelgefühl. Rasch packte er einen Hammer, schlug mit der spitzen Seite ein-, zwei-, dreimal gegen das Fenster und brachte einen Riss zustande. Der vierte Schlag, der fünfte, er musste Luft holen und taumelte. Im Kopf drehte sich alles, als er den Hammer gegen die Scheibe wuchtete, die sich nun endlich an einer Seite aus dem Rahmen löste. Kara stieß das Plexiglas hinaus und schnappte nach Luft ... Dann wurde ihm schwarz vor Augen, die Knie knickten ein und er stürzte mit dem Gesicht voran in die Fensteröffnung.

* * *

Im Rosengarten der Villa am Rande von Torquay im Südwesten Englands spritzte Blut. Betha Gilmartin fluchte und steckte den Zeigefinger in den Mund. Der Sommer war so warm gewesen, dass die scharlachroten und stark duftenden Damaszener Rosen jetzt im Herbst schon das zweite Mal blühten. Bei dem Gedanken, dass die Römer dieselbe Sorte schon vor etwa zweitausend Jahren gezüchtet hatten, kam sie sich auf gesunde Weise ziemlich unwichtig vor.

Sie richtete sich auf, schaute in Richtung Torbay-Bucht und genoss den Seewind der englischen Riviera, der ihr Haar durcheinanderwirbelte. Es roch nach Meer, die Möwen kreischten und die Luft an diesem Vormittag war feucht. In den Medien überschlugen sich die Nachrichten vom Chaos auf dem amerikanischen Kontinent durch die Zerstörung der Nachrichtensatelliten und ließen sie das erste Mal nach langer Zeit wieder an die Arbeit denken. Eine Bekannte hatte am Morgen angerufen, sie machte sich Sorgen um ihre Tochter, die auf einer Kreuzfahrt in der Karibik unterwegs war.

Ihr kam es so vor, als wäre seit dem Herzanfall und der Operation eine Ewigkeit vergangen, dabei machte sie mit Albert erst seit knapp zwei Monaten hier Urlaub. Sie arbeitete schon fast drei Jahrzehnte im Auslandsnachrichtendienst SIS, so lange, dass sie vollkommen vergessen hatte, wie es war, wenn man sich wochenlang auf seinen Lorbeeren ausruhte. Nur einige wenige dienstliche Anrufe hatte es gegeben – zu ihrer Überraschung war sie anscheinend nicht unersetzlich, trotz ihrer Stellung als stellvertretende Chefin des SIS. Und sie verspürte nicht einmal mehr Sehnsucht nach der hektischen Atmosphäre im SIS, auch das erstaunte sie. Vielleicht war sie allmählich bereit für die Rente.

»Betha! Telefon. Das Legoland ist dran«, rief Albert aus der Villa.

Als könnte man im Hauptquartier des SIS Gedanken lesen, überlegte Betha. Aber so weit war die Technik dann doch noch nicht. Nieselregen setzte ein. Sie betrat ihre zweistöckige weiße Villa durch die Küchentür, zog die Gummistiefel aus, ging in ihr Arbeitszimmer und griff nach dem Hörer. Es war eine geschützte Verbindung.

»Du wirst hier dringend gebraucht, wie geht es dir?«, fragte der Chef des SIS Sir Anthony Richardson.

»Was ist passiert?«

»Verfolgst du die Nachrichten nicht?«

Betha wurde klar, dass es um die zerstörten Satelliten ging. »Warum übernimmt das Clive Grover nicht, er vertritt mich doch wohl weiterhin?«

Sir Anthony schwieg einen Augenblick. »Der MI5 wusste schon im August, dass es im britischen Sicherheitsapparat einen Maulwurf gibt, du erinnerst dich sicher. Er wurde bei uns im SIS gefunden – Clive Grover. Der MI5 beginnt gerade mit den Verhören.«

Betha verschlug es die Sprache. Eine noch größere Katastrophe konnte man sich nicht einmal vorstellen. Als Leiter der Abteilung für Aufklärungsoperationen besaß Grover eine Sicherheitseinstufung, die ihm schon seit Jahren den Zugang selbst zum geheimsten Material des SIS erlaubte. Wie viele Informationen hatte er verraten? Und wie lange schon?

»Die Zeit meiner Krankschreibung ist fast zu Ende. Ich rufe meinen Arzt an und komme sofort, falls ... sobald ich die Erlaubnis erhalte«, sagte Betha und beendete das Gespräch. Sie spürte ihr Herz heftig schlagen, aber nun brauchte sie nicht mehr auf den Pulsmesser zu schielen und Entspannungsübungen zu machen, um ihren Puls unter Kontrolle zu halten. Die Operation war bestens gelungen. Der Herzanfall im August hatte den Chirurgen gezwungen, das Loch in der Wand zwischen den Herzkammern zu schließen, jenen Defekt, der ihr Leben von Geburt an beeinträchtigt hatte. Auch das vom Arzt verordnete achtwöchige Reha-Programm war schon fast abgeschlossen, sie hatte sich in der letzten Zeit so viel bewegt wie seit ihren Mädchenjahren nicht mehr. Sie war buchstäblich in der Form ihres Lebens.

Eine Autofahrt von Torquay in der Grafschaft Devon ans Südufer der Themse in London dauerte im schlimmsten Fall etwa vier Stunden, aber mit einem Hubschrauber Eurocopter EC145 der Polizei von Devon und Cornwall brauchte man nur eine reichliche Stunde. Betha Gilmartin beobachtete durchs Fenster, wie sich der Helikopter dem an eine babylonische Stufenpyramide erinnernden Hauptquartier des SIS näherte. Das Gebäude mit dem ungewöhnlichen Aussehen wurde von einem Wallgraben umgeben, und seine speziell verstärkten Wände hielten auch der Wucht einer starken Explosion stand. Legoland, wie es auch genannt wurde, war eines der sichersten Gebäude der Welt. Betha Gilmartin legte, ohne sich um die Blicke der Piloten zu kümmern, ihr Stützkorsett an, das sie sich ursprünglich wegen ihrer Rückenprobleme besorgt hatte, dann band sie ihre rote Mähne zu einem Pferdeschwanz. Wenig später trat sie hinaus auf den Hubschrauberlandeplatz und schützte ihre Augen vor dem Sand, den die Rotorblätter aufwirbelten.

Kurz darauf öffnete Betha Gilmartin die Tür des Lagezentrums in der siebten Etage von Legoland. In dem riesigen, mit Elektronik vollgepackten Saal trat Stille ein. Dann hörte man ein gedämpftes Klatschen, das rasch zu stürmischem Applaus anschwoll.

Betha Gilmartin hielt es für das Beste, die Begrüßung abzubrechen, sonst müsste sie sich noch die Augenwinkel trocknen. »Eine Zusammenfassung, bitte. Wer leitet diesen Zirkus?«, fragte sie und versuchte dabei festzustellen, welche Kollegen anwesend waren.

Der Leiter der Technischen Abteilung des SIS trat vor, seine Augen waren aus Mangel an Schlaf gerötet. »Willst du die kurze oder die lange Version hören?«

»Alles. Aber kurz.«

»Letzte Nacht wurden drei Nachrichtensatelliten der USA, die sich auf einer geosynchronen Umlaufbahn befanden, zerstört. In einem Teil der Vereinigten Staaten, Kanadas und Südamerikas brach das GPS-Netz zusammen. Da die Atomuhren der GPS-Satelliten die koordinierte Universalzeit nicht mehr übermitteln konnten, funktionierten Hunderte Millionen Handys und Internetverbindungen nicht mehr. Millionen Einkäufe mit Kredit- und EC-Karten scheiterten, zahllose Menschen waren nicht imstande, ihre Bankkonten zu nutzen. Unternehmen verloren Einkünfte in Millionenhöhe. Die Arbeit der TV-Sender und Nachrichtenredaktionen kam ins Stocken. Die Verkehrsüberwachungszentralen der großen Städte waren lahmgelegt, der Verkehr sowohl auf den Straßen als auch auf den Schienen geriet durcheinander. Ein Teil der Stromnetze brach zusammen, ganze Städte lagen im Dunkel. Auf dem gesamten amerikanischen Kontinent entstand eine unbeschreibliche Panik. Die Stationen der Küstenwache konnten Notsignale der Schiffe nicht empfangen, die Flugsicherungszentralen und die Flugleitdienste der Flughäfen verloren den Kontakt zu hunderten Maschinen, der ganze Luftverkehr war lahmgelegt. Man schätzt, dass bei Unglücken mehrere tausend Menschen umgekommen sind.«

Ungläubig schaute Betha Gilmartin ihn an. »Die Zerstörung von ein paar Satelliten soll zu dem ganzen Chaos geführt haben, über das die Medien jetzt mit diesem Getöse berichten?«

»Ist die Anzahl zerstörter lebenswichtiger Satelliten groß genug, bringt das die ganze industrielle Welt zum Stillstand. Das kann alles lahmlegen: Telefone, Geldautomaten, Fernsehen, GPS, Datenverkehr, Kommunikationsmittel, Notrufzentralen. Die ganze Welt steht dann still.«

»Ist die Lage jetzt unter Kontrolle?«, fragte Betha Gilmartin.

»Die Yankees sind dabei, mit ihren Reservesatelliten die zerstörten zu ersetzen. Die Verbindungen im Datenverkehr sind noch unterbrochen. Der Luft-, See- und Schienenverkehr wird eingeschränkt, bis alles wieder funktioniert und ... Kurz gesagt, weitere Katastrophen werden wohl nicht passieren.«

Betha Gilmartin wirkte erleichtert. »Wurden die Satelliten mit derselben Laserwaffe zerstört, mit der man im August die Trägerrakete der Chinesen abgeschossen hat?«

»Nein«, versicherte der Leiter der Technischen Abteilung. »Es wurden nirgendwo Raketen oder andere Flugkörper gestartet, die Infrarotteleskope des Satellitensystems der US Air Force können so einen Start in jedem Winkel der Welt registrieren.«

»Wurden die Satelliten absichtlich zerstört?«, fragte Betha Gilmartin.

Der Leiter der USA-Abteilung trat vor. »Du kannst sicher sein, dass man sich fieberhaft bemüht, das zu klären. Die Verteidigung der USA befindet sich in höchster Alarmbereitschaft, auf der Stufe Defcon 3, genau wie im September 2001. Ein Überraschungsangriff gegen Satelliten ist für die USA das schlimmste denkbare Katastrophenszenario, man fürchtet dort eine Art elektronisches Pearl Harbor. Die Raketensysteme der USA und alle

Systeme des Nachrichtenverkehrs und der Kriegsführung beruhen auf der Satellitenkommunikation. Die einzige Supermacht der Welt ist ohne ihre Satelliten nicht imstande, irgendeine anspruchsvolle Militäroperation durchzuführen.«

Der Leiter der Technischen Abteilung überprüfte etwas in seinen Unterlagen und nahm das Wort. »Im Moment weiß man nur, dass eine Trägerrakete namens Girmand, die gestern Abend im Weltraumzentrum der Europäischen Raumfahrtorganisation in Französisch-Guayana gestartet wurde, irgendwie mit der Zerstörung der Satelliten zusammenhängt.«

»Und diese Girmand gehört wem?«, fragte Betha Gilmartin.

»Dem privaten Unternehmen Master Space Systems.«

»Muss man dir jede Information mit der Zange herausziehen, verdammt noch mal«, regte sich Betha Gilmartin auf. »Es kann ja wohl nicht jeder x-Beliebige Trägerraketen und Satelliten in den Himmel schießen. Wem gehört das Unternehmen?«

Der Leiter der Technischen Abteilung stand jetzt kerzengerade da. »Master Space Systems ist ein privates deutsch-russisch-britisches Konsortium, sein Hintergrund wird gerade untersucht. Man muss bedenken, dass sich die Raumforschung und die Geschäftstätigkeit auf diesem Gebiet in den letzten zehn Jahren mit atemberaubendem Tempo verändert haben. Schon Dutzende Staaten verfügen selbst über ein aktives Weltraumprogramm, private Raumfahrtunternehmen drängen mit aller Macht auf die Bildfläche. Kommerzielle Firmen betreiben jetzt Raumflugzentren, bauen Abschussrampen und Trägerraketen. Das private Unternehmen SpaceX hat seine Weltraumkapsel Dragon auf eine Erdumlaufbahn geschickt, schon bald wird sie auch eine Besatzung und Fracht zur Internationalen Raumstation transportieren. Die Firma Virgin Galactic beginnt demnächst Touristenreisen in den Weltraum und ... Kurz gesagt, das ganze Weltraumgeschäft wird gerade mit rasantem Tempo in private Hände verlagert.«

Betha Gilmartin überlegte einen Augenblick. »Bisher gibt es

also nichts, was diese Ereignisse mit Mundus Novus und der Zerstörung der chinesischen Trägerrakete im August in Verbindung bringen würde.«

Der Leiter der Technischen Abteilung schüttelte den Kopf.

10

Donnerstag, 6. Oktober

Clive Grover trug einen weißen Overall und saß in einem Safehouse des britischen Geheimdienstes MI5. Zwar hatte er mit verbundenen Augen von der Gegend nichts gesehen, aber vermutlich war er in London, denn die Autofahrt von Mayfair bis hierher hatte nur etwa zwanzig Minuten gedauert. Ins Hauptquartier von *The Box*, wie der MI5 genannt wurde, war er jedenfalls nicht gebracht worden, nur wenige Auserwählte würden erfahren, dass man ihn hochgenommen hatte. Als einer der Ersten vermutlich der Premierminister. Immerhin war er der hochrangigste enttarnte Spion seit Aldrich Ames vom CIA im Jahre 1994. In den Nachrichtendiensten Großbritanniens hatte man seit Kim Philby keinen auch nur annähernd mit ihm vergleichbaren Maulwurf ausgeräuchert, und Philby war schon 1963 aufgeflogen.

Wie lange würde er auf den Beginn der Verhöre warten müssen? Sie wollten erreichen, dass die Einsamkeit und die Stille Wirkung zeigten, dass er lange genug Zeit hatte, zu begreifen, wie sehr er in der Klemme saß. In dem kühlen Raum mit nackten Wänden standen ein Metalltisch und vier unbequeme Stühle, an der Decke brannte eine helle Neonröhre. Der MI5 hätte ihn vermutlich nicht erst fast vor die U-Bahn gestoßen und gleich danach hoppgenommen, um ihn zu verhören. Deshalb befürchtete er das Schlimmste: Wollten die Russen ihn loswerden? Wie dem auch sei, er wusste nun mit Sicherheit, dass alles vorbei war.

Er war jetzt dreiundfünfzig Jahre alt und hatte fast sein ganzes Leben im Dienste der Königin gestanden. Das fand er in gewisser Weise grotesk, da er aus einer Familie stammte, in der man die

Monarchie ablehnte, seit die Arbeiterbewegung und die Gewerkschaften in der zweiten Hälfte des 19. Jahrhunderts auf den britischen Inseln Fuß gefasst hatten. Die Männer in Grovers Sippe hatten über Generationen Kohle abgebaut, es war also ein glücklicher Zufall gewesen, dass er genau zu der Zeit, als der Bergbau in Großbritannien fast ganz zu Ende ging, der erste Grover mit Universitätsabschluss wurde.

Seine Herkunft dürfte auch der Grund für seine Anwerbung gewesen sein. Und die Tatsache, dass er bei seinem ersten Auslandseinsatz in Bukarest 1987 den Leiter der dortigen Filiale des KGB kennengelernt hatte. Dem KGB-Residenten Feliks Penkowski war es gelungen, ihn davon zu überzeugen, dass die Perestroika die Ouvertüre für einen neuen Kommunismus war, der Auftakt für einen Wandel in der Sowjetunion hin zum Besseren, zu einem freien Staat, in dem die Gleichberechtigung aller Bürger tatsächlich in der Praxis verwirklicht wurde. Amüsiert erinnerte er sich daran, dass er so naiv gewesen war, sich einzubilden, er könnte dem KGB nur solche Informationen weitergeben, die Großbritannien nicht schadeten. Knallhart war er in die Zange genommen worden, und nach 1991 hatten die Erben des KGB die Daumenschrauben noch weiter angezogen.

Er hatte sein ganzes Privatleben der Arbeit geopfert und sich immer weiter von seinen Kindern und seiner Frau entfernt. Ausgerechnet jetzt, wo das Ziel von Mundus Novus in wenigen Monaten erreicht sein würde und seine Freiheit in greifbare Nähe rückte, hatte man ihn erwischt.

Plötzlich ging die Tür auf und zwei Männer in dunklem Anzug traten ein, die Grover nicht kannte. Der jüngere von beiden war groß und sah freundlich aus, der andere war um die fünfzig, klein und wirkte mürrisch. Der junge Mann legte ein Dreiecks-Sandwich auf den Tisch, die Folie der Verpackung war geöffnet, der andere knallte eine halbvolle Flasche hin, in der das Wasser schwappte.

Grover versuchte zu lächeln. Er hatte nun wirklich nicht die Absicht, irgendetwas in den Mund zu stecken, schließlich wusste er ganz genau, mit welchen Mitteln *The Box* die Leute manipulierte, die verhört werden sollten. Wegen der öffentlichen Kritik an der brutalen Behandlung von Terrorverdächtigen hatte der MI5 in den letzten Jahren auf Folter verzichten müssen, deshalb probierten sie jetzt neue, einfallsreichere Methoden aus.

»Was ist da drin?« Grover deutete mit dem Kopf auf das Sandwich und die Wasserflasche. »Der Norovirus, die Listeria, Salmonellen ...« Gelegentlich ließ der MI5 Verdächtigte krank werden, das schwächte ihren Zustand genau wie Prügel.

»Die sind sauber. Dich müssen wir ein wenig anders behandeln als die ... normalen Gefangenen.«

»Die Sache auf der Metrostation Victoria war anscheinend nicht euer Werk. Wisst ihr, wer mich da erledigen wollte?«, fragte Grover.

Die beiden Männer schauten sich kurz an. »Du wurdest nicht physisch observiert. Wir haben die Situation im Nachhinein mit den Bildern der Überwachungskameras rekonstruiert.«

Grover dachte einen Moment nach. »Unter welchem Verdacht stehe ich?«

»Unter keinem«, erwiderte der Ältere und lachte. »Wir haben nämlich lückenlose Beweise für deinen Kontakt mit den Russen. Du hast den Zweiten Botschaftssekretär Wassili Golowkin von der russischen Botschaft in London letztes Jahr sechzehnmal getroffen. Wir hätten dein Treiben gern noch ein paar Monate beobachtet und dann zugeschlagen und alle geschnappt, mit denen du Kontakt hältst.«

»Wie lange habt ihr mich schon in Verdacht?« Grover versuchte herauszufinden, wie viel der MI5 wusste. Er bekam keine Antwort. »Was passiert jetzt? Was schlagt ihr vor?«

»Wenn wir dich wieder rauslassen, legen die Russen dich um. Wir können aber auch dafür sorgen, dass du verurteilt und eingesperrt wirst. Vielleicht wäre das Gefängnis von Belmarsh am geeignetsten, dort könntest du einige deiner alten Bekannten wiedertreffen: Abu Hamza al-Masri und Ahmed Abdullah Ali. Spätestens nach einer Woche hätte man dich umgebracht. Oder das Gefängnis von Long Lartin. Möglicherweise würde ›Osama bin London‹ dort auch dich zu einem Selbstmordattentäter machen, so wie die muslimischen Jugendlichen in seinem Rekrutierungslager in der Seenlandschaft von Cumbria.«

»Und wenn ich kooperiere?«, schlug Grover vor.

»Bestenfalls stehst du dann unter Hausarrest und kommst in eins der Überseegebiete – auf die Bermudas oder die Jungferninseln …«

»Ich überlege es mir«, antwortete Clive Grover.

»Mach das, nimm dir ruhig Zeit. Ich kann ja mit Thiopental ein wenig nachhelfen, wir müssen alle unser Bestes tun«, sagte der ältere Mitarbeiter des MI5 und schaute zu, wie sein Kollege einen kleinen Metalltisch hereinrollte, auf dem alle möglichen sehr speziellen Instrumente glänzten.

* * *

Leo Kara wusste nicht, ob er wach war oder träumte. Er sah eine Frau im weißen Kittel, Klasu Nyman von der KRP und einen Mann mit einem Walrossbart, war aber nicht imstande, den Mund aufzumachen. Die drei neugierigen Gesichter schwebten über ihm, ihre Bewegungen wirkten gemächlich, wie in Zeitlupe. Dann wurde es um ihn herum dunkel und er konnte nicht mehr denken …

»Na, jetzt ist er wach«, sagte die Ärztin im weißen Kittel.

Kara starrte die Frau an, der er nie zuvor begegnet war, stemmte sich mit den Ellenbogen hoch und richtete den Oberkörper auf. Er lag im Krankenhaus. Immerhin erkannte er Klasu Nyman. »Was ist passiert, verdammt noch mal?«

»Erklär du es uns. Ihr beide, Dekanin Saurivaara und du, wurdet im Tieftemperaturlabor gefunden«, antwortete Nyman.

»Ist Saurivaara in Ordnung?«, fragte Kara und las die Antwort auf dem ernsten Gesicht der Ärztin ab.

»Du befindest dich in Otaniemi in der vom Unternehmen Terveystalo Healthcare geführten Betriebspoliklinik, wir sind für die medizinische Betreuung des Personals der Technischen Hochschule zuständig. Ich bin Oberärztin Eeva Virkki-Haataja. Willst du ein Glas Wasser oder ...«

»Ich will wissen, was passiert ist.«

Kriminaloberinspektor Nyman berührte die Ärztin am Ärmel, bedeutete ihr damit, dass er es übernahm, zu antworten, und setzte sich auf Karas Bettkante. »Du bist mit Saurivaara in einen der Lagerräume des Tieftemperaturlabors gegangen, die Tür fiel ins Schloss und ließ sich von innen nicht mehr öffnen, und dann ist ein 25-Liter-Behälter mit flüssigem Stickstoff umgekippt. In dem Raum gab es keine Belüftung, der flüssige Stickstoff wurde zu Gas und Saurivaara ... verlor das Bewusstsein.«

»So schnell?«, fragte Kara.

»Mein Name ist Javier Chavarria. Ich arbeite im Tieftemperaturlabor«, erklärte der Mann mit dem Walrossbart in Englisch, er sprach mit deutlichem Akzent. »Flüssiger Stickstoff verwandelt sich blitzschnell in Gas, deshalb verringert sich in einem geschlossenen Raum die Sauerstoffmenge sofort und genügt für den Menschen nicht mehr. Atmet man Stickstoff ein, führt das innerhalb von etwa fünfzehn Sekunden zur Bewusstlosigkeit, ungefähr nach dem dritten Atemzug fällt der Sauerstoffgehalt des Blutes stark ab. Der Tod tritt nach knapp einer Minute ein. Stickstoffgas ist geruchlos, geschmacklos, unsichtbar und verursacht kein Erstickungsgefühl, es ist ein Teufelszeug. Auch in Schlachthäusern wird es eingesetzt.«

»Du hast verdammt großes Glück gehabt«, fuhr Nyman in Englisch fort. »Denn du lagst mit dem Oberkörper in der Fensteröffnung halb im Flur, dein Kopf hing draußen ein paar Zentimeter über dem Fußboden. Dadurch hast du den Stickstoff nicht mehr eingeatmet.«

Kara rieb sich die Schläfen. »Warum ist die Tür ins Schloss gefallen? Und wer hat den Behälter umgeworfen? Ich jedenfalls nicht, und Saurivaara ist auch nicht dagegen gestoßen, das hätte ich gesehen.«

»Gute Frage«, sagte Nyman. »Der Sicherheitsstandard im Tieftemperaturlabor ist vorsichtig ausgedrückt be…, na ich sag es lieber nicht. Ein Kompetenzzentrum der Finnischen Akademie mit Geräten, die Millionen kosten, und keine einzige Überwachungskamera. Der Chavarria hat mir die Räume gezeigt, du brauchst nur eine Klinke zu drücken, und schon kriegst du fast überall in dem Gebäude flüssigen Stickstoff.«

»Das stimmt«, erwiderte Chavarria mit betretener Miene. »Aber ich verstehe nicht, was der Dewar-Behälter in dem Lagerraum sollte. Und warum sein Deckel so leicht abging.«

»Wo ist Saurivaara«, erkundigte sich Kara.

Oberärztin Virkki-Haataja schaute ihn mitfühlend an: »Sie ist an Asphyxie gestorben, an Sauerstoffmangel. Und auf dem Boden im flüssigen Stickstoff zu … Eis erstarrt. Der hat eine Temperatur von etwa minus zweihundert Grad Celsius.«

* * *

Betha Gilmartin schloss die Tür ihres Büros in Legoland. Knisternd öffneten sich die Klettverschlüsse des Stützkorsetts, das die Rettungsringe um ihren Bauch einschnürte. Die Ruhe und die Bewegung in den letzten Wochen hatten zwar ihre Kondition verbessert, aber die überflüssigen Pfunde war sie, dank Alberts Kochkünsten, nicht losgeworden.

Die Mappe mit dem Material über Clive Grover wartete auf dem Schreibtisch, aber Betha hatte keine Lust, sie zu öffnen. Es fiel ihr sehr schwer, sich einzugestehen, dass ihr engster Kollege, ihr Vertrauter, für eine fremde Macht gearbeitet hatte, ohne dass sie es wusste. Nichts verdeutlichte mehr als die Enttarnung eines Maulwurfs, wie armselig die Geheimdienstarbeit war. Man konnte sich auf nichts und niemanden verlassen, irgendeiner schnippte mit den Fingern und auf einen Schlag wurde schwarz, was eben noch weiß gewesen war. Dabei hatte sie sich in all den Jahren eingebildet, dass es zwischen ihnen keine Geheimnisse gab.

Es klopfte, Betha Gilmartin ging zur Tür und öffnete sie.

»Sie hatten gebeten, sofort Bescheid zu sagen, wenn wir mehr Informationen über die Zerstörung dieser Satelliten haben«, sagte eine höchstens dreißigjährige, selbstbewusst gekleidete Blondine, die einen Kopf größer war als Betha, und reichte ihr einen Bericht.

»Und du bist wer?«

»Colleen Carter. Eine Analytikerin vom Yankee-Desk.«

Ein neues vielversprechendes Talent, vermutete Betha Gilmartin, die junge Frau war von ihrem Chef wohl kaum zufällig hergeschickt worden. »Erspare mir die Mühe, das zu lesen, und erkläre, was ihr herausgefunden habt.«

»Der erste der drei Satelliten wurde exakt an derselben Stelle wie die Trägerrakete der Firma Master Space Systems zerstört«, berichtete Colleen Carter. Sie setzte sich auf den Besucherstuhl, ohne abzuwarten, dass sie dazu aufgefordert wurde, und schlug ein Bein über das andere. Bei einer leichten Kopfbewegung nach vorn hätte Betha gesehen, dass Colleens Slip schwarz und noch dazu mit Spitze besetzt war.

Betha Gilmartin bemerkte, dass sie Colleen Carter mochte.

»Eigentümer des Konsortiums Master Space Systems sind die Rüstungsunternehmen Almas-Antei aus Russland, unsere BAE Systems und die deutsche Velum Raumfahrttechnik.«

»Diese Zusammensetzung ist aufschlussreich«, sagte Betha Gilmartin, ihr Interesse war geweckt. »BAE Systems steht im Verdacht, allen möglichen Missbrauch begangen zu haben, der Name des Konzerns ist bei den Ermittlungen zu Mundus Novus schon ein paarmal aufgetaucht. Über Almas-Antei sind garantiert die russischen Nachrichtendienste an den Aktivitäten von Master Space Systems beteiligt.«

»Das Überraschendste fand sich trotzdem bei der deutschen Firma«, fuhr Colleen Carter fort und wirkte ein bisschen schadenfroh. »Eigentümer von Velum ist nämlich der österreichische AEM-Konzern, dem wiederum über seine Investmentgesellschaften ein Teil des alten Fabrikgebäudes am Rande der Stadt El Obeid im Sudan und des Forschungszentrums in der Nähe von Osintorf in Weißrussland gehört. Kommt Ihnen das nicht irgendwie bekannt vor?«

»Hol's der Henker. Beides Immobilien, die Mundus Novus genutzt hat. Wir müssen sofort Verbindung zu den deutschen Behörden aufnehmen und ...«

»Schon passiert«, verkündete Colleen Carter.

Betha Gilmartin wusste nicht, ob sie sich über die Selbstsicherheit der jungen Frau aufregen oder amüsieren sollte. »Warum wurde diese Verbindung nicht schon früher festgestellt?«

»Der AEM-Konzern besitzt nur einen geringen Anteil an den Immobilien, etwa zehn Prozent. Und gegen das Unternehmen lag bisher weder der Verdacht irgendwelcher Straftaten vor, noch war es Gegenstand von Ermittlungen.«

»Das wird sich jetzt schnell ändern. Los, mach dich an die Arbeit«, befahl Betha Gilmartin.

Colleen Carter zögerte. »Darf ich noch etwas fragen? Ist es wirklich möglich, dass eine derart große Organisation wie Mundus Novus jahrelang geheim bleibt?«

Betha Gilmartin lachte. »Möglich ist alles. Jede beliebige Organisation kann geheim bleiben. So wie beispielsweise die Gladio-Strukturen, ein während des Kalten Krieges von der NATO in den westeuropäischen Staaten geschaffenes Netzwerk von Untergrundarmeen. Es konnte in vielen demokratischen Ländern über vierzig Jahre lang geheim agieren, obwohl es sowohl für Provokationen und die Untergrabung der Demokratie als auch für Terrorakte verantwortlich war. So starben bei dem Bombenanschlag in Bologna 1980 fünfundachtzig Menschen.«

»Das wusste ich gar nicht.« Colleen Carter schaute Betha Gilmartin ehrfürchtig an.

»Wir Briten, oder genauer gesagt wir vom SIS, waren für die Geheimarmeen in Frankreich, Belgien, Holland, Portugal und Norwegen zuständig, die Amerikaner für die in Schweden, Finnland und anderswo in Europa. Die geheimen Armeen sollten den Kampf gegen den Kommunismus fortsetzen, falls es der Sowjetunion gelänge, Westeuropa zu besetzen. Die Operation Gladio wurde kurz nach dem Zweiten Weltkrieg ins Leben gerufen und erst ab 1990 so richtig aufgedeckt.«

Plötzlich klingelte Betha Gilmartins Privathandy in der Tasche ihres Blazers. Sie meldete sich zügig in der Hoffnung, etwas Neues über Clive Grovers Verhöre zu erfahren. Dabei bedeutete sie Colleen Carter mit der Hand, das Zimmer zu verlassen.

»Morgen«, sagte Kara zur Begrüßung, obwohl Mittag längst vorbei war. »Albert meinte, du seist wieder zur Arbeit gefahren. Aber du bist doch noch krankgeschrieben. Hast du die Nase voll von den Rosen, vom Krocket oder vom Kartenspielen?«

»Hier sind alle möglichen ... überraschenden Dinge passiert. Und in Wien? Wie läuft es auf Arbeit?«

Kara zögerte einen Augenblick und hörte sich dann sagen: »Ich erinnere mich jetzt an alles.«

»An alles?«, fragte Betha verblüfft.

»An alles, was ich damals gesehen habe«, antwortete Kara und erzählte Betha ausführlich, was im Oktober 1989 geschehen war.

Betha Gilmartin unterbrach seinen Bericht kein einziges Mal. Als Kara am Ende angelangt war, ordnete sie eine Weile ihre Gedanken und sagte dann: »Also keine große Überraschungen.«

Sie wagte nicht zu fragen, was Leo über den Tod seiner Mutter dachte.

Um ein Haar hätte Kara sie wegen ihrer geringschätzigen Bemerkung angefahren, dann nahm er sich jedoch vor, am Telefon nicht weiter über diese Angelegenheit zu reden. »Ich habe letzte Nacht eine Nachricht von meinem Vater erhalten. Deswegen rufe ich an. Ich wollte hören, ob der SIS etwas Neues in Erfahrung gebracht hat.«

»Ich bin erst seit etwa zwei Stunden im Dienst«, erwiderte Betha. »Ich weiß genau so viel wie am Montag, als du Torquay verlassen hast. Was hat dein Vater in seiner Nachricht geschrieben?«

»Er vermutet, dass er sich mit anderen Wissenschaftlern zusammen jetzt in Mitteleuropa befindet. Und er bittet mich erneut, ich soll nicht versuchen herauszufinden, was im Oktober 89 passiert ist.«

»Das ist ein sehr kluger Ratschlag«, sagte Betha, während jemand anklopfte. »Ich lasse mir hier eine aktuelle Zusammenfassung der Ermittlungen zu Mundus Novus bringen, die brauche ich selbst auch. Wir kommen darauf zurück.« Sie beendete das Gespräch und ging zur Tür.

Betha Gilmartin nahm den Bericht, den ihr die Sekretärin reichte, und setzte sich an ihren Schreibtisch. Sie machte sich Sorgen um Leo. Nach Ansicht der Psychiater war es nicht immer wünschenswert, dass ein Patient seine Erinnerungen an extrem traumatische Erlebnisse wiedererlangte. Einige waren daran psychisch zerbrochen. Sie hoffte jedoch, dass es für Leo den Beginn einer neuen Zukunft bedeutete, oder vielmehr die Rückkehr zu seinem alten Zustand von damals. Bei ihren Befragungen der Verwandten und Bekannten Leos im Jahre 1989 hatte sie erfahren, dass der Junge vor jenen Oktobertagen ein ganz normaler Jugendlicher gewesen war. In den zurückliegenden Wochen hatte sie diesen verloren geglaubten jungen Mann andeutungsweise erlebt, in

Torquay, wo sie ihre Urlaubstage wie eine richtige Familie verbracht hatten.

Ihr Blick wanderte über den Schreibtisch und blieb bei dem Bericht hängen, den die Sekretärin eben gebracht hatte. Durch die Überschrift schwenkten ihre Gedanken weg von Leo und hin zu – Andrej Rostow. Das Lesen der Mappe mit den Informationen nahm nicht viel Zeit in Anspruch, nur einige Sekunden: In den letzten zwei Monaten hatte man über den Leiter des Forschungszentrums von Mundus Novus in Weißrussland praktisch nichts herausgefunden. Es war so, als würde Andrej Rostow überhaupt nicht existieren.

11

Donnerstag, 6. Oktober

Eeva Vanhala wachte auf. Sie saß in der Stube ihres Verstecks auf dem Dielenboden und sah sich in einem großen Spiegel, der vor ihr an der Wand lehnte. Tränen liefen über ihre Wangen, auf die Lippen, vermischten sich mit Schweiß und wurden von dem Stoffpfropfen aufgesaugt, den man ihr in den Mund gestopft hatte. Es schmeckte nach Salz. Was auch immer da ihren Kopf bedeckte, es war nass, spannte schmerzhaft und stank widerlich. Die Angst jagte den Puls in die Höhe, ihr ganzer Körper pochte. Sie musste tief Luft holen und weitete dabei die Nasenlöcher so sehr, dass sie fast platzten. Dann schloss sie die Augen, sie wollte das alles nicht sehen, sie wollte zurück in die Dunkelheit.

Sie versuchte die Hand zu heben, aber die ließ sich nicht bewegen. Also war sie gezwungen, ihre Augen wieder zu öffnen. Im Spiegel erblickte sie straffe Lederriemen, die um ihre Handgelenke gewickelt und auf den Dielen festgenagelt waren. Eine Art Tierhaut bedeckte ihren Kopf. Sie spürte das Leder auf der nackten Haut, man hatte ihr Haar geschoren. Und einen Meter entfernt stand eine auf ihren Kopf gerichtete UV-Licht-Lampe. Was zum Teufel ging hier vor?

Wo war der Asiat? Sie versuchte sich zu beruhigen, um mehr zu hören als nur ihren Herzschlag. Nichts. Aber in der Hütte befand sich außer ihr noch jemand, da war sie sich ganz sicher, sie spürte das. Es konnte doch nicht sein, dass alles so aufhörte. Ihr Ende konnte doch nicht so aussehen. Natürlich wusste sie, dass in der Welt grausame, widerwärtige Dinge geschahen, aber sie konnte doch nicht so einer Tat zum Opfer fallen. Sie war doch ein ganz normaler Mensch. Viel zu viel gab es noch zu tun. Erst in den letzten Jahren, mit zunehmendem Alter, hatte sie allmählich verstanden, wie es sich zu leben lohnte: gelassen und mit Genuss. Und das tun, was ihr Spaß machte, nicht das, was andere von ihr erwarteten. Ihr Leben stand erst am Anfang.

Plötzlich trat der Mann lautlos neben sie. Er kauerte sich einen Meter von seinem Opfer entfernt hin und beobachtete in aller Ruhe ihren Gesichtsausdruck. »Ich entferne jetzt den Knebel, stopfe ihn aber sofort wieder hinein, wenn du schreist«, sagte er schließlich in Englisch mit starkem Akzent. Er zog den feuchten Pfropfen aus ihrem Mund, nahm einen Hocker und setzte sich.

»Ich stamme aus Kirgisien. Kennst du das Land?«

Eeva Vanhala war zu einer Antwort nicht fähig.

»Es liegt in Mittelasien zwischen dem heutigen Nordwestchina und Südkasachstan, dort leben die Steppenkrieger – die Kirgisen. Mein Volk hat immer wieder gegen die brutalsten Armeen der Welt gekämpft, von den Dynastien Chinas und der Mandschurei bis hin zu den Mongolen. Viele von uns wohnen nach wie vor in Jurten und hüten Schafe und Yaks.«

Er beugte sich zu ihr hin und fuhr fort: »Du solltest das Nationalepos der Kirgisen lesen – *Manas*. Das ist zufällig auch mein Name. Das Buch erzählt von den Kriegen der Kirgisen gegen die Chinesen, Perser, Mongolen und Oiraten in den Steppen und Gebirgen Asiens. In dem Buch kommen Riesen, Wunder vollbringende Derwische und Ungeheuer vor, und am Ende führt Manas sein Volk aus der Verbannung im Altai zurück in die Urheimat im Alatau-Gebirge.«

Der Kerl war ja wahnsinnig, total verrückt, überlegte Eeva Vanhala. Sie wagte es nicht, den Mund aufzumachen und wollte nicht einmal daran denken, was als Nächstes geschehen würde.

»Du fragst dich bestimmt, was deinen Kopf so einschnürt«, sagte Manas. »Das ist feuchtes Kamelleder. Der Gestank tut mir leid. Als damals die mongolischen Khane in Mittelasien wüteten, haben wir Kirgisen diese Foltermethode bei Kriegsgefangenen angewendet. In der Steppe ließ man die Opfer allerdings in der Sonne sitzen, wir müssen uns hier mit einer UV-Lampe begnügen. Ich habe deine Haare geschoren, das Leder angefeuchtet und straff um deinen Kopf gebunden. Wenn die Lampe das Leder trocknet, schrumpft es, spannt sich und spannt sich immer straffer, bis es knacks macht und die Schädelknochen, *Ossa Cranii*, brechen.«

Ein Schrei entfuhr Eeva Vanhala, sie konnte es nicht verhindern, wollte aber auch nicht aufhören, hörte es denn niemand ...

Manas stopfte den nassen Lappen in ihren Mund und setzte sich wieder auf den Hocker. »Ich will eine Antwort auf zwei Fragen. Nur zwei. Wenn deine Antworten befriedigend sind, nehme ich das Kamelleder herunter. Wenn nicht, gehe ich ein paar andere Dinge erledigen und kehre ...«, er prüfte mit der Hand, wie feucht das Leder war, »in zwei Stunden zurück. Bis dahin sind deine Stirn- und Schläfenknochen wahrscheinlich noch nicht gebrochen.«

Eeva Vanhala schloss die Augen, ein winziger Hoffnungsfunke flackerte auf. Vielleicht durfte sie doch weiterleben.

Manas beugte sich vor. »Beginnen wir mit der leichteren Frage. Hat Leo Kara das Smirnow-Material gelesen?« Er riss ihr den Knebel aus dem Mund.

»Nein. Niemand hat es gesehen. Ich habe nur einige Dokumente offengelegt, auf deren Grundlage wurde eine Zusammenfassung geschrieben.«

Manas stand auf, ging zum Tresor im Schlafzimmer und kehrte mit einigen Unterlagen zurück. »Sind die das?«

Eeva Vanhala nickte.

»Das hat ja ausgezeichnet geklappt. Dann die nächste, wichtigere Frage. Wo ist das Smirnow-Material?«

Eeva Vanhala zögerte nicht eine Sekunde. »Im Hauptquartier der KRP in Vantaa.«

Manas verzog keine Miene. »Erklär mir das.«

Eeva Vanhala atmete tief durch, bevor sie zu reden begann. »Als die Polizei im August die Ermittlungen gegen das Kabinett aufnahm, fürchtete ich, sie findet heraus, dass ich das Smirnow-Material kopiert hatte. Hätte ich es in den Tresor gelegt oder irgendwo versteckt, dann würde ich die Stelle in so einer Situation wie dieser garantiert verraten und … Ich musste mir einen Aufbewahrungsort ausdenken, wo nicht jeder Beliebige das Material abholen könnte … Natürlich habe ich an ein Bankschließfach gedacht, aber auch dorthin könnte jemand … wie du mitkommen, die geladene Waffe in der Hosentasche, und mich zwingen, das Material zu holen, woher weiß ich denn …«

Sie holte wieder tief Luft. »Aber aus dem Hauptquartier der KRP lässt sich das nicht einfach so heraustragen. Ein guter Bekannter von mir, einer der Chefs der KRP, half mir, nachdem er sich vergewissert hatte, dass ich dort lediglich einige Unterlagen aufbewahren wollte. Nur ich oder er kann sie aus dem Gebäude der KRP holen.«

»Wer ist dein Bekannter?«

Manas bemerkte, dass sie zögerte, stand auf und griff nach dem Knebel.

»Jukka Ukkola. Er ist heute stellvertretender Chef der KRP … oder war es … er ist vom Dienst suspendiert. Ukkola kann das Material nicht holen.«

»Das hast du hervorragend geregelt«, sagte Manas. »Und du besitzt keine nahen Verwandten, niemanden, mit dessen Tötung man dir drohen könnte. Aber du bist eine kluge Frau, und deswegen fällt dir sicher etwas ein, wie du mir das Material beschaffen kannst, ohne dass einer von uns beiden ins Gebäude der KRP gehen muss.«

»Dazu bin ich gezwungen, Ukkola anzurufen. Ich weiß nicht einmal genau, wo das Material versteckt ist.«

* * *

Der inmitten der Alpen gelegene Zwergstaat Liechtenstein hatte schon so manchen Machthaber erlebt. Vor siebentausend Jahren beteten die Räter auf dem Gutenberg Bronzestatuen an, kurz vor Beginn unserer Zeitrechnung kamen die Römer und anschließend der Reihe nach die Alemannen, Franken und die Grafen von Bregenz, Montfort, Werdenberg und Vaduz. Danach folgten die Barone von Brandis, die Kriege im Mittelalter, die Grafen von Sulz und Hohenems und die Pest, ehe 1719 schließlich das Reichsfürstentum Liechtenstein entstand. Es gehörte bis 1806 zum Heiligen Römischen Reich Deutscher Nation, danach bis 1814 als souveräner Staat zum Rheinbund und von 1815 bis 1866 zum Deutschen Bund. Schließlich kooperierte Liechtenstein mit der österreichisch-ungarischen Monarchie und verbündete sich nach 1918 mit der Schweiz.

Heute herrschte in Liechtenstein das Geld. Im Fürstentum gab es mehr Unternehmen als Einwohner, das Steuerniveau war niedrig, die Gesetze über das Bankgeheimnis wurden streng und die Wirtschaftsgesetze äußerst lax gehandhabt. Für Ausländer war es leicht, ihr Geld in Liechtenstein anonym zu verstecken, weil man eine Stiftung beispielsweise auf den Namen eines einheimischen Juristen registrieren lassen konnte. Das machte das Mikrofürstentum zu einem der weltweit attraktivsten Orte für Leute, die Geldwäsche betrieben und Steuern umgingen. Für alle, die sich in einer rechtlichen Grauzone oder ganz in der schwarzen Zone jenseits des Gesetzes bewegten, war Liechtenstein ein Steuerparadies, für die westlichen Länder, die Steuereinnahmen einbüßten, ein Steuerparasit – es kam ganz auf den Standpunkt an.

Die bevölkerungsreichste Stadt in Liechtenstein, Schaan mit seinen fünftausend Einwohnern, wurde von Feldern und dem Bergmassiv Drei Schwestern umgeben. Dazwischen lag ein riesiges, modernes Forschungszentrum. Im größten Büro des Verwaltungsgebäudes saß mit angespanntem Gesichtsausdruck der Leiter des Forschungsinstituts, ein Mann mit weißem Haar, der dreiundsechzig Jahre alt war, aber bedeutend jünger aussah und auffallend konzentriert wirkte – Andrej Rostow. Er trank Kaffee und starrte auf das Display seines Laptops, auf dem die Videokonferenzsoftware Genesys gerade das Bild eines verbraucht wirkenden Kirgisen namens Manas zeigte, der keine Miene verzog. Der ehemalige Mitarbeiter des KGB und FSB, der im Auftrag der Stiftung Mundus Novus »nasse Sachen« erledigte, war ein Findelkind und hatte seinen Namen in den Siebzigerjahren an einer Spezialschule der Kommunistischen Partei der Sowjetunion nach dem Helden des kirgisischen Nationalepos erhalten. Die Aufgabe der Internationalen Schule E. D. Stasowa bestand darin, ihre Schüler einer Gehirnwäsche mit der Ideologie der sozialistischen Welteroberung zu unterziehen, aber bei Manas hatte die Einrichtung kläglich versagt.

Keiner der beiden Männer interessierte sich in irgendeiner Weise für die Geschichte Liechtensteins oder die Missstände in den Rechtsvorschriften des Fürstentums. Sie hatten sich gerade die Nachrichtensendung von BBC World News angeschaut, in der die Zerstörung der US-Nachrichtensatelliten thematisiert worden war.

»Wenn ein derart gewaltiger Plan umgesetzt wird, kann das nicht völlig ohne Probleme ablaufen«, sagte Andrej Rostow. »Es ist kein Wunder, dass man unsere Fabrik im Sudan gefunden hat oder dem Forschungszentrum in Weißrussland auf die Spur gekommen ist. Der Einfluss des menschlichen Faktors lässt sich unmöglich ganz eliminieren. Aber dieses Satellitenunglück ist einfach Pech und unbegreiflich. Unsere Trägerrakete trifft den Satelliten der Yankees, löst eine Kettenreaktion aus und führt zur Zerstörung in so einem verheerenden Ausmaß.« Er deutete auf den Fernseher in seinem Arbeitszimmer, in dem gerade über den Zusammenstoß der beiden Hochgeschwindigkeitszüge vom Typ Acela Express an der Ostküste der USA berichtet wurde.

»Wie ernst ist die Lage?«, erkundigte sich Manas.

»Master Space Systems, der Eigentümer der Girmand-Trägerrakete, ist eine sorgfältig errichtete Fassade. Nur wenige Menschen wissen, dass die Firma im Auftrag von Mundus Novus arbeitet. Aber der Druck wächst. Weltweit untersuchen jetzt hunderte Fachleute dieses Ereignis.«

»Warum hast du dich gemeldet?«, fragte Manas.

»Ich habe gehört, dass du in Finnland bist. Und da wollte ich dir meine Hilfe anbieten, ich kenne den Vorsitzenden des Kabinetts schon seit Jahren sehr gut.«

»Ich wurde auf seine Bitte hin hierher beordert«, erwiderte Manas.

»Um was zu tun?«

Manas zögerte kurz. »Um drei Mitglieder des Kabinetts zu erledigen, die enttarnt wurden, außerdem soll ich eine zusätzliche Kopie des Smirnow-Materials finden und klären, ob Leo Kara sie gelesen hat.«

»Hast du Ergebnisse erzielt?«

»Keine endgültigen.«

»Was passiert mit Kara?«

»Das hängt davon ab, ob er das Material gelesen hat.«

»Halte mich auf dem Laufenden.«

»Warum?«

»Das weißt du genau. Wegen der Ereignisse im Oktober 89«, antwortete Rostow und brach die Bildverbindung ab.

* * *

Leo Kara saß im Beratungsraum der Generalstaatsanwaltschaft in der Helsinkier Albertinkatu. Egal, was er versuchte, die Bilder von Kirsti Saurivaaras gefrorener Leiche wurde er nicht mehr los. Nun bereute er es, dass er Nyman gedrängt hatte, ihm die Fotos zu zeigen. Er wusste schon jetzt, dass er auch an diesem Tag Morphium brauchen würde.

Der Chef der Aufklärungsabteilung der KRP Claes »Klasu« Nyman stieß zischend die Luft zwischen den Zähnen hervor, die Leiterin der Abteilung für Gegenspionage der SUPO Saara Lukkari ballte die Hand zur Faust und öffnete sie wieder und die stellvertretende Generalstaatsanwältin Anni Alanko war vor Erregung ganz rot im Gesicht. In der Besprechung der Koordinierungsgruppe für die Ermittlungen zum Kabinett ging es um den Tod von Kirsti Saurivaara.

»Wer wusste alles von deinem Treffen mit Saurivaara?«, fragte Anni Alanko.

»Ich, Saurivaara und vielleicht ihre Sekretärin«, antwortete Kara. Kati Soisalo wollte er nicht erwähnen, die hatte schon genug Sorgen.

Klasu Nyman beobachtete Kara, der ausdruckslos vor sich hin starrte und völlig erschöpft aussah. »Das war ziemlich hart, was du durchmachen musstest. Vielleicht solltest du mit dem Polizeipsychologen reden?«

Kara hob den Blick. »Jemand hatte den Behälter mit dem flüssigen Stickstoff in den Lagerraum gebracht und das Türschloss so präpariert, dass es zugeschnappt ist. Eure Spurensicherung wird sicher etwas finden.«

»Warum habt ihr euch getroffen? Hat Saurivaara etwas Wichtiges erzählt?«, fragte Saara Lukkari von der SUPO, die kürzlich zur Inspektorin befördert worden war.

»Nichts, was mit dem Kabinett zusammenhängt. Ich war dort, weil ich ihr Fragen zu meinem Vater stellen wollte, sie war früher seine Kollegin«, antwortete Kara.

Über den Raum senkte sich Schweigen, das Klasu Nyman schließlich brach. »Erno Laamanen und Risto Kankare müssen sicherheitshalber sofort unter Schutz gestellt werden. Vielleicht ist es kein Zufall, dass Saurivaara starb, kurz nachdem sie als Mitglied des Kabinetts enttarnt wurde.«

»Jetzt musst du verraten, von wem du die Zusammenfassung

hast, die ich von dir bekommen habe«, verlangte Anni Alanko. »Ansonsten wirst du wegen eines Verstoßes gegen die Geheimhaltungspflicht zur Verantwortung gezogen und wegen der Preisgabe eines Staatsgeheimnisses und …«

Kara hatte genug, er stand auf und wandte sich zur Tür.

Saara Lukkari ging ihm hinterher, nahm ihn am Arm und öffnete die Tür des Beratungsraums. Dann schob sie Kara auf den Flur hinaus und bat Alanko und Nyman um Entschuldigung, ehe sie selbst den Raum verließ und die Tür hinter sich schloss. »Sag mir, von wem du die Zusammenfassung hast, dann sage ich dir, wer etwas über deinen Vater weiß.«

Kara schaute die Frau einen Augenblick an und begriff, dass sie es ernst meinte. »Vom Anwalt Ville Kärävä. Seine Kanzlei befindet sich auf der Hämeentie, in der Kurve.«

Saara Lukkari lächelte und nickte. »Ich habe die Zusammenfassung Jussi Ketonen gezeigt, als wir bei der Überprüfung der Informationen, die sie enthält, in eine Sackgasse gerieten. Jussi war schließlich lange Chef der SUPO und hat schon 1972 im Haus angefangen. Es gibt keinen einzigen Polizisten, der mehr über die SUPO weiß. Oder über die Beziehungen einflussreicher finnischer Persönlichkeiten zum KGB.«

»Das wage ich zu bezweifeln«, erwiderte Kara, obwohl er voller Interesse darauf wartete, was Lukkari zu erzählen hatte.

»Du hast gesagt, dass diese Originaldokumente, die du gesehen hast, ein bestimmtes Kennzeichen trugen. Nach Ketonens Ansicht ist das die Signatur des persönlichen Archivs von Eero Kekomäki gewesen, der ab 1990 bis 1996 Leiter der SUPO war. Die Unterlagen, die du in der Hand hattest, sind Teil einer umfangreicheren Dokumentensammlung, des sogenannten Smirnow-Materials. Das war so brisant, dass es nicht einmal im Archiv der SUPO aufbewahrt wurde. Über seine Existenz darf offiziell immer noch nicht gesprochen werden … aus bestimmten Gründen.«

»Und wie hilft mir das weiter?«, sagte Kara in schroffem Ton.

»Ich habe Ketonen erzählt, dass dein Vater am Leben ist. Das hat ihn anscheinend sehr überrascht. Hast du ihn jemals nach deinem Vater gefragt?«

»Nein.«

»Vielleicht solltest du das tun.«

»Was ist das Smirnow-Material?«, wollte Kara wissen.

»Ein Stapel geheimer Dokumente über Finnland, die im Archiv der Kommunistischen Partei der Sowjetunion kopiert wurden.«

12

Donnerstag, 6. Oktober

Kati Soisalo betrachtete das Unicef-Plakat an der Wand ihrer Kanzlei in Hietalahti – *Stoppt den illegalen Kinderhandel.* Das Mädchen mit dem verweinten Gesicht war ungefähr so alt wie Vilma jetzt. Sie weigerte sich, daran zu denken, was entführten kleinen Mädchen im schlimmsten Falle angetan werden konnte, und hoffte vielmehr von ganzem Herzen, dass sich jemand fürsorglich um Vilma kümmerte. Dass ihr kleiner Schatz jemanden hatte, zu dem sie Mutter und Vater sagte. Dass Vilma die Möglichkeit erhielt, zu einem ausgeglichenen Menschen heranzuwachsen. Ob das möglich war nach all dem, was das Kind hatte erleben müssen, das wusste sie nicht.

Sie schloss die Augen und schüttelte den Kopf, als ihr Ukkolas überraschendes Eingeständnis einfiel, nicht Vilmas Vater zu sein. Kati Soisalo schämte sich. Ein gutes Elternhaus bot keine Garantie dafür, dass der Weg vom Kind bis zum Erwachsenen glatt und gerade verlief, dafür war sie selbst der lebende Beweis. Sie hatte in ihrer ganzen Jugend rebelliert: Mit dreizehn hatte sie in Hämeenlinna im Kirchpark Bier getrunken und war mit einem drei Jahre älteren Berufsschüler gegangen. Und am Gymnasium war es noch schlimmer geworden, sie hatte Gras geraucht, ständig wechselnde Beziehungen gehabt und öfter mal eine Nacht nicht zu Hause verbracht. Etwas ruhiger war sie erst geworden, als Mutter ihre Kleidung in Koffer gepackt und verlangt hatte, sie solle ihre Sachen woandershin bringen, wenn sie ohnehin nicht daheim übernachtete. Eigentlich war sie gar nicht ruhiger geworden, sondern hatte sich nur den Regeln angepasst. Während des Studiums brauchte man sich dann nicht mehr an Regeln zu halten: Sie war auf allen Partys der studentischen Fachschaft und Landsmannschaft gewesen, im Nachtklub Kalle jeden Donnerstag und auch im Tavastia-Club, immer, wenn es ihre Finanzen zuließen. Als sie später arbeiten ging und mit einem Partner zusammenlebte, wenn auch meist nur für kurze Zeit, konsolidierte sich ihr Lebenswandel etwas, aber richtig geändert hatte sie sich erst durch Vilma.

Deren Aussehen bot keinen Anlass für Zweifel an Ukkolas Vaterschaft, und sie war auch nicht auf die Idee gekommen, dessen zunehmend gemeiner werdendes Verhalten und ihre Schwangerschaft miteinander in Verbindung zu bringen. Sie hatte nie auch nur daran gedacht, dass Ukkola nicht Vilmas Vater war. Vielleicht hatte ihr Unterbewusstsein diese Möglichkeit genau so verdrängt wie all ihre früheren Beziehungen. Sie war nicht stolz auf ihr chaotisches Verhalten in der Jugend, hielt es aber für sinnlos, sich deswegen noch zu grämen. Jeder wurde auf seine Weise erwachsen. Ende gut, alles gut – sie sollte eigentlich froh sein, dass Jukka Ukkola nicht Vilmas Vater war.

Hoch oben in der Birke hat der Buchfink sein Nest gebaut, tirili tirila ... Kati Soisalo hörte Vilmas Gesang wie ein Flüstern, stand auf und schaltete das Radio ein. Sie wartete auf Jonny Karlsson, um sich mit ihm zu versöhnen, aber der hatte, verdammt noch mal, nicht die Absicht, es ihr leicht zu machen. Jonny hatte sich geweigert, zu ihr nach Hause zu kommen oder sich mit ihr in einem Restaurant zu treffen und nur geknurrt, über Dienstliches rede man am besten in der Kanzlei. Der Junge tat ihr leid, sie hatte nicht geahnt, dass er ihre Beziehung so ernst nahm. Bislang hatte sie sich immer eingebildet, er sehe in ihr nur ein exotisches Experiment, eine hemmungslose und erfahrene ältere Frau.

Die Klingel unterbrach ihre Gedankengänge, sie hastete zur Tür.

Jonny »Paranoid« Karlsson trat ein, ohne zu grüßen, öffnete den Kleiderschrank und packte seine Sachen in einen Rucksack.

Kati Soisalo legte ihre Hand auf seinen Unterarm. »Verzeih mir. Ich habe nicht geahnt, dass du so … wütend sein würdest.«

Jonny hielt inne, aber sein Blick war auf die Wand gerichtet. Sie betraten die Kanzlei, in deren Mitte sich wie eine Insel eine Sitzgruppe befand.

»Wir müssen Ukkola wieder in den Griff bekommen. Uns droht beiden ein Strafprozess, den er eingefädelt hat, und er weiß möglicherweise, was mit Vilma geschehen ist«, sagte Kati Soisalo, und Jonny schaute sie endlich an. Er sah aus wie ein Spaniel, der seinen Kauknochen verloren hatte.

»Ich berechne für meine Arbeit in der Regel einen vierstelligen Stundenlohn«, erwiderte Paranoid in aggressivem Tonfall.

»Wie wäre es, wenn wir uns gegenseitig helfen? Du übernimmst die Kunststücke am Computer und ich die Rechtsfragen. Und ich berechne für die Betreuung deines Falles keinen Pfennig. Vilmas Schicksal wird dich doch trotz alledem wenigstens ein bisschen interessieren? Wir sind schon so weit gekommen.«

Jonny verzog den Mund und nickte.

Vor Erleichterung hätte Kati Soisalo am liebsten laut geseufzt, kam aber sofort zur Sache. »Die einzige Chance besteht darin, dass wir Ukkola irgendwie in eine Falle locken. Er hat den Beutel mit dem Speed in das Toilettenbecken deiner Bude gehängt und in meinem Fall die Zeugen bestochen.«

»Ukkola weiß, dass ich seinen Computer und sein Telefon ausspioniert habe, es lohnt sich nicht, noch mal dieselben Tricks zu versuchen. Man müsste sich was überlegen, vielleicht fällt mir etwas ein …« Jonny kratzte sich am Kinn.

»Gut. Wir haben zwei neue, wichtige Informationen zu Vilmas Verschwinden. Sie wurde am 16. September 2007 nach Finnland gebracht, das heißt drei Tage nach der Entführung.«

»Nach Finnland?«, fragte Jonny erstaunt.

»Und Jukka Ukkola ist nicht Vilmas Vater«, fügte Kati Soisalo leise hinzu und senkte den Kopf vor Scham.

Jonny sprang auf. »Verdammt, hast du die ganze Zeit gelogen …«

»Ich habe das selbst erst gestern erfahren«, entgegnete Kati Soisalo mit betretener Miene. »Es war ein Seitensprung, nur eine Nacht nach einem schlimmen Streit. Ein feuchter Abend in einem Lokal und danach noch eine wilde Party. Reden wir lieber nicht davon …«

»Reden wir lieber nicht davon!«, tobte Jonny. »Verflucht noch mal, das ändert doch alles! Wer ist dann Vilmas Vater?«

Kati Soisalo schaute auf das Parkett und rieb sich die Stirn. »Ich weiß es nicht. Ich erinnere mich nicht.«

Jonny wusste nicht, was er sagen sollte.

»Aber dieser Mann könnte irgendwie mit all dem in Verbindung stehen«, fuhr Kati Soisalo fort. »Ukkola war wütend, als er mir das gesagt hat, und es kam mir so vor, als wäre es ihm versehentlich herausgerutscht. Noch vor zwei Monaten hat dieses Schwein behauptet, dass Vilma im Anschluss an die Entführung nach Italien geschafft worden ist. Ich habe ganz stark den Verdacht, dass Ukkola weiß, was wirklich mit Vilma passiert ist.«

Jonny sah nachdenklich aus. »Ich könnte wetten, dass Vilma nicht per Flugzeug nach Finnland gebracht wurde. Zudem werden die Aufzeichnungen der Überwachungskameras bei der Einreise auf dem Flughafen nur einige Wochen oder höchstens Monate gespeichert. Doch die Passagierlisten der Reedereien könnte ich vielleicht aufstöbern, und die Visa für Finnland, die in Russland erteilt wurden.« Jonny trat an Katis Computer und schaltete ihn ein.

Kati Soisalo fühlte sich sofort besser, als Jonny die Zügel in die Hand nahm. Der Mann war an Computern zu Dingen imstande, die sich ein gewöhnlicher Sterblicher nicht einmal vorstellen konnte.

»Doch zuallererst graben wir den Namen von Vilmas Vater aus. Du brauchst nur zu erzählen, in welchen Restaurants du warst, wo die Party gefeiert wurde und an wen von den Leuten bei der Feier du dich noch erinnerst …«

* * *

Jukka Ukkola stand mitten in einer riesigen Kiesgrube im Dorf Haimoo und sehnte sich nach Kati Soisalo und nach einem Gehörschutz. In der Grube fuhren große gelbe und rote Schaufellader umher, und von einem langen Förderband krachten Steinbrocken in den Backenbrecher, der wiederum Kies auf die Erde und Staub in die Luft spuckte. Laster rollten an und fuhren weg. Doch er war nicht hierhergekommen, um sich den Brecher anzuschauen, sondern sein Interesse galt den etwa zwanzig chinesischen Steinmetzen, die in Hemdsärmeln mit Fäustel und Steineisen schufteten und dabei eine Zigarette zwischen den Lippen hatten. Jeder von ihnen trug eine orangefarbene Schirmmütze der Steinverarbeitungsfirma Suomen Kivijaloste, die Truppe sah aus wie eine Fußballmannschaft.

Sklavenarbeit – Jukka Ukkola ließ sich das Wort langsam auf der Zunge zergehen. In Europa wurde dieser Begriff allerdings selten verwendet, hier sprach man lieber von Zwangsarbeitern, Opfern des Menschenhandels oder der Schuldknechtschaft. Aber natürlich war das Sklaverei, wenn man vierzehn Stunden am Tag bei Regen, Hitze und Frost Steine hacken musste, und das für einen Monatslohn von zweihundert Euro. Pure Sklaverei und – das war das Beste daran – ein glänzendes Geschäft. Vielleicht das einträglichste auf der Welt. Die Sozialtanten und die Ökofritzen in ihren Cordhosen schauderte es angesichts der Wahrheit, aber Sklaven hatte es immer gegeben und würde es auch immer geben, zumindest, wenn es nach ihm ginge.

Er öffnete die Tür der weißen Baustellenbaracke, trat ein und fragte: »Jouni Pääkkönen?« Dann hielt er die Hand hin und sagte seinen Namen.

Ein Mann mit einer großen Nase, einem breiten Lächeln und kreisrundem Haarausfall versicherte, er sei der Gesuchte, dann schaltete er das Radio aus, in dem über die Katastrophen auf dem amerikanischen Kontinent berichtet wurde, und meinte: »Aha, so sieht der Mann aus, der sich nun anstelle der Anita um die Angelegenheiten von Workhelp kümmert. Also, du, die Arho war ja echt scharf auf Männer und sah auch nicht übel aus, wenn man den Zählerstand bedenkt. Kennt ihr euch?«

»Du kümmerst dich um alle … Fremdarbeiter, die bei Suomen Kivijaloste beschäftigt sind?«

»Um alle«, bestätigte Pääkkönen und wandte sich seinem Schreibtisch zu, der mit Unterlagen vollgepackt war. »In den Niederlassungen von Kivijaloste in Finnland arbeiten insgesamt hundertzwanzig Chinesen und achtzehn Pakistaner. Wir zahlen den Chinesen mit allen Prämien im Durchschnitt 220 Euro im Monat, und da der gesetzliche Mindestlohn bei 8,75 pro Stunde liegt und zehn Stunden das Tagesmaximum sind, heißt das im Durchschnitt rund 1750 Euro im Monat. Das ergibt für uns pro Nase einen Gewinn von 1530 Euro im Monat, also 18 400 im Jahr. Die Anzahl der Malocher schwankt natürlich, aber eine Faustregel ist heutzutage, dass hundert Arbeiter im Jahr knapp zwei Millionen Reingewinn bringen.«

Und die über tausend Zwangsarbeiter des Kabinetts bringen insgesamt knapp zwanzig Millionen Euro, dachte Jukka Ukkola, sagte jedoch: »Gibt es irgendwelche Probleme?«

»Die Chinesen schlafen in Baracken hier in der Grube. Sie wollen nicht irgendwohin gehen und ihr Geld rauswerfen, die sparen lieber alles als Mitbringsel für Zuhause. Es gibt in der Gegend nicht viele Leute, die überhaupt wissen, dass die Jungs hier sind. Die Truppe wird dann und wann ausgewechselt, und die Papiere sind in Ordnung, dieses System funktioniert verdammt gut«, beteuerte Jouni Pääkkönen und schaufelte sich aus einer Dose einen Löffel voll Erbsensuppenkonzentrat in den Mund.

Ukkola dankte für die Informationen und fügte noch hinzu, er habe sich nur mal sehen lassen wollen, da er jetzt für die Angelegenheiten von Workhelp verantwortlich sei. Er trat aus der Baracke zurück in den Lärm und den Staub und jonglierte im Kopf mit Zahlen. Im Besitz des Kabinetts befanden sich über Tarnfirmen neben Workhelp, das Sklavenarbeiter vermittelte, auch Suomen Kivijaloste und ein Dutzend anderer Unternehmen, die Zwangsarbeiter nutzten und sowohl in Finnland, dem Baltikum als auch in Russland agierten. Und sie alle gehörten zum österreichischen Unternehmen AEM, einem Mischkonzern, der in zweiundsechzig Ländern tätig war, über hunderttausend Mitarbeitern Lohn zahlte und einen Umsatz von fünfundzwanzig Milliarden Euro machte.

Als Ukkola die Tür seines Audi öffnete, fiel sein Blick auf einen Chinesen, der seine Arbeit unterbrach, die orangefarbene Schirmmütze abnahm und sich den Schweiß von der Stirn wischte. Der hagere Mann mit kurz geschnittenen Haaren lächelte und nickte ihm zu.

Der Motor des Wagens sprang an und Ukkola steuerte in Richtung Haimoontie. Natürlich hatte er geahnt, dass illegaler Waffenhandel und der Menschenhandel nur einen Teil der Aktivitäten des Kabinetts in Finnland darstellten. Doch als ihm bewusst wurde, wie breit das Spektrum der illegalen Geschäfte des Kabinetts war, hatte ihn das doch fast umgehauen. Das musste er sich eingestehen, obwohl ihn sonst nichts so leicht aus der Fassung bringen konnte. Beleghandel, Geldwäsche, Manipulation öffentlicher Beschaffung durch Bestechung, illegale Nutzung von Fremdarbeitern fast zum Nulltarif … Und das alles außerordentlich sorgfältig getarnt als legale Geschäftstätigkeit. Allmählich war er nun über alle Geheimnisse des Kabinetts im Bilde, nachdem er fünf Ordner voller Unterlagen gelesen und mit vier Kabinettsmitgliedern gesprochen hatte.

Er musste lächeln. Das Beste daran war, dass man so gut wie

nicht erwischt werden konnte. Die Mitglieder des Kabinetts machten sich selbst keiner Straftat schuldig, sondern bezahlten einfach Kriminelle und überließen ihnen die Drecksarbeit. Sie kontrollierten lediglich den reibungslosen Ablauf der Geschäfte, nahmen die Gewinne entgegen und reichten sie weiter. Man brauchte nur einen kompetenten Mann, der all das im Auftrag des Kabinetts überwachte, und dieser Mann war er – Jukka Johannes Ukkola.

Ukkola bog auf die Vanha Porintie ein und fragte sich, was wohl dahintersteckte. Warum wurden alle Einnahmen des Kabinetts an den AEM-Konzern abgerechnet? Betrieb dieses Unternehmen das Geschäft mit der Sklavenarbeit weltweit? Wenn ja, dann musste die Firma im Geld schwimmen. Doch wofür, zum Teufel noch mal, verwendeten sie die ganzen Millionen? Und wer war imstande, das in diesem großen Maßstab zu organisieren?

Auf seinem Telefon erklang Robert Palmers *Bad Case of Loving You*, Ukkola meldete sich, als er sah, dass der Anrufer ein Mitglied des Kabinetts war. Eeva Vanhala hörte sich nervös und ängstlich an.

»Erinnerst du dich an die Unterlagen, die du für mich in den Räumen der KRP versteckt hast?«, fragte sie.

»Ja, natürlich.«

»Ich brauche sie jetzt.«

Ukkola lachte. »Deine Bitte kommt zu einem ziemlich ungünstigen Zeitpunkt. Diese Idioten haben mich vom Dienst suspendiert, wie du weißt. Ich werde noch längere Zeit nicht in das KRP-Gebäude hineinkommen.«

Keine Antwort. Ukkola glaubte zu hören, wie am anderen Ende der Leitung geflüstert wurde, aber durch das Geräusch seines Wagens konnte er kein Wort verstehen.«

»Wo genau liegt das Material? Bist du der einzige, der es holen kann?«, fragte Eeva Vanhala.

»Das ist ja gerade das Geniale an dem Versteck – im Prinzip

kann jeder beliebige Mitarbeiter der KRP in den Besitz dieser Ordner gelangen, wenn er weiß, wo er sie suchen muss«, erwiderte Ukkola und lachte spöttisch. »Ich habe sie in einen Archivschrank mit Unterlagen eines noch nicht abgeschlossenen Falles der Abteilung für Wirtschaftskriminalität geschoben, der auf dem Flur in der dritten Etage der KRP steht. Die Mitarbeiter, die diesen Fall untersuchen, und der Leiter der Ermittlungen kommen jederzeit an deine Dokumente heran, dasselbe gilt, falls sie es wollen, für die Chefs der KRP.«

»Ist der Schrank verschlossen?«, erkundigte sich Eeva Vanhala.

»Er müsste es jedenfalls sein. Aber in jeder Abteilung gibt es einen Generalschlüssel. In der Regel hat den die Sekretärin, und die leiht ihn natürlich auch aus, vorausgesetzt man lässt sich eine überzeugende Begründung einfallen.«

In der Leitung wurde es wieder still, und Ukkola spitzte die Ohren, jetzt war er sich ganz sicher, dass Eeva Vanhala mit jemandem flüsterte.

»Was für Ermittlungsunterlagen befinden sich in dem Schrank, in dem auch meine Dokumente liegen?«, fragte Eeva Vanhala schließlich.

Nun schwieg Ukkola und überlegte. Er hatte keine Ahnung, was Vanhalas Unterlagen enthielten, aber auch ohne die jahrelange Erfahrung als Polizist hätte er gewusst, dass hier irgendetwas nicht stimmte. Der Vorsitzende hatte am Vortag gesagt, dass man Eeva Vanhala nicht trauen konnte. Sie war Mitglied des Kabinetts, und dessen Unterlagen durften nicht in die falschen Hände gelangen. Das würde auch ihm selbst schaden. »Deine Dokumente befinden sich zwischen den Akten mit den Ermittlungsergebnissen im Fall des Investmentunternehmens Profit Trading. Die Untersuchung schwerer Wirtschaftsdelikte dauert immer mehrere Jahre. Ich habe dein Material in zwei Mappen der KRP gesteckt. Sie sind mit Bindfäden zugebunden und tragen die Aufschrift: *Hinweise, die erwiesenermaßen falsch sind.*«

»Kannst du die beschaffen? Könntest du einen deiner Kollegen um diesen Gefallen bitten? Ich brauche das Material jetzt sofort!« Eeva Vanhala Stimme wurde lauter.

Ukkola dachte kurz nach. »Ich fürchte, dass ich nicht imstande bin, dir zu helfen. Offen gesagt weiß ich nicht mehr, wem ich in der KRP vertrauen kann, in Jokiniemi ist eine regelrechte Verschwörung von Idioten gegen mich im Gange. Die versuchen ernsthaft, unsereinen loszuwerden.«

»Überlege es dir noch mal«, erwiderte Eeva Vanhala, und das Gespräch war zu Ende.

* * *

Jiang Ximing zog in der Kiesgrube von Suomen Kivijaloste in Haimoo die orangefarbene Mütze fester auf den Kopf und schaute zu, wie der schwarze Audi aus seinem Blickfeld verschwand. Er wusste, dass der Wagen mehr kostete, als er in seinem ganzen Leben verdienen würde. Doch nicht deswegen oder wegen des Erfolgs, den andere Menschen in ihrem Leben hatten, war er niedergeschlagen, sondern weil sich sein eigenes Leben mehr und mehr in einen Alptraum verwandelte.

Zu Hause auf dem Lande in der Nähe der Stadt Puyang hätte er als Steinmetz im Jahr sechstausend Yuan verdient, etwa sechshundert Euro, aber da keine Arbeit zu bekommen war, hätte er Hilfsarbeiten und Gelegenheitsjobs auf Baustellen und beim Straßenbau mit einem Tagelohn von vielleicht dreißig Yuan übernehmen müssen und höchstens etwa dreitausend Yuan im Jahr verdient, mickrige dreihundert Euro. In Finnland sollten sie tausend Euro im Monat bekommen, aber es hatte sich herausgestellt, dass dieses Versprechen eine Lüge war. Er verdiente zweihundert im Monat, manchmal etwas mehr, wenn er es schaffte, den Hammer wie ein Wahnsinniger zu schwingen und über hundertfünfundfünfzig Meter Bordsteine im Monat zu schlagen. Das war schwierig, an schlechten Tagen brauchte man manchmal sogar sechzehn Stunden, um so viel zu schaffen, dass wenigstens die Monatsnorm von hundertfünfundfünfzig Metern erreicht wurde. Chef Jone interessierten Arbeitszeiten nicht, er dachte nur in Bordsteinmetern. Das Wort Urlaub hatten sie nicht ein einziges Mal gehört.

Vor einem reichlichen Jahr war ihm im lokalen Fernsehen von Puyang eine Werbung aufgefallen, mit der Arbeitskräfte für Japan, Kanada, Österreich, Deutschland und Finnland gesucht wurden. Er meldete sich bei dem Unternehmen, das Arbeiter von Puyang ins Ausland vermittelte, und konnte bei einer Prüfung seine Fähigkeiten nachweisen. Beim Schlagen von Bordsteinen war er gut genug und wurde ausgewählt.

Als der Tag der Abreise kam, erhielt er zum ersten Mal in seinem Leben einen Pass, sah zum ersten Mal, wenn auch nur flüchtig, Peking und machte sich dann auf den Weg in ein Land, von dem er nur das Wenige wusste, was er in der Ausbildung gehört hatte. Finnland war still, dünn besiedelt und kalt, und seine Bewohner waren freundlich, fühlten sich jedoch am wohlsten, wenn man sie in Ruhe ließ. Der Job bedeutete, zwei Jahre von der Familie getrennt zu sein, aber durch den Verdienst in Finnland sollte eine Summe auf seinem Konto landen, die in China dem Gehalt von über zehn Jahren entsprach. Deshalb war er hierher gekommen.

Doch er musste das Honorar der Vermittlungsfirma und deren Kosten bezahlen, und daran wäre das ganze Projekt um ein Haar gescheitert. Er hatte alle Verwandten abgeklappert, um sich die fünfundzwanzigtausend Yuan zu borgen. In China musste man für so viel Geld schließlich jahrelang arbeiten. Die Firma hatte ihnen beigebracht, wie man in Reih und Glied antrat, Haltung annahm, marschierte und Befehlen gehorchte, sie sagten, die Arbeit im Ausland erfordere Disziplin. Auch Grundkenntnisse der englischen Sprache hatten sie geübt, allerdings mit mäßigem Erfolg. Vor der Abreise musste er dann einen Vertrag mit der Vermittlungsfirma unterschreiben. Außerdem mussten seine Frau und seine Eltern eine Bürgschaftserklärung unterzeichnen für den Fall, dass er seine Arbeitsstelle vor Ablauf der Vertragszeit verließ oder nach deren Ende in Finnland blieb. Gemäß der Bürgschaftserklärung würden er und seine Frau sowie seine Eltern ihr Haus verlieren, wenn er gegen den Vertrag verstieß.

Die Finnen zahlten keinen Monatslohn von tausend Euro, nicht einmal annähernd, obwohl es so vereinbart war, und die zweihundert Euro im Monat reichten nicht einmal ansatzweise, um seine Schulden abzuzahlen, auch wenn er selbst nur Steine gefressen hätte. Es war nutzlos, sich bei irgendjemandem zu beschweren, er hatte es natürlich versucht. Gleich am Anfang seines Aufenthalts in Finnland war er bei der Tilgung in Rückstand geraten, und die Gläubiger hatten das Haus seiner Eltern verkauft. Vor zwei Wochen hatten sich Vater und Mutter in Pangwang Hecun gemeinsam vor einen Schnellzug geworfen. So hatte es ihm seine Frau am Telefon erzählt.

Vor einer Woche hatten die Gläubiger auch sein eigenes Haus verkauft, seine Frau wohnte jetzt bei der Familie ihrer Schwester, die sie angeblich behandelte wie einen Hund. Sowohl das Haus seiner Eltern als auch sein eigenes waren alte Hütten gewesen, der Verkaufserlös hatte nur für die Rückzahlung einiger weniger Kreditraten gereicht. Doch das Schlimmste war gestern geschehen, oder genauer gesagt, gestern hatte er es erst von seiner Frau erfahren. Seine Tochter Ying war in diesem Herbst zum Studium in Tianjin angekommen, aber die Ausbildung kostete fünfzehntausend Yuan im Jahr, ein kleines Vermögen. Die Tochter war für ihn und seine Frau die einzige Altersversorgung, sie besaßen keine Versicherung gegen Krankheiten und niemand würde ihnen auch nur einen Yuan Rente zahlen. Sie waren gezwungen, ihre Tochter so ausbilden zu lassen, dass sie eine gut bezahlte Arbeit bekam. Er hatte sein Geld nach Hause geschickt, um Yings Studiengebühren zu bezahlen, aber auch dafür hatte der Lohn nicht gereicht. Seine

Tochter musste den Hochschulbesuch abbrechen. Und jetzt war Ying nach Hainan gegangen als »Begleiterin« von Touristen am Strand. Als Prostituierte.

Der Hammer fiel Jiang aus der Hand, als ein Muskelkrampf seinen Arm krumm zog. Er sank im Geröll auf die Knie und rief seinen Kollegen zu, alles sei in Ordnung, noch ehe jemand ihm zu Hilfe eilen konnte. Der Krampf würde schon von alleine nachlassen, so wie immer.

Sollte er nach Hause zurückkehren, um Ying zu suchen? Würde Chef Jone ihm seinen Pass zurückgeben, wenn er ihm erklärte, dass er mit der Arbeit aufhörte? Doch was würde er denn zuwege bringen, ohne Arbeit und ohne Geld? Er war einfach gezwungen, irgendwie an Geld zu kommen, ihm musste etwas einfallen.

* * *

Manas stand mit nacktem Oberkörper im Schuppen seines Opfers und schnaufte. Schweiß perlte auf seiner Haut, die Dutzende Narben zierten, große und kleine, die einen dunkel, die anderen heller als ihre Umgebung. Es wäre sinnlos, sich jetzt den Kopf zu zerbrechen, wie er in den Besitz des Smirnow-Materials gelangen könnte. Die Kamelhaut spannte sich und würde schon dafür sorgen, dass die Frau einen Weg fand.

Er begann die vierte Serie von Liegestützen – das war Bewegung 8 A. Er kannte die hohlen Phrasen im Übungshandbuch der Alfa-Spezialeinheiten des KGB immer noch auswendig: *Kapitel 1, Seite 67. Körperliche Ertüchtigung stärkt die Gesundheit der Sowjetbürger und fördert ihre allseitige Entwicklung. Die Nation wird mit körperlicher Ertüchtigung auf die Erfüllung der Pflicht zur Arbeit und auf die Verteidigung des Vaterlandes vorbereitet. Das Programm der Partei stellt uns die Aufgabe, einen neuen Sowjetmenschen zu erziehen, in dem sich geistiger Reichtum, moralische Reinheit und körperliche Vollkommenheit harmonisch vereinen.*

Als sich die Arme nicht mehr durchdrücken ließen, sank Manas auf den Dielenboden und rollte sich auf den Rücken. Zum Glück bestand diesmal kein Grund zur Eile. Er hatte vom Vorsitzenden des Kabinetts reichlich Informationen über seine drei Zielpersonen und ihre Tagesabläufe erhalten und somit Zeit gehabt, sich die Örtlichkeiten anzuschauen, die er ausgewählt hatte. Im besten Falle war das Töten ein Handwerk. Technische Vorrichtungen, Waffen und Sprengstoff machten das Tötungsritual zu einer Aufgabe, die sachlich-kalt und mit Abstand ausgeführt wurde, es entstand kein echter Kontakt zum Opfer. Die Verbindung zwischen dem Opfer und dem, der es hinrichtete, war jedoch das Entscheidende, nur sie ermöglichte es, zu lernen. Keine Schule und kein Buch konnten so viel über das menschliche Wesen vermitteln wie der Moment, in dem das Leben zu Ende ging – jener letzte Augenblick, in dem das Opfer gezwungen war, der Angst vor dem Unbekannten und dem Verlust von allem, was ihm lieb war, ins Auge zu schauen und sein wahres Ich zu offenbaren, seinen Mut oder seine Feigheit.

Jetzt war die nächste Übung an der Reihe, die Bewegung 9 D – die schrägen Bauchmuskeln. Die Zahl seiner Liegestütze sank im Laufe der Jahre nicht merklich, da er ja täglich trainierte. Das Tempo hatte allerdings nachgelassen, er brauchte nun jeden Tag zwei Stunden, um alle Übungen zu absolvieren, trotzdem schaffte er heute mit weit über vierzig Jahren noch fast das Gleiche wie als junger Leutnant des KGB.

Trainingshandbuch Seite 69. Das physische Spezialtraining hebt die Kampfbereitschaft des Soldaten, lässt ihn oberflächliche Dinge vergessen und stärkt seine Moral sowie seine Willenskraft, indem es eine psychologische Ausgeglichenheit erzeugt, die für die Ausführung militärischer Aufträge unter schwierigen Bedingungen wichtig ist.

Manas keuchte am Ende der Übungsserie, die Endorphine strömten ins Blut, und er hatte den Eindruck, allmächtig zu sein.

Näher würde er dem Zustand, ein Gefühl zu erleben, nicht kommen, es war ihm einfach unmöglich. Er konnte nichts dagegen tun, dass er keine Angst oder Bedrängnis, kein Mitleid empfand – der »himmelblaue Ort« in seinem Gehirn war defekt. Und andere Gefühle vermochte er nicht zu erkennen, weil er unter einer Alexithymie litt. Beide Störungen konnte man nicht heilen, also war er gezwungen gewesen, das Fühlen auf eigene Faust zu erlernen.

Die bald bevorstehende Hinrichtung versetzte ihn schon in Erregung, es blieb aber noch Zeit für eine Bewegungsserie. *Übung 8 C, Rückenmuskulatur.*

Spezifische Ziele des körperlichen Trainings, Trainingshandbuch Seite 70:

- *Meisterliche Beherrschung der Techniken zur Beschaffung von Gefangenen und zur lautlosen Eliminierung von Wächtern.*
- *Erlernen der Fertigkeiten, die für Stoßtrupps und Verhaftungskommandos erforderlich sind.*
- *Erwerb von Kenntnissen und Fertigkeiten, um den Gegner im Zweikampf unter Einsatz von Sambo, Boxen, Karate und Judo ohne Schusswaffen zu besiegen.*

13

Donnerstag, 6. Oktober

Das Läuten der Klingel war noch nicht verklungen, als der Präsident von Suomen Pankki Erno Laamanen die Tür seines Hauses in Helsinki-Westend öffnete und den Geschäftsführenden Direktor des Fortum-Konzerns, Risto Kankare, einließ. Die beiden begrüßten sich verhalten. Laamanen warf noch einen Blick hinaus auf die Straße, bevor er die Tür schloss – die Jungs aus der Nachbarschaft skateten auf dem Asphalt und das Zivilfahrzeug der Polizei stand immer noch Wache.

»Haben sie dir auch ein Kindermädchen verpasst?«, fragte Kankare, der seinen Mantel ausgezogen und bereits auf einen Bügel an der Garderobe gehängt hatte.

Laamanen nickte und marschierte durch das modern eingerichtete Wohnzimmer hindurch in das Kaminzimmer, Kankare folgte ihm auf den Fersen, beide nahmen in von Alvar Aalto entworfenen Ruhesesseln Platz. Laamanen, der sich schon dem Rentenalter näherte, kaute auf der Lippe, und der zwanzig Jahre jüngere Kankare trat nervös von einem Fuß auf den anderen, als würde er Weintrauben stampfen. Beide hatten vor ein paar Stunden von Kirsti Saurivaaras Tod erfahren.

»Soll ich anfangen und erzählen, was ich herausbekommen habe?«, drängte Kankare. »Saurivaara ist im Tieftemperaturlabor von Otaniemi an einer Stickstoffgasvergiftung gestorben und auf dem Fußboden irgendeines Lagerraums festgefroren, schrecklich. Unfall oder nicht, das wird sich erst herausstellen, wenn die Polizei untersucht hat, was dort passiert ist.«

Laamanen schloss die Augen und atmete tief aus. »Der Generalstaatsanwalt hat Ermittlungen gegen drei Kabinettsmitglieder eingeleitet – gegen mich, dich und Saurivaara.«

»Scheiße!«, entfuhr es Kankare. »Wo hast du das erfahren?«

»Von einem Bekannten bei der SUPO, aber auch er konnte nicht sagen, was die Behörden alles wissen.«

»Warum hat der Vorsitzende ... warum hat uns niemand gewarnt?«

»Gute Frage.«

»Man will uns doch nicht etwa alle drei zum Schweigen bringen?«, fragte Kankare. »Ist es das, was die Polizei befürchtet? Verdammt, so weit kann das ja wohl nicht gehen.«

Laamanens ernster Gesichtsausdruck sprach Bände. »Ich bin fast von Anfang an im Kabinett dabei, seit Mitte der Achtzigerjahre. Auch wer im Kopfrechnen eher schwach ist, wird erkennen, dass merkwürdig viele Menschen, die sich mit dem Kabinett angelegt haben, viel zu früh ums Leben gekommen sind. Es wäre interessant zu erfahren, wie viele Mitglieder des Kabinetts im Laufe der letzten Jahrzehnte durch einen Unfall gestorben sind. Aber das ist nicht möglich, solange nur der Vorsitzende die Namen aller Mitglieder kennt.«

»Es fällt ziemlich schwer, sich vorzustellen, dass ...«

Laamanen unterbrach ihn: »Pertti Forslund, der Exgeneraldirektor der Wartsala AG, ist im vorletzten Sommer in seiner Wohnung verbrannt, als die KRP die vom Kabinett organisierten illegalen Waffengeschäfte untersucht hat. Und im Laufe derselben Ermittlungen starb auch der ehemalige Generaldirektor der Fennica AG, Otto Mettälä, auf ziemlich eigentümliche Weise, obwohl er kein Kabinettsmitglied war.«

»Das beweist ja wohl noch nichts?«, erwiderte Kankare erschrocken.

»Henri Pohjala, der Exgeneraldirektor der Finnsteel AG, lag vor einigen Jahren im Clinch mit dem Kabinett. Er flüchtete nach

Kapstadt und hielt sich dort mit Erfolg etwa zwei Jahre versteckt, aber am Ende fand man ihn doch. Er wurde in seinem Haus hingerichtet, gerade als er im Begriff war, einer finnischen Juristin Einiges über das Kabinett auszuplaudern.«

Kankare widersprach nicht mehr. »Gehört das Verschwinden von Anita Arho und diesem Anwalt, Palomaa, auch in diese Kategorie?«

»Niemand hat mehr etwas von ihnen gehört, seit sie Finnland verlassen haben.«

Sie saßen eine Weile schweigend da und lauschten der Sirene, die irgendwo in der Ferne heulte.

»Was schlägst du vor?«, fragte Kankare schließlich.

»Es gibt drei Alternativen: Wir können entweder den Behörden alles erzählen und vor Gericht landen oder aus Finnland fliehen oder wie bisher weitermachen. Ich …« Erno Laamanen brach mitten im Satz ab. Er und Kankare redeten nur deshalb über ihre Lage, weil die Umstände sie dazu zwangen und beide gefährdet waren. Wie weit könnte er Kankare vertrauen? »Was meinst du?«, fragte Laamanen, obwohl er lieber gesagt hätte: Deck du zuerst deine Karten auf.

Kankare runzelte die Stirn, während er nachdachte. »Die Entscheidung ist zu wichtig, die kann man nicht so aus dem Stand treffen«, antwortete er schließlich. »Langsam habe ich schon so meine Zweifel, ob dieses Treffen überhaupt eine gute Idee war. Wenn der Vorsitzende erfährt, dass wir …«

Laamanen stand auf und zwang sich ein Lächeln ab. »Wir fahren doch nur zusammen zur Vorstandssitzung unseres Golfklubs Golfsarfvik.«

Manas saß in einem Land Rover Freelander der Autovermietung Avis aus Olari und beobachtete das Haus des Präsidenten von Suomen Pankki in Westend. Er musste an seinen Auftrag in der

Hochschule denken. Selten servierte ihm der Zufall solche exquisiten Überraschungen wie heute. Leo Kara, der Mann, der einfach zu viel von ihm und auch von Mundus Novus wusste, hatte ausgerechnet an dem Tag, an dem die Dekanin liquidiert werden sollte, ein Treffen mit ihr vereinbart. Manas war der Frau bis ins Tieftemperaturlabor gefolgt und hatte noch Zeit gehabt, sich in den Räumen kurz umzuschauen, während sie auf Kara wartete. Der Ort war für einen *Hitman* ein Traum: mehrere Behälter mit flüssigem Stickstoff und keine einzige Überwachungskamera. Doch Kara war einmal mehr davongekommen. Er hatte Glück gehabt, und der Wahrheit zuliebe musste man zugeben, dass Kara auch nicht so ein Versager und Waschlappen war wie die meisten seiner Zielpersonen. Den Tag, an dem er endlich den Auftrag für Kara erhielt, würde er wirklich genießen.

Plötzlich tauchte im Hof des Eigenheims, das Manas beobachtete, ein weißer BMW auf. Er startete seinen Wagen, fuhr aber erst los, als der BMW und die beiden Zivilfahrzeuge der Polizei auf die Niittysaarentie einbogen und beschleunigten.

Er wusste, dass die Kabinettsmitglieder auf dem Weg zum Golfzentrum waren. Sie würden die Straße 51 nehmen, auf der sich wenig später die Geschwindigkeitsbegrenzung änderte, statt achtzig waren dann hundert Stundenkilometer erlaubt. Das reichte völlig. Und es gab mehrere verkehrsreiche Auffahrten und auch Schwerlastverkehr und Balkenbrücken.

Sein Land Rover bog von der Auffahrt Westend auf die Beschleunigungsspur des Länsiväylä, aus irgendeinem Grund fuhren beide Polizeiwagen hinter dem BMW. Die Autobahn war nahezu voll, dessen ungeachtet floss der Verkehr auch auf der rechten Spur mit annähernd achtzig Stundenkilometern. Er kannte die Strecke der Kabinettsmitglieder ziemlich gut, da er den Abschnitt zweimal abgefahren war. Die beiden schienen keine Eile zu haben, ihr BMW wechselte nicht auf die Überholspur. Auf der Straße waren mehrere Lastzüge unterwegs, die meisten mit geschlossenem Auflieger. Sie enthielten möglicherweise eine leichte Fracht, und die war für seine Pläne nicht geeignet ...

Das Tempo der Autoschlange beschleunigte sich, als nach der Auffahrt Finnoo die zulässige Höchstgeschwindigkeit auf hundert Stundenkilometer anstieg. Plötzlich sah Manas etwa zweihundert Meter vor sich einen Sattelzug, der Stahlträger transportierte, die sicher Dutzende Tonnen wogen. Der Laster schien so schnell zu fahren, wie es sein Geschwindigkeitsbegrenzer zuließ – achtzig. Das würde reichen. Weit vorn war die Abfahrt Nöykkiö zu sehen, danach verengte sich die Straße auf zwei Spuren und unterquerte eine massive Brücke. Die Autos auf der rechten Spur wechselten eins nach dem anderen auf die linke Spur, zwischen dem BMW und dem Lastzug mit den Stahlträgern befanden sich noch drei Pkw, dann zwei, einer ...

Manas wechselte die Spur, gab Gas und fuhr neben den Sattelzug, um dem BMW, seinem Zielobjekt, zuvorzukommen. Dann drosselte er sein Tempo auf achtzig, um den Laster nicht zu überholen und befand sich nun genau neben der Zugmaschine. Er drückte einen Knopf und das rechte vordere Seitenfenster des Land Rover surrte herunter. Die EMP-Bazooka auf dem Beifahrersitz wog fast zwanzig Kilo, aber Manas hob sie mühelos mit einer Hand hoch und legte ihr Rohr ins offene Fenster. Der Abstand bis zum nächsten Auto vor ihm betrug weit über hundert Meter. Er schaute prüfend in den Rückspiegel und hoffte, dass der BMW den Sattelzug überholte, bevor es jemand anders tat, denn in dem Falle müsste er noch einmal von vorn beginnen, und so eine gute Gelegenheit würde sich vor dem Golfplatz kaum noch einmal bieten. Als er im Rückspiegel hundert Meter hinter sich auf der Überholspur einen Kleintransporter sah, der beschleunigte, schüttelte er den Kopf ...

Im selben Augenblick tauchte der von Erno Laamanen gesteuerte weiße BMW in seinem Rückspiegel auf, und jetzt war er auf gleicher Höhe mit dem Sattelzug. Der Kirgise zielte mit der EMP-

Bazooka auf die Zugmaschine, die neben ihm fuhr, wartete, bis sie unter der Brücke waren, drückte ab, trat das Gaspedal durch und ließ den Lastzug und den BMW hinter sich.

Der elektromagnetische Puls der EMP-Bazooka legte die Elektronik und sämtliche elektrischen Vorrichtungen des Sattelzuges auf einen Schlag lahm. Die Bremssysteme des Aufliegers und des zusätzlichen Anhängers blockierten. Doch die vierzigtausend Kilo schwere Stahllast setzte ihre Bewegung mit achtzig Stundenkilometern fort, stieß gegen die Wände des Aufliegers, gegen die Decke und die Träger der Brücke, gegen die Zugmaschine und den BMW der Kabinettsmitglieder. Auf dem Länsiväylä regnete es Stahl.

* * *

Der Leiter der Aufklärungsabteilung Klasu Nyman saß im Beratungsraum »Niete« der KRP im dritten Stock, knetete seinen grell orangefarbenen Stressball und fragte sich, was zum Teufel hier eigentlich los war. Er hatte seine ersten achtzehn Lebensjahre im Dorf Myran bei Närpiö im Gestank von Nerzkot verbracht, nach der Polizeischule fünf Jahre lang die Straftaten finnischer Kleinkrimineller untersucht und nach der Polizeifachhochschule seit zehn Jahren bei der KRP in Mordfällen ermittelt. Also wusste er genau, dass in diesem Lande Auftragskiller benutzt wurden, um Drogenkriminelle hinzurichten, um im Erbfall einen Verwandten aus dem Wege zu räumen oder bei extrem angespannten menschlichen Beziehungen Sterbehilfe zu leisten. Eher selten kam es hier vor, dass *Hitmen* Dekane und Bankpräsidenten ins Jenseits beförderten. Für die Ereignisse in Espoo musste irgendeine plausible Erklärung gefunden werden.

»Auf dem Länsiväylä starben der Fahrer des Lastzugs mit den Stahlträgern, Erno Laamanen und Risto Kankare. Einer von meinen Leuten und zwei Theologiestudenten um die zwanzig wurden schwer verletzt«, sagte Nyman mit lauter Stimme, klopfte mit dem Finger auf den Bericht, der auf seinem Tisch lag, und ließ den Blick von einem Kollegen zum anderen wandern. Anwesend waren Mitarbeiter sowohl der Aufklärungsabteilung und der Abteilung für Gewaltverbrechen als auch der SUPO. »Verdammt noch mal, was ist mit dem Lastzug passiert?«

»Das ist erst ein vorläufiger Bericht, man sollte keine allzu weit gehenden Schlussfolgerungen ziehen«, erwiderte die junge Kriminalhauptwachtmeisterin aus der Abteilung für Gewaltverbrechen.

»Was sagen die Augenzeugen? Und unsere Leute, die Laamanen und Kankare gefolgt sind?«, fragte Nyman.

»Kurz vor dem Unfall ... oder was auch immer es gewesen ist, fuhr neben der Zugmaschine ein Geländewagen, ein Land Rover, der für einen Moment abbremste und dann wieder stark beschleunigte, und das im selben Augenblick, als der Sattelzug anfing, verrückt zu spielen. Der BMW von Laamanen und Kankare befand sich in dem Moment neben dem Lastzug. Sintonen von der Aufklärung hat sich das Kennzeichen des Land Rover gemerkt, den Wagen hat gestern bei Vehon Avis in Olari ein Timur ...«, die Hauptwachtmeisterin suchte den Familiennamen in ihren Unterlagen, »Schalmagambetow ausgeliehen. Russischer Staatsbürger ist dieser Timur, obwohl der Name eher an die Steppen Mittelasiens denken lässt. Wir haben ihn trotz aller Bemühungen nicht erwischt, einem Mann mit diesem Namen wurde auch kein Visum für Finnland erteilt.«

»Hat man sich die Aufzeichnungen der Überwachungskameras angesehen?«, fragte Nyman beharrlich weiter.

»Der Landrover ist zwar auf den Filmen zu sehen, aber den Fahrer kann man auf den Bildern nicht erkennen. Und im Bereich der zerstörten Brücke befand sich keine Kamera.«

»Und der Fall Kirsti Saurivaara?«, erkundigte sich Nyman angespannt.

Jetzt war ein langhaariger Kriminaltechniker an der Reihe: »Die Türen der Räume im Tieftemperaturlabor haben Abloy-Schlösser, die jeder einfach mit einem Knopfdruck so einstellen kann, dass sie sich verschließen. An dem umgekippten Behälter mit flüssigem Stickstoff wurden keine Fingerabdrücke gefunden, und keiner der Mitarbeiter gibt zu, dass er den Behälter gefüllt oder an den Unglücksort gebracht hat. Überwachungskameras gibt es im Tieftemperaturlabor aus irgendeinem merkwürdigen Grunde nicht.«

Nyman schüttelte den Kopf. »Mann, wir suchen ja auch kaum irgendeinen Amateur. Verdammter Mist, drei tote Kabinettsmitglieder an einem Tag …«

Ein lautes Klopfen unterbrach den aufgebrachten Inspektor in seinem Redeschwall. Die Tür ging auf und die Sekretärin steckte den Kopf herein. »Im Videoraum ist alles vorbereitet.«

Nyman verließ den Raum »Niete«, gefolgt von Saara Lukkari. Keiner von beiden sprach ein Wort, als sie die Flure entlang marschierten.

»Bei der SUPO gibt es übrigens eine Akte über Kärävä«, erklärte Saara Lukkari, als sie vor der Tür des Verhörraums stehen blieben.

Nyman zog die Brauen nach unten. »Was? Verdammich, warum sagst du das jetzt erst. Was enthält die Mappe?«

Saara Lukkari versuchte ihn mit ein paar Gesten zu besänftigen. »Nichts Wichtiges. Der Mann war in den siebziger und achtziger Jahren Mitglied von zwei rechten, antikommunistischen Organisationen, der Stiftung Suomalaisen Yhteiskunnan Tuki und der Stiftung zur Unterstützung einer freien Bildung.«

»Ville Kärävä ist drin und Anni Alanko sitzt hinter dem Spiegel«, verkündete die Sekretärin und öffnete die Tür.

Der Raum war karg eingerichtet, auf dem Fußboden lag ein dunkelgrauer Kunstfaserteppich, Jalousien verdeckten die Fenster, und an der Wand gegenüber hing ein großer Spiegel. In einer Ecke stand ein verschließbarer Stahlschrank, der Tisch mit weißer Platte war den Beamten vorbehalten, die das Verhör führten. Der nach Pfeifentabak riechende Anwalt Ville Kärävä hockte auf einem blauen Stuhl aus Plastik und Metall und hatte ein Besucherschild am Kragen seines verschlissenen Sakkos und im Gesicht einen Ausdruck, als wolle er um Verzeihung bitten.

Nyman murmelte eine Art Begrüßung, warf einen Blick auf den Spiegel, hinter dem die stellvertretende Generalstaatsanwältin Alanko das Verhör verfolgte, und prüfte, ob die Videokamera eingeschaltet war. Er stellte sich und Lukkari vor, nannte Datum und Uhrzeit, sagte, Kärävä werde unter dem Verdacht des Verrats von Staatsgeheimnissen befragt und leierte die Rechte und Pflichten Käräväs herunter. »Willigen Sie in das Verhör ein, obwohl es schon spät ist, und wollen Sie beim Verhör einen Zeugen dabei haben?«, fragte Nyman schließlich, setzte sich neben Lukkari und faltete die Hände auf dem Tisch.

Kärävä saß krumm und mit eingefallenen Wangen da, eine glänzende Haarsträhne war vom Scheitel auf die Stirn gerutscht. »Ich willige in das Verhör ein und will keinen Zeugen, aber ich bestreite gleich zu Anfang ganz entschieden, jemandem irgendwelche Staatsgeheimnisse verraten zu haben.« Ville Kärävä merkte, wie seine Stimme ins Falsett umschlug, und wusste sofort, dass er nicht mal sich selbst überzeugen konnte.

»Haben Sie einen Mann namens Leo Kara am vergangenen Mittwoch, dem 5. Oktober, in ihrer Kanzlei in Sörnäinen getroffen?«, fragte Nyman.

»Ja, aber …«

»Haben Sie ihm diese Zusammenfassung gegeben?« Nyman stand auf, ging zu Kärävä, gab ihm die Zusammenfassung, die Leo Kara der Generalstaatsanwaltschaft übermittelt hatte, und kehrte an seinen Platz zurück.

Kärävä warf einen Blick auf die Unterlagen. »Ja, aber sie enthält keinerlei …«

»Von wem haben Sie die Dokumente erhalten, auf denen die Zusammenfassung beruht?« Nyman wollte Kärävä weiter unter Druck setzen.

»Wieso erhalten? Ich habe die Dokumente nicht. Außerdem ...«

Saara Lukkari unterbrach ihn: »Sie haben die Zusammenfassung geschrieben und Kara übergeben. Ihnen musste klar sein, dass die Aufdeckung dieser Informationen der Sicherheit und den Auslandsbeziehungen Finnlands schweren Schaden zufügen kann. Sie werden garantiert zumindest wegen des Verrats von Staatsgeheimnissen angeklagt.«

Ville Kärävä hatte sich sorgfältig auf dieses Verhör vorbereitet, doch gerade jetzt ging ihm nur eins durch den Kopf: Es war ein Fehler gewesen, vor Beginn des Verhörs nicht zur Toilette zu gehen.

Nyman seufzte, stützte sich auf die Ellbogen und versuchte zu lächeln. »Sind Sie sich dessen bewusst, was den drei Menschen, die in Ihrer Zusammenfassung enttarnt wurden, heute passiert ist?«

Kärävä bemerkte, dass sein schweißnasses Hemd auf der Haut klebte.

»Kirsti Saurivaara kam heute Mittag in Otaniemi unter ziemlich merkwürdigen Umständen ums Leben, und Erno Laamanen und Risto Kankare starben bei einem Verkehrsunfall auf dem Länsiväylä.«

Nymans Schuss saß. Ville Kärävä hatte in seinem Leben viele Fehler begangen, so viele, dass er sich schon seit Langem nicht mehr die Mühe machte, sich wenigstens über sie zu ärgern, die nächste Katastrophe lauerte sowieso schon an der nächsten Ecke. Aber eine Fehleinschätzung dieser Größenordnung war selbst ihm bisher nicht unterlaufen. »Ich fürchte, ich brauche Polizeischutz.«

Die letzte Ölung brauchst du, dachte Nyman, sagte aber: »Das setzt voraus, dass Sie mit uns kooperieren. Von wem haben Sie die Informationen in der Zusammenfassung erhalten?«

An all die ausweichenden Antworten, die sich Kärävä vorher zurechtgelegt hatte, dachte er jetzt nur kurz. Er hatte Angst, verdammt große Angst. »Von Eeva Vanhala.«

Saara Lukkari konnte das »Häh?«, das ihr entfuhr, gerade noch rechtzeitig als Husten tarnen. »Von der Kanzleichefin der Präsidentin?«

Nyman hielt die Hand vor den Mund und beugte sich zu Saara Lukkari hin. »Kümmert sich die SUPO um das Verhör von Eeva Vanhala?«, flüsterte er.

Die Inspektorin nickte, sagte in die Kamera, sie verlasse den Raum kurz, und trat hinaus auf den Flur, um ihre Kollegen anzurufen.

Nyman hatte nicht die Geduld, Lukkaris Rückkehr abzuwarten. »Warum hat Eeva Vanhala das Erarbeiten der Zusammenfassung gerade Ihnen übertragen?«

Kärävä wirkte schockiert. »Wir sind alte Bekannte, Gesinnungsgenossen ...«

»Und was ist das für eine Gesinnung, die Sie verbindet?«

Kärävä überlegte eine Weile. »Eine konservative. Wir haben in den Achtzigerjahren zur gleichen Zeit in der Stiftung Suomalaisen Yhteiskunnan Tuki, in der Stiftung zur Unterstützung der freien Bildung ...«

Die Tür ging auf, Saara Lukkari kehrte zurück und setzte sich. »Befinden sich die in der Zusammenfassung erwähnten Unterlagen in Ihrem Besitz?«, erkundigte sie sich, obwohl der Anwalt die Frage schon beantwortet hatte. Er schüttelte den Kopf.

»Wie umfangreich ist Vanhalas Material?«, fuhr Lukkari fort.

»Das weiß ich wirklich nicht, ich habe nur ein paar Dokumente bekommen. Vanhala hat diktiert, was ich schreiben sollte. Aber ich hatte den Eindruck, dass dieses Material äußerst umfangreich ist, Vanhala hat von Kostproben gesprochen. Wir geben ihnen ein paar Kostproben, hat sie gesagt.«

Saara Lukkari bombardierte ihn weiter mit Fragen: »Wissen Sie, wo Eeva Vanhala das Material aufbewahrt?«

»Keine Ahnung.«

»Hat Vanhala nie den Begriff Smirnow-Material erwähnt?«, drängte Saara Lukkari und erntete bei dem Anwalt ein entschiedenes Kopfschütteln und bei Nyman neugierige Blicke.

Gerade als die Inspektorin richtig in Fahrt gekommen war, wurde sie ausgebremst, weil ihr Telefon in der Tasche vibrierte.

»Und was passiert jetzt? Kann ich hierbleiben, bis die Lage sich beruhigt hat?«, erkundigte sich Käräva besorgt.

Saara Lukkari ging auf den Flur hinaus und meldete sich, der Anrufer war ein Ermittler der Überwachungseinheit der SUPO.

»Eeva Vanhala hat sich laut Kanzlei der Präsidentin am Mittwochmorgen krankgemeldet. Ihre Wohnung ist leer, die Nachbarn wissen nichts, Verwandte hat sie so gut wie keine, in den Ordnern mit Visitenkarten und bei ihren Facebook-Freunden findet man so viele Namen, dass es Tage in Anspruch nehmen wird, all ihre Bekannten anzurufen, und ihr Handy lässt sich nicht orten.«

»Wir schreiben sie zur Fahndung aus«, sagte Lukkari.

* * *

Die Wände des Tunnels sind aus Glas, es ist hell, aber nicht klar, ich schwebe, fliege aber nicht. Am Ende des Tunnels schimmert etwas in einem gebrochenen Blau, ich komme näher, sehe, dass es ein See ist. Die Luft kann man anfassen, sie ist voller großer Schneeflocken, die nicht zu Boden fallen, nirgendwo sind Schneewehen zu sehen. Ich erreiche den See und werfe mich in den schwebenden Schnee, ich bin schwerelos, ich kann auf der Luft liegen, in sie eintauchen wie ein Pinguin. Die vollkommene Ruhe wird gestört, als sich eine dunkle Gestalt nähert, ich weiß nicht, was oder wer das ist, habe Angst, sie kommt direkt auf mich zu.

Eeva Vanhala wachte auf und öffnete die Augen, aber die Dunkelheit wich nicht, es war Abend oder Nacht. Salzige Tränen rannen über ihre Lippen, und der Durst wurde immer größer, die ausgetrockneten Schleimhäute in Mund und Hals schienen mit Sand bedeckt zu sein. Bald würde das Kamelleder ihren Kopf zusammenquetschen, es drückte schon die Augäpfel immer weiter hinaus aus den Augenhöhlen. Wangen, Nase und Lippen wurden zusammengepresst wie Teig. Sie hörte, wie die Knochen und Knorpel ihres Schädels knackten. Der Schmerz beherrschte alles. Der ekelhafte Gestank der Kopfpresse sorgte dafür, dass ihr speiübel war, sie musste mit aller Kraft dagegen ankämpfen – wenn sie sich mit dem Knebel im Mund übergab, würde sie ersticken. Die UV-Lampe strahlte Wärme aus, die Haut im Genick brannte und ihr Hemd war schweißnass. Noch niemals hatte sie sich etwas so inständig gewünscht wie diesem Alptraum zu entkommen.

Wovon war sie aufgewacht? Kehrte der Mann zurück? Wurde sie endlich aus dieser teuflischen Presse befreit? Eeva Vanhala hörte nichts anderes als das Knarren ihrer Knochen, aber sie spürte etwas. Der Asiat stand doch nicht etwa in diesem stockdunklen Zimmer? Sie müsste sich etwas einfallen lassen, versuchen zu fliehen, aber ihre Fesseln saßen zu straff. Und durch die Schmerzen schaffte sie es einfach nicht nachzudenken. Sie wusste nicht, wie sie das Smirnow-Material aus dem Gebäude der KRP holen sollte. Aber genau diese Frage würde der Mann ihr stellen, wenn er zurückkehrte. Hoffentlich kehrte er zurück, und zwar bald. Sie würde das nicht mehr lange aushalten.

Vor kurzem war ihr Leben noch himmlisch schön gewesen, das wurde ihr jetzt so klar wie noch nie irgendetwas. Alles würde sie dafür geben, wenn sie ihr bisheriges Leben zurückbekäme. Sie würde sich nie mehr beklagen, ihre Einsamkeit genießen, essen, bis sie aus allen Nähten platzte, jeden Augenblick genießen ...

Das Licht ging so überraschend an, dass Eeva Vanhala aufschrie und schluckte – der Knebel drang in ihre Kehle, sie räusperte sich vergeblich. Dann zog der Kirgise den Stoffpfropfen heraus. Er schaltete die Lampe aus und strich über den Lederhelm, der ihren Kopf bedeckte.

»Anscheinend bin ich gerade noch rechtzeitig zurückgekommen. Das Kamelleder ist schon vollkommen trocken«, sagte Manas, nahm die Kopfbedeckung ab und runzelte die Stirn, als Eeva Vanhala vor Schmerz aufstöhnte. Er setzte sich auf den Hocker und betrachtete die kahl geschorene Frau, deren Augen von bodenloser Angst zeugten. Die hatte er als zweitstärkstes aller Gefühle eingestuft. Offenbar brachte nur der Hass Menschen noch wirkungsvoller aus der Fassung.

»Ist dir schon eingefallen, wie ich dein Material aus der KRP bekomme?«, fragte Manas.

Eeva Vanhala erschrak. »Ich war nicht imstande, auch nur einen Augenblick lang nachzudenken mit diesem ... diesem Ding auf dem Kopf. Gib mir etwas Zeit«, bettelte sie, aber der Kirgise schüttelte den Kopf und stand auf.

»Ich gebe dir eine Minute«, erwiderte er, nahm das Leder und ging in die Küche, um es anzufeuchten.

Seine Gefangene zwang ihr Gehirn, zu arbeiten. Nur jemand von der KRP wäre in der Lage, das Smirnow-Material aus dem Hauptquartier in Jokiniemi zu holen, aber von den Mitarbeitern des Hauses kannte sie lediglich Jukka Ukkola. Beamte des Innenministeriums oder der SUPO wären in diesem Fall keine Hilfe. Wenn sie doch nur an ihre Ordner mit den Visitenkarten herankäme, in denen hatte sich immer jemand gefunden, der helfen konnte. Es blieb jedoch keine Zeit, Namen zu suchen, die Visitenkarten füllten elf Ordner von Aalto bis Öystilä. Oh Gott, jetzt kehrte der Kirgise schon mit dem stinkenden Lederhelm zurück ...

In dem Moment fiel ihr Laura Hakanen ein. Die dreißig Jahre alte, karriereorientierte Magisterin der Verwaltungswissenschaften war unheimlich scharf auf Ernennungen und Beförderungen.

Sie kannten sich, dachten beide über viele Dinge das Gleiche, zählten sich beide zu den Rechten und traten für die Interessen der Frauen ein. Also müsste sie nur versprechen, Hakanen in ihrer beruflichen Karriere behilflich zu sein. Ein genialer Einfall.

»Es gibt eine Möglichkeit, Laura Hakanen, die Leiterin der Internen Kontrolle der Obersten Polizeibehörde. Ich weiß nicht, ob sie bereit ist ... ob sie imstande ist, ins Hauptquartier der KRP zu gehen und die Unterlagen zu holen, wahrscheinlich würde man sich dort wundern ...«

Manas öffnete Eeva Vanhalas Fesseln, loggte sich auf seinem Handy in den Stadtplan ein und überlegte, was der sicherste Treffpunkt wäre. Von Helsinki kannte er nur die Gegend um die russische Botschaft und die zwei, drei Gebiete, in denen er bei den Aufträgen der letzten Jahre unterwegs gewesen war. Zwischen der russischen Botschaft und dem Kaivopuisto-Park gab es zumindest nicht sonderlich viele Unternehmen und Überwachungskameras. »Ich will das Material morgen früh haben. Sag ihr, sie soll es ins Zentrum bringen, am südlichen Ende der Raatimiehenkatu gibt es ein Haus mit einem Torweg. Beruhige dich erstmal einen Augenblick, ehe du anrufst, und schalte den Lautsprecher ein«, befahl Manas, reichte ihr das Telefon und ging in die Küche. Wenig später kehrte er mit einer Kanne Wasser und einem Teller voller Speisereste zurück.

Es dauerte eine Weile, bis sie Laura Hakanen endlich an der Strippe hatte. Eeva Vanhala bemühte sich, einen ganz normalen Eindruck zu machen und sagte, sie könne die Angelegenheit jetzt nicht genauer erklären, ihr aber versichern, dass es sich um einen Stapel ihrer persönlichen Unterlagen handle. Zum Schluss versprach sie, sich für Hakanen einzusetzen, wenn über die nächsten Ernennungen im Innenministerium oder bei der Polizei entschieden würde.

»Sie bringt die Unterlagen morgen Vormittag gegen zehn Uhr in die Raatimiehenkatu«, verkündete Eeva Vanhala und griff hastig nach der Wasserkanne, als ginge es um Leben und Tod. Sie trank gierig und schnappte nach Luft, als sie die Kanne endlich absetzte. »Und was geschieht jetzt mit mir?«

Manas antwortete nicht. Er fesselte die Frau wieder, ging in den Schuppen und zündete die Sturmlaterne an. Dann holte er aus seiner Tasche den Becher Kefir, den er auf dem Rückweg in Espoo gekauft hatte, und eine Flasche Wodka und mixte in einer großen Blechdose ein Getränk, das an *Kumys* erinnerte. Echter *Kumys* wurde zwar aus Stutenmilch hergestellt, aber die bekam man heutzutage selbst in kirgisischen Läden nicht so leicht. Manas mochte Alkohol nicht besonders, obwohl er Jahrzehnte in Russland gelebt hatte, aber die Denkarbeit erleichterte das Getränk zuweilen: In leicht angeheiterter Stimmung entspannte sich das Gehirn. Die Kirgisen tranken *Kumys* allerdings meist literweise, von dem legendären Ringer Gombo Demul wurde behauptet, er habe einmal auf einen Schlag sechzig Liter Stutenmilchschnaps getrunken.

Er setzte sich auf den Dielenfußboden und trank in langen Zügen lauwarmen *Kumys*. Die andere Liquidierung an diesem Tag war immerhin fast perfekt gelungen. Obwohl Dutzende Tonnen Stahl auf die Straße geflogen waren und gewaltige Schäden angerichtet hatten, waren nur ein paar Unbeteiligte verletzt worden. Wenn ihn niemand beim Abfeuern der EMP-Bazooka gesehen hatte, würde man das Ganze zumindest anfänglich für einen Unfall halten. Vielleicht käme nicht sofort der Verdacht auf, die Zerstörung der Elektronik des Lastzugs durch einen elektromagnetischen Puls könnte absichtlich herbeigeführt worden sein.

Bedenken hatte er wegen der Übergabe am nächsten Vormittag. Sollte er das Smirnow-Material selbst holen? Die finnischen Behörden suchten im Zusammenhang mit den zwei Monate zurückliegenden Polizistenmorden immer noch nach ihm. Ein Foto von ihm besaßen die Finnen allerdings nicht, nur eine genaue Personenbeschreibung. Würde die Frau allein in die Raatimiehenkatu kommen? Und wenn sie nun nachschaute, was für Unterlagen sie geholt hatte, und es sich dann anders überlegte? Hilfe bekäme er von der FSB-Filiale in Helsinki, wenn er es wollte.

14

Donnerstag, 6. Oktober

Clive Grover saß mit Handschellen an einen Metallstuhl gefesselt in einem Safehouse des MI5 und spürte den Geschmack von Erbrochenem im Mund. Und er hatte sich in die Hosen gemacht. Die Wirkung der Thiopental-Injektion ließ allmählich nach, er sah den kargen Raum ohne Einrichtungsgegenstände, aber in seinem Kopf drehte sich alles, er musste die Augen schließen. Grover erinnerte sich nur an einen Teil dessen, was er, betäubt von der Spritze, beim Verhör erzählt hatte. Jedenfalls war es vermutlich nicht alles gewesen. Er wusste kaum selbst noch, warum er den Russen in den letzten zwanzig Jahren nahezu jede ihm zugängliche, als geheim eingestufte Information weitergereicht hatte. Die Leute vom MI5 hatten garantiert gelacht, sollte er ihnen erzählt haben, dass er ursprünglich nur dem Schwächeren helfen wollte, als Ende der Achtzigerjahre der Zusammenbruch der Sowjetunion immer wahrscheinlicher wurde. Grover war damals der Ansicht gewesen, das von den USA geführte kapitalistische Lager brauche eine Gegenkraft, und vielleicht hatte er gehofft, dass der Ostblock bestehen blieb, um so seinen Arbeitsplatz zu sichern. Geld hatte er auch gebraucht. Jemand musste ja die Schulden für das Haus seiner Eltern bezahlen, nachdem sein Vater an Staublunge erkrankt war.

Sein Kopf sackte auf die Brust und er schreckte aus dem Sekundenschlaf hoch. Er durfte nicht einschlafen, sie würden sofort kommen und ihn mit leichten Schlägen wieder wecken, er musste sein Gehirn beschäftigen. Sein eigener Gestank stieg ihm in die Nase und er erinnerte sich an die erste Zeit seiner Laufbahn als Landesverräter. Anfangs hatte er ein ungeheueres Machtgefühl empfunden, wenn er geheime Informationen verriet, er hatte sich eingebildet, allein große Dinge zu bewirken. Doch allmählich war ihm bewusst geworden, dass er sich wegen seiner Taten allzu sehr allein fühlte, und die Freude an der Macht verschwand. Er hatte den Einsatz erhöhen müssen und noch wichtigere Informationen übergeben, und schließlich war er immer mehr von diesem Strudel erfasst worden, bis er den Russen alles übermittelte, was ihm in die Hände kam.

Plötzlich öffnete sich eine der Türen und Grover atmete die hereinströmende frische Luft gierig ein. Jetzt ging es wieder los. Dieselben Beamten würden ihn weiter verhören: der große und freundliche junge Mann und der kleinere und mürrische Fünfzigjährige.

»Wir haben ein kleines Problem«, sagte der Kleinere, nachdem er Zeitungen auf das Erbrochene geworfen hatte. »Dein Betreuer Wasili Golowkin hat nur einen geringen Teil der Informationen, die du ihm verraten haben willst, an seine Vorgesetzten in Moskau weitergegeben.«

»Erstaunlich, dass es so viele waren«, erwiderte Grover.

Die beiden Mitarbeiter des MI5 schauten sich an. »Erklär uns das.«

»Ich arbeite nicht für die russischen Nachrichtendienste, weder für den FSB oder den SVR noch für den GRU. Ich habe die Informationen an die Silowiki übergeben, die wirklichen Machthaber Russlands. Allerdings sind viele von ihnen beim FSB oder GRU beschäftigt, wie ihr sehr wohl wisst.«

Es dauerte einige Zeit, ehe die Männer vom MI5 ihre nächste Frage formuliert hatten. »Und wem haben die Silowiki die von dir stammenden Informationen übermittelt? Was haben sie mit ihnen gemacht?«

»Genau das ist die Kernfrage dieses Verhörs oder aus meiner Sicht dieses Handels.«

Der jüngere Mann lachte. »Du weißt sehr gut, dass wir die Antwort früher oder später aus dir herausholen.«

»Vielleicht einen Teil der Informationen, aber ihr werdet wohl kaum alles herausbekommen, zumindest nicht den logischen Zusammenhang des Ganzen. Diese Angelegenheit ist vorsichtig ausgedrückt kompliziert, und ich kenne nur Teile davon.«

»Was für eine Angelegenheit?«, fragte der Jüngere.

»Ich verlange keinerlei Extras, nur das übliche Paket: eine bescheidene Wohnung am Strand, am liebsten wären mir die Bermudas, eine neue Identität, Bewachung rund um die Uhr und ein angemessenes Girokonto.«

Die beiden schauten sich an.

»Ihr müsst sicher mit den Chefs der *Box* darüber reden«, sagte Grover.

* * *

Betha Gilmartin schaltete den Fernseher aus, als in der Sendung von Sky News ein kleiner Junge um seine Schwester weinte. Die Nachrichtenkanäle schlachteten die Katastrophen in Amerika schamlos aus, verdammte Parasiten. Sie griff nach dem Bericht, der auf ihrem Schreibtisch lag, tauchte mit den Fingern tief in ihre rote Mähne, kratzte sich und schnaufte vor Wut, als sie die Ergebnisse von Clive Grovers Verhören las. Eigentlich war sie noch krankgeschrieben, aber in den Genesungsurlaub würde sie keiner zurückbringen, nicht mal mit der Planierraupe. Die dreißig Jahre Arbeit im SIS hatten sie gelehrt, alles anzuzweifeln, niemandem zu vertrauen und nie überrascht zu sein, aber sie würde dennoch nicht aufhören sich zu wundern, wie viel Falschheit in einem Menschen verborgen sein konnte.

Sie hatte das Gefühl, in den Schatten zu versinken, auf nichts konnte man sich mehr verlassen. Clive Grover war jahrelang ihr engster Mitarbeiter gewesen, doch allein während der letzten zwei Jahre hatte er den Zweiten Botschaftssekretär der russischen Botschaft in London Wasili Golowkin achtunddreißigmal getroffen. Und das auf öffentlichen Plätzen, vor aller Augen: im Restaurant

Dar Marrakesch am Piccadilly Circus, im Hotel Millennium am Grosvenor Square, in der Sushi-Bar des Warenhauses Harrods, bei einem Heimspiel von Arsenal im Ashburton Grove …

Plötzlich trat die junge Analytikerin Colleen Carter vom Yankee-Desk in Betha Gilmartins Zimmer, ohne anzuklopfen. Sie trug einen stahlblauen Blazer und lächelte siegessicher.

»Das ist hier keine Drehtür wie im Supermarkt, ich habe eine Sekretärin, die Termine vergibt!«, rief Betha Gilmartin wutentbrannt. Instinktiv schaute sie auf ihr Handgelenk, erblickte statt des Pulsmessers die Uhr, die ihr Albert vor Jahren zu Weihnachten geschenkt hatte, und beruhigte sich augenblicklich.

Colleen Carter bat um Entschuldigung und wandte sich zur Tür, um wieder zu gehen.

»Na nun komm, Mädel, und sag, was du hast, wenn du schon mal hier bist.«

»Die Lage in den USA und Kanada normalisiert sich langsam wieder, und allmählich auch in Lateinamerika. Und das Wichtigste ist: Die USA glauben nicht mehr, dass die Katastrophe von heute Morgen ein Überraschungsangriff gegen ihre Satelliten war. Aber die Yankees fordern in ziemlich scharfem Ton, dass die Ermittlungen zu Mundus Novus erfolgreich abgeschlossen und alle offenen Fragen geklärt werden. Sie wollen das Lasersystem finden, mit dem die chinesische Trägerrakete im August abgeschossen wurde. Und auch alle anderen Waffen, die Satelliten auf der Umlaufbahn zerstören können. Die Vernichtung dieser drei Satelliten hat angeblich bedeutend mehr Schäden verursacht, als sie in ihren Berechnungen angenommen hatten. Ihrer Ansicht nach würde schon der plötzliche Verlust von vier, fünf oder sechs Satelliten eine beispiellose und unumkehrbare Katastrophe auslösen, die sich die Menschheit ganz einfach nicht leisten kann.«

»Die sind ganz schön geladen, oder?« Betha Gilmartin lächelte.

»Sie haben hunderte Seiten geschickt. Hör dir mal diese Ergüsse an.« Colleen Carter blätterte in ihrem Papierbündel.

»Der Weltraum ist der Kern unserer Verteidigung: Den USA gehört etwa die Hälfte aller Satelliten auf einer Umlaufbahn, so viel wie allen anderen Staaten zusammen.«

»Der Weltraum ist das Rückgrat unserer nationalen Sicherheit, zur militärischen Inbesitznahme des Weltraums gibt es keine Alternative.«

»Die Verteidigung Amerikas in einer sich verändernden Welt erfordert die völlige Kontrolle über den Weltraum.«

Betha Gilmartin wirkte nicht überrascht. »In der Kriegsgeschichte ist derjenige, der den höchsten Punkt des Schlachtfelds beherrscht, seinem Gegner gegenüber immer im Vorteil gewesen. Und heutzutage ist dieser höchste Punkt der Weltraum.«

»In der privaten Raumfahrtindustrie zirkulieren heute gewaltige Summen, zweihundertfünfzig Milliarden Dollar pro Jahr«, fügte Colleen Carter hinzu und schnaubte abfällig. »Darum geht es doch bei den Yankees letztlich immer – ums Geld.«

»Setz dich«, befahl Betha Gilmartin, drückte auf den Knopf der Gegensprechanlage und bat den Leiter der Abteilung Unterstützungsprozesse des SIS zu sich. Sie war schon im Begriff aufzustehen, um sich die Beine zu vertreten, doch im letzten Moment fiel ihr ein, dass sie ja ihr Korsett nicht angelegt hatte, weil Colleen Carter ins Zimmer gestürmt war. Die junge Powerfrau saß im Ledersessel und sah so aus, als würde sie genau hierher gehören, in den zweitwichtigsten Raum des renommiertesten Nachrichtendienstes der Welt. Und diese selbstbewusste Einstellung war auch angebracht, sagte sich Betha Gilmartin. Um in dieser erzkonservativen und von alten Männern dominierten Einrichtung Erfolg zu haben, musste eine Frau mindestens so knallhart sein wie die Männer. Sie selbst war es ja auch.

Die Tür ging auf und der Leiter der Abteilung Unterstützungsprozesse trat völlig außer Atem ein. Der ziemlich kleine Mann trocknete sich mit dem Taschentuch erst die Stirn und putzte dann die Gläser seiner massiven Brille.

Betha Gilmartin überlegte, ob der Mann, den sie als Nachfolger Grovers bei der Leitung der Ermittlungen zu Mundus Novus ausgewählt hatte, in seiner neuen Aufgabe dem Druck gewachsen sein würde. Seine Stirnfalten waren anscheinend dauerhaft, die Bartstoppeln von gestern, die Augen blutunterlaufen und das weiße Hemd unter den Achseln feucht. »Ich wollte noch mehr über den Eigentümer der Trägerrakete hören, die diese Katastrophe ausgelöst hat. Das Konsortium setzt sich also aus drei Unternehmen zusammen, von denen eins die deutsche Velum Raumfahrttechnik ist.«

»Und die Velum ihrerseits befindet sich im Besitz des österreichischen AEM-Konzerns oder genau genommen einer der Dutzenden Holdinggesellschaften, die zu dem Konzern gehören«, erklärte der schwitzende Abteilungsleiter. »Der AEM-Konzern besitzt über Mittelsmänner auch zwei Industrieimmobilien, von denen wir wissen, dass Mundus Novus sie genutzt hat. Allerdings zählt AEM zu den größten Immobilieninvestmentunternehmen im deutschsprachigen Mitteleuropa, da ist das nicht sehr verwunderlich. Der Konzern ist Eigentümer von hunderten Immobilien sowohl in Österreich, Deutschland als auch in der Schweiz und außerdem besitzt er Anteile an zahlreichen anderen Investmentfirmen dieser Branche, denen ihrerseits tausende Immobilien fast überall in der Welt gehören. Die Ableger dieser verzweigten Unternehmensgruppe lassen sich nicht so schnell herausfinden.«

»Es muss ja wohl bei AEM jemanden geben, der weiß, was ihnen alles gehört.« Betha Gilmartin erreichte allmählich ihre Betriebstemperatur.

»Aber natürlich. Wir haben von den deutschen Behörden schon eine Zusammenfassung mit mehreren hundert Seiten zum Eigentum des AEM-Konzerns erhalten. Es wird längere Zeit in Anspruch nehmen, sie durchzugehen.«

»Und die Ermittlungen zu Mundus Novus?«, fragte Betha Gilmartin.

Die Miene des Abteilungsleiters hellte sich auf und für eine Weile glätteten sich sogar seine Stirnfalten. »Du erinnerst dich bestimmt an das Industriegebäude in Northumberland? Das, wo im August die Laserwaffe montiert wurde, die dann den chinesischen Satelliten zerstörte. Die Arzneimittelfabrik Sanofar Alnwick war nicht etwa der Besitzer dieser Immobilie, sondern hatte sie nur gemietet.«

Betha Gilmartin stand ruckartig auf, und es scherte sie einen Dreck, dass ihr Bauch sich über den Gürtel wölbte, als wäre sie im sechsten Monat.

Doch der Mann fuhr schnell fort, noch bevor sie ihn anschnauzen konnte. »Die Immobilie befindet sich im Besitz einer Investmentfirma, die auf der Insel Guernsey registriert ist und zum AEM-Konzern gehört.«

Betha Gilmartin reckte triumphierend die Faust in die Höhe. »Das ist die erste nachprüfbare heiße Spur, die von Mundus Novus in den letzten zwanzig Jahren gefunden wurde. Jetzt ermitteln wir gegen AEM mit allen verfügbaren Ressourcen. Ihr habt freie Hand.«

Colleen Carter erhob sich, blieb aber an der Tür stehen. »Ich weiß nicht, ob das von Bedeutung ist, aber ich habe spaßeshalber mal nachgesehen, was der Name dieser zerstörten Trägerrakete, Girmand, bedeutet. Das war eines von Amerigo Vespuccis Schiffen auf seiner zweiten Forschungsreise nach Südamerika von 1499 bis 1500.«

Betha Gilmartin schüttelte den Kopf und bedeutete Colleen Carter, sie könne gehen. Auch die von Leo Karas Vater geleitete Forschungsgruppe und Mundus Novus selbst waren nach Amerigo Vespucci benannt. Anscheinend war hier nichts Zufall.

* * *

Nadine Egger blieb in der Herrengasse stehen, die sich innerhalb des alten Wiener Stadtmauerrings befand. Sie war die etwa zwei Kilometer von ihrer Kneipe Hansy bis hierher zu Fuß gegangen, um unterwegs all ihren Mut zusammenzunehmen. Wenn sie doch Leo Kara zur Unterstützung an ihrer Seite hätte. Sie zündete sich eine Zigarette an und betrachtete nervös den dreihundert Jahre alten Palast im Stil des Spätbarock, an dessen Fassade in Riesenlettern die Aufschrift *AEM-Konzern* prangte. »Anton Ernst Moser.« Nadine sagte den Namen ihres Vaters vor sich hin. Sein Büro befand sich im obersten Stockwerk des hohen, reich verzierten Gebäudes, und er war jetzt da, das hatte sie sich von Marliese, seiner Sekretärin, bestätigen lassen.

Ihr Vater war ein echter Selfmademan. Ende der sechziger Jahre hatte er mit mäßigem Erfolg internationale Politik studiert und war schon als junger Mann eine eigenwillige Persönlichkeit gewesen. Er engagierte sich im maoistischen Kommunistischen Bund KBÖ und verbrachte die alpine Skisaison in den bei betuchten Leuten beliebten Pulverschneeparadiesen Österreichs und der Schweiz, meist auf Kosten älterer Damen. Und er träumte davon, ein Kunstcafé zu eröffnen. Angeblich war es ihrem Vater manchmal gelungen, für längere Zeit der Toyboy irgendeiner reichen Witwe zu sein, aber er hatte es nicht geschafft, auch nur einen Pfennig zu sparen.

Mitte der siebziger Jahre machte er dann doch unerwartet einen Laden auf, einen Pornoladen. Er ließ Filme drehen und primitives Sexspielzeug im Fernen Osten herstellen und verkaufte seine Produkte zu einem Spottpreis. Wenig später eröffnete er ein zweites Geschäft, dann ein drittes, und einige Jahre später besaß er ein ganzes Pornoimperium. Nach der deutschen Wiedervereinigung 1990 streckte seine Ladenkette ihre Fangarme auch nach Deutschland aus.

Im Jahre 1996 verkaufte ihr Vater überraschend seine Firmengruppe zu einem guten Preis und gründete das Immobilieninvestmentunternehmen AEM. Es wuchs rasch, bis irgendein ausländischer Investor die Aktienmehrheit kaufte. Vater wurde Direktor, als Angestellter, aber seinen Namen behielt der Konzern. Der Firma gehörte heute halb Wien, zumindest gewann Nadine den Eindruck, wenn sie den »Standard« las. Nach Ansicht der Medien besaß AEM über seine Tochterunternehmen sechs Paläste in Wien, drei Bürotürme und zwei Fußballstadien sowie annähernd hundert andere hochwertige Immobilien in ganz Österreich.

Nadine fluchte leise. Noch nie hatte sie etwas vorgehabt, das so demütigend sein würde. Sie musste sich erst konzentrieren und beschloss, ins legendäre Café Central zu gehen. In dem weiträumigen Kaffeehaus mit einer schönen Gewölbedecke setzte sie sich an einen Fenstertisch und bestellte eine Melange. Jetzt im Oktober war das Café nicht mehr so von Touristen überlaufen. Ungefähr jeder zweite Gast las die Sonderausgabe einer Abendzeitung.

Jahrelang hatte Nadine nicht an ihren Vater gedacht, und der hatte auch ewig nicht versucht, mit ihr Verbindung aufzunehmen. Ihre Beziehung war vor neunzehn Jahren zu Ende gegangen, aber die Zeit davor würde nie aus ihrem Gedächtnis verschwinden. Vater hatte sie behandelt wie seine Pferde, als sein Eigentum, das man seinen Freunden vorführen konnte, aber ernähren, versorgen und ausbilden mussten es andere. Nachdem es ihm nicht gelungen war, sie zur Abtreibung oder zur Rückkehr nach Hause zu zwingen, hatte er ab und zu angerufen und Briefe geschickt, einen Privatdetektiv bezahlt, der sie überwachen sollte, und gedroht, sie aus allen möglichen Gründen vor Gericht zu bringen. Im Laufe der Jahre war Vaters Interesse für sie und Bruno jedoch glücklicherweise erloschen. Alles andere hätte sie ihm verziehen, nicht jedoch sein Verhalten, nachdem er von ihrer Schwangerschaft erfahren hatte. Hilfe und Unterstützung hätte sie damals gebraucht, nicht diesen enormen Druck vonseiten ihres Vaters, von Psychiatern und Behörden.

Der Kellner brachte den Kaffee, ohne ein Wort zu sagen. Je berühmter das Café, desto unfreundlicher die Ober, das wusste Nadine. Es fiel ihr irgendwie leichter als früher, an die Vergangenheit zu denken. Sie sah auch das Verhalten ihres Vaters jetzt in einem anderen Licht als noch vor Jahren. Vielleicht war er doch gar kein Ungeheuer, möglicherweise hatte er nur versucht, sein einziges Kind so zu schützen, wie er es am besten verstand. Sie war seit ihrem zehnten Lebensjahr Vaters Liebling gewesen, seit Mutters Tod während der zytostatischen Therapie. Über den Verlust seiner Frau war der arme Kerl nie richtig hinweggekommen. Er hatte, soweit sie wusste, nicht wieder geheiratet und keine weiteren Kinder. Nadine bemerkte, dass sie ihre Hitzköpfigkeit im Teenageralter bereute, obwohl sie die Gründe für ihr Verhalten kannte: Sie war ein bockiges Mädchen gewesen, ohne Mutter und mit einem Vater, der nie zu Hause war. Die Einsamkeit tat weh, an wem sonst hätte sie diesen Schmerz abreagieren sollen, wenn nicht an ihrem Vater?

Nadine kostete die Melange. Nicht ihren Vater zu treffen fiel ihr so schwer, sondern ihn um Geld zu bitten. Keinen Pfennig hatte sie seit der Flucht aus seinem Haus von ihm angenommen, obwohl er anfangs versucht hatte, sich durch Bestechung einen Weg in ihr Leben zu bahnen. Auch die Kneipe Hansy hatte sie mit einer von ihrer Tante geerbten Summe und einem Bankkredit gekauft.

Schluss mit dem Zögern und Zaudern! Sie hatte für Bruno so viele Opfer gebracht, dass sie nun nicht tatenlos zuschauen wollte, wie das Leben des Jungen ruiniert wurde. Entschlossen trank sie ihren Kaffee aus, ging zum Büropalast ihres Vaters und meldete sich am Empfang im Foyer an. Man führte sie zu einem antiken Sofa, wo sie Platz nehmen und warten sollte. Sie hatte einen trockenen Mund und Lust auf eine Zigarette. Interessiert betrachtete sie die Fresken an den Wänden und der Decke des Palastes und die Skulpturen, die das Treppengeländer schmückten. Es verging eine Viertelstunde und noch eine zweite, Nadine stand auf, um sich die Beine zu vertreten. Und wenn Vater sie nun gar nicht empfing? Der Gedanke schoss ihr jetzt das erste Mal durch den Kopf.

Als sie Marliese kommen sah, beruhigte sie sich. Sie umarmten sich und wechselten ein paar Worte. Die freundliche Frau hatte schon in den neunziger Jahren bei Vater als Sekretärin gearbeitet, anscheinend trug sie noch immer denselben weißen Seidenschal.

Marliese öffnete die gewaltige Doppeltür zu Vaters Arbeitszimmer, Nadine trat ein und sah ihren Vater, der mit ernster Miene am Schreibtisch saß. Auch darauf war sie nicht vorbereitet: Was zum Teufel sollte sie denn eigentlich sagen? Müsste sie ihm die Hand geben? Umarmen wollte sie ihn jedenfalls nicht. Abgesehen von den graumelierten Schläfen hatte sich Vater erstaunlich gut gehalten. Natürlich war er oft in Zeitungen und in TV-Sendungen zu sehen, aber wie er nun leibhaftig vor ihr saß, wirkte er bedeutend jünger. Ihr grobknochiger Vater mit seinem breiten Kinn und den kleinen Augen.

Anton Moser brach das Schweigen. »Bist du wegen deines Sohnes gekommen?«, fragte er und forderte seine Tochter mit einer Handbewegung auf, Platz zu nehmen. Seine Miene blieb ausdruckslos, und er machte keinerlei Anstalten, sie zu begrüßen.

Nadine war so verdutzt, dass es ihr die Sprache verschlug. Woher wusste Vater von Brunos Problemen, überwachte er sie immer noch, nach all den Jahren?

»Keine Sorge, ich habe nicht in deinen Angelegenheiten herumgeschnüffelt. Das mit deinem Sohn habe ich von einem Geschäftspartner gehört.«

»Er heißt Bruno«, erwiderte Nadine. »Er ist achtzehn und steckt schlimm in der Klemme.«

»Du hast schon mit sechzehn bis zum Hals im Schlamassel gesteckt. Oder sollte man besser sagen bis zur Gebärmutter.«

Das Gespräch lief sofort in eine völlig falsche Richtung, begriff Nadine. Schließlich erinnerte sie sich noch sehr gut, wie ihre Streitereien seinerzeit immer angefangen hatten – mit Sticheleien. Sie setzte sich in den Sessel und versuchte ohne Erfolg, sich zu entspannen.

»Du scheinst wirklich verzweifelt zu sein, wenn du dich so demütigst und zu mir kommst«, sagte Anton Moser.

Nadine hatte urplötzlich das Gefühl, dass sie nicht einmal ansatzweise auf dieses Treffen vorbereitet war. »Ich will gleich zur Sache kommen. Irgendwann in der Zukunft werde ich von dir eine ziemlich große Summe erben, ob du das willst oder nicht, den Pflichtteil kann man nicht per Testament anderen vermachen. Ich wollte dir vorschlagen, dass ...«

Anton Moser unterbrach seine Tochter: »Erben wirst du nur, wenn ich bei meinem Tode etwas besitze. Juristen wird es ein Leichtes sein, meine Vermögensangelegenheiten so zu regeln, dass du keinen Pfennig bekommst.«

Nadine war schockiert. Dass dieses Gespräch nicht einfach werden würde, hatte sie erwartet, aber Vaters Einstellung war ja geradezu feindselig. Sie stand auf. »Es war eindeutig ein Fehler, hierher zu kommen.«

»Warte«, befahl Anton Moser. »Du hast dir doch wohl nicht eingebildet, du könntest nach zwanzig Jahren einfach so hierein spazieren, um Geld für deinen Junkie-Sohn bitten und dann, die Taschen voller Bargeld, wieder abziehen? Ich habe den Jungen ja nicht einmal gesehen. Bist du verrückt?«

»Soll ich betteln? Oder versprechen, dass ich künftig Kontakt zu dir halte? Mach dich mal nicht lächerlich. Ich will weiter nichts, als Bruno helfen, und du bist der Einzige, an den ich mich wenden kann. Er ist schließlich trotz alledem der Sohn deiner Tochter, dein einziges Enkelkind.«

»Ich denke darüber nach. Vielleicht finden wir irgendeinen Weg«, sagte Anton Moser, wandte sich ab und schaute zur Karte von Afrika, die an der Wand hing.

15

Donnerstag, 6. Oktober

Clive Grover tat der Bauch weh, er hatte den ganzen Tag nichts in den Magen bekommen, und es war schon Abend oder Nacht. Man hatte ihn an den Metallstuhl gefesselt, die Muskelkrämpfe wurden von Stunde zu Stunde schmerzhafter. Verdammt, warum kamen die beiden Männer nicht wieder, was hielt sie auf? Hatte er die falschen Karten ausgespielt? Hätte er den Jungs vom MI5 einen besseren Köder mitgeben müssen, mit dem sich im Thames House die Zugeständnisse, die er wollte, schneller an Land ziehen ließen? Und wann konnte er endlich duschen, um diesen höllischen Gestank loszuwerden?

In gewisser Weise fühlte er sich erleichtert, seit er wusste, dass alles vorbei war. Die ständige Angst aufzufliegen fiel jetzt weg. Aber er durfte sich nicht in sein Schicksal ergeben, sondern musste versuchen, für sich annehmbare Bedingungen auszuhandeln. Immerhin wusste er fast alles über die Attentate, die der SIS in den letzten Jahrzehnten zugelassen hatte, und über die nicht vorhandenen Massenvernichtungswaffen des Irak, einiges auch über Mundus Novus. Unbestreitbar war sein Leben interessant gewesen: Er hatte die Wendepunkte der letzten Jahrzehnte sowohl in Britannien als auch in der Weltpolitik aus nächster Nähe erlebt wie kaum ein anderer: das Bombenattentat von Lockerbie, den Krieg am Persischen Golf, die ethnischen Säuberungen auf dem Balkan, die Kriege im Irak und in Afghanistan, den Kampf gegen den Terrorismus, die Terroranschläge in London, die Polonium-Vergiftung von Aleksander Litwinenko …

Plötzlich ging die Tür auf und Grover wurde sofort klar, was die beiden Männer aufgehalten hatte: Als Erster trat John Elliott ein, der Generaldirektor des MI5. Er rümpfte die Nase ob des Gestanks.

Elliott hatte es eilig und machte sich nicht die Mühe, ihn zu begrüßen. Er zog einen der Metallstühle näher zu Grover heran, setzte sich und faltete die Hände auf der Lehne des Stuhles. »Ein enttarnter Agent sollte nicht nach den Sternen greifen, solange er den Wert seiner Handelsware nicht bewiesen hat. Wir können dich jederzeit den Wölfen vorwerfen, entweder schicken wir dich zurück auf die Straße, wo du den Russen ausgeliefert bist, oder wir stecken dich zusammen mit einem Terroristen, den du ins Gefängnis gebracht hast, in eine Zelle. Das würdest du keinen Tag überleben.«

»Wenn dich meine Informationen nicht interessieren würden, wärest du nicht hier«, erwiderte Grover.

»Du behauptest, dass du nicht für die Russen spionierst, sondern für die Silowiki, die in ihren Nachrichtendiensten wirken. Ich fürchte, ich verstehe nicht, was du meinst«, sagte Elliott.

»Die Silowiki, denen ich Informationen liefere, vertreten nicht die Interessen Russlands. Sie arbeiten für eine andere ... Ebene. Bei uns in der ›Firma‹ wird sie Mundus Novus genannt.«

»Und weiter?«, entgegnete Elliott und konnte nur mit Mühe sein Interesse verbergen.

»Verstehe ich das richtig, dass du auf meine Forderungen eingehst?«, fragte Grover.

Elliott nickte.

Grover hätte fast einen Stoßseufzer der Erleichterung von sich gegeben. »Die wichtigsten Leute in den russischen Aufklärungsdiensten, die Führungspositionen besetzen und Macht ausüben, und von ihnen ausgewählte Mitarbeiter sind Teil der Stiftung Mundus Novus. Nach meinem Verständnis ein äußerst wichtiger Teil.«

Elliott überlegte eine Weile. »Mundus Novus hat also nichts mit dem russischen Staat zu tun?«

»Ich würde es eher als Konkurrenten des russischen Staates beschreiben. Als Staat im Staate.« Grover wählte seine Worte mit Bedacht.

»Und worin besteht sein Zweck … sein Ziel?«

»Das weiß ich nicht …«, antwortete Grover und sah in Elliotts Augen, wie dessen Interesse schwand. »Aber ich kann vielleicht etwas herausbekommen, was euch von Nutzen ist. Ich weiß bereits, dass der Zweck von Mundus Novus schon bald, im kommenden Jahr, erfüllt sein wird. Nächstes Frühjahr soll ich … sollte ich mein letztes Honorar bekommen, einen großen Batzen Geld, und dann gewissermaßen in Rente gehen. Sofern das in diesem Geschäft möglich ist.«

Die Neugier kehrte in Elliotts Gesicht zurück. »Du kannst etwas herausbekommen … Und wie?«

»Lass mich frei. Sorge dafür, dass niemand etwas von diesen Verhören erfährt, und lass mich Kontakt zu Wasili Golowkin aufnehmen.«

»Die werden doch versuchen, dich umzubringen«, erwiderte Elliott verblüfft.

»Lass das meine Sorge sein.«

Elliott überlegte lange. »Aber vorher schreibst du einen detaillierten Bericht über alle deine Kontakte, über die Methoden, wie die Russen Verbindung aufnehmen, über ihre illegalen Agenten, die du kennst, über ihre Modi operandi, ihre Briefkästen … über alles. Und wir werden mithören, was du mit Golowkin besprichst.«

Grover fühlte sich durch die Antwort so erleichtert, dass er beinahe auf seinem Stuhl zusammengesunken wäre. Er bekam noch eine Chance. »Wie bin ich aufgeflogen, kannst du das sagen?«

Elliott ging zur Tür. »Kann ich, das schadet keinem von unseren Leuten. Wir waren dir bereits seit Jahren auf der Spur und etliche Male schon ganz dicht auf den Fersen, aber immer fehlte das letzte Stück Information. Das fand sich dann endlich vor zwei Monaten im Abschiedsbrief eines Selbstmörders – im Geständnis des ehemaligen UNODC-Generaldirektors Gilbert Birou. Er war ... so einer wie du.«

* * *

Kati Soisalo saß in Jonny Karlssons Arbeitszimmer. Ihr war schwindlig und der Kopf tat ihr weh, aber sie wollte weiter nach Vilma suchen, was hätte sie auch sonst tun sollen. Außerdem hatte sie ein schlechtes Gewissen, weil sie es an dem Tag zeitlich nicht schaffen würde, zu ihrer Neuropsychologin oder zur Reha zu gehen, obwohl sie noch längst nicht wiederhergestellt war. Kati Soisalo ertappte sich dabei, dass sie wieder anfing mit Vilma zu reden, und hörte sofort auf. Allmählich machte sie sich selbst Sorgen um ihren eigenen Geisteszustand.

Jonny Karlsson war jetzt wieder P@r@noid. Er benutzte seinen Nick weiterhin, wenn er im Internet arbeitete, obwohl der den Behörden bekannt war. Kati Soisalo beobachtete seine Finger, die so schnell wie Regentropfen auf der Tastatur tanzten, darin lag etwas Hypnotisches. Der Raum war fast bis unter die Decke vollgestellt mit den Zentraleinheiten seiner Computer, mit Monitoren, Druckern und allen möglichen anderen Geräten. Paranoid hatte gerade den Back-up-Server des finnischen Konsulats in Sankt Petersburg gecrackt und die Daten aller Visa gestohlen, die in den Monaten vor Vilmas Überführung nach Finnland erteilt worden waren. Angeblich sah der Angriff so aus, als liefe er über einen Server in der Türkei. Kati Soisalo schaute Paranoid erst eine Viertelstunde zu und schon jetzt wurde ihr angst und bange, wenn sie nur daran dachte, wie viele Straftaten er im Laufe der letzten Stunden begangen hatte.

»Möchtest du?«, fragte Paranoid, nahm aus einer gelieferten Packung ein Falafel-Bällchen und tunkte es in Tahini-Sauce.

Kati Soisalo schüttelte den Kopf. »Findet sich etwas Interessantes?«

»Viel sogar. Ich bin weiterhin sicher, dass Vilma mit dem Auto und mit der Fähre entweder von Stockholm oder Tallinn nach Helsinki gebracht wurde.«

»Warum nicht im Versteck eines Lastzugs über den Grenzübergang Nuijamaa?«, fragte Kati Soisalo und spürte Übelkeit, als sie an die Bilder dachte, die Kara ihr gezeigt hatte. Fotos von schmutzigen, engen und dunklen Zellen, in denen Opfer des Menschenhandels, Kinder und Jugendliche, bis zum letzten August nach Finnland geschmuggelt worden waren.

»Da passen die Datumsangaben nicht«, erwiderte Paranoid. »Die Route dieser Lastzüge der Menschenhändler verlief von den Ländern auf dem Balkan über Kiew, Minsk, Vilnius, Riga, Tallinn und Sankt Petersburg nach Ylämaa. Die Fahrt dauerte vier Tage. Vilma wurde am 14. September in Slowenien abgeholt, das heißt, sie wäre nicht bis zum sechzehnten in Finnland gewesen.«

»Gut so«, sagte Kati Soisalo. Sie wollte nicht einmal daran denken, was es für Vilma bedeutet hätte, vier Tage im stinkenden und dunklen Versteck eines Lastzugs zusammen mit anderen völlig verängstigten Kindern zu verbringen.

Paranoid unterbrach das Trommelfeuer auf der Tastatur und drehte sich mit einem breiten Lächeln zu Kati Soisalo hin. »Ich habe die Passagierlisten aller Autofähren ausgegraben, die vor drei Jahren am 16. September in Finnland angekommen sind. Da gibt es etliche interessante Namen, auf die konzentriere ich mich als Nächstes.«

Kati Soisalo nickte und schaute zu Boden. »Und Vilmas Vater, hast du versucht diese Frage zu klären?«

»Das ist eine etwas kompliziertere Geschichte. Du hast zu wenig Erinnerungen an die Ereignisse dieser Nacht: Es war Sonnabend, der 20. September vor sieben Jahren, nach Ausschankschluss im Restaurant Theater seid ihr in die Huvilankatu gezogen, um dort weiterzufeiern. Du erinnerst dich an die Namen Kristian, Tuula und Risto ...«

»Auch bei denen bin ich mir nicht ganz sicher«, sagte Kati Soisalo verlegen.

»Aber bei dem Gebäude bist du dir sicher, zumindest hast du das gesagt, nachdem du am Vormittag in der Straße gewesen warst«, vergewisserte sich Paranoid.

Kati Soisalo nickte mit ernster Miene. »Die Hausnummer sechs, ein dreigeschossiges Haus rot wie Preiselbeerbrei und da die oberste Etage.«

»Das ist unser bester Hinweis; im obersten Geschoss gibt es nur zwei Wohnungen. Ich ermittle als Nächstes deren Inhaber, und dann schaue ich mir ein bisschen die Kreditkartendaten an. Vielleicht hat einer der Bewohner in dem Restaurant Theater seine Visa-Karte gezückt. Aber das alles wird seine Zeit brauchen.«

Kati Soisalo sah enttäuscht aus.

»Ich habe auch gute Nachrichten«, fuhr Paranoid fort. »Ukkola hat in seinem neuen Audi eine Wi-Fi-Basisstation und ein Bluetooth-Handsfree. Es war ein Kinderspiel, in das geschützte drahtlose Netz einzubrechen, das heißt, wir sind bei Ukkola zumindest teilweise *back in business* – ich kann alles abhören, was er in seinem Auto sagt. Gegebenenfalls könnte ich beispielsweise dafür sorgen, dass die Bremsen seines Wagens blockieren.«

Kati Soisalo ließ keine Anzeichen von Freude erkennen. »So what. Der sitzt doch nicht die ganze Zeit in seinem Auto.«

»Nörgle nicht rum«, erwiderte Paranoid verärgert. »Schließlich kann Ukkola auf deinen Prozess noch Einfluss nehmen. Er könnte die von ihm bestochenen Zeugen bitten, ihre Geschichte vor Gericht zu ändern. Aber bei mir liegt der Fall anders, Ukkola hat das Speed selbst in meinem Toilettenbecken versteckt.« Paranoid zeigte in Richtung seines Badezimmers. »Er wird kaum sein eigenes Vergehen vor Gericht eingestehen, da würde er garantiert seinen Posten verlieren.«

»Psychopathen sind einfallsreich und Ukkola ganz besonders. Er wäre mit Sicherheit imstande, sich irgendein Märchen auszudenken. Du kämst wahrscheinlich mit einer Geldstrafe davon, wenn er seine Behauptung zurücknimmt, dass du Speed verkauft hast.«

»Wir müssen Geduld haben. Hoffen wir, dass er in seinem Auto irgendetwas sagt, was uns weiterhilft«, sagte Paranoid.

»Wir müssen Ukkola so zu fassen kriegen, dass wir ihn im Würgegriff haben«, entgegnete Kati Soisalo und fügte für sich hinzu: Oder ich muss nach Pitäjänmäki zurückkehren. »Machen wir morgen weiter, gleich früh?«, fragte sie, stand auf und legte ganz in Gedanken die Hand auf Paranoids Schulter.

Der zuckte unter ihrer Berührung zusammen und wandte sich erbost um. »Ich tue, was ich kann und was ich zeitlich schaffe.«

Kati Soisalo verließ Paranoids Wohnung in der Punavuorenkatu und ging zu Fuß in Richtung Metro. Ihren Wagen hatte sie Kara geliehen, bis zur U-Bahnstation Kamppi war es nur ein Kilometer, und sie hatte keine Lust, auf den Bus oder die Tram zu warten. Um diese Jahreszeit schwankte die Temperatur im Laufe eines Tages stark, in der Nachmittagssonne war das Thermometer auf fünfzehn Grad gestiegen, aber jetzt am späten Abend dampfte der Atem im Licht der Straßenlaternen. Auf den Titelseiten der Abendzeitungen wurden in marktschreierischer Aufmachung die Unglücke in Amerika behandelt, anscheinend waren Sonderausgaben erschienen.

Wenig später setzte sich Kati Soisalo auf einen grell orangefarbenen Plastiksitz in der U-Bahn. Nach dem zügigen Spaziergang waren ihre Muskeln erwärmt und kribbelten angenehm. Ihr gegenüber saß eine etwa zwanzigjährige Frau, deren Hand im Schoß des alten Mannes neben ihr lag. Ihre Gesichtszüge ähnelten sich, vermutlich handelte es sich um Großvater und Enkeltochter. Die junge Frau wirkte traurig, der Opa streichelte ihre Hand andächtig und liebevoll. Ein schöner Anblick. Kati Soisalos Laune verdüsterte sich, als ihr klar wurde, dass sie nie Großmutter sein würde. Sie könnte nie Vilmas Kinder sehen, ihren Enkeln Geschenke bringen oder ihre Hand streicheln. Ihre Stimmung wurde noch schlechter, als sie daran dachte, was die Ärztin im Krankenhaus Eira ihr vor zwei Monaten mitgeteilt hatte: Sie litt an Endometriose, in ihren Eierstöcken und in der Bauchhöhle hatten sich Herde mit Gebärmutterschleimhaut ausgebreitet. Das führte letztlich dazu, dass man keine Kinder mehr bekommen konnte. Von der Ärztin war ihr eine Behandlung mit Medikamenten nahegelegt worden, aber sie hatte keinen Finger gerührt und nichts unternommen. Sie musste damals wie jetzt an anderes denken.

Dass sie Kara den Zweitschlüssel ihrer Wohnung gegeben hatte, fiel ihr erst ein, als sie die Tür öffnete und ihn im spärlich erleuchteten Wohnzimmer auf dem Sofa liegen sah wie einen Besoffenen mit fünf Promille. Der Fernseher war an, Kati Soisalo erkannte, dass es sich um einen Teil der britischen Serie »Yes Minister« handelte, die nach der Kleidung der Schauspieler zu urteilen aus der Zeit Ende der siebziger oder Anfang der achtziger Jahre stammte. Dann erblickte sie auf dem Tisch die Injektionsspritze und die Ampulle.

»Was ist denn das, verdammt, nimmst du Drogen?« Kati Soisalo glaubte ihren Augen nicht zu trauen.

»Dieser Mann, Nigel Hawthorne, hat den englischen König George III. oder Farmer George in dem Film *King George – Ein Königreich für mehr Verstand* gespielt. Er wurde 1738 geboren und starb 1820. Also George III., nicht Hawthorne. Ich musste die englischen Könige in der Knabenschule von Winchester auswendig lernen«, sagte Kara mit leiser Stimme.

Kati Soisalo sah Karas geweitete Pupillen. »Was bedeutet das?«

»Ich erinnere mich an jedes Gesicht, selbst wenn ich es nur einmal gesehen habe.«

Kati Soisalo nahm die Injektionsspritze und ihre Stimme wurde lauter. »Was bedeutet das hier?«

»Das ist Morphium, ein Schmerzmittel. Die kleinstmögliche Dosis«, erwiderte Kara zu seiner Verteidigung.

Kati Soisalo dachte an all das, was der Mann in der letzten Zeit durchgemacht hatte. Sie konnte ihn ja verstehen, aber trotzdem hielt sie den intravenösen Konsum von Drogen für ein allzu extremes Mittel, sich Erleichterung zu verschaffen. »Wie sehr hängst du an der Nadel?«

»Seit dem letzten Mal sind nur zwei Tage vergangen, aber das vorletzte Mal liegt über ein Jahr zurück. Das war damals nach unserem ersten Fall«, antwortete Kara.

»Was ist passiert?«

Kara erzählte mit leiser Stimme von dem Vorfall im Tieftemperaturlabor und von Laamanens und Kankares Unfall.

Kati Soisalo brauchte eine Weile, um das Gehörte zu verarbeiten, und holte sich ein Glas Wein. »Alle drei von Kärävä enttarnten Kabinettsmitglieder sterben innerhalb von vierundzwanzig Stunden, nachdem du den Behörden die Zusammenfassung übergeben hast. Da begreift selbst der größte Dummkopf, dass es kein Zufall ist. Und dass du die Hände von all dem lassen solltest.«

»Ich muss da durch, bis zum Ende«, entgegnete Kara.

»Das Gefühl kenne ich«, sagte Kati Soisalo und dachte an ihre Tochter. »Konnte die Dekanin dir noch etwas erzählen?«

Kara antwortete mit einer Frage: »Hast du es geschafft, dich mit Paranoid zu versöhnen?« Er sah zufrieden aus, als Kati Soisalo nickte. »Saurivaara meinte, mein Vater habe sich mehrmals mit einem Russen namens Arkadi Timtschenko und mit Lilith Bellamy getroffen. Bellamy kenne ich schon, vielleicht könnte Paranoid helfen, Informationen über Timtschenko ausfindig zu machen. Ein russischer Oligarch, der die finnische Staatsbürgerschaft erhalten hat, das klingt interessant.«

»Das hat Zeit bis morgen. Willst du etwas essen?«

Kara zeigte auf die Morphiumampulle »Das nimmt einem den Appetit. Und auch alle anderen Gelüste.«

Kati setzte sich neben ihn aufs Sofa. »Ich war nach Vilmas Verschwinden auch völlig am Ende und so fertig, dass ich …«, sie krempelte ihren Ärmel hoch und strich über die Narbe am Handgelenk. »Das war ein Hilferuf. Nur hat ihn niemand gehört.«

16

Freitag, 7. Oktober

Laura Hakanen, die Leiterin der Internen Kontrolle in der Obersten Polizeibehörde, wurde rot, sie spürte den Blick des Chefs der KRP auf ihrem Hinterkopf, während sie in der dritten Etage des Hauptquartiers in Jokiniemi stand. Sie hatte gelogen und behauptet, sie müsse einem Hinweis auf eine Verstrickung Jukka Ukkolas in das Knäuel von Straftaten der Investitionsfirma Profit Trading nachgehen und deshalb das Material zu diesem Fall in die Räume der Obersten Polizeibehörde bringen, um es dort mit ihren Kollegen durchzugehen.

»Hängt das irgendwie mit diesem großen Ermittlungskomplex zusammen, mit dem Kabinett?«, fragte KRP-Chef Timo Neulamaa.

»Du wirst sicher verstehen, dass ich dazu jetzt nichts sagen kann«, antwortete Laura Hakanen. Sie fühlte sich nun noch unwohler, denn der Ermittler von der Abteilung für Wirtschaftskriminalität, der den Archivschrank geöffnet hatte, schaute sie so an, als wollte er zu dem Material jeden Moment eine Frage stellen, die sie nicht beantworten könnte.

Laura Hakanen ließ den Blick rasch über die Rücken der Ordner wandern, als der Ermittler sie aus dem Schrank nahm und in Plastikbeutel steckte. Erleichtert atmete sie aus, als sie auf zwei von ihnen las: *Hinweise, die erwiesenermaßen falsch sind.*

»Zwanzig Ordner in fünf Plastiktüten«, sagte der Ermittler, als in dem Schrank schließlich gähnende Leere herrschte. Er schrieb etwas auf ein kariertes Blatt und reichte es Hakanen. »Setz deinen Friedrich Wilhelm darunter, dann wissen auch die anderen, wo sich die Unterlagen zu Profit Trading befinden.«

Laura Hakanen tat, worum er sie gebeten hatte, und glaubte schon, das rettende Ufer erreicht zu haben, da fragte Polizeirat Neulamaa: »Der Leiter der Abteilung Polizei im Ministerium weiß doch wohl Bescheid?«

»Meine Einheit ist ihm direkt unterstellt«, antwortete Hakanen.

»Du wirst dann sicher anrufen, wenn ihr etwas findet, was bei den Ermittlungen in Ukkolas Fall weiterhilft«, sagte der Ermittler der Abteilung für Wirtschaftskriminalität.

»Natürlich«, versicherte Laura Hakanen und griff hastig nach den Henkeln der Plastikbeutel. Der Ermittler bot sich an, ihr zu helfen. Die beiden zwängten sich in den Aufzug und erhielten noch Gesellschaft von einem klein gewachsenen Mann, der einen Pilotenkoffer trug und die Frau neugierig musterte.

Als Laura Hakanen auf der Tikkurilantie wieder in ihrem VW saß, schlug sie mit der Faust so heftig auf das Lenkrad, dass ihr die Hand wehtat. Sie hatte den Chef der KRP angelogen und auf eigene Faust Ermittlungsmaterial aus dem Hauptquartier der KRP geholt. Und nun müsste sie noch zwei der Ordner in der Raatimiehenkatu einem Asiaten übergeben. Sie bereute es, dass sie sich darauf eingelassen hatte, Eeva Vanhalas Bitte zu erfüllen. Aber die Kanzleichefin der Präsidentin verfügte über Beziehungen, die ihr mehr helfen könnten, in ihrer Karriere voranzukommen als zwanzig Jahre harte Arbeit bei der Polizei. Was zum Teufel sollte irgendein Asiat mit den Ordnern anstellen? Und wann würde er sie zurückgeben? Eeva Vanhala hatte am Telefon nicht viel gesagt. Die Kanzleichefin war sich vermutlich nicht einmal bewusst, welche Gefährdung ihrer Laufbahn sie in Kauf nahm, wenn sie ihr den Gefallen tat. Vanhala würde ihr Versprechen einlösen müssen und zwar mit Zinsen: Laura Hakanen beschloss, sich sofort zu bewerben, sobald eine Führungsposition im Innenministerium, bei der KRP, der SUPO oder in der Polizeiverwaltung frei wurde.

Eine Viertelstunde später parkte Laura Hakanen ihren Golf auf der Puistokatu und schob rasch ein Zeichen unter den Blendschutz, an dem die Politessen hoffentlich erkannten, dass der Wagen der Polizei gehörte. Dann holte sie aus dem Kofferraum einen Plastikbeutel des Supermarkts Prisma, vergewisserte sich, dass er die Ordner mit der Aufschrift *Hinweise, die erwiesenermaßen falsch sind* enthielt, und schaute auf die Uhr – es war genau um zehn. Jetzt musste sie rennen. Als das Telefon klingelte, verlangsamte sie ihr Tempo.

»Bist du am vereinbarten Ort?«, fragte eine Männerstimme in einem Englisch, dem der Akzent Gewalt antat.

»Etwa zweihundert Meter entfernt«, erwiderte Laura Hakanen und schnaufte.

»Stell die Ordner im Torweg neben Aufgang 2B ab und verlasse den Ort«, sagte der Mann und brach das Gespräch ab, bevor sie widersprechen konnte.

Adrenalin strömte in ihr Blut und ließ sie wütend werden. Sie würde Eeva Vanhalas Material garantiert nicht in irgendeinem Torweg herumliegen lassen, verdammt noch mal, das kam überhaupt nicht infrage. Und sie hatte auch keineswegs die Absicht, irgendetwas zu übergeben, wenn sie nicht sah, wer den Beutel mit den Ordnern an sich nahm.

Als sie die Raatimiehenkatu erreichte, ging sie in normalem Schritttempo weiter und betrachtete die Hauseingänge prüfend. Überwachungskameras waren nicht zu sehen, auch keine Fußgänger, nur am Straßenrand geparkte Autos, ein kleiner Park und ein Radfahrer mit Helm. Das rote Haus mit Eigentumswohnungen trug einen Namen, der übersetzt Raubufer bedeutete, was gut zur Situation passte. Die Flügel der grauen Stahltür des Torwegs standen offen. Laura Hakanen überprüfte den Innenhof, er war so lang wie der ganze Häuserblock, der Mann könnte also auf die Puistokatu oder die Pietarinkatu oder auch auf die Neitsytpolku verschwinden. Wenn sie dem Asiaten folgte, würde sie vielleicht sein Auto sehen und könnte sicherheitshalber seine Identität feststellen …

Laura Hakanen kehrte in den Torweg zurück und stellte die Plastiktüte nahe am Bürgersteig der Raatimiehenkatu ab. Urplötzlich bewegte sich hinter ihr etwas, und dann löschte ein Schlag auf ihren Hinterkopf das Licht aus.

* * *

Der Vorsitzende des Kabinetts stand in seiner Wohnung am Fenster und schaute unablässig auf sein Auto in der Sandelsinkatu. Dessen Türen waren nicht verriegelt, weil der Kirgise Eeva Vanhalas Kopien des Smirnow-Materials auf den Rücksitz legen sollte. Seit um zehn, schon fast eine halbe Stunde, starrte er auf seinen Dodge wie auf ein Totem. Warum zum Teufel kam der Kirgise nicht? Er war es gewöhnt, dass man ihn erwartete, und nicht, dass man ihn warten ließ.

Außerdem staunte er über sich selbst, er lauerte darauf, dass Manas endlich auftauchte, wie ein Teenager, der sein Idol sehen wollte. In der Zeit als Ministerpräsident hatte er zwar Präsidenten, Premiers und anderen Großkopferten der Welt die Hand geschüttelt, aber einem echten Profikiller war auch er seines Wissens noch nie begegnet. Kaum einer wagte es, über diesen Berufsstand zu sprechen, es gab allerdings auch ein paar Ausnahmen. Der Anwalt Michail Trepaschkin, ein ehemaliger Oberst des FSB, hatte kürzlich versichert, dass im russischen Geheimdienst weiterhin eine auf Attentate spezialisierte Einheit bestand, die nötigenfalls auch im Ausland aktiv wurde. Und Aleksander Litwinenko, der als Opfer eines Polonium-Mordes zu trauriger Berühmtheit gelangt war, hatte vor einigen Jahren sogar behauptet, in dieser Abteilung gearbeitet zu haben. Doch wie wurde man für die Laufbahn eines Profikillers ausgewählt? Ein normaler Mensch würde sich wohl kaum für diesen Job bewerben oder durch irgendwelche

Umstände in diesem Gewerbe landen. Der Kirgise jedenfalls war der richtige Mann für diesen Beruf, er hatte Saurivaara, Kankare und Laamanen innerhalb von vierundzwanzig Stunden elegant und rasch ausgeschaltet.

Plötzlich huschte etwas Braunes zu seinem Dodge, die Hintertür ging auf und zu, und ein Mann mit Hut und in einem braunen Mantel verschwand blitzschnell wieder hinter der Hauswand. Der Vorsitzende öffnete erst das innere, dann das äußere Doppelfenster und steckte den Kopf hinaus, aber von dem Kirgisen war keine Spur mehr zu sehen. Er fluchte und stürmte hinaus, um Eeva Vanhalas Material zu holen.

Wenig später klatschte der Plastikbeutel auf seinen Schreibtisch. Er enthielt zwei Ordner, der Vorsitzende öffnete die Schnüre, mit denen sie zugebunden waren. Dann holte er aus dem Robur-Tresor sein eigenes Smirnow-Material in einem luft- und wasserdichten Behälter und legte es daneben. Er wollte jedes einzelne Blatt überprüfen und die beiden Stapel solange miteinander vergleichen, bis er herausgefunden hatte, was für Dokumente sich in Vanhalas Material befanden. Erst danach würde er die Unterlagen vernichten.

Er hatte feuchte Hände und sein Puls beschleunigte sich. Rasch schlug er Eeva Vanhalas ersten Ordner auf und las das Dokument, das obenauf lag:

INNENMINISTERIUM
Abteilung Polizei
Stab: 27.11.2009 SMDno/2009/1447

An:
Kati Soisalo
Mäyrätie 4
00800 Helsinki

BETREFF
Ihre E-Mails an den Leiter der Abteilung Polizei Antero Ruuska sowie an Polizeiinspektorin Laura Hakanen vom 12.9.2009, 18.9.2009, 7.10.2009 und 10.10.2009

ANTWORT
Die Abteilung Polizei im Innenministerium hat sich mit Ihren Schreiben beschäftigt und stellt unter deren Zugrundelegung fest, dass aus Ihren Schreiben keine Anhaltspunkte oder konkretisierte begründete Fakten hervorgehen, deretwegen die Abteilung Polizei Anlass oder eine gesetzliche Verpflichtung sähe, Maßnahmen gegen den stellvertretenden Leiter der KRP Jukka Ukkola oder einen anderen Beamten der Polizeiverwaltung zu ergreifen.

Die Abteilung Polizei im Innenministerium hat in Beschwerdefällen nur die Befugnis, Maßnahmen zu ergreifen, sofern es um den Verdacht einer fehlerhaften Vorgehensweise bei polizeilichen Handlungen geht. Wenn Sie möchten, dass …

Der Vorsitzende des Kabinetts spürte einen Kloß im Hals, blätterte um und las das nächste Dokument: ein von Jukka Ukkola unterzeichneter Beschluss über den Verzicht auf Anklageerhebung … Eine Reisekostenabrechnung Ukkolas über eine Dienstreise nach Lappland und eine Quittung von »Ahonens Ferienhäuser«, … eine Zusammenfassung Ukkolas …

Der ganze Scheißordner war voll mit Unterlagen Jukka Ukkolas, keine Spur vom Smirnow-Material. Verdammt noch mal, was war passiert? Wer wollte ihn hier verarschen? Wer zum Teufel besaß die Frechheit, ihn auf den Arm zu nehmen?

* * *

Markus Virta, der Kriminalinspektor im Taschenformat, klingelte an der Tür von Jukka Ukkolas Kriegsveteranenhaus in Pitäjänmäki und fragte sich, warum Ukkola in einem Eigenheim wohnte, wenn er keinen Garten pflegen wollte. Das Laub war nicht geharkt, das Gras stand kniehoch und die Weißdornhecke sehnte sich nach der Schere wie ein obdachloser Pudel. Der Vergleich brachte ihn auf die Palme, er war es doch, der den Pudel machte, er kutschierte Ukkolas Unterlagen durch die Gegend und brachte sie ihm brav wie ein Haushund. Als wäre er sein Laufbursche. Dabei war er schließlich Chef der Einheit zur Bekämpfung der organisierten Kriminalität in der Ermittlungsabteilung. Doch für Reue war es jetzt zu spät, er hatte sich für eine Seite entschieden und bei derart vielen Dienstvergehen und Delikten Ukkolas weggesehen, dass er wohl bis ans Ende aller Tage Ukkolas Befehlsempfänger bleiben musste. Oder zumindest bis zu Ukkolas Amtsenthebung.

Die Tür ging auf und Jukka Ukkola riss ihm den Griff des Pilotenkoffers aus der Hand. Er nahm die Ordner heraus, nach denen Eeva Vanhala gefragt hatte, und gab Virta die leere Tasche zurück. »Wie ist es gelaufen?«

»Ich habe mir bei Sirpa von der Wirtschaftskriminalität den Schlüssel für den Archivschrank ausgeliehen, die zwei Ordner herausgenommen, wie du es gesagt hast, und stattdessen zwei andere mit deinen Unterlagen hineingestellt.«

Ukkola erschrak: »Du hast doch die Aufkleber ausgetauscht, die mit der Aufschrift *Hinweise, die erwiesenermaßen falsch sind*?«

Virta nickte.

»Es hat hoffentlich niemand gesehen, was du da geholt hast?«

»Viel hat nicht gefehlt. Die Chefin der Internen Kontrolle, die mit dem tollen Arsch, die Hakanen, ist nur ein paar Minuten nach mir an demselben Schrank gewesen. Angeblich hat sie den ganzen Inhalt mitgenommen, über zwei Dutzend Ordner.«

Auf Ukkolas Gesicht erschien ein schiefes Lächeln. »Wir kommen darauf zurück«, sagte er und schlug Virta die Tür vor der Nase zu. Ihm juckte es in den Fingern, Eeva Vanhalas Unterlagen durchzublättern, er wollte sich vergewissern, dass sie nichts enthielten, was dem Kabinett schaden könnte. Es war eine geniale Idee gewesen, Virta die Ordner mit Vanhalas Material gegen zwei seiner eigenen austauschen und herbringen zu lassen. Der Vorsitzende hatte gesagt, dass man Vanhala nicht trauen konnte, und ihr hektischer Anruf hatte in seinem Kopf die Alarmglocken läuten lassen. Menschenskind, manchmal war man von seinem eigenen kompetenten Handeln selbst richtig gerührt.

Ukkola legte die Dokumente auf den Esstisch im Wohnzimmer, setzte sich und zog aus dem Stapel willkürlich ein mit der Hand beschriebenes Blatt hervor:

Bitte um Informationsbeschaffung vom 17.1.1976.

Quelle: Doktor der Technik Kirsti Saurivaara. Tieftemperaturlabor der Technischen Hochschule.

1. Entwicklungsstand und Perspektiven von Elektromaschinen mit Supraleitern.

2. Nutzung der Supraleitfähigkeit in der Energietechnik

3. Tieftemperaturlabor und Hirnforschung. Stand.

4. Lithium als Energiequelle. Stand und Entwicklung.

Sergej Sidorow
Botschaftssekretär

Ein sowjetischer Diplomat bittet in den siebziger Jahren Kirsti Saurivaara um die Beschaffung von Informationen. Hingen die Unterlagen mit Spionage zusammen? Ukkola nahm das nächste Dokument: *Geheimprotokoll Nr. 182. Sitzung des Politbüros des Zentralkomitees der KPdSU vom 1.2.1980: »Zur Information an den Vorsitzenden der Sozialistischen Internationale Willy Brandt und den Vorsitzenden der Sozialdemokratischen Partei Finnlands Kalevi Sorsa.«*

Ukkolas Mund verzog sich zu einem Lächeln. In fieberhafter Eile blätterte er in den Unterlagen: eine Fotokopie der von der SUPO über Sergej Sidorow angelegten Karteikarte. Das nächste Dokument war in Russisch abgefasst, dann fand sich in dem Stapel ein Bündel Kopien von mit dem KGB-Stempel versehenen Karteikarten über Personen ... jedes einzelne Blatt zierte ein roter Stempel: Geheim – zu vernichten. Die Aktenzeichen der SUPO verschwammen vor seinen Augen: SUPO amp XXII A 1–1, R 4/74, SUPO amp XXI-II I, ein von Hauptkommissar Torsti Wahlström handschriftlich abgefasster Bericht, 41 Seiten, 14.4.1976, Geheimtelegramm Nr. 29 der sowjetischen Botschaft in Helsinki, jede Menge Unterlagen in Russisch ...

»Mann oh Mann!«, entfuhr es Jukka Ukkola, als ihm klar wurde, was für ein Material da auf seinem Esstisch lag. Es besaß einen unermesslichen Wert. Ein großer Teil der Entscheidungsträger, die in Finnland auf den einflussreichsten Posten saßen, hatte mit dem KGB zusammengearbeitet. Wie zum Teufel war dieses Material in Eeva Vanhalas Hände gelangt? Und zu welchem Zweck wollte sie es jetzt verwenden? Mit diesen Unterlagen könnte man das ganze Kabinett vernichten.

Ukkola ging eine Weile in seinem Wohnzimmer auf und ab und blieb dann stehen, um die Sammlung japanischer Schwerter und Messer an den Wänden zu betrachten. Jetzt musste er nur entscheiden, wie er diese neuen Informationen zu seinen Gunsten nutzen sollte. Wollte er Geld oder Macht? Vielleicht beides. Er brauchte nur Vanhalas Material und das Wort Wikileaks in einem Satz zu erwähnen, und schon würde das Kabinett ihm alles geben, was er wollte. Jetzt wusste er so viel, dass es sich niemand leisten könnte, ihn zu verärgern, egal, was er verlangte. Bald würde er in Geld schwimmen, und das war auch gut so, denn die Ermittlungen gegen ihn hatten seine eigenen Geschäfte zum Erliegen gebracht. Er würde Kati zu einer Kreuzfahrt in die Karibik einladen, vielleicht ließ sie sich dadurch erweichen, vor allem wenn er zusätzlich dafür sorgte, dass ihr Prozess für sie ein gutes Ende nahm.

Er griff sich an den Hosenschlitz, zwang sich aber, wieder an die Unterlagen auf seinem Tisch zu denken. Die musste er wie mit einem feinen Kamm durchgehen und sich dabei möglichst viele Einzelheiten einprägen. Er wollte sich ein Gesamtbild von dem Material verschaffen und die wichtigsten Dokumente kopieren. Doch zuallererst galt es jemanden zu finden, der Russisch konnte.

Plötzlich erklang aus der Küche ein Klingeln, Ukkola ging zu seinem Laptop. Auf der Facebook-Seite des Kabinettsvorsitzenden gab es einen neuen Eintrag, in dem die Wörter »sofort«, »Jukka« und »Sibeliuspark« versteckt eingebaut waren. Der Vorsitzende verlangte ein Treffen, sofort und noch dazu in seiner Gegend. Der Mann wollte mit ihm Verbindung halten, ohne elektronische Spuren zu hinterlassen. Höchstwahrscheinlich überwachten die KRP oder die Schnüffler von der internen Kontrolle sein Telefon und sein E-Mail-Fach.

Zwölf Minuten später parkte Jukka Ukkola seinen Audi auf der Rajasaarentie in Taka-Töölö und eilte auf dem Parkweg nach Süden in Richtung des Sibelius-Denkmals Passio Musicae. Die hochgewachsene Gestalt des Vorsitzenden war schon von weitem zu sehen, der schwere, massige Mann ging etwas krumm und schwankte, als würde er übers Eis laufen.

»Stimmt es, dass du Eeva Vanhalas Unterlagen in Jokiniemi versteckt hattest? Und ihr gestern Anweisungen für das Abholen gegeben hast?«

Ukkola erschrak. Verdammt, was war jetzt los? So streng und angespannt hatte er den Vorsitzenden noch nie erlebt, und der

Mann galt immerhin als Inbegriff eines barschen und mürrischen Menschen. Er antwortete mit einem Nicken.

»Vanhalas Dokumente sollten mir gebracht werden. Und was habe ich bekommen – einen Beutel voll mit deinen Unterlagen. Hast du verdammter Grünschnabel Eeva Vanhala, ein anderes Kabinettsmitglied, reingelegt?« Der Vorsitzende zeterte so wütend, dass Speicheltropfen durch die Gegend spritzten.

Jetzt bekam es Ukkola mit der Angst zu tun: »Im Gegenteil. Ich wollte uns alle schützen und habe einem von meinen Leuten befohlen, die Unterlagen auszutauschen. Ich wusste nicht, was sich in Vanhalas Ordnern befand, und ich wollte nicht, dass sie in die falschen Hände geraten. Du hast vorgestern im Sinebrychoff-Park selbst gesagt, dass man Vanhala nicht trauen kann.«

Der Vorsitzende musterte Ukkola einen Augenblick. »Wo befindet sich das Material jetzt?«

Diese Gelegenheit würde er sich nicht entgehen lassen, beschloss Ukkola. Vanhalas Unterlagen waren vielleicht noch wertvoller, als er ahnen konnte, die Panik des Vorsitzenden bewies das unbestreitbar. »In Sicherheit. Ich bekomme es heute Abend«, log er.

»Ich will es jetzt sofort haben. Wo ist es?«

»Noch in den Räumen der KRP. Es lässt sich erst nach dem Ende der Arbeitszeit herausholen, in ein paar Stunden«, behauptete er, da ihm nichts anderes einfiel.

»Niemand darf dieses Material lesen.«

»Mein Helfer glaubt, dass auch diese Dokumente mit den Ermittlungen gegen mich zusammenhängen. Sie liegen in seiner Tasche in Jokiniemi.«

Der Vorsitzende dachte kurz nach. »Du bringst die Unterlagen heute Abend um sechs hierher«, sagte er, drehte sich um und ging.

17

Freitag, 7. Oktober

In der Kleinstadt Schaan in Liechtenstein schien die Sonne. Nikolai Mironow, Erster Stellvertretender Leiter des russischen Nachrichtendienstes FSB, schluckte zweimal, nach dem Flug waren seine Ohren noch nicht wieder frei. Vielleicht befanden sie sich hier immer noch ein ganzes Stück über dem Meeresspiegel; durch die Fenster von Andrej Rostows stilvoll eingerichtetem Arbeitszimmer waren schneebedeckte Alpengipfel zu sehen, wohin man auch schaute. Den von Doktor Rostow servierten Kaffee würde er nicht noch einmal anrühren, der war genau so teuflisch stark und bitter wie immer. Er fragte sich, wo Rostow sich den besorgte und weshalb.

General Mironow war es nicht gewöhnt, warten zu müssen, aber nun saß er da und schaute in aller Ruhe zu, wie der Leiter des Forschungszentrums am Computer eine E-Mail an die Führer von Mundus Novus fertigstellte, die nach seinen Worten eine »ganz entscheidende Bedeutung« besaß. Mironow war konsterniert. Seine Kriegszeit hatte als junger Leutnant der Roten Armee in Afghanistan begonnen und mit fünfzig im zweiten Tschetschenienkrieg nach der Eroberung Grosnys im Februar 2000 geendet. In all den Jahren beim Militär hatte er sowohl mit Soldaten, Partisanen und Terroristen als auch mit Leuten, die viel Macht hatten, unter einem Dach geschlafen, gegessen und getrunken, aber einem Mann wie Andrej Rostow war er nie begegnet. Rostow schien mit seinem Wesen das ganze Zimmer auszufüllen, den Raum auf eine Weise zu beherrschen, die sich schlecht erklären oder beschreiben ließ. Das musste zum Teil auch daran liegen, dass Rostow im Ruf stand, besonders grausam zu sein. Der Mann schreckte vor nichts zurück, nicht einmal vor Menschenversuchen in seinen Forschungszentren. Mironow spürte zu seiner eigenen Überraschung den unwiderstehlichen Wunsch, das Zimmer zu verlassen.

»General, ich bitte um Entschuldigung, wegen eines anderen hätte ich dich nicht warten lassen. Aber du weißt ja, wie Er ist«, sagte Rostow an seinem Schreibtisch, stand auf und setzte sich in den Sessel gegenüber von Mironow.

»Du hast nicht viel Zeit, deswegen komme ich gleich zur Sache«, erklärte der General. »Die Ereignisse im August, insbesondere die Enttarnung des Forschungszentrums in Weißrussland, haben uns vieles gelehrt. Eine Zerstörung dieses Instituts hier kommt nicht in Frage, diesmal sind wir gezwungen, alle Gefahren zu eliminieren, bevor jemand den Weg hierher nach Liechtenstein findet.«

»Wie schlimm ist die Lage?«, fragte Rostow.

»Der britische SIS hat die Industrieobjekte, die Mundus Novus im Sudan, in Weißrussland und in Nordengland genutzt hat, mit dem AEM-Konzern in Verbindung gebracht.«

Rostow schloss die Augen und stieß die Luft aus.

»Und es bestehen auch andere Risiken«, fuhr Mironow fort. »In Finnland ist das Smirnow-Material in die falschen Hände gelangt, möglicherweise muss das Kabinett heruntergefahren werden, wenn wir die Unterlagen nicht finden. Falls das Material aufgedeckt wird, würde das auch uns höllischen Schaden zufügen.«

»Ich brauche nur noch einige Monate. Überleg mal, wir reden nicht mehr von Jahren, sondern von Monaten. Das Ziel ist schon in Sicht.« Rostows Stimme wurde lauter.

»Gerade deshalb müssen wir Vorkehrungen für den Fall treffen, dass es zu einer Katastrophe kommt. Und du auch. Oder vielmehr vor allem du, schließlich trägst du die Verantwortung für die gesamte Technologie. Wenn das Schlimmste eintritt und jemand über den AEM-Konzern Mundus Novus oder diesem Forschungszentrum auf die Spur kommt, müssen wir ... Gewalt anwenden und Staaten unter Druck setzen. Aber das ist das allerletzte Mittel.« Mironow nahm vom Kaffeetisch ein Glas Wasser, das in seiner Pranke fast verschwand. »Ich würde dich bitten, eine Liste aller Forschungsinstitute und -zentren, aller Produktionsbetriebe, Forschungsprojekte und Wissenschaftler aufzustellen, deren Vernichtung unseren Interessen dient ...«

»Und unsere Gegner aufhalten würde«, vervollständigte Rostow den Satz des Generals. »Sabotage hat man auf meine Forderung hin schon seit Jahren betrieben. Die russische Proton-M-Trägerrakete wurde im letzten Dezember nicht wegen eines Programmierungsfehlers zerstört, sondern weil ich die drei von ihr beförderten Glonass-M-Satelliten zerstören wollte. Je schlechter das russische Satellitenortungssystem funktioniert, umso besser ist das aus unserer Sicht. Und die zwei letzten Tests der Amerikaner mit Abwehrraketen auf den Marshallinseln sind nicht ganz zufällig gescheitert.«

Mironow lächelte. »Ich weiß, dass du ein Fachmann bist. Der KGB hat dich doch ausgebildet, oder?«

Rostow richtete sich in seinem Sessel auf. »Ich wurde Ende der sechziger Jahre rekrutiert und habe die Hochschule für Aufklärung des KGB absolviert, Moskau aber schon Anfang der Siebzigerjahre verlassen. Sie haben einen Agenten mit neuer Identität aus mir gemacht. Ich habe in der Abteilung X der Verwaltung T für wissenschaftlich-technische Aufklärung gearbeitet, von ihrer Gründung im Jahre 1974 an.«

Mironow sah so aus, als hätte er gern noch mehr gehört.

»Der FSB hat also meine Personalakte aus den Archiven des KGB nicht geerbt?«, fragte Rostow, obwohl er die Antwort kannte.

»Lediglich die grundlegenden Informationen finden sich da. Nach den Aktenvermerken wurden die anderen Unterlagen im Januar 2000 in die Präsidentenkanzlei verlagert. Etwa zwei Wochen, nachdem Putin amtierender Präsident geworden war.«

Rostow wechselte das Thema: »Darf ich eine Frage zur Situation in Finnland stellen? Wurde schon über das Schicksal Leo Karas, das ist dieser Finne vom UNODC, entschieden? Hat er Zugang zum Smirnow-Material gehabt? Muss der Mann zum Schweigen gebracht werden?«

Mironow wirkte nachdenklich. »Das weiß ich noch nicht. Ich gebe Bescheid, wenn ich etwas erfahre.«

* * *

Leo Kara stand auf der Timonkuja im Helsinkier Stadtteil Tapanila und betrachtete sein altes Zuhause. Die blaue Farbe des zweistöckigen Holzgebäudes blätterte hier und da ab. Das rote Blechdach glänzte im Sonnenschein. Es war ein spontaner Einfall gewesen, hierher zu fahren. Die Frau, die auf ihrem Grundstück mit viel Schwung das Laub harkte, kannte er noch. Hilkka, eine pensionierte Theaterregisseurin, hatte schon in den achtziger Jahren im Haus nebenan gewohnt, und Kara erinnerte sich, dass sie manchmal bei ihnen die Babysitterin gespielt hatte. Dieser Ort war der einzige, den er jemals als sein Zuhause angesehen hatte. Von hier waren sie Ende 1983 nach London gezogen. Dort war seine Kindheit zu Ende gegangen. Und in gewisser Weise auch sein Leben.

Auf dem Rasen ragte nun ein riesiges Trampolin in die Höhe, ungefähr an der Stelle, wo damals sein Fußballtor gestanden hatte. Auf diesem Stück Gras waren viele Endspiele einer WM oder der Champions League ausgetragen worden. Vater hatte sich allerdings nie zu ihnen gesellt, kein einziges Mal. Diese Erinnerung irritierte Kara. Warum hatte er sich früher nie darüber gewundert? Warum konnte er sich absolut nicht vorstellen, dass Vater mit ihm Fußball gespielt hatte?

Kara fühlte sich beinahe wohl. Vielleicht, weil alle mit Tapanila verbundenen Erinnerungen vor dem Oktober 1989 entstanden waren. Danach hatte sich sein Leben in ein einziges großes und selbstzerstörerisches Chaos verwandelt. Das Wissen um die Ereignisse in jenem Oktober war anscheinend immer tief in seinem Inneren versteckt gewesen, sein Verstand hatte nur nicht zugelassen, dass er sich daran erinnerte.

Eine halbe Stunde später parkte Leo Kara den ausgeliehenen Smart auf einem Bußgeldplatz in der Vuorimiehenkatu und ging das Stück bis zum traditionsreichen Restaurant Sea Horse in der Kapteeninkatu zu Fuß. Er gab seinen Mantel beim Portier ab und sah schon von weitem das grellfarbene, geblümte Hawaiihemd Jussi Ketonens, des Exchefs der SUPO, der an einem separaten Tisch saß und konzentriert die Extraausgabe einer Abendzeitung las.

Kara betrachtete kurz die Seepferdchen auf dem riesigen Wandgemälde im Hauptsaal des Lokals und setzte sich Ketonen gegenüber. Sie gaben sich die Hand.

»Ist alles in Ordnung?«, erkundigte sich Ketonen. »Anscheinend hast du dich von den Ereignissen im August gut erholt.«

»Was macht dein Diabetes?«, fragte Kara, obwohl er sah, dass Ketonens Wangen wieder etwas voller waren. Bei ihrem letzten Treffen vor etwa zwei Monaten hatte er regelrecht abgemagert ausgesehen.

»Heute zahlst du doch?«, vergewisserte sich Ketonen beim Blättern in der Speisekarte, bevor er auf Karas Frage antwortete. »Ich bin in Bestform, dank der Paläo-Diät.«

»Paläo...?«

»Das ist die Steinzeitdiät. Ich esse nur das, woran sich der menschliche Organismus im Laufe von Jahrmillionen am besten angepasst hat: Obst, Fisch, Gemüse, Hackfrüchte, Eier, Schalentiere und fettarmes Fleisch, am liebsten Wild ... das heißt, im Prinzip alles, was man in der Natur findet. Diese Kost eignet sich glänzend für einen Diabetiker vom Typ 2, und das Beste daran ist, dass es sich um eine der seltenen Diätformen handelt, bei denen die Größe der Portionen nicht begrenzt wird.«

Kara musste sich in Erinnerung rufen, wer da vor ihm saß, Ketonen hatte zweiunddreißig Jahre bei der finnischen Sicherheitspolizei gearbeitet, davon die letzten acht als Chef der SUPO.

Ketonen gab seine Bestellung auf: »Riimihärkä, also gesalzene, dünne Scheiben Rindsfilet, Zander nach Mannerheims Art ohne Salzkartoffeln, Kohlrouladen mit Pilzen und ein Gemüseomelett. Und wir bleiben beim Wasser.« Der altvertraute Kellner verzog keine Miene.

»Das hört sich eigentlich nicht wie ein Diätessen an«, lautete Karas Kommentar, dann bestellte er kross gebratene Strömlinge.

»Es hält sich in dem Rahmen, den die Regeln vorschreiben. Aber du wolltest wohl kaum mit mir über meine Zuckerkrankheit reden. Was ist diesmal los?«

Es vergingen reichlich zehn Minuten, in denen Kara bis zum letzten Detail alles erzählte, was in den vorhergehenden Tagen passiert war. »Saara Lukkari von der SUPO sagt, sie habe dir Ville Käräväs Zusammenfassung gezeigt. Sie behauptet, die Anhänge seien Teil irgendeines Smirnow-Materials.«

Ketonen aß sein Fleisch und sah so aus, als hätte er keine Lust, zu antworten. »Wie schaffst du es nur, immer nach solchen Dingen zu fragen, bei denen niemand Fakten vorlegen kann?«

»Was ist das Smirnow-Material?« Kara ließ nicht locker. »Was enthält es?«

»Die als geheim deklarierten Dokumente der Kommunistischen Partei der Sowjetunion über Finnland aus den Jahren 1944–1991.«

»Alle?«

»Alle, die eine Bedeutung haben. Finnland war das Testlabor des KGB, die Aufklärungsdienste der Sowjetunion hatten hier im

Verhältnis zur Einwohnerzahl mehr Offiziere im Einsatz als irgendwo anders, und sie hatten hunderte finnische Helfer in der Hand, von denen viele immer noch in gesellschaftlichen Führungspositionen sitzen. Wenn das Smirnow-Material veröffentlicht würde ... Es ist offen gesagt ziemlich schwer, sich auch nur vorzustellen, was für ein gewaltiges Chaos das auslösen würde. Dutzende oder hunderte Köpfe würden rollen, das beträfe führende Politiker, Wissenschaftler, Leute aus der Wirtschaft ...«

Kara, der konzentriert zuhörte, legte etwas Kartoffelbrei auf ein Stück Fisch.

»Wegen der Tiitinen-Liste wird schon seit zehn Jahren ein großes Theater gemacht, obwohl sich auf der nur etwa zwanzig finnische Entscheidungsträger finden, die seinerzeit Kontakt zum ostdeutschen Sicherheitsministerium, zur Stasi, hatten. Und die Liste enthält nicht mal Namen von bedeutenden Politikern. Verglichen mit dem, was sich im Smirnow-Material findet, ist das nichts weiter als eine leichte Abendlektüre«, verriet Ketonen und schaute Kara unter seinen herabgezogenen Brauen an wie einen Mitverschwörer.

»Wie groß ... umfassend ist das Smirnow-Material?«, fragte Kara.

Ketonen, der inzwischen seine Kohlrouladen aß, lachte mit vollem Mund. »Du, in der Sowjetunion verstand man sich darauf, Berichte zu schreiben und Protokolle anzufertigen. Über jedes einzelne Treffen eines finnischen Politikers mit irgendjemandem aus der Sowjetunion wurde ein Bericht abgefasst, das gleiche galt dafür, was andere Finnen von sich gaben: einflussreiche Vertreter der Wirtschaft oder Beamte, Diplomaten, Professoren, Journalisten und sonstige Leute, die Macht ausübten.«

»Aber man ist sich nicht sicher, ob dieses Smirnow-Material wirklich existiert. Richtig?«

»Doch, es existiert, es ist ein historischer Fakt«, versicherte Ketonen. »Der damalige Abteilungsleiter im russischen Außenministerium Anatoli Smirnow hat sogar im Herbst 1992 hier in Helsinki am Außenpolitischen Institut einen Vortrag über sein Material gehalten.«

Kara war langsam frustriert, er schaffte es einfach nicht, sich ein Bild von der Lage zu machen. »Was ist mit dem Material passiert? Wie gelangten Teile davon in Eeva Vanhalas Besitz?«

»Das ist es ja«, erwiderte Ketonen und trank einen Schluck Wasser. »An dem Punkt bin ich gezwungen, Gerüchte wieder hervorzuholen.«

»Erzähl schon«, drängte Kara.

In dem Moment wurde das Omelett serviert. Ketonen schnitt ein ziemlich großes Stück ab, klappte es doppelt zusammen und stopfte es in den Mund. »Der Sage nach haben zwei SUPO-Mitarbeiter das Material in Helsinki bei Anatoli Smirnows Besuch 1992 kopiert.«

»Und du glaubst, dass es so gewesen ist?«

»Ich weiß es, kann aber nichts beweisen. Bei der SUPO ist es schon immer üblich, die allerwichtigsten und geheimsten Dokumente nicht ins Ein- und Ausgangsbuch aufzunehmen ... das heißt, in das Verzeichnis, in dem chronologisch die bei der SUPO ein- und ausgehenden Dokumente eingetragen werden. Die Chefs lagern die wichtigsten Unterlagen in ihrem Tresor ein oder an anderer Stelle, wo niemand sie suchen würde. Ich war zur Zeit von Smirnows Besuch in Finnland Leiter der Abteilung für Gegenspionage und weiß, dass damals zwei SUPO-Mitarbeiter auf Befehl von Eero Kekomäki, dem damaligen SUPO-Chef, einen Auftrag ausgeführt haben. Das Material habe ich ein einziges Mal ein paar Tage nach Smirnows Besuch gesehen. Kekomäki bewahrte es in seinem Tresor auf und holte damals eine Karteikarte mit Informationen zu einer Person heraus, das Dokument hing mit der gerade laufenden Kampagne Bill Clintons für die Präsidentenwahl zusammen.« Ketonen machte eine kurze Pause und verschlang auf einen Schlag den Rest seines Gemüseomeletts.

»Diese Karte trug denselben Vermerk mit den Buchstaben EK/S am Anfang, den du angeblich auf den Unterlagen gesehen hast, die dir der Anwalt Käräva gezeigt hat. Kekomäki hat in der Regel seine eigenen Geheimpapiere mit seinen Initialen EK, einer laufenden Nummer und der Jahreszahl registriert. Das Smirnow-Material war das einzige, das er mit EK/S gekennzeichnet hat.«

»Und das Material befand sich natürlich nicht mehr in dem Tresor, als du den Posten des Chefs geerbt hast. Was ist damit passiert?«

»Ich würde denken, das hat einer oder haben einige von denen an sich gebracht, die eine Veröffentlichung des Materials zugrunde gerichtet hätte«, stellte Ketonen fest.

»Hast du nichts unternommen, um danach zu suchen?«

Ketonen lachte. »Dieses Material war ja offiziell gar nicht vorhanden. Und zu der Zeit ist es in der SUPO nicht üblich gewesen, eine Auskunft zu Unterlagen des Chefs zu verlangen, das dürfte heute nicht anders sein.«

Am Tisch trat für eine Weile Schweigen ein, Kara aß seine Portion auf.

»Ist das Kabinett der Grund dafür, dass du nach dem Smirnow-Material suchst?«, fragte Ketonen schließlich. »Du würdest in diesen Unterlagen zweifellos jede Menge Antworten auf deine Fragen finden. Auch auf verdammt viele, die du nicht einmal stellen kannst.«

»Es ist teilweise wegen des Kabinetts«, antwortete Kara und beschloss das Thema zu wechseln. »Laut Saara Lukkari bist du anscheinend überrascht gewesen, als du gehört hast, dass mein Vater noch lebt.«

»Ich wusste nicht, dass Aleksi Kara dein Vater war ... ist. Du hast kein einziges Mal eine Frage zu ihm gestellt, und dein Familienname hat bei mir auch nicht die Glocken läuten lassen. Das Leben eines alten Mannes ist einfach, man braucht nicht einmal mehr zu trinken, um sein Gedächtnis zu ruinieren, es setzt von allein aus.«

»Was weißt du von meinem Vater?« Kara wurde allmählich ungeduldig.

»Über ihn wurde in den siebziger Jahren bei der SUPO eine Akte angelegt wie über fast alle anderen Wissenschaftler, die im Tieftemperaturlabor der Technischen Hochschule arbeiteten. Das, woran ich mich erinnere, hängt nicht so sehr mit deinem Vater zusammen, sondern mit seinen ... menschlichen Beziehungen.«

»Kirsti Saurivaara hat die Namen Arkadi Timtschenko und Lilith Bellamy erwähnt«, sagte Kara.

»Du weißt ja mehr, als ich vermutet habe«, erwiderte Ketonen überrascht. »Was Bellamy angeht, entsinne ich mich nur noch, dass sie ernsthaft erkrankt war. Timtschenko hingegen ist eine ganz andere Geschichte. Er ist ein Spieler auf Weltklasseniveau, laut Nowaja Gaseta hat er mit großem Geschick weltweit die Milliarden von Russlands Mächtigen, die ihr Land geschröpft haben, versteckt.« Ketonen hob die Arme. »Da hast du noch etwas mehr, worüber du dir den Kopf zerbrechen kannst. Bisher hat es kein einziger investigativer Journalist geschafft, Timtschenkos Firmenknäuel zu entwirren und seine Geheimnisse aufzuklären.«

»Danke für die aufmunternden Worte.«

Ketonen zog die Brauen tiefer und schien zu zögern. »Bei der SUPO stand auch deine Mutter unter Beobachtung. Wenn ich mich recht entsinne, hatten wir zu ihr einen Hinweis aus England bekommen, vom SIS.«

Es dauerte einen Augenblick, ehe Kara bereit war, zu glauben, was er da eben erfahren hatte. »Das hört sich eigenartig an, meine Mutter war ... hauptsächlich Lehrerin. Was hattet ihr für einen Hinweis bekommen?«

»Solche Details behält man nicht jahrzehntelang im Kopf. Vielleicht hatte deine Mutter Kontakte zu Kommunisten oder zu Leuten aus der Sowjetunion oder so etwas Ähnliches.«

»Ist das alles, was du weißt?«

»Ich kann mich bei dir melden, wenn mir noch etwas einfällt. Dein Projekt wird allmählich interessant. Übrigens erinnerst du mich sehr an den Schwiegersohn meiner Frau. Ihr seid beide der Typ Weltverbesserer, der sich ständig über alles Gedanken macht. Aber auf eurem Gebiet seid ihr sehr kompetent.«

»Sag ihm einen schönen Gruß«, erwiderte Kara und bestellte die Rechnung. Der angestaute Hass war erwacht, er wärmte ihn innerlich und war jahrzehntelang seine Triebkraft gewesen. Jetzt hatte er Betha schon das zweite Mal dabei erwischt, dass sie ihm Informationen vorenthielt. Er fühlte sich so stark wie seit Tagen nicht und versuchte Ketonens neue Informationen für sich zusammenzufassen.

»Was ist an Finnland so besonders? So wichtig, dass man das Kabinett gerade hier gebildet hat?«

»Das frage ich mich auch«, antwortete Ketonen und schnaufte. »Zwar hatten die Sowjets die finnische Staatsführung während des Kalten Krieges so fest in der Hand wie in keinem anderen demokratischen Land. Aber es muss noch einen weiteren Grund gegeben haben, ich weiß nur nicht, welchen.«

Kara verabschiedete sich von Ketonen, holte seinen Mantel an der Garderobe, nahm sein Telefon heraus und versuchte vergeblich, sich zu beruhigen, während er mit eiligen Schritten in den Park an der Vuorimiehentie ging. Er wählte Betha Gilmartins Nummer und hatte nicht die Nerven, sich auf eine Parkbank zu setzen.

»Du hast die ganzen Jahre gewusst, dass man meine Mutter wegen irgendetwas verdächtigte ... überwachte«, wetterte Kara los, als sich Betha meldete.

Man hörte in der Leitung einen schweren Seufzer. »Nun bleib mal ganz ruhig, mein Junge. Weißt du, wie viele tausende Menschen jährlich auf die eine oder andere Weise in das Räderwerk des SIS geraten? Wir haben während der ganzen Zeit des Kalten Krieges alle Mitglieder der Kommunistischen Partei Großbritanniens überprüft.«

Kara war so perplex, dass er nicht gleich verstand. »War Mutter Kommunistin? Und das ist alles?«

»Das ist keine Krankheit. Die Partei hatte auch noch Zehntausende andere Mitglieder.« Betha wechselte das Gesprächsthema. »Bist du in Finnland? Hast du etwas über deinen Vater erfahren?«

»Nur ein paar Hinweise ohne Zusammenhang, vor allem zu seinen Bekannten. Zwei Namen wurden genannt – Lilith Bellamy und Arkadi Timtschenko.«

Betha lachte freudlos. »Du solltest es den Profis überlassen, sich mit Timtschenko herumzuärgern. Selbst unsere Maschinerie hat Probleme, die Herkunft der Milliarden zu klären, mit denen der Mann bei seinen Geschäften hantiert.«

Kara hatte sich schon etwas beruhigt, er setzte sich auf eine niedrige Mauer und betrachtete ein paar Knirpse, die auf dem Spielplatz herumtobten. »Hast du etwas Neues über Mundus Novus erfahren?«

»Nichts, was ich dir erzählen könnte. Aber die Ermittlungen gehen voran.«

18

Freitag, 7. Oktober

Auf den glänzenden Ringen der Handschellen aus Carbonfaserstahl war zu lesen: *PEERLESS HANDCUFF CO. SPRINGFIELD MA. Model 710.* Die Fesseln hatte man für gefährliche Häftlinge entwickelt, ihr patentiertes Doppelsicherheitsschloss war in ein orangefarbenes unzerstörbares Polycarbonatgehäuse versenkt.

Eeva Vanhala weinte, während sie die Handschellen anschaute. Der eine Ring umschloss straff ihr linkes Handgelenk. Den anderen hatte der Kirgise an einer Metallstange des Herdes befestigt. Sie weinte nicht, weil sie wusste, was der Kirgise tun würde, wenn er in die Hütte zurückkehrte. Und auch nicht, weil ihr Handgelenk nach all den Versuchen, die Handschellen von der Stange loszureißen, furchtbar wehtat. Sie weinte, weil sie ganz genau wusste, was sie tun musste. Eeva Vanhala kam sich vor wie Schlachtvieh – sie lag da, an einen Eisenpfahl gefesselt, und wartete darauf, abgestochen zu werden.

Ihre Schmerzschwelle war schon immer niedrig gewesen: Als Kind hatte sie so große Angst vor Impfungen und vor dem Zahnarzt gehabt, dass sie nächtelang wach lag und ihre Eltern und jeden anderen, der Gebete erhörte, anflehte, nicht dahin gehen zu müssen. Als Erwachsene hatte sie schließlich einen Ausweg aus dieser Kalamität gefunden und Unsummen für Zahnbehandlungen mit Betäubung bezahlt. Auch während des korrigierenden Eingriffs an den Augenlidern hatte sie in tiefem Schlaf gelegen. Und jetzt war sie gezwungen, sich selbst Schmerzen zuzufügen.

Sie hatte schon zu lange herumgegrübelt. Es ließ sich schwer einschätzen, wie viel Zeit verging, wenn man vor Angst zitterte, aber es musste schon mehrere Stunden her sein, dass der Kirgise die Hütte verlassen hatte. Er konnte jeden Augenblick zurückkommen, und wenn er das Smirnow-Material an sich gebracht hatte, wäre sie für ihn nicht mehr von Nutzen, sondern nur noch eine Zeugin, die zu viel wusste.

Bei ihrem Urlaub letzten Winter in Saariselkä in der Blockhausvilla der Metso AG hatte sie gesehen, was passiert, wenn man sich den Daumen auskugelt. Der Chefanalytiker eines Bankhauses wollte bei einer Abfahrt mit seinen Telemark-Künsten protzen und war südlich von Kiilopää auf einem vereisten Hang gestürzt. Beim Versuch, sich mit der Hand abzufangen hatte er sich den Daumen ausgerenkt.

Es musste beim ersten Versuch gelingen. Eeva Vanhala schloss die Augen ganz fest, biss die Zähne zusammen, stand auf und ließ sich so zu Boden fallen, dass sie mit ihrem ganzen Gewicht auf dem Daumen der gefesselten Hand aufschlug. Sie hörte es knacken und spürte einen schneidenden Schmerz, ihr entfuhr ein schriller Schrei und die Augen füllten sich mit Tränen. Es dauerte einige Minuten, bis sie in der Lage war, ihren Daumen anzuschauen. Er befand sich in einer unnatürlichen Stellung, war der Knochen gebrochen?

Sie bewegte den Ring der Handschelle nach vorn und heulte auf vor Schmerz, aber er blieb stecken. Erneut biss sie die Zähne zusammen, schob und drückte so sehr sie konnte und sank zu Boden. Der Schmerz war übermächtig, sie würde das nicht überstehen, der Metallring saß immer noch an der Daumenwurzel fest. Die Minuten vergingen. Der Schmerz klopfte im Daumen, in der ganzen Hand, als hätte sie zwei Herzen.

Plötzlich hörte sie ein Auto. »Fahr vorbei, fahr vorbei …«, flehte sie und wartete darauf, dass dieses Motorgeräusch allmählich leiser wurde und schließlich ganz verstummte. Doch das geschah nicht. Das Geräusch hörte zwar auf, aber nicht allmählich, sondern auf einen Schlag und ganz in der Nähe. Sie begriff deutlicher als je zuvor, dass dieses Leben wirklich ein Ende hatte. Und das rückte jetzt sehr schnell näher, viel zu schnell. Der wahnsinnige Kirgise war zurückgekehrt.

Eeva Vanhala stopfte sich den Saum des T-Shirts, das auf dem Boden lag, in den Mund und drückte ihre gefesselte Hand auf die Dielen. Dann nahm sie den Schürhaken, der am Herd lehnte, hob die schwere eiserne Stange hoch und schlug mit aller Kraft auf ihre Hand.

Sie stürzte zu Boden und glaubte zu sterben, der Schmerz war so heftig, stärker konnte er nicht mehr werden, sie griff nach dem Handschellenring, er rutschte über ihre blutige Hand, sie war frei. Wenn sie es noch rechtzeitig bis zur Hintertür und in den Wald schaffte, würde der Kirgise sie nie finden …

Manas betrat die mitten im Wald gelegene Hütte zum letzten Mal. Eine Zielperson durfte eliminiert werden, sobald sie nicht mehr gebraucht wurde, und diese Person wurde nicht mehr gebraucht. Der Abstecher hierher würde ihn drei Stunden kosten, aber zumindest durfte er die Frau in aller Ruhe erledigen und so, wie er es wünschte. Für den, der Gefühle lernen wollte, war nichts so lehrreich wie das Beobachten der letzten Handlungen, Worte und Mimik eines Menschen. Er hoffte, dass er irgendwann fähig sein würde, zu verstehen, warum alle Opfer bei ihrem Abschied keineswegs Hass auf ihn empfanden, sondern etwas anderes – Trauer, Sehnsucht …

Er schloss die Haustür, ging ins Zimmer und sah an der Metallstange die blutigen Handschellen baumeln. Die Zielperson war geflohen. Er akzeptierte die neue Situation sofort. Er hatte die Frau nicht falsch eingeschätzt; bisher war ihm nur selten oder noch nie ein Opfer über den Weg gelaufen, das so widerstandslos alles mit sich geschehen ließ. Aber das Gefühl der Angst hatte er wieder einmal unterschätzt oder besser gesagt die Kräfte, die es beim Opfer freisetzte. Dieses Gefühl hätte er gern in sich als allererstes empfunden.

Manas berührte die Blutspritzer auf den Dielen, sie waren warm genau wie die Handschellen. Die Frau konnte noch nicht weit gekommen sein. Es lohnte sich jedoch nicht, aufs Geratewohl loszugehen und sie zu suchen, auch wenn sie zu Fuß floh, das Gelände war einfach zu weitläufig. Sie würde sich bemühen, irgendwo die Polizei anzurufen. Manas loggte sich mit seinem Blackberry-Telefon ins Netz ein und suchte eine genaue Karte des Gebiets. Bis zum Dorf Fiskars waren es 3,6 Kilometer und bis zur Ortschaft Pohja 6,4 Kilometer. Würde es die Frau wagen, auf der Straße zu laufen und ein Auto anzuhalten, wenn zufällig eins vorbeikam? Gab es in dieser Gegend Häuser, die das ganze Jahr über bewohnt waren? Wenn die Zielperson die Absicht hatte, im Schutz des Waldes zu bleiben, würde die verletzte Hand ihr Tempo verlangsamen.

Manas hatte noch ein anderes Problem. Er konnte die Hütte erst niederbrennen und alle seine eigenen Spuren vernichten, wenn die Frau gefunden war. Die Feuerwehr und die Polizei durch ein Feuer hierher zu locken kam derzeit nicht in Frage. Wäre er so wie andere Menschen, dann würde er jetzt wütend fluchen, das war Manas klar. Doch er sah in der neuen Situation nichts Besonderes, lediglich die Spielregeln hatten sich geändert. Nur eins wunderte ihn: Warum klappte in Finnland nie etwas so, wie es sollte. Und warum wurden gerade ihm alle Aufträge in Finnland erteilt, obwohl er eindeutig unter allen *Hitmen* von Mundus Novus derjenige war, der sich die größten Verdienste erworben hatte. Die Stiftung setzte auch viele andere Killer ein, die in der Verwaltung V des KGB dafür ausgebildet worden waren, »nasse Sachen« zu erledigen. Und garantiert wurden ihr auch Männer aus der jetzigen Abteilung für Attentate des FSB zur Verfügung gestellt. Die wichtigsten Führer des FSB standen fast alle auf der Gehaltsliste von Mundus Novus.

Etwa einen Kilometer von ihrer Hütte entfernt blieb Eeva Vanhala mitten im dichten Fichtenwald stehen, legte ihre gesunde Hand aufs Knie und holte gierig Luft. Sie war noch am Leben. Nach dem, was sie eben durchgemacht hatte, wäre sie künftig zu allem imstande, obwohl der stechende Schmerz in der Hand ihr fast den Verstand raubte. Würde der Kirgise sie auf den Kieswegen suchen oder annehmen, dass sie sich bemühte, in irgendeinem Haus der Umgebung Hilfe zu bekommen? Manas konnte nicht wissen, dass es in dieser Gegend nur einige Grundstücke gab, die das ganze Jahr über bewohnt waren. Und auch dort würde man wahrscheinlich mitten am Tag niemanden antreffen. Sollte sie in ein Haus einbrechen, um ein Festnetztelefon zu benutzen? Verwendete die auf dem Lande noch jemand? Käme sie vielleicht bis nach Fiskars oder Pohja?

Plötzlich hatte sie eine Idee und richtete sich auf – Ruukkigolf. Das Haus des Golfklubs war bis achtzehn Uhr geöffnet, dort könnte sie anrufen und dort würde der Kirgise sie nie und nimmer suchen. Eeva Vanhala blickte auf ihre linke Hand, verzog das Gesicht vor Ekel und wandte sich ab. Sie war angeschwollen, unförmig, rot und schwarz. Bis zum Golfklub wären es etwa drei Kilometer durch den Wald. Das würde sie schon schaffen.

Eeva Vanhala zerrte sich den Mantel herunter, riss die Ärmel heraus und wickelte sie um ihre nackten Füße.

* * *

Frustriert fuhr Kati Soisalo durch ihr kurzes Haar, sie saß in Paranoids Arbeitszimmer und hätte die Wände hochgehen können, so viel Kaffee hatte sie getrunken. Von früh an war sie mit Paranoid die Passagierlisten der Reedereien durchgegangen, ohne irgendein greifbares Ergebnis.

Plötzlich sprang Paranoid auf. »Jetzt muss ich eine Pause einlegen, sonst wird mir schwarz vor Augen.«

»Ich bin auch halb tot vor Müdigkeit. Aber vergiss nicht, warum wir das machen«, fuhr Kati Soisalo ihn an, und zwar heftiger als gewollt.

»Du bist doch selber gestern schon am frühen Abend nach Hause schlafen gegangen«, erwiderte Paranoid verwundert.

»Ich hatte es versprochen«, fauchte sie zurück.

»Wem?«

Kati Soisalo gelang es im letzten Moment die giftige Bemerkung zu verschlucken, die ihr schon auf der Zunge lag. Sie durfte Paranoid nicht verärgern, obwohl es ihn einen feuchten Kehricht anging, was sie tat. Ein Eifersuchtsdrama fehlte ihr jetzt gerade noch. »Bei uns beiden liegen die Nerven blank. Mach ruhig eine Pause. Iss etwas, trink Kaffee, geh auf den Balkon, lüfte deinen Kopf, damit er wieder funktioniert.«

Sie setzte sich auf Paranoids Sattelstuhl und suchte weiter in den Passagierlisten, obwohl sie die schon mehrmals durchgesehen hatte. Endlose Reihen von Namen, die Buchstaben verschwammen ihr vor den Augen; zwischen Stockholm und Helsinki verkehrten täglich mehrere Fähren mit tausenden Menschen. Sie würden nie etwas fin …

Jose Sinko. Sie blieb an dem Namen hängen und verschlang ihn regelrecht, warum zum Teufel hatte sie den überlesen? Sie kannte einen Mann dieses Namens. Ihre Gedanken setzten zum Flug an.

»Paranoid!«, rief sie so laut, dass er zwei Sekunden später in der Tür seines Arbeitszimmers erschien.

»Wenn du ein Kind nach Finnland schmuggeln müsstest und es nicht selber tun möchtest, wen würdest du dafür nehmen?«, fragte sie.

Paranoid wirkte überrascht, dann breitete sich ein Lächeln auf seinem Gesicht aus. »Was hast du gefunden?«

»Jose Sinko, den Namen vergisst man nicht so leicht. Ich habe den Mann letztes Frühjahr im Amtsgericht als Zeugen des Staatsanwalts gesehen, er hat alles Mögliche erzählt und so unverschämt gelogen, dass ich mich aus lauter Neugier mit seinem Hintergrund beschäftigt habe.« Kati Soisalo schien stolz auf sich zu sein.

»Und?«

»Sinko arbeitet in einem privaten Sicherheitsdienst, ich glaube, der heißt ProTurva. Die Firma ist auf Personenschutz spezialisiert, sie organisieren den Transport ausländischer Promis und anderer hochrangiger Gäste und stellen Sicherheitsleute und Bodyguards.«

»Dann überprüfen wir mal, wo der Mann damals war, als Vilma nach Finnland gebracht wurde«, sagte Paranoid.

Kati Soisalo sprühte vor Eifer. »Dieser Jose ist seinerzeit wegen Kreditkartenbetrügereien bei der Polizei rausgeflogen und hat einige Zeit in Afghanistan gearbeitet, soweit ich mich erinnere auch dort in irgendeiner privaten Sicherheitsfirma.«

Paranoid tippte auf seiner Tastatur, machte eine Pause und fuhr dann fort. Kati Soisalo schaute ihm über die Schulter und wunderte sich, wie jemand aus dem nicht enden wollenden Meer von Ziffern, Buchstaben und Befehlen schlau werden konnte. Sourcecode wurde dieses Tohuwabohu angeblich genannt. Dann tauchten auf dem Monitor die Vorgänge auf der VISA-Card Jose Sinkos auf.

»Er hat seine Karte damals im September vor drei Jahren nicht im Ausland oder auf der Schwedenfähre benutzt«, stellte Paranoid fest, und Kati Soisalo biss sich vor Enttäuschung auf die Lippe. Paranoid tippte weiter.

Es dauerte eine Weile, dann stieß er einen Jauchzer aus. »Die Kreditkarte von ProTurva wurde im slowenischen Ljubljana an dem Tag verwendet, als man Vilma übergeben hat ... dann in Salzburg, Nürnberg, Hildesheim und Flensburg ... und schließlich in Kopenhagen und einem schwedischen Lebensmittelladen.«

»Ich geh' jetzt zu Jose Sinko«, verkündete Kati Soisalo und verschwand im Flur.

»Nun überstürze mal nichts!«, rief Paranoid ihr nach. »Wir dürfen jetzt keinen Fehler machen. Der wird dir nichts sagen, wenn du mit Schaum vorm Mund bei ihm auftauchst und nach einem entführten Kind fragst. Im Gegenteil, danach wird er garantiert dafür sorgen, dass keiner irgendwelche Beweise findet.«

Kati Soisalo begriff, dass Paranoid recht hatte.

»Ich hacke die Datenbank von ProTurva, und wenn sich dort nichts ergibt, dann sind die herkömmlichen Methoden an der Reihe. Vielleicht kann ich die Sicherheitssysteme im Büro der Firma außer Betrieb setzen«, sagte Paranoid, und Kati Soisalo lächelte dankbar.

* * *

Clive Grover hätte eigentlich Angst haben müssen, aber dieses Treffen war zu wichtig, er ging im Kopf immer wieder Punkt für Punkt alles durch, was jetzt gleich geschehen könnte. In Kürze würde er mit seinem »Betreuer« Wasili Golowkin reden. Er hatte dem Russen den Treffpunkt vorgeschlagen und ihm mitgeteilt, er wisse, dass Golowkin hinter dem versuchten Mordanschlag auf ihn steckte. Außerdem hatte er Golowkin vorgelogen, er habe zu seinem Schutz in der Nähe eine ausreichende Anzahl von SIS-Leuten postiert, und angekündigt, er wolle ihm einen wichtigen Vorschlag machen. Grover und dem MI5 war klar, dass der Russe nichts wirklich Wichtiges verraten würde, deshalb hatten sie entschieden, sich mit einem Namen zu begnügen, einem Namen, der sie auf die Spur von Mundus Novus führen würde. Grover war sicher, dass der MI5 auch mit Betha Gilmartin darüber gesprochen hatte.

Und nun saß er hier, im Café Queen's Park am Rande des gleichnamigen Parkes im Nordosten Londons. Die Junioren, die auf dem Rasen Fußball spielten, ließen ihn nicht nur an seine verlorene Jugend, sondern auch an seine verlorene Freiheit denken.

Selbst im besten Fall erwartete ihn lebenslange Gefangenschaft. Zwar dürfte er sie vielleicht auf den Bermudas verbringen, aber das änderte nichts daran, dass er ein Gefangener sein würde. Einem Vogel war es egal, ob er in einem Käfig aus Gold oder Stahl saß.

Offensichtlich fürchteten die Russen, er könnte die Seite gewechselt haben. Er hatte sich Dutzende Male mit Botschaftssekretär Wasili Golowkin getroffen und immer von Angesicht zu Angesicht, doch diesmal hatte der Mann ihm befohlen, den Computer zu öffnen, den einer seiner Gehilfen in das Café gebracht hatte, ihn in den Ad-hoc-Modus zu versetzen und zu warten. Sie würden ein verschlüsseltes Ad-hoc-Netz ohne Infrastruktur benutzen, eine schnurlose Verbindung, bei der die Endgeräte miteinander kommunizierten, ohne Spuren zu hinterlassen, weder in Festnetzen noch in drahtlosen Netzen. Die Technik war ursprünglich für die Armeen der Großmächte entwickelt worden. Golowkin saß wahrscheinlich irgendwo in der Nähe mit dem Laptop auf dem Schoß in seinem Auto und könnte mit einigen Klicks auch die Festplatte auf dem Computer löschen, den man ihm zur Verfügung gestellt hatte.

Garantiert hockte einer von Golowkins Leuten im Café, vermutlich der blonde Mann mit der Knollennase am Fenstertisch. Oder die Frau im mittleren Alter, die ihren Tee schlürfte und Nagellack benutzte, dessen Rot für Grovers Geschmack eine Spur zu aggressiv war.

Die erste Nachricht erschien auf Grovers Monitor, als er gerade die Kaffeetasse anhob.

<Du bist zwei Tage nicht im Dienst gewesen>

Grover tippte seine Antwort.

<Urlaubstage. Ich musste nachdenken. Ihr habt versucht, mich zu beseitigen>

<Du wurdest enttarnt>
<Ich weiß>
<Hast du die Seite gewechselt?>
<Nein>

Golowkins nächster Text ließ so lange auf sich warten, dass Grover schon fürchtete, der Russe habe das Ganze abgebrochen.

<Warum wolltest du mit mir reden?>
<Ich schlage eine Übereinkunft vor. Ihr lasst mich in Ruhe und ich übergebe euch meine neuesten Informationen aus dem SIS. Ich habe euch seit drei Wochen keine Nachrichten übermittelt. Ich weiß etwas, was für euch von äußerst großem Nutzen wäre>
<Wir können uns das überlegen>
<Für einen Handel mit dem MI5 brauche ich etwas. Einen Namen. Ein Opfer, durch das euch kein allzu großer Schaden entsteht. Das würde mich retten>
<Welchen Namen?>
<Wer ist euer Vertreter im AEM-Konzern?>
<Ich reiche deinen Vorschlag weiter>

Golowkins letzter Satz verschwand von Grovers Bildschirm, kaum dass er ihn gelesen hatte, und mit ihm verschwand auch die ganze Nachrichtenkette. Er hatte den Köder ausgeworfen, nun musste er abwarten, ob jemand anbiss.

19

Freitag, 7. Oktober

Die Besprechung der Koordinierungsgruppe für die Ermittlungen zum Kabinett fand im Büro des Generalstaatsanwalts statt. Das Wort hatte Klasu Nyman, Kriminaloberinspektor der KRP.

»Eeva Vanhala ist immer noch verschollen. Ihre Kreditkarte und ihr Handy hat sie zuletzt am vergangenen Dienstag benutzt, den Internetzugang und das Festnetztelefon Mittwochfrüh. Ihre Kontakte und Aktivitäten werden derzeit überprüft, aber bis jetzt wurde nichts gefunden, wo man einhaken könnte. Der einzige brauchbare Hinweis stammt von einem Taxifahrer, der Vanhala am Montag in der Uudenmaankatu mitgenommen und zum Bahnhof in Kirkkonummi gebracht hat. Wir klären im Moment noch, ob sie von Kirkkonummi aus weitergefahren ist und wenn ja, wie und wohin. Es ist keine unbekannte Tote aufgetaucht, die Vanhalas Erkennungszeichen aufweist, und in ihrer Wohnung wurde nichts gefunden, was uns zumindest auf die Schnelle weiterhelfen würde.«

Nun war Saara Lukkari von der SUPO an der Reihe: »Ville Käräväs Aussage ist zutreffend. Wir haben nichts Überraschendes in seiner Kanzlei oder bei ihm zu Hause gefunden, es sieht tatsächlich so aus, als hätte Eeva Vanhala ihm nur die Unterlagen übergeben, von denen uns Leo Kara schon berichtet hat.«

»Du hast Kärävä nach irgendeinem Smirnow-Material gefragt. Was ist das?«, erkundigte sich Nyman neugierig bei Lukkari.

»So werden bei der SUPO bestimmte Unterlagen bezeichnet. Darüber reden wir irgendwann später«, erwiderte Saara Lukkari und wechselte rasch das Thema. »Wir stehen in Kontakt mit der

Kanzlei der Präsidentin. Im Schloss, ihrem Amtssitz, werden Vanhalas Aktivitäten derzeit gründlich untersucht. Sie bitten darum, ihr Verschwinden geheim zu halten, wenn das nur irgendwie möglich ist.«

»Was machen wir mit Kärävä?«, fragte die stellvertretende Generalstaatsanwältin Alanko. »Sollen wir ihn unter Polizeischutz stellen? Angeblich hat er solche Angst, dass er die Arrestzelle der Polizeistation in Vantaa gar nicht verlassen will.«

»Darum kann sich die SUPO kümmern«, sagte Saara Lukkari.

»Ich habe den Bericht der Kriminaltechnik über diesen Unfall auf dem Länsiväylä an euch verteilt.« Klasu Nyman klopfte auf einen Papierstapel. »Es handelt sich nicht um einen technischen Defekt, alle elektrischen Vorrichtungen des Lastzugs mit den Stahlträgern waren vollkommen blockiert. Jemand hat den Unfall absichtlich herbeigeführt. Und drei Menschen umgebracht.«

Der junge langhaarige Mitarbeiter des kriminaltechnischen Labors räusperte sich. »Ein elektromagnetischer Puls würde genau diesen Ausfall der Systeme zur Folge haben.«

»So ein Ding dürfte ja wohl nicht für jedermann zugänglich sein«, erwiderte Nyman, weil ihm nichts anderes einfiel, dabei starrte er den Kriminaltechniker fragend an.

»Extrem kurzzeitige elektromagnetische Wellen mit hoher Intensität kannte man schon in den vierziger Jahren im Zusammenhang mit Kernexplosionen. Daraus wurden im Laufe der Jahre verschiedene militärische Anwendungen entwickelt. Jetzt ist man schon so weit, dass es zumindest dem kanadischen Unternehmen Eureka Aerospace gelungen ist, eine EMP-Kanone oder EMP-Bazooka herzustellen, die ungefähr so groß wie eine Tasche ist. Man kann sie mühelos mit sich herumtragen.«

Für einen Augenblick wurde es im Beratungsraum still, dann meldete sich Saara Lukkari zu Wort. »Der einzige Hinweis, den wir haben, ist dieser Land Rover Freelander, der nach Aussage von Augenzeugen kurz vor dem Unfall beschleunigte und neben den

Lastzug fuhr. Der Mann, der den Wagen gemietet hatte, dieser Timur ...«, sie musste in ihre Unterlagen schauen, »Schalmagambetow ist natürlich in keinem Register zu finden.«

»Wir stecken völlig in einer Sackgasse«, murmelte Anni Alanko und schüttelte den Kopf.

Klasu Nyman stand energiegeladen auf und drehte eine Runde um den Tisch. »Saurivaara, Laamanen und Kankare sind tot und Eeva Vanhala verschwunden. Alle Opfer hängen irgendwie mit dem Bericht von diesem Anwalt Käräva zusammen. Bei uns sind bereits fast zwanzig Leute mit dieser Sache beschäftigt ...«

»Und bei der SUPO fünf«, rief Saara Lukkari dazwischen.

»... und es gibt schon eine irrsinnige Menge Unterlagen und ständig kommen noch mehr dazu. Aber wir haben keine Ahnung, worum es bei dieser Sache insgesamt geht.«

»Ach? Wirklich nicht?«, fragte Lukkari erstaunt. »Es ist doch ganz klar, dass jemand all die Leute loswerden will, die durch Eeva Vanhalas Dokumente entlarvt wurden. Wir müssen Vanhala und ihre Unterlagen finden.«

Plötzlich klingelte Klasu Nymans Telefon, er schaute kurz zu Lukkari und Alanko hin, bevor er sich meldete. Dann hörte er etwa zwanzig Sekunden konzentriert zu, legte das Handy auf den Tisch und sah ein wenig hoffnungsvoller aus. »Eeva Vanhala ist am Montag mit dem Zug von Kirkkonummi nach Karjaa und von dort mit dem Bus nach Pohjankuru gefahren. Es würde mich nicht wundern, wenn sie bald gefunden wird.«

* * *

Der Generaldirektor des AEM-Konzerns Anton Moser saß im Arbeitszimmer in der obersten Etage seines Büropalastes im Herzen von Wien, legte den Hörer auf und schürzte den Mund wie ein Fisch, was ein Zeichen dafür war, dass er nachdachte. Allmählich häuften sich die Probleme auf seinem Tisch. Die von der

Trägerrakete Girmand verursachten Schäden würde AEM teuer bezahlen müssen, und das Schlimmste war, dass sich das österreichische Bundeskriminalamt mit ihm über den Immobilienbesitz des Konzerns unterhalten wollte. Natürlich hatte er versichert, davon nicht die geringste Ahnung zu haben, und den Polizisten die Telefonnummer German Danilows angeboten, der im Konzern für Immobilienangelegenheiten zuständig war, aber mit dem hatte die Polizei angeblich schon gesprochen. Warum zum Teufel wusste er nichts davon? Auf dem Weg über die Immobilien würde die Polizei den wahren Zweck des AEM-Konzerns nie herausfinden, aber wenn die Behörden in den Angelegenheiten des Unternehmens herumschnüffelten, könnten sie schlimmstenfalls seiner Hauptgeschäftstätigkeit auf die Spur kommen. Selbst die geringste Gefahr einer solchen Katastrophe musste sofort ausgeräumt werden. Er rief seine Sekretärin an und sagte ihr, sie solle Danilow zu ihm schicken.

Zwei Minuten später erschien der stets lächelnde Russe. Moser überlegte, ob die Ursache für Danilows aufreizende Selbstsicherheit seine Vergangenheit als Leistungssportler oder sein Ruf als Frauenheld war. Sein Mund konnte jedenfalls nicht der Grund sein, er sah so aus, als hätte er statt der Lippen nur zwei dünne weiße Striche.

Moser kam ohne Umschweife zur Sache: »Wie man hört, hast du mit dem Bundeskriminalamt über den Immobilienbesitz von AEM gesprochen. Was wollten sie wissen?«

»Sie haben nun endlich herausbekommen, dass AEM über seine Tochterunternehmen ein kleines Stück von mehreren Industrieimmobilien besitzt, die mit Mundus Novus in Verbindung gebracht werden.«

»Verdammt, das ist ja besorgniserregend«, erwiderte Moser bestürzt.

»Überhaupt nicht. AEM gehören tausende Immobilien, wir sind nicht dafür verantwortlich, was die Mieter in denen anstellen.«

Es dauerte eine Weile, bis sich Moser beruhigt hatte. »Und die Beschaffung von Finanzmitteln? Wie ist die Lage beim Sklavenhandel?«

»Wieso, ist irgendwas passiert?«, fragte Danilow verwundert.

»Beantworte einfach nur die Frage. Beamte vom Bundeskriminalamt wollen sich auch mit mir treffen, und ich möchte keinerlei Überraschungen erleben, an keiner einzigen Front.«

»Der wichtigste Sammelpunkt für Sklaven befindet sich weiterhin in Kamerun, wir haben das ganze Land mit jedem Tag besser unter Kontrolle. Uns gehören die Elektrizitätswerke, das Eisenbahnnetz und der größte Hafen in Douala. In der Transportbranche haben wir fast eine Monopolstellung. Wenn Probleme auftreten, können wir sowohl den Import als auch den Export, ja, ganz Kamerun lahmlegen. Mit Schmiergeldern bekommt man dort alles, die Entscheidungsträger sind alle käuflich, selbst Präsident Biya haben wir in der Hand.«

»Und alle für den Export bestimmten Sklaven aus afrikanischen Ländern südlich der Sahara werden weiterhin über Kamerun transportiert?«, erkundigte sich Moser.

»In den Export gehen etwa eine halbe Million Menschen pro Jahr. Auf den Plantagen und in den Bergwerken Ost- und Zentralafrikas werden circa eine Million Sklaven gehalten. Die Einnahmen betrugen im letzten Jahr siebenhundert Millionen Dollar, in diesem Jahr wird es etwas mehr sein.«

»Und China? Kurz.«

»Dort wird man entweder in diesem oder im nächsten Jahr Afrikas Zahlen übertreffen, aber alle Sklaven werden exportiert.« Danilow wirkte nun noch zufriedener. »Das Geschäft läuft immer besser, weil in China der Staat jetzt auch ausländischen Firmen erlaubt, Arbeitsvermittlungsagenturen zu gründen. Die Nachfrage steigt kontinuierlich. Die Chinesen arbeiten fleißig und hart, und die gibt es schon von früher her fast überall auf der Welt. Insbesondere in Nordeuropa fallen sie nicht so auf wie Afrikaner. Der chinesische Staat nimmt sich natürlich eine kleine Scheibe vom Kuchen, aber trotzdem steigen in diesem Jahr die Einnahmen in China nach derzeitigem Stand auf eine halbe Milliarde Dollar.«

»Und das sonstige Asien?«

»Ist natürlich nach wie vor ein großer Markt, aber seine Bedeutung nimmt immer mehr ab. Wir haben in den indonesischen Fischfabriken weiterhin etwa zweihunderttausend Sklaven. In Malaysia und auf den Philippinen wurden durch uns im letzten Jahr etwa hunderttausend Haussklaven verkauft, weitere hunderttausend gingen ins Ausland, insbesondere nach Japan und in den Nahen Osten.«

»Sind auf dem Menschenmarkt irgendwelche ... Rückschläge eingetreten? Mich interessieren diesmal nur die Probleme. Gibt es etwas, dessen Untersuchung die Behörden der westlichen Länder auf unsere Spur führen könnte.«

Danilow schüttelte den Kopf.

»Und diese verdammten Freiwilligenorganisationen?«

»Free the Slaves und Anti-Slavery International?« Danilow lachte. »Deren Ressourcen reichen für Hintergrundrecherchen nicht aus.«

Moser überlegte einen Augenblick und hob dann die Arme. »Gut. Aber von jetzt an will ich über alle Probleme sofort unterrichtet werden.« Danilow stand auf und ging genauso frohgelaunt, wie er gekommen war.

Für einen Russen war der Mann eine merkwürdige Ausnahme: Ihm fehlte die Schwermütigkeit, die Moser an seinen Landsleuten besonders schätzte. Anton Moser hätte mit Danilow gern Russisch gesprochen, er durfte seine Muttersprache viel zu selten benutzen, aber aus irgendeinem Grund vermochte er dem Mann von Mundus Novus nicht vorbehaltlos zu vertrauen.

Mosers Gedanken schweiften ab. Immerhin spürte er kein Heimweh mehr, nur mit Mühe erinnerte er sich noch daran, wie es in

Sowjet-Russland gewesen war. Die Abteilung N des KGB hatte bereits 1969 eine Scheinidentität für ihn geschaffen. Damals verwandelte er sich in Anton Moser, einen Ostdeutschen, den es tatsächlich gegeben hatte, allerdings war er schon als Kind gestorben. Er hatte seine erfundene Lebensgeschichte, seine Legende, auswendig gelernt und drei Pässe mitbekommen, als er Moskau verließ, einen auf den Namen Anton Moser und zwei andere für Grenzübertritte, falls seine Tarnidentität aufflog. Dann hatte er als »Schläfer« darauf gewartet, Aufträge zu erhalten, bis 1989. In dem Jahr hatte man ihn schließlich aufgefordert, für den KGB aktiv zu werden. Als sich die beiden deutschen Staaten 1990 vereinigten, nahm der KGB in Mosers Unternehmen die Zügel in die Hand, und im Jahr 2000 befahl man ihm, seinen AEM-Konzern an eine von Mundus Novus kontrollierte Firma zu verkaufen.

Ihm wurde klar, dass er immer noch auf den Sessel starrte, aus dem Danilow eben aufgestanden war. Denselben Sessel, auf dem gestern seine Tochter gesessen hatte. Anscheinend wurde er mit zunehmendem Alter nachgiebiger. Als Nadine ihn wieder verlassen hatte, war er absolut überzeugt gewesen, keinen Finger zu rühren, um ihr zu helfen. Doch jetzt war er sich da nicht mehr so sicher. Mit ihrer Bemerkung, Bruno sei trotz alledem sein einziges Enkelkind, hatte Nadine einen Nerv bei ihm getroffen. Schließlich konnte Bruno überhaupt nichts für das, was zwischen ihm und seiner Tochter seinerzeit vorgefallen war.

Er fasste einen Entschluss und griff zum Telefon. Im Hansy nahm ein Kellner ab, den er nach seiner Tochter fragte. Der mürrische Mann antwortete undeutlich und ließ ihn solange in der Leitung hängen, dass er schon auflegen wollte, doch dann meldete sich Nadine endlich.

»Ich habe beschlossen, dir zu helfen«, verkündete Anton Moser.

Nadine Egger war so überrascht, dass sie erst einmal kein Wort herausbrachte. Dann sagte sie: »Das ist ja schön. Darf ich fragen, wie?«

»Wie viele Mitarbeiter hast du im Hansy?«

Nadine zählte sie an den Fingern ab. »Sieben feste und vier andere.«

»Kündige allen, ich besorge dir statt dieser Leute neue Mitarbeiter. Ich würde denken, dass ich elf Chinesen finde, die gut genug Deutsch sprechen.«

»Chinesen?«, wiederholte Nadine.

»Die arbeiten fast umsonst. Mit den Nebenkosten sparst du pro Mitarbeiter etwa dreitausend Euro im Monat, im Jahr macht das ungefähr ... vierhunderttausend Euro. Das dürfte ja wohl reichen, um die Schadenersatzforderungen an Bruno zu bezahlen.«

»Wie soll ich das meinen Mitarbeitern erklären ...«, wollte Nadine fragen und begriff erst jetzt, dass dieses Telefonat schon beendet war.

* * *

Joy Okoye saß auf dem Toilettenbecken und betrachtete abwechselnd die Testspitze des Schwangerschaftstests von Clear Blue und das Pluszeichen auf dem Display. Sie kniff die Augen ein paarmal zusammen, obwohl sie das Pluszeichen genauso deutlich sah wie auf dem vorherigen Teststäbchen. Sie war schwanger. Natürlich freute sie sich, aber das würde alles ändern.

Joy arbeitete seit fast einem Jahr in Dornbach bei Wien in Anton Mosers Villa. Sie war Sklavin. Das hieß, sie machte die Arbeit einer Haushälterin und Putzfrau, erhielt aber keinen Pfennig Lohn. Sie durfte in Mosers Küche essen, bekam einen freien Tag nur, wenn sie darum bat, und Geld, wenn etwas Notwendiges wie Bekleidung gekauft werden musste. Wenigstens nahm Moser sie nicht mehr mit Gewalt in jener ekligen Bude, einer wahren Hölle, die er als Spielzimmer bezeichnete, was er witzig fand. Der Raum widerte sie an. Seit sie mit Abedi zusammen war, blieb sie davon verschont und brauchte das Spielzimmer nur noch sauberzumachen.

Sie musste das durchstehen. Nur zu gut wusste sie, wie viel schlechter es ihr gehen könnte. Ihr erster Chef in Wien, ein aggressiver Taxifahrer und gebürtiger Grieche, hatte sie gezwungen, manchmal sogar zwanzig Stunden am Tag zu arbeiten. Gewohnt hatte sie in einem leer stehenden Büro, dessen Heizung abgestellt war. Ihr Chef hatte sie früh gegen fünf abgeholt, ins Zentrum gefahren und ihr die Adressen der Nachtklubs und Restaurants gegeben, in denen sie putzen sollte. Arbeiten musste sie jeden Tag, und der Lohn war so niedrig, dass es kaum fürs Essen reichte. Diese Folter hatte fast ein Jahr gedauert.

Vor lauter Einsamkeit war sie ständig niedergeschlagen gewesen; ihr Zuhause, die Familie, die Freunde – alles war in Nigeria geblieben. Und in ganz Wien kannte sie damals außer diesem Schwein aus Athen niemanden. Schließlich hatte sie nicht mehr schlafen können und war nur noch in der Stadt unterwegs gewesen, wenn es sein musste; eine ungepflegte schwarze Frau war für die Wiener noch schlimmer als ein Bettler, und die abfälligen Blicke konnte sie nicht mehr ertragen. Für neue Bücher reichte ihr Geld nicht, also las sie damals in ihrer aus Nigeria mitgebrachten Bibel, bis sie genug davon hatte, dass ihr eine Erlösung versprochen wurde, die in ihrer Phantasie stattfinden sollte. Danach wandte sie sich an Chukwu Abiama, den Schöpfer von allem. Der versprach nur eine Wiedergeburt, bei der man in die eigene Familie zurückkehrte. Gerade das war tröstlich. Und die Götter und Geister der Igbo brauchte man nicht zu fürchten, sie verhielten sich wie Freunde.

Am Ende war sie dem Griechen weggelaufen und hatte sich eingebildet, allein besser zurechtzukommen. Stattdessen geriet sie in einen noch schlimmeren Teufelskreis, sie übernachtete mal hier und mal da und war schließlich gezwungen, sich selbst zu verkaufen. Aus dieser Hölle hatte Anton Moser sie gerettet, das musste sie zugeben. Der Grieche hatte Moser von ihrem Verschwinden erzählt, und dessen Helfer machten sie ausfindig.

Joy Okoye öffnete die Tür zu Mosers Arbeitszimmer und sah die Fotos an der Wand, auf denen der Mann mit allen möglichen Leuten posierte, von denen sie nur einen erkannte, den Präsidenten von Kamerun. Und gerade in Kamerun hatte sich ihr ganzes Leben verändert.

Vor drei Jahren lebte sie noch in der Nähe der Stadt Kano in Nordnigeria. In dieser Gegend gab es dann und wann Zusammenstöße zwischen Christen und Moslems. Sie war Christin und gehörte zum Volk der Igbo. Ihr Bruder hatte sich der Widerstandsbewegung MASSOB angeschlossen, die für die Unabhängigkeit Südnigerias eintrat, und war bei einem Feuergefecht gefallen. Mutter hatte ihre Arbeit in einem Bekleidungsgeschäft verloren, und Vaters Schusterwerkstatt war niedergebrannt worden. Als ihre Eltern nach Ostnigeria in eine ruhigere Gegend zogen, hatte sie sich eingebildet, klug und mutig zu sein und war nach Kamerun gegangen, um sich Arbeit zu suchen. Das erwies sich als der größte Fehler ihres Lebens. Die Arbeitsvermittlungsagentur, die Moser gehörte, hatte ihr einen gut bezahlten Job in Europa versprochen. Und nun saß sie hier. Ihren Pass und ihren Personalausweis hatte sie nicht mehr gesehen, seit sie die Dokumente bei Mosers Agentur abgegeben hatte. Falls sie sich ohne Papiere bei den österreichischen Behörden meldete, würde man sie sofort nach Nigeria zurückschicken. Aber die Lage änderte sich womöglich, wenn sie genug Geld sparte und eine Schule besuchen oder eine normale Arbeit finden könnte. Das behauptete ihr Mann Abedi. Joy hatte Angst. Was würde Abedi sagen, wenn er von ihrer Schwangerschaft erfuhr.

Joy Okoye ging bis ans andere Ende des Arbeitszimmers und hoffte, dass Anton Moser am Morgen besonders wichtige Unterlagen auf seinem Schreibtisch liegen gelassen hatte. Im Laufe der Jahre hatte sie ziemlich gründlich Deutsch gelernt, gezwungenermaßen, und konnte nun auch recht schwierige Texte verstehen. Das wusste Moser natürlich nicht. Er kam immer erst abends aus der Stadt zurück, sie hatte also noch etliche Stunden Zeit. Joy buchstabierte eine Weile die Wörter auf dem obersten Blatt, begriff, dass es um Menschen ging, die man aus Kamerun hierher gebracht hatte, und dankte Chukwu Abiama.

Ihr musste irgendein Weg einfallen, wie sie sich diese Unterlagen zunutze machen konnte. Sie und Abedi brauchten dringend Geld, um sich eine Aufenthaltsgenehmigung zu beschaffen. Sie wollte ihrem Kind eine Zukunft geben. Vielleicht wäre sie auch imstande, sich an Anton Moser zu rächen, für das, was er ihnen allen angetan hatte. Den hunderttausenden Menschen, denen es so erging wie ihr.

20

Freitag, 7. Oktober

Geheime Dienstsache des stellvertretenden Leiters der Abteilung für Internationale Beziehungen des Zentralkomitees der KPdSU Witali Schaposchnikow: »Über den Austausch mit der Sozialdemokratischen Partei Finnlands«, Nr. 25-S-1492, 19.8.1980. Jukka Ukkola legte das finnischsprachige Dokument zurück auf den Esstisch seines Wohnzimmers und schaute den etwa dreißigjährigen, nach Knoblauch riechenden Russischübersetzer verdrossen an, der seit drei Stunden ohne Pause mit Eeva Vanhalas Unterlagen beschäftigt war.

»Die brauchen doch wohl nicht alle übersetzt zu werden, das sind hunderte Berichte. Dieser Lalli hatte ab Mitte der sechziger Jahre bis zum Zerfall der Sowjetunion wöchentlich Kontakt mit der sowjetischen Botschaft in der Tehtaankatu, manchmal täglich«, sagte der Übersetzer und schob die Finger in seinen dichten Bart.

»Und dieser Lalli ist ausdrücklich der Exministerpräsident?«, vergewisserte sich Ukkola schon zum zweiten Mal. Aus irgendeinem Grund fiel es ihm schwer, dem Übersetzer zu vertrauen, der langhaarige Kerl war anscheinend mehr daran interessiert, die Unterlagen zu lesen, als sie zu übersetzen. Dann und wann schnaufte er geräuschvoll und schüttelte den Kopf, wenn er auf eine besonders überraschende oder interessante Information stieß.

»Hier findet man auch die Decknamen und Codes aller vom KGB angeworbenen finnischen Helfer bis 1991.« Der Übersetzer zeigte mit dem Finger auf den etwa fünfzehn Zentimeter hohen Papierstapel und schaute Ukkola verwundert an. »Warum überprüfst du diese Unterlagen zu Hause?«

»Das geht dich nichts an. Es handelt sich um eine Angelegenheit der KRP und du hältst über die ganze Geschichte die Klappe«, schnauzte Ukkola, obwohl er wusste, dass der Übersetzer zuverlässig war. Der Mann hatte schon etliche Male bei Ermittlungen zu russischen Kriminellen für die KRP gearbeitet.

Jetzt schien der Mann beleidigt zu sein. »Ich halte mich strikt an die ethischen Regeln der professionellen Übersetzer und Dolmetscher. Und zu denen gehört auch die Schweigepflicht.«

Du mit deinem Jesusbart, übersetz einfach nur die Dokumente, dachte Ukkola, sagte aber: »Lies noch weitere Berichte des Ministerpräsidenten. Aber kursorisch. Nur die Hauptpunkte.«

»Ich weiß selber, was kursorisch bed...« Das Plädoyer des Übersetzers brach ab, als er sah, wie Ukkola die Stirn runzelte.

»Das hier sind die letzten Berichte, von 1991. Lalli beschreibt darin detailliert, wie er sich um die Unterstützung der Sozialdemokraten und Präsident Koivistos für den von Gennadi Janajew geführten Putschversuch der kommunistischen Hardliner bemüht. Dann folgt eine Mitteilung, in der Lalli besorgt anfragt, was mit ihm bei einem Machtwechsel in der Sowjetunion und im KGB geschieht. In der nächsten Nachricht bittet er darum, die von ihm geschriebenen Berichte zu vernichten, wenn die Kommunisten gezwungen sind, die Macht abzugeben ...«

Ukkola musste sich setzen. Es interessierte ihn nicht die Bohne, welche Verbrechen die finnischen Helfer des KGB begangen hatten oder was für einen Skandal eine Veröffentlichung von Vanhalas Material auslösen würde. Er wollte nur eins, diese Unterlagen von unschätzbarem Wert zu seinem Vorteil nutzen. Aber wie? Es wäre keine gute Idee, den Vorsitzenden des Kabinetts zu erpressen. Und er könnte auch nicht behaupten, er sei zufällig auf diese Informationen gestoßen. Der Vorsitzende hatte ihm ja ausdrücklich verboten, Vanhalas Unterlagen einzusehen. Die Wanduhr schlug fünfmal und Ukkola wurde klar, dass er schnell etwas unternehmen musste, bevor es zu spät war.

»Gib mir das Blatt, auf dem die Decknamen und Codes aller Finnen aufgelistet sind«, sagte Ukkola. »Und suche die allerwichtigsten Unterlagen heraus, alles was mit Ministerpräsidenten und Präsidenten zusammenhängt.«

Er stellte sich neben den Übersetzer und klopfte mit dem Daumen auf den Zeigefinger, bis er die ersten Dokumente in die Hand bekam. Dann lief er mit großen Schritten die Treppe hinauf in sein Arbeitszimmer und schaltete den Multifunktionsdrucker ein. Er hatte noch eine halbe Stunde Zeit, die Unterlagen zu scannen.

Es war auf die Minute genau 18 Uhr, als Jukka Ukkola mit seiner Tasche schon zum zweiten Mal am selben Tag im Sibeliuspark eintraf. Er war sich ganz und gar nicht sicher, ob es klug gewesen war, einen Teil der Unterlagen zu kopieren. Außerdem besaß er keinen vernünftigen Plan, es war zu wenig Zeit geblieben, nun müsste er sich irgendwie durchlavieren, je nachdem, wie das Treffen verlief.

Der Vorsitzende saß auf einer Parkbank am Teich neben dem Sibelius-Denkmal. Nun erhob er sich, richtete seinen etwa zwei Meter großen Körper auf und griff wortlos nach Ukkolas Tasche, als der vor ihm stehen blieb. Er setzte sich wieder, nahm die zwei Ordner auf den Schoß und blätterte die Unterlagen durch, bis er sich vergewissert hatte, dass er das Smirnow-Material in der Hand hielt. »Und niemand hat die geöffnet und die Dokumente gelesen?«, fragte er.

Ukkola überlegte, ob er seine Karten jetzt sofort aufdecken sollte oder erst dann, wenn er eine Gegenleistung brauchte.

Seine Antwort ließ zu lange auf sich warten. Der Vorsitzende wandte sich Ukkola zu und schaute ihn äußerst besorgt an.

»Natürlich nicht«, erwiderte Jukka Ukkola ganz gelassen.

* * *

Eeva Vanhala stand auf einem Sandhügel unter Kiefern, die sich im Wind wiegten, und beobachtete das rote Klubhaus von Ruukkigolf, das ungefähr zweihundert Meter entfernt war. Ihre mit Stofffetzen umwickelten Füße bluteten und der kahl geschorene Kopf schmerzte unerträglich, sie fürchtete, dass Schädelknochen gebrochen waren. Wie sollte sie ihr Aussehen erklären? Aber es gab keine Alternative, sie brauchte Hilfe und einen Ort, wo sie in Sicherheit war. Zunächst müsste sie allerdings herausbekommen, was sich in den letzten Tagen alles ereignet hatte, sonst konnte sie sich keine glaubhafte Geschichte für die Behörden ausdenken.

Das Klubhaus von Ruukkigolf, ein schönes altes Holzgebäude, hatte früher zum Gut Brödtorp gehört. Eeva Vanhala ging hinein, sie wusste, wo sich das Büro befand. Maria, die Geschäftsführerin, kannte sie schon seit Jahren. Das Licht war an, aber Stimmen hörte man nicht, an Oktoberabenden war im Golfklub nicht übermäßig viel Betrieb. Sie stieg die Treppe hinauf zu den Büroräumen in der ersten Etage und sah vor einer offenen Tür Damengummistiefel stehen. Fast hätte sie vor Schmerz geschrien, als sie ihre Füße in die Stiefel schob. Würde sie es noch schaffen, sich zu säubern, fände sie irgendwo ein Basecap, irgendeine Kopfbedeckung, sie sah aus wie ein Sträfling ...

»Eeva. Um Gottes willen, was ist mit dir passiert?« Maria Byman, die Geschäftsführerin von Ruukkigolf, erschien auf dem Flur und starrte ihre Bekannte völlig fassungslos an.

»Frag lieber nicht, du würdest es sowieso nicht glauben. Ich erzähle dir das alles später. Darf ich das Telefon und das Internet benutzen?«

Es dauerte einen Augenblick, bis Maria Byman antworten konnte. »Aber natürlich. Komm in mein Zimmer. Was ist mit deinen Haaren ... und deiner Hand geschehen? Müsstest du nicht zum Arzt?«

»Erst muss ich anrufen.« Eeva Vanhala setzte sich an den Schreibtisch, ging ins Internet und suchte in der Telefonauskunft Laura Hakanens Handynummer heraus. Sie tippte die Nummer in das Festnetztelefon ein, schaute die Geschäftsführerin an und hob die Brauen. Maria Byman wurde klar, dass sie den Raum verlassen sollte, aber die Tür schloss sie nicht.

»Hast du die Ordner übergeben?«, fragte Eeva Vanhala, als Hakanen sich meldete.

»Jetzt rufst du erst an? Um was zum Teufel geht es hier eigentlich?«

»Das erkläre ich später. Könntest du mir antworten.«

»Übergabe kann man das auch nennen. Jemand hat mir einen Schlag auf den Kopf ...«

Eeva Vanhala legte auf und überlegte fieberhaft. Wem hatte der Kirgise das Smirnow-Material gebracht? Das musste sie irgendwie in Erfahrung bringen, denn sie hatte nicht die Absicht, sich selbst, alles, dadurch zu ruinieren, dass sie der Polizei mehr verriet, als nötig war. Unter der Privatnummer des Kabinettsvorsitzenden meldete sich nur der Anrufbeantworter, bei seinem Handy ebenso. Sie fluchte laut und bemerkte, wie sich jemand auf dem Flur bewegte. Maria hatte doch nicht etwa gelauscht? Eeva Vanhala schaute kurz hinaus, sagte: »Noch einen kleinen Augenblick«, und schloss die Tür.

Vielleicht hatte Jukka Ukkola irgendetwas erfahren, obwohl er vom Dienst suspendiert war. Der Mann kannte alle wichtigen Leute bei der Polizei, möglicherweise war er neugierig geworden und hatte sich nach den Unterlagen erkundigt, garantiert fragte er sich, was sie enthielten.

Er meldete sich sofort, nach dem Geräusch zu urteilen saß er im Auto. »Ich rufe wegen des Materials an, das ich in der KRP versteckt hatte. Hast du in diesem Zusammenhang etwas gehört?«, fragte Eeva Vanhala. »Weißt du, wer es jetzt hat?«

Jukka Ukkola verlangsamte seine Geschwindigkeit auf dem Ring I, obwohl der Audi über ein Handsfree-Gerät der Spitzenklasse verfügte. Verdammt, warum wusste Vanhala nicht, wie die Lage war?

»Rede mit mir«, bat sie. »Wir stehen auf derselben Seite, man will uns beide loswerden. Oder hast du dir etwa keine Gedanken gemacht, warum du jetzt das einzige Verbindungsglied zwischen dem Kabinett und der Beschaffung von Finanzmitteln bist? Du, ein Mann, dessen Prozess bevorsteht?«

»Da hast du den Falschen angerufen«, sagte Ukkola und brach das Gespräch ab.

Eeva Vanhalas Herz hämmerte wie wild. Was zum Teufel sollte sie jetzt machen? Sie musste den Stand der Dinge in Erfahrung bringen. Seit ihrer Flucht aus der Hütte waren schon etwa zwei Stunden vergangen, aber im Golfklub würde der Kirgise sie nicht suchen. Vielleicht sollte sie es wagen, hier zu warten, bis sie den Vorsitzenden an die Strippe bekam, Maria würde wohl kaum etwas dagegen haben.

Sie erhob sich, öffnete die Tür und sah den Kirgisen in einem grünen Overall. Eeva Vanhalas letzter Gedanke war, dass sie nun nie wieder jemanden anrufen würde.

* * *

Leo Kara und Kati Soisalo saßen im engen Innenraum des Smart und waren auf dem Weg zum Sitz der Firma ProTurva in Herttoniemi. Paranoid hatte über das Internet Zugang zum Kundenregister der Firma bekommen, aber nur Namen von Kunden und mit wenigen Worten abgefasste Auftragsbeschreibungen gefunden. Sie vermuteten, dass darunter auch die Bestellung für Vilmas Transport von Slowenien nach Finnland war, die ein Martin Tamm in Auftrag gegeben hatte. Laut Paranoid war das in Estland allerdings ein sehr häufiger, also höchstwahrscheinlich fingierter Name – zumal sich im Kundenregister von ProTurva weder Tamms Adresse noch andere Angaben zur Person fanden. Die Auftragsbeschreibung lautete lediglich »Transport und Personenschutz«, als verantwortlicher Mitarbeiter war J. Sinko angegeben.

Kati Soisalo parkte ihren Wagen in der Mekaanikonkatu. Sie beobachteten die Fenster des Gebäudes von ProTurva eine Weile. Als sich dort nichts bewegte, stiegen sie aus und gingen auf den Hinterhof der Firma. Kati Soisalo steckte sich den In-Ear-Kopfhörer ins Ohr und rief Paranoid an. »Wir sind soweit.«

»Okay. Ich schalte den Strom im ganzen Gebäude ab und verhindere Telefongespräche, sowohl drahtlose als auch die übers Festnetz. Die Sicherheitssysteme bekommen keine Verbindung zur Notrufzentrale, ihr könnt auch euer Handy nicht benutzen. Versucht so schnell wie möglich zu sein, die Operatoren werden in Kürze mit Fehlermeldungen aus der Gegend überschüttet.«

Kati Soisalo nickte Kara zu, der trat an die unterste Fensterreihe des Gebäudes und schnitt mit dem Glasschneider in die Scheiben des dreifachverglasten Fensters eine quadratische Öffnung, durch die sein Arm passte. Nachdem er das letzte Stück Glas herausgezogen hatte, steckte er die Hand hindurch und öffnete das Fenster. Sie kletterten in das Gebäude, schalteten ihre Stirnlampen ein und traten auf den langen Flur mit mehr als zehn Türen.

Kara schaute Kati Soisalo an, zeigte auf eine der Türen und trat selbst in das daneben liegende Zimmer. Erst im siebten Raum fanden sie das Archiv. Die feuerisolierten Schränke waren verschlossen.

»Verdammt, warum haben wir nicht mal einen Hammer mitgenommen«, fluchte Kara und hockte sich unter den Tisch, der mitten im Zimmer stand. Es dauerte eine Weile, bis er eines der Tischbeine aus Stahl abgeschraubt hatte. »Das wird jetzt laut«, sagte er und schlug mit dem Tischbein auf das Schloss, es krachte einmal, zweimal ... Nach dem dritten Schlag flogen die Teile des Zylinderschlosses von Assa klirrend in den Schrank und Kati Soisalo zog die Tür auf.

»Die Aufträge: A, B, C ... N. Die sind nach dem Namen der Auftraggeber archiviert, Tamm findet sich bestimmt in dem Schrank daneben«, erklärte sie, Kara holte sofort mit dem Tischbein aus. Diesmal reichten zwei Schläge.

Kati Soisalo fuhr mit dem Finger über die Etiketten der Hängeordner, bis sie das Gesuchte fand: »Tamm, Martin.« Sie nahm den Ordner und blätterte darin.

Plötzlich hörte Kara etwas und trat rasch ans Fenster. »Der Havariewagen von Helsingin Energia. Nimm die Unterlagen mit.«

»Dann erkennen sie, was hier gesucht wurde.«

Kara stürzte zu den Schränken und schnappte sich etwa ein Dutzend Ordner. »Deine Befürchtung hat sich damit erledigt. Die hier geben wir irgendwann zurück.«

Eine Stunde war vergangen. Kati Soisalo hatte die Unterlagen aus dem Ordner über den Auftraggeber namens Martin Tamm durchgelesen. Sie saß auf dem Beifahrersitz ihres Smart auf dem Parkplatz des Sportgeländes von Herttoniemi und hätte am liebsten laut geschrien. Wie viele Male müsste sie noch Enttäuschungen hinnehmen, hörte diese Quälerei denn niemals auf? Sie öffnete die Tür und rief Kara, der sich die Füße vertrat.

Er kam gerannt. »Hast du etwas gefunden?«

»Jedenfalls keine neuen Namen. Aber Sinko hatte ein Kind bei sich, das ist sicher. Fast in jeder Restaurantrechnung ist eine Kinderportion enthalten. Und nach den Belegen waren es drei Reisende, das heißt, Sinko hatte einen Helfer.«

»Wen?«, fragte Kara.

Kati Soisalo zuckte die Achseln. »Wir müssen mit Sinko reden.«

»Es ist schon fast um zehn abends«, protestierte Kara gedämpft, stieg aber ein. Kati Soisalo, die auf den Fahrersitz gerutscht war, startete den Motor. Im selben Moment klingelte Karas Telefon. Er zögerte einen Augenblick, als er auf dem Display Nadines Namen sah, meldete sich dann aber doch.

»Ich bräuchte einen Rat, kannst du einen Moment mit mir reden?«, fragte Nadine.

»Ich bin gerade in einer ziemlich schwierigen Situation.«

»Ich auch«, erwiderte Nadine ungehalten.

»Schieß los.«

»Anton Moser ... Mein Vater hat angerufen und mitgeteilt, dass er mir helfen will, was Bruno angeht.«

»Das ist doch gut«, antwortete Kara, obwohl er ihr anhörte, dass etwas nicht stimmte.

»Vater schlägt vor, dass ich alle meine Mitarbeiter kündige und stattdessen Chinesen einstelle, die er besorgt. Ich würde ihnen nur einen Bruchteil von dem zahlen, was meine Leute bekommen, und pro Jahr hunderttausende Euro sparen.«

»Dann wärest du wenigstens Walter los«, scherzte Kara.

»Das Ganze ist kein Witz. Mein Vater vermittelt illegale Arbeitskräfte, das, was er als Bezahlung haben will, reicht bei weitem nicht mal für die Mindestlöhne.«

»Und wie kann ich ...«

Nadine unterbrach ihn: »Ich bin gezwungen, über dieses Angebot nachzudenken. Ich dachte, du wüsstest aus dem Stegreif, wer bei dieser Konstellation eine Straftat begeht, ich oder die Arbeitsvermittlungsfirma meines Vaters. Oder beide.«

Kara dachte einen Augenblick nach und schaute kurz zu Kati Soisalo. »Ich versuche das zu klären, wir telefonieren morgen«, sagte er Nadine und beendete das Gespräch, gerade als der Smart auf die Abfahrt nach Vuosaari einbog.

»Jose Sinko wohnt am Meeresufer. Seine Lebensgefährtin heißt Virpi Vasama, sie hat in einem Siwa-Supermarkt gearbeitet, bevor sie diesem Prinz Jose begegnete«, berichtete Kati Soisalo, fuhr auf die Puistotie in Aurinkolahti und parkte den Wagen etwa zweihundert Meter vom Meer entfernt. »Wir müssen Sinko irgendwie einschüchtern.«

»Versuche trotzdem, nicht alles zu verraten, was du weißt. Falls Sinko Vilma wirklich nach Finnland geholt hat, wird er alles, worüber ihr redet, weitererzählen.«

Kati Soisalo antwortete nicht. Kara sah, dass sie unter Spannung stand wie eine Hundert-Kilovolt-Leitung, das hatte schon früher zu Problemen geführt.

Das Duo blieb am Aurinkolahdenaukio vor der Haustür eines mehrstöckigen Hauses stehen. Kati Soisalo drückte auf den Knopf der Wechselsprechanlage von Jose Sinko und Virpi Vasama. Man hörte ein Rauschen, das Weinen eines Kleinkindes und ein unfreundliches »Ja, hallo?«

»Mein Name ist Kati Soisalo, ich bin Anwältin und möchte über einen Kunden von ProTurva sprechen.«

»Ja genau, und das um zehn abends bei mir zu Hause. Kommen Sie morgen früh ins Büro«, erwiderte Jose Sinko.

»Ich möchte über das entführte Kind reden, dass du vor drei Jahren im September aus Ljubljana nach Finnland geholt hast«, zischte Kati Soisalo im Eiltempo, ohne Luft zu holen, damit Sinko nicht aufhängen konnte, bevor sie den Satz beendet hatte.

Es vergingen etliche Sekunden, so viele, dass Kati Soisalo erschrak und fürchtete, sie hätte alles verpatzt. Dann hörte man ein Surren und das Haustürschloss schnappte auf. Kara und Soisalo stiegen die Treppe hinauf in die zweite Etage.

Die Tür war offen und Jose Sinko wartete auf der Schwelle. Der Atem des muskulösen Mannes stank nach Bier. »Die Frau bringt das Kleine gerade ins Bett«, flüsterte er. »Von was für einem entführten Kind hast du da gefaselt? Und wer ist das?« Sinko deutete mit der Hand in Karas Richtung und betrachtete zugleich mit gerunzelter Stirn Kati Soisalos kurzes Haar.

Kara stellte sich vor, aber Jose Sinko griff nicht nach der ausgestreckten Hand.

Kati Soisalo wusste, dass sie im Vorteil war. Indem Sinko sie hereinließ, hatte er in gewisser Weise schon seine Schuld eingestanden. »Du möchtest sicherlich nicht im Treppenhaus darüber reden«, sagte sie und trat an dem Hausherrn vorbei in die geräumige Wohnung. Der Mond beleuchtete das Meer, die Aussicht war eindrucksvoll. Der süße Geruch des Babys wirkte auf Kati Soisalo wie eine Droge, er ließ schmerzliche und schöne Erinnerungen auftauchen, und schlagartig empfand sie bodenlosen Hass. Sowohl auf Jose Sinko als auch auf alle anderen, die ihr Vilmas Kindheit geraubt hatten.

Sie holte ein Foto ihrer Tochter aus der Schultertasche und hielt es Sinko vor die Nase. »Dieses Mädchen war mein Kind.«

Sinko ergriff das Foto, setzte sich aufs Sofa und schien zu überlegen, was er sagen sollte. Das Bild schaute er sich nicht an.

Plötzlich ging die Tür des Schlafzimmers auf und die blonde Virpi Vasama kam erschöpft mit leicht gebeugtem Rücken ins Wohnzimmer und hielt den Zeigefinger an die Lippen. »Ich habe das Kind jetzt soweit, dass es eingeschlafen ist. Wer besucht uns denn um diese Zeit? Du fängst doch nicht etwa wieder an ...«

Kati Soisalo öffnete den Mund, um zu antworten, aber Jose Sinko war schneller. »Die wollen über dienstliche Dinge reden. Über einen Einsatz, bei dem ich vor langer Zeit jemand von Ljubljana nach Finnland begleitet habe.«

Jetzt begeht Jose schon seinen zweiten Fehler, dachte Kati Soisalo, als sie Virpi Vasamas Gesichtsausdruck sah. Die Frau wurde noch blasser, auf ihrem Gesicht zeigte sich unterdrückte Angst. Sie starrte ihren Mann an und schaute nicht einmal, wer die Besucher waren.

»Mein Kind wurde vor drei Jahren in Dubrovnik in Kroatien gekidnappt. In einem Park, am helllichten Tag. Sie war drei.« Kati Soisalo stand auf, nahm Jose Sinko Vilmas Fotos aus der Hand und reichte es Virpi Vasama. »Seitdem suche ich meine

Tochter. Du kannst dir vielleicht vorstellen, was für Sehnsucht ich habe.«

Kati Soisalo setzte sich hin, den Blick fest auf Virpi Vasama geheftet. Jetzt war sie sicher, dass die Frau etwas wusste, es sah so aus, als bemühte sie sich, die Tränen zurückzuhalten.

Kara schaute Jose Sinko an: »Wir wollen wissen, wem du das Mädchen in Helsinki übergeben hast.«

»Das da ist aber nicht das Kind, das wir abgeholt haben.« Jose Sinko zeigte in Richtung des Fotos. »Die Sache ist schon verdammt lange her. Der Auftraggeber war, soweit ich mich erinnere, irgendein Este. Und das Mädchen hatte man nicht gekidnappt, es war das Kind dieses Esten. Wir haben natürlich alle Papiere überprüft.«

Die waren nur nicht im Büro von ProTurva zu finden, dachte Kara, sagte aber: »Bei solchen Delikten kommt man nicht ohne Gefängnisstrafe davon.«

Jetzt wurde Jose Sinko nervös. »Mehr weiß ich jetzt von diesem Einsatz nicht, und selbst wenn ich etwas wüsste, würde ich es euch nicht sagen, wir haben bei allem, was die Kunden angeht, eine Schweigepflicht. Ich kann natürlich morgen mit dem Chef reden. Wenn der bereit ist, den Auftaggeber um die Genehmigung zu bitten …«

»Du hast gesagt: *Das Kind, das wir abgeholt haben*. Mit wem zusammen hast du diesen Auftrag ausgeführt?« Kati Soisalos Stimme klang jetzt angespannt.

Es dauerte eine Weile, bis Sinko eine Antwort einfiel. »Das Kind, das wir abgeholt haben, also das ProTurva abgeholt hat, das ist ja wohl dasselbe. Nun fang nicht mit so einer Scheiß-Haarspalterei an, verdammt noch mal.«

Virpi Vasama starrte an die Wand.

»Wie würdest du dich fühlen, wenn man dir dein Kind raubt?«, sagte Kati Soisalo zu ihr. Die Frau schaute weg und ging in die Küche.

»Um welche Zeit können wir morgen früh ins Büro von Pro-Turva kommen?«, fragte Kati Soisalo Jose Sinko.

»Irgendwann nach neun.«

Dann werde ich auf die Haarspalterei zurückkommen, dachte Kati Soisalo und verabschiedete sich kühl.

21

Freitag, 7. Oktober

In Kati Soisalos Wohnung herrschte gedrückte Stimmung. Die Hausherrin bereitete ein Essen zu, das schnell fertig war: Pasta mit Soße aus Tomatenpüree und Chili-Garnelen. Kara blätterte in der TV-Beilage und überlegte angestrengt, womit sie sich am besten entspannen könnten. Im Fernsehen kamen nur Krimiserien und Sondersendungen über die Katastrophen auf dem amerikanischen Kontinent. Er vermisste seine DVD-Sammlung, in der hätte er mühelos auch für diese Stimmung einen passenden Film gefunden, beispielsweise eine Satire mit Peter Sellers in der Hauptrolle. Sie arbeiteten schon seit Tagen unter großem Druck und waren beide so angespannt wie eine Geigensaite.

Kati Soisalo brachte das Essen, den Rotwein und das Besteck zum Couchtisch und Kara wählte den Kanal, auf dem das Epochendrama North & South der BBC über das viktorianische England gezeigt wurde. Soweit er sich erinnerte, spielten Gewalt, verschwundene Kinder oder psychisch gestörte Menschen in dem Film keine Rolle.

Die Pasta verschwand allmählich von den Tellern, ohne dass jemand sie gelobt oder beanstandet hätte. Als die Hauptfigur der Fernsehserie einem jungen, leidgeprüften Arbeitermädchen in zerlumpten Kleidern begegnete, griff Kati Soisalo zur Fernbedienung und schaltete aus. »Es war ein Versuch, aber es bringt nichts. Meine Gedanken drehen sich im Kreis, Tag und Nacht. Ich lande bald in der Klapsmühle, wenn ich nicht erfahre, was Vilma passiert ist.«

»Ich kann dir in der Zelle nebenan Gesellschaft leisten«, sagte Kara.

»Und jetzt kommt noch diese Ungewissheit dazu, wer Vilmas Vater ist. Dummheit wird tatsächlich bestraft, oder?« Kati Soisalo wirkte verlegen und niedergeschlagen.

Kara fiel Nadines Anruf ein. Er beschloss, das Thema zu wechseln und erzählte Kati von Nadines Problem, von der Verurteilung wegen Drogenvergehen und den Schadensersatzzahlungen, die Bruno drohten.

Kati Soisalo dachte eine Weile nach, aß die Reste der Pasta auf ihrem Teller und trank ihr Weinglas aus. »Der Fall ist nicht einfach. Wenn Nadine für die Arbeitskräfte eine Rechnung der Arbeitsvermittlungsfirma ihres Vaters bezahlt, ist im Prinzip alles in Ordnung, sie kann nicht für den Missbrauch verantwortlich gemacht werden, den eine andere Firma begeht. Dann muss die Polizei oder der Staatsanwalt beweisen, dass Nadine von den Straftaten der Vermittlungsfirma gewusst hat. Das dürfte allerdings nicht schwierig sein, wenn Nadine für die Arbeit von elf Menschen pro Monat nur ein paar Tausender zahlt. Ich würde nicht empfehlen …«

Das Telefonklingeln unterbrach sie, der Anrufer war Paranoid. Sie meldete sich und schaltete den Lautsprecher ein.

»Bist du zu Hause?«, fragte Paranoid.

»Ich sitze auf dem Sofa und esse.«

»Mit wem?«

»Hast du etwas herausgefunden?«

»Warum hast du den Lautsprecher an?«

Kati Soisalo antwortete nicht, nur mit Mühe konnte sie sich eine giftige Bemerkung verkneifen.

»Ich habe vergessen zu erzählen, dass Ukkola am Abend in seinem Audi ein interessantes Telefonat geführt hat. Irgendeine Frau hat ihn aus dem Golfklub Ruukkigolf in Raasepori angerufen …« In der Leitung herrschte für einen Augenblick Stille, als Paranoid den Zettel auf seinem Schreibtisch suchte. »Die Frau sagte: *Ich rufe wegen des Materials an, das ich in der KRP versteckt hatte.*

Hast du in diesem Zusammenhang etwas gehört? Weißt du, wer es jetzt hat? Und dann fügte sie noch hinzu: *Wir stehen auf derselben Seite, man will uns beide loswerden. Oder hast du dir etwa keine Gedanken gemacht, warum du jetzt das einzige Verbindungsglied zwischen dem Kabinett und der Beschaffung von Finanzmitteln bist? Du, ein Mann, dessen Prozess bevorsteht?* Ukkola antwortete nur: *Da hast du den Falschen angerufen.* Dann brach er das Gespräch ab.«

Kati Soisalo und Kara schauten sich verblüfft an.

»Was soll ich daraus schlussfolgern?«, fragte Kati Soisalo.

»Ich dachte nur, du willst es wissen. Und vielleicht interessiert dich auch, dass Ukkola mehrmals von zwei Firmen gesprochen hat – Workhelp und Suomen Kivijaloste. Was die Namen angeht, die Kara genannt hat: Arkadi Timtschenko ist auf die eine oder andere Weise an so vielen mit Finnland verknüpften Firmen beteiligt, dass dieses Netz nicht so schnell zu durchschauen ist. Zu Lilith Bellamy habe ich nur einige Hinweise gefunden, in denen sie erwähnt wird, und auch das liegt Jahre zurück und betrifft ihre Arbeit, es sind ganz normale wissenschaftliche Artikel und Ähnliches.«

»Danke Jonny. Versuch auch du heute Nacht etwas zu schlafen«, sagte Kati Soisalo und beendete das Gespräch.

»Ich bemühe mich morgen bei der Generalstaatsanwaltschaft zu klären, was der Anruf bei Ukkola bedeuten soll«, erklärte Kara.

Kati Soisalo rieb sich die Schläfen. »Ich habe mir nach den Ereignissen im August geschworen, mich nie mehr der Hoffnung hinzugeben, Vilma könnte gefunden werden. Jedenfalls nicht, bevor ich sie im Arm halte. Aber jetzt sind wir tatsächlich nahe an der Wahrheit dran. Jose Sinko hat Vilma aus Slowenien geholt. Und seine Lebensgefährtin weiß es.«

Kara rieb sein Kinn. »Vielleicht ist Virpi Vasama dabei gewesen. Du hast doch gesagt, dass es zwei Personen waren.«

»Mensch, das hast du genial erkannt!«, rief Kati Soisalo begeistert. »Na klar war die zweite Person eine Frau. Welcher Mann will sich schon tagelang um ein dreijähriges und außerdem noch zu Tode erschrockenes Kind kümmern.«

»Auch das dürfte wieder eine schlaflose Nacht werden«, sagte Kara.

* * *

Manas stieg einen Kilometer von Eeva Vanhalas Hütte entfernt aus seinem Mietwagen. Wieder hatte er eine gute Gelegenheit verpasst, die Gefühle eines sterbenden Menschen zu studieren. Er war gezwungen gewesen, auch Vanhala rasch zu erledigen. Ein guter Pathologe könnte natürlich feststellen, dass es nicht der Sturz auf der Treppe gewesen war, der zum Tod der Frau geführt hatte, aber bis dahin wäre er schon weit weg aus diesem kalten und dunklen Land. Gott sei Dank. Dann hätte er endlich ein wenig Zeit für sich und die Möglichkeit, sich selbst zu erforschen.

Manas, der einen Schutzanzug trug, vergewisserte sich, dass nichts im Wagen geblieben war, nahm seine Fahrerhandschuhe vom Vordersitz und ging den stockdunklen Kiesweg entlang. Jetzt hätte er vor Erleichterung geseufzt, wenn er fähig wäre, Erleichterung zu empfinden. Endlich war sein Auftrag in Helsinki fast unter Dach und Fach: Das Smirnow-Material befand sich beim Vorsitzenden des Kabinetts und alle Gefahren waren eliminiert. Allerdings blieb Leo Karas Schicksal noch offen. Den Mann würde er nur zu gern umbringen.

In seinem zügigen Marschtempo erreichte Manas schnell den Schuppen der Hütte und warf seine Handschuhe neben die Tür. Es roch stark nach *Kumys*, das Gemisch aus Kefir und Wodka stand schon über einen Tag in dem Blechbehälter. Manas hob ihn an den Mund, atmete ein paarmal tief durch und trank gierig. Mit dem Alkohol floss Wärme in den Körper und die Muskeln entspannten sich, das war fast so etwas wie ein Gefühl. Er wusste natürlich, dass ein *Hitman*, der lernen wollte, Angst zu haben, etwas Absonderliches darstellte, aber er hatte den Wunsch, geheilt zu werden. Alle Experten empfahlen zur Behandlung der Alexithymie einmütig eine Langzeittherapie. Das kam jedoch nicht in Frage. Medikamente und auch medizinische Fachbücher hatte er ein Jahrzehnt lang jede Menge verschlungen, ohne das geringste Ergebnis. Er musste sich ein anderes Mittel einfallen lassen.

Im Schuppen zog er seine aus Leder sowie Kevlar- und Nomexfasern hergestellten Militärhandschuhe aus und riss das Klebeband an den mit Gummiband versehenen Ärmeln und Hosenbeinen des Schutzanzugs ab. Dann landeten der Atemschutz, die Gummistiefel sowie die Infrarotbrille auf dem Fußboden und schließlich auch sein Overall, den er mit dem Fuß an die Tür stieß. Im August war es hier abends erst nach zehn dunkel geworden, doch jetzt, nur zwei Monate später, herrschte schon gegen sechs Uhr Dunkelheit. Finnland war ein merkwürdiges Land.

Manas war ein Profi, er hinterließ nie Spuren an den Tatorten, zumindest keine, mit denen man ihn ausfindig machen könnte. Er hatte in seiner Laufbahn Dutzende Liquidierungen ausgeführt, zweiunddreißig im Auftrag seines jetzigen Arbeitgebers und siebzehn beim KGB und FSB und in deren Alfa-Eliteeinheiten, doch nach wie vor besaß keine einzige Behörde ein anständiges Foto oder eine DNA-Probe von ihm. Es war relativ einfach, sich bei einem kurzen Einsatz zu schützen, aber es war unmöglich, keinerlei Spuren an einem Ort zu hinterlassen, an dem man sich längere Zeit aufhalten musste wie in diesem baufälligen Schuppen und der Hütte daneben. Beide mussten vernichtet werden.

Im Werkzeugschuppen standen zwei Benzinkanister, der eine für Zweitakter, der andere für Viertakter, insgesamt etwa fünfzehn Liter. Das würde reichen, zumal sich in der Küche mehrere Liter hochprozentigen Alkohols befanden. Er spritzte den Inhalt des einen Kanisters auf die Wände und den Fußboden des Schuppens, nahm den anderen Behälter mit und verteilte das Benzin im

Wohnzimmer und Schlafraum der Hütte. In die Küche schüttete er den Schnaps aus zwei Flaschen.

Er griff nach einem Lappen auf dem Abwaschtisch, um ihn anzuzünden, da flutete plötzlich grelles Licht durch die Fenster herein. Er bewegte sich im Schutz der Wand zum Hinterausgang, während jemand an die vordere Tür hämmerte und in Finnisch einen Befehl oder eine Frage brüllte, die er nicht verstand. Manas zündete den Lappen an und warf ihn auf die benzingetränkten Dielen des Wohnzimmers, gerade als die Eingangstür krachend aufflog. Er stürzte zum Hinterausgang hinaus, kurz bevor die Polizisten hereinstürmten. Man hörte ein lautes Rauschen, als die Hütte Feuer fing und innerhalb weniger Sekunden in hellen Flammen stand, die bis zur Decke hochschlugen, alle Textilien erfassten und die Polizisten.

Manas rannte etwa zwanzig Meter in den Wald, bis er nicht mehr vom Lichtkegel des Polizeiautos erfasst wurde, dann lief er hinter den Schuppen. Aus der Hütte hörte man Schmerzensschreie.

Er nahm vom Holzstoß an der Seitenwand rasch ein Stück Birkenrinde, zündete es mit seinem Butanfeuerzeug an und schob es zwischen die Wandbretter und den Fußboden. Die Sekunden verstrichen, aber das Benzin auf dem Fußboden im Schuppen wollte nicht brennen. In der Dunkelheit konnte Manas nicht erkennen, wo die Bretterwand Löcher hatte ... Doch plötzlich loderten Flammen hoch und er hob instinktiv die Hände vors Gesicht.

Manas rannte los, quer durch den Wald bis zu seinem Auto. Die Lage hier war unter Kontrolle: Alle Spuren und Beweise würden verbrennen, die Feuerwehr könnte nicht schnell genug vor Ort sein.

* * *

Clive Grover saß im Pub The Windsor Castle an einem Fenstertisch, schaute hinüber zum künstlichen See im Regent's Park und überlegte, ob irgendein Tourist oder ein Einheimischer an seinem freien Tag dem kühlen Londoner Oktoberwetter die Stirn geboten hatte und in einem Ruderboot über den See geschaukelt war. Grover hatte sich nach dem Verlassen des Queen's Parks müde gelaufen, dabei über sein Leben nachgedacht und war schließlich hier gelandet, um etwas zu essen und darauf zu warten, dass sich sein »Betreuer« Wasili Golowkin meldete. Es wunderte ihn, dass der MI5 ihn immer noch nicht aufgefordert hatte, in das Safehouse zurückzukehren. Natürlich wurde er beschattet. Das war aber überflüssig, er hatte nicht im Geringsten die Absicht, einen Fluchtversuch zu unternehmen, es gab auf der ganzen Welt keinen einzigen Ort, wo man ihn nicht fände. Sein Vorhaben und dessen mögliche Folgen sorgten auch bei ihm selbst für Verwirrung. Das waren höchstwahrscheinlich seine letzten Stunden in London, vielleicht überhaupt seine letzten Augenblicke.

Unfreiwillig hörte Grover mit, wie am Nachbartisch über die Zerstörung der amerikanischen Satelliten spekuliert wurde. Ein Kaugummi kauender metrosexueller junger Mann vermutete, dass die Chinesen ihre Waffen ausprobiert hatten, seine Freundin hingegen, die wie eine Japanerin aussah, glaubte an die offizielle Erklärung für die Katastrophen.

Plötzlich signalisierte sein Handy den Eingang einer Nachricht. *Der gleiche Ablauf, Salusbury Pub. Kannst du sofort kommen?* Grover las Golowkins SMS, stand auf und ging in Richtung Queen's Park. Dabei tippte er seine Antwort – *Bin in einer halben Stunde dort* – und hastete dann im Laufschritt los.

Siebenundzwanzig Minuten später betrat er das gepflegte und gedämpft beleuchtete Pub und entdeckte sofort denselben »Schatten«, die Frau mittleren Alters, die ihn schon beim ersten Mal im Auge behalten hatte.

Es lief exakt nach demselben Muster ab wie ein paar Stunden zuvor. Er setzte sich an den Laptop, der auf einem Ecktisch bereitstand, und klappte ihn auf. Diesmal erwartete ihn Golowkins erste Nachricht schon auf dem Display:

<Wir sind einverstanden. Du fängst an. Teile deine Informationen mit>

Grover fluchte.

<Ich muss euch in jedem Fall vertrauen und darauf bauen, dass ihr mich in Ruhe lasst. Wenn ich lüge, dann sucht und findet ihr mich. Du hingegen willst nur meine Informationen hören. Du fängst an>

Golowkins Antwort ließ so lange auf sich warten, dass Grover schon fürchtete, alles verdorben zu haben.

< Wir geben dir einen Namen, den der SIS verifizieren kann>

<Einverstanden> schrieb Grover.

<German Danilow. Er ist ein Mann von Mundus Novus, arbeitet im AEM-Konzern in Wien, ist zuständig für die Immobilien von MN. Du findest die erforderlichen Dokumente auf dem Tisch in der Sun>

Grover schlug die Zeitung auf und erblickte einen etwa zwei Zentimeter hohen Stoß Unterlagen, die er rasch durchblätterte – Qualitätsware. Er zögerte ein oder zwei Sekunden und tippte dann seine Enthüllung.

<Der SIS ist der Zentralbank von Mundus auf der Spur. Das Geld sollte jetzt sofort in Sicherheit gebracht werden, bevor man die Konten einfriert>

Clive Grovers Gesicht glühte. Würde das Golowkin reichen?

<Eine äußerst wichtige Information. Wir halten uns an die Vereinbarung>

Schlagartig verschwanden Golowkins Antwort und die ganze Nachrichtenkette vom Display des Computers. Grover fühlte sich ausgehöhlt und leer, er war nichts als ein unbedeutendes Rädchen in einem gewaltigen Getriebe. Die Welt der Nachrichtendienste und der Aufklärung war im Laufe der letzten zehn Jahre so angeschwollen, dass niemand mehr erfassen konnte, wo ihre Grenzen lagen. Sie saugte wie ein schwarzes Loch Menschen und staatliche Gelder auf. Allein in den USA arbeiteten im Bereich der inneren Sicherheit eintausenddreihundert staatliche Aufklärungsdienste und etwa zweitausend private Unternehmen, insgesamt mindestens zwei Millionen Menschen. Es ließ sich unmöglich schätzen, wie viel eine solche Maschinerie alles in allem kostete. Jährlich wurden zehntausende Aufklärungsberichte veröffentlicht, und die Nationale Sicherheitsbehörde der USA fing täglich 1,7 Milliarden Telefongespräche, E-Mails und andere Nachrichten ab und speicherte sie.

Doch das war nun nicht mehr seine Sorge.

* * *

Gegen zehn Uhr abends stieg Betha Gilmartin vor ihrem edwardianischen Haus im Londoner Stadtteil Putney aus ihrem Dienstwagen, einem Jaguar XJ. »Danke Joe. Ich fahre morgen früh wieder mit der Metro zur Arbeit, aber ich rufe dich an, wenn sich etwas ändert. Einen schönen Abend noch«, sagte sie zu ihrem Chauffeur. In der Regel benutzte sie die Metro für den Weg zur Arbeit und zurück, denn so brauchte sie nur die Hälfte der Zeit, doch ihr Arbeitstag hatte sich diesmal noch länger als sonst hingezogen, und sie fühlte sich todmüde. Es war nicht so einfach, wenn man direkt aus dem Genesungsurlaub mitten in den hektischen Rhythmus des SIS hinein katapultiert wurde.

Als sie im Flur ihre Schuhe auszog, klirrte etwas. Das Geräusch kam aus der Küche, wo auch ein schwaches Licht zu sehen war. Sie holte das Handy aus der Tasche ihres Blazers und drückte die Kurzwahltaste für eine Verbindung zum SIS-Bereitschaftsdienst. Dann näherten sich sanfte Schritte aus dem Wohnzimmer …

»Das hat aber lange gedauert bei dir. Was sind denn in der Welt jetzt wieder für schreckliche Dinge im Gange? Ach ich will es lieber gar nicht wissen«, erklärte Albert und reichte seiner Frau eine Tasse Yunnantee mit Honig und Zitrone.

Betha atmete ein paarmal tief durch, sagte ins Telefon: »Falscher Alarm, alles in Ordnung«, und nahm den dampfenden Tee. »Menschenskind, bin ich erschrocken! Du hättest Bescheid sagen können, dass du nach London zurückkommst.«

»Ich habe ja deine Sekretärin angerufen«, verteidigte sich Albert.

»Entschuldige, ich bin nicht dazu gekommen, alle meine SMS durchzusehen. Der Tag war ganz schrecklich.«

»Trotzdem müssen wir miteinander reden«, erwiderte Albert und ging ins Wohnzimmer.

Betha wusste, dieses Gespräch würde nicht einfach werden, sie hörte es an der Stimme ihres Mannes. Albert war der liebste, wunderbarste Mensch auf Erden. Es war allein ihm zu verdanken, dass sie noch zusammenlebten, obwohl sie selbst in dem Vierteljahrhundert ihrer Ehe nahezu rund um die Uhr im SIS gearbeitet hatte. Albert beklagte sich äußerst selten und wenn, dann zu Recht, obwohl er Grund genug gehabt hätte, sich öfter zu beschweren. Betha pflegte zu sagen, dass er wie ein Buch aus seinem Antiquariat war: außen verstaubt, aber innen sehr wertvoll.

Sie setzten sich auf die beigefarbenen Sofas im Wohnzimmer, Betha auf das zweisitzige und Albert auf das dreisitzige, so wie immer.

»Ich habe mich zu dem, was du tust, oder zu deiner Arbeitswut nie geäußert, das musst du zugeben«, begann Albert. »Aber dieses Mal habe ich tatsächlich gedacht, dass all das jetzt vorbei ist. Dass wir endlich Zeit für uns beide haben.«

Betha wusste nicht, was sie sagen sollte, als sie die traurige Miene ihres Mannes sah.

»Ich weiß nicht, ob ich noch so weitermachen will«, fuhr Albert fort. »Ich habe bereits alles für den Umzug in die Villa geregelt, eine Arbeitskraft für das Antiquariat eingestellt und ... Du weißt schon, was ich meine. Ich habe geglaubt, du hättest endlich Vernunft angenommen. Und begriffen, dass du nicht ewig in diesem Tempo weitermachen kannst, wenn du irgendwann deine Tage als Rentnerin verbringen willst.«

Das ist es ja, dachte Betha. Sie wusste nicht, ob sie sich schon auf ihren Lorbeeren ausruhen wollte. Und sie hatte nicht die geringste Ahnung, was sie Albert antworten sollte. »Man hat mich angerufen und gesagt, ich soll kommen, es war nicht so, dass ich mich darum gedrängt habe. Ich muss über all das in Ruhe nachdenken und verspreche, dass ich das sofort mache, sobald die laufende ...«

»Nein. Diesmal geht das nicht. Diese Ausrede habe ich hunderte, vielleicht tausende Male gehört, es kommen aber immer die nächsten Ermittlungen und dann die übernächsten, diese Kette bricht nie ab. Ich kehre morgen nach Torquay zurück«, sagte Albert mit trostloser Miene, stand auf und ging zur Treppe, er ließ die Schultern noch mehr hängen als sonst.

Betha hätte ihm am liebsten hinterhergerufen, aber sie wusste nicht, was ...

Im selben Augenblick klingelte ihr Telefon im Arbeitszimmer. Sie stand auf, ihr blieb nichts anderes übrig, als sich zu melden. Albert hielt an der Treppe inne, drehte sich um und ihre Blicke trafen sich.

Das ist nicht die Antwort auf deine Frage, dachte Betha und sah, wie Alberts Miene noch betrübter wurde, als sie zu ihrem Arbeitszimmer ging.

Der Anrufer war John Elliott, der Generaldirektor des MI5. »Es tut mir nicht leid, dass ich so spät bei dir zu Hause anrufe. Grover hat uns zwei wichtige Informationen gegeben.«

»Dann ist dieses Stück Scheiße wenigstens zu etwas nütze«, erwiderte Betha Gilmartin.

»Grover behauptet, er habe nicht für Russland gearbeitet, sondern seine Befehle von den Silowiki erhalten, die zu Mundus Novus gehören.«

Betha Gilmartin überraschte das nicht. »Von Wladimir Putins Hof. Das ist ja ein ziemlich großer Teil der Machthaber im Kreml und in ganz Russland. Auch der FSB unterstützt die Silowiki. Was hat Grover sonst noch gesagt?«

»Genau das ist der Punkt. Seine zweite, wichtigere Enthüllung will er nur verraten, wenn er mit dir sprechen darf. Wir können ihn natürlich zum Reden zwingen, aber schneller ginge es, wenn du dir anhören würdest, was Grover zu sagen hat.«

»Der Mann kommt mir nicht in mein Haus«, entfuhr es Betha.

»Wenn sich die Information, die Grover beschafft hat, als wertvoll erweist, wird er das Land bald verlassen. Ich glaube, er will sein Bedauern ausdrücken, um Entschuldigung bitten … irgend so etwas.«

Betha fühlte sich bedrängt, und das Gefühl kam diesmal nicht von dem Stützkorsett, das ihre Taille einschnürte. »Wann seid ihr hier?«

»Jetzt«, antwortete Elliott und es klingelte.

Betha Gilmartin öffnete die Tür und sah einen MI5-Mitarbeiter unter einem Regenschirm, der in Richtung eines schwarzen Kleintransporters winkte. Clive Grover wurde hereingebracht.

Betha überlegte nicht einmal, ob sie ihm die Hand geben sollte, sondern ging in ihr Arbeitszimmer, setzte sich und wartete. Als sie Grovers Gesicht sah, war sie überrascht: Der Mann machte nicht den Eindruck, als würde er sich schämen, sondern wirkte eher erleichtert.

»Du tust das ganz sicher nicht gern«, sagte Grover.

»Das lässt sich mit Worten nicht beschreiben.«

»Ich bin nicht hierhergekommen, um das, was ich getan habe, zu erklären oder mich dafür zu entschuldigen. Du hast mir jahrzehntelang vertraut, du hast das Recht, mich für einen … für das, was du willst, zu halten.«

»Das ist für uns beide eine Quälerei. Warum wolltest du mich treffen?«, fragte Betha.

»Das wirst du erst in ein paar Tagen verstehen. Und dann wirst du möglicherweise anders von mir denken als jetzt.«

Betha saß einen Augenblick schweigend da. »Jetzt bist du anscheinend endgültig verrückt geworden.«

Grover holte tief Luft. »Mein Betreuer, Botschaftssekretär Wasili Golowkin, hat enthüllt, wer für die Immobilienangelegenheiten von Mundus Novus zuständig ist – German Danilow. Der Mann arbeitet im AEM-Konzern in Wien. Die Beweise habe ich schon dem MI5 gegeben.«

»Das wird uns ohne Zweifel weiterhelfen«, erwiderte Betha Gilmartin, aber ihre Worte und ihr Gesichtsausdruck zeigten nicht einen Deut mehr Mitgefühl als vorher.

Clive Grover sah nun noch ernster aus. Er beugte sich zu ihr hin. »Ich habe noch eine zweite, eine wichtigere Information. Mundus Novus wird in den nächsten Tagen alle seine Finanzmittel und Einlagen aus seiner jetzigen Zentralbank abziehen. Ich weiß nicht, um welche Bank es sich handelt, aber ihr werdet sie zwangsläufig finden, da ihr jetzt nach ungewöhnlich großen Geldströmen suchen könnt.«

»Wenn das stimmt, dann kriegen wir Mundus Novus zu fassen«, sagte Betha Gilmartin. Sie wusste nicht, was sie denken sollte.

Grover erhob sich und zögerte.

Ohne weiter nachzudenken, stand auch Betha Gilmartin auf und streckte ihre Hand aus.

* * *

German Danilow lag auf dem zwei Meter breiten Bett seiner Wohnung und wollte schon wieder, obwohl er gerade erst von der Frau heruntergestiegen war. Er drehte sich auf die Seite und ließ seine Hand über ihren Schenkel gleiten, aber die durchtrainierte Dreißigjährige sprang lachend auf und ging ins Bad.

Hieß sie jetzt Martina oder Marina, überlegte Danilow. Auf jeden Fall war sie genau das richtige Weib für eine tolle Nummer. Der Trainingssaal von City Fitness in der Kaiserstraße und die Drinks der Cocktailbar »Albertgasse 39« hatten wieder einmal funktioniert. Im Studio Bulls Gym in der Wagramer Straße war er vorige Woche zweimal leer ausgegangen. Vielleicht sollte er sich neue Studios suchen, es war nur ärgerlich, dass in den modernsten Fitnesscentern überhaupt keine Scheibenhanteln mehr verwendet wurden. Mit Frauen, die stümperhaft damit herumhantierten, kam man leicht ins Gespräch. Wenn sie hingegen an Geräten trainierten, musste man die Fitnesshandschuhe oder ihren Schmuck oder den MP3-Player als Aufhänger benutzen. Der Nachteil von Studios mit Scheibenhanteln bestand allerdings darin, dass dort auch die meisten Kraftprotze trainierten, bei denen vor lauter Muskeln kein Nacken mehr zu erkennen war. Merkwürdigerweise wurde von manchen Frauen immer noch die Masse der Muskeln mehr geschätzt als ihre harmonischen Proportionen. Danilow bereitete es auch Sorgen, dass heutzutage immer weniger Frauen seinen Namen kannten, schließlich hatte er zu seinen besten Zeiten auf Platz 78 der ATP-Rangliste gestanden. Vergänglich war der Tennisruhm.

Die Frau kam in seinem Bademantel wieder herein, Danilow setzte sich auf und runzelte die Stirn. Die wollte doch nicht etwa schon gehen, verdammt, die ganze Nacht lag noch vor ihnen. Als sie die Tür zur großen Terrasse der Dachwohnung im sechsten Stockwerk öffnete, strömte die kühle Oktoberluft ins Zimmer. Sie trat ans Geländer und schaute eine Weile hinunter zum Augarten, obwohl auf dem fünfzig Hektar großen Parkgelände nur ein paar Straßenlaternen und Fahrradscheinwerfer zu sehen waren. Dann beugte sie sich vor, stützte sich mit einem Ellbogen auf und hob den Bademantel hoch bis zu den Hüften.

Was für ein Anblick! Er hatte sich umsonst Sorgen gemacht, sie besaß eindeutig die richtige Einstellung. Danilow war so begeistert, dass er schon vor dem Aufstehen eine Erektion bekam. Schnell ging er hinaus auf die Terrasse, den kalten Wind auf seiner Haut spürte er nicht. Er fasste nach ihrem nackten Hintern und wollte gerade in sie eindringen, da drehte sich die Frau um und zog etwas über seinen Kopf. German Danilow hob die Hände an den Hals, spürte ein dünnes Drahtseil und merkte dann, wie die Frau zugriff – eine Hand packte sein Glied, die andere das Seil. Er flog im hohen Bogen über das Geländer und fiel fünf Meter tief, dabei hatte er das Bild der vorgebeugten Frau und des schönsten Siegerpreises vor Augen, dem er fast sein ganzes Leben nachgelaufen war. Danilow starb augenblicklich, als sich das Stahlseil spannte und ihm das Genick brach.

Die Frau band den Bademantel zu, schaute in die Dunkelheit und lauschte. Auf den Balkonen der Wohnungen darunter war nichts zu hören, niemand hatte Danilows Sturz gesehen. Das Seil war so bemessen, dass es genau die richtige Länge hatte: Die Leiche schaukelte hinter dem weißen Plastikgeländer des Balkons der darunter liegenden Wohnung. Ihr blieb noch genug Zeit, auf Danilows Computer eine kurze Selbstmordnachricht einzutippen und in der Wohnung zweckdienliche Beweise zu hinterlassen.

22

Samstag, 8. Oktober

Kati Soisalo stand auf dem Aurinkolahdenaukio und hauchte in ihre klammen Finger, Leo Kara fröstelte, die Temperatur lag nur knapp über null Grad Celsius. Es war kurz vor neun Uhr morgens, der Strom der Einwohner Vuosaaris, die in ihren Autos zur Arbeit fuhren, versiegte allmählich. Sie beobachteten den Ausgang der Tiefgarage von Jose Sinkos Haus schon seit fast einer Stunde. Kati wollte nicht in ihrem Smart sitzen, der war zu auffällig, und Sinko hatte garantiert Informationen über sie beide eingeholt. Ein dünner Dunstschleier schwebte auf dem offenen Meer vor Vuosaari, die Luft war feucht.

Kara hatte nur ein paar Stunden geschlafen, er war müde und fror, aber er fühlte sich seltsam ruhig und gelassen. Seine Gedanken kreisten um Kati, obwohl sie kaum einen Meter entfernt neben ihm stand. Das erste Mal seit den Ereignissen im Oktober 1989 ging ihm jemand einfach nicht aus dem Kopf.

»Hast du das Nummernschild gesehen?«, fragte Kara, als ein stahlgrauer Ford Mondeo aus der Garage herausfuhr.

»Das war Sinkos Wagen.« Kati Soisalo wartete, bis der Ford auf der Aurinkolahden puistotie verschwunden war, und rannte dann los. Sie überquerte den Platz, blieb vor der Haustür des Eingangs A stehen, überlegte kurz und drückte dann den Knopf der Wechselsprechanlage. Keine Antwort. Am liebsten hätte sie noch einmal geklingelt, aber sie wollte Virpi Vasama nicht verärgern, möglicherweise versuchte die gerade ihr Kind zum Einschlafen zu bringen.

Endlich hörte man im Lautsprecher ein Knacken und ein müdes »Hallo«.

»Hier Kati Soisalo, wir haben uns gestern Abend gesehen. Ich wollte noch über die ...«

»Jose ist schon weg in die Firma. Von seiner Arbeit weiß ich nichts.« Virpi Vasamas Stimme wurde fast vom Weinen des Babys übertönt.

»Mein Kind ist verschwunden. Ich brauche Hilfe.« In Kati Soisalos Stimme schwang jetzt Angst mit.

»Jose wird wütend, wenn ich mit euch rede.«

»Dein Mann erfährt davon nichts, das verspreche ich. Ich bin nicht hinter ihm her, ich will nur meine Tochter finden.«

In der Leitung herrschte wieder Stille. Mit jeder Sekunde, die verging, wurde Kati Soisalo nervöser, sie zog an der Tür – verschlossen. Dann hörte man ein Surren, das Schloss knackte, und sie riss die Tür auf.

Kara versuchte sie zu beruhigen: »Bewahre jetzt einen kühlen Kopf.«

Die Tür in der zweiten Etage stand offen. Virpi Vasama fuhr den Kinderwagen im Flur hin und her und sang leise ein Wiegenlied. Das Weinen hatte aufgehört. Dann drehte sie den Wagen, schob ihn auf den Balkon und schloss die Tür.

»Hat Jose denn nicht gestern schon alles erzählt, was wir von der Slowenien-Fahrt wissen«, sagte Virpi Vasama. Sie bat die Gäste nicht, Platz zu nehmen.

Kati Soisalo trat näher an die Frau heran und sah jetzt den blauen Fleck auf ihrem Arm, so groß wie eine Untertasse. Sie brauchte sich nicht zu bemühen, mit ihrem Gesicht Mitgefühl auszudrücken, das kam von ganz allein. »Du warst mit deinem Mann zusammen in Slowenien. Du hast Vilma mitgeholt, meine Tochter.«

Virpi Vasamas Reaktion verriet alles. Die Frau wurde rot bis über beide Ohren, brachte keine Silbe heraus und suchte mit ihrem Blick vergeblich einen Zufluchtsort im eigenen Wohnzimmer. »Jose war allein dort, ich bin nicht ...«, murmelte sie und sank aufs Sofa.

Kati Soisalo setzte sich neben sie und legte die Hand auf den großen blauen Fleck. »Du hast deinem Mann erklärt, dass du die Wahrheit sagen willst, stimmt's? Hat er dich deswegen geschlagen?«

»Das Schwein braucht nie einen Grund«, fauchte Virpi Vasama und legte die Hand auf ihre Augen.

»Hilf mir, dann helfe ich dir. Wenn du willst, kann ich meine Informationen an die Polizei weitergeben. Dein Mann muss dann mehrere Jahre sitzen und …«

»Na schönen Dank. Scheiße. Eben hast du noch gesagt, du willst nichts weiter als deine Tochter finden. Ich schaffe es nicht, das Kind allein zu versorgen. Die Wohnung gehört auch Jose, und wir sind nicht mal verheiratet.«

Kati Soisalo begriff, dass sie einen Fehler begangen hatte. »Ich lasse deinen Mann natürlich in Ruhe, wenn du es möchtest. Das war nur ein Vorschlag. Ich dachte, dass …« Sie warf einen Blick auf Virpi Vasamas blauen Fleck und wusste nicht, wie sie weitermachen sollte, ohne die Frau noch mehr zu verärgern.

Kara versuchte die verfahrene Situation zu retten. »Sag uns, wer der Auftraggeber war, dann lassen wir dich und deinen Mann in Ruhe. Ein Martin Tamm ist es jedenfalls nicht gewesen, das wissen wir.«

Virpi Vasama schaute Kati Soisalo lange an und warf dann einen Blick auf den Kinderwagen, der auf dem Balkon stand. »Ein ganz normales Ehepaar war das. Die sind vor Glück ganz hin gewesen, als sie Vilma gesehen haben. Der Mann hat allerdings nicht Finnisch gesprochen.«

Kati Soisalo hätte am liebsten vor Freude geschrien. »War Vilma in Ordnung? Wie sah sie aus, hatte sie …«

Kara legte die Hand auf ihre Schulter und drückte, bis Kati sich beruhigte. »Kennst du den Namen des Paares?«, fragte er Virpi Vasama.

»Nein. Und Jose wird ihn auch kaum kennen.« Virpi Vasama betrachtete ihre Hände und klopfte mit dem Fuß aufs Parkett.

Kati Soisalo hatte das Gefühl, dass die Frau krampfhaft versuchte, etwas für sich zu behalten. Irgendeine echte Enthüllung hing förmlich in der Luft. »Hilf mir. Ich verspreche, dass du es nicht bereuen wirst. Du weißt etwas und rückst nicht damit heraus.«

Virpi Vasama zögerte noch einen Augenblick, hob dann den Kopf und schaute Kati Soisalo an. »Ihr müsst den Auftraggeber finden, den, der es bezahlt hat. Das war irgend so ein verdammt wichtiger Typ. Jose ist vor dem weich wie Wachs geworden, er hat gewusst, dass an der Sache etwas faul ist, war aber trotzdem mit allem einverstanden, was der Auftraggeber wollte.«

»Wir brauchen den Namen«, drängte Kara.

»Den kenne ich nicht«, sagte die Frau entschieden. »Jose hat den Namen des Mannes nicht gesagt, obwohl ich danach gefragt habe.«

In dem Raum herrschte für eine Weile Schweigen. Kati Soisalo dachte fieberhaft nach, obwohl sie am liebsten weitere Fragen zu Vilma gestellt hätte.

»Würdest du das Ehepaar auf Fotos erkennen?«, fragte Kara schließlich.

Virpi Vasama überlegte kurz. »Ich habe sie vor drei Jahren etwa zwei Minuten gesehen. Die Frau war ziemlich groß und brünett, der Mann dünn und blond. Es schien so, als hätte in der Familie die Frau die Hosen an. Aber an ihre Gesichter würde ich mich nicht mehr erinnern.«

Plötzlich erklang auf dem Balkon lebhaftes Geschrei und Virpi Vasama schnellte hoch wie ein Schachtelteufel. »Ihr müsst jetzt gehen. Und denkt daran, was ihr versprochen habt«, sagte sie und begann ihr Wiegenlied zu singen, noch bevor sie bei ihrem Kind war.

Kati Soisalo gab der Frau ihre Visitenkarte. »Hier sind meine Kontaktdaten. Ruf an, wenn ... dir etwas einfällt.«

»Wäre es jetzt schon an der Zeit, die Polizei um Hilfe zu bitten?«, gab Kara im Treppenhaus zu bedenken, nachdem er die Wohnungstür geschlossen hatte.

»Und was willst du denen sagen?«, fuhr Kati ihn an. »Glaubst du, dass Sinko, Vasama oder irgendjemand von ProTurva der Polizei mehr sagen würde, als wir herausbekommen haben? Die Polizei hatte drei Jahre Zeit, Vilmas Verschwinden aufzuklären, und was haben sie zustande gebracht, verdammt noch mal? Überhaupt nichts.«

* * *

Die Beratung der Koordinierungsgruppe für die Ermittlungen zum Kabinett begann genau in dem Moment, als Kriminaloberinspektor Klasu Nyman »Scheiße!« fluchte. Der Chef der Aufklärungsabteilung war an der Tür des Besprechungsraums gestolpert und hatte Kaffee verschüttet. Er kümmerte sich nicht um die Pfütze und schwenkte eine Zeitung. »Es steht schon in der Presse, dass Vanhala tot ist, verdammt noch mal, wie kann das sein? Wer zum Teufel steckt denen das eigentlich.«

»Das wussten doch schon viele Zivilisten: die Besatzung des Rettungswagens, die Geschäftsführerin des Golfklubs ...«

Die stellvertretende Generalstaatsanwältin Anni Alanko unterbrach Saara Lukkari: »Kann mir auch mal jemand erklären, was passiert ist?«

»Eeva Vanhala ist gestern Abend im Klubhaus von Ruukkigolf in Raasepori gestorben«, berichtete Nyman mürrisch. »Die Geschäftsführerin des Golfklubs hat ausgesagt, Eeva Vanhala sei in völlig verwahrlostem Zustand mit geschorenem Kopf und blutiger Hand gegen sieben Uhr abends dort aufgetaucht und wollte den Internetzugang des Klubs und das Telefon benutzen. Einen Grund habe sie nicht genannt. Eine Viertelstunde später hörte die Geschäftsführerin im Obergeschoss Geräusche und fand dann die Leiche auf der Treppe. Außer Vanhala hat sie niemanden gesehen. Nach Ansicht des Notarztes waren zwei gebrochene Halswirbel die Todesursache. Es sieht wie ein Unfall aus, aber …«

»Ein Unfall, *my arse*!«, rief Saara Lukkari verärgert. »Vanhala wurde umgebracht, weil wir uns für sie interessiert haben, genau wie Saurivaara, Laamanen und Kankare. Warum ist das so schwer zu begreifen? In der Welt werden ständig Auftragsmorde ausgeführt: Letztes Jahr wurden im Iran zwei Kernphysiker durch Bomben getötet und ein dritter verletzt, und in Russland werden immer wieder Journalisten und Oligarchen ermordet …«

»Warten wir trotzdem erst mal ab, was bei der Feststellung der Todesursache herauskommt«, sagte Nyman in beruhigendem Ton und suchte etwas in seinen Unterlagen. »Es könnte sein, dass wir bei den Ermittlungen zu den Ereignissen der letzten Tage endlich vorankommen. Die Jungs meiner Abteilung haben gestern Abend herausgefunden, dass Eeva Vanhala in der Nähe von Fiskars und Pohja ein Ferienhaus besitzt. Das Grundstück und auch alle Verträge zu dem Haus liefen auf den Namen einer Firma, die ihr gehörte. Aus irgendeinem Grund wollte Vanhala keinesfalls mit ihrem Haus in Verbindung gebracht werden. Wir haben angenommen, dass sie sich dort versteckt hält, das heißt, ich habe eine Streife hingeschickt. Zwei Polizisten erlitten ziemlich schwere Verbrennungen, als jemand die Hütte in Brand steckte.«

»Wurde dort etwas gefunden?«, erkundigte sich die stellvertretende Generalstaatsanwältin.

Nyman deutete mit der Hand auf den langhaarigen Mitarbeiter des kriminaltechnischen Labors, der gemächlich in seinen Unterlagen blätterte. »Das Feuer hat die Hütte und den Schuppen fast vollständig zerstört, sie waren mit Benzin übergossen worden. Nur an den Fahrerhandschuhen und dem Schutzanzug, die an der Schuppentür lagen, könnte man etwas finden. Das werden wir bald sehen, Jouko untersucht die Sache.«

»Jouko?«, fragte Alanko.

»Das ist unser DNA-Roboter. Er analysiert sechsundneunzig Proben auf einmal.«

»Dann wünschen wir Jouko mal viel Glück«, witzelte Nyman. »Vielleicht bekommen wir so in Kürze endlich einen Namen, den wir jagen können.«

»Befanden sich in der Hütte irgendwelche Unterlagen?«, erkundigte sich Saara Lukkari. Der Kriminaltechniker schüttelte den Kopf.

Plötzlich ertönte auf Saara Lukkaris Handy ein flottes Gedudel, sie meldete sich und verließ den Raum. Der Anrufer war Leo Kara: »Ich habe gestern neue Informationen erhalten. Eeva Vanhala hat Jukka Ukkola angerufen und nach dem Material gefragt, das sie in der KRP versteckt hatte. Man konnte den Eindruck gewinnen, dass Vanhala nicht wusste, wo es ist. Ukkola hat das Gespräch brüsk abgebrochen.«

»Hat Vanhala das Smirnow-Material namentlich erwähnt?«, fragte Lukkari voller Interesse.

»Nein. Es war ein kurzes Gespräch.«

»Wie hast du davon erfahren?«

»Ich habe es von einem Bekannten gehört und nicht weiter nachgefragt. Ist das Smirnow-Material verschwunden? Wie ...«

»Eeva Vanhala wurde gestern in Raasepori tot aufgefunden. Mit gebrochenem Genick. Kara, das Klügste, was du jetzt tun kannst, wäre Finnland zu verlassen.«

* * *

Im Helsinkier Stadtteil Katajanokka schien die Herbstsonne. Jukka Ukkola stieg auf der Luotsikatu aus seinem Audi und warf einen Blick auf die glänzenden vergoldeten Kuppeln der zweihundert Meter entfernten Uspenskikathedrale. Er nahm den Blumenstrauß und das alte, abgegriffene Fotoalbum vom Rücksitz und ging ins Leena-Heim, ein Pflegeheim für Demenzkranke. Seine Mutter hatte Geburtstag.

Ukkola spürte im Foyer den Geruch alter Menschen und alter Möbel und seufzte tief. Er hielt Ausschau nach einer Schwester, die er kannte und fragen wollte, wie es seiner Mutter ging, aber es war niemand zu sehen, also ging er zur Station »Stern«.

Die Tür zu Mutters Zimmer war offen. Ukkola blieb auf der Schwelle stehen und betrachtete die alte Frau, die auf dem Bett saß, zitternd, als würde sie frieren, und irgendetwas murmelnd, was er nicht verstand. Niemand anders kam zu Mutter, wenn er daran dachte, fielen ihm diese Besuche etwas leichter. Er atmete tief durch und versuchte sich zu beruhigen. Alzheimer-Patienten spürten instinktiv sehr schnell jede Art von Aufregung, die dann auf sie übergriff. Das wollte Ukkola vermeiden. Bei seinen Besuchen in den letzten Jahren hatte er vielerlei Gefühlsausbrüche miterleben müssen, auch aggressive.

Er setzte sich auf die Tagesdecke aus Spitze, legte die Arme um seine Mutter und zog sie an sich. Die Schwestern meinten, dass sich Alzheimer-Patienten wie Kleinkinder nach Sicherheit und Wärme sehnten, körperliche Nähe besänftigte sie, linderte die innere Unruhe. Die Rollen waren nun eben vertauscht. Ukkola versuchte sich vorzustellen, was Mutter fühlen mochte, die arme Frau begriff nichts mehr vom Lauf der Welt.

Sie schien ruhiger zu werden, das Zittern und Murmeln hörte auf. Ukkola zog aus seiner Brusttasche eine Tafel Schokolade hervor, öffnete sie und brach ein Stück ab. »Deine Lieblingsschokolade, Zartbitter. Wenn du richtig isst, geht es dir viel besser. Und alles Gute, Mutter, du hast heute Geburtstag.«

»Alles Gute, alles Gute ...«, sang sie leise und sah dabei zufrieden aus.

Als nächstes war der Blumenstrauß an der Reihe. Ukkola hielt sich strikt an seine Routinehandlungen; die mochte Mutter, das sorgte für Sicherheit. Er wickelte den Strauß aus, entfernte die Folie und stellte die weißen Rosen in eine Vase. »Eine Überraschung habe ich auch für dich. Ich habe eines deiner Fotoalben mitgebracht, das von unserem Urlaub in Yyteri, wo wir mit der ganzen Familie am Meer auf einer Sandbank liegen. Weißt du noch?«, fragte Ukkola, obwohl ihm sehr wohl bewusst war, dass seine Mutter ihn nicht einmal mehr erkannte. Das fortgeschrittene Stadium der Alzheimerkrankheit war grausam, Mutter wurde jetzt in Windeln gepackt, sie musste gefüttert werden. In gewisser Weise war es ein Trost, dass sie selbst ihren Zustand nicht mehr mitbekam.

Sie schaute sich konzentriert die Fotos an. Vielleicht erkannte sie Vater, immerhin hatten sie dreißig Jahre zusammengelebt und waren nach normalen Maßstäben wohl auch ziemlich glücklich miteinander gewesen.

Ukkola betrachtete die Fotos seines Vaters, der damals vierzig war und fit aussah. Vater trug ihn im Huckepack am Sandstrand, wischte ihm den mit Eis verschmierten Mund ab ... Vielleicht hätte er irgendwann versuchen sollen, diesen Mann richtig kennenzulernen. Vielleicht hätte er dann verstanden, warum Vater es nicht weiter als bis zum Hauptwachtmeister gebracht hatte. Oder warum der Alte sich eine Woche vor seiner Abiturfeier aufgehängt hatte.

Mutter und Sohn saßen nebeneinander, an der Wand tickte dieselbe Uhr wie früher bei ihnen zu Hause, und Ukkola kam jenem Gefühl ganz nahe, das er nicht benennen konnte und schon vor Jahrzehnten verloren hatte.

Schließlich küsste er seine Mutter auf die Stirn, lächelte und schaute ihr in die Augen. »Einen schönen Geburtstag wünsche ich dir.« Da war es wieder, das kaum merkliche Zucken ihrer Lippen und der Blick. Er glaubte ganz sicher, dass Mutter wusste oder zumindest spürte, wer er war, obwohl der Arzt etwas anderes behauptete.

Ihm war selbst nicht klar, warum er zu Besuch hierherkam, vermutlich deshalb, weil Mutter außer ihm niemanden hatte. Und weil ihn sein schlechtes Gewissen plagte. Er hatte Vater an jenem Tag, nur ein paar Stunden vor dessen Selbstmord, bis zur Weißglut gereizt und war ausfällig geworden. Mutter hatte ihren Streit gehört. Vielleicht wäre das Schlimmste nicht geschehen, wenn er den Mund gehalten hätte.

Wenig später fuhr Ukkola mit seinem Audi in Richtung Pitäjänmäki und beschäftigte sich nun wieder mit dem Kabinett. Eeva Vanhalas Worte am Telefon gingen ihm durch den Kopf: *Oder hast du dir etwa keine Gedanken gemacht, warum du jetzt das einzige Verbindungsglied zwischen dem Kabinett und der Beschaffung von Finanzmitteln bist? Du, ein Mann, dessen Prozess bevorsteht?*

Auf die Idee war er nicht gekommen, das ließ sich nicht bestreiten. Könnte es sein, dass man im Begriff war, ihm die ganze Verantwortung für die Verbrechen des Kabinetts aufzuladen? Wäre er der Vorsitzende, würde er es doch genauso machen: Alle belastenden Beweise einem geeigneten Sündenbock unterschieben, den Behörden einen Kopf auf dem Silbertablett servieren und damit zugleich sicherstellen, dass die anderen Kabinettsmitglieder ungestört weiterleben könnten. Das Adrenalin schoss ihm ins Blut und ließ den Puls und zugleich die Ziffern auf dem Tachometer in die Höhe schnellen. In Tullinpuomi fuhr er mit achtzig bei Rot über eine Kreuzung und wünschte sich fast, dass seine Glanzleistung von einer Überwachungskamera aufgezeichnet wurde.

Vor seinem Haus bremste er so abrupt, dass der Kies durch die Gegend schwirrte, und ging sofort in sein Arbeitszimmer. Die Polizei ermittelte schon gegen ihn wegen der Beteiligung an Drogenschmuggel und Menschenhandel, und letzte Woche hatte der Vorsitzende ihm die Verantwortung für die illegalen ausländischen Arbeitskräfte übertragen und dazu etliche Dokumente ausgehändigt. Er blätterte sie so heftig durch, dass Seiten einrissen – sie enthielten keinen einzigen Namen eines Finnen. Wenn die Polizei diese Unterlagen bei ihm fände, hätte sie einen Alleintäter wie aus dem Lehrbuch ermittelt. Er könnte nicht beweisen, dass irgendein anderes Kabinettsmitglied vom Einsatz der Sklavenarbeiter gewusst hatte.

Das Handy vibrierte in seiner Tasche, er meldete sich ungehalten.

»Ich sollte mich melden, wenn ich etwas über die Ermittlungen gegen dich erfahre«, sagte Kriminalinspektor Markus Virta von der KRP. »Die stellvertretende Generalsstaatsanwältin hat jetzt entschieden, weswegen man dich anklagen wird.«

»Ach wirklich.« Ukkola bemühte sich um einen gleichgültigen Tonfall.

»Schwerer Menschenhandel und schwere Drogenverbrechen. Sie fordert über sechs Jahre ohne Bewährung.«

Ukkola brach das Gespräch ab und erinnerte sich daran, wie Lee Harvey Oswald, der des Mordes an John F. Kennedy verdächtigt wurde, zu den Reportern sagte: *I'm just a patsy*. Ich bin das Opfer einer Inszenierung, der Sündenbock. Jetzt musste er sowohl die Unterlagen des Vorsitzenden als auch die Kopien von Vanhalas Dokumenten loswerden.

* * *

Jiang Ximing saß allein in der Baracke am Rand der Kiesgrube von Haimoo und wartete. Die Schicht an diesem Sonnabend war vorbei, die anderen befanden sich auf dem Weg nach Helsinki zu einer Vorstellung des Chinesischen Staatszirkus. Wenn sie in ihrer Freizeit die Baracken überhaupt verließen, dann meist gemeinsam, sie gingen zusammen einkaufen, ins Bad oder in die Stadt. Aber das kam selten vor. In der Regel waren sie samstags so erschöpft, dass sie es nur bis zum nahegelegenen Laden schafften. Heute hatte er so getan, als ginge es ihm nicht gut. Nur mit Mühe war es ihm gelungen, die anderen davon zu überzeugen, dass seinetwegen niemand dazubleiben brauchte.

Jiang streifte sich den Pullover über, denn in der Baracke zog es ständig, obwohl alle Heizkörper voll aufgedreht waren. Wie sollten sie dann den Winter hier überstehen? Chef Jone meinte, die Temperatur könnte auf unter zwanzig Grad minus sinken. Er hatte keine Lust, das Fenster zu öffnen, obwohl es in der Bude stank. Gleichgültig schaute er sich um: zehn schmale Betten, eins neben dem anderen, in der Mitte ein winziger Tisch, ein Wasserkocher, ein kleiner Herd und ein Radio. Die Dusche befand sich in der Baracke von Chef Jone und war an den Wochenenden abgeschlossen.

Zwei Tage zuvor hatte Jiang von seiner Frau den Namen eines chinesischen Menschenrechtsaktivisten erfahren, der in Helsinki wohnte: Gao, eigentlich noch ein ganz junger Bursche, arbeitete schon länger in Finnland in verschiedenen Restaurants. Sie hatten bereits zweimal am Telefon miteinander geredet. Gao konnte ihn verstehen und wusste, was man ihm angetan, wie man ihn betrogen und ausgenutzt hatte. Der junge Mann war seit Jahren in Finnland, er hatte selbst noch Schlimmeres durchgemacht, auf Müllplätzen und in Kellern gewohnt. Gao hatte versprochen, sein Dolmetscher zu sein.

Jiang Ximing hatte vor, dem Minderheitenbeauftragten alles zu sagen: den Namen der Arbeitsvermittlungsfirma, die ihn nach Finnland gebracht hatte, Chef Jone, die Lage seiner Kiesgrube und das Kennzeichen vom Audi des Mannes, der zweimal bei Chef Jone gewesen war. Mehr wusste er auch nicht. Zur Polizei wollte er nicht gehen. Gao hatte gesagt, der Minderheitenbeauftragte müsste von Amts wegen allen helfen, die ethnischer Diskriminierung ausgesetzt waren oder etwas über den Menschenhandel wussten. Alles war bereit, Gao und der Beauftragte würden jeden Augenblick eintreffen, um mit ihm zu reden.

Was hätte er denn noch zu verlieren? Seinen Eltern konnte er nicht mehr helfen, aber vielleicht schaffte er es, sein Haus wieder zurückzukaufen. Zumindest wäre er in der Lage, die Schulgebühren seiner Tochter zu bezahlen. Schon der Gedanke daran, was Ying in Hainan passiert sein könnte, war schrecklich. Musste sich das Mädchen wirklich verkaufen?

Alles hing jetzt davon ab, ob es stimmte, was seine Frau behauptete: Die Gesetze der EU-Staaten galten angeblich auch für illegale Arbeiter, auch für ihn. Sie hatte erzählt, ein Steinmetz aus Wuxing habe kürzlich in Österreich einen von ihm angestrengten Prozess gewonnen und von denen, die ihn ausgenutzt hatten, zehntausende Euro Schadensersatz bekommen.

Sorge bereitete ihm nur, was Chef Jone und dieser Audi-Mann, der aussah wie eine Krähe, machen würden, wenn sie erfuhren, dass er mit den Behörden geredet hatte.

23

Samstag, 8. Oktober

In Kati Soisalos Kanzlei herrschte gedrückte Stimmung. Paranoid arbeitete an den Computern und Leo Kara schaute durchs Fenster hinüber zum Haupteingang der Werft von STX Europe in Hietalahti. Kati Soisalo saß da und massierte ihre Schläfen.

»Virpi Vasama weiß mehr, als sie zugibt.« Das hatte sie schon so oft gesagt, dass sich die Männer nicht einmal mehr die Mühe machten, zu antworten. Sie fühlte sich völlig leer. Wieder hatte sie der Versuchung, zuversichtlich zu sein, nicht widerstehen können und wieder endete es mit einer Enttäuschung. Sie wussten nun zwar, dass Vilma vor drei Jahren nach Finnland gebracht worden war, hatten aber keine Ahnung, was mit dem Mädchen danach geschehen war. Der Schmerz hämmerte in ihren Schläfen. Das Ibuprofen wirkte nicht mehr, aber die vom Arzt verschriebenen, rezeptpflichtigen Schmerzmittel wollte sie nicht nehmen, davon wurde man ganz benommen. Die Reha und der Besuch bei der Neuropsychologin fielen auch wieder aus, das bereitete ihr noch zusätzlich Sorgen.

Plötzlich ratterte Paranoid nicht mehr auf der Tastatur und räkelte sich, als wäre er gerade aufgewacht. »Vilma befindet sich nicht in Finnland, da bin ich fast sicher.«

»Fast reicht mir nicht«, entgegnet Kati Soisalo unwirsch.

Paranoid tat so, als hätte er es nicht gehört. »Vor drei Jahren wurden neunundvierzig in Finnland geborene Kinder adoptiert, davon war nur eins ein Mädchen und älter als zwei Jahre. Ich habe ihr Bild ausgegraben – Fehlanzeige. Aus dem Ausland wurden in Finnland zweihundertelf Kinder adoptiert, davon einundvierzig aus Südafrika, sechsunddreißig aus China und fünfundzwanzig aus Thailand. Sie und neunundsechzig andere Kinder konnte ich auf Grund der Hautfarbe und anderer ethnischer Merkmale außer Acht lassen. Übrig blieben vierzig Kinder. Davon waren zwölf Jungen, und von den achtundzwanzig Mädchen hatten nur drei das passende Alter, Kinder werden ja in der Regel als Babys adoptiert. Keine von den dreien war Vilma, ich habe auch ihre Bilder herausgesucht. Tut mir leid.«

Kati Soisalo fuhr sich durch die Haare. »Worum geht es hier eigentlich, wie konnte Vilma an ein ganz normales Ehepaar übergeben werden? Man kann doch Vilma ... ein entführtes Kind nicht adoptieren?«

»Das wird sich kaum auf die Schnelle klären lassen«, konstatierte Paranoid.

»Warum hast du nie gute Nachrichten?«, sagte Kati Soisalo.

»An sich gibt es die auch. Oder zumindest interessante Nachrichten. Ich bin zum Teil dahinter gekommen, wie Arkadi Timtschenkos Geschäfte aussehen. Der Mann besitzt vorsichtig ausgedrückt vielerlei Firmen: Fluggesellschaften, Hotels, Öltransportfirmen, Mineralwasserfabriken, Erdgasunternehmen und Baufirmen, die auf Leistungen für die Öl- und Gasindustrie spezialisiert sind. Eine der Firmen Timtschenkos hat kürzlich die Ölpipeline von Sibirien zum Pazifischen Ozean gebaut, ihr könnt euch sicher vorstellen, wie viel so ein Projekt kostet.«

»Hast du herausgefunden, warum der Mann sich mit meinem Vater getroffen hat?«, fragte Kara.

»Hör erst mal zu.« Paranoid runzelte die Stirn. »Den ersten Vertrag über Rohöl, das durch diese sibirische Ölpipeline befördert wird, schloss die finnische Firma Global Petroleum Products GPP. Geleitet wird diese von dem Norweger Tore Henneberg, der auch Finanzdirektor von Timtschenkos Gretel-Konzern ist. Henneberg leitet aber auch die österreichische Pegas-Investitionsbank.«

Kati Soisalo unterbrach ihn: »Das wird jetzt Fachchinesisch. Sag, worauf du hinauswillst.«

»Der springende Punkt ist, dass die von Timtschenko beherrschten Firmen im Laufe der letzten Jahre Milliarden Euro an die Pegas-Bank überwiesen haben.« Paranoid machte eine Pause, um die Wirkung seiner nächsten Worte zu erhöhen. »Die Zahlungen erfolgten auf dasselbe Konto, auf das Workhelp und Suomen Kivijaloste allein im letzten Jahr über fünfzehn Millionen Euro eingezahlt haben. Und mit diesen Firmen hat Jukka Ukkola zu tun. Das alles kann kein Zufall sein. Zwischen Ukkola, das heißt dem Kabinett, und Timtschenko muss irgendeine Verbindung bestehen.«

»Was für eine Verbindung? Eine Verbindung womit?«, fragte Kara.

»Mit der österreichischen Pegas-Investitionsbank. Vielleicht solltet ihr diese Information an die Polizei weiterleiten.«

Kati Soisalo lächelte. »*Follow the money.* Folgt dem Weg der Gelder des Kabinetts, dann erfahrt ihr alles. Das hat eines der Mitglieder des Kabinetts letztes Jahr versichert, ihr erinnert euch bestimmt noch.«

Kara loggte sich auf Kati Soisalos Computer in sein E-Mail-Fach ein. »Maile die Informationen in meinem Namen an die Generalstaatsanwaltschaft zu Händen von Anni Alanko«, sagte er zu Paranoid.

Kati Soisalos Handy piepte. Es dauerte einen Moment, bis sie es aus der Tasche ihrer Jeans herausgeholt hatte.

Ich möchte noch etwas sagen, aber nicht am Telefon. Ich komme mit der Metro nach Herttoniemi, wir treffen uns bei dir zu Hause. Virpi V.

Kati Soisalo zeigte Kara die Nachricht und schnappte sich ihren Mantel.

Zwanzig Minuten später trafen sie in ihrer Wohnung ein. Kara konnte sich nicht erinnern, Kati jemals so nervös erlebt zu haben. Sie schaltete die Kaffeemaschine an, holte aus dem Tiefkühlfach mit Quark gefülltes Hefegebäck und hantierte herum wie ein Maniker.

Um ein Haar wäre Kara die Bemerkung herausgerutscht: »Du tust ja so, als käme die Schwiegermutter zu Besuch.« Aber er konnte sie sich gerade noch verkneifen. Gern hätte er Kati irgendwie beruhigt, aber ihm fiel nichts ein. Wahrscheinlich wollte Virpi Vasama etwas Wichtiges mitteilen, möglicherweise über das Ehepaar, das Vilma abgeholt, oder die Person, die den Auftrag bezahlt hatte. Warum hätte sie Kati sonst treffen wollen?

Es klingelte und Kati erstarrte. Das Hemd über ihrer Brust hob und senkte sich rasend schnell.

Kara ging zur Tür, öffnete sie und stürzte zu Boden, als eine mit Metallringen verstärkte Faust seinen Backenknochen traf.

»Das ist das Weib«, sagte ein Kerl wie ein Schrank in Jeansjacke und Lederweste, während er über Kara hinweg hereintrat. Zwei andere Biker mit Bürstenschnitt folgten ihm. Der eine wog garantiert hundertfünfzig Kilo und der andere trug einen langen, dichten Bart.

»Sakke Tirkkonen! Verdammt, was willst du?« Kati Soisalo begriff nicht, was hier los war. Der Vorsitzende der finnischen Sektion des Motorradclubs MC Black Angels hatte ihr zweimal bei der Suche nach Vilma geholfen, und nun stürmte der Mann mit erhobenen Fäusten in ihre Wohnung. Tirkkonens Wange zierte ein Tribaltattoo so groß wie eine Untertasse, und der Bizeps des ehemaligen Gewichthebers war so dick wie der Oberschenkel eines normalen Mannes.

»Die trainiert Krav Maga«, erklärte Tirkkonen seinen Gehilfen und nickte in Richtung Soisalo. »Hütet euch vor ihren Turnhallentricks.«

Kati Soisalo bemerkte erst jetzt, dass die Biker Stahlrohre in den

Händen hielten. Nun verstand sie: »ProTurva hat euch hergeschickt – Jose Sinko«, sagte sie zu Tirkkonen.

Plötzlich kam der bärtige Biker auf sie zu und holte aus. Kati Soisalo trat rasch einen Schritt zurück und konnte so weit ausweichen, dass nur das Ende des Rohrs ihre Rippen streifte. Der Mann fluchte, weil er sein Ziel verfehlt hatte, und wälzte sich vorwärts, der nächste Schlag traf Katis Schulter, sie schrie auf vor Schmerz.

Der Biker, der so groß wie ein Wal war, gesellte sich zu seinem bärtigen Kollegen und beide schlugen mit ihren Metallknüppeln auf Kati Soisalo ein. Man hörte es krachen und klatschen, aber keine Schreie mehr.

Sakke Tirkkonen kaute grinsend seinen Kaugummi und trat neben Kara, der auf allen vieren versuchte sich aufzurichten und sich dabei an die offene Tür des Flurschranks lehnte. Dann bewegte sich Karas Hand blitzschnell und Tirkkonen entfuhr ein Schrei, der einem das Blut in den Adern gefrieren ließ. Der Biker starrte auf seine Boots, aus denen der Griff eines Schraubenziehers herausragte, und brüllte wie ein Tier, das geschlachtet wurde.

Kara sprang auf und der größere der beiden Biker, die Kati Soisalo misshandelten, trat mit erhobenem Stahlrohr auf ihn zu. Kara fing den Schlag mit dem Unterarm ab, trat nach vorn, packte den Angreifer an der Kehle und drückte ihm die Luftröhre zu. Der Mann röchelte und griff mit seinen beiden Pranken nach Karas Handgelenk.

Als der Bärtige sich dem brüllenden Tirkkonen zuwandte, nutzte Kati Soisalo die Gelegenheit, schlug mit der Faust gegen den Oberschenkelmuskel des Mannes, stürmte ins Schlafzimmer und drehte den Schlüssel um. Das Schloss der dünnen Spanplattentür würde nur ein paar Sekunden standhalten, aber vielleicht schaffte sie es ... Sie riss den Kleiderschrank auf, langte mit der Hand so tief hinein, dass ihr Arm bis zur Schulter im obersten Fach verschwand, und zog ein schwarzes Ding mit zwei Zähnen heraus und außerdem ein gelbes Gerät, das aussah wie eine Wasserpistole. Im selben Moment traf ein Tritt die Tür, der Rahmen barst krachend und der bärtige Biker trat mit erhobenem Stahlrohr herein.

Kati Soisalo drückte den Abzug der wie ein Spielzeug aussehenden Elektroschockpistole und schoss zwei Drähte ab, die eine Spannung von fünfzigtausend Volt leiteten. Die an ihren Enden befestigten Widerhaken drangen durch das Hemd des Mannes in die Haut ein und übertrugen eine Spannung von zweitausendfünfhundert Volt in den Körper. Sie hielt den Abzug durchgedrückt und ließ den Strom fließen, sie wollte den Mann endgültig außer Gefecht setzen. Sein Gesicht verzerrte sich zu einer schmerzlichen Grimasse, als die willkürliche Muskulatur lahmgelegt wurde. Er fiel auf die Knie und sackte zusammen. Kati Soisalo vollendete ihr Werk, indem sie dem Mann mit dem Rohr auf die Schläfe schlug.

Sie trat ins Wohnzimmer, wo Kara immer noch den Biker würgte, der schon rot angelaufen war. Die Männer wiegten sich eng umschlungen wie im Taumel eines sehr speziellen Paartanzes. Mit zwei, drei Sätzen war sie bei Tirkkonen, der den Schraubenzieher aus seinem Fuß gezogen hatte und sich mit schmerzverzerrtem Gesicht schwankend aufrichtete. Kati Soisalo holte den Power-Max-Elektroschocker mit den zwei Zähnen hinter ihrem Rücken hervor und stieß ihn Tirkkonen gegen den Bauch. Die Spannung warf den über hundert Kilo schweren Biker gegen den Kleiderschrank, dass es krachte. Als der Mann zu Boden gegangen war, drückte sie ihm den Elektroschocker noch einmal auf den Bauch und zählte bis fünf.

Tirkkonen müsste mehrere Minuten außer Gefecht sein.

Jetzt griff sie nach dem Rohr, das Tirkkonen aus der Hand gefallen war, holte weit aus und schlug den walgroßen Biker, der sich mit Kara im Tanz drehte, auf den Hinterkopf. Der Mann fiel auf der Stelle um.

Es dauerte eine Weile, bis Kara wieder gleichmäßig atmete. »Woher zum Teufel hast du die Elektroschocker?«

»Die kriegt man im Internet. Ich habe sie schon vor Jahren gekauft, als Ukkola gewalttätig wurde.«

Kara packte Tirkkonen am Fuß, der Mann drehte den Kopf hin und her und lallte unverständliches Zeug. »Wir zerren sie ins Treppenhaus und holen unsere Sachen. Nach dem Besuch sollten wir besser nicht mehr hierher kommen.«

* * *

Im Lagezentrum in der siebten oberirdischen Etage von Legoland herrschte ein reges Treiben. Etwa dreißig Mitarbeiter des SIS standen weltweit in Kontakt mit Banken, Börsen, Investmentfirmen und Fondsgesellschaften sowie mit den für Geldwäsche zuständigen Abteilungen von Interpol, UNODC und der Kriminalpolizei mehrerer Staaten. Sie versuchten zu klären, ob Clive Grovers Hinweis stimmte: War Mundus Novus gerade dabei, die eigenen Finanzmittel aus seiner jetzigen Zentralbank abzuziehen? Wurden derzeit irgendwo in der Welt ungewöhnlich große Geldströme bewegt?

Das österreichische Bundeskriminalamt hatte den SIS über das Schicksal German Danilows unterrichtet, wieder war eine mögliche Informationsquelle zum Schweigen gebracht worden. Der Mann hatte auf der Gehaltsliste des AEM-Konzerns gestanden und die Immobilienangelegenheiten von Mundus Novus verwaltet, bei den Verhören hätte Danilow möglicherweise geredet, vor allem weil Clive Grover hieb- und stichfeste Beweise gegen ihn beschafft hatte.

»Das musst du lesen«, sagte Colleen Carter mit einem breiten Grinsen und reichte Betha Gilmartin ein Blatt. »Wir haben neue Informationen aus Finnland. Finnische Unternehmen, die mit Mundus Novus in Verbindung gebracht werden, haben schon seit Jahren Geld bei einer Investitionsbank namens Pegas eingezahlt. Und wer ist deren Eigentümer – niemand anders als der AEM-Konzern.«

Betha Gilmartin nahm die Seite und las. Dann klatschte sie in die Hände und ließ einen schrillen Pfiff ertönen. »Ein neuer Hinweis. Wir überprüfen sofort die österreichische Pegas-Investitionsbank«, befahl sie ihren Mitarbeitern und schlug Colleen Carter wie einem alten Kampfgefährten auf die Schulter.

* * *

Der Generaldirektor des AEM-Konzerns Anton Moser setzte sich im Arbeitszimmer seiner Villa in Dornbach an den Schreibtisch. Nach dem Anruf des FSB-Generals Mironow hatte er Wien fluchtartig verlassen. Er holte aus der Schublade eine schön verzierte, vierfarbige Schnupftabakdose, die der Goldschmied Emerich Martin 1858 in Wien angefertigt hatte, streute etwas Methylphenidat auf den Handrücken und schnupfte das Pulver. Das Stimulans regte die geistige Aktivität sofort an und verbesserte die Konzentrationsfähigkeit, deshalb verwendeten auch zahlreiche Wissenschaftler das Mittel, um ihrem Denkvermögen Schwung zu verleihen. Es war höchste Zeit für eine Lagebeurteilung.

Laut General Mironow war German Danilow enttarnt und getötet worden, die Polizei wusste jetzt, wer für die Immobilienangelegenheiten von Mundus Novus verantwortlich gewesen war. Etwas anderes dürfte jedoch noch viel schlimmer sein: Die Behörden waren auch der Zentralbank des AEM-Konzerns, der Pegas-Bank, auf die Spur gekommen. Er hatte den Befehl erhalten, alle Gelder dort abzuziehen und bei anderen Banken in Sicherheit zu bringen. Die Immobilien und Finanzen von Mundus Novus hatte man nun aufgespürt, jetzt fehlte nur noch, dass die Behörden auch von den Geschäften oder dem Zweck der Organisation Wind bekamen. Anton Moser musste eine Entscheidung treffen.

Er trat an die großen Fenster zum Garten seiner Villa und betrachtete den Springbrunnen, die Büsten, die alle Kiespfade säumten, den Rasen mit seinem kunstvollen Muster, die Nussbäume und den Apfelhain und schließlich den Rosengarten, in dem die letzten Herbstsorten noch blühten. Sollte er sich absichern, alle Beweise vernichten, die ihn mit Mundus Novus in Verbindung brachten, und schließlich untertauchen? Oder sollte er weitermachen wie bisher und abwarten, ob die Behörden ihm auf den Pelz rückten, bevor das Ziel von Mundus Novus erreicht war?

* * *

Joy Okoye konnte nicht anders, ihr tat Anton Moser leid, als sie sein »Spielzimmer« betrat. In den Regalen an der Wand standen reihenweise Pornofilme, die Schaufensterpuppen trugen Bodys, Schuluniformen, Leder-, PVC- und Latexkleidung, Uniformmützen, sonderbare Gesichtsmasken und Korsetts. Die anderen Regale quollen über von Stiefeln, Peitschen, Dildos, Vibratoren und sonstigem Sexspielzeug.

Das schnurlose Telefon in Joys Kitteltasche klingelte gerade, als sie begann, im »Spielzimmer« sauberzumachen.

»Sag Abedi, dass wir heute im Garten Laub und Abfall verbrennen«, befahl Anton Moser. »Und komm dann in mein Arbeitszimmer.«

Eine Stunde nach Mosers Anruf stand Joy Okoye im entlegensten Winkel des Gartens der Dornbacher Villa und warf einen Blick auf Abedi, der Laub aus einem Müllsack in einen großen, flachen Metallkomposter schüttete. Sie hatten sich so hingestellt, dass der Wind von hinten wehte, denn von dem Feuer stieg dichter grauer Rauch auf. Eben hatte Anton Moser eine Schubkarre voll Unterlagen, die verbrannt werden sollten, aus seinem Zimmer holen lassen. In denen wühlte Joy jetzt fieberhaft. Moser wollte die Beweise dafür vernichten, dass er in Kamerun, Nigeria und Ghana zehntausende Menschen gekauft und zur Sklavenarbeit nach Mitteleuropa gebracht hatte. Das mussten seine wichtigsten Dokumente sein.

»Moser hat versprochen, uns Arbeit in einer Fabrik zu besorgen«, sagte Abedi und starrte auf das brennende Laub. »Was glaubst du, wie lange du dort zurechtkommst? Was machen sie mit dir, wenn sie merken, dass du schwanger bist? Wir müssen nach Hause zurückkehren.«

Joy wusste nicht, was sie sagen sollte. Abedis Augen waren gerötet, und er wollte sie nicht einmal anschauen. Anton Moser hatte ihnen mitgeteilt, dass er Wien verließ. Die Villa in Dornbach wurde geschlossen. Sie beide würde man am nächsten Tag nach Graz in Südösterreich schicken, wo sie eine neue Arbeitsstelle bekamen. Joy war gezwungen gewesen, Abedi von der Schwangerschaft zu erzählen.

»Du willst nach Hause zurückkehren und alle Pläne aufgeben?« Joy suchte weiter und bemühte sich, ganz ruhig zu bleiben. Sie wollte erst dann mit Abedi über Mosers Unterlagen reden, wenn sie eine Idee hatte, was sie damit anstellen könnte. Plötzlich blieb ihr Blick an der Überschrift auf einem dicken Notizheft hängen. In Druckbuchstaben war da zu lesen: Kamerun – Vermittler, Routen, Objekte.

Sie schlug das Heft auf und wusste sofort, dass sie gefunden hatte, wonach sie suchte. Dieses Notizbuch hatte Moser kein einziges Mal auf seinem Schreibtisch liegen gelassen. Das Heft war voller handschriftlicher Vermerke, es ging um die Sklaven, die in Douala gesammelt wurden, um die Schiffe für ihren Transport, die Zielhäfen, Arbeitsplätze …

Wem sollte sie die Unterlagen übergeben, wer würde etwas dafür bezahlen? Jedenfalls nicht die Behörden. Für ihre Aufenthaltsgenehmigung musste sie Geld beschaffen, es war Eile geboten. Wer könnte ihr helfen und einen Rat geben? Joy fiel niemand anders ein als Mosers Sekretärin, der sie in der Villa oft begegnet war. Sie hatte gesehen, wie Marliese ihren Chef anschaute, wenn der es nicht bemerkte. Genau wie sie selbst, voller Abscheu.

24

Samstag, 8. Oktober

Kriminalinspektor Klasu Nyman ging im Beratungsraum »Heftmaschine« auf und ab wie ein Hammerwerfer, der darauf wartete, dass er den Ring betreten durfte: Er wirkte sowohl konzentriert als auch ungeduldig. »Erinnert euch an diesen Tag, wenn ihr das nächste Mal bei Ermittlungen wochenlang nicht weiterkommt. Das Phänomen der Ketchupflasche tritt fast immer auf.«

Nymans Vertrauter, ein schlagfertiger Kriminalhauptwachtmeister der Abteilung für Informationsbeschaffung, nahm das Wort. »Die Unterlagen der Firma Suomen Kivijaloste müssen wir mit den Jungs von der Wirtschaftskriminalität noch genau durchforsten, aber die Sache dürfte eindeutig sein. Die Aussagen des chinesischen Steinmetzes, der sich an den Minderheitenbeauftragten gewandt hat, stimmen absolut. Suomen Kivijaloste hat seine Geschäftstätigkeit mit illegalen Arbeitskräften ausgeübt. In den Baracken in Haimoo wurden einundzwanzig chinesische Steinmetzen gefunden, von denen die Behörden keine Kenntnis hatten, in der Filiale der Firma in Lohja wurden achtzehn Chinesen und sechs Pakistaner angetroffen und ...«

»So viele«, entfuhr es Nyman.

»Es gibt in Finnland mehrere tausend illegale Arbeiter. Und dann noch die Schwarzarbeiter, Leute aus dem Ausland, die sich ganz legal in Finnland aufhalten.«

»Und wie viele sind das?«, fragte Nyman.

»Das weiß keiner, sie werden nur für einen Tag, eine Woche oder ein paar Monate hergebracht, und der Arbeitgeber meldet den Behörden natürlich nichts. In Finnland arbeiten jährlich mindestens fünfunddreißig- bis vierzigtausend Schwarzarbeiter, allein schon in der Baubranche geschätzte dreißigtausend, und dann sind da noch die Sexarbeiterinnen und -arbeiter, die Saisonarbeitskräfte in der Landwirtschaft aus Osteuropa und Asien, die Romabettler, die thailändischen Beerenpflücker und die estnischen Zeitarbeiter.«

Nyman schüttelte den Kopf. »Ist schon jemand von Kivijaloste verhört worden?«

Der Kriminalhauptwachtmeister schaute in seine Unterlagen. »Ein Mann namens Jouni Pääkkönen. Er hat die praktischen Dinge erledigt. Der Chinese konnte keinen einzigen anderen Namen eines Finnen nennen, hat aber erzählt, dass in den letzten Tagen jemand zweimal diesen Chef Jone, den Pääkkönen, besucht hat. Und der Chinese hat sich das Kennzeichen gemerkt, ihr kommt nie darauf, wem das Auto gehört.«

Nyman blieb stehen und bedeutete seinem Untergebenen mit heftigen Gesten weiterzureden.

»Jukka Ukkola. Nach Ansicht des Chinesen hat der sich so aufgeführt, als wäre er der Besitzer. Zumindest hat der Minderheitenbeauftragte das so notiert.«

Nyman strahlte übers ganze Gesicht. »Und nach Leo Karas Informationen hat Suomen Kivijaloste in den letzten Jahren mehrere Millionen Euro auf eine österreichische Investitionsbank eingezahlt. Menschenskind, das nimmt ja allmählich Gestalt an und ergibt ein sinnvolles Ganzes.«

»Bestimmt müsste eure Koordinierungsgruppe darüber informiert werden«, schlug der Hauptwachtmeister vor.

Im selben Moment ging die Tür auf. »Du gehst nicht an dein Handy, obwohl die Proben aus Eeva Vanhalas Ferienhaus angeblich so verteufelt dringend waren«, sagte der langhaarige Mitarbeiter des Kriminaltechnischen Labors, schaute dabei Nyman an und kam dann herein.

»Was habt ihr gefunden?«, fragte Nyman erfreut.

»Die Gebäude sind fast vollständig niedergebrannt, brauchbare Proben haben wir nur an den Fahrerhandschuhen und dem Schutzanzug nehmen können, die in der Tür des Schuppens lagen. Die Neoprenhandschuhe der Marke Scott enthielten ausreichend Hautzellen, um eine DNA-Probe zu gewinnen, aber auch mit deren Hilfe wurde der Mann nicht identifiziert, er ist in keinem Register irgendeines Landes enthalten. In den Hosenboden des aus mehrschichtigem Faserstoff hergestellten Polypropylenschutzanzugs aus Deutschland waren Fliedersamen eingedrungen. Die könnten von dem Auto stammen, das er benutzte«, verkündete der Mann von der Spurensicherung.

Im Beratungsraum machte sich erwartungsvolles Schweigen breit.

Es dauerte eine Weile, bis dem Kriminaltechniker klar wurde, dass er fortfahren sollte. »Die Samen stammen von irgendeiner seltenen Sorte ...« Er suchte in seinen Unterlagen. »Vom Edelflieder Katherine Havemeyer. Ich habe in der Universität nachgefragt und erfahren, dass diese Sorte im Zentrum von Helsinki nur im Hesperia-Park wächst.«

Sein Publikum verstand immer noch nicht, worauf er hinauswollte.

»Das war nur so ein Gedanke, weil die Autovermietung Hertz genau dem Park gegenüber liegt.«

Nyman schniefte. »Das klingt etwas weit hergeholt, woher willst du wissen, wo dieser Schutzanzug überall getragen worden ist. Außerdem wurde schon Kontakt zu allen Autovermietungen der Hauptstadtregion aufgenommen. Sie sollten uns mitteilen, wenn sich bei ihnen ein Mann blicken lässt, auf den die Beschreibung des Asiaten zutrifft.«

»Vielleicht hat er einen Helfer, der die Karre gemietet hat. Aber es könnte ja sein, dass er den Wagen selbst zurückbringt«, schlug der Techniker mit leiser Stimme vor.

Der Hauptwachtmeister tippte auf der Tastatur seines Laptops und griff den Gedanken auf. »In der Nähe des Hesperia-Parks befinden sich sogar etliche Autovermietungen: Scandia Rent in der Mannerheimintie 50 im Hotel Crowne Plaza, Hertz und EasyTerra in der Mannerheimintie 44 neben dem Hotel Continental, NetRent in der Mannerheimintie 67, Auto Alex in der Mannerheimintie 100 und Europcar auf dem Elielinaukio. Von den drei letztgenannten ist es allerdings schon etwa ein Kilometer bis zum Park.«

Nyman wirkte geknickt. »Gut, wir wenden uns noch mal an die Autovermietungen. Die Helsinkier Polizei soll sie im Auge behalten, für den Fall, dass der Mann das Auto nachts zurückbringt.«

* * *

Jukka Ukkola saß in der Küche seines Hauses, trank frisch gekochten Kaffee aus dem alten Keramikpott seines Vaters und fühlte sich so sicher wie schon lange nicht mehr. Er hatte sich gerade mit fast zwanzig einflussreichen Männern aus der Helsinkier Unterwelt getroffen, die ihm aus dem einen oder anderen Grund einen Gefallen schuldig waren. Der Vorsitzende des Kabinetts hatte Eeva Vanhalas genial verstecktes Material an sich gebracht, das wusste Ukkola jetzt. Deshalb hatte er sich den Kopf zerbrechen müssen und sich schließlich eine idiotensichere Methode einfallen lassen, wie seine Kopien der Unterlagen gut aufgehoben waren. Seine Situation unterschied sich nämlich in einem Punkt maßgeblich von der Eeva Vanhalas: Ihre Unterlagen belasteten auch sie selbst schwer, deshalb wollte sie nicht, dass sie an die Öffentlichkeit gelangten. Ihm jedoch entstünde durch die Aufdeckung des Materials kein zusätzlicher Schaden, er könnte es sehr wohl den Behörden übergeben, sollte der Vorsitzende Schwierigkeiten machen.

Hoffentlich pendelt sich bald alles wieder ein, dachte Ukkola und nahm einen Schluck Kaffee. Wegen der Hektik in den letzten

Tagen war er mit seinen Plänen für Kati keinen Zentimeter vorangekommen, und ihr Prozess rückte rasch immer näher. Er nahm das Buch *Samurai Commanders 1577–1638* und schlug die Seite auf, die er mit einem Eselsohr markiert hatte. Der Samurai und Daimio Date Masamune, der von 1567 bis 1636 lebte und in der japanischen Region Tōhoku wirkte, war eine faszinierende Gestalt. Der jähzornige und geschickte Militärstratege hatte ein Auge durch die Pocken verloren und trug deshalb seit seiner Kindheit den Namen Einäugiger Drache. Der legendäre Samurai war auch ein begabter Dichter gewesen. Ukkolas Miene wurde angespannt, als er versuchte Masamunes Gedicht, in dem die Schönheit des Bergs Fuji gepriesen wurde, zu übersetzen:

Each time I see Fuji,
It appears changed.
And I feel I view it,
Ever for the first time.

Das Klingeln des Telefons unterbrach seine Gedankengänge, er meldete sich sofort, als er sah, wer ihn anrief.

Markus Virta kam ohne Umschweife zur Sache: »Du bist auf dem Flur hier in Jokiniemi wieder auferstanden. Nymans Jungs sind irgendwelchen illegalen chinesischen Arbeitskräften auf die Spur gekommen und haben dich in Verdacht, dass du da mit drinsteckst. Die KRP besitzt Beweise, was für welche habe ich allerdings nicht herausgekriegt.«

»Hast du noch etwas gehört?«, fragte Ukkola, und als Virta das verneinte, brach er das Gespräch noch in derselben Sekunde ab. Es ging los, man wollte ihn opfern, da war sich Ukkola nun sicher, er musste auf der Stelle etwas unternehmen. Doch das nächste Telefonat würde er sicherheitshalber aus seinem Wagen und von einem Prepaid-Anschluss führen.

Ukkola zog rasch den Mantel über, fuhr in seine Laufschuhe

und steuerte wenig später seinen Audi auf die Pitäjänmäentie. Er wählte die Nummer des Vorsitzenden und war schon kurz davor aufzugeben, als der Mann sich doch noch meldete.

»Ich habe eben gehört, dass mir nun auch die Schuld an den Geschäften von Workhelp und Suomen Kivijaloste in die Schuhe geschoben werden soll«, sagte Ukkola.

»Nicht am Telefon«, fauchte der Vorsitzende. »Wir treffen uns ...«

»Ich habe einen Übersetzer bezahlt und Kopien von Eeva Vanhalas Material angefertigt. Alle Unterlagen zu Workhelp, Kivijaloste und zu den Geschäften des Kabinetts habe ich vernichtet. Zum Glück ist mir rechtzeitig klar geworden, warum du mich zum einzigen Verbindungsglied zwischen dem Kabinett und dessen Verbrechen machen wolltest. Ein Mann, dem schwerer Menschen- und Drogenhandel vorgeworfen werden, lässt sich leicht opfern.«

Eine Reaktion kam erst nach einer Weile. »Du hast Kopien gemacht ... Wo sind die? Darüber müssen wir reden ...«

Ukkola unterbrach ihn: »Ich habe die Dokumente eingescannt. Die Dateien habe ich auf Memorysticks gespeichert und dann an zwölf Kriminelle aus der Region Helsinki verteilt. Ihr schafft es sicher, die Namen aus mir herauszuholen, aber dieses Dutzend wird seine Informationen nicht rausrücken. Es mit Gewalt zu versuchen, dürfte sich nicht lohnen, jeder von ihnen hat eine große Truppe hinter sich. Sie schicken ihren Stick sofort an die Behörden oder an die Presse, falls mir irgendetwas passiert.«

Dem Vorsitzende verschlug es für eine Weile die Sprache. »Du hast sie an zwölf ...«

»Die Dateien sind mit einer 256-Bit-Verschlüsselung nach AES-Standard geschützt, die kann angeblich niemand knacken. Sorge dafür, dass ich mit heiler Haut davonkomme, dann nimmt alles ein gutes Ende«, erwiderte Ukkola, brach das Gespräch ab und fühlte sich so verdammt kompetent, dass er sich beinahe schämte.

Einem toten Löwen einen Tritt zu versetzen, das traute sich jeder. Aber jetzt mussten sie einsehen, dass er immer noch bestens in Form war. In Höchstform.

* * *

Der Vorsitzende verabschiedete sich nicht einmal vom Vorstandschef der Sampo AG und vom Geschäftsführer eines weiteren Versicherungsunternehmens, mit denen er im Salon »Konsul« der Festetage des Restaurants Savoy beim Abendessen gesessen hatte. Im Aufzug musste er an sich halten, damit er nicht den Spiegel mit einem Tritt zertrümmerte. Das war das Ende des Kabinetts, da gab es keine Frage. Nun wäre er gezwungen, das seit dreißig Jahren laufende geniale Projekt aufzulösen. Im August waren die Firmen aufgeflogen, die Menschenhandel betrieben, und nun war es endgültig unmöglich geworden, Finanzmittel zu beschaffen, nachdem die Polizei erfahren hatte, wie Workhelp und Kivijaloste funktionierten. Und das Allerschlimmste: Das Smirnow-Material war in Ukkolas Hände gelangt – und mithilfe der Sticks auch in die von einem Dutzend Kriminellen.

Er verließ den Fahrstuhl, ging auf der Eteläesplanadi in Richtung Süden und bog wenig später nach rechts ab zur Tiefgarage auf dem Kasarmitori. Aus irgendeinem Grund fiel ihm jener Augustabend 1981 ein, an dem er und einige andere junge Senkrechtstarter in ihrer politischen Karriere das erste Mal erörtert hatten, wer die wichtigsten Geheimnisse Finnlands an den KGB übermitteln würde, sollte Präsident Kekkonen wegen seiner Krankheit nicht mehr dazu imstande sein. Keiner von ihnen wäre allein auch nur annähernd an so viele Informationen herangekommen wie der Präsident. Sie hatten daraufhin beschlossen, ihre Kräfte und ihr Wissen zu bündeln, auch andere mit einzubeziehen und so den direkten Kontakt der Staatsführung zum Kreml aufrechtzuerhalten. So war das Kabinett entstanden.

Der Vorsitzende ging am S-Market in der Kasarmikatu vorbei, schob seine Parkkarte in das Lesegerät und stieg die Treppen hinunter in die Tiefgarage. Jukka Ukkola konnte nicht geopfert werden, solange sich nicht jede, wirklich jede Kopie des Smirnow-Materials in den richtigen Händen befand. Es musste irgendein Weg gefunden werden, sie zu beschaffen.

* * *

Leo Kara und Kati Soisalo saßen im Restaurant Casa Mare in Lauttasaari. Das Lokal war Kati eingefallen, als Kara vor einer halben Stunde nach einer Gaststätte gefragt hatte, in der Sakke Tirkkonen und seine Männer ganz sicher nicht zufällig vorbeischauen würden und in deren Nähe sich schnell ein Parkplatz fand. Karas Backenknochen zierte ein blauer Fleck, Katis Blutergüsse waren unter dem Hemd versteckt.

Keiner von beiden sagte ein Wort, sie warteten auf Paranoid. Kara verschlang ein auf den Namen Teufelssteak getauftes Rinderfilet und Kati kostete Pasta mit Ziegenkäse und Spinat. Die Hefter mit den Unterlagen zu Vilmas Verschwinden befanden sich im Smart draußen auf dem Parkplatz, sie hatten sich für ein paar Minuten in Kati Soisalos Kanzlei gewagt, um sie zu holen.

»Sakke Tirkkonen geht zuerst in meine Kanzlei und sofort danach in Paranoids Wohnung. Er hat natürlich den Verdacht, dass Paranoid uns auch diesmal hilft.« Kati Soisalo sah besorgt aus.

Kara kaute ein Stück von seinem Steak. »Ich habe Paranoid gesagt, dass er keine Zeit mehr hat, den ganzen Computerkram aus seiner Bude rauszuschleppen. Du hast es doch gehört.«

Plötzlich klingelte Kati Soisalos Handy, sie fasste es an, als wäre es eine Giftschlange.

»Ich habe gehört, was man mit euch gemacht hat«, sagte Virpi Vasama, und Kati Soisalo schaltete den Lautsprecher ein. »Jose hat die SMS von meinem Handy abgeschickt. Er ist eben fluchend weggegangen, als er erfahren hat, was in Herttoniemi passiert ist.«

Kati Soisalo atmete tief durch. »Willst du uns jetzt helfen?«

»Der Mann, der die Abholung deiner Tochter bestellt hat, ist Polizist. Sonst hätte ich es schon gesagt. Er hat gedroht, Jose und auch mich in den Knast zu bringen, wenn wir etwas ausplaudern. Ich habe doch jetzt ein Kind …«

Kati Soisalo hatte das Gefühl erwürgt zu werden und fürchtete sich vor dem, was Virpi Vasama gleich antworten würde. »Kennst du den Namen des Polizisten?«

»Jukka Ukkola. So ein wichtigtuerisches Schwein, das aussieht, als hätte es einen Besen verschluckt.«

»Den kenne ich. Ich bin dir wirklich dankbar, dass du es gesagt hast. Versuch durchzuhalten«, erwiderte Kati Soisalo und beobachtete dabei, wie Kara zum Tresen ging, drei Schnäpse bestellte und einen nach dem anderen hinterkippte, sobald der Barkeeper mit ernster Miene eingegossen hatte.

Wenig später kehrte er mit einem Bierglas in der Hand an den Tisch zurück. »Eines Tages wird dem Kerl das alles noch heimgezahlt.«

»Ukkola weiß, wo Vilma ist«, sagte Kati Soisalo.

»Wir sind genau in der gleichen Situation wie im August. Damals hat Ukkola dich nach Italien geschickt und ein Phantom jagen lassen.«

Kati Soisalo strich über die Narbe an ihrem Kopf und starrte nachdenklich auf die Wand, als Paranoid endlich hereinmarschiert kam.

»Hast du dein ganzes Arbeitszimmer ins Auto gestopft?«, fragte Kara.

»Es hat alles reingepasst. Ich war gezwungen, entweder die PCs mitzunehmen oder die Festplatten zu vernichten.« Dann grinste Paranoid. »Ihr solltet dankbar sein, dass es bei mir so lange gedauert hat.«

Jetzt schaute ihn auch Kati Soisalo neugierig an; sie erkannte an seinem Tonfall, dass er wichtige Nachrichten hatte.

»Ich war gerade dabei, die Sachen abzubauen, da hat Ukkola in seinem Audi jemanden angerufen.«

Kara und Soisalo saßen da wie Statuen und hörten aufmerksam zu.

»Das Kabinett versucht Ukkola zum Sündenbock für seine Verbrechen zu machen und der wehrt sich, indem er irgendwelche Unterlagen von Eeva Vanhala für sich kopiert hat. Es hörte sich so an, als würde er mit dem Kabinett im Krieg liegen.«

»Mit wem hat er geredet?«, wollte Kati Soisalo wissen.

»Das konnte ich nicht mehr klären, ich war doch etwas in Eile. Ihr wolltet mich ja sogar davon abhalten, überhaupt noch mal in meine Bude zu gehen.«

»Ukkola steckt tief im Schlamassel. Das ändert alles«, verkündete Kati Soisalo voller Eifer.

»Wirklich?«, erwiderte Kara. »Du hast aus diesem Arschloch drei Jahre lang keine einzige nützliche Information herausgekriegt. Jedenfalls keine, die gestimmt hätte.«

Kati Soisalo fuhr sich durchs kurze Haar und dachte fieberhaft nach. Ihr ehemaliger Arbeitgeber, das Rüstungsunternehmen Fennica, hatte auf einer Schweizer Bank ein Bestechungskonto geführt, von dem an Broker ein Schmiergeld in Höhe von einem oder zwei Prozent für jedes mit deren Hilfe zustande gekommene Waffengeschäft gezahlt wurde. Und da sich die Vertragssummen von Fennica auf hunderte Millionen Euro beliefen, lagen auf dem Bestechungskonto immer mehrere Millionen Euro. Seit einem reichlichen Jahr, seit dem Tod Otto Mettäläs, des ehemaligen Direktors von Fennica, war Kati Soisalo die einzige, die an dieses Konto herankam. Aus irgendeinem Grund hatte Mettälä seinen Nachfolger nicht über die gesetzwidrige Nutzung des Bestechungskontos unterrichtet. »Du erinnerst dich sicher an das Züricher Fennica-Konto mit dem Geld für Bestechungen, von dem ich im August etwas auf mein Konto überwiesen hatte?«

Paranoid nickte. »4,7 Millionen Euro.«

»Wenn uns nichts einfällt, womit wir Ukkola erpressen könnten, vielleicht sollten wir es dann zur Abwechslung mal mit Bestechung versuchen. Möglicherweise ist Ukkola jetzt bereit zu sprechen, da er das Kabinett nicht mehr zu schützen braucht.«

»Hm«, entgegnete Kara. »Wohl kaum.«

* * *

Ungefähr eine Stunde später standen Kati Soisalo und Leo Kara an der Tür des Kriegsveteranenhauses in Pitäjänmäki, zu einem Treffen an einem anderen Ort war Ukkola nicht bereit gewesen. Kati Soisalo vermied es, länger zu Vilmas Sandkasten, der unterm nassen Laub hervorschaute, oder zur vom Rost zerfressenen Schaukel hinüberzuschauen. Sie fürchtete die Fassung zu verlieren, wenn sie die Wohnung sah, in der sie so viel Schlimmes erlebt hatte.

Kara war froh, dass der Tatendrang, den er nach den Schnäpsen verspürt hatte, allmählich nachließ. Noch vor einer Stunde hätte er Ukkola krankenhausreif geschlagen.

Es herrschte eine eisige Atmosphäre, als Ukkola die Tür öffnete. Keiner sagte etwas, bis die Besucher im Wohnzimmer Platz genommen hatten.

»Von wie vielen Kerlen lässt du dich eigentlich besteigen? Erst von diesem halbstarken Nerd und nun von diesem mentalen Wrack.« Damit eröffnete Ukkola das Gespräch.

Kara saß da, als wollte er jeden Moment aufspringen, aber Kati Soisalo drückte die Hand fest auf seinen Oberschenkel.

»Wir kennen drei wichtige Fakten«, sagte sie. »Erstens: Du hast vor drei Jahren ProTurva und Jose Sinko dafür bezahlt, Vilma aus Slowenien zu holen. Zweitens: Das Kabinett will dich vernichten. Drittens: Du versuchst dich mit deinen Kopien von Eeva Vanhalas Unterlagen zu schützen.«

Ukkola wirkte kurz überrascht, obwohl sich sein Gesichtsausdruck nicht im geringsten änderte. »Man kann immer jemanden beschuldigen. Allerdings sollte man annehmen, dass du mittlerweile kapiert hast, wie wenig Nutzen das bringt.«

Kati Soisalo setzte ihren Angriff fort. »Meines Erachtens wäre selbst das Kabinett nicht imstande, alle Beweise zu entkräften, die bei den Behörden schon jetzt gegen dich vorliegen. Du wirst in den Knast müssen, das ist sicher. Ich weiß nicht, wo du dein Geld überall versteckt hast und ob die Behörden es finden. Aber im August hat Jonny Karlsson dein Bankkonto ausfindig gemacht und darauf gerade einmal hunderttausend Euro gefunden. Für den ganzen Rest des Lebens ist das ein bisschen wenig. Wenn du jetzt dein Haus verkaufst, bekommst du mit ziemlicher Sicherheit ein Reiseverbot.«

Ukkola brauchte nicht lange über ihre Worte nachzudenken, er wusste, dass sie recht hatte.

»Ich biete dir eine halbe Million Euro bar auf die Hand. Die bekommst du unverzüglich, sobald ich Vilma finde«, sagte Kati Soisalo. »Und für das Geld solltest du auch etwas gegen meinen und Jonnys Prozess tun.«

Kara räusperte sich. »Und ich will Smirnows ... Eeva Vanhalas Unterlagen lesen.«

Ukkola lachte allzu heftig, es klang aufgesetzt. »Woher zum Teufel wollt ihr solche Summen bekommen?«

»Das spielt hier keine Rolle. Ich kann dir den Kontoauszug zeigen und das Geld auf ein Sperrkonto überweisen, wo es bereitliegen wird«, antwortete Kati Soisalo.

Kara bemerkte, dass Kati in ihrem Element war.

Ukkola überlegte kurz, wie er das Duo mit irgendeiner giftigen Bemerkung reizen könnte, aber ihm fiel nichts Bissiges ein. Kati Soisalos Angebot war gut, schon fast zu gut. In Brasilien bekam man Häuser zu einem Spottpreis, sogar am Meer, dafür würde sein eigenes Geld reichen, und mit einer halben Million Euro könnte er für den Rest seiner Tage ein angenehmes Leben führen. »Gib mir eine Million, dann bekommst du, was du willst«, erwiderte er und dachte an den Spruch, wonach nicht der verrückt ist, der etwas verlangt, sondern derjenige, der es bezahlt.

»Fünfhunderttausend. Die oder gar nichts«, entgegnete Kati Soisalo.

Ukkola und Soisalo starrten sich an, Kara schaute Kati unverwandt ins Gesicht. Der grellrote Samuraihelm aus Metall und die Maske überwachten lautlos das ganze Zimmer. Die Sekunden vergingen.

»Gut«, sagte Ukkola. »Die Hälfte jetzt und die andere Hälfte, wenn du Vilma gefunden hast.«

»Du bekommst heute hunderttausend, sagen wir mal für den Fall, dass du unvorhersehbare Ausgaben hast. Den Rest gibt es dann, wenn ich Vilma gefunden habe. Darüber verhandele ich nicht.«

Ukkola stand auf und hätte um ein Haar die Hand ausgestreckt, ehe ihm klar wurde, wer er war. Er verschwand für einige Minuten im Keller seines Hauses und gab Kara dann einen Memorystick kaum größer als eine Münze. »Der Computer ist hier in der Küche, den Internetzugang schalte ich aus. Du kannst es lesen, mach aber keine Notizen.« Er zog den Webstick aus seinem Laptop und ließ Kara allein.

Kati Soisalo saß auf dem Sofa im Wohnzimmer und wirkte ganz ruhig, obwohl ihr Herz lautstark pochte. Sie hatte keine Eile, auf ein paar Sekunden mehr oder weniger kam es jetzt nicht an, auf diesen Augenblick hatte sie drei Jahre gewartet. Sie würde erfahren, wo Vilma war.

»Joakim und Helena Poulsen wohnen in Frankfurt am Main, schon seit etwa fünf Jahren. Die Frau hat einen Job bei der Europäischen Zentralbank und der Mann ist meines Erachtens Hausfrau, so ein ...« Es fehlte nicht viel, und ihm wäre das Wort Gipsei herausgerutscht, gerade noch rechtzeitig fiel ihm jedoch ein, dass Kati sein Geheimnis kannte.

Im Wohnzimmer herrschte Schweigen, und Ukkola begann sich Sorgen zu machen. Warum saß Kati nur stumm da und wartete? »Das ist eine gute Familie, alles vom Besten. Sie hatten viele Jahre vergeblich versucht, ein eigenes Kind zu bekommen. Es sollte unbedingt ein finnisches sein. Aber es ist fast unmöglich eines zu finden, jedes Jahr werden wirklich nur wenige zur Adoption freigegeben. Da der Mann noch dazu schon über fünfzig war, mussten sie ... sagen wir mal ... private Adoptionshilfe in Anspruch nehmen. Alle Papiere wurden streng nach den Gesetzen ausgefertigt ...«

»Gibst du mir noch die Adresse«, sagte Kati Soisalo ausdruckslos.

»Da muss ich kurz in mein Arbeitszimmer gehen«, erwiderte Ukkola, der nun noch besorgter wirkte. Er lief mit großen Schritten ins Obergeschoss, warf vorher aber noch kurz einen Blick in die Küche zu Kara.

Kati Soisalo wurde schwindlig, als sie aufstand. Sie ging zur Küchentür. Kara saß über den Computer gebeugt mit offenem Mund da, seine Augen jagten über den Bildschirm, als fürchteten sie, der könnte jeden Moment verschwinden. War das wirklich der entscheidende Augenblick, fragte sie sich, würde jetzt all ihr Suchen ein Ende nehmen?

Sie hörte Schritte auf der Treppe, drehte sich um, nahm den Zettel, den Ukkola ihr gab, und las ihn – *Staufenstraße 36, Frankfurt am Main*.

Kati Soisalo zog die Schuhe an und verließ das Haus, Kara folgte ihr auf den Fersen. Sie setzten sich in den Smart. Kara holte hastig einen Stift und Papier aus der Manteltasche und begann wie ein Besessener zu schreiben.

»Diese Ratte hat die ganze Zeit gewusst, wo Vilma ist. Ukkola hätte alles verhindern können, was Vilma und mir in den letzten drei Jahren passiert ist. Die ganze Trauer und den ganzen Schmerz.«

»Wie ich schon sagte, eines Tages wird ihm das heimgezahlt werden«, versicherte Kara, während sein Stift weiter übers Papier flitzte.

Kati Soisalo schaute Kara so an, als wüsste sie sehr genau, wer die Rechnung begleichen würde. »Ich fliege nach Frankfurt. Kommst du mit? Oder hast du in Ukkolas Informationen etwas Neues gefunden?«

Im Smart trat für einige Minuten Schweigen ein, bis Kara schließlich aufhörte zu schreiben, seinen Kuli zuschnappen ließ und müde lächelte. »Vielleicht mehr, als ich wissen wollte.«

»Erzähl das Wichtigste«, bat Kati.

»Ich habe die Namensliste durchgelesen, auf der alle Helfer stehen, die der KGB in Finnland angeworben hat, alle Kontakte und die sogenannten Entwicklungskader.« Karas Stimme klang gedämpft, er starrte auf die Hecke von Ukkolas Grundstück.

»Und?«, drängte Kati.

»Präsidenten, Ministerpräsidenten, Chefs von Großunternehmen ... die Liste übertrifft selbst noch die schlimmsten Vermutungen Jussi Ketonens.«

Etwas stimmte nicht, Kati Soisalo spürte es an seinem Verhalten. Sie nahm sich vor, zu warten, bis er noch mehr erzählte.

»Auf der Liste stand auch der Name Molly Dalston und dahinter die Jahreszahlen 1970–1984.«

Kati war überrascht, als sie den Namen von Karas Mutter hörte.

»Meine Mutter hat, als sie in Finnland wohnte, dem KGB Informationen übermittelt.«

Kati Soisalo überlegte, ob sie aussprechen sollte, was sich vermutlich auch Kara fragte. »Hat sie über die Forschungsprojekte deines Vaters Berichte geschrieben?«

Kara zuckte die Achseln. »Mit dieser Information kann ich nun nichts mehr anfangen«, sagte er und überflog seine Notizen. »Aber ich habe etwas gefunden, das mir möglicherweise hilft weiterzukommen. Du erinnerst dich doch noch an Lilith Bellamy, die

Schizophreniekranke, die ich im August in London getroffen habe? Mit der mein Vater ein Verhältnis hatte.«

Kati Soisalo nickte.

»Nach Ukkolas Kopien hat Bellamy die britischen Behörden schon 1989 auf Mundus Novus hingewiesen. Und in den Unterlagen fanden sich noch ein paar andere Einträge, ich habe es nicht geschafft, sie alle zu lesen.«

»Was bedeutet das?«, fragte Kati Soisalo.

»Dass Bellamy etwas weiß und auf derselben Seite steht wie wir. Und dass ich nach London fliege.«

Kati Soisalo versuchte zu lachen. »Uns tut es beiden gut, Finnland zu verlassen. Im Moment möchte ich Sakke Tirkkonen nicht begegnen.«

25

Samstag, 8. Oktober

Leo Kara saß im Gebäude der Generalstaatsanwaltschaft, um bereits das zweite Mal innerhalb von achtundvierzig Stunden an einer Besprechung der Koordinierungsgruppe für die Ermittlungen zum Kabinett teilzunehmen. Anni Alanko ließ ihn schon etwa zwanzig Minuten warten, daraus konnte man schließen, dass seine Beliebtheit abnahm.

Endlich erschien die gestresste stellvertretende Generalstaatsanwältin im Foyer und runzelte die Stirn, als sie Kara erblickte. »Bei uns ist sozusagen der Teufel los. Eeva Vanhala, die Kanzleichefin der Präsidentin, ist tot, und Lukkari von der SUPO hat uns kurz über das Smirnow-Material informiert. Die KRP ist dem Kabinett nun ernsthaft auf der Spur, dank des Hinweises auf Suomen Kivijaloste und Ukkola, den du geschickt hast. Alle sind ziemlich gereizt, auch Generalstaatsanwalt Väkikorpi ist da. Wenn du nichts Dringendes hast, dann ...«

»Wegen des Smirnow-Materials bin ich hier. Ich habe Jukka Ukkola getroffen und ... neue Informationen erhalten. Sagen wir mal so, er hat sie nicht ganz freiwillig rausgerückt.«

Anni Alanko zögerte kurz, bedeutete Kara aber dann, ihr in den Beratungsraum zu folgen, in dem neben Saara Lukkari von der SUPO und Klasu Nyman von der KRP eine Menge Leute saßen, die Kara nicht kannte. Das Stimmengewirr verstummte.

Kara kam geradewegs zur Sache. »Jukka Ukkola ist im Besitz von Dokumenten aus dem Smirnow-Material. Ich habe vorhin einen Teil davon auf seinem Computer bei ihm zu Hause gelesen.«

Niemand sagte etwas. Der Generalstaatsanwalt starrte Anni Alanko wütend an, und die anderen wirkten überrascht.

Kara holte seine Notizen aus der Tasche und trug in aller Ruhe vor, was er aufgeschrieben hatte: von der Liste der finnischen Helfer des KGB jene Namen, die besonders große Fassungslosigkeit auslösten, Informationen, die Mitglieder des Kabinetts an den KGB weitergegeben hatten, Lilith Bellamys Rolle ... »Das ist alles, was ich mir notieren konnte. Ich suchte eigentlich etwas über meinen Vater und hatte nicht viel Zeit.«

Wieder herrschte Schweigen. Die Zuhörer mussten Karas Bericht erst einmal verdauen.

»Woher weißt du, dass die Unterlagen, die du gelesen hast, aus dem Smirnow-Material stammen?«, fragte Klasu Nyman schließlich.

»Weil Ukkola es gesagt hat. Und außerdem hat er das noch in einem ... Telefongespräch bestätigt.« Kara formulierte vorsichtig, weil er Paranoids illegale Abhörtricks nicht preisgeben wollte.

Generalstaatsanwalt Väkikorpi verzog den Mund und suchte etwas in seinen Unterlagen. »Was ist dieser Kara eigentlich für einer? Was zum Teufel macht er überhaupt hier, als Mitarbeiter des UN-Büros für Drogen- und Verbrechensbekämpfung? Hat wenigstens irgendjemand von euch seine Vergangenheit überprüft? Ich jedenfalls habe Probleme mit seiner Vertrauenswürdigkeit.« Väkikorpi redete so, als wäre Kara nicht anwesend. Er hielt ein Dokument hoch. »1994 wurde in England für Kara die Unterbringung in einer psychiatrischen Klinik angeordnet, gegen seinen Willen. Also eine Zwangseinweisung, in die Gummizelle. Worum ging es denn da?«

In Kara erwachte die Wut. »Um Gewalttätigkeit. Sie wollten eine Untersuchung meines Geisteszustands vornehmen.« Er war immer noch nicht bereit, sich an diese dreimonatige Hölle zu erinnern, geschweige denn, sie zu kommentieren. Kara machte auf dem Absatz kehrt, murmelte, er habe seine Informationen jedenfalls weitergegeben, und verließ den Besprechungsraum. Draußen wurde ihm klar, dass er mit sich selbst zufrieden war: Seit der Rückkehr seiner Erinnerungen hatte er kein einziges Mal die Selbstbeherrschung verloren und ihm war keine wirklich blöde Bemerkung herausgerutscht. Was würden die Psychiater dazu sagen?

Kara war schon im Treppenhaus, als ihn Anni Alankos Stimme zum Stehen brachte.

»Warte. Ich habe dich ja vorgewarnt, Väkikorpi steht zu sehr unter Spannung. Wir anderen sind der Auffassung, dass du uns eine verdammt große Hilfe bist.«

Kara brachte ein schwaches Lächeln zustande.

»Was willst du als Nächstes tun? Mensch, Kara, du solltest dich jetzt wirklich damit einverstanden erklären, dass die Polizei dich beschützt.«

»Das ist nicht nötig. Ich gehe von hier in die Bibliothek 10, kaufe im Internet ein Flugticket nach London und fahre sofort los«, entgegnete Kara, winkte und verschwand auf der Treppe. Anni Alanko schüttelte den Kopf, wandte sich um und erblickte das wütende Gesicht des Generalstaatsanwalts, der auf dem Treppenabsatz aufgetaucht war.

* * *

Betha Gilmartin hatte das Lagezentrum in der siebten Etage von Legoland seit sechzehn Stunden nicht verlassen. Sie funktionierte mit Hilfe von Koffein und Energydrinks und war so müde, dass ihr manchmal buchstäblich schwarz vor Augen wurde, aber trotzdem fühlte sie sich ruhig und gelassen. Wahrscheinlich, weil eine derartige Belastung sie vor ein paar Monaten noch umgebracht hätte. Jetzt zeigte das Herz keinerlei Symptome und ihr Puls war weit entfernt vom kritischen Bereich. Und das, obwohl sie Mundus Novus endlich im Würgegriff hatten. Ihr roter Haarschopf war längst von allen Bändern befreit, und wenn sie in diesem Hexenkessel noch lange durchhalten müsste, würde sie sich auch das verdammte Stützkorsett vom Leibe reißen. Und es wäre ihr scheißegal, was die jungen Kerle um sie herum von ihrem Bauch dachten.

Plötzlich blieb Colleen Carter, die sich mehr oder weniger aus eigener Initiative zu Betha Gilmartins persönlicher Assistentin aufgeschwungen hatte, einen Meter vor ihrer Chefin stehen. Sie sah so aus wie jemand, der unbefugt auf das Siegerpodest gesprungen ist und nun eine Medaille in Empfang nehmen wollte.

»Die Bank von Mundus Novus wurde gefunden«, verkündete sie. »Es konnte allerdings nur noch ein Teil des Geldes der Pegas-Bank eingefroren werden. Dennoch war das eine tolle Zusammenarbeit von Behörden etwa zwanzig verschiedener Staaten und Dutzender Geschäftsbanken.«

Betha Gilmartin seufzte erleichtert. »Über welche Summen reden wir hier?«

Colleen Carter grinste: »Über Milliarden.«

»Und die Überprüfung der Industrieimmobilien des AEM-Konzerns, wie geht es da voran?«, erkundigte sich Betha Gilmartin und Colleen Carter verschwand, um bei ihren Kollegen eine Antwort zu holen.

In dem Moment vibrierte Betha Gilmartins Privathandy in der Tasche ihres Blazers, sie holte es heraus und freute sich noch mehr als sonst, als sie Karas Namen las. Statt ihren Namen zu sagen, ging sie gleich in medias res: »Die Gelder der Zentralbank von Mundus Novus wurden gefunden, und ein Teil davon konnte eingefroren werden. Es sieht so aus, als könntest auch du bald Antworten auf deine Fragen bekommen, endlich.«

»Und die Forschungszentren?«, fragte Kara.

»Auch denen kommen wir in Kürze auf die Spur, da wir jetzt wissen, wer sich um die Immobilienangelegenheiten von Mundus Novus gekümmert hat und wie die Finanzen von Mundus verwaltet wurden«, versicherte Betha.

»Hast du die ganze Zeit gewusst, dass meine Mutter Kontakt zum KGB hielt? Und dass Lilith Bellamy deinen Leuten Informationen übermittelt hat.« Karas Stimme klang angespannt.

Betha Gilmartin drückte das Handy fester ans Ohr. »Was für Informationen hat uns Bellamy denn angeblich übergeben?«

»Zumindest, und zwar kurz nach dem Oktober 1989, dass Mundus Novus hinter allem steckte.«

Betha Gilmartin fluchte laut. »Stimmt das? Wo hast du so etwas gehört? Der Hinweis, den wir bekommen hatten, war anonym.«

»Du hast die Frage nach meiner Mutter nicht beantwortet.«

In der Leitung war es eine Weile still, während Betha Gilmartin überlegte, wie sie antworten sollte. »Du wirst doch wohl verstehen, dass ich nicht über alle Dinge mit dir reden kann. Deine Mutter war Mitglied der Kommunistischen Partei Großbritanniens. Während des Kalten Krieges hatten zahllose Menschen das Gefühl, an einem großen Kampf der Ideologien beteiligt zu sein, und begingen alle möglichen Dummheiten. Und deine Mutter wusste nichts Wichtiges.«

»Sie wusste einiges von der Arbeit meines Vaters«, erwiderte Kara schroff. »Ich bin übrigens gerade auf dem Weg, mir ein Flugticket nach London zu kaufen«, fügte er hinzu und brach das Gespräch ab.

* * *

Die Sonne versank hinter den Bergen am Rande von Schaan, doch das wusste Nikolai Mironow nicht. Der Erste Stellvertreter des FSB-Chefs unterbrach Doktor Rostow, der enthusiastisch sein riesiges Forschungszentrum vorstellte. »Leider bin ich nicht hergekommen, um deine ... Geräte zu bewundern.«

»Die Verwirklichung des Ziels hängt von diesen Geräten ab«, sagte Andrej Rostow und deutete mit der Hand auf die Halle, die bis in den letzten Winkel gefüllt war mit Maschinen, Elektronik und Workstations und ganzen Scharen von weiß gekleideten Wissenschaftlern und Technikern.

»Die Einheit in Finnland muss aufgelöst werden. Außerdem durchsuchen die Behörden in raschem Tempo unsere Liegenschaften überall in der Welt«, erwiderte der General mit ernster Miene.

Die Begeisterung auf Rostows Gesicht war wie weggewischt. »German Danilow wurde doch gerade deswegen geopfert, damit dieser Ort nicht gefunden wird.«

»Sie sind irgendwie auch unseren Geldern auf die Spur gekommen, ein Teil der Mittel wurde eingefroren.«

»Verdammt, wie ist das möglich!« Rostows Schock entlud sich in einem aggressiven Ausbruch.

»Wir sind offen gesagt in eine Falle gelaufen. Clive Grover, unser Mann im SIS, hat uns belogen und behauptet, die Briten wären schon ganz nahe dran an der Pegas-Bank, und da haben wir natürlich sofort angefangen, das Geld abzuziehen und anderswo unterzubringen. Anscheinend haben die Briten nur darauf gewartet, wahrscheinlich haben wir das Grover zu verdanken. Und dann haben sie beantragt, die Mittel einzufrieren. Die Lage ist äußerst schwierig, alles ist in Gefahr. Ich wurde jetzt mit einer Gruppe unserer Leute auf Dauer hierher nach Schaan beordert, um dieses wichtigste ... letzte Forschungszentrum zu sichern. Es wurde bereits begonnen, die Strukturen von Mundus Novus abzubauen.«

Rostow erstarrte. Er betrachtete das Gesicht des Generals eine Weile ungläubig und bedeutete Mironow dann, ihm zu folgen. Sie gingen zum Lift, fuhren in die zweite Etage und schlossen sich in Rostows Zimmer ein. Das Panoramafenster bot eine schöne Aussicht. Über den im Dämmerlicht liegenden Hängen der Bergkette Drei Schwestern schwebten Dunstschleier.

»Was ist passiert? Ich will die Details hören, ich habe das Recht, es zu erfahren«, verlangte Rostow, während er seine Kaffeetasse füllte.

Es dauerte etliche Minuten, bis Mironow die Ereignisse der letzten Tage ausführlich dargelegt hatte.

Rostow verdaute die Neuigkeiten und schüttelte langsam den Kopf. »Und Leo Kara?«

»Muss getötet werden«, antwortete Mironow. »Der Mann hat Teile des Smirnow-Materials gelesen und will nach London reisen, um Lilith Bellamy zu treffen.«

»Was hat Bellamy damit zu tun«, erkundigte sich Rostow verwundert.

»Lilith Bellamy hat dem SIS Informationen über uns mitgeteilt.«

Rostow stand auf und ging ans Fenster.

»Soll der Kirgise Kara erledigen?«, fragte er, drehte sich um und sah, wie Mironow nickte.

»Ich habe dich bei unserem letzten Treffen gebeten, Vorkehrungen für den Fall zu treffen, dass es zum Schlimmsten kommt. Du solltest eine Liste anfertigen«, sagte Mironow.

Rostow kehrte an seinen Schreibtisch zurück und suchte einen Stoß Blätter heraus. »Wir besitzen die Fähigkeit, die ganze Welt aus den Angeln zu heben. Die Folgen der Satellitenzerstörung letzte Woche sind Nichts verglichen mit dem, wozu wir imstande sind. Aber das tun wir erst, wenn wir dazu gezwungen sind. Und erst, wenn alles bereit ist. Auf dieser Liste stehen drei Objekte, deren Zerstörung mir … uns zusätzliche Zeit für unsere Vorbereitungen verschaffen würde.«

»Die Anschläge werden so bald wie möglich ausgeführt«, versicherte Mironow, nahm die Unterlagen und verließ Andrej Rostows Arbeitszimmer.

* * *

Im Hesperian puisto war es kalt, der Wind wehte in dem Park so heftig, dass Wachtmeister Ilkka Viitanen ab und zu seine Schirmmütze fester auf den Kopf ziehen musste. Er war seit vier Jahren Polizist und arbeitete von Anfang an bei der Schutzpolizei im Zentrum als Streifenhörnchen. Auf der Polizeischule hatte er sich eingebildet, es wäre besser, draußen im Einsatz zu sein, welcher vernünftige Mensch wollte denn schon den ganzen Tag am Schreibtisch hocken, hatte er damals gedacht. Aber nach vier Jahren als Kindermädchen von Junkies, Alkis und Psychos reichte es ihm langsam. Am schlimmsten waren die Einsätze, bei denen er in eine Wohnung rein musste, heutzutage hatte man ja schon richtig Angst, was einen hinter der Tür erwartete: ein Säufer, der mit dem Messer herumfuchtelte und Frau und Kinder misshandelte, eine Leiche, die schon wochenlang im Bett lag, zwanzig halb verhungerte Katzen, ein psychisch Kranker, der sich die Pulsadern aufgeschnitten hatte oder etwas noch Schlimmeres.

Dieser Einsatz heute gehörte zur besseren Sorte, obwohl es schon dunkel war und der Wind einem durch Mark und Bein ging. Aber er konnte in aller Ruhe und in Zivilklamotten durch den Park spazieren, und dafür gab es auch noch Kohle. Viitanen wandte den Blick von der Oper ab, als er ein Auto heftig bremsen hörte und eine groß gewachsene Gestalt sah, die bei Rot über die Mannerheimintie ging. Er dachte nicht im Traum daran, den Mann zu ermahnen, für das Meckern erntete man nur blöde Bemerkungen oder schlimmstenfalls Prügel. Der Mann kam direkt auf ihn zu, war jetzt unter einem Lichtmast …

Menschenskind! Viitanen begriff urplötzlich, als er das Gesicht des Asiaten sah, dass er genau wegen dieses Kerls hier Streife lief. Kräftiger Körperbau, groß, das Gesicht mehr Mongole als Chinese, und er hatte die Mannerheimintie direkt am Hotel Crowne Plaza und an der Autovermietung Scandia Rent überquert.

Viitanen blieb einen Augenblick stehen, ohne sich von der Stelle zu rühren, holte dann sein Sprechfunkgerät aus der Manteltasche und meldete seine Beobachtung. Ein Streifenwagen, der in der Nähe war, würde in ein paar Minuten als Verstärkung eintreffen, er musste jetzt nur dem Asiaten mit Abstand auf den Fersen bleiben und durchgeben, wohin er sich bewegte.

Manas hatte seinen Mietwagen auf dem Parkplatz von Scandia Rent abgestellt, den Autoschlüssel in den Nachttresor eingeworfen und ging nun auf die andere Seite der Mannerheimintie. Den ganzen Tag hatte er damit verbracht, auf Anweisungen des Kabinettsvorsitzenden zu warten, aber das störte ihn nun nicht mehr. Ihm war klar, dass er gerade jetzt glücklich sein sollte. Einem *Hitman* übertrug man die unterschiedlichsten Aufgaben. Ihm gefielen anspruchsvolle Aufträge ohne Hektik und moralisch verdorbene Opfer am besten. Bei simplen, überstürzten oder chaotischen Liquidierungen gewann man keine nützlichen Erfahrungen, weder fachlich noch geistig. Doch so einen Leckerbissen wie heute hatte man ihm noch nie geboten, auf diesen Auftrag wartete er schon seit Jahren. Endlich könnte er Leo Kara hinrichten. Der Mann wusste einfach zu viel von ihm und auch von Mundus Novus. Es war regelrecht ein Wunder, dass es so lange gedauert hatte, bis er den Befehl endlich erhielt.

Sein Telefon klingelte, er blieb stehen.

»Ich habe gerade gehört, dass Kara nach London fliegen will«, sagte der Vorsitzende des Kabinetts.

»Wo ist er jetzt?« Manas traf seine Entscheidung sofort. Kara musste in Finnland erledigt werden, vor seiner Abreise. Er selbst könnte nicht nach London fliegen, jedenfalls nicht sofort oder in den nächsten Tagen.

»Kara hat gesagt, er wolle sich das Flugticket übers Internet in der Bibliothek gegenüber vom Bahnhof kaufen, dort stehen Computer für die öffentliche Nutzung.«

»Wie sieht das Gebäude aus?«, fragte Manas und lief dabei weiter. Er ging am Nordflügel des Finlandia-Hauses und am Südufer der Töölö-Bucht vorbei und bog nach rechts ab, auf den Sandweg, der zum Elielinaukio führte.

»Ein großes Gebäude mit einer gelben Ziegelfassade, westlich vom Bahnhof, neben dem Pressehaus mit den Glaswänden. Du kannst es nicht verfehlen«, erklärte der Vorsitzende und die Verbindung brach ab.

Manas war leicht bewaffnet, er trug ein Kampfmesser SH-5, eine unzerbrechliche Spritze aus Kompositmaterial, einen drei Millimeter starken und einen Meter langen Stahldraht und eine Pistole vom Typ Baikal Makarow MP654. Wenn in der Bibliothek genug Leute wären, käme er unbemerkt nahe an Kara heran, könnte ihn hinrichten und verschwinden, bevor die Leiche entdeckt wurde und Panik entstand.

Manas erreichte die nördliche Ecke des Pressehauses Sanomatalo und beschleunigte das Tempo. In seinem Kopf dröhnte ständig der Gedanke, dass er auch diesmal wieder nicht genießen dürfte. Er müsste Kara lautlos umbringen und könnte die Angst des Mannes oder den Gesichtsausdruck vor dem Tod nicht sehen und sein Bitten und Flehen nicht hören. Das gelbe Ziegelgebäude war leicht zu erkennen, hatte aber mehrere Eingänge. Es war Samstagabend und auf dem Platz neben dem Bahnhof wimmelte es von Menschen, Bussen und Taxis.

Der Kirgise fluchte. Er hatte nicht die geringste Ahnung, hinter welcher Tür sich die Bibliothek befand, also war er gezwungen, jemanden zu fragen. Rasch schaute er sich um und suchte einen Einheimischen, der möglichst harmlos aussah, da fiel sein Blick auf die Dutzende Meter lange Schlange am Taxistand. Leo Kara! Er stand mit hängenden Schultern an und hielt eine alte Ledertasche in der Hand. Die Entfernung betrug etwa hundert Meter.

Die Spritze, beschloss Manas, die Entscheidung fiel leicht. Er würde von hinten an Kara herantreten, ihm die Kanüle vom Nacken ins Gehirn stoßen und im Gedränge untertauchen, bevor der

Mann auf den Asphalt stürzte. Manas hastete im Laufschritt los und kam seinem Opfer immer näher.

Irgendetwas ließ die Alarmglocken in seinem Kopf schon läuten, bevor er das Polizeiauto sah – das Geräusch eines Motors, der mit zu hoher Drehzahl aufjaulte, die Köpfe der Menschen, die sich alle in dieselbe Richtung wandten ... Er rannte los, Kara war noch zehn Meter entfernt, ein Martinshorn heulte auf, die Spritze war mit Tape am Unterarm befestigt, er riss sie ab und hielt sie bereit. Manas hatte sein Opfer schon fast erreicht, als Kara ihn bemerkte und schützend seine Tasche hob. Der Kirgise prallte mit solcher Wucht auf Kara, dass der ein paar Meter weiter geschleudert wurde und rücklings auf dem Asphalt landete. Manas schwankte, stützte sich auf dem Boden ab und stürzte sich erneut auf Kara, aber der war schon wieder auf den Beinen und sprintete los in Richtung Polizeiauto, das gerade fünfzig Meter entfernt am Eingang zur Metro vorbeifuhr.

Manas fluchte lautlos, nicht vor Enttäuschung oder Wut, sondern weil er Kara nicht folgen konnte. Jetzt war Eile geboten, das Polizeifahrzeug stoppte dreißig Meter hinter ihm – zum Glück waren es nur zwei Mann. Er stürmte in das Bahnhofsgebäude hinein, zog seinen Mantel aus, stopfte ihn in einem Abfallkorb, erblickte die Hinweisschilder der Metro und schaute direkt in das schwarze Auge einer Überwachungskamera. Das erste Mal in seiner ganzen Laufbahn.

DRITTER TEIL

Das Lächeln

9. Oktober – 12. Oktober

26

Sonntag, 9. Oktober

Starfire Optical Range (SOR), ein Forschungslabor der US Air Force, lag auf dem Luftwaffenstützpunkt Kirtland in Albuquerque. Kennzeichnend für diese Gegend waren die Sonnenuntergänge, die den Himmel über den Sandia-Mountains hellrot und grünlich färbten. Der Sicherheitstrakt des SOR hingegen besaß sein eigenes Kennzeichen: eines der weltweit größten Teleskope für das Aufspüren von Satelliten. Zur Verringerung der Szintillation, also der Strömungen und Turbulenzen in der Atmosphäre, die auf langen Strecken die Homogenität der Laserstrahlen schwächten, wurden in dem Forschungslabor Methoden entwickelt, die sich der adaptiven Optik bedienten. Gemäß den offiziellen Quellen sollten mit diesen Arbeiten der Ablauf und die Sicherheit des Datenverkehrs und der Datenübertragung verbessert werden, aber nach Ansicht der New York Times und mehrerer Verteidigungsexperten wurden im SOR bodengestützte Laserwaffen hergestellt, die Satelliten vernichten konnten.

Um 03:16 Uhr am Sonntagmorgen blieb ein Lkw mit Obersergeant Larry Brodowksi von der 898. Versorgungsstaffel der US Air Force am Steuer auf der Straße stehen, die quer durch das auf einem Hügel gelegene SOR-Gelände führte. Hinter seinem Rücken im Laderaum stapelten sich zweitausend Kilo RDX-Sprengstoff, aber Brodowski war es gewöhnt, noch erheblich gefährlichere Lasten zu transportieren. Auf dem Gelände des Luftwaffenstützpunkts befand sich schließlich das größte Kernwaffenarsenal der Welt, der achtundzwanzigtausend Quadratmeter große unterirdische Lagerkomplex für Militärgüter, in dem dreitausend Sprengköpfe aufbewahrt wurden. Brodowski war nicht im geringsten erstaunt, dass man ihm befohlen hatte, die Sprengstofffracht mitten in der Nacht ins SOR zu fahren; alles, was hier passierte, wurde so geheim gehalten, dass es schon fast lächerlich war. Und bei der Air Force durfte man sich sowieso nicht über fragwürdige Befehle wundern. Das hatte er bereits als junger Spund vor zwanzig Jahren am Anfang seiner Dienstzeit bei der Army gelernt. Damals war er mit dem Kopf ins Klobecken getaucht worden und man hatte den Gefreitenbalken mit Nadeln auf seiner Haut befestigt.

Die Teleskope und Gebäude des kleinen, nur wenige Hektar großen Geländes des SOR wurden fast vollständig zerstört, als Brodowskis Lkw explodierte. Das geschah um 03:17 Uhr.

Die Explosion auf dem Luftwaffenstützpunkt Kirtland war nicht die Ursache dafür, dass die tausenden Monitore des United States Cyber Command im eintausendsechshundert Meilen entfernten Fort Meade in Maryland erloschen. Die für die Kriegsführung der USA im Datennetz sowie für die Sicherheit der Militärsatelliten und der kritischen Infrastruktur verantwortliche Kommandozentrale war handlungsunfähig.

* * *

Betha Gilmartin saß im Lagezentrum in der siebten überirdischen Etage des SIS-Hauptquartiers und rieb sich die Schläfen. Seit mehreren Tagen waren sie Mundus Novus auf der Spur, doch eben hatte man die Suche unterbrochen. Um 10:17 Uhr war die Stromversorgung des Londoner Metronetzes ausgefallen. Die vierzigköpfige Ermittlungsgruppe starrte unablässig auf den riesigen Monitor, auf dem nun der Betriebsdirektor des Verteilernetzbetreibers UK Power Network nickte, als er hörte, dass auch die Tonverbindung stand.

»Das Stromversorgungssystem der Metro ist mit dem nationalen Netz verbunden, und zwar über fünf Verteilerstellen mit

132 000 Volt, eine mit 66 000 Volt und eine mit 33 000 Volt. Von da fließt der elektrische Strom über Zuleitungen in zweihundert Trafostationen. Dort wird er mit 630 Volt Wechselstromspannung in das 400 Kilometer lange Gleisnetz eingespeist und mit 400 Volt Spannung in alle hundertzweiundvierzig Stationen. Im Moment bekommen wir weder in die Züge noch in die Bahnhöfe Strom.«

»Ihr habt doch Reservesysteme für Notsituationen«, sagte der Leiter der Technischen Abteilung des SIS.

»In so einer Situation müssten wir als Ersatz Elektroenergie aus unserem Kraftwerk in Greenwich bekommen, aber auch das klappt nicht. Keiner versteht, was hier los ist. Die Reservesysteme müssten idiotensicher sein. Wir haben zweihundertfünfzig Akkustromquellen für die Beleuchtung der Bahnhöfe und die Aufrechterhaltung der wichtigsten Sicherheitssysteme, aber wir sind nicht imstande, die Reisenden aus den Zügen zu evakuieren oder die Klimaanlagen wieder in Gang zu setzen. In den Metrotunneln und auf den Bahnsteigen sitzen hunderttausende Menschen fest – schon bald wird eine Panik ausbrechen, die niemand mehr kontrollieren kann.«

»Wie zum Teufel ist das möglich?«, brüllte Betha Gilmartin, da ihr nichts Besseres einfiel.

Der Betriebsdirektor von UK Power Networks warf einen Blick zur Seite und nickte jemandem zu. »Ich muss jetzt wieder an meine Arbeit gehen. Wie ich soeben erfahren habe, ist auch das St. George's Hospital ohne Strom.«

»Londons größtes Krankenhaus!«, entfuhr es Betha Gilmartin. »Letzte Frage: Hat jemand bei euch dort eine Ahnung, was die Ursache ist?«

»Nein«, erwiderte der Betriebsdirektor und verschwand unmittelbar darauf vom Bildschirm.

Betha Gilmartin ahnte bereits das Schlimmste. Ihre Sorgen wurden noch größer, als jemand mitteilte, es bestehe nun eine Bildverbindung zum Chef des Office of Cyber Security, das für die Sicherheit der britischen Datennetze zuständig war.

»Jetzt ist es also passiert«, sagte der Mann, dessen Glatze glänzte, mit ernster Stimme. »Ein Cyberangriff ist neben Terroranschlägen die einzige echte Bedrohung für die innere Sicherheit Großbritanniens. Ich habe die Politiker schon seit mehreren Jahren davor gewarnt, wie ihr sehr wohl wisst. Wiederholt habe ich auf die Gefahr hingewiesen, dass ein Anschlag in erster Linie die Energieinfrastruktur, die Stromnetze, treffen wird. Und jetzt hat man das Datennetz des Stromversorgungsunternehmens angegriffen. Der Anschlag wurde mit einer äußerst hoch entwickelten Angriffssoftware ausgeführt, die man schon vor längerer Zeit im Datennetz des Stromversorgungsunternehmens versteckt und heute um 10:17 Uhr aktiviert hat.«

»Wer trägt dafür die Verantwortung?«, fragte Betha Gilmartin.

»Es wird verdammt schwierig sein, den Angreifer zu ermitteln. Die Entwicklung eines derartigen Programms hat Millionen gekostet, da steckt wohl kaum eine kleine Werkstatt dahinter oder ein einzelner Hacker, der es auf den Ruhm abgesehen hat. Wenn man wetten müsste, würde ich auf China oder Russland setzen. Die sind schon dabei erwischt worden, wie sie die Datensysteme amerikanischer Stromkonzerne ausgespäht haben.«

»Ein technischer Defekt ist also ausgeschlossen?«

Der Chef des OCS lächelte. »Die Datensysteme der US-Kommandozentrale für die Kriegsführung im Datennetz sind exakt zum selben Zeitpunkt ausgefallen, als der Metroverkehr in London zum Stillstand kam. Es handelt sich um einen Angriff, da gibt es nicht den geringsten Zweifel.«

Betha Gilmartin dankte dem Mann vom OCS, der sich den Schweiß von der Glatze wischte, und schüttelte den Kopf. Kriegsführung im Datennetz, Cyberkrieg, Hackerkrieg – sie hatte das Gefühl, schon allein in der Flut von Begriffen der elektronischen

Kriegsführung unterzugehen. »Sind bei uns irgendwelche Ermittlungen oder Überwachungsmaßnahmen im Gange, die mit dem Stromversorgungsunternehmen oder seinen Mitarbeitern zusammenhängen?«, fragte sie schließlich.

Ihre Mitarbeiter schauten sich an, bis schließlich Colleen Carter den Mund aufmachte. »Das Unternehmen wurde kürzlich verkauft. Es gehört jetzt dem Cheung-Kong-Konzern, das heißt dem Milliardär Li Ka-Shing aus Hongkong. Diese Spur zumindest deutet auf China hin.«

* * *

Clive Grover blieb eine Stunde Zeit. Nur unter Aufbietung seiner ganzen Überredungskunst hatte er den MI5 dazu bewegen können, ihn bei sich zu Hause vorbeischauen zu lassen. Ursprünglich hatten sie vorgeschlagen, er solle eine Liste der benötigten Dinge schreiben. Nun steckte er das letzte Mal den Schlüssel in die Tür seiner Wohnung in der Marloes Road in Kensington und betrat den Flur. Einer der beiden Wächter, oder sollte er sie jetzt besser Beschützer nennen, folgte ihm.

Grover zog die Schuhe aus, obwohl er diese Wohnung nie wieder sehen würde. Doch auch in seinem Leben herrschte schließlich eine Art von Ordnung. Er hängte den Mantel an die Garderobe und ertappte sich wiederholt bei dem Gedanken: Das ist jetzt das letzte Mal. Diese alltäglichen, einfachen und vertrauten Rituale würde er nie wieder ausführen.

Er ging kurz in die Küche und ins Wohnzimmer; hier hatte sich seit fünfzehn Jahren nichts geändert, seit dem Tag, an dem seine Frau die Nase voll gehabt hatte von einem Ehemann, den sie meist nur auf den Fotos sah, die auf dem Kaminsims standen. An das Geräusch, wenn seine Kinder umhertobten, an ihre Spiele oder ihr Kreischen konnte er sich nicht einmal mehr erinnern, vielleicht hätte er öfter zu Hause sein müssen, um sie zu hören.

»Ich gehe ins Obergeschoss, das Arbeitszimmer ist oben«, sagte Grover, aber der Mann vom MI5 stand nur da wie ein Denkmal und starrte vor sich hin. Grover stieg die mit braunem Fußbodenbelag bedeckte schmale Treppe hinauf, nahm in seinem Arbeitszimmer aus einem Regal einen Plastikhefter, setzte sich an den Tisch und blätterte darin. Er wartete.

Es dauerte nicht lange, da tauchte der Wächter in der Tür auf. Grover schaute nicht von seinen Unterlagen auf, es sollte so aussehen, als wäre er in seine Lektüre vertieft. Dann ging der Mann hinaus auf den Flur, öffnete und schloss alle Türen, vergewisserte sich, dass die Fenster richtig geschlossen waren, und stieg schließlich die Treppe wieder hinunter ins Erdgeschoss.

Grover klappte den Hefter zu, schob ihn an den Rand des Schreibtischs und stellte die Fotos seiner Exfrau, seiner Kinder und seines Enkels Dylan vor sich hin. Es war Ironie des Schicksals, dass der vierjährige Dylan das einzige Familienmitglied war, mit dem ihn eine funktionierende menschliche Beziehung verband. Alle anderen hatte er mit Erfolg aus seiner Nähe vertrieben. Er hatte niemanden an sich herangelassen, das Risiko war er nicht eingegangen. Vermutlich steckte dahinter die Angst, irgendetwas ungewollt zu verraten, wenn er jemandem zu sehr vertraute. Die Arbeit in der Welt der Aufklärung hatte ihm alles genommen, und bald würde sie ihm auch noch das Letzte nehmen.

Auf seinen Schlussauftritt war Grover dennoch ein wenig stolz. Er hatte seinen Betreuer Golowkin belogen und behauptet, der SIS sei der Zentralbank von Mundus Novus schon ganz dicht auf den Fersen. Ihm war klar gewesen, dass die Russen dann gezwungen wären, ihr Geld in Sicherheit zu bringen. Derart große Geldtransaktionen würde der SIS bemerken, wenn er darauf vorbereitet war. Deshalb hatte er es Betha Gilmartin mitgeteilt. Er wollte dem SIS einen letzten Dienst erweisen – ihm helfen, der Zentralbank von Mundus auf die Spur zu kommen. Etwas Wichtigeres wusste er nicht; Golowkin hatte ihm nicht viel verraten. Seine

Aufgabe war es schließlich gewesen, Informationen zu liefern und nicht zu empfangen. Auch von der Existenz einer Zentralbank hatte man ihm nichts gesagt. Doch anhand einiger Nebensätze Golowkins und der Beweise, die er beim SIS in die Hände bekommen hatte, war er selbst zu diesem Schluss gelangt.

Wahrscheinlich hatte Mundus Novus schon von seinem Verrat erfahren. Man würde ihn garantiert liquidieren, egal ob er auf den Bermudas, den Jungferninseln oder in einer sibirischen Erdhöhle lebte. Ausgerechnet er sollte in seinen verbleibenden Jahren mit geblümten Shorts an einem Sandstrand liegen? Die Vorstellung war lächerlich, richtigen Urlaub hatte er das letzte Mal irgendwann in den neunziger Jahren gehabt, und wenn seine Erinnerung nicht trog, hatte er auch den mit überfälligen Renovierungsarbeiten am Haus verbracht. Er besaß kein einziges Hobby, wenn man Snooker und Gintrinken nicht mitrechnete, und er hatte auch keine einzige Frau mehr aufgerissen, seit eine frisch geschiedene Religionswissenschaftlerin fast gegen seinen Willen bei ihm Trost gesucht hatte. Das war 2007 bei einem Abendessen am Valentinstag im Club »Oxford and Cambridge« gewesen.

»Dauert es noch lange?«, rief der Mann vom MI5 im Erdgeschoss.

»Es sind noch nicht mal zwanzig Minuten vergangen. Man hat mir eine Stunde zugesagt«, erwiderte Grover.

Jetzt wollte er dem SIS einen allerletzten Gefallen tun. Wenn Mundus Novus ihn umbrachte, ließe sich ein Skandal wahrscheinlich nicht vermeiden. Immerhin ginge es dann um den Tod eines hochrangigen Beamten. Journalisten würden mit Sicherheit solange in seiner Vergangenheit herumstochern, bis sie herausfanden, worin seine Arbeit bestanden hatte. Und falls sein Verrat ans Licht käme, würde das dem SIS schweren Schaden zufügen. Im Laufe der Jahrzehnte hatte er natürlich begriffen, dass es ein Fehler gewesen war, auf den Schlitten der Russen aufzuspringen, und er hatte auch erkannt, auf welcher Seite er hätte stehen müssen. Jedenfalls ganz gewiss nicht auf der von Mundus Novus.

Clive Grover zog die Schublade auf und legte eine Injektionsspritze und eine Glasampulle mit der Aufschrift T 61 auf den Schreibtisch. Das Mittel war ihm von Golowkin genau für diesen Zweck ausgehändigt worden, obwohl der das nie ausgesprochen hatte. Es war bezeichnend, dass Mundus Novus seine wichtigen Kooperationspartner mit einem Gift ausstattete, das vornehmlich zum Töten von Tieren eingesetzt wurde. Auch Gilbert Birou, dessen Abschiedsbrief seine endgültige Enttarnung durch den MI5 verursacht hatte, war mit diesem Mittel in die nächste Dimension eingegangen. Grover fand das beinahe amüsant.

Seine Hand zitterte ein wenig, als er zur Giftampulle griff. Er hatte Angst, das musste er sich eingestehen. Zum Glück war das T 61 sehr effektiv: Es enthielt drei Stoffe, von denen jeder seine spezielle Aufgabe hatte: Tetracainhydrochlorid betäubte, Embutramid schläferte ein und Mebezoniumiodid lähmte und tötete. Er steckte die Kanüle der Injektionsspritze in die Ampulle, zog den Behälter voll mit glasklarem Gift und stieß sich die Nadel in die Vene.

Einen Abschiedsbrief würde er nicht hinterlassen. Dylan war zu jung, um so etwas zu lesen. Er hinterließ seinem Enkel lieber alles, was er besaß.

* * *

Die Maschine des Direktflugs der Air Berlin aus Helsinki landete 10:09 Uhr auf dem Flughafen Frankfurt am Main, mit vierzehn Minuten Verspätung. Kati Soisalo saß auf Platz 26B und staunte über die große Zahl der Wolkenkratzer in der Stadt der Banken. Seit dem Vortag musste sie alle Kraft aufbieten, um ihre Gefühle im Zaum zu halten und ihre Hoffnung zu zügeln. Wenn sie bei der Suche nach Vilma in drei Jahren etwas gelernt hatte, dann zumindest eines: Man sollte sich erst freuen, einen verloren geglaubten Menschen wiedergefunden zu haben, wenn man ihm die Hand drückte. Aber dieser Kampf gegen die Gefühle war aussichtslos, sie konnte ihre Erinnerungen nicht unterdrücken. Die drei gemeinsamen Jahre mit Vilma gingen ihr ständig durch den Kopf.

Die Taxifahrt ins Frankfurter Stadtzentrum dauerte am Sonntagmorgen nur eine Viertelstunde. Das Hotel Ramada befand sich in einem schönen alten Haus etwa zweihundert Meter entfernt von dem Wolkenkratzer, in dem die Europäische Zentralbank ihren Sitz hatte und in dem Helena Poulsen arbeitete. Kati Soisalo füllte den Anmeldeschein des Hotels aus, während die Angestellte an der Rezeption verstohlene Blicke auf ihre kurzen Haare und die Narbe warf. Danach stieg sie die Treppe hinauf in die erste Etage. Innen sah das Ramada genauso aus wie die meisten anderen Cityhotels großer Städte – sauber, aber unpersönlich.

Im Zimmer kam ihr der Gedanke, dass Vilma bestimmt Mutter zu Helena Poulsen sagte. Eine Erkenntnis, die niederschmetternd wirkte, denn ihr wurde klar, dass sie Angst vor der Begegnung mit ihrer Tochter hatte. Sie ließ sich aufs Bett fallen. Jetzt musste sie zur Ruhe kommen und ihre Gedanken ordnen, diese Reise würde keinesfalls leicht werden. Laut Jukka Ukkola war Vilma auf legalem Wege adoptiert worden. Sie durfte nicht einfach in die Wohnung der Poulsens marschieren und verkünden, sie sei Vilmas richtige Mutter. Selbstverständlich könnte sie zur Polizei gehen, ihre Geschichte erzählen und abwarten, bis sich die Mühlen der Bürokratie in Bewegung setzten, aber zuallererst wollte sie die Gewissheit, dass sie ihre Tochter gefunden hatte.

Kati Soisalo holte aus ihrer Schultertasche eine Mappe und nahm die Unterlagen heraus, die sie von Paranoid bekommen hatte. Natürlich hoffte sie, dass die Poulsens einwilligten, ihr Vilma auf zivilisierte Weise zurückzugeben. Doch falls Probleme auftreten sollten, wäre sie bereit, eine DNA-Probe abzugeben und ihre Tochter vor Gericht zurückzufordern.

Sie überflog Paranoids Notizen und wunderte sich einmal mehr, zu welcher Grausamkeit die Menschen fähig waren. Die Adoption Vilmas hatte die Gruppe Veliki organisiert, die zur albanischen Mafia gehörte. Sie beschaffte Kinder bei Menschenhändlern, von armen oder drogensüchtigen Müttern aus der Ukraine, aus Russland und von Roma-Frauen aus den Balkanländern. Die albanische Organisation, die sich in einem großen Teil Westeuropas eingenistet hatte, wählte die Käufer sorgfältig aus: Sie suchte nach Frauen, die verzweifelt ein Kind haben wollten, und heuerte dafür sogar in Krankenhäusern Informationsquellen an, die mitteilten, wenn eine künstliche Befruchtung erfolglos verlief. Das Pech des einen war das Glück des anderen.

Kati Soisalo las das Wort *Kinderfabrik* und schüttelte den Kopf. Wenn Veliki einen Käufer fand und die Bestellung für ein Kind erhielt, suchten die Kriminellen sich eine für das Austragen des Kindes geeignete junge Frau, die dann einer der Gangster der Gruppe schwängerte. Natürlich betreute man die werdende Mutter in der Zeit der Schwangerschaft hervorragend und befriedigte all ihre Bedürfnisse – die Investition sollte geschützt werden. Die Geburt fand meist in irgendeinem Privathaus statt, in einer sogenannten Kinderfabrik. Ein Arzt und eine Hebamme, die von den Albanern bezahlt wurden, sorgten dafür, dass alles reibungslos ablief.

Ein Teil dieser Frauen wurde fast genauso rekrutiert wie die zur Prostitution gezwungenen Opfer der Menschenhändler. Die Kriminellen versprachen einer von einem besseren Leben träumenden jungen Frau aus irgendeinem armen osteuropäischen Land, sie in ein EU-Land zu bringen und besorgten ihr einen Pass und andere Papiere. Wenn sie an ihrem Zielort ankam, in Athen, London, Berlin oder anderswo, bekam die Frau zu hören, dass sie ihnen zehntausende Euro schuldete. Ihre Reisepapiere wurden beschlagnahmt, und man zwang sie, als Gegenleistung für ihre Schulden ein Kind zu gebären. Danach ereilte sie oft das gleiche Schicksal wie die Opfer des Menschenhandels – sie musste sich verkaufen. Die Kriminellen verdienten an einer dieser Frauen zehntausende

Euro: Der Preis für Babys lag zwischen fünfzehntausend und dreißigtausend Euro, für blauäugige und blonde Kinder wurden Höchstpreise gezahlt. Und als Prostituierte brachte die Frau ihnen gut und gern noch mal so eine beträchtliche Summe ein, bevor man sie freiließ. Viele überstanden das nicht.

Kati Soisalo wurde übel, sie richtete sich auf und begriff, dass sie zögerte. Seit drei Jahren suchte sie Vilma, und nun, als sie ihre Tochter offenkundig endlich gefunden hatte, überschwemmte eine Flut von Gedanken ihren Kopf, einer unangenehmer als der andere. Sie war ganz sicher, dass Vilma sie nicht erkennen würde, immerhin hatte das Mädchen schon länger mit den Poulsens zusammengewohnt als mit ihr. Und Kinder besaßen ohnehin in der Regel nicht übermäßig viele Erinnerungen an ihre ersten Lebensjahre. Wie erschüttert wäre Vilma, wenn sie hörte, dass die Poulsens nicht ihre Eltern waren? Würde sie also das Glück einer Familie zerstören? Kati Soisalo hatte allmählich das Gefühl, dass ihr erstes Treffen mit Vilma für alle Beteiligten eine Qual werden würde.

Sie nahm die Unterlagen erneut in die Hand. Das war jetzt nicht der richtige Augenblick, um in Verzweiflung zu versinken. Die Poulsens wohnten im Westend. Komisch, dass es in so vielen westlichen Städten eine Gegend mit diesem Namen gab. Sie erinnerte sich gelesen zu haben, dass zumindest in London die Reichen irgendwann in der Anfangszeit der Industrialisierung in die westlichen Stadtteile umgezogen waren, weil die vorherrschenden Winde den Rauch der Fabrikschlote nach Nordost bliesen.

Ihr wurde bewusst, dass sie es immer weiter vor sich herschob, loszugehen. Sie wurde wütend auf sich selbst, sprang auf und zog ihre Jacke an. Auf dem Weg hinunter zur Rezeption rief sie den Navigator ihres Handys auf und tippte die Adresse Staufenstraße 36 ein. Die Entfernung betrug nur anderthalb Kilometer, aber sie fühlte sich so kraftlos, dass sie ein Taxi bestellte.

Kurz darauf bezahlte sie die Fahrt bei dem freundlichen jungen Mann aus Indien oder Pakistan, stieg aus und stand auf einer schmalen Straße mit nicht sehr hohen hellen Häusern. Das hätte genauso gut in Finnland sein können. Die Bäume am Straßenrand unterschieden sich jedoch von denen, die im alten Teil von Hertoniemi wuchsen. Sie setzte sich auf eine kleine Ziegelmauer und steckte die Hände in die Taschen. Schade, dass sie nicht daran gedacht hatte, Zigaretten zu kaufen. Nun brauchte sie nur zu warten. Sie schaute verstohlen hinauf zu den Fenstern des Hauses, in dem die Poulsens wohnten, und hatte Angst, Vilma zu sehen. Eine Viertelstunde später stand sie auf und betrachtete prüfend die fast leere Staufenstraße. Anscheinend ließen sich die Deutschen am Sonntagmorgen Zeit mit dem Aufstehen. Eine halbe Stunde später war sie allmählich frustriert und dachte schon über verschiedene Methoden nach, wie sie die Poulsens aus ihrer Wohnung locken könnte. Aber ihr fiel absolut nichts Brauchbares ein. Sie wollte dem Ehepaar nicht begegnen, solange sie nicht wusste, ob es tatsächlich die neuen Eltern Vilmas waren. Als sie vor dem Restaurant Knoblauch stehen blieb, bemerkte sie, dass sie hungrig war. Die Speisekarte an der Glastür war einfach, sie konnte den Knoblauch durch die Fenster des französischen Restaurants fast riechen. Sonntags geschlossen.

Plötzlich hörte sie irgendwo Kinder kreischen, schaute die Straße hinunter und sah einen kleinen Jungen mit Sturzhelm, der auf seinem limettengrünen Fahrrad um die Ecke des Hauses kurvte. Ihr Puls beschleunigte sich, als sie dem Kind hinterherging, sie bildete sich ein, Vilma irgendwo ganz in ihrer Nähe zu spüren. Jetzt musste sie kühlen Kopf bewahren, denn vor etwa zwei Monaten hatte sie sich von ihren Gefühlen und Hoffnungen überwältigen lassen und irrtümlicherweise ein wildfremdes serbisches Mädchen für ihre Tochter gehalten.

Kati Soisalo blieb an der Straßenecke stehen und erblickte eine Kinderschar, die auf einem kleinen Spielplatz fröhlich herumtobte. Sie hörte deutsche Wörter und auch englische. Vilma trug einen violetten Overall und einen hellroten Hut mit Krempe. Die

Haare darunter verrieten, dass sie noch genauso blond war wie an jenem Septembertag vor drei Jahren, als sie sich das letzte Mal gesehen hatten. Wie sie gewachsen war! Vilmas Gesicht wirkte nun schmaler, die Wangen waren nicht mehr so rund, sie sah wie ein richtiges kleines Fräulein aus. Ihre Vilma. Und sie hatte Angst gehabt, ihr eigenes Kind nicht zu erkennen. Kati Soisalo musste etwas weiter weggehen, damit niemand hörte, wie sie weinte.

27

Sonntag, 9. Oktober

»Wir fahren doch nach Fulham, in die Clonmel Road«, sagte Leo Kara zu dem stumm wirkenden Taxifahrer wenige Minuten nach ihrer Abfahrt vom Hotel Sofitel am Flughafen Heathrow. Er hatte dort übernachtet und nicht bei Betha, weil er in Ruhe nachdenken wollte. Für alles, was während der letzten Tage in Finnland Kabinettsmitgliedern zugestoßen war, trug Manas die Verantwortung, da war er sich vollkommen sicher. Es erschien unbegreiflich, dass man den geistesgestörten Kirgisen laut Anni Alanko auf dem Bahnhof nicht gefasst hatte. Er verspürte keine Lust, sich vorzustellen, was Manas mit ihm gemacht hätte, wenn nicht gerade der Streifenwagen gekommen wäre.

Es war halb zehn, an einem Sonntagmorgen würden sie die etwa zwanzig Kilometer in einer reichlichen halben Stunde schaffen, werktags um diese Zeit kroch der Verkehr im Schneckentempo dahin oder stand. Plötzlich fiel Kara ein, dass er in Finnland wieder vergessen hatte, sich bei der Schwester seines Vaters zu melden, die in der Nähe von Jyväskylä wohnte. Er beschloss, seine Tante Eeva irgendwann anzurufen. Vielleicht würde er es bei diesem Aufenthalt in London wenigstens schaffen, sein Patenkind Oliver zu besuchen.

Kara hörte, dass auf seinem Handy eine SMS eingegangen war. Hatte Kati Vilma schon gefunden? Er war sofort hellwach, als er sah, dass die Nachricht von einer unbekannten Nummer stammte.

Leo. Ich habe Kontakt zu einem Mann bekommen, der dir helfen und fast alles erklären kann, was du wissen willst. Reise nach Wien, am besten gleich, er wartet heute und morgen um zwölf Uhr auf dem Stefansplatz vor dem Stefansdom. Vater.

Karas erste Reaktion war Verärgerung. Warum schrieb Vater nicht etwas mehr? Wen sollte er treffen und warum gerade in Wien? Dann loggte er sich ins Internet ein und ging den Flugplan durch, sah aber schnell ein, dass er es trotz des Zeitunterschieds von einer Stunde auf keinen Fall schaffen würde, um zwölf in Wien zu sein.

Der Grund für die Schweigsamkeit des Taxifahrers stellte sich heraus, als der Mann in der Clonmel Road fragte, wo er halten sollte. Sein Englisch war kaum zu verstehen.

»Hier ist es okay. Können Sie ein paar Minuten warten, dann fahren wir anschließend weiter«, sagte Kara, reichte dem Mann mit geröteter Haut seine Kreditkarte und stieg auf der Straße aus, in der früher sein Zuhause gewesen war.

Das zweistöckige, cremefarbene Haus sah noch genauso aus wie am 13. Oktober 1989. Zu seiner Überraschung fühlte sich Kara auf schmerzhafte Weise einsam. Er war Opfer und nicht Schuldiger; er hatte seine Familie verloren und niemandem Schaden zugefügt. Alles Gute in seinem Leben war vor dem 13. Oktober 1989 passiert, danach folgte nur noch ein einziges großes, nicht beherrschbares Chaos. Kara schniefte wütend, als er an seinen Onkel Lionel denken musste. Der war Ende 1989 zu seinem Vormund bestimmt worden. Als Allererstes hatte das Schwein ihn in die Internatsschule von Winchester gesteckt. Er sah es vor sich: die spartanischen Feldbetten, die viel zu dünnen Matratzen und das allmorgendliche Bettenbauen peinlich genau nach Vorschrift, die von den Lehrern ausgewählten Feldwebel, die andere Schüler bei jeder Gelegenheit schikanierten, die obligatorischen Gottesdienste am Sonntag, die körperlichen Züchtigungen ...

Einer Eingebung folgend holte Kara ein Schlüsselbund aus der Tasche. Aus irgendeinem Grund hatte er den Schlüssel seines alten Zuhauses in all den Jahren mit sich herumgetragen. Er klingelte ein halbes Dutzend Mal und trat zurück auf den Fußweg, um zu sehen, ob sich hinter irgendeinem Fenster die Gardinen bewegten. Es war Sonntag, vielleicht machten die Bewohner des Hauses übers Wochenende einen Ausflug. Er schob alle Bedenken beiseite, steckte den Schlüssel ins Schloss und war verdutzt, als die Tür aufging. Rasch trat er hinein und schaltete das Licht an, merkwürdigerweise fand seine Hand den Schalter sofort, aus alter Gewohnheit. Die Einrichtung war pastellfarben und modern, ganz anders als vor zwanzig Jahren, aber trotzdem brachen die Erinnerungen mit voller Wucht über ihn herein. Schöne Erinnerungen. Sie waren so schön, dass er die Augen schließen musste.

Kara ging in die Küche und schüttelte den Kopf, als er das Fenster erblickte, das damals zersplittert war, mit dem also gewissermaßen alles angefangen hatte. Er verdrängte das Bild aus der Vergangenheit und stieg hinauf ins Obergeschoss. In Emmas Zimmer wohnte jetzt nach dem Spielzeug zu urteilen ein kleiner Junge, das ehemalige Schlafzimmer seiner Eltern war in indischem Stil eingerichtet. Schließlich blieb Kara an der Schwelle seines Zimmers stehen und schaute hinein: die Plakate von Fußballmannschaften und Samantha Fox waren verschwunden, die Wände schmückten jetzt Poster von Boygroups. Hier war er ins Teenageralter gekommen und hier hatte er seine Unschuld verloren. Es kam ihm so vor, als wäre es erst gestern gewesen. Wut stieg in ihm hoch, zwanzig Jahre seines Lebens waren ihm verloren gegangen, weil sie ihm das alles angetan hatten.

Kara verließ das Haus, stieg ins Taxi und knallte die Tür zu. »Und jetzt nach Marylebone. Zum Nightingale-Hospital, 11-19 Lisson Grove.« Er wollte Lilith Bellamy besuchen, das einzige erreichbare Mitglied jener Forschungsgruppe, die Vater hier in London vor seinem Verschwinden geleitet hatte.

Als das Taxi zehn Minuten später am Krankenhaus hielt, war Karas Wut abgeflaut und hatte sich in Gereiztheit verwandelt. Er zahlte, stieg aus und atmete die frische Herbstluft tief ein. Jetzt musste er sich zusammennehmen und hoch konzentriert sein. Lilith Bellamy hatte seit Jahren paranoide Schizophrenie und litt unter schweren Wahnvorstellungen. Kara erinnerte sich noch gut, wie kompliziert und verwirrend ihr Treffen im August verlaufen war.

Er marschierte in das freundlich und gemütlich eingerichtete Privatkrankenhaus und erblickte zu seiner Überraschung hier und da Gruppen von erregt diskutierenden Angehörigen und Mitarbeitern. Jemand rannte in vollem Tempo quer durchs Foyer.

Am Empfang saß dieselbe höfliche Frau wie beim letzten Mal, auf sein Gedächtnis für Gesichter war immer noch Verlass. Ein Glück, wenigstens das funktionierte.

»Ich wollte Lilith Bellamy besuchen«, verkündete Kara.

»Bei uns ist der Strom ausgefallen, wir haben gerade das Reservesystem in Gang bekommen«, sagte die Frau, als sie bemerkte, wie sich Kara über das Gewimmel im Foyer wunderte, dann griff sie zum Telefonhörer und bat ihn, einen Moment zu warten.

Es dauerte nicht einmal eine Minute, da traf Bellamys behandelnder Arzt Praveen Sharma im Laufschritt ein. Der Mann indischer Abstammung sah so aus, als erwartete er von ihm eine Erklärung: »Sind Sie daran schuld? Haben Sie mit Lilith Bellamy gesprochen? Wusste sie, dass Sie zu Besuch kommen?«

Kara verstand nicht, wovon die Rede war. »Woran bin ich schuld?«

Der Arzt musterte Kara mit seinen kohlrabenschwarzen Augen. »Lilith Bellamy ist verschwunden ... hat ohne Erlaubnis ihr Zimmer ... das Krankenhaus verlassen. Das muss innerhalb der letzten Stunde geschehen sein.«

»War sie denn nicht freiwillig hier, das ist doch ein privates Krankenhaus.«

»Ihr Zustand hat sich seit dem August ... seit Ihrem Besuch erheblich verschlechtert«, entgegnete Praveen Sharma. »Sie kann auch mit entsprechenden Medikamenten nicht richtig schlafen und ist nicht imstande, ihre Wahnvorstellungen auch nur für einen

Augenblick loszuwerden. Was zum Teufel haben Sie ihr im August erzählt?« Der Arzt war sichtlich aufgebracht, schien sein Verhalten jedoch sofort zu bereuen.

»Haben Sie ihre Verwandten angerufen? Die bezahlen doch den ganzen Spaß, wenn ich mich recht entsinne«, erwiderte Kara.

»Natürlich habe ich das«, fauchte Sharma ihn an. »Sie ist halb bekleidet losgegangen, hat nur die Sachen an, die sie hier im Haus trägt, und Sandalen. Ich glaube nicht, dass sie Geld mithat, höchstens ein paar Pfund. Die Verwandten geben ihr nur Geld für die Kantine, woanders kann man das hier auch gar nicht ausgeben.«

»Hat sie eine Kreditkarte, ein Bankkonto ... was hat sie mitgenommen?«, fragte Kara.

Sharma schüttelte den Kopf. »Ein Konto hat sie nicht. Lilith steht unter der Vormundschaft ihres Bruders. Sie hat nur das, was sie anhat, eine Halskette und eine Taschenbibel mitgenommen. Ich habe das Zimmer gleich durchsucht ...«

»Wurde es der Polizei gemeldet?«, fragte Kara und Sharma nickte.

Kara wandte sich zum Ausgang.

»Wenn Lilith Bellamy die Selbstbeherrschung verliert, kann sie aggressiv, sogar gefährlich werden. Vor allem für sich selbst!«, rief Sharma ihm so laut hinterher, dass sich die Leute im Foyer umdrehten.

Leo Kara verließ das Nightingale-Hospital und ging in Gedanken versunken zur Harewood Row. Wenig später hörte er einen undefinierbaren Lärm und sah vor der Metrostation Marylebone eine wogende Menschenmenge. Er ging näher heran, um herauszufinden, worum es sich handelte. Ein junger Mann in einem Dufflecoat mit Kapuze kam ihm entgegen und murmelte etwas vor sich hin.

»Die ganze Londoner Metro steckt fest. Angeblich ein Stromausfall. Unfassbar«, sagte er.

Kara blieb stehen. Die U-Bahn kam also nicht in Betracht. Wohin könnte eine halb angezogene Frau gehen, ohne Geld? Wenn Bellamy durch die Straßen irrte, würde die Polizei sie früher oder später schnappen. Kara kannte die Gegend einigermaßen, weil sich hier viele Sehenswürdigkeiten befanden: Madame Tussauds Wachsfigurenkabinett, der Londoner Zoo, das Kaufhaus Selfridges, der Hyde Park und das Sherlock-Holmes-Museum. Er war hier oft mit seinen Eltern und der Schulklasse gewesen und hatte auch als Erwachsener einige der Lokale in dieser Gegend besucht, vor allem erinnerte er sich an eine Kneipe namens The Chapel, in der Tat eine sehr spezielle Kapelle.

Beim Wort Kapelle läuteten die Glocken in Karas Kopf. Vielleicht suchte Lilith Bellamy Zuflucht in einer Kirche. Sie hatte aus ihrem Zimmer eine Taschenbibel mitgenommen, die Kirchentüren waren sonntags vermutlich geöffnet, und dort würde man kaum jemand abweisen, nur weil er keinen Mantel trug.

Kara holte sein Handy heraus, öffnete den Navigator und suchte fieberhaft. Wie zum Teufel konnten derart viele Kirchen auf so einem kleinen Gebiet Platz finden: die All Souls Church am Langham Place, die Kirche der Gemeinde in der Marylebone Road … Die beiden nächstgelegenen waren die St Mary's Church am Wyndham Place, fünf Minuten zu Fuß entfernt, und die Church of St Mary in Paddington Green, bis dahin waren es knapp zehn Minuten.

Er wollte sich gerade auf den Weg zum Wyndham Place machen, als ihm der Gedanke kam, dass es Lilith Bellamy bestimmt nicht interessiert hatte, ob sie fünf oder zehn Minuten laufen müsste. Er loggte sich ins Internet ein und las die Informationen zu den Kirchen in der Umgebung. Sie befanden sich alle an verkehrsreichen Straßen, alle, mit einer Ausnahme: Die Church of St Mary lag am Rand eines kleinen Parks. Es war vielleicht nur ein Versuch auf gut Glück, aber er an ihrer Stelle wäre am ehesten in diese Kirche gegangen, und er war schließlich auch psychisch geschädigt wie Lilith Bellamy.

Kara prägte sich die Route ein, steckte das Handy in die Tasche und rannte los. Erst zur Bell Street, in vollem Galopp bis an ihr Ende, in der Unterführung unter der Edgware Road hindurch und am Newcastle Place entlang bis ans Ziel. So schaffte er die Strecke in vier Minuten. Vor dem schmiedeeisernen Tor der Kirche blieb er stehen, atmete tief durch und gratulierte sich selbst, dass er mit seinem Tipp so gut gelegen hatte. Die Kirche wurde von einer ausgedehnten Rasenfläche umgeben, auf der anderen Seite der Straße lag ein größerer Park. Der Haupteingang der Kirche stand offen, der Pfarrer verabschiedete seine Herde und gab den Gemeindemitgliedern die Hand, der Gottesdienst war offensichtlich gerade zu Ende gegangen.

Kara trat hinein und wich dem Blick des Pfarrers aus. Die Kirche war klein und die Farbe Weiß dominierte, die Wände des Chors mit dem Altar bestanden aus hellbraunen Ziegeln, die Glasmalereien waren farbenfroh.

In der letzten Bankreihe, nahe am hinteren Ausgang, saß eine schmächtige, fast puppenhafte Frau mittleren Alters und hielt den Kopf gesenkt. Lilith Bellamy war noch blasser geworden, ihre Haare wirkten fast durchsichtig. Kara ging langsam zu ihr hin und setzte sich neben sie.

»Bist du gleich darauf gekommen, mich in einer Kirche zu suchen? Warst du erst am Wyndham Place in St Mary's? Das ist die nächstgelegene Kirche, ich habe dort beim Küster eine Nachricht hinterlassen, dass du mich hier findest«, sagte Bellamy, ohne den Kopf zu drehen.

»Die ganze Aktion ist ziemlich gut ausgedacht ... für eine Patientin«, formulierte Kara vorsichtig. »Woher wusstest du, dass ich dich besuchen komme?«, fragte er, aber Lilith Bellamy antwortete nicht.

»Nach Ansicht deines Arztes hat sich dein Befinden in der letzten Zeit stark verschlechtert.«

»Ich bin nicht ganz so krank, wie alle glauben«, erwiderte Lilith Bellamy und hob den Blick. »Wie du weißt, bin ich von allen Wissenschaftlern der Forschungsgruppe, die dein Vater in den achtziger Jahren geleitet hat, die einzige, die auf freiem Fuß ist. Und warum? Weil man mich für eine ungefährliche Verrückte hält. Es stimmt, dass ich mit dreißig krank wurde, aber danach ... In meinem Fall hat die Therapie ziemlich schnell und wirksam geholfen, und seitdem geht es mir an sich ziemlich gut. Ich habe auch nicht all die Jahre im Krankenhaus verbracht.«

Kara wusste nicht, was er davon halten sollte. War Lilith Bellamy gesund oder gehörte es zu ihrer Krankheit, dass sie vorgab, gesund zu sein? Die Frage machte ihn ganz konfus. Schließlich entschied er sich dafür, ihr zu glauben, man würde sehen, wohin dieser Weg führte. »Du hast anscheinend wirklich Angst?«

Lilith Bellamy nickte langsam. »Allzu viele Mitglieder der von deinem Vater geleiteten Forschungsgruppe sind bei Unfällen oder auf andere Weise viel zu früh gestorben.«

Kara wog ihre Worte ab. Bis jetzt stimmte alles, was sie sagte. »Wieso wusstest du, dass ich komme? Warum bist du aus dem Krankenhaus geflohen?«

»Man hat mich gewarnt«, erwiderte Lilith Bellamy nun sichtlich erregt. »Sie haben erfahren, dass ich den Behörden im Oktober 1989 einen anonymen Hinweis auf Mundus Novus gegeben hatte. Und dass ich dir im August von dem Forschungszentrum in Nordengland erzählt habe. Sie wissen alles. Deshalb will man mich zum Schweigen bringen.«

»Wer hat dich gewarnt?«, fragte Kara.

Lilith Bellamy überlegte kurz und zuckte dann die Achseln.

»Was hast du jetzt vor?« Kara drängte auf eine Antwort.

»Man hat für mich eine Wohnung organisiert«, erwiderte Lilith Bellamy. »Der Anrufer hat gesagt, dass ich mich etwa zwei Monate verstecken muss. Und ich darf mit niemandem über irgendetwas reden, vor allem nicht mit dir und den Behörden.«

Kara überlegte. »Und trotzdem wolltest du mir das erzählen?«

»Wem denn sonst? Du hast mir jedenfalls im August geglaubt und die Informationen, die du von mir hattest, an die Behörden weitergeleitet. Du weißt, dass ich nicht verwirrt bin. Wenn ich der Polizei etwas sage, würden die mich nur wieder ins Krankenhaus stecken. Irgendjemand muss doch Mundus Novus auf die Spur kommen. Außerdem mochte ich deinen Vater wirklich, er war der letzte Mann, mit dem ich eine … richtige Beziehung hatte.«

»Warum willst du mir helfen?«, fragte Kara.

Lilith Bellamy sah so aus, als hätte sie die Frage nicht verstanden. »Die haben doch deine Mutter umgebracht.«

Der Pfarrer ging vorüber, musterte sie neugierig und verschwand in der Sakristei. Kara und Lilith Bellamy blieben allein im Kirchensaal zurück.

Nun entschied sich Kara, der Frau zu vertrauen. »Mein Vater ist am Leben. Ich habe von ihm zuletzt heute eine SMS erhalten, darin bittet er mich, nach Wien zu kommen. Dort treffe ich jemanden, der mir helfen kann.«

Lilith Bellamy wirkte plötzlich in ihrem ganzen Wesen angespannt. Sie schaute ihn an und brachte kein Wort heraus.

Kara wartete geduldig.

»Erzähle deinem Vater von mir«, sagte sie und hob die Hand, »aber nicht von diesem Treffen. Und frage ihn nach Andrej Rostow. Dieser Mann hat viel mit den Forschungsprogrammen von Mundus Novus zu tun.«

Kara erinnerte sich an den Namen, Andrej Rostow hatte das Forschungsinstitut von Mundus Novus in Weißrussland geleitet, bis die Behörden im August von dessen Existenz erfuhren. »Woher hast du deine Informationen über Mundus Novus, über die Forschungsinstitute, über Rostow …«

Bellamy überlegte lange, bis sie schließlich antwortete. »Ich hatte wie gesagt ein Verhältnis mit deinem Vater. Er wusste von den Hintergründen der Forschungsgruppe und hat mir vielleicht sogar zu viel erzählt.«

»Du möchtest sicher wissen, was ich herausfinde …« Kara holte aus der Gesäßtasche einen Kassenzettel, schrieb die Nummer seines Privathandys auf die Rückseite und stand dann auf.

»Ich weiß nicht, ob man mich anrufen lässt.« Lilith Bellamy nahm den Zettel und folgte Kara in den Mittelgang der Kirche.

»Bist du dir sicher, dass du … denen, die dich angerufen haben, vertrauen kannst?«, fragte Kara.

»Warum sollte jemand einen Menschen warnen, dem er Böses zufügen will?«

»Vielleicht wollten sie nur erreichen, dass du das Krankenhaus verlässt«, antwortete Kara und drückte die hohe, grüne Eingangstür der Kirche auf. Erst hielt er den leuchtenden Punkt so groß wie ein Maiskorn auf Bellamys Schulter für einen Lichtstrahl, der von der Tür reflektiert wurde. Aber er war genau kreisrund und bewegte sich gleichmäßig, als würde er gesteuert.

Kara begriff erst, worum es ging, als der hellrote Punkt mitten auf Lilith Bellamys Stirn innehielt. Er kam nicht mehr dazu, sie zu warnen, ihr Kopf ruckte schon nach hinten, sie wurde gegen die Tür geworfen und sank mit einem dunklen Einschussloch in der Stirn zu Boden. Kara stürzte in die Kirche zurück und hörte, wie eine Kugel im Holz einschlug. Er zog die Tür zu, drehte den riesigen Schlüssel um und tippte auf seinem Handy die Notrufnummer 999 ein. Während er in den Kirchensaal rannte, erklärte er dem Diensthabenden der Notrufzentrale die Lage und beendete das Gespräch. Durch die Fenster gelangte man in die Kirche, das konnte er nicht verhindern, aber vielleicht versuchte der Schütze es erst durch die Türen, er selbst würde das auch so machen …

Er rannte zum Seiteneingang und drückte die Klinke herunter – abgeschlossen. Im Laufschritt zur nächsten Tür. Sie führte auf den Hof und ließ sich öffnen. Das Schlossmodell war ihm vertraut, er drückte den kleinen Metallknopf nach unten, zog die Tür zu und bewegte die Klinke – jetzt war auch sie verschlossen.

Im selben Moment zersplitterte Glas, das Klirren hallte durch die ganze Kirche. Kara schaute sich rasch um, er würde es nicht mehr durch den Saal bis in die Sakristei schaffen ... Die Sirene des Rettungswagens war deutlich in der Kirche zu hören. Plötzlich entdeckte er die Treppe zur Orgelempore und sprintete los.

Oben angelangt ging er in die Knie und trat geduckt ans Geländer. Die Sirene heulte schon ganz nah. Und eine Tür öffnete sich knarrend. Er richtete sich so weit auf, dass er über das Geländer in das Kirchenschiff schauen konnte, doch er sah nur den Pfarrer, der mit verdutzter Miene aus der Sakristei heraustrat.

* * *

Die Stromversorgung in verschiedenen Teilen Londons war vor zwölf Minuten ausgefallen. Betha Gilmartin und die Mitglieder der Ermittlungsgruppe des SIS begriffen jetzt, um was für eine gewaltige Katastrophe es sich handelte. Das Metronetz Londons war total lahmgelegt, hunderttausende Menschen saßen in den Zügen und auf den Bahnsteigen in der Falle. Drei große Krankenhäuser waren völlig ohne Strom, weil die Reservesysteme nicht funktionierten, und die Notrufzentralen waren durch die unzähligen Anrufe blockiert.

Auf einem der großen Bildschirme im Lagezentrum liefen pausenlos die Sondersendungen der verschiedenen Nachrichtenredaktionen: BBC World News, ITV News, Channel 4, Sky News, CNN International, al-Jazeera ... Die Blicke der SIS-Mitarbeiter hingen am Nachrichtensprecher der BBC, einem Mann mit Bürstenhaarschnitt, als Colleen Carter den Ton lauter drehte.

Betha Gilmartin hörte, dass der Strom in ganz London wieder da war, und im selben Augenblick vibrierte das Handy in der Tasche ihres Blazers. Der Anrufer war John Elliott, der Generaldirektor des MI5.

»Wäre es doch bloß ein ganz normaler Stromausfall gewesen,

wirst du dir gleich wünschen«, sagte Elliott. »Wir haben eine Nachricht mit Forderungen bekommen.«

»Von wem? Wer steckt dahinter?«, fragte Betha Gilmartin.

»Das sagen sie nicht. Sie fordern die Freilassung des Physikers Alan Beckley aus dem Gefängnis von Belmarsh.«

Betha Gilmartin wühlte in ihrem Gedächtnis. »Beckley ... Der Name sagt mir nichts, er ist anscheinend nicht unser Kunde.«

»Such alle Informationen heraus, die ihr über ihn habt, der Premierminister wird das COBR-Komitee jeden Moment zusammenrufen, um die Angelegenheit zu besprechen. Es hängt nämlich noch etwas anderes damit zusammen – auch gegen die USA wurde ein Anschlag verübt, auch von ihnen fordert man etwas.« Man hörte es rascheln, als Elliott ein Blatt in die Hand nahm und vorlas: »*Wir haben heute 10:17 Uhr (UTC) eine koordinierte Operation durchgeführt, um zu demonstrieren, dass wir fähig sind, kritische Datennetze lahmzulegen. Wir haben Anschläge auf das US Cyber Command sowie auf die Datennetze des für die Stromversorgung Londons zuständigen Unternehmens verübt. Wir verlangen, dass die USA uns innerhalb der nächsten achtundvierzig Stunden alle von den Mondsonden LRO und LCROSS gewonnenen Daten zur Verfügung stellen und dass Großbritannien Doktor Alan Beckley aus der Haft entlässt.*«

Betha Gilmartin schüttelte den Kopf. »Das war ja zu befürchten. Die Yankees predigen schon seit ein paar Jahren, dass man zukünftig in allen großen Konflikten Cyberangriffe nutzen wird.«

Elliott stimmte ihr zu: »Heutzutage kann man also nicht nur zu Land und zu Wasser, in der Luft und im Weltraum, sondern auch in den Datennetzen Krieg führen.«

28

Sonntag, 9. Oktober

Der Minderheitenbeauftragte Kari Teräväinen nahm im Büro von Kriminaloberinspektor Claes Nyman im Hauptquartier der KRP auf dem Besucherstuhl Platz. Es dauerte einen Augenblick, bis der groß gewachsene Mann seine langen Beine in die richtige Position gebracht hatte. »Da ich wegen dieser katastrophalen Zustände bei Suomen Kivijaloste hier im Hause bin, ist es schön, dass du etwas Zeit für mich gefunden hast.«

Ich habe äußerst wenig Zeit, dachte Nyman, sagte jedoch angesichts der Umstände höflich: »Wie kann ich helfen?«

»In den Filialen von Suomen Kivijaloste wurden insgesamt hundertzwanzig chinesische und achtzehn pakistanische ... Mitarbeiter entdeckt. Nehmen wir mal vorläufig diesen Begriff, obwohl sie de facto Sklavenarbeiter oder Opfer des Menschenhandels sind. Zwangsarbeit ist auch nach den offiziellen Definitionen eine Form der Sklaverei.«

Nyman nickte. »Man muss zugeben, dass der Menschenhandel auch bei uns Einzug gehalten hat. Früher war Finnland fast ausschließlich Transitland, aber heute bringt man Leute aus Afghanistan, aus dem Irak und sogar aus dem Fernen Osten hierher.«

»Die Rechtsvorschriften müssten gründlich überarbeitet werden«, erwiderte Teräväinen ungehalten. »Letztes Jahr wurde in Österbottnien ein Gärtner erwischt, der zehn Thailänder rund um die Uhr arbeiten ließ, für einen Monatslohn von zweihundert Euro. Ihre Pässe und Geldkarten hatte er beschlagnahmt, die Thailänder durften den Hof nicht verlassen, dem Vernehmen nach mussten sie hungern. Der Mann bekam nur eine Geldstrafe wegen eines Verstoßes gegen das Verbot der Diskriminierung am Arbeitsplatz, er wurde nicht wegen Menschenhandel verurteilt«, sagte Teräväinen. »Und auch ausländischen Beerenpflückern wird üblicherweise ein Stundenlohn von anderthalb Euro gezahlt.«

Nyman wirkte frustriert. »Der Menschenhandel lässt sich verdammt schlecht untersuchen. Die Polizei erfährt überhaupt nur von einem Bruchteil der Fälle, weil die Opfer nicht Finnisch sprechen und keine Ahnung haben, an wen sie sich wenden sollen.«

Teräväinen stieß versehentlich an die Schreibtischkante, als er die Beine überschlug. »Die Menschen denken heute, dass die Sklaverei verschwunden ist, dass zuletzt im neunzehnten Jahrhundert auf den Baumwollplantagen der Südstaaten in den USA Sklaven gehalten wurden. Aber sie ist mitnichten verschwunden. Sklaven hat es immer gegeben, und es sieht bedauerlicherweise so aus, als würde es sie auch künftig immer geben. Zwar ist es heute auf der ganzen Welt per Gesetz verboten, Sklaven zu halten, aber das allein hilft auch nicht.«

Nyman beschloss, zu schweigen in der Hoffnung, dass sich der frühere Universitätsdozent Teräväinen nicht noch mehr ereiferte und anfing eine Vorlesung zu halten.

»Über die Sklaverei ist in den letzten Jahrzehnten so gut wie gar nicht geredet worden, die Leute kennen die Wahrheit nicht. In der Welt gibt es derzeit mehr Sklaven als je zuvor in der Geschichte der Menschheit, nach einer Schätzung der UN sind es bis zu siebenundzwanzig Millionen. Laut Internationaler Arbeitsorganisation ILO werden derzeit mindestens zwölf Millionen Menschen als Zwangsarbeiter gehalten. Und ein großer Teil davon auch in Europa: für unbezahlte Arbeit in privaten Haushalten, in der Sexindustrie, zum Putzen, auf Baustellen ... und für alles Mögliche andere. Zum Vergleich: Seinerzeit vom sechzehnten bis zum neunzehnten Jahrhundert wurden aus Afrika insgesamt dreizehn Millionen Sklaven geholt. Und das in dreihundertfünfzig Jahren.«

»Schlimme Zahlen«, räumte Nyman ein.

»Heutzutage bekommt man einen Sklaven billiger als je zuvor. Im Jahre 3000 vor Beginn der Zeitrechnung kostete ein guter Sklave in heutige Währung umgerechnet vierzig- bis achtzigtausend Euro, auch das hat ein Wissenschaftler ermitteln können. Heute jedoch liegt der durchschnittliche Preis eines Sklaven bei etwa fünfundsiebzig Euro. Die Menschenhändler schwimmen im Geld, sie kassieren pro Jahr Gewinne in Höhe von dreiundzwanzig Milliarden Euro. Und die Arbeitgeber, so wie Suomen Kivijaloste, sparen über vierzehn Milliarden Euro jährlich, da sie nicht einmal die Mindestlöhne zahlen müssen, von den Nebenkosten ganz zu schweigen.«

»Ist das so? Was könnte der Grund für den Preisverfall bei Sklaven sein?« Nyman fand allmählich Interesse an den Erläuterungen des Minderheitenbeauftragten.

»Die Bevölkerungsexplosion und die Armut. Sklaven als Handelsware sind heutzutage in reichem Maße vorhanden. Durch den Preissturz ist die Situation aus Sicht der Sklaven schlechter als je zuvor. Ein Sklave, der einst so viel kostete wie heute ein teures Auto, wurde gut behandelt, aber einer, der nur einen Hunderter wert ist, der stellt keine Investition dar, sondern gleicht vielmehr einem billigen Haushaltsgerät, das gegen ein neues ausgetauscht wird, sobald Probleme auftreten.«

Nyman warf gerade einen Blick auf die Uhr, als sein Handy klingelte. Der Anrufer war seine Frau, aber das brauchte Teräväinen nicht zu wissen.

Nyman erhob sich energisch. »Ich muss in eine Besprechung, die rufen schon an. Wir halten dich natürlich auf dem Laufenden.« Er gab dem Minderheitenbeauftragten die Hand und ging schnurstracks in den Beratungsraum »Heftmaschine« der Aufklärungsabteilung. Anwesend waren auch Polizisten von der Abteilung für Gewaltverbrechen.

»Die Lage«, befahl Nyman.

»Der Asiat konnte fliehen, obwohl die Streife der Schutzpolizei ihm am Bahnhof schon dicht auf den Fersen war. Die Metro, die Regional- und Fernzüge durften nicht aus- oder einfahren, aber ihm blieben mehrere Minuten Zeit, bis man genug Leute zum Bahnhof geschickt hatte. Doch er hat Helsinki garantiert nicht verlassen, es gab überall Straßensperren. Der wird auf jeden Fall aufgestöbert, wir haben jetzt auch ein richtiges Bild von ihm – eine Überwachungskamera auf dem Bahnhof hat einen verdammt guten Videoclip von dem Mann aufgenommen«, berichtete ein rothaariger Kriminalkommissar der Aufklärungsabteilung.

»Zu Eeva Vanhalas Tod gibt es neue Informationen«, verkündete die junge Kriminalhauptwachtmeisterin der Abteilung für Gewaltverbrechen. »Der Platzmeister von Ruukkigolf hat neben dem Klubhaus einen silberfarbenen Volkswagen Touran gesehen. Genauso einen, wie er gestern Abend in der Mannerheimintie 50 bei Scandia Rent zurückgebracht wurde. Also hundert Meter von der Stelle im Hesperia-Park entfernt, wo der Streifenpolizist von der Schutzpolizei den Asiaten gesehen hat.« Sie suchte ein Blatt aus ihren Unterlagen heraus. »Gemietet hatte das Auto ein Ural Nurdauletow. Angeblich ein kasachischer Name. Ein Visum wurde auf diesen Namen nicht ausgestellt, und er findet sich in keiner Gästeliste eines Hotels und auch nirgendwo sonst.«

»Warum hat sich die Autovermietung nicht gemeldet, als der Mann den Wagen geholt hat?«, schimpfte Nyman.

»Bei Scandia Rent kann man ein Auto per Telefon mieten, jederzeit abholen oder zurückbringen und mit Kreditkarte bezahlen. Niemand hat diesen Nurdauletow je gesehen«, erwiderte die Hauptwachtmeisterin.

»Jouni Pääkkönen von Suomen Kivijaloste wird seit etlichen Stunden verhört«, sagte der Kriminalhauptwachtmeister von der Abteilung für Informationsbeschaffung. »Der Mann gesteht,

Straftaten begangen zu haben und redet bereitwillig, aber es sieht so aus, als wüsste Pääkkönen nicht viel. Er behauptet, eine Firma namens Workhelp hätte die ausländischen Arbeitskräfte nach Finnland geholt, und die Jungs von der Abteilung für Wirtschaftskriminalität meinen, das könnte stimmen. Workhelp ist ein Unternehmen, das auf der Insel Jersey registriert ist, damit lassen sich die Steuern umgehen. Seine Geschäfte hat lange Anita Arho besorgt und jetzt seit kurzem unser stellvertretender Chef Jukka Ukkola, beide mutmaßliche Mitglieder des Kabinetts. Und Rechnungsprüfer war bei Workhelp bis August niemand anders als Eero Palomaa, derselbe Mann, der sich auch um die Konten der anderen Firmen gekümmert hat, die mit dem Kabinett in Verbindung gebracht werden.«

Nyman presste den grell orangefarbenen Stressball so heftig, dass die Adern auf seiner Stirn anschwollen. »Arho und Palomaa sind im August verschwunden, aber Ukkola ist immer noch in Finnland. Wir holen den Mann wieder zum Verhör, sobald wir ausreichend Informationen über diese Firma Workhelp haben. Wurde in Ukkolas Haus dieser Memorystick gefunden, den Leo Kara erwähnt hat? Die Hausdurchsuchung hat doch schon stattgefunden?«

»Ja, und es wurde nichts gefunden. Ukkola weiß natürlich, wie man sich absichert, schließlich ist er schon lange dabei und kennt die Polizeiarbeit aus dem Effeff.«

»Wusstet ihr übrigens, dass es in der Kanzlei der Präsidentin der Republik ein Gremium namens Kabinett gibt«, sagte der Kriminalhauptwachtmeister. »Es unterstützt die Präsidentin und beobachtet die Angelegenheiten, die mit ihren Aufgaben zusammenhängen. Eeva Vanhala war Vorsitzende dieses Kabinetts. Und laut Eero Palomaas Erklärung vom August wurde das Kabinett, dem wir auf der Spur sind, vor dreißig Jahren von Leuten gegründet, die zum engsten Kreis um Präsident Kekkonen gehörten.«

Klasu Nyman wollte nicht einmal daran denken, was es für einen Aufruhr in den Medien gäbe, sollten Informationen über all das durchsickern und an die Öffentlichkeit gelangen.

* * *

Der Vorsitzende des Kabinetts stand im Arbeitszimmer seiner Wohnung in Töölö, steckte die schaufelgroßen Hände in die Hosentaschen und wusste, dass er vor Zorn rot angelaufen war. Der Vorteil in der Parteipolitik war gewesen, dass man immer eine ganze Herde von Arschkriechern im Schlepptau gehabt hatte, die er, ohne Rücksicht nehmen zu müssen, anschnauzen konnte, wenn er vor Wut fast platzte. Und jetzt platzte er fast vor Wut, aber es war niemand da, den er anbrüllen konnte. Am liebsten hätte er das Parteibüro der SPFi angerufen und das arme Schwein beschimpft, das gerade zufällig ans Telefon ging.

Er trauerte der Sowjetunion nicht nach, das System war krank gewesen, auch wenn er sie als Sozialdemokrat ein Vierteljahrhundert lang mit Leib und Seele verteidigt hatte. Aber wenn man als Zweimetermann und junger Kerl, mit kaum dreißig, in Moskau durch die Flure des Zentralkomitees ging, um einige der mächtigsten Männer der Welt zu treffen, verdammt noch mal, dann lief man schon mit geschwellter Brust und bekam eine Gänsehaut. Und in Finnland, in der Villa des KGB in Porkkala, hatten sie so wilde Feten gefeiert, dass einem schon beim bloßen Gedanken daran das Herz wehtat. Heutzutage gab er seine politischen Informationen bei jeder sich bietenden Gelegenheit an die Amerikaner weiter, in der Hoffnung auf Gegenleistungen. Aber diese eingebildeten Banausen verstanden sich nicht darauf, jemanden ganz individuell zu schmieren. Es war halt so: Der Herr gibt den Weizen, aber er bäckt nicht das Brot. Jeder musste seine Fähigkeiten selbst nach bestem Vermögen zu seinem eigenen Vorteil nutzen.

Mit dem Zusammenbruch der Sowjetunion war ein Kapitel in seinem Leben geschlossen worden. Heute würde ein zweites zu Ende gehen: Er hatte die Arbeit des Kabinetts eingestellt; um die ganze geniale Konstruktion zu begraben war nur ein Dutzend Anrufe nötig gewesen. Die Behörden würden bei keinem einzigen Mitglied irgendwelche Beweise finden, und seine eigene Kopie des Smirnow-Materials hatte er in Sicherheit gebracht. Nur Jukka Ukkola wäre imstande, einen Teil von ihnen zu verraten.

Der Vorsitzende betrachtete voller Bewunderung seine unvergleichliche Ordenssammlung und richtete den Blick dann auf sein Jugendbild an der Wand. Durch den Bandy-Helm wirkte sein Kopf ungeheuer groß, aber die vor Kraft strotzenden Oberschenkel sahen verdammt toll aus. Er fühlte sich noch lange nicht wie ein Rentner. Zum Glück war er weiterhin am Gasröhrengeschäft der Russen beteiligt. Das Unternehmen war, um Steuern zu umgehen, in Zug in der Schweiz eingetragen, also würden die russischen Brüder auch künftig ausreichend Honorare zahlen. Die gescheitesten Leute waren schon seit Jahren in den Dienst der Wirtschaft und privater Unternehmen getreten. Entscheidungen über wichtige Dinge trafen nicht mehr die Politiker. Heutzutage beherrschte das Geld alles, und über dessen Bewegungen wurde in den Banken und Konzernen entschieden.

Er geriet in Rage bei dem Gedanken, dass Beamte, die von der ganzen Sache überhaupt keine Ahnung hatten, das Kabinett jetzt wie Jagdhunde hetzten. Es handelte sich doch schließlich nicht um einen kriminellen Geheimbund von engstirnigen und bitterernsten Leuten, sondern um einen Zusammenschluss von Männern und Frauen, die Spieler waren. Sämtliche Angelegenheiten wurden hinter verschlossenen Türen im kleinen Kreis von Vertrauten geregelt, so waren in Finnland schon immer wichtige Entscheidungen gefällt worden. Die Machtgier und das Geld hatten sie getrieben, Vertreter von Mundus Novus zu werden, nichts anderes.

Sein Handy klingelte wie auf Bestellung. Endlich konnte er jemanden anbrüllen, doch als er sah, wer anrief, musste er sich beherrschen. Der Generalstaatsanwalt war eines der wenigen Kabinettsmitglieder, deren Hilfe er noch immer brauchte.

»Bei Ukkola wurde eine Hausdurchsuchung vorgenommen, aber das Material hat man nicht gefunden«, meldete Asko Väkikorpi. »Von den zwölf Memorysticks, die Ukkola verteilt hat, wurden bisher sieben sichergestellt, ich habe deinem Vorschlag entsprechend ProTurva beauftragt, sie zu beschaffen.«

»Das hört sich gut an. Aber Ukkola hat auch gedroht, seine Informationen preiszugeben, wenn er bei einem Prozess verurteilt wird«, erwiderte der Vorsitzende.

»Ihn erwarten ein paar Jahre Knast, das kann auch ich nicht mehr verhindern. Es wird jetzt bereits seit zwei Monaten nach dem Plan vorgegangen, Ukkola die Schuld an allem anzuhängen, was als Verdacht gegen das Kabinett angeführt wird. Die zu diesem Zweck eingeleiteten Maßnahmen lassen sich nicht mehr rückgängig machen, wir haben schon verdammt viele Beweise gegen Ukkola. Kann man den Mann denn gar nicht zum Schweigen bringen?«

Der Vorsitzende zischte so heftig, dass der Speichel spritzte. »Ukkola will das Smirnow-Material als Lebensversicherung benutzen. Er fürchtet, dass ihm das Schicksal von Laamanen, Kankare und Saurivaara droht.«

»Ein heller Kopf«, gab Väkikorpi zu.

»Wir müssen Zeit gewinnen. Ich teile Ukkola mit, dass alles Erdenkliche getan wird, um seinen Prozess zu steuern. Wir warten ab, bis die Leute von ProTurva auch die restlichen Sticks gefunden haben. Den letzten bekommen wir dann von Ukkola selbst. Ich kenne da einen Kirgisen, der die Überredungskunst souverän beherrscht.«

* * *

Andrej Rostow saß nackt in der Sauna des Forschungszentrums in Schaan und goss Wasser auf die Steine des Saunaofens, der mit Holz beheizt wurde.

Der Erste Stellvertretende Leiter des FSB Nikolai Mironow, der zu seinem Schutz eine Schirmmütze mit Ohrenklappen und ein Badetuch um die Lenden trug, krümmte seinen stämmigen Körper, als die heiße Luft auf die Haut traf. Er las den Namen auf dem Schild des Saunaofens: »Harvia«.

»Ein finnischer Ofen. Da passen hundertvierzig Kilo Steine rein, solche kann man in Russland leider nicht herstellen.«

Mironow zog seine Saunamütze fester und fragte sich, warum Rostow so feierlich gestimmt war, obwohl sie noch keinerlei Antwort auf ihre Forderungen erhalten hatten. »Du hast die Ziele der Anschläge hervorragend ausgewählt«, sagte er.

»Mit den Waffen, die im Forschungslabor SOR entwickelt werden, hätten die USA unsere Interessen bedrohen können. Und irgendwann hätten wir sowieso testen müssen, ob wir imstande sind, die Kommandozentrale der USA für die Kriegsführung im Datennetz zu paralysieren. Die partielle Unterbrechung der Stromversorgung in London hingegen hat bewiesen, dass unsere Schadprogramme tatsächlich Energienetze lahmlegen können. Und dass man sie nicht findet, bevor der Zeitpunkt ihrer Anwendung gekommen ist, so wie es dem Wurm Stuxnet ergangen ist.«

Mironow wischte sich den Schweiß aus den Augen und duckte sich, ehe Rostows nächster Aufguss auf dem Ofen zischte. Der General wartete, bis die Hitze etwas nachließ. »Die Blockade der Stromversorgung des Metroverkehrs und großer Krankenhäuser hat in London zu einem gewaltigen Chaos geführt. Die Behörden wussten nicht, sollten sie erst die Kranken oder die Gesunden retten. Aber noch ist man auf unsere Forderungen nicht eingegangen.«

Rostow richtete seinen leuchtend roten Rücken auf. »Sie werden natürlich darauf eingehen. Ich habe gerade deshalb die Herausgabe der von den Mondsonden LRO und LCROSS gesammelten Daten und Alan Beckleys Freilassung verlangt, weil es möglich ist, auf diese Forderungen einzugehen. Die USA hätten sowieso in Kürze einen Teil der von den Sonden zusammengetragenen Informationen an die Wissenschaftsgemeinde weitergegeben, und Alan Beckley ist für die Briten nichts weiter als ein Wissenschaftler, der zu einer Gefängnisstrafe verurteilt wurde. Aber für uns sind Beckleys Informationen und die der Sonden äußerst wichtig. Sie beschleunigen den Prozess, in dem alles vollendet wird, um mehrere Monate.«

»Auf welchem Gebiet hat Beckley geforscht? Warum willst du ihn hier in Schaan haben?«

Rostow betrachtete Mironow eine Weile argwöhnisch. »Er ist ein Spezialist für Weltraumtechnik. Ich glaube nicht, dass dich die Details interessieren.«

»Weltraumtechnik?«

»Das ist ein Wissenschaftsgebiet, bei dem es um Satelliten, Sonden, Lander – alle im Weltraum eingesetzten Technologien und deren Entwicklung geht.«

Eine Weile hörte man in der heißen und feuchten Sauna nur das gedämpfte Zischen des Ofens und das Rauschen der Flammen.

»Wie viel Zeit habe ich noch?«, fragte Rostow schließlich und goss wieder auf.

Mironow zuckte die Achseln und verzog wegen der Hitze das Gesicht. »Bis dieses Forschungszentrum gefunden wird. Aber Sorgen braucht man sich keine zu machen, wir sind darauf vorbereitet, wenn sie kommen. Falls sie kommen.«

»Sind die Zeugen eliminiert?«

»Fast alle«, versicherte Mironow. »Nur in Finnland gibt es Probleme. Jemand hat das Smirnow-Material kopiert und der Kirgise kann die Sache nicht erledigen. Manas musste untertauchen.«

Rostow lachte. »Finnland ist ein merkwürdiges Land. Erstaunlicherweise lässt sich auch die Presse nicht darüber aus, dass in fast allen westlichen Ländern bis hin nach Norwegen, Schweden und Estland Helfer und Spione des KGB gefasst wurden. Nur nicht in Finnland, obwohl der KGB dort um ein Vielfaches mehr Helfer hatte als in den Nachbarländern. Der größte Teil der Entscheidungsträger in Helsinki ist doch freiwillig in die sowjetische Botschaft in der Tehtaankatu gerannt, um über seine Aktivitäten zu berichten. Die finnischen Politiker haben nach der Pfeife des KGB getanzt.«

Mironow antwortete nicht, und sie saßen wieder eine Weile schweigend da.

»Und Leo Kara?«, fragte Rostow schließlich.

»Ist in London. Er wird demnächst erledigt.«

29

Sonntag, 9. Oktober

Kati Soisalo saß an einem Ecktisch im traditionsreichen Café Laumer nur wenige hundert Meter entfernt von der Staufenstraße 36, dem Ehepaar Poulsen und ihrer Tochter. Sie wartete auf Helena Poulsen. Die Frau hatte am Telefon unfreundlich geklungen und war erst zu einem Treffen bereit gewesen, als sie ihr Anliegen genannt hatte. Natürlich war sie nicht mit der Tür ins Haus gefallen und hatte nicht gesagt, sie sei Vilmas Mutter, sondern nur erwähnt, sie kenne die Hintergründe der Adoption des Mädchens. Helena Poulsen hatte sich so angehört, als wüsste sie, wer sie anrief. Sicher hatte Vilma den Poulsens gleich zu Beginn von ihrer Mutter und ihrem Vater erzählt und von allem anderen, so gut das ein dreijähriges Kind eben konnte.

Kati Soisalo spürte tief in sich Wärme und fühlte sich wieder als ein Ganzes. Sie hatte den Teil von sich, der fehlte, gefunden. Am Tag zuvor hatte sie Vilma beim Spielen über eine Stunde beobachtet. Das Mädchen machte den Eindruck, als wäre es ein in jeder Hinsicht zufriedenes und fröhliches Kind. Und Joakim Poulsen hatte auf der Parkbank gesessen, Zeitung gelesen und ausgesehen wie ein ganz normaler Familienvater.

Vilma war immer noch nicht an ihrer Seite, aber jetzt wusste sie schon, dass sie das Mädchen in Kürze bei sich haben würde. Es war schwer vorstellbar, dass die Poulsens große Schwierigkeiten machen könnten, schließlich hatte das Paar ein Kind adoptiert, das seinen Eltern entrissen, entführt worden war.

Sie hatte vor einer Stunde eine Tasse Kaffee und ein Stück spanische Vanilletorte bestellt, aber beides nicht angerührt. Die Kellnerin mit einer weißen Schürze warf ihr in regelmäßigen Abständen neugierige Blicke zu, obwohl das Café voll besetzt war mit Omas, die schon beim Kaffeeklatsch gesessen hatten, als sie kam. Sie strich über ihre Stoppelhaare und berührte die Narbe. Ärgerlich, dass sie bei der Begegnung mit Helena Poulsen so aussah. Wer weiß, was die Frau von ihr dachte.

Das bevorstehende Gespräch war das wichtigste ihres Lebens. Wenn alles gut verlief, würde sie erfahren, wann Vilma zu ihr zurückkehren könnte. Sie sagte sich immer wieder, dass Vilmas Wohlergehen im Vordergrund stehen musste; sie dürfte auf keinen Fall abrupt im Leben des Mädchens auftauchen, eine Übergangszeit war nötig. Sie müsste die Poulsens mehrere Male besuchen, Vilmas Erinnerungen an ihre richtige Mutter aufleben lassen, durch die Entführung ausgelöste Traumata behandeln, dafür sorgen, dass ihre Tochter verstand, worum es ging. Am besten wäre es, wenn die Poulsens einwilligten, einen Psychologen in die Gespräche miteinzubeziehen, jemanden, der wusste, wie man in solchen Situationen am klügsten vorging.

Kati Soisalo warf einen Blick auf ihre Uhr, Helena Poulsen hatte zugesagt, spätestens um zwei Uhr im Café zu sein, und es war schon kurz vor halb drei. Sie holte ihr Handy aus der Umhängetasche und wollte gerade auf die Taste mit dem grünen Hörer drücken, als sich die Tür des Cafés öffnete und Helena Poulsen hereintrat. Kati Soisalo spürte, wie ihr Herz schneller schlug, es kam ihr nicht in den Sinn, der Frau die Hand zu geben.

Helena Poulsen setzte sich auf die andere Seite des Tisches, schaute Kati Soisalo kurz an und senkte den Blick.

Die Frau war genauso, wie Kati Soisalo es sich vorgestellt hatte – eine gepflegt, effizient, selbstsicher und kalt wirkende Karrierefrau. In ihrer Zeit als Juristin einer Firma war sie selbst auch so gewesen. Aber irgendetwas in ihrem Wesen passte nicht ins Bild. Helena Poulsen kam hierher, um darüber zu sprechen, dass sie ihre Tochter hergeben musste. Das wusste sie, schließlich hatte sie mit ihrem Mann zusammen ein Kind adoptiert, das seinen leiblichen Eltern entführt worden war. Aber ihr Gesicht zeigte keine Spur von Aggressivität einer sich verteidigenden Mutter oder von Scham eines Menschen, der bei einem Verbrechen ertappt wurde. Kati Soisalo sah sich außerstande, zu bestimmen, was der Gesichtsausdruck der Frau widerspiegelte.

»Du wolltest mich treffen«, sagte Helena Poulsen mit ausdrucksloser Stimme.

»Du hast mit deinem Mann zusammen meine Tochter adoptiert. Am 16. September vor drei Jahren hast du das Mädchen in Helsinki bei Jose Sinko, Mitarbeiter einer Firma namens ProTurva, und seiner Ehefrau abgeholt. Meine Tochter war mir drei Tage zuvor im Dubrovniker Gradac-Park entführt worden.« Eine Welle des Hasses durchflutete Kati Soisalo, als sie ihre eigenen Worte hörte. Ihr wurde klar, dass sie die Frau anstarrte, die ihr Vilma weggenommen hatte.

Helena Poulsen war nicht fähig, ihr in die Augen zu sehen. »Wir haben von Vilmas Vergangenheit nichts gewusst, das war eine Bedingung für die ganze Adoption, wir wollten es nicht wissen.«

»Willst du das etwa als Entschuldigung dafür anführen, dass ihr ein Kind, meine Tochter, adoptiert habt, das seiner Mutter geraubt worden ist!« Kati Soisalo Stimme wurde so laut, dass eine Frau mit Hut am Nebentisch die Nase rümpfte.

»Ich versuche nur zu erklären, was für eine Situation das damals war. Ich hatte jahrelang versucht, schwanger zu werden, du kannst dir gar nicht vorstellen, was ich und Joakim ... mein Mann alles für Kunstgriffe probiert haben, bis ich endgültig die Hoffnung aufgegeben habe. Als wir uns dann für eine Adoption entschieden haben, standen wir wie vor einer Wand: Ein finnisches Kind über normale Kanäle zu adoptieren erwies sich als praktisch unmöglich, vor allem weil Joakim schon über fünfzig war. Wir dachten, dass niemand sein Kind zur Adoption freigibt, wenn er nicht dazu gezwungen ist.«

Kati Soisalo erinnerte sich sehr gut, was sie über die Kinderfabriken der Kriminellen gelesen hatte, und fragte sich, ob Helena Poulsen tatsächlich so gutgläubig war. Sie musste sich sehr anstrengen, um ruhig zu bleiben.

»Was hast du nun vor?«, erkundigte sich Helena Poulsen und schaute ihr dabei zum ersten Mal in die Augen.

»Ich will mein Kind natürlich zurückhaben«, verkündete Kati Soisalo. »Aber wir müssen vereinbaren, wie sich dieser ... Austausch am vernünftigsten regeln ließe. Ich würde vorschlagen, dass wir uns einige Male mit Vilma zusammen treffen, vielleicht wäre es klug, einen Psychologen an den Gesprächen zu beteiligen. Ich möchte das auf zivilisierte Weise erledigen. Am wichtigsten ist Vilmas Wohlergehen.«

Helena Poulsen schaute auf den Tisch, es dauerte lange, bis sie den Mund öffnete. »Gibt es keine andere Alternative?«, fragte sie schließlich leise.

Kati Soisalo war sich nicht sicher, ob sie die Frage verstanden hatte. »Alternative? Meiner Auffassung nach können wir das entweder im Einvernehmen miteinander klären oder über die Gerichte. Das Endergebnis wird in jedem Falle dasselbe sein, DNA-Proben lügen nicht, Vilma ist meine Tochter. Und vor Gericht würde sicher auch der Frage nachgegangen werden, ob du dich mit deinem Mann einer Straftat schuldig gemacht hast, als ihr ein Kind ... adoptiert habt, das man seiner Mutter geraubt hat.«

Helena Poulsen schloss die Augen, seufzte und schaute ihrem Gegenüber erneut in die Augen.

Wieder war Kati Soisalo überrascht, jetzt sah die Frau so aus, als empfände sie Mitleid mit ihr. Vielleicht hatte sie Gewissensbisse.

»Darf ich darüber in aller Ruhe mit meinem Mann reden, ich habe ihm noch nichts von deinem Anruf erzählt. Wir könnten dann morgen darauf zurückkommen«, schlug Helena Poulsen vor.

»Natürlich, redet ruhig darüber«, sagte Kati Soisalo, holte ihre Visitenkarte heraus und gab sie Helena Poulsen. »Ich wohne im Hotel Ramada ganz in der Nähe deiner Arbeitsstelle.«

* * *

Betha Gilmartin und die vierzigköpfige Ermittlungsgruppe des SIS arbeiteten wie besessen.

»Ich habe von der Polizei die Mappe über Alan Beckley bekommen«, rief Colleen Carter im Laufschritt, als sie noch fünf Meter von Betha Gilmartin entfernt war.

Betha Gilmartin beobachtete seit Tagen amüsiert, mit welchem Elan die junge Frau agierte. Wenn das so weiterging, würde sie bald die ganze Ermittlungsgruppe kommandieren. Betha winkte den Leiter der Technischen Abteilung zu sich heran und befahl ihrer Mitarbeiterin: »Fass zusammen.«

Colleen Carter öffnete die Mappe: »Beckley ist, oder genauer gesagt war, Leiter der Forschungsgruppe für Weltraumtechnik im Surrey Space Centre, Senior-Dozent für Weltraumtechnik und Weltraumsysteme an der Technischen Hochschule der Universität Kingston und Dozent am Space Research Centre der Universität Leicester. Er wurde voriges Jahr zu zwei Jahren und acht Monaten Haft ohne Bewährung verurteilt.« Sie verzog das Gesicht zu einer Grimasse, als sie weiterlas. »Oh verdammt, so ein Schwein. Beckley hat seine Ehefrau und deren Kinder jahrelang misshandelt, er hat sie geschlagen und gezwungen, in eiskaltem Wasser zu baden, er hat ihnen die Mittelhandknochen mit dem Schuhabsatz gebrochen, versucht sie mit einem Kissen zu ersticken … In der Hoffnung auf eine mildere Strafe hat er in eine Therapie eingewilligt, und es wurde eine Borderline-Persönlichkeitsstörung diagnostiziert.«

Betha Gilmartin fuhr sich durch ihren roten Haarschopf und blickte instinktiv auf ihr linkes Handgelenk, wo sie früher den Pulsmesser getragen hatte. »Das dürfte kaum der Grund für die Forderung sein, Beckley freizulassen. Woran hat der Mann gearbeitet, bevor er in den Knast musste?«

Colleen Carter überflog den Text und blätterte um, bis sie das Gesuchte fand. »Beckley arbeitete mit seiner Forschungsgruppe an der Entwicklung eines Geräts, mit dem Wasser, das sich auf dem Mond oder auf Meteoriten befindet, genutzt werden könnte. Hier sind mehrere Zeitungsartikel zu dem Thema …«

Endlich übernahm der Leiter der Technischen Abteilung des SIS das Wort. Seine Augen waren tomatenrot, er sah so müde aus, als müsste er die Lider mit Streichhölzern offenhalten. »Auf dem Mond gibt es nur Wasser in fester Form, als Eis. Das in eine nutzbare Form umzuwandeln, ist nicht so ganz einfach. Das Risiko besteht in der Sublimierung, das heißt, dass sich das Eis direkt in Gas verwandelt. Außerdem müssen aus dem Wasser die Verunreinigungen entfernt werden – Quecksilber, Magnesium, Kalzium, Natrium … Aber in Kürze wird man imstande sein, so ein Gerät zu bauen, das ist ganz sicher.«

»Beckley plante also eine Maschine, die aus dem Eis des Mondes sauberes Wasser machen könnte. Und wozu?«, fragte Betha Gilmartin.

Der Technische Leiter seufzte wie bei einem Kind im Fragealter. »Noch vor einigen Jahren wusste man nicht, ob auf dem Mond überhaupt Wasser existiert, und jetzt nimmt man an, dass sich dort mehr Wasser befindet, als irgendjemand auch nur zu hoffen wagte – Millionen, vielleicht Milliarden Liter. Wenn auf dem Mond dauerhafte Stützpunkte errichtet werden, benötigt man Wasser zur Zubereitung von Essen und als Trinkwasser. Mit einer Anlage, die über eine ausreichende Leistung verfügt, kann man daraus auch Wasserstoff abtrennen, der sich als Treibstoff verwenden lässt. Durch einen Wasserspeicher auf dem Mond könnte man Dutzende oder Hunderte Weltraumflüge sparen. Du kannst dir ein Bild machen, wie groß die Einsparung ist, wenn ich dir sage, dass der Transport eines Liters Wasser von der Erde zum Mond etwa fünfzigtausend Dollar kostet.«

Betha Gilmartin wusste nicht, ob sie richtig verstanden hatte. »Plant jemand die Errichtung eines dauerhaften Stützpunkts auf dem Mond?«

»Nur die USA, Russland, China, Japan, Indien und die Europäische Raumfahrtorganisation ESA. Manche Pläne zielen auf einen Beginn schon im Jahr 2020 ab, andere spätestens ...«

Betha Gilmartins Gehirn arbeitete auf Hochtouren. »Das alles hängt irgendwie mit dem Weltraum zusammen, die Ziele der Cyberangriffe und die Forderungen der Angreifer. Von den USA verlangt man Daten, die Mondsonden gesammelt haben, und von Großbritannien einen Wissenschaftler, der die Wasserreserven des Mondes in eine brauchbare Form umwandeln kann.«

Der Technische Leiter nickte müde. »Von den USA fordert man ausdrücklich Informationen, die von den Sonden LRO und LCROSS gesammelt wurden. Gerade die brachten die Gewissheit, dass es auf dem Mond Wasserreserven gibt. LCROSS fotografierte Explosionen, die auf der Oberfläche des Mondes ausgelöst wurden, und LRO sammelte dazu Daten, wenn ich das mal grob zusammengefasst sagen darf. Die Auswertung der Informationen steht erst am Anfang, man wird noch lange immer wieder neue Entdeckungen machen. Bis jetzt hat LRO von seiner Umlaufbahn in fünfzig Kilometern Höhe über dem Trabanten eine äußerst detaillierte Karte der Mondoberfläche angefertigt, sichere Landeorte bestimmt, Naturressourcen gesucht, Daten zur Temperatur und Strahlung analysiert ...«

Betha Gilmartin hatte genug gehört. Sie steckte die Finger in den Mund und pfiff so durchdringend, dass alle im Lagezentrum zu ihr hinschauten. »Kommt alle hierher, wir machen eine Zusammenfassung!«

Es dauerte eine knappe Minute, bis sich die vielköpfige Schar im Halbkreis vor Betha Gilmartin aufgestellt hatte und das Stimmengewirr verstummte. »Wie ist die Situation in London?«, fragte sie zuerst.

Der Technische Leiter antwortete: »Laut Staatlichem Kommunikationshauptquartier GCHQ war in den Datensystemen des Verteilernetzbetreibers UK Power Network ein Schadprogramm versteckt, ein Wurm, den man speziell für diese Umgebung entwickelt hat. Er wurde aktiviert und legte die Router des Datensystems lahm. Der Wurm erhielt die Bezeichnung *Redblock* nach einem Textstück im Quellcode. Es ist eine verbesserte Version des Wurmes Stuxnet – Redblock wurde nämlich nicht vor seiner Aktivierung gefunden«, erklärte er und rieb sich die Augen. »Redblock verändert die Spielregeln in der Informationssicherheit total, eine derartige Bedrohung hat man bisher nirgendwo gesehen. Gnade uns Gott, wenn solche Würmer auch in anderen Stromversorgungssystemen versteckt sind. Sie können vielleicht auch Kernkraftwerke lahmlegen.«

»Wenn die Angreifer den Wurm nicht selbst gestoppt hätten, dann wären in London so viele Menschen umgekommen, dass man lieber gar nicht daran denken möchte«, sagte Colleen Carter.

»Kann der Anschlag wiederholt werden?«, fragte Betha Gilmartin.

»Das weiß noch niemand. Es können auch weitere Schadprogramme versteckt sein und natürlich auch in anderen Stromunternehmen, Kernkraftwerken …«

»Und die Übergabe der Daten aus Mondsonden der Yankees und die Freilassung von Beckley. Wie ist da die Lage?« Betha Gilmartin fragte ihre Mitarbeiter weiter ab.

»Die USA sind auf die Forderungen eingegangen«, war aus dem Kreis um Betha zu hören. »Die Datenübertragung hat schon begonnen, aber die Übergabe aller Informationen wird mehrere Wochen dauern, die neuesten Forschungsdaten hat man noch nicht mal vom Mond auf die Erde geholt. Es ist eine gewaltige Datenmenge, die übertragen werden muss, mehr als sämtliche frühere

Sonden gesendet haben. Dieses Wissen wird alles auf den Kopf stellen, was man bisher über den Mond weiß.«

»Und Beckley wird morgen um vierzehn Uhr aus dem Gefängnis Belmarsh entlassen. Der Premierminister hat das soeben entschieden«, fügte jemand hinzu.

Betha Gilmartin räusperte sich. »Wir halten engen Kontakt zu den Amerikanern und koordinieren die Überwachung Beckleys mit dem MI5. Ich glaube nicht, dass der Mann vorhat, in England zu bleiben. Der Empfänger der von den Amerikanern übergebenen Informationen oder Beckleys Kontaktpersonen müssen gefunden werden, das ist mit Abstand der einfachste Weg, den Tätern auf die Spur zu kommen.«

Sie hielt das Tempo weiter hoch und fuhr fort: »Was gibt es Neues von Mundus Novus?«

Colleen Carter schien erleichtert zu sein, dass sie endlich zu Wort kam. »Von den als Forschungszentrum geeigneten Immobilien sind bis jetzt einhundertzwei noch nicht überprüft, wir kooperieren mit den Behörden von vierzehn Staaten. Die Klärung der Geschäfte und der Buchführung dieser österreichischen Investitionsbank Pegas wird wirklich viel Zeit in Anspruch nehmen, wahrscheinlich Jahre. Sie diente als Zwischenlager für die Finanzmittel von Mundus Novus, die dann von da aus weiterinvestiert wurden.«

»Um was für Summen geht es hier?«, fragte Betha Gilmartin.

»Letztlich konnten wir nur eine reichliche halbe Milliarde Euro einfrieren, einen Bruchteil der Gelder, die man rechtzeitig aus der Bank abgezogen und spurlos versteckt hat«, antwortete einer der Ermittler aus der SIS-Abteilung für Wirtschaftskriminalität. »Das Vermögen von Mundus Novus wurde äußerst wirkungsvoll gesplittet: in Obligationen, Schuldverschreibungen, Optionen, Futures, Immobilien, Aktien, Beteiligungen, Depositen, Darlehen und verschiedene Bankeinlagen, Zinsinstrumente, Garantieregelungen … Und das alles wurde über ein kreuzweise verkettetes Netzwerk von Briefkastenfirmen bewerkstelligt. Außerdem sind die Firmen ohne Ausnahme in Steueroasen registriert, die an Außenstehende keinerlei Informationen herausgegeben, nicht einmal an die Behörden irgendeines Staates.«

Betha Gilmartin spürte plötzlich, dass ihr Telefon in der Tasche vibrierte, sie meldete sich und erfuhr von ihrer Sekretärin, dass »C«, der Chef des SIS, sie sofort in seinem Zimmer sehen wollte.

Mit ein paar energischen Sätzen verteilte sie die Aufgaben, fuhr hinauf ins oberste Geschoss von Legoland und betrat das Zimmer von Sir Anthony Richardson. Der millimetergenau gezogene Scheitel des grauhaarigen kleinen Mannes war ein wenig durcheinandergeraten.

»Der Leiter des FSB Aleksandr Bortnikow hat Kontakt zum MI5 aufgenommen«, sagte Sir Anthony und nahm ein Blatt Papier von seinem Schreibtisch. »Bortnikow versichert, dass der Nachrichtendienst der Russischen Föderation nichts mit Gilbert Birou, Clive Grover und anderen Spionen zu tun hat, die für die Stiftung Mundus Novus gearbeitet haben. Er hat mitgeteilt, dass der FSB bereit ist, uns zu helfen, die Kriminellen zu fassen, die sich in seiner Organisation eingenistet haben. Worum zum Teufel geht es hier eigentlich?«

Betha Gilmartin setzte sich in den Ledersessel und wiegte den Kopf. »Clive Grover hat behauptet, er habe nicht für Russland gearbeitet, sondern im Auftrag der innerhalb des FSB wirkenden Silowiki, der ›starken Menschen‹. Und die wiederum haben eine Art Vereinigung gegründet oder gehören ihr zumindest an, die sie Mundus Novus nennen, Neue Welt.«

»Was sind das bloß für Zeiten, wenn die Russen uns ihre Hilfe anbieten«, erwiderte Richardson und schüttelte den Kopf. »Jeder inoffizielle Kontakt zwischen uns und Moskau endete schon 1996, als der FSB Platon Obuchow in Moskau enttarnte und man auf beiden Seiten Diplomaten auswies. Und 2004, gerade als sich die Lage allmählich wieder normalisierte, wurde erneut einer von unseren Leuten, Igor Sutjagin, erwischt. Und danach folgte ja Litwinenkos Plutoniumvergiftung.«

Ich weiß, ich habe alle diese Fälle bearbeitet, dachte Betha Gilmartin, sagte aber nur: »Diese Gelegenheit muss man ausnutzen. Wir sollten beim FSB alle Informationen abzapfen, die sie rausrücken.«

Sir Anthony verzog den Mund. »Ich habe auch schlechte Nachrichten. In gewisser Weise. Clive Grover wird unser Kostenbudget nicht belasten, mit keinem einzigen Pfund. Er hat sich das Leben genommen.«

Betha Gilmartin konnte nichts dagegen tun, dass sie einen Stich spürte und Trauer empfand.

»Es sieht so aus, als hätte Grovers letzte Handlung darin bestanden, diejenigen, die ihn angeworben hatten ... Mundus Novus zu täuschen«, sagte Sir Anthony. »Er hat ihnen geraten, ihre Finanzmittel aus ihrer Zentralbank abzuziehen, und behauptet, wir würden sonst an ihr Geld herankommen. Und dann hat er dich aufgefordert, nach ungewöhnlich großen Geldtransaktionen zu suchen.«

Betha Gilmartin war überrascht. Nicht weil sich Clive Grover so eine gute Falle ausgedacht hatte, sondern weil es offenbar sein Wunsch gewesen war, vor seinem Ende in ihre Reihen zurückzukehren. »Wenn die Russen Clive umgebracht hätten, wäre die ganze Wurmbüchse ausgekippt worden. Die Journalisten hätten so lange herumgestochert, bis sie von seiner ... Vergangenheit Wind bekommen hätten.«

»Vermutlich hat Grover schon, als er enttarnt wurde, begriffen, dass sein Fall niemals vor Gericht landen würde«, erklärte Sir Anthony. »Das hätte der ganzen britischen Aufklärungsgemeinde einfach zu viel Schaden zugefügt. Anscheinend hat er sich seine ganze Geschichte um den Informationsaustausch mit Golowkin nur ausgedacht, um uns zu helfen. Grover hat sich geopfert.«

Betha Gilmartins Privathandy klingelte genau zum richtigen Zeitpunkt. Sie zog fragend die Brauen hoch.

»Du vergisst hoffentlich nicht, dass ich zum Jahreswechsel pensioniert werde. Ein neuer Chef ist noch nicht ausgewählt«, sagte Sir Anthony und runzelte dabei die Stirn, dann erteilte er ihr mit einer Handbewegung die Erlaubnis, zu gehen.

Draußen im Flur meldete sich Betha Gilmartin sofort – der Anruf kam von der Metropolitan Police.

»Wir haben hier einen Mann namens Leo Kara, der im Zusammenhang mit einem Vorfall in Marylebone, bei dem geschossen wurde, verhört wird. Er behauptet, Sie würden gern für ihn bürgen.«

»Sehr gern«, erwiderte Betha Gilmartin verärgert.

30

Sonntag, 9. Oktober

Betha Gilmartin rannte im Londoner Stadtteil Putney nach Hause. Die Rettungsringe um ihre Hüften schwappten auf und nieder und ihr Atem rasselte. Sport getrieben hatte sie das letzte Mal zu Zeiten der Premierministerin Margaret Thatcher. Die Fahrt mit der Metro von der Station Vauxhall ganz in der Nähe des SIS-Hauptquartiers hatte trotz Umsteigen deutlich weniger als eine halbe Stunde gedauert, mit dem Auto brauchte man für die mickrigen paar Meter schlimmstenfalls doppelt so lange. Sie war zwei Tage lang nicht zu Hause gewesen, wozu auch: Albert und die Katze Violet waren in der Villa in Torquay, in Legoland konnte man übernachten und sich waschen und in einem der Schränke ihres Büros stapelte sich Wechselwäsche. Es war fünf Uhr nachmittags, aber sie musste abends wieder zurück nach Legoland.

Betha Gilmartin öffnete die Tür ihres edwardianischen Hauses, blieb im Flur stehen und spitzte die Ohren. »Leo! Bist du schon da?«

»Guten Morgen.« Kara tauchte mit zwei Teetöpfen aus der Küche auf. »Yunnan mit Honig und Zitrone.« Lächelnd reichte er den einen Pott seiner Ersatzmutter.

»Albert hat dich gut unterwiesen«, sagte Betha und fragte sich verwundert, was denn nun los war. Sie konnte sich nicht erinnern, Leo jemals so entschlossen erlebt zu haben. »Was für einen Schlamassel hast du dir denn diesmal eingebrockt?«

Kara ging ins Wohnzimmer, setzte sich und wartete, bis Betha ihre Jacke ausgezogen hatte. Dann erzählte er ihr mit allen Einzelheiten, was in der Church of St Mary passiert war.

»Jemand hat Bellamy gewarnt und wollte sie in Sicherheit bringen, und dann wurde sie erschossen«, dachte Betha laut. »Sie muss etwas Wichtiges gewusst haben. Bist du sicher, dass du Wort für Wort alles wiederholt hast, was sie erzählt hat?«

Kara überlegte kurz. »Lilith Bellamy hat gesagt, Andrej Rostow habe etwas mit den Forschungsplänen von Mundus Novus zu tun. Sie hat mich aufgefordert, meinen Vater nach Rostow zu fragen, wenn ich die Gelegenheit dazu bekomme. Sonst hat sie nichts Brauchbares erzählt.«

»Wir wissen schon von früher, dass Rostow für Mundus arbeitet. Der Mann hat das Forschungszentrum in Weißrussland geleitet. Wenn es so ist, dass Bellamy uns bereits 1989 einen Hinweis auf Mundus Novus gegeben hatte, dann hat sie dir wirklich nicht alles verraten, was sie weiß. Und jetzt kann sie keiner mehr befragen.«

»Gib die Hoffnung nicht auf«, entgegnete Kara. »Lilith Bellamy war noch am Leben, als der Krankenwagen kam, das haben sie mir gesagt.«

Betha Gilmartin verließ rasch das Wohnzimmer, telefonierte eine Weile und kehrte dann mit zufriedener Miene zurück. »Bellamy liegt im London Bridge Hospital auf der Intensivstation. Die fünfstündige Operation ist vor kurzem zu Ende gegangen, und nach Auskunft des Arztes ist ihr Zustand kritisch, aber stabil. Ihre Chance, zu überleben steht bei fünfzig zu fünfzig. Ich will sie selber befragen, sobald das möglich ist.«

»Was ist übrigens in London heute Morgen passiert? Die Metro steckte fest und im Nightingale-Krankenhaus war der Strom ausgefallen.«

Betha schniefte hörbar, pustete in ihren Tee und kostete einen Schluck. »Dieser ganze Komplex ist einfach zu umfangreich, viel zu umfangreich. Wir untersuchen die Finanztransaktionen von Mundus Novus, den Menschenhandel, den sie betreiben, die Laserwaffe, die Mundus im August eingesetzt hat … Und auch das Chaos in London heute Morgen dürfte irgendwie mit Mundus zusammenhängen. Aber darüber kann ich noch nicht reden.«

Sowohl Kara als auch Betha Gilmartin saßen eine Weile gedankenversunken da.

»Wo ist übrigens Albert?«, fragte Kara schließlich.

»In Torquay. Wir haben uns gestritten.«

Kara lachte. »Das will ich aber jetzt wirklich hören. Albert erträgt deine Launen und deine Arbeitswut schon seit Jahrzehnten, was hat ihn denn nun plötzlich so verärgert?«

Betha wirkte verlegen. »Anscheinend hat er angenommen, dass ich nach meiner Krankschreibung nicht mehr an meinen Arbeitsplatz zurückkehre.«

»Kein Wunder. Das habe ich auch gedacht.«

»Wer hat denn sowas behauptet? Ich werde doch wohl noch selbst über meine Angelegenheiten entscheiden dürfen«, erwiderte Betha erregt, beruhigte sich aber, nachdem sie etwas Tee getrunken hatte. »Und du, wie fühlst du dich nun, seit du dich an alles erinnerst? Du machst irgendwie einen ruhigeren, ausgeglicheneren Eindruck. Ich hatte erwartet, dass du fuchsteufelswild bist, weil ich dir Informationen über deine Mutter vorenthalten habe.«

»Ich fühle mich umso besser, je näher ich der Wahrheit komme.« Zu seiner Überraschung bemerkte Kara, dass er nicht einmal mit Betha über die Ereignisse des Jahres 1989 sprechen wollte, obwohl sie ihm jetzt gegenüber saß. Gut, dass er ihr an dem Tag, an dem seine Erinnerungen wieder aufgetaucht waren, gleich alles am Telefon berichtet hatte.

Kara beschloss, ihr seine wichtigste Neuigkeit zu verraten. »Ich habe wieder eine SMS von Vater bekommen, er bittet mich, morgen in Wien jemanden zu treffen, der weiß, was im Oktober 1989 passiert ist.«

Betha Gilmartin war erst völlig perplex und dann wütend. »Du wirst doch wohl nicht so blöd sein, eine derartige Nachricht ernst zu nehmen? Woher willst du wissen, wer sie geschickt hat? Hast du tatsächlich vor, in die Falle zu laufen, nach all dem, was in Helsinki passiert ist?«

»Ich muss sowieso bald nach Wien zurück und wieder arbeiten, dem Vernehmen nach kommt mein Chef, der Generaldirektor, am Dienstag aus Kolumbien zurück. Da kann ich genauso gut schon heute reisen. Die letzte Maschine fliegt um 19:35 Uhr.«

»Du kannst doch nicht jemanden treffen, jedenfalls nicht allein, der ...«

Kara unterbrach sie in forderndem Ton: »Jetzt wäre der geeignete Moment, all das über die Ereignisse im Oktober 1989 zu erzählen, was du mir von Amts wegen verheimlichen musstest. Du hast manche Informationen nicht rausgerückt, die für mich nützlich gewesen wären. Beispielsweise, dass die ... Überreste meiner Eltern aus den Räumen der Metropolitan Police verschwunden sind, kurz nachdem das alles passiert war. Und dass meine Mutter Verbindungen zur Sowjetunion und zum KGB hatte.«

Betha machte schon den Mund auf, schluckte dann aber herunter, was sie sagen wollte, und griff zu ihrem Tee. Über eine Minute herrschte Schweigen. »Du machst dir vielleicht ganz umsonst Vorwürfe wegen des Todes deiner Mutter. Ich habe mehr als zwanzig Jahre mit niemandem darüber gesprochen, aber jetzt dürfte die Zeit dafür gekommen sein«, sagte sie schließlich und verstummte dann für einen Augenblick, um ihren nächsten Worten eine größere Wirkung zu verleihen.

»Ich glaube nicht, dass im Oktober 1989 etwas schief gegangen ist. Mundus Novus macht wirklich nicht den Eindruck einer Organisation, die bei einer solchen Operation versagt. Es ging schließlich nur darum, eine Familie, zwei Erwachsene und zwei Kinder, zu erledigen. Ich denke, dass alles genau so ablief, wie es beabsichtigt war. Deine Mutter und deine Schwester sollten wirklich sterben, das Know-how deines Vaters brauchte man für irgendein Forschungsprogramm von Mundus Novus, und du ... Du solltest am Leben bleiben, um allen genau die Geschichte zu erzählen, die Mundus verbreiten wollte.«

Kara verschlug es die Sprache. Er begriff sofort, dass Bethas Theorie nahtlos zu allen Tatsachen passte. Zu beinahe allen.

»Es ist ihnen fast perfekt gelungen«, fuhr Betha fort. »Alle Behörden hielten deinen Vater über zwanzig Jahre lang für tot, wahrscheinlich lange genug. Wenn das Ziel von Mundus Novus tatsächlich in ein paar Monaten erreicht ist, wie es Clive Grover behauptet hat, dann hätte dein Vater seine Aufgabe schon erfüllt.«

»Du vergisst eins«, entgegnete Kara in angespanntem Ton, »Sie haben versucht, mich umzubringen. Auf mich wurde geschossen. In den Kopf. Zweimal«, sagte er und zeigte, wie um seine Worte zu unterstreichen, auf die Narbe am Haaransatz.

Betha schüttelte den Kopf. »Auf dich wurde geschossen, das stimmt. Du hast erzählt, dass du vor Manas geflohen bist und versucht hast eine Zimmertür zu öffnen. Dann hast du gehört, wie jemand rief: *Halte den Jungen auf ...*«

»*Derschi maltschika*«, sagte Kara.

»Halte den Jungen auf. Der Mann hat nicht gesagt, *Erschieße den Jungen* oder *Töte den Jungen*. Und nach deinem Bericht hat Manas gerade in dem Moment geschossen, als du dich mit deinem ganzen Gewicht auf die Klinke fallen gelassen hast. Wo hätte die Kugel dich getroffen, wenn du stehen geblieben wärest?«, fragte Betha ganz ruhig.

Kara hatte das Gefühl, dass aus Weiß plötzlich Schwarz wurde. »In den Oberschenkel.«

* * *

In Jukka Ukkolas Kopf herrschte ein großes Durcheinander, und das, verdammt noch mal, war kein gutes Gefühl. Er saß schon seit Stunden im Arbeitszimmer seines Hauses, trank Amontillado und fragte sich verwundert, was am Tag zuvor eigentlich passiert war. Kati blickte ihn von den Wänden starr an, am liebsten hätte er die größten Poster berührt, vor allem das, auf dem seine Exfrau Shorts trug und mit der Harke in der Hand ihren Hintern direkt in die Kamera hielt. An der Südwand hingen die Bilder, auf denen sie besonders sexy aussah, da wagte er gar nicht erst hinzuschauen; er war ohnehin schon so spitz wie ein Schuljunge in der Umkleidekabine der Mädchen.

Im Prinzip hatte er natürlich begriffen, was geschehen war. Wie er erfahren hatte, wollte das Kabinett ihm all die Verbrechen anhängen, die von den Behörden bei den Ermittlungen zum Kabinett untersucht wurden. Daraufhin hatte er den Vorsitzenden mit seinen Kopien von Eeva Vanhalas Unterlagen erpresst und gezwungen, dafür zu sorgen, dass er zumindest nicht lange sitzen musste. Seine Beziehungen zum Kabinett waren somit endgültig abgebrochen. Und dann hatten ihm Kati und der verrückte Halbfinne Kara eine halbe Million Euro geboten und als Gegenleistung verlangt, dass er Vilmas Aufenthaltsort verriet und ihnen noch ein paar andere Gefallen tat. Und er hatte sich darauf eingelassen. In dem Moment war ihm der Tauschhandel vorgekommen wie ein Geschenk des Himmels, wie die Lösung für all seine Probleme.

Ukkola trank die Amontillado-Flasche aus und öffnete eine neue. Ein hervorragendes Preis-Leistungs-Verhältnis: Eine Dreiviertelliter-Flasche zwanzigprozentiger trockener Sherry kostete einen schlappen Zehner. Natürlich hatte er Geld, aber Tradition verpflichtete. Sein Vater war einmal in betrunkenem Zustand mit der Rechenmaschine die ganze Preisliste von Alko durchgegangen, um herauszufinden, in welcher Form Alkohol am billigsten verkauft wurde. Und der Sherry war nicht etwa irgendein Abwaschwasser. Die Arschlöcher im KRP-Hauptquartier wussten wahrscheinlich nicht mal, was Amontillado war, jedenfalls nicht dieser Nyman, dieser finnlandschwedische Nerzficker.

Erst später, als Kati und Leo Kara sein Haus längst verlassen hatten und sein Puls ruhiger schlug und er wieder normal denken konnte, war ihm klar geworden, was er angerichtet hatte: Seinen einzigen Trumpf, Vilmas Aufenthaltsort, hatte er verraten! Womit zum Teufel sollte er Kati jetzt erpressen? Sie hatte schon einen Vorschuss von hunderttausend Euro auf sein Konto überwiesen.

Auch das Verhalten des Kabinettsvorsitzenden ließ befürchten, dass es Probleme geben würde. Der Mann hatte ihn vor zwei Stunden angerufen und war ganz gegen seine sonstigen Gewohnheiten freundlich gewesen. Viel zu freundlich. Er hatte versichert, zusammen mit dem Generalstaatsanwalt alles in seinen Kräften Stehende zu unternehmen, damit die gegen Ukkola erhobene Anklage nicht zu einer Verurteilung führte, zumindest nicht zu einer Haftstrafe ohne Bewährung, aber auf keinen Fall zu einer langen Gefängnisstrafe. Ukkola hatte das Gefühl, schon am Galgen zu hängen, wenn auch der Strick noch nicht gespannt war, und es gab niemanden, der ihm einen Hocker unter die Füße schob.

Das Telefon klingelte einige Male, es dauerte eine Weile, bis das Geräusch in Ukkolas umnebeltes Hirn vordrang. Der Anrufer war Einars Eigims, ein lettischer Dealer, der zur Zeit dafür sorgte, dass man in den Helsinkier Nachtklubs die neuesten Designerdrogen bekam.

»Ich wollte dir nur sagen, dass jemand herumzieht und deine Memorysticks aufkauft. Der Kumpel hat hoch und heilig geschworen, du würdest nicht wieder zur Polizei zurückkehren.«

Ukkola war zwar betrunken, begriff aber, dass er sich jetzt Sorgen machen musste. »Wer? Wie sah er aus? Was hast du geantwortet?«

»Seinen Namen hat er nicht gesagt, er sah aus wie ein ganz normaler Finne. Ich habe natürlich die zehntausend genommen und ihm den Stick gegeben, und das haben angeblich auch ein paar andere Bekannte gemacht. Wer will dir Arschloch schon noch helfen, wenn du nicht mehr zur KRP zurückdarfst. Im Gegenteil, ich vermute, einige ... Kollegen werden in der nächsten Zeit mit dir etwas vertraulich besprechen wollen.« Eigims lachte schadenfroh und brach das Gespräch ab.

Der gelbbraune Amontillado gluckerte direkt aus der Flasche in Ukkolas Kehle. Noch eine neue Gefahr, die seine Zukunft überschattete, und auch die war äußerst ernst zu nehmen. Wenn das Kabinett alle Sticks an sich brachte, büßte er seine Lebensversicherung ein – danach wäre er Freiwild. Vielleicht ließe sich Kati leichter zur Rückkehr überreden, wenn er einen Neuanfang vorschlug, sie könnten beispielsweise nach Italien ziehen. Und er würde versprechen, sich zu ändern. Ukkola brach in ein abgehacktes Gelächter aus.

Als er bemerkte, dass er die Wand anstarrte, ohne etwas zu sehen, schreckte er hoch. Nun war er allmählich richtig besoffen. Ihm ging der Gedanke durch den Kopf, dass er wie sein Vater wurde. Aber ihm blieb noch etwas Zeit: Er trank erst den zweiten Tag, Vater hingegen hatte wochenlang gesoffen, bis er sich selbst aufknüpfte.

* * *

Leo Kara landete um 22:50 Uhr mit dem Airbus 321 der Austrian Airlines auf dem internationalen Flughafen von Wien. Während des Fluges hatte er nichts gegessen oder getrunken, sondern die ganze Zeit über Betha Gilmartins Behauptungen nachgedacht und die Ereignisse vor zwanzig Jahren bis hin zu seiner Schussverletzung ungezählte Male rekapituliert. Er glaubte jetzt, dass Manas möglicherweise tatsächlich auf seine Beine gezielt hatte. Das erschien sogar wahrscheinlich. Der Kirgise hatte in dem Moment abgedrückt, als er in der Fabrikhalle mit aller Macht die Türklinke nach unten drücken wollte. Und wenn alles genau so abgelaufen war, wie es der Plan der Angreifer vorsah, dann trug er keine Schuld am Tod seiner Mutter. Das tröstete ihn zwar, aber nicht ausreichend, er musste sich Gewissheit verschaffen. Vielleicht gelang ihm das schon am nächsten Tag, wenn er den Bekannten seines Vaters treffen würde.

Kara schreckte auf, als eine lächelnde Stewardess neben ihm stehen blieb. Erst jetzt bemerkte er, dass die anderen Passagiere die Maschine schon verlassen hatten.

Er holte seine alte Ledertasche unter dem Sitz hervor, hastete in die Ankunftshalle und erblickte Nadine, die genauso gestresst aussah wie bei ihrem letzten Treffen. Wangenküsse wurden nicht ausgetauscht.

»Ich habe Neuigkeiten, das erzähle ich dir unterwegs«, sagte Nadine und führte Kara zu ihrem Auto. Der über zehn Jahre alte VW Golf duftete nach Gewürzen und nach etwas anderem, das Kara nicht identifizieren konnte; er wusste, dass Nadine die Lebensmittel an hektischen Tagen mit ihrem eigenen Auto vom Großhandel holte. Kara überlegte fieberhaft, wie er ihr erklären sollte, dass er die Nacht in seiner eigenen Wohnung verbringen wollte. Allein.

Das Schweigen wurde erst gebrochen, als sie an der Anschlussstelle Ost auf die Autobahn fuhren. »Hast du das Angebot deines Vaters mit diesen chinesischen Arbeitskräften angenommen?«, erkundigte sich Kara.

Nadine schüttelte den Kopf. »Ich bringe es nicht fertig, jemandem zu kündigen. Zumindest nicht bei Annaliese und Walter. Ich weiß, dass du vor allem über Walters Faulheit lachst, aber sie arbeiten schon seit Jahren im Hansy. Sie haben mir in der schwierigen Anfangszeit geholfen und sind nicht gegangen, obwohl ich zuerst nicht mal imstande war, die Löhne rechtzeitig zu zahlen.«

»Und Bruno?«, fragte Kara.

»Mir muss irgendein anderer Weg einfallen, um diese Schadensersatzforderungen zu bezahlen.«

»Es könnte sein, dass ich doch bei der Beschaffung des Geldes helfen kann«, sagte Kara und dachte an die Summe auf Kati Soisalos Konto.

»Oder ich erpresse meinen Vater und hole mir so das Geld.« Nadine schaute Kara kurz an, als suchte sie bei ihm Zustimmung. »Ich habe Verbindung zu Marliese, Vaters Sekretärin, aufgenommen. Sie hat schon damals für Vater gearbeitet, als ich noch in meinem Elternhaus gewohnt habe.«

Kara hörte mit wachsendem Interesse zu, wandte den Blick aber nicht von der Straße ab, die bei einem Tempo von hundertvierzig Stundenkilometern an ihnen vorüberhuschte.

»Laut Marliese hat German Danilow, der seit Freitag tot ist, den Schmuggel von Menschen, von illegalen Arbeitskräften, nach Österreich und in andere Teile Europas organisiert. Aus Kamerun und China wurden zehntausende Menschen hierher gebracht und dann gezwungen, praktisch ohne Lohn zu arbeiten.«

»Meines Wissens war German Danilow für die Immobilienangelegenheiten von ... einer Organisation verantwortlich«, erwiderte Kara. »Dabei handelt es sich allerdings um einen riesigen Besitz.«

»Das stimmt nicht«, widersprach Nadine energisch und steuerte ihren Golf auf die Ausfahrt zum Stadtteil Praterstern. »Nach Ansicht von Marliese war Danilow nur ein Gehilfe, er musste Vater über alles berichten und hat garantiert nichts ohne dessen Erlaubnis getan. Sklaven haben sie nach Europa gebracht, verdammt ... Anton Moser ist ein noch größeres Schwein, als ich es mir vorstellen konnte. Und schon bald werden wir Beweise dafür haben. Marliese hat mir geraten, Kontakt zu einem der Opfer aufzunehmen, die in Vaters Villa gearbeitet haben, zu einer jungen Nigerianerin namens Joy. Sie ist schwanger und gestern von Vater rausgeschmissen worden.«

Kara schwieg eine Weile. »Warum will die Sekretärin deines Vaters dir helfen?«

»Weil Anton Moser ein Schwein ist, niemand hat seinem Treiben so lange zusehen müssen wie Marliese. Sie weiß auch alles darüber, wie Vater seinerzeit versucht hat, mich zur Abtreibung zu zwingen.«

Nadine parkte den Golf auf ihrem Platz neben dem Hansy. »Dieses Mädchen, Joy, wartet drinnen auf uns.«

Wenig später trat Kara durch die Schwingtür der Küche in den Saal der Gaststätte und erblickte die Putzfrau, die kehrte. Das Hansy hatte seine Pforten vor einer Viertelstunde geschlossen.

Kara folgte Nadine zum letzten Tisch am anderen Ende des großen Saales, an dem die klein gewachsene Joy Okoye mit ihren Rastalocken saß.

»Vielen Dank, dass du bereit warst, mich zu treffen. Und es tut mir leid …« Nadine zeigte auf Joys Bauch. »Damit meine ich, es tut mir leid, dass mein Vater dich gerade jetzt rausgeschmissen hat, und natürlich nicht, dass du schwanger bist.«

Joy Okoye lächelte einnehmend, das Eis war sofort gebrochen. »Wir mussten heute aus der Villa deines Vaters ausziehen.«

»Wir?«, fragte Nadine.

Joy stand auf, ging ans Fenster und deutete mit der Hand auf den Bürgersteig. Nadine und Kara traten neben sie und sahen einen dunkelhäutigen jungen Mann, der umgeben von Plastikbeuteln voller Kleidungsstücke auf dem Fußweg saß.

»Abedi ist der Vater meines Kindes. Er hat Anton Mosers Garten gepflegt und andere Arbeiten gemacht, alles, was er konnte«, erklärte Joy.

»Ach du lieber Himmel, weshalb sitzt er denn da draußen? Bitten wir ihn doch hereinzukommen«, sagte Nadine, ging zur Tür und öffnete sie.

Abedi, der durchgefroren aussah, betrat das warme Restaurant, und Nadine stellte ihm eine Tasse Tee hin, während Kara Joy half, die Plastiktüten hereinzutragen. Schließlich saßen alle vier an einem Tisch.

»Vermute ich richtig, dass ihr kein Nachtquartier habt?«, fragte Nadine und Joy nickte.

»Ihr könnt heute bei mir schlafen. Und warum nicht auch mehrere Nächte, wir versuchen eure Angelegenheiten zu regeln. Ich wohne hier über dem Lokal, ihr könnt das Fremdenzimmer nehmen.«

Joy war so dankbar und erleichtert, dass sie kein Wort herausbrachte. Sie nahm ihre Handtasche, die an der Stuhllehne hing, und holte einen dicken Stoß Dokumente heraus. »Das hier sind die wichtigsten Unterlagen deines Vaters. Er hat den AEM-Konzern und die Firmen, die AEM gehören, als Kulisse für seine Geschäfte mit dem Menschenhandel benutzt. Ihr solltet auch die anderen Unterlagen durchsehen, ich habe da nicht alles verstanden. In diesen Beuteln ist davon noch jede Menge.«

31

Montag, 10. Oktober

Leo Kara wachte im Schlafzimmer seiner Zweizimmerwohnung in der Engerthstraße auf, sah die Ziffern, die der Wecker an die Decke projizierte, und wurde sofort wieder in das Chaos geworfen, das in seinem Kopf herrschte. Genau so war er in der Nacht hochgeschreckt, als er sich im Traum an alles erinnert hatte. Unfassbar, dass seitdem erst eine Woche vergangen war.

Er richtete sich auf und schaute sich um, nun wurde ihm selbst klar, wie öde und trostlos diese Bude wirkte. Als wäre sie ein Beweis für die Leere in seinem ganzen Leben. Aber das würde sich schon bald ändern. Es war 10:48 Uhr, das Treffen mit dem Freund seines Vaters begann in etwa einer Stunde.

Kara ging duschen und stellte das Wasser so heiß ein, dass er es gerade noch aushielt. Zum Glück war Nadine am Vorabend damit beschäftigt gewesen, Joy und Abedi zu helfen, sodass er sich problemlos allein nach Hause absetzen konnte. Er hatte versprochen, die Unterlagen von Joy an die Behörden weiterzuleiten, das musste vor dem Treffen erledigt werden.

Er zog sich an, kochte Kaffee und holte aus der Speisekammer Knäckebrot und Sardinen in Tomatensoße. Dann setzte er sich auf den Hocker am Küchentisch und überlegte, wen er wohl in einer Stunde treffen würde. Zu wem hatte Vater Kontakt bekommen? Würde der Mann alles über die Ereignisse im Oktober 1989 wissen? Ihm fehlte die Geduld für ein geruhsames Frühstück, er ließ die Hälfte liegen.

Rasch packte er Joys Unterlagen in einen Koffer und sah ein, als er den Delsey anhob, dass er ihn nicht bis zur U-Bahn-Station schleppen konnte, die alte Kiste war so schwer wie ein Sack Steine. Er bestellte ein Taxi und rief gleich danach Anders Aasen an, den Pressesprecher des UNODC-Stabs. Nachdem der Norweger gehört hatte, dass Joy Okoyes Unterlagen nicht nur an das österreichische Bundeskriminalamt, sondern auch an den britischen SIS geschickt werden mussten, und dass es bei den Dokumenten um Enthüllungen ersten Ranges im Zusammenhang mit dem Menschenhandel ging, flehte Aasen ihn fast an, die Unterlagen weiterleiten zu dürfen.

Das Taxi wartete am Straßenrand, als Kara seinen Koffer aus dem Haus hinauszog. Nur mit Mühe schaffte er es, ihn in den Kofferraum zu hieven. Von seiner Wohnung bis zum Haupteingang der UNO-City fuhr man mindestens fünf Minuten. Anders Aasen stellte sich erstmal auf die Hinterbeine, als ihm klar wurde, was für eine Arbeit da auf ihn zukam, wenn er die Dokumente alle einscannen musste. Doch als Kara andeutete, dass der Fall bei den Medien großes Interesse finden würde, war Aasen wieder voller Eifer bei der Sache. Kara schämte sich fast.

Es war schon halb zwölf, deshalb fuhr Kara mit der Metro weiter bis zur Station Stephansplatz, Autos kamen auf den Straßen im Zentrum innerhalb der alten Stadtmauer zu allen Tageszeiten nur im Schritttempo voran. Vor der Domkirche St. Stephan spazierten auch an kühlen Werktagen im Oktober scharenweise Touristen umher, sicher wollte der Freund seines Vaters ihn deshalb gerade hier treffen.

Kara ging zu der riesigen Pforte, dem gewaltigen Haupteingang der mittelalterlichen gotischen Kathedrale, und steckte die Hände in die Taschen seiner Jeans. Er hatte keine Ahnung, auf wen er wartete. *Ich habe Kontakt zu einem Mann bekommen, der dir helfen kann*, hatte Vater geschrieben. Das war alles, was er wusste. Es waren noch drei Minuten bis Mittag.

»Leo Kara?«, fragte jemand, der sich aus einer Gruppe gelöst hatte und vor ihm stehen blieb. Der kleine, graubärtige Mann trug eine Brille mit Metallgestell und runden Gläsern und einen schmalkrempigen Hut aus Wollstoff. Kara war in seinem Leben schon genug Wissenschaftlern begegnet und erkannte deshalb, dass es sich um einen Kollegen seines Vaters handelte. Der Mann mit dem Hut sah so aus, als hätte er in seinem Leben keinen einzigen Tag körperlich gearbeitet und als wollte er lächeln, was er aber unter diesen Umständen schließlich doch für unpassend hielt. Kara reichte ihm die Hand.

»Mein Auto ist ganz in der Nähe, in der Tiefgarage am Hohen Markt«, sagte der Mann, ohne sich vorzustellen und ging los.

Kara lief ihm mit großen Schritten hinterher, bis er auf gleicher Höhe mit ihm war. »Wohin gehen wir? Hast du meinen Vater getroffen?«

Jetzt traute sich der Mann mit dem Hut zu lächeln. »Ich treffe ihn fast täglich«, antwortete er, schaute auf seine Armbanduhr und beschleunigte das Tempo. »Wir haben nur ein paar Stunden Zeit, und du musst einen ... noch einen Kollegen deines Vaters sehen. Er wagt es nicht, sich auf öffentlichen Plätzen zu zeigen, wir müssen die Stadt verlassen.«

Ein paar Minuten später stiegen sie die Treppe hinunter in die erste unterirdische Etage der Tiefgarage Hoher Markt. Der Mann bezahlte die Parkgebühr und schaute sich dann suchend um, bis er seinen Wagen geortet hatte.

Kara wunderte sich, dass die Garage mitten im Zentrum so leer war, man hörte weder die Geräusche von Autos noch Stimmen, nur seine Schritte und die des Mannes mit dem Hut. An der Tür zum Treppenhaus stand immerhin ein breitschultriger Mann, an der anderen Tür auch ...

Mitten in der Halle blieb Kara stehen, im selben Moment, als der Mann mit Hut auf einen Knopf an seinem Schlüsselbund drückte und die Blinklichter des Chrysler Voyager aufleuchteten. Kara fielen Bethas Worte ein: *Du wirst doch wohl nicht so blöd sein, eine derartige Nachricht ernst zu nehmen? Woher willst du wissen, wer sie geschickt hat? Hast du tatsächlich vor, in die Falle zu laufen …*

Kara rannte los, als die Schiebetür des Chrysler aufging und zwei groß gewachsene Kerle auf den Asphalt sprangen. Die Männer an den Türen zum Treppenhaus wandten sich ihm zu, da sie seine Schritte hörten – er hatte also mindestens fünf Verfolger. Kara erreichte die Fahrspur in der Mitte der Halle und sah die Rampe, die nach oben führte, und zwei Männer im Laufschritt, die ihm den Weg zum Ausgang versperren wollten. Ein kurzer Blick zu den Türen: Auch dort standen immer noch Wächter.

Er blieb stehen, machte kehrt und sprintete zu der Rampe, die nach unten führte. Kara rannte, was seine Beine hergaben, und raste auch im zweiten unterirdischen Stockwerk weiter. In der dritten Etage zögerte er, Treppe oder Aufzug? Er musste das Erdgeschoss auf Straßenhöhe erreichen, bevor seine Verfolger alle Ausgänge besetzt hatten. Hastig betrat er den nächstgelegenen Aufzug und hämmerte keuchend auf den Knopf, bis sich die Tür schloss. Dann stützte er die Hände auf die Knie und atmete gierig ein, sein Herz dröhnte, er hatte einen gallebitteren Geschmack im Mund und ließ seiner Wut freien Lauf.

Kara ballte die Fäuste, bevor der Fahrstuhl anhielt. Die Metalltüren glitten auf und … er schaute in die leere Parkhalle – weit und breit kein Mensch. Man hörte das Rauschen des Verkehrs auf der Sterngasse. Er stürmte los zum Ausgang, hielt aber inne, weil ein Automotor aufheulte. Als er sich umwandte, erblickte er den Chrysler zwanzig Meter vor sich, der Wagen beschleunigte. Plötzlich packte ihn eine Hand an der Schulter, und er spürte einen stechenden Schmerz im Genick. Kara drehte den Kopf, sah den Mann mit Hut und stürzte zu Boden. In seinem seitlichen Kopfmuskel steckte eine Kanüle.

Dann begann eine siebenstündige Fahrt nach Liechtenstein.

* * *

Kati Soisalo schnaufte wie ein Stier, ihr Atem rasselte und der Puls raste mit etwa hundertsechzig. Der Schweiß brannte in den Augen und die Fußgänger beobachteten sie schon, als sie vor dem Hotel Ramada auf der Weserstraße in Frankfurt stehen blieb. Sie war auf der Uferstraße am Main in Richtung Osten gelaufen, bis ein Industriegebiet die Landschaft verschandelte, dann hatte sie den Fluss auf der Flößerbrücke überquert, war am Südufer bis zur Friedensbrücke und anschließend am Nordufer zurück zu ihrem Hotel gelaufen. Joggen oder Gehen, überhaupt frische Luft wirkte wie eine Droge auf das Gehirn.

Sie berührte die Narbe an ihrem Kopf. Das war seit zwei Monaten ihr erster Lauf in voller Länge. Sie hätte es ruhiger angehen sollen. Um sich zu vergewissern, dass die Poulsens nicht angerufen hatten, holte sie das Handy aus der Tasche der Laufhose, die sie am Vormittag bei Escada gekauft hatte. Es war kurz vor drei Uhr nachmittags. Sie fürchtete, dass sie bei ihrem Treffen mit Helena Poulsen am Vortag zu nachgiebig gewesen war. Verdammt, warum hatte sie gesagt, sie wolle bei Vilmas Übergabe nicht zur Eile drängen? Sie hatte doch solche Sehnsucht nach ihrer Tochter, dass es wehtat. Wie lange musste sie noch warten?

Nach der Dusche ließ sie sich in ihrem Hotelzimmer aufs Bett fallen und öffnete eine Flasche Wasser. Sie fühlte sich ausgezeichnet, alles in ihr hatte nun seinen richtigen Platz gefunden, die Probleme waren auf normale Ausmaße geschrumpft. Das Wichtigste war ihr gelungen, sie hatte Vilma gefunden. Alles andere war mehr oder weniger belanglos und lediglich eine Frage der Feineinstellung. Sie hielt es für selbstverständlich, erst dann wieder mit der Arbeit zu beginnen, wenn Vilma sich zu Hause eingelebt und von ihren schrecklichen Erfahrungen erholt hatte, egal, wie lange das dauern würde, ein halbes oder ein ganzes Jahr, zwei ... Geld hatte sie genug.

Nicht einmal der Gedanke an den von Ukkola inszenierten Prozess konnte ihr die Stimmung verderben. Da sie nicht vorbestraft war, würde sie auf jeden Fall mit einer Bewährungsstrafe von höchstens anderthalb oder zwei Jahren davonkommen. Und sie brauchte auch keine Angst mehr zu haben, dass Ukkola das Urteil ausnutzte und einen neuen Streit um das Sorgerecht für Vilma vom Zaun brach. Es war ein himmlisches Gefühl, zu wissen, dass Jukka Ukkola nicht Vilmas Vater war. Von jetzt an hatte dieser Psychopath nichts mehr in ihrem und Vilmas Leben zu suchen, überhaupt nichts. Sobald sie nach Finnland zurückgekehrt war, würde sie Klage einreichen, damit Ukkolas Vaterschaft aufgehoben wurde.

Ihr Handy auf dem Nachttisch klingelte und sie griff danach wie ein Schlangenbändiger.

»Ich bin in der Kanzlei von Dr. Harald Weber in der Westendstraße 41«, sagte Helena Poulsen mit ruhiger Stimme. »Ich habe unsere Situation mit meinem Anwalt besprochen, und wir möchten dich jetzt treffen. Wie schnell kannst du hier sein?«

Viele Fragen schwirrten Kati Soisalo durch den Kopf. Hatten die Poulsens doch die Absicht, einen Streit um Vilma anzufangen, dann müsste sie auch einen Juristen einschalten ... »Ich bin in einer halben Stunde da«, antwortete sie und stürzte ins Bad.

Vierundzwanzig Minuten später stand Kati Soisalo im Foyer einer Frankfurter Anwaltskanzlei und bemerkte im Spiegel, dass ihr Gesicht vom Joggen immer noch gerötet war, genau wie die Narbe, die vom kurzen Haar nicht richtig verdeckt wurde. Ihr ungeschminktes Gesicht und das enge Hemd sorgten dafür, dass sie einen strengen, harten Eindruck machte. So möchte ich nicht vor Gericht auftreten, dachte sie. Zumindest nicht als Angeklagte.

Die gestresste Sekretärin hängte Kati Soisalos Mantel an die Garderobe und führte sie in das Besprechungszimmer, wo Helena Poulsen neben einem rundlichen Mann mit großen Augen saß, der sympathisch wirkte. Sie gab Dr. jur. Harald Weber die Hand und nahm Platz. Weber schlug vor, Englisch zu sprechen, und niemand hatte etwas dagegen. Kati Soisalo beschloss, nicht zu erwähnen, dass sie Juristin war; vielleicht hatte Helena Poulsen dem Anwalt ihren Beruf schon genannt, oder eben nicht. Sie hoffte, dass diese Begegnung wie ein Gespräch in ruhiger Atmosphäre verlief.

»Sie haben keinen Juristen mit?«, erkundigte sich Weber.

Kati Soisalo schüttelte den Kopf. »Ich glaube nicht, dass ich einen benötige«, antwortete sie und bemerkte, dass Weber überrascht war.

»Es ist am besten, wenn wir sofort zur Sache kommen«, erklärte Dr. Weber. »Auseinandersetzungen, bei denen es um Kinder geht, sind selten einfach oder angenehm, man sollte also versuchen, gelassen zu bleiben und die Gefühle im Zaum zu halten. Frau Poulsen hat mich soeben über die Situation unterrichtet. Ich bin alle Dokumente durchgegangen, die Vilma Poulsen betreffen, und habe diesbezüglich keinerlei Mängel gefunden. Die Eingliederung Vilmas in ihre neue Familie bei den Poulsens wurde von Paris aus durch die auf internationale Adoptionen spezialisierte Firma Child Alliance organisiert, die ...«

»Eine Tarnkulisse der albanischen kriminellen Organisation Veliki ist«, sagte Kati Soisalo.

Dr. Weber starrte sie an wie eine Geisteskranke und fuhr dann fort: »... die Vilmas Adoption ausgezeichnet dokumentiert hat. Von beiden biologischen Elternteilen Vilmas, sowohl von Ihnen als auch von Ihrem Exmann Jukka Ukkola, liegt eine schriftliche Zustimmung zur Adoption vor ...«

»Was willst du damit sagen, verdammt!«, schrie Kati Soisalo wutentbrannt. »Vilma wurde in Dubrovnik entführt. Was für eine schriftliche Zustimmung?«

Dr. Weber schaute Helena Poulsen kurz an und runzelte verwundert die Stirn. Dann reichte er Kati Soisalo zwei Dokumente. Es sah so aus, als würde er darauf achten, ihr nicht zu nahe zu kommen.

Kati Soisalos Deutschkenntnisse waren nur mittelmäßig, aber ihr wurde sofort klar, dass sie ein Blatt in der Hand hielt, auf dem sie selbst der Freigabe Vilmas zur Adoption zugestimmt hatte. Wie war das möglich? Sie konnte es nicht begreifen, egal wie lange sie auf den Text starrte. Auf dem anderen Blatt, das ihrem genau entsprach, las sie Jukka Ukkolas Unterschrift. Sie fühlte sich plötzlich ganz schwach. Ihr Gesicht wurde eiskalt. »Ich habe dieses Dokument nicht unterschrieben.«

Dr. Weber verzog den Mund, schob die Lesebrille auf die Nasenspitze und schaute Kati Soisalo vorwurfsvoll an. »Sie haben in verbindlicher Weise auf all Ihre Rechte in Bezug auf Ihr Kind verzichtet. Ich halte es für äußerst unverschämt, dass Sie drei Jahre nach Ihrer Entscheidung über die Adoption im Leben der Poulsens auftauchen und mitteilen, sofern ich das richtig verstanden habe, Sie möchten Ihr Kind zurückhaben. Ich weiß nicht, was hinter Ihrer Aktion steckt, aber ich habe mich bei einem Kollegen in Helsinki kundig gemacht und erfahren, dass Sie auch in Finnland gewisse Probleme mit den Behörden haben.

Kati Soisalo war wie vor den Kopf geschlagen und brachte keinen Ton heraus.

Dr. Weber fuhr in seiner Standpauke fort: »Vilma Poulsen hat sich perfekt in ihre neue Familie und ihren neuen Lebenskreis integriert, dank der aufopferungsvollen Bemühungen ihrer neuen Eltern. Sie ist heute ein ausgeglichenes und gesundes Mädchen, besucht eine internationale Kindertagesstätte und beschäftigt sich mit ...« Er nahm die Lesebrille von der Nase und machte eine kleine Pause. »Ich fürchte, ich muss die Behörden über Sie und Ihr Verhalten informieren, sofern Sie nicht glaubhaft versichern, dass dies eine Art ... Missverständnis ist.«

Kati Soisalo schüttelte den Kopf, vergrub ihr Gesicht in beiden Händen und brach in ein verzweifeltes Gelächter aus.

32

Montag, 10. Oktober

Alan Beckley hätte sich am liebsten übergeben, als er das Gefängnis von Belmarsh verließ. Nicht weil ihm schlecht gewesen wäre, sondern weil er unverzüglich alles loswerden wollte, was mit seinen vierhundertsechzehn Tagen als Häftling verbunden war. Auch in seinen Zivilsachen hing der widerliche, deprimierende Geruch von Belmarsh, nachdem sie anderthalb Jahre in der Kleiderkammer des Gefängnisses gelegen hatten.

Das Taxi wartete, er stieg ein und forderte den Fahrer auf, zum Bad Porchester Spa zu fahren, das war die einzige Anweisung, die auf dem Zettel stand. Beckley hatte große Lust, jemanden umzubringen, am liebsten alle Wächter von Belmarsh. Er würde für den ganzen Rest seines Lebens die Hände dieser Sadisten auf seinem Körper spüren, als sie ihn nach versteckten Waffen abtasteten, und vor seinem geistigen Auge sehen, wie sie ihn eine Handbreit von seinem Gesicht entfernt anbrüllten und das Maul dabei so weit aufrissen, dass die flatternden Mandeln zu erkennen waren und Speichelspritzer auf ihn herabregneten. Schon allein der Gedanke widerte ihn an.

Er war ein geachteter Wissenschaftler gewesen, Direktor im Surrey Space Centre, Doktor der Weltraumrobotik. Doch dann hatte sein beschränkter Nachbar, ein Innenarchitekt, der Polizei weitergetratscht, er misshandele seine Frau und deren Kinder. Misshandeln! Lächerlich. Das hatte man davon, wenn man in eine Gegend zog, deren Bewohner keine Ahnung hatten, was Disziplin bedeutete. Jeder, der in den sechziger Jahren seine Kindheit, so wie er, in einer privaten Internatsschule verbracht hatte, wusste, dass Jungen nur im Takt der Schläge mit dem Riemen oder Stock zu Männern wurden.

Natürlich interessierte es Beckley, was passiert war; warum hatte man sein Urteil plötzlich aufgehoben, obwohl die Behandlung des Falles auch in den Berufungsinstanzen längst abgeschlossen war? Der Gefängnisdirektor hatte nur gesagt, es sei so entschieden worden.

Er holte den zerknitterten Zettel aus der Hosentasche, auf dem in Großbuchstaben geschrieben stand: Porchester Spa Bad 10.10. 15:00. Der Handschrift nach sah das so aus, als hätte es ein Kind gekritzelt, obwohl der Text keine Schreibfehler aufwies. Der Durchschnittshäftling von Belmarsh war der lebendige Beweis für das Versagen des öffentlichen Schulsystems. Oder hatte einer der Wächter den Zettel in seine Zelle gesteckt?

Das Taxi bog von der Porchester Road in den Queensway ein und hielt vor dem Bad an. Beckley drückte dem Fahrer einen Fünfzig-Pfund-Schein in die Hand, nahm seine Schultertasche und wartete nicht auf das Wechselgeld. Er wollte jedes einzelne Molekül abwaschen, das sich in Belmarsh auf seiner Haut festgesetzt hatte.

Derjenige, der ihn hierher dirigiert hatte, musste ein Mensch mit einem Sinn für Stil sein, fand Beckley, als er das hundert Jahre alte, unter Denkmalschutz stehende Gebäude im Art-déco-Stil betrat. Er kaufte in dem Geschäft im Foyer eine Badebürste, registrierte überrascht, wie teuer der Eintritt war, ging in den Umkleideraum der Männer und riss sich die durch das Gefängnis verseuchten Sachen vom Leibe. Das Bad war in der Tat gut ausgestattet, es gab mehrere Dampfbäder und Saunen: russische, türkische und auch eine finnische. Aber zuerst würde er sich waschen.

Im Duschraum seifte sich Beckley ein und bürstete seine Haut wie besessen, es dauerte eine Viertelstunde, bis er genug hatte. Sein Körper war feuerrot und brannte, als würden Minusgrade herrschen. Jetzt fühlte er sich schon ein wenig besser, ein bisschen sauberer. Er beschloss, zuerst einen Abstecher in die türkische

Sauna zu machen. Die öffentlichen Schwimmbecken reizten ihn nicht sonderlich, garantiert hatte irgendein Primitivling ins Wasser gepinkelt.

Im türkischen Dampfbad war viel Platz. Beckley hatte sich kaum hingesetzt, da ließ sich der glatzköpfige, dickbäuchige und am ganzen Körper behaarte Mann, der nach ihm hereingekommen war, neben ihm nieder. Beckley wollte ein Stück weiter wegrücken, erstarrte aber, als der Fremde den Schlüssel einer Umkleidekabine neben seinen Fuß legte. Niemand anders schien die Handbewegung bemerkt zu haben. Es vergingen mehrere Minuten, dann wandte sich der Mann ihm zu, sagte mit ruhiger, leiser Stimme: »Nimm den Schlüssel und leg deinen auf den Boden«, und verließ das Dampfbad.

Beckley starrte ihm hinterher und überlegte. Sollte er dem Mann gehorchen oder ihn beim Personal melden oder sich weiter reinigen, als wäre nichts geschehen. Doch die Neugier behielt die Oberhand, das musste irgendwie mit seiner überraschenden Freilassung zusammenhängen.

Er beugte sich vor, nahm den Schlüssel und legte seinen an dessen Stelle. Im selben Augenblick ging die Tür auf und herein trat sein Spiegelbild. Der Mann war ihm wie aus dem Gesicht geschnitten, allerdings schien er ein, zwei Zentimeter größer zu sein. Beckley brauchte nur eine Sekunde oder zwei, dann begriff er, worum es sich handelte – jemand hatte die Absicht, seine Rolle zu übernehmen. Der Doppelgänger setzte sich neben ihn, schaute sich kurz um, hob den Schlüssel auf und ging hinaus. Beckleys Neugier wurde noch größer. Er verließ das Dampfbad.

Es dauerte eine Weile, bis er herausfand, dass sich der Schrank, zu dem der Schlüssel des behaarten Mannes passte, nicht in dem Umkleideraum befand, in dem er seine Sachen gelassen hatte. Er steckte den Schlüssel in das Schloss des Schrankes mit der Nummer 52, zog die Tür auf und erblickte Schuhe, einen Satz Kleidungsstücke und einen kleinen Koffer.

Beckley öffnete ihn und nahm eine Plastikmappe heraus, die einen Pass, ein Flugticket London-Zürich, Abflug am selben Tag 17:55 Uhr, ein Bündel Geldscheine und ein Handy enthielt, das eingeschaltet war. Auf dem Display las er: *1 neue Nachricht.*

Wir haben dafür gesorgt, dass Sie frei sind, aber Ihre Situation kann sich ändern. Wir bieten Ihnen eine Alternative: eine Arbeitsmöglichkeit im Zusammenhang mit Ihrem Spezialgebiet sowie ein ansehnliches Honorar für die Leitung eines Forschungsprojekts mit einer Laufzeit von ca. sechs Monaten.

Beckley warf einen Blick in den Pass und wunderte sich über sein Foto. Wie zum Teufel hatten die sich das beschafft? Jobangebote würde er woanders nicht bekommen, das war so sicher wie das Amen in der Kirche. Die Boulevardblätter hatten über seine Verurteilung Schlagzeilen fabriziert, von denen eine hemmungsloser war als die andere: »Sadistischer Wissenschaftler folterte Kinder« und so weiter und so fort. Ihm war sehr wohl klar, dass dieses in der SMS erwähnte Projekt wahrscheinlich gegen Gesetze verstieß, doch sofern das Honorar stimmte, kümmerte ihn das nicht. Das Urteil über ihn war ohnehin längst gefällt.

* * *

Kati Soisalo wachte abends um halb neun in ihrem Hotelzimmer auf. Sie konnte sich nicht erinnern, wann sie das letzte Mal tagsüber geschlafen hatte. Allerdings war sie nicht vor Müdigkeit eingeschlafen, sondern durch das rezeptpflichtige Schmerzmittel, das sie nehmen musste, als die Kopfschmerzen unerträglich geworden waren. Auch der Schlaf hatte ihr nicht geholfen, all dem zu entfliehen, was in der Kanzlei von Dr. Weber geschehen war, es hatte sie bis in ihre Träume verfolgt. Diese Reise brachte ganz offensichtlich mehr Schwierigkeiten mit sich als erwartet, aber darauf pfiff sie. Sie hatte Vilma gefunden.

Jetzt musste sie entscheiden, was als nächstes zu tun war: Sollte sie einen Frankfurter Anwalt engagieren oder erst versuchen herauszufinden, wie Dr. Weber in den Besitz eines Dokuments mit ihrer Zustimmung zu Vilmas Adoption gelangt war.

Nachdem sie geduscht, ihre Haare getrocknet und sich angezogen hatte, blieb sie bei einem Bericht des Nachrichtenkanals CNN hängen, in dem einmal mehr das Chaos in den USA durch die Zerstörung der Nachrichtensatelliten und die Unglücksserie mit vielen Todesopfern behandelt wurden. Der Sprecher von Präsident Obama versicherte, man werde alle erdenklichen Anstrengungen unternehmen, um den Fall aufzuklären und ähnlichen Katastrophen vorzubeugen.

Es war schon nach neun Uhr, sie musste losgehen, sonst schlossen die Restaurants ihre Küchen. Wo würde sie ein ruhiges Lokal finden, in dem man zu Abend essen konnte und auch noch etwas anderes hörte als den Verkehrslärm? Sie erinnerte sich, am Vortag in Westend Schilder gesehen zu haben, die den Weg zu Gaststätten im Park wiesen. Um die Staufenstraße würde sie jedoch einen großen Bogen machen. Sie wollte weder Vilma noch den Poulsens versehentlich über den Weg laufen. Die nahmen womöglich noch an, sie spionierte ihnen nach.

Kati Soisalo schaltete den Fernseher aus, warf einen Blick zum Fenster hinaus und zog den Mantel über. Plötzlich surrte das Kartenschloss der Tür und herein trat ein Mann, dessen Aussehen und Verhalten alles Erforderliche über den Zweck seines Besuches verrieten.

* * *

»Wie klappt die Observierung von Alan Beckley?«, fragte Betha Gilmartin die junge Colleen Carter.

»Das ist unsere geringste Sorge. Das Staatliche Kommunikationshauptquartier verfolgt ihn mit Hilfe von Satelliten, in seiner Kleidung und seinen persönlichen Gegenständen befinden sich mehrere GPS-Sender mit PPS-Standard. Und der MI5 hat auf Beckley drei Teams mit je vier Mann angesetzt. Der kann nicht verschwinden.«

Betha Gilmartin antwortete nicht. Sie schaute zu den Mitarbeitern der Übersetzerabteilung hin, zwei Männern und drei Frauen, die das von Leo Kara aus Wien geschickte Material so schnell wie möglich durcharbeiteten. Der große Besprechungstisch war mit Unterlagen vollgepackt.

»Hier sind jede Menge englischsprachige Dokumente«, sagte die Übersetzerin, die am frustriertesten wirkte, und warf ein paar Blätter in Richtung der drei SIS-Mitarbeiter auf der anderen Seite des Tisches. Am Nachbartisch saßen fünf SIS-Experten, die auf die Prüfung von Wirtschaftsdaten und finanziellen Transaktionen spezialisiert waren.

Betha Gilmartin schaute auf ihre Armbanduhr und klopfte mit der Faust auf den Tisch der Übersetzer. »Ich brauche eine vorläufige Zusammenfassung.«

Die älteste der fünf Philologen, eine grauhaarige Frau in einer selbst gestrickten Wolljacke, setzte die Lesebrille ab und rieb sich den Nasenrücken. »Bei diesen Unterlagen gibt es keine Interpretationsprobleme. Der AEM-Konzern betreibt oder leitet einen äußerst umfangreichen Menschenhandel, oder vielleicht sollte man es Sklavenhandel nennen. Sie haben überall in der Welt ... Sammelstellen, die größten in Douala in Kamerun, in Xi'an in China, in Kuala Lumpur in Malaysia und auf den Philippinen in Manila. Eine Zusammenfassung mit der Anzahl der Menschen habe ich noch nicht gefunden ...«

Ein junger Übersetzer unterbrach sie: »Aber ich. Im letzten Jahr wurden aus China mindestens 459 879 Menschen zur Zwangsarbeit in die westlichen Länder geschickt, und in Afrika handelten die Firmen des AEM-Konzerns mit mindestens 679 226 Sklaven. Über die Hälfte der Afrikaner wurden allerdings auf dem eigenen Kontinent verkauft.«

Betha Gilmartin verdaute das Gehörte kurz. »Und von welchen Beträgen reden wir hier?«

»Was den Sklavenhandel angeht, handelt es sich um hunderte Millionen Dollar«, antwortete einer der Wirtschaftsermittler des SIS. »Es wird allerdings einige Zeit in Anspruch nehmen, diese Summen aufzuschlüsseln, sie enthalten auch Einkünfte aus anderen Quellen als dem Menschenhandel.«

»Und die Ausgaben? Wofür hat AEM das Geld verbraucht?«, drängte Betha Gilmartin.

Jetzt war ein Wirtschaftsermittler in Anzug und Weste an der Reihe: »Für hunderte Millionen wurde Weltraumtechnologie gekauft. In den Unterlagen findet man jede Menge bekannte Namen: Lockheed Martin, Dassault Aviation, EADS, Finmeccanica, Thales Group, Boeing, BAE Systems ... Der AEM-Konzern hat Dutzende, vielleicht sogar hunderte Forschungsprogramme der Spitzentechnologie finanziert, zusammen mit der DARPA der USA und mit den für Forschungsprojekte zuständigen Einrichtungen der Verteidigungsministerien auch anderer Länder: Russland, China, Japan, Schweden, Großbritannien ...«

Ein weiterer Wirtschaftsermittler antwortete auf Betha Gilmartins Frage: »Bis letzten August hat AEM eine gewaltige Summe für den Kauf seltener Metalle und Elemente aufgewendet: Iridium, Indium, Kobalt, Germanium, Beryllium, Neodym, Molybdän ... Alles, was in Erzeugnissen der Spitzentechnologie, in der Weltraum- und Militärtechnologie der Zukunft gebraucht wird.«

Genau darauf hatte Betha Gilmartin gewartet – auf hieb- und stichfeste Beweise. Sie wusste schon einige Zeit, dass Mundus Novus jahrelang seltene Metalle und Elemente in seinen Besitz gebracht hatte, und jetzt stand fest, wie das geschehen war: mithilfe des AEM-Konzerns. Dieses Unternehmen war die Fassade von Mundus Novus, gewissermaßen der Geschäftsträger. Der AEM-Konzern und Mundus Novus waren zwei Seiten einer Medaille.

Das brachte sie ganz aus der Fassung. »Wie zum Teufel ist das möglich? Warum hat bisher niemand AEM und Mundus Novus miteinander in Verbindung bringen können?«

Der Ermittler in Anzug und Weste zuckte die Achseln. »Das ist nicht weiter verwunderlich, diese ganze Konstruktion ist genial. AEM hat all seine Geschäftsoperationen über hunderte oder tausende in Steueroasen registrierte Unternehmen, Stiftungen und Briefkastenfirmen abgewickelt, und ich bin mir nicht sicher, ob sich selbst aus diesen vorliegenden Beweisstücken ein Paket schnüren lässt, das im Gerichtssaal Wirkung zeigt.«

Betha Gilmartin wollte gerade ihre Untergebenen anbrüllen und zu mehr Tempo auffordern, da blieb Colleen Carter neben ihr stehen und reichte ihr ein Blatt Papier.

»Die Russen ... der FSB hat uns Informationen geschickt. Die Namen einiger Dutzend Leute, von denen der FSB glaubt, dass sie irgendwie mit Mundus Novus zu tun haben. Sie bitten als Gegenleistung um unsere Informationen über Mundus Novus.«

Betha Gilmartin lachte. »*In their dreams*. Nützen uns ihre Angaben?«

»Das wird gerade geklärt.«

»Wir antworten den Russen erst, wenn wir wissen, ob die Namensliste echt ist. Man sollte nicht die Katze im Sack kaufen.«

* * *

Der Mann, der ins Hotelzimmer getreten war, hielt die Waffe routiniert in der Hand und sagte kein Wort, während er Kati Soisalo bedeutete, sich aufs Bett zu setzen und seinem Komplizen mit einem Kopfnicken befahl, die Tür zu schließen.

Kati Soisalo starrte den Mann an, die zusammengewachsenen schwarzen Augenbrauen, der muskulöse Kiefer, die Bartstoppeln, die fast das ganze Gesicht bedeckten. Dazu sein hasserfüllter Blick. Solche Angst hatte sie seit dem Tag nicht mehr gehabt, als sie Vilmas weggeworfene Puppe Saara im Gebüsch des Parks in

Dubrovnik gefunden und begriffen hatte, dass ihre Tochter verschwunden war. Laut Paranoid galt die albanische Mafia als eine der brutalsten, wenn nicht die brutalste ethnisch-kriminelle Organisation weltweit. Jetzt hatte sie wieder etwas zu verlieren – Vilma.

»Du weißt vermutlich, warum ich hier bin«, sagte der Mann auf Englisch.

»Ihr seid Albaner, gehört zur Gruppe Veliki. Zu den Tieren, die Kinder produzieren und verkaufen«, fauchte Kati Soisalo, ehe sie nachdenken konnte.

Der Mann mit der langen Augenbraue verzog keine Miene. »Wir machen auch noch viele andere Dinge. Alles, was einträglich ist, in ganz Europa und auch darüber hinaus.«

Kati Soisalo glaubte ihm. Schon der Gedanke daran, was diese stechenden schwarzen Augen alles gesehen hatten, tat weh, jede Menschlichkeit war in ihnen längst gestorben.

»Ich kann nicht zulassen, dass du den Poulsens das Mädchen wegnimmst ...«

Kati Soisalo unterbrach den Albaner: »Dieses Mädchen ist mein Kind.«

Die Miene des Mannes wirkte nun noch bedrohlicher, er beugte sich vor. »Ich verhandle über meine Entscheidungen mit niemandem, und du bist keine Ausnahme. Ich habe den Poulsens mein Wort gegeben, dass sie das Mädchen bekommen, und der Händedruck eines Albaners bedeutet mehr als irgendeine Unterschrift. *Shqiptari kur jep fjalën, ther djalën*«, sagte er. »Wenn ein Albaner sein Wort gibt, dann verliert er lieber seinen Sohn, als es zu brechen.«

Kati Soisalo rührte sich nicht und starrte auf ihre Schuhe. Erwartete dieser Irre tatsächlich, dass sie auf ihre Tochter verzichtete, nur weil eine albanische Mafiagruppe es befahl?

»Du bist nicht die erste Mutter eines entführten Kindes, der es gelungen ist, uns auf die Spur zu kommen. Wir wissen genau, wie man in solchen Situationen vorgehen muss. Noch niemand hat sein Kind vor Gericht zurückgefordert oder uns bei der Polizei angezeigt, du verstehst sicher, warum. Schon bei einem ersten Fall würden die Behörden Kenntnis von unserem Namen erlangen, also wird es einen ersten Prozess niemals geben. Dein Fall lässt sich allerdings noch einfacher erledigen, weil die Unterlagen auf geradezu vorbildliche Weise in Ordnung sind.«

Man sah Kati Soisalo ihre Verwirrung an, als sie aufschaute und den Albaner anblickte.

»Es ist gar nicht so selten, dass wir von einem der beiden Elternteile des Kindes, das verkauft werden soll, Unterstützung erhalten. Und manche treten uns ihr Kind gegen eine Geldsumme vollkommen freiwillig ab. Dein Mann hat den Verkauf eures Kindes vereinbart, er hat für die Adoptionsunterlagen auch deine Unterschrift besorgt und ...«

»Er ist nicht mein Mann. Und ich habe nichts unterschrieben.« Kati Soisalo konnte nur den Kopf schütteln, so absurd war die Situation. Jukka Ukkola hatte Vilma verkauft, er hatte ihr Kind verkauft.

»Wenn die Gültigkeit deiner Unterschrift vor Gericht geklärt werden müsste, dann würde dein Mann bezeugen, dass sie echt und das Original ist. Aber wie ich bereits sagte, auch dieser Fall wird nie vor Gericht kommen.«

Das konnte doch nicht sein! Kati Soisalo spürte, wie die Verzweiflung ihren Kopf lähmte. Ihre Augen wurden feucht. Sie breitete die Arme aus. »Was willst du von mir?«

»Ich mache ein Angebot, dass du ablehnen kannst«, antwortete der Albaner und richtete die Mündung seiner Waffe auf ihre Stirn. »Das ist die eine Alternative. Die andere besteht darin, dass du nach Hause zurückkehrst und deine Tochter vergisst. Schaff dir einfach anstelle des Mädchens ein neues Kind an, anscheinend bist du noch im geeigneten Alter.«

»Alles klar. Abgemacht«, erwiderte Kati Soisalo und stand auf.

Sie wollte diesen Mann loswerden. Es war sowieso egal, was sie mit diesen Bestien vereinbarte. Der Albaner steckte die Waffe in den Hosenbund, erhob sich und reichte ihr die Hand.

»Ich muss wissen, mit wem ich die Vereinbarung treffe«, sagte Kati Soisalo.

»Selami«, antwortete der Albaner und ergriff ihre ausgestreckte Hand.

33

Montag, 10. Oktober

Leo Kara wachte mit bohrenden Kopfschmerzen auf, öffnete die Augen und fluchte. Wieder eine Zelle. In dem wenige Quadratmeter großen fensterlosen Raum mit Betonwänden befanden sich eine schmale Pritsche, auf der er lag, ein Metallstuhl, ein WC-Sitz und eine Stahltür, deren Spion ihn anstarrte wie das Auge eines Zyklopen. An der gegenüberliegenden Wand ragte ein kleiner Betonvorsprung hervor, auf dem eine Wasserkanne, ein Stapel Pappbecher und eine kleine Tischlampe standen. Es fiel ihm schwer, an etwas anderes zu denken als daran, dass er hier raus wollte. In Löchern wie dieser Gefängniszelle drehte er durch, das hatte er schon oft genug erlebt. Kameras waren nicht zu sehen, deshalb beschloss Kara, den Leuten, die ihn hier eingesperrt hatten, mitzuteilen, dass er wach war. Er stand auf, aber seine Beine versagten, er sackte zurück auf die steinharte Pritsche. Ihm blieb nichts anderes übrig, als eine Weile Kräfte zu sammeln. Erst jetzt bemerkte er, wie hungrig er war. Es dauerte einige Minuten, bis er auf die Beine und bis zur Tür kam. Er hämmerte ein halbes Dutzend Mal an die Stahltür und legte sich wieder hin, weil er sich schlapp fühlte. Dann waren auf dem Flur Schritte zu hören, mindestens zwei Menschen näherten sich …

Kara wäre gern zur Tür gestürmt, möglicherweise hätte er flüchtig ein Stück der Außenwelt gesehen, etwas, womit er sein Gefängnis auf der Karte einordnen könnte, aber dafür reichten seine Kräfte nicht. Die Zellentür öffnete sich und sein Vater trat herein. Hinter ihm wurde die Tür verschlossen.

Aleksi Kara lächelte. Vater hatte sich offensichtlich verblüffend wenig verändert. Leo Kara musste schlucken.

»Ich werde lieber gar nicht erst fragen, wie es dir geht. Ich weiß, dass du es mit der Kopfverletzung und den anderen ... Symptomen schwer hast«, sagte Aleksi Kara, stellte den Stuhl ans Fußende der Pritsche und setzte sich.

»Und du, bist du gesund?«, erkundigte sich Kara, da ihm nichts anderes einfiel. Er starrte seinen Vater an, als fürchtete er, dass er jeden Moment wieder verschwinden könnte. Ihm wurde klar, dass er völlig vergessen hatte, was es für ein Gefühl war, Sohn zu sein.

»Es geht mir ganz gut. Danke für die Nachfrage«, antwortete Aleksi Kara und sein Gesicht wurde ernst. »Miteinander zu reden dürfte auch damals nicht gerade unsere Stärke gewesen sein.«

Kara antwortete nicht. Das fast weiße Haar war die einzige auffällige Veränderung an Vater. Sein Finnisch hörte sich allerdings etwas steif an, vielleicht hatte er es lange nicht gesprochen.

»Ich dürfte dir eine Erklärung schuldig sein, sogar ziemlich viele Erklärungen«, sagte Aleksi Kara. »Letzte Woche haben sie herausgefunden, dass ich Kontakt zu dir aufgenommen hatte. Sie beabsichtigten, dir eine SMS in meinem Namen zu schicken und dich umzubringen. Werde jetzt nicht wütend, aber es war meine Idee, dich hierher zu locken. Das ist das einzige Mittel gewesen, mit dem sich erreichen ließ, dass du am Leben bleibst. Du bist schon immer tollkühn gewesen, ich wusste, dass du die Gelegenheit ergreifen und nach Wien fliegen würdest, wenn ich dich darum bitte.«

Kara war so überwältigt von Gefühlen, dass er nicht einmal wütend wurde.

»Du wirst hier einige Monate verbringen müssen, vielleicht ein halbes Jahr, dann ist das alles vorbei und du kommst hier raus. Danach bist du für niemanden mehr eine Gefahr«, erklärte Aleksi Kara.

»Wo sind wir?«, fragte Kara.

»In Liechtenstein, in der Nähe der Stadt Schaan. Man hat dich mit dem Auto aus Österreich hierher gebracht, das war sehr einfach, die kleineren Grenzübergangsstellen werden höchstens von Kühen bewacht.«

Die beiden schauten sich an und in der Zelle herrschte Schweigen, das Aleksi Kara schließlich brach: »Ich habe im Laufe der Jahre ziemlich viele Fotos von dir gesehen und versucht, soweit ich das konnte, dein Leben zu verfolgen. Als ich hörte, dass du nach dem Studium in einem Konfliktforschungsinstitut gearbeitet hast und dann zum MI5 und später zum Büro für Drogen- und Verbrechensbekämpfung der UNO gegangen bist, war ich nicht sonderlich überrascht. Du hattest dich ja schon als Junge für internationale Politik und für die Krisenherde in der Welt interessiert. Da kommst du nach mir, obwohl du immer in allem deinen eigenen Kopf gehabt hast.«

Kara antwortete wieder nicht. Er hatte den brennenden Wunsch, nach den Ereignissen im Oktober 1989 zu fragen, zögerte aber. Vielleicht wären die Erinnerungen für Vater zu schmerzlich.

»Wegen meiner Arbeit bin ich wahrscheinlich in deinem und auch in Emmas Leben nie richtig da gewesen. Und du warst auch schon vor ... dem Herbst 1989 kein leichter Fall. Manchmal hast du dich in deine Filme vergraben, und dann wieder hast du versucht, auf dich aufmerksam zu machen. Schon mit dreizehn hast du dich mit deinen Kumpels volllaufen lassen.«

Leos betretene Miene bestärkte Aleksi Kara nicht gerade, weiter über die Vergangenheit zu reden. »Ich habe auch von deinem Gedächtnis gehört und dass du mehrere Sprachen gelernt hast. Bist du ein *Savant*?«

Kara schüttelte den Kopf. »Sprachen lerne ich leicht und ich erinnere mich an alle Gesichter, aber ansonsten bin ich nicht ... so wie du. Zum Glück.« Er zwang sich ein Lächeln auf die Lippen.

»Sollten wir darüber sprechen, was damals passiert ist?«, fragte Aleksi Kara.

»Gern«, erwiderte Kara. Er ließ seinen Worten freien Lauf

und erzählte alles, woran er sich erinnerte, angefangen damit, als man in ihr Zuhause eingedrungen war, bis zu dem Moment, in dem Manas ihn vor die Wahl gestellt hatte: »Entweder du redest oder ich bringe deine Mutter um.« Mehr wollte er nicht berichten, um seinen Vater zu schützen. Vielleicht würde der die Wahrheit darüber, was mit Mutter geschehen war, nicht ertragen.

Aleksi Kara bemerkte, dass sein Sohn zögerte. »Ich weiß natürlich, was Manas deiner Mutter angetan hat. Aber deswegen darfst du dir keine Vorwürfe machen, sie hatten ohnehin vor, deine Mutter umzubringen. Das war alles genau geplant. Du musst dir selbst vergeben, sonst wirst du nie fähig sein, ein normales Leben zu führen. Hast du übrigens eine Partnerin?«

Kara schniefte.

»Du willst dich nicht binden, weil du fürchtest, du könntest anderen Leid zufügen. Du hättest nicht sehen dürfen, was sie mit mir und deiner Mutter gemacht haben, du warst zu jung.«

Es dauerte eine Weile, bis Kara klar wurde, dass sein Vater Emma nicht erwähnt hatte. »Und Emma, was ist mit meiner Schwester passiert?«

»Sie lebt. Das war meine Bedingung, sonst wäre ich nicht bereit gewesen, für sie zu arbeiten. Ich habe ihnen gesagt, dass sie mich dann lieber auch umbringen sollen. Ursprünglich wollten sie nur dich am Leben lassen, damit du erzählst, was angeblich geschehen war.«

Kara war eine Weile sprachlos. »Wo ist sie? Was hat Emma in all den Jahren gemacht, warum hat sie sich nicht gemeldet?«

»Das weiß ich wirklich nicht. Es ist mir nicht gelungen, irgendwelche Informationen über Emma zu bekommen. Sie zeigen mir nur einmal im Jahr Fotos. Aus denen kann man nicht viel schlussfolgern«, konstatierte Aleksi Kara.

Von Emmas Schicksal abgesehen hatte Betha in allem vollkommen recht gehabt, sagte sich Kara. »Das ist demzufolge genau so abgelaufen, wie sie es geplant hatten. Sie wollten dich für ihre Forschungsgruppe haben und ich sollte am Leben bleiben, um zu behaupten, die ganze Familie sei umgebracht worden.«

»So hat man es mir gesagt«, versicherte Aleksi Kara. »Aber du hast natürlich versucht zu fliehen, und dann ist ein Unfall passiert – Manas hat dich versehentlich in den Kopf geschossen.«

Jetzt ist das Maß allmählich voll, dachte Kara, das war einfach zu viel, das konnte man nicht auf einen Schlag verdauen, er wollte über all das allein und in Ruhe nachdenken.

Es schien so, als hätte Aleksi Kara die Gedanken seines Sohnes gelesen. Er beugte sich vor und legte die Hand auf Leos Bein. »Du bist ein junger Mann und hast noch viel Zeit für alles Mögliche. Lass es jetzt hier ein halbes Jahr lang ganz ruhig angehen und lebe danach weiter, so wie du es willst.«

Das ist unmöglich, dachte Kara. Er würde nicht einmal sechs Tage in der Zelle überstehen, ohne den Verstand zu verlieren, ganz zu schweigen von sechs Monaten. »Schauen wir mal«, sagte er und bemühte sich um einen Gesichtsausdruck, der Zustimmung zeigte.

Aleksi Kara ging zur Tür und schlug zweimal mit der Faust auf das Stahlblech, dass es dröhnte. Nach einer Weile hörte man Schritte, dann öffnete sich die Tür und er trat hinaus auf den Flur.

Leo Kara dachte über das nach, was er gehört hatte, und über all das, was ungesagt geblieben war.

* * *

Doktor Andrej Rostow empfing Anton Moser im Forschungszentrum von Schaan buchstäblich mit offenen Armen. Die beiden Männer umarmten sich wie Bären und küssten sich auf die Wangen – erst links, dann rechts und noch einmal links.

»Du hast ausgezeichnete Arbeit geleistet, Anton«, lobte Rostow. »Das muss gefeiert werden, deine Zeit als Rentner beginnt heute.« Er deutete auf den gedeckten Tisch im Beratungsraum, auf dem Getränke und Speisen standen. »Ich musste unseren einzigen russischen Koch auf den Knien anflehen, damit er deine Lieblingsspeisen zubereitet: Rassolnik-Suppe, Pelmeni, Kulebjaka-Pastete, Bliny ...«

Als Teller und Gläser gefüllt waren, setzten sich die beiden an den Tisch. »Es ist jetzt über dreißig Jahre her, dass der KGB Illegale aus uns gemacht hat«, sagte Rostow.

»Und dafür«, Moser zeigte auf die riesigen, hell erleuchteten Hallen, die durch die Fenster zu sehen waren, »wird schon seit über zwanzig Jahren hart gearbeitet.« Dann wurde sein Gesichtsausdruck ernst: »Ehrlich gesagt hatte ich Angst, wie man mich hier empfangen würde. Ich musste den AEM-Konzern zu früh verlassen, in den letzten Tagen jagte eine Katastrophe die andere. Die Behörden sind German Danilow und den Immobiliengeschäften auf die Spur gekommen, haben die Rolle der Pegas-Bank ermittelt und einen Teil unserer Mittel eingefroren ...«

»Du weißt also noch nicht, dass die Unterlagen von AEM bei der österreichischen Polizei und beim SIS gelandet sind?«, fragte Rostow. »Unsere ganze Kette für den Transport der Sklaven sowohl in Afrika und China als auch anderswo ist aufgedeckt worden.«

Moser schaute ihn fassungslos an. »Wie soll das möglich sein? Vor meiner Abreise aus Wien habe ich Vorkehrungen für den schlimmsten Fall getroffen. Ich bin alle Unterlagen durchgegangen, jeder einzelne belastende Beweis wurde im Garten der Dornbacher Villa verbrannt.«

Außer denen, die deine Hausnegerin zu Nadine Egger geschleppt hat. Und dann fliehst du Idiot auch noch ausgerechnet hierher, dachte Rostow, sagte aber: »Es konnte dir doch niemand von Österreich hierher folgen.«

Moser wirkte beleidigt. »Ich habe vielleicht in den letzten Monaten Fehler gemacht, aber dumm bin ich nicht. Niemand ist imstande gewesen, mir zu folgen oder herauszufinden, wohin ich gefahren bin.«

Rostow lächelte und bedeckte seine Bliny mit gehackter Zwiebel. »Wie geht es übrigens deiner Tochter, hieß sie nicht Nadine?«

»Sie hat sich letzte Woche das erste Mal seit Jahren bei mir gemeldet. Und wollte natürlich Geld. Sie möchte ihrem Sohn helfen, einem Junkie, den ich nie gesehen habe.«

»Wir mussten beide in Hinsicht auf unser Familienleben harte Entscheidungen treffen«, sagte Rostow.

Moser nickte. »Trotzdem ist es ein ziemlicher Zufall, dass Nadine und Leo Kara zusammengekommen sind.«

Das war kein Zufall, dachte Rostow, griff zum Wodkaglas und stand auf. »Wir haben den Toast vergessen. Trinken wir auf deine Rentnertage.« Oder eigentlich Stunden, fügte Rostow für sich hinzu und kippte den Wodka hinunter.

* * *

Kurz vor Mitternacht stieg Manas am riesigen Verwaltungsgebäude des Forschungszentrums aus dem Taxi und bezahlte. Er war müde wie nach einem langen Fußmarsch, das wurde ihm immerhin klar, obwohl er nichts fühlen konnte. Über achtundvierzig Stunden war er jetzt auf den Beinen, seit die Polizei ihm am Samstagabend auf dem Bahnhof in Helsinki ganz dicht auf den Fersen gewesen war. Nun ließ man ihm endlich in Bezug auf Leo Kara freie Hand, davon wurde ihm warm ums Herz. Doch er verstand nicht, warum man ihm befohlen hatte, nach Liechtenstein zurückzukehren. Für diese Entscheidung war ihm jemand eine Erklärung schuldig.

Manas trat in den Windfang, hielt seinen Ausweis auf das rote Auge des Kartenlesers, ging zum Aufzug und erschien kurz darauf in Doktor Andrej Rostows Beratungsraum. Dort erblickte er zu seiner Überraschung Anton Moser, der betrunken wirkte.

»Es ist dir also nicht gelungen, Kara zu töten?« Rostow stand am Fenster, betrachtete die Lichter der nächtlichen Stadt und stellte seine Frage, ohne sich zu Manas umzudrehen.

»Am Bahnhof in Helsinki tauchte plötzlich ein Streifenwagen auf, ich weiß nicht warum. Sofort nach dem Betreten des Bahnhofsgebäudes habe ich eine Kehrtwendung gemacht und bin durch den Kiosk wieder hinausgegangen. Ich war schon weit genug weg, als Verstärkung eintraf. Hat man mich deshalb aus Finnland abgezogen? Ich will Kara erledigen ...«

Rostow unterbrach ihn: »Ich habe gehört, dass du unseren Mann in der Helsinkier Botschaft um Hilfe bitten musstest.«

»Ich war gezwungen, mir ein Auto mit einem normalen Kennzeichen auszuleihen, ich konnte nicht über die Grenzstation Nuijamaa ausreisen wie im August. Diese Regelung funktioniert nicht mehr. Sie haben mich zuerst mit dem Boot an den Straßensperren der Polizei vorbei nach Kirkkonummi in die Villa des FSB gebracht. Von dort bin ich tausendzweihundert Kilometer über Ylitornio nach Umeå gefahren, an der Grenze zwischen Finnland und Schweden gibt es ja keine Formalitäten. Von Umeå bin ich nach Malmö geflogen, dann mit dem Zug zum Flughafen Kastrup gefahren und von dort nach Zürich geflogen. Und jetzt will ich hören, weshalb man mich aus Finnland abgezogen hat, obwohl mir für Leo Kara ein Auftrag erteilt worden ist?« Zum Schluss hob Manas die Stimme, er war zwar nicht fähig, Verärgerung zu empfinden, aber er wusste, dass Rostow einen gebrüllten Satz eher glaubte, als einen in normaler Lautstärke.

»Dieser Auftrag wurde annulliert. Leo Kara ist hier, er leistet uns Gesellschaft. Er stellt für niemanden mehr irgendeine Gefahr dar«, erklärte Rostow.

Es dauerte einen Augenblick, bis Manas Rostows Worte begriffen hatte. Kara war also hier, zum Greifen nahe, und er konnte nichts anderes tun als abwarten.

Rostow deutete auf den Beratungstisch. »Du bist sicher hungrig.«

»Ich bin müde«, erwiderte Manas und verließ den Raum. Er fuhr mit dem Aufzug ins Erdgeschoss hinunter, ging bis ans Ende eines langen Flures und trat hinaus auf einen der großen Innenhöfe des Forschungszentrums. Seine Sachen bewahrte er in einer Baubaracke auf, die damals im August leer gestanden hatte, als er seine Utensilien aus dem Forschungszentrum in Weißrussland hierher bringen musste. Er wollte auch weiterhin getrennt von den anderen wohnen und seine Ruhe haben.

Neben dem schmalen Feldbett befanden sich in der Baracke nur ein Stuhl, eine Kochplatte, Bücherstapel, zwei Beutel mit Kleidungsstücken sowie ein Waffen- und Zubehörschrank. Er öffnete ihn und vergewisserte sich, dass niemand an dessen Inhalt herumgefingert hatte; das funkelnagelneue Zielfernrohr Digital Hunter wartete immer noch auf seinen ersten Einsatz. Kara wollte er allerdings nicht mit einem Schuss aus der Ferne erledigen, dieser Mann bekäme seine exquisitesten Methoden zu spüren. In der nächsten Zeit würde sich herausstellen, ob er jemals die Gelegenheit erhielt, seine Absicht zu verwirklichen.

Manas zog seine Schuhe aus, hockte sich hin und suchte aus seinem Bücherstapel Ervin Staubs *The Psychology of Good and Evil* heraus. Er hatte sich kaum hingelegt, da klopfte es an der Tür und Andrej Rostow steckte den Kopf herein.

»Anscheinend hättest du den Kara-Auftrag lieber bis zu Ende ausgeführt«, sagte Rostow und trat herein, da es der Kirgise nicht verbot.

»Das will ich schon lange, der Mann weiß zu viel. Alle anderen Hindernisse sind aus dem Weg geräumt, aber Kara nicht. Hast du dafür gesorgt, dass man ihn hierher in Sicherheit gebracht hat?«

Rostow antwortete nicht. »In ein paar Monaten hat keiner mehr Verwendung für seine Informationen. Außerdem kannst du ihn zusammen mit Mironow verhören. Allerdings zivilisiert. Wir müssen klären, was er weiß. Und ich beteilige mich nicht an … so etwas.«

Manas nickte.

»Und Anton Moser kannst du erledigen, wie du es für richtig hältst, am besten langsam«, fügte Rostow hinzu und verließ die Baracke.

Manas blätterte um, las die Überschrift »Unnötige Grausamkeit« und sah das Gesicht von Andrej Rostow vor sich.

* * *

»Alan Beckley ist verschwunden«, meldete Colleen Carter im Lagezentrum Betha Gilmartin, die sofort zum Hörer griff und den Chef des MI5 anrief. Eine knappe Minute dauerte es, bis John Elliott am Telefon war, und fast fünf Minuten brauchte er, um das Versagen seiner Mitarbeiter zu entschuldigen. Beckley hatte im Bad Porchester Spa die Sachen gewechselt, worauf der MI5 natürlich vorbereitet gewesen war, aber Beckley hatte auch sein Portemonnaie und seine Schuhe, die mit Sendern versehen waren, und alle anderen persönlichen Gegenstände in der Umkleidekabine zurückgelassen. Die Männer vom MI5 waren einem Mann, der genau wie Beckley aussah, vom Bad bis nach Lambeth gefolgt und erst misstrauisch geworden, als er mit seinem Schlüssel die Haustür in einem großem Mietshaus öffnete, mit dem der richtige Alan Beckley nach ihren Informationen nichts zu tun hatte.

Betha Gilmartin knallte den Hörer hin, mitten in Elliotts Erklärungen, und wollte gerade losbrüllen und die Ermittlungsgruppe zu sich rufen. Aber sie kam nicht dazu, weil Colleen Carter vor ihr den Mund aufmachte.

»Es gibt weitere Nachrichten, gute und schlechte. Die vom FSB geschickte Namensliste wird sorgfältig überprüft, es sieht so aus, als wäre sie echt. Zumindest der Erste Stellvertretende Chef des FSB Nikolai Mironow hat Kontakt zu mehreren Firmen gehabt, die mit Mundus Novus in Verbindung gebracht werden. Es konnte zurückverfolgt werden, wo Mironow in den letzten Monaten gewesen ist: Er war fünfmal in Zürich.«

Betha Gilmartins Interesse hielt sich in Grenzen. »Wo ist Mironow jetzt?«

»Das weiß man noch nicht«, antwortete Colleen Carter wie aus der Pistole geschossen und fuhr im selben Atemzug fort: »Es steht nur noch die Überprüfung von achtundsechzig Industrieimmobilien aus, die mit dem AEM-Konzern in Zusammenhang stehen. Die wird man bis morgen schaffen. Dann gibt es noch eine äußerst erfreuliche Nachricht. Von diesem kirgisischen Killer wurde ein Foto gemacht. Oder eigentlich eine Videoaufnahme, sogar in relativ guter Qualität. Überwachungskameras auf dem Helsinkier Bahnhof haben ihn aufgezeichnet.«

»Na, das jedenfalls wird uns weiterhelfen. Wenn nicht jetzt, dann hoffentlich irgendwann in der Zukunft«, mutmaßte Betha Gilmartin. »Du hast gesagt, dass es auch schlechte Nachrichten gibt.«

»Der Generaldirektor des AEM-Konzerns Anton Moser hat sich aus Wien abgesetzt.«

Betha Gilmartin fluchte und dachte nach. »Haben die Amerikaner schon die Daten dieser ... Mondsonden übergeben?«

»Der Prozess ist im Gange, wird aber noch mehrere Tage dauern. Es sind so enorm viele Daten, dass ...«

Betha Gilmartin unterbrach sie: »Weißt du, was mir am meisten Angst macht?« Sie schwieg eine Weile. »Dass wir keine Ahnung haben, wofür Mundus Novus Alan Beckley und die Daten der Sonden braucht.«

34

Dienstag, 11. Oktober

Leo Kara wusste nicht, ob es Nacht war oder früh am Morgen. Ein Wächter, der aussah wie ein Beamter, hatte ihn soeben aus der Zelle abgeholt und über fensterlose Flure und Treppen in diesen Beratungsraum geführt. Von der Außenwelt hatte er nicht einmal einen Schimmer gesehen. Daraus konnte man nur ableiten, dass dieses Gebäude riesig sein musste, sie waren etwa zehn Minuten unterwegs gewesen, und in den Treppenhäusern sah man, dass es sowohl darüber als auch darunter weitere Etagen gab.

Das alles kam ihm unwirklich vor. Er hatte seinen Vater gefunden und erfahren, dass Emma lebte. Warum hatte er trotzdem das Gefühl, dass es noch längst nicht vorüber und überstanden war? Vielleicht sollte er wirklich seinem Vater glauben und versuchen in diesem Forschungszentrum durchzuhalten, bis man ihn wieder gehen ließ. Wenn er sich gut benehmen würde, bekäme er vielleicht ein anständiges Zimmer und Medikamente, mit denen er das halbe Jahr Gefangenschaft überstehen könnte.

Die Tür ging auf und herein traten ein etwa sechzigjähriger Mann mit gerader Haltung und wettergegerbtem Gesicht und Manas, der müde aussah. Kara folgte dem Kirgisen mit dem Blick und versuchte auszurechnen, das wievielte Mal er diesem geistesgestörten Sadisten nun von Angesicht zu Angesicht gegenüberstand.

»Mein Name ist Nikolai Mironow und ich beabsichtige herauszufinden, was du alles von unseren ... Aktivitäten weißt. Nötigenfalls mit seiner Hilfe«, sagte der General auf Russisch und fuhr mit der Hand in Richtung Manas, als wollte er eine Fliege wegscheuchen.

»Was ist im Oktober 1989 passiert?«, begann Mironow.

Kara lachte und wirkte amüsiert. »Die Frage müsste ich ja wohl stellen.«

Mironow und Manas saßen da und warteten.

Kara entschloss sich, zu gehorchen und erzählte bis ins Detail alles, woran er sich erinnerte. Besonders genau beschrieb er, wie Manas seinen Vater gequält hatte und in welchem Zustand seine Mutter nach den Misshandlungen durch Manas gewesen war. »Vermutlich hättest du meine Mutter auch dann umgebracht, wenn ich das Versteck von Vaters Unterlagen verraten hätte«, stellte Kara schließlich an Manas gewandt in ganz normalem Tonfall fest, so normal, wie es unter diesen Umständen möglich war. Er brannte darauf, dass ihm Absolution erteilt wurde.

»Es gab keine Unterlagen. Und deine Mutter war schon tot, als ich sie dir gezeigt habe«, antwortete Manas.

Eine Welle der Erleichterung durchflutete Kara mit solcher Wucht, dass er auf seinem Stuhl nach vorn sank.

Mironow und Manas schauten sich kurz an.

»Ich stelle hier die Fragen und du antwortest«, sagte Mironow schließlich und befragte dann Kara detailliert zu allem, was er in den letzten zwei Monaten gemacht hatte. Von welchen Personen wusste er, dass sie Mitglied des Kabinetts waren, hatte Nadine Egger alle in ihrem Besitz befindlichen Unterlagen des AEM-Konzerns den Behörden übermittelt, was wusste die finnische Polizei und der SIS, worüber hatte er mit Lilith Bellamy gesprochen ...

Kara antwortete nach bestem Wissen und bemühte sich, dem irren, starren Blick von Manas auszuweichen. Er hatte schon vor ein paar Tagen den Behörden sowohl in Finnland als auch in England fast alle seine Informationen weitergegeben, also dürfte es kaum großen Schaden anrichten, wenn er hier redete. Nur dass Lilith Bellamy ihn aufgefordert hatte, Andrej Rostow ausfindig zu machen, ließ er unerwähnt.

Das Verhör dauerte über eine Stunde. Mironows Fragen entnahm Kara, dass Mundus Novus sehr genau darüber im Bilde war, was die Behörden wussten.

»Was geschieht jetzt?«, erkundigte sich Kara, als Mironow langsam die Fragen ausgingen.

»Du bleibst hier, bis wir fertig sind.«

»Fertig womit? Was ist das Ziel von Mundus Novus?«

»*Full spectrum dominance*«, antwortete Mironow auf Englisch protzig. »Die totale Beherrschung aller Schlachtfelder.«

* * *

Leo Kara hielt die Augen geschlossen. Er war entkommen, in seine innere Welt, einen Zufluchtsort, den er schon als kleiner Junge entdeckt hatte, als sich seine Eltern wieder einmal stritten. Hier war er zu allem fähig, egal, was in der realen Welt geschah.

Die Cessna 172 Skyhawk, eine viersitzige Propellermaschine, war eben mit Getöse in einen eisigen Fluss gestürzt, der Pilot und der Touristenführer hatten sich nicht mehr aus dem Flugzeug befreien können. Er kletterte auf allen vieren im hohen Schnee den steilen Hang hinauf, es herrschte klirrender Frost, seine pitschnassen Sachen gefroren ihm am Leibe. Schließlich erreichte er den Gipfel des schneebedeckten Hügels, von dem sich ein majestätischer Anblick bot: die Wildnis des tausende Quadratkilometer großen Banff-Nationalparks, die Rocky Mountains, Gletscher …

Kara öffnete die Augen auf der Zellenpritsche. Er musste fliehen. Jetzt verwunderte es ihn, dass er überhaupt in Erwägung gezogen hatte, hier zu bleiben. Nur ein Verrückter würde den Versprechungen dieser Bande trauen, wer weiß, was ihn erwartete, wenn das Ziel von Mundus Novus erreicht war. Diese Truppe hatte wahnsinnig viel Schlimmes angerichtet: Sie hatte Massenvernichtungswaffen entwickelt und verkauft, Menschenversuche durchgeführt, zahlreiche Morde organisiert, Menschenhandel betrieben ...

Aus diesem Betonloch entkam man nur durch die Tür, und das würde nicht ohne Werkzeuge oder Sprengstoff gelingen. Er könnte die Steckdose nutzen, aber in der Zelle befand sich außer seinen Kleidungsstücken nichts Brennbares. Wenn er dafür sorgte, dass Feueralarm ausgelöst wurde, dann würde man die Tür öffnen und ... Kara ließ den Gedanken sofort wieder fallen. Die Tür wurde ohnehin geöffnet, ein Alarm würde die Situation nur verschlechtern, die Wächter wären dann noch vorsichtiger. Er brauchte unbedingt Hilfe.

Urplötzlich waren auf dem Flur Schritte zu hören, die Tür ging auf und sein Vater trat herein, als wäre er die Lösung für sein Problem.

»Ich habe gehört, du wurdest verhört«, sagte Aleksi Kara und setzte sich auf das Fußende der Pritsche.

»Von Manas und einem Mann namens Mironow«, erwiderte Kara. »Sie haben mir erzählt, das Ziel von Mundus Novus sei *Full spectrum dominance*, die totale Beherrschung aller Schlachtfelder.«

Aleksi Kara schien überrascht zu sein. »Wenn das so ist, dann wollen sie dich wirklich nicht von hier weglassen, bevor alles bereit ist.«

»Was bedeutet dieser Terminus?«, fragte Kara.

»Die Fähigkeit zur vollständigen militärischen Kontrolle der Situation an jedem beliebigen Ort der Welt. Heutzutage gelingt das nur mit im All stationierten Waffensystemen. Das Ziel von Mundus Novus besteht darin, den Weltraum zu erobern, oder vielmehr, ihn zu beherrschen, ihn militärisch zu kontrollieren. Mundus Novus beziehungsweise die Neue Welt ist das Universum. Wenn das jemand militärisch in Besitz nähme, würde das die Pax Americana beenden, den seit den Weltkriegen anhaltenden amerikanischen Frieden. Und gleichzeitig wäre es auch vorbei mit der

Stellung der USA als einziger militärischer und ökonomischer Supermacht.«

Kara schwieg. »Wie wollen sie das verwirklichen? Den Weltraum beherrschen?«

»Das weiß keiner von uns Wissenschaftlern. Dieser ganze Komplex funktioniert so, dass jeder nur an einem Forschungsprojekt arbeitet. Die Mitglieder der verschiedenen Forschungsgruppen dürfen sich nicht treffen: die Mahlzeiten, die Sozialräume, der Freizeitsport, die Hobbys ... alles ist so organisiert, dass ein Austausch von Informationen unmöglich ist. Aber ich bin schon so lange dabei, dass ich alles Mögliche gesehen, gehört und geschlussfolgert habe.«

Kara sah nun noch neugieriger aus.

»Mundus Novus hat aus polymerem Stickstoff einen Treibstoff mit beispielloser Effizienz entwickelt, ein Ramjet-Scramjet-Hybridtriebwerk, eine mobile Laserwaffe der Gigawattklasse ... All diese Erfindungen können als Teil einer Art Weltraumprogramm eingesetzt werden. Ich glaube, dass Mundus Novus so etwas seit über zwanzig Jahren vorbereitet. Die Organisation ist in ungezügeltem Maße angeschwollen, sie ist wie ein Roter Riese.«

Kara zog die Augenbrauen hoch.

»Ein Roter Riese ist ein Stern, der anschwillt und eine gewaltige Größe erreicht. Die Farbe dieser Sterne ist rot, manche von ihnen explodieren und manche werden zu planetarischem Nebel.«

»Hoffen wir, dass dieser Stern explodiert«, sagte Kara. »Woran hast du in all diesen Jahren gearbeitet?«

Aleksi Kara zögerte kurz. »Ich bin für die ganze Forschung verantwortlich, die mit niedrigen Temperaturen, mit den Eigenschaften von flüssigem und festem Helium-3 und Helium-4 und mit der Nanoelektronik zusammenhängt.«

Das hätte ich lieber nicht fragen sollen, dachte Kara. »Und wer steckt hinter alldem?«

Aleksi Kara lachte. »Das weiß ich nicht. Ich bin bloß ein Wissenschaftler.«

Schweigen legte sich über die Zelle. »Bist du nie auf den Gedanken gekommen, einen Fluchtversuch zu unternehmen?«, fragte Kara schließlich.

»Sie haben mir von Anfang an klargemacht, dass dir und Emma etwas passiert, wenn ich versuchen würde zu fliehen. Und aus diesen Forschungszentren kann niemand entkommen, du solltest mal sehen, was hier für Sicherheitsvorkehrungen getroffen wurden«, antwortete Aleksi Kara und betrachtete eine Weile prüfend den Gesichtsausdruck seines Sohnes. »Du hegst doch nicht etwa irgendwelche törichten Hoffnungen?«

»Wenn du mir helfen würdest, könnte ich vielleicht ...«

»Vergiss es und beschäftige dich gar nicht erst damit. Das hier ist der einzige Ort, wo du in den nächsten Monaten in Sicherheit bist, glaub mir. Du musst mir versprechen, dass du nichts unternimmst.«

Kara antwortete nicht, er spürte, wie er sich freute, dass sein Vater versuchte ihn zu beschützen.

»Außerdem ist möglicherweise irgendetwas im Gange«, fuhr Aleksi Kara fort. »Im Forschungszentrum werden schon seit einer Woche Fahrzeuge zusammengezogen. Das war auch in Weißrussland so, bevor der Ort aufgegeben wurde und man uns alle hierher gebracht hat.«

Diese Information könnte von Nutzen sein, dachte Kara, sagte aber: »Ich habe übrigens vor zwei Tagen in London Lilith Bellamy getroffen.«

Aleksi Kara schien sich erst zu freuen und dann Sorgen zu machen. »Wieso kennst du Lilith?«

»Ich habe sie im August aufgespürt, als ich herausfinden wollte, was dir ... uns seinerzeit passiert ist. Bellamy war von der Forschungsgruppe, deren Leiter du 1989 gewesen bist, die einzige Wissenschaftlerin, die ich erreichen konnte.«

»Wie geht es Lilith? Ich habe von ihrer Krankheit gehört.« Aleksi Kara beugte sich näher zu seinem Sohn hin.

Kara zuckte die Achseln. »Besser als ihr Arzt annimmt.«

»Was hat Lilith erzählt?«

»Sie hat mich gebeten, Andrej Rostow ausfindig zu machen«, antwortete Kara und sah überrascht, wie die Miene seines Vaters plötzlich angespannt wirkte.

»Rostow ist der Letzte, den du treffen solltest, glaub mir«, erwiderte Aleksi Kara erregt. »Der Mann leitet dieses Institut, die ganze Forschungsarbeit. Rostow ist der Einzige, den hier alle kennen, er koordiniert jedes Forschungsprogramm und ... Andrej Rostow ist ein durch und durch schlechter Mensch. Er trägt die Verantwortung für den Tod so vieler Menschen, dass man lieber nicht einmal daran denken möchte. Es war namentlich Rostow, der mich hier haben wollte. Du kannst diesem Schwein die Schuld an allem geben, was uns passiert ist ...«

»Nun beruhige dich wieder«, sagte Kara und klopfte seinem Vater auf den Oberschenkel. »Ich habe nur wiedergegeben, was Lilith Bellamy gesagt hat.«

Aleksi Kara wirkte nervös, als er aufstand.

Kara dachte gar nicht daran, das Verhältnis von Vater und Lilith Bellamy anzusprechen. »Eine Sache hat mich die ganzen Jahre beschäftigt. Als Manas dich damals gefoltert hat, wusstest du da schon von ihrem Plan? Dass du am Leben bleiben würdest, dass alles nur eine Inszenierung war?«

»Natürlich nicht, zu so etwas wäre ich ja wohl nicht bereit gewesen. Warum fragst du?«

Nun stand auch Kara auf. »Ich weiß nicht. Es sah nur einmal so aus, als hätte Manas dich beim Betreten der Folterkammer angelächelt.«

»Vielleicht hat er wirklich gelächelt«, sagte Aleksi Kara. »So ein Psychopath handelt vermutlich nicht sehr logisch.«

»Ja, natürlich nicht«, antwortete Kara. Er begriff sehr wohl, dass es absurd war, sich den Kopf zu zerbrechen, ob und warum jemand vor zwanzig Jahren gelächelt hatte. Aber aus irgendeinem Grund wurde er den Gedanken daran nicht los.

* * *

Betha Gilmartin saß auf der Damentoilette in der siebten Etage von Legoland, die Stille rauschte in ihren Ohren. Allmählich wurde ihr die Schattenseite ihres verbesserten gesundheitlichen Zustands bewusst: Sie konnte jetzt doppelt so viel ackern wie vorher. Plötzlich hörte sie, wie jemand in die Toilette kam und eine Kabinentür nach der anderen öffnete. Dann bewegte sich vor ihren Augen die Klinke nach unten.

»Chefin, bist du da drin?«

Betha Gilmartin erkannte Colleen Carters Stimme und wurde so wütend, dass ihr das Blut in den Kopf schoss.

»Der Fall steht kurz vor seiner Aufklärung, ich denke, dass ich Beckley, Moser und Mironow gefunden habe«, konnte Carter noch sagen, bevor Betha Gilmartin ihrem Zorn Luft machte und brüllte: »Raus hier! Ich komme, sobald ich … fertig bin.«

Colleen Carter wartete an der Tür, als Betha Gilmartin drei Minuten später mit hochrotem Gesicht das Lagezentrum betrat.

»Der MI5 hat Alan Beckley aufgespürt. Angeblich haben sie hunderte Stunden Aufzeichnungen der Überwachungskameras auf dem Flughafen Heathrow durchgesehen. Beckley ist in eine Maschine nach Zürich gestiegen«, verkündete Colleen Carter triumphierend.

»Hat man ihn verhaftet?«

»Noch nicht. Aber das Schweizer Fedpol sucht ihn. Und das ist noch nicht alles – das österreichische Bundeskriminalamt hat den Generaldirektor des AEM-Konzerns Anton Moser ausfindig gemacht. Fast«, sagte Carter und verzog den Mund. »Der Mann ist auf der Autobahn E 60 durch ganz Österreich gefahren, der Wagen wurde auf Aufzeichnungen von Überwachungskameras gefunden, aber irgendwo zwischen Nenzing und Feldkirch kurz vor der Schweizer Grenze ist er verschwunden.«

»Das heißt, eigentlich hat man gar niemanden gefunden.« Betha Gilmartin wurde nervös.

Colleen Carter war mit soviel Enthusiasmus bei der Sache, dass sie die Bemerkung völlig ignorierte. »Du erinnerst dich sicher, dass auch der FSB-General Mironow in der letzten Zeit dann und wann in Zürich gewesen ist.«

»Das Forschungszentrum von Mundus ist also dort, in der Schweiz?«, fragte Betha Gilmartin.

Colleen Carter schwenkte einen Stoß Unterlagen. »Von den Industrieimmobilien, die mit dem AEM-Konzern in Verbindung gebracht werden, steht nur noch bei sechsundzwanzig die Überprüfung aus. Doch von denen ist kein einziges in Zürich oder überhaupt in der Schweiz. Die Immobilie von Mundus, die am nächsten liegt, ist in Schaan, das Forschungszentrum ist dort, da bin ich sicher.«

»Wo befindet es sich?«, fragte Betha Gilmartin erstaunt.

»In Liechtenstein«, erwiderte Colleen Carter. »Dort gibt es keinen eigenen Flughafen, der nächste ist der in Zürich, das sind von Schaan aus nur reichlich hundert Kilometer.«

Es dauerte einen Augenblick, dann hatte Betha Gilmartin die Lage erfasst. Sie machte auf dem Absatz kehrt und ging auf die Ermittlungsgruppe zu, doch Colleen Carter rannte ihr hinterher.

»Ich habe schon Verbindung mit der Schweiz aufgenommen. Das Sondereinsatzkommando von Fedpol – die Einsatzgruppe Tigris – ist auf dem Weg nach Schaan. Es ist eines der besten weltweit. Und aus Österreich wurde die Spezialeinheit Eko Cobra nach Schaan beordert.«

»Menschenskind, Carter«, sagte Betha Gilmartin und war sich selbst nicht sicher, ob sie damit ihre Mitarbeiterin lobte, weil sie den Fall aufgeklärt hatte, oder ob sie fluchte, weil diese in gröblicher Weise ihre Befugnisse überschritten hatte. Und dann wurde ihr klar, dass sie sich gerade entschlossen hatte, die junge Frau zu ihrer Assistentin zu machen.

35

Dienstag, 11. Oktober

Leo Kara wusste, dass etwas im Gange war. Schon seit einiger Zeit hallten auf dem Flur hastige Schritte und Rufe, das Wasser in der Kanne kräuselte sich und er hörte ein stetiges Summen, das gleiche monotone Brummen wie in seiner Wiener Wohnung, wenn in der Nähe ein Lkw im Leerlauf stand. Diese Gelegenheit musste er nutzen. Er hatte auf dem Weg zum Verhör am Ende des Flures im Zellentrakt Überwachungskameras bemerkt, wusste aber nicht, ob sie den ganzen Flur aufzeichneten oder nur die Ausgänge.

Zuerst musste getestet werden, wie dicht die Stahltür unten abschloss. Es gab keine Schwelle und keinerlei Leiste, aber mit bloßem Auge ließ sich nicht erkennen, ob sich zwischen Tür und Boden ein richtiger Spalt befand. Er nahm die Kanne, ging zur Tür und goss etwas Wasser auf den Fußboden. Die Pfütze zitterte und breitete sich allmählich aus, dann lief ein Teil des Wassers unter der Tür hindurch auf den Flur. Kara freute sich und schüttete die Kanne langsam aus. Doch sie enthielt nur ein paar Deziliter, die Pfütze in der Zelle war nicht größer als ein Brotteller. Etwas Wasser war garantiert in den Flur geflossen, aber würde das reichen? Er öffnete den Hosenschlitz und urinierte an die Tür, bis die Blase leer war, auf dem Flur musste genügend Flüssigkeit sein, sonst scheiterte sein Versuch.

Kara nahm die Tischlampe, stellte sie auf das Fußende der Pritsche nahe an der Tür und schaltete das Licht ein. Dann entfernte er den kleinen gestreiften Lampenschirm und wurde vom grellen Licht der nackten Glühlampe geblendet. Als ihm die Idee gekommen war, hatte er sofort überprüft, ob das Kabel lang genug war – die Lampe reichte bis zur Tür. Und die Wächter trugen Schuhe mit Ledersohlen.

Kara achtete darauf, nicht in die Pfütze aus Wasser und Urin zu treten und schlug mit der Faust ein, zwei und ein drittes Mal an die Tür. Er lauschte eine Weile und fürchtete schon, der ganze Zellentrakt könnte leer sein. Noch ein halbes Dutzend Mal hämmerte er an die Tür, bis man endlich auf dem Flur ein metallisches Klicken und schließlich eilige Schritte hörte. Er griff nach der Lampe, alles war bereit. Aber das Timing musste auf die Sekunde genau stimmen.

Als der Schlüssel ins Schloss gesteckt wurde, klopfte Kara mit der Glühbirne vorsichtig auf den Beton, bis das Glas zersprang. Als die Scharniere knarrten und die Tür sich ein paar Zentimeter öffnete, ließ Kara die Lampe in die Flüssigkeit auf dem Fußboden fallen.

Der Stromschlag traf den Wächter, der auf der anderen Seite der Tür in der Pfütze stand und den Schlüssel, der im Schloss steckte, immer noch in der Hand hielt. Kara zählte die Sekunden, ein zu langer Stromschlag würde den Mann töten. Schließlich riss er das Kabel der Lampe aus der Steckdose, stieß mit dem Fuß die Tür auf und zerrte den bewusstlosen Wächter am Kragen in die Zelle. Er zog die Tür fast zu und machte sich ans Werk.

Es vergingen mehrere Minuten, bis Kara dem Mann die dunkelblaue Uniform vom Leib gerissen und sich selber übergezogen hatte. Er beschloss, denselben Weg zu nehmen, auf dem er vor einigen Stunden zum Verhör gegangen war. Kara zog die Schirmmütze tief in die Stirn und trat auf den Flur. An dessen Ende senkte er den Kopf, zog die Schlüsselkarte durch das Lesegerät, stieß die Tür auf und beschleunigte sein Tempo. Gleich würde man die Flucht bemerken, gleich würde er Schritte und Rufe hören. Kara hastete bis ans Ende dieses Flures, öffnete die Tür und betrat den nächsten. Wenn er sich richtig erinnerte, führte in fünfzig Metern eine Tür ins Treppenhaus. Im Laufschritt erreichte er sie genau in dem Moment, als hinter ihm eine Tür aufging und jemand brüllte: »Stehenbleiben!«

Das würde kein gutes Ende nehmen. Kara riss die Tür zum Treppenhaus auf und raste die Stufen in vollem Tempo hinunter; an den Wänden befanden sich wenigstens grüne Pfeile, die den Weg zum Ausgang wiesen, er folgte ihnen, um nicht bis ins Kellergeschoss zu rennen.

Drei Etagen weiter bedeutete ihm der grüne Wegweiser, die Treppe zu verlassen. Kara hielt sich daran und betrat einen Flur, an dessen Ende eine Panzerglastür zu sehen war – die führte hinaus. Er rannte zu der Tür und zog die Schlüsselkarte durch, aber es geschah nichts. Ein zweiter Versuch, dasselbe Ergebnis. Kara schaute sich rasch um, erblickte einen Handfeuerlöscher und riss ihn von der Wand.

Erst beim dritten Schlag zeigten sich Risse im Panzerglas, beim fünften zerbrach es richtig. Die Tür in seinem Rücken wurde in dem Moment aufgerissen, als er die zersprungene Scheibe mit einem Tritt aus dem Rahmen stieß und auf den windigen Innenhof stieg. Die Schritte der Verfolger dröhnten fünfzig Meter hinter ihm.

Kara stürmte auf den Hof, rannte bis hinter das nächste Gebäude und versuchte sein Tempo zu erhöhen. Rundum waren nur weiße Hallen zu sehen, kein einziges Tor, das aus dem Gelände hinaus führte, in die Freiheit. Wenn er es schaffte, bis zum nächsten Gebäude zu kommen und um die Ecke zu biegen, bevor sie auftauchten, wüssten sie vielleicht nicht, wohin er gelaufen war. Die Milchsäure machte sich schmerzhaft in der Oberschenkelmuskulatur bemerkbar; beim Abbiegen warf er einen Blick zurück, noch war niemand zu sehen. Aber vor ihm lag wieder ein riesiger Innenhof, umgeben von weißen Gebäuden. Es gab keinen Fluchtweg, bald würden ihm alle Wächter des Forschungszentrums auf den Fersen sein.

Plötzlich hörte Kara, wie hinter ihm der Sand knirschte. Er

drehte sich um und spürte einen quälenden Schmerz, als sich eine Hand um seinen Mund presste.

Manas lächelte. Er wusste, das war so üblich.

* * *

Im Besprechungsraum der Generalstaatsanwaltschaft saßen drei ratlose Beamte: der Leiter der Aufklärungsabteilung der KRP Klasu Nyman, die Chefin der Gegenspionage der SUPO Saara Lukkari und die stellvertretende Generalstaatsanwältin Anni Alanko. Die Besprechung der Koordinierungsgruppe für die Ermittlungen zum Kabinett begann gerade.

»Fassen wir die Lage zusammen, ich fange an. Eigentlich hätte ich etwas anderes zu tun«, knurrte Nyman unzufrieden. »Zuerst die guten Nachrichten, das sind nicht viele. Der Fall Suomen Kivijaloste ist eindeutig: Das Unternehmen hat sich alle seine ausländischen Arbeitskräfte über die auf der Insel Jersey registrierte Arbeitsvermittlungsfirma Workhelp beschafft. Im Moment sieht es so aus, als kämen wir nur an Jouni Pääkkönen von Suomen Kivijaloste heran und an Jukka Ukkola, der sich in der letzten Zeit um die Angelegenheiten von Workhelp gekümmert hat. Ukkola ist jetzt festgenagelt, wir haben gegen ihn jede Menge Beweise sowohl für dieses als auch für andere Verbrechen. Aber über Ukkola kriegen wir die anderen Kabinettsmitglieder nicht zu fassen, in den Verhören redet er nicht.«

»Und Ukkolas Speicherstick? Kara behauptet ja, er habe darauf Teile vom Smirnow-Material gelesen. Die Namen, die Kara aufgezählt hat, nützen uns ohne Beweise nichts«, sagte Saara Lukkari und verschränkte ihre muskulösen Arme.

»Bei Ukkola wurde auch während der letzten Hausdurchsuchung nichts gefunden«, erwiderte Nyman ungehalten. »Und der unter dem Namen Manas bekannte Kirgise wurde auch nicht gefunden, obwohl wir jetzt Bilder von dem Mann haben.«

Plötzlich ging die Tür auf und Generalstaatsanwalt Asko Väkikorpi trat mit einem Stoß Unterlagen herein. »Hier ist ja genau die richtige Sitzung im Gange. Das wurde vor einer halben Stunde an die öffentliche E-Mail-Adresse der Generalstaatsanwaltschaft geschickt«, sagte er und ließ die Ausdrucke vor Saara Lukkari auf den Tisch fallen. »Das Smirnow-Material.«

* * *

Jukka Ukkola saß im Sessel seines Wohnzimmers mit einem Glas Amontillado in der Hand, sein Gesicht war zu einer fratzenhaften Grimasse verzerrt, wie sie erst nach einer viertägigen Saufkur möglich ist. Die Flecken auf seinem bekleckerten T-Shirt waren eingetrocknet, zu seinem Glück konnte er den eigenen Gestank jedoch nicht riechen.

Ukkola starrte auf seine japanischen Waffen, die Schwerter, Messer und anderen Teile der Ausrüstung eines Samurai, und ihm ging der Gedanke durch den Kopf, dass er nichts anderes besaß als diese Sammlung, sein Auto und das Haus, und eigentlich interessierte ihn auch das alles nicht. In seinem Leben war nach Katis Auszug alles ins Stocken geraten und schließlich bergab gegangen. Es war unausweichlich geschehen, aber so langsam, dass es ihm nicht rechtzeitig bewusst geworden war. Nun hatte Kati ihre Tochter gefunden, damit war seinem Leben das Ziel abhandengekommen: Er hatte Kati zwingen wollen, wieder bei ihm einzuziehen. Was zum Teufel sollte er sich nun als Ersatz dafür ausdenken? Das Saufen hatte seine Vorteile, es war eine alles erfassende Beschäftigung, ihm fiel kein anderes Hobby ein, mit dem man Tage verbringen konnte, ohne sich zu langweilen. Und wenn man es mit einer relativ sauberen Leber anging, hatte man bei etwas Glück noch Dutzende Jahre mit seinem Hobby vor sich.

Plötzlich war aus der Küche das nervenzerreißende Signal von Skype zu hören. Ukkola registrierte es mit geringem Interesse und nahm einen großen Schluck Sherry. Natürlich war er betrunken, allerdings auch nicht in dem Maße, dass er sich in diesem Zustand irgendjemand hätte zeigen wollen. Dann meldete sein Handy den Eingang einer SMS und er streckte die Hand zum Couchtisch aus. Der Vorsitzende des Kabinetts forderte ihn auf, von einem Prepaid-Anschluss anzurufen und Skype für eine Bildverbindung zu öffnen. Ukkola hätte am liebsten gelacht, aber er war zu müde und zu besoffen.

Im Bad fand sich im Wäschekorb ein T-Shirt, das zwar auch schmutzig, aber wenigstens nicht bekleckert war. Ukkola drehte den Hahn auf, hielt die Hände unters Wasser, fuhr sich durch die Haare und kämmte sie. Im Spiegel starrte ihn ein wachsbleiches, aufgedunsenes Gesicht an mit geröteten, fast zugeschwollenen Augen. Er holte sein Handy, rief den Vorsitzenden an und öffnete die Bildverbindung über Skype.

Ein Jukka Ukkola in normaler Verfassung mit seiner schnellen Auffassungsgabe hätte sofort geahnt, dass ihn schlechte Nachrichten erwarteten, als er den Vorsitzenden auf dem Display erblickte. Auf dem sonst wie in Beton gemeißelten Gesicht lag ein schadenfrohes Lächeln. »Du siehst ja richtig frisch und munter aus«, begann der Vorsitzende.

»Was willst du?«

»Wir haben alle deine zwölf Speichersticks eingesammelt. Nur dein eigenes Exemplar ist noch übrig«, sagte der Vorsitzende, und im selben Augenblick klingelte es an Ukkolas Tür. »Du solltest es jetzt übergeben.«

Jukka Ukkola musste sein Gehirn eine Weile anstrengen, bis ihm klar wurde, dass nun genau der Fall eingetreten war, für den er Eeva Vanhalas Unterlagen kopiert und gespeichert und die Sticks dann an seine Kontaktpersonen in der Unterwelt verteilt hatte. Ohne ein Wort zu sagen, stand er auf, ging kurz in den Keller und öffnete dann die Haustür. Er machte sich nicht die Mühe, Jose Sinko und dem dahinterstehenden tätowierten Biker etwas zu sagen, drückte Sinko einfach den Stick in die ausgestreckte Hand und schloss die Tür.

»Was hast du vor?«, fragte Ukkola, als er an seinen Laptop zurückgekehrt war. »Ich kann meine Informationen immer noch an die KRP weitergeben.«

»Mach das ruhig. Ich habe den Behörden schon die Dokumente zu fast allem, was du weißt, geschickt. Und natürlich auch die Beweise für alle Verbrechen, die du begangen hast.«

Ukkola verstand nicht. »Hast du der Polizei auch Vanhalas Unterlagen geschickt?«

»Bestimmte Teile davon. Das reicht.« Der Vorsitzende sah nun noch zufriedener aus. »Die Behörden haben nun massenhaft Beweise gegen dich, ganze Ordner voll. Du wirst eine lange Haftstrafe erhalten, dafür werden ich, der Generalstaatsanwalt und unsere Brüder in den Gerichten garantiert sorgen. Es ist mir ausgesprochen gleichgültig, was du vor Gericht erklären wirst, da du keinerlei Beweise für deine Behauptungen vorlegen kannst. Du solltest glücklich sein, dass wir einen Schuldigen brauchen. Lieber im Knast als im Sarg, oder? Alles Gute weiterhin«, sagte er zum Abschied und verschwand vom Bildschirm.

Jukka Ukkola hatte das Gefühl, in einen Abgrund zu fallen, obwohl er fest auf seinem Stuhl saß. Kalter Schweiß trat ihm auf die Stirn wie bei einer Magen-Darm-Grippe, wenn man sich immer wieder übergeben musste. Man hatte ihn an allen Fronten geschlagen, das war eine totale Niederlage. Sollte er den Platz auf den eigenen Beinen oder auf der Bahre verlassen?

* * *

Kurz nach ein Uhr mittags betrat Kati Soisalo ihre Kanzlei in Hietalahti, ging zu ihrem Unterlagenschrank aus Stahl und öffnete das Schloss der untersten Schublade. Sie nahm die Pistole Glock 19, die sie vor Jahren für das Präzisionsschießen gekauft hatte, aus dem Futteral, schaute nach, ob das Magazin voll war, und steckte die Waffe in ihre Manteltasche. Mehr brauchte sie nicht.

Als sie in Frankfurt den Albaner endlich losgeworden war, hatte sie einen Flug gebucht und nach einer durchwachten Nacht in ihrem Hotelzimmer die Frühmaschine nach Helsinki genommen. Es war ihr gelungen, einen klaren, wenn auch leeren Kopf zu bewahren. Sie brauchte nicht nachzudenken, sie wusste genau, was zu tun war.

Der Smart bewältigte die Strecke bis zu Jukka Ukkolas Haus in etwa zwanzig Minuten, Kati Soisalo stieg im selben Moment aus, als die Räder zum Stillstand kamen. Sie klingelte an der Haustür, öffnete den Reißverschluss ihres Mantels und presste die Hand um den Pistolengriff. Sie klingelte noch einmal. Ukkola war sehr wohl zu Hause, sein Audi stand auf dem Hof.

Es verging noch eine Weile, dann öffnete sich die Tür. Kati Soisalo stieß Ukkola, der vollkommen erledigt aussah, mit aller Kraft ins Haus hinein und schloss die Tür mit einem Fußtritt. Ukkola konnte sein Gesicht noch zu einem Lächeln verziehen, aber die Worte blieben ihm im Halse stecken, als Kati Soisalo die Waffe aus der Tasche zog und lud. Ukkola bewegte sich nach vorn, halb fuchtelte er mit der Hand nach der Glock, halb taumelte er auf sie zu. Die Pistole wackelte, ein Schuss löste sich und Ukkola schrie auf. Um seinen Fuß bildete sich eine Blutlache. Kati Soisalo versetzte Ukkola einen Tritt in den Bauch. Das Geschrei verstummte.

Kati Soisalo zitterte vor Hass. Es tat so verdammt gut, diesen Irren schmerzverzerrt am Boden zu sehen. Sie ging zum Kamin, steckte die Hand in den Rauchfang und tastete die Ziegel ab. Ukkolas eigene Waffe war nicht am gewohnten Platz.

»Sie haben hier eine Hausdurchsuchung gemacht. Zweimal«, erklärte Ukkola und wickelte sich dabei sein Hemd um den blutenden Fuß. Dann hüpfte er auf einem Bein zum Couchtisch, nahm die Flasche Noblezza und trank sie aus. »Dein Glück, dass bei den Nachbarn tagsüber niemand zu Hause ist«, sagte er.

»Du hast ein Dokument gefälscht, mit dem ich angeblich meine Zustimmung zu Vilmas Adoption gegeben habe. Du hast meine Tochter verkauft! Du hast das alles geplant. Wie kann ein Mensch so krank sein, einem albanischen Kriminellen ein Kind zu verkaufen, mit dem er drei Jahre zusammengewohnt hat.« Ihre eigenen Worte fachten ihre Wut noch weiter an. Sie ging zu Ukkola hin, zielte mit der Waffe auf seine Stirn und spürte den brennenden Wunsch, den jahrelangen Sadismus dieses Schweins auf der Stelle zu beenden.

Ukkola setzte sich auf den Fußboden, ohne den Blick seiner trüben Augen von der Waffe abzuwenden. »Hör mir zu, verflucht noch mal. Man hat mich dazu gezwungen. Vilmas Vater ist der Vorsitzende des Kabinetts. Er hat alles organisiert oder genauer gesagt, mir befohlen, alles zu organisieren. Und er ist auch Helena Poulsens Vater. Hat Jonny Karlsson denn nicht die Vergangenheit der Frau überprüft, ihren Mädchennamen?« Ukkola schrie ihr den Namen des Kabinettsvorsitzenden ins Gesicht.

»Helena Poulsen ist die Tochter des Exministerpräsidenten«, wiederholte Kati Soisalo und bemerkte nicht einmal, wie ihre Hand mit der Waffe auf den Oberschenkel herabsank. Sie erinnerte sich nicht, den Politiker in der Huvilakatu gesehen zu haben, in jener Nacht, in der Vilma rational betrachtet gezeugt worden sein musste.

Ukkola erhob sich auf die Knie und ächzte vor Schmerz. »Das Kabinett ist jetzt aufgelöst. Ich kann bei jeder Behörde bezeugen, dass ich deine Zustimmung zu den Adoptionsunterlagen gefälscht habe. Du ziehst einfach nur wieder hier ein, dann helfe ich dir, Vilma zurückzuholen. Alles wird wieder so wie früher.«

Kati Soisalo antwortete mit einem Blick voller Verachtung.

»Ich hätte mir so etwas nie selbst ausgedacht. Ihr beide, du und Vilma, wart mein Ein und Alles, ich würde alles dafür hergeben, wenn ich wieder sehen könnte, wie das Mädchen hier spielt. Ich bin sehr wohl fähig, mich zu ändern, natürlich habe ich auch selbst Schuld, aber ...«

Kati Soisalo ging, ohne ein Wort zu sagen, und ließ Jukka Ukkola mit seinem Beinschuss weiter sich selbst belügen.

36

Dienstag, 11. Oktober

Manas hatte Leo Kara in eine der Industriehallen des Forschungszentrums geschleppt, nun ließ er ihn los. Kara blieb wie versteinert stehen, er brauchte eine Weile, bis er wirklich glaubte, was er da sah und hörte: Auf den Metalltischen und an den Wänden der weitläufigen, mit verschiebbaren Zwischenwänden unterteilten Halle standen Tierkäfige und ein großes Aquarium. Kara erblickte Fische, Mäuse, Ratten, Kaninchen, Meerschweinchen und in den größten Käfigen ein halbes Dutzend neugierige Schimpansen, die ihre Gesichter verzogen und kurze Laute ausstießen.

»Ich wusste, dass du bei deiner Flucht denselben Weg nehmen würdest, auf dem man dich zum Gespräch mit Mironow und mir gebracht hatte. Das war die einzige Strecke, die du kanntest«, sagte Manas auf Russisch.

Plötzlich waren auf dem Hof Schritte und Rufe der Wachleute zu hören, und Kara wurde schlagartig klar, dass er überall anders sicherer aufgehoben wäre als hier. Er musste es versuchen.

Kara stürmte los in Richtung Tür und hörte sofort die Schritte des Kirgisen hinter sich. Mit der rechten Hand konnte er noch die Klinke ergreifen, dann umspannte eine Pranke schmerzhaft seinen Bizeps. Kara drehte sich um und schwang mit aller Kraft seine linke Faust, doch Manas fing sie ab und presste sie so zusammen, dass die Knöchel knackten. Kara fühlte sich genauso hilflos wie als vierzehnjähriger Junge in dem Londoner Industriegebäude.

Mit geübtem Griff verdrehte ihm Manas den Arm, er musste sich auf die Knie fallen lassen. Dann riss der Kirgise mit ein paar schnellen Bewegungen den Schnürsenkel aus seinem Armeestiefel, wickelte ihn um Karas Handgelenke und zog ihn so straff, dass er einschnitt. Er gab Kara einen Stoß, sodass er ganz zu Boden stürzte, trat vor die Schränke an der Wand, öffnete die Türen und suchte etwas.

In Karas Kopf pulsierte nur ein Gedanke – er musste fliehen. Diesmal würde Manas nicht versagen. Er ließ den Blick über die Versuchstiere wandern und entdeckte einen Gasherd und daneben Flüssiggasbehälter mit der Aufschrift Propan. Der Ventilmechanismus der zwanzig Kilo fassenden Behälter sah anders aus als bei normalen Gasflaschen ...

Er schob ein Bein langsam zu einem der Gasbehälter hin, das war seine einzige Chance. Blieb nur zu hoffen, dass es reines, völlig geruchloses Propan war. Er stieß mit der Schuhspitze an das Ventil, zu schwach. Plötzlich schaute Manas kurz zu ihm hin und Kara tat rasch so, als wollte er seine Haltung ändern. Ein zweiter Versuch, ein leichter Schlag mit der Schuhspitze gegen das Ventil des Propanbehälters – es drehte sich. Er roch nichts, hörte aber ein gedämpftes Rauschen. In der Halle gab es einige Dinge, die brennbar waren: die Zwischenwände, Teppiche, ein paar Sessel. Vielleicht würden auch einige der Gefäße mit Chemikalien auf den Metalltischen Feuer fangen. Aber wie zum Teufel sollte er das Propan entzünden?

Manas hatte gefunden, was er suchte. Der Kirgise wischte mit dem Arm die Sachen herunter, die auf einem der Metalltische lagen, packte Kara im Genick und zwang ihn, sich rücklings auf den Tisch zu legen. Innerhalb von wenigen Sekunden hatte er Karas Hand- und Fußgelenke mit Nylonstricken an den Tischbeinen festgebunden und schnürte zum Schluss auch noch ein Seil um seine Hüften. Kara konnte sich nur noch einige Millimeter bewegen, er sah wie ein Tierfell aus, das gegerbt werden sollte. Dann ging der Kirgise zu einem kleinen Metallkäfig, öffnete ihn, schob die Hand vorsichtig hinein und wandte sich Kara zu. »Diesmal habe ich die Zeit, das zu tun, was ich will. Deine Hinrichtung muss nur so erledigt werden, dass ich behaupten kann, ich hätte dich bei einem Fluchtversuch getötet. Es dürfen keine Spuren zurückbleiben.«

Kara sagte nichts, er war gar nicht dazu imstande. Er starrte auf das Tier, das Manas am Schwanz hochhielt: eine riesige rotbraune Ratte, die anscheinend mit ihrem Leben alles andere als zufrieden war.

»Dieser Ort bietet interessante Möglichkeiten für Improvisationen«, erklärte Manas und hielt die Ratte eine Handbreit von Karas Gesicht entfernt. »Das ist eine *Rattus norvegicus*, eine ganz gewöhnliche Großratte. Sie hat messerscharfe Vorderzähne und einen ausnehmend aggressiven Charakter. Ich setze sie dir auf den Bauch und stülpe einen kleinen Metalltopf darüber. Und wenn ich den Topf erhitze, nagt die Ratte sich ihren Weg in die Freiheit. Durch deinen Bauch.«

»Ist dir selber klar, wie krank du bist?«, fragte Kara, und die beiden Männer schauten sich eine Weile unverwandt an. »Eben hast du gesagt, dass keine Spuren zurückbleiben dürfen.«

Manas zog aus seinem langen Mantel eine Schrotflinte hervor, deren Läufe unmittelbar am Kolben abgesägt waren. »Ich verwende diese Lupara wirklich selten. Sie hinterlässt in deinem Bauch ein ungefähr genauso großes Loch wie die Ratte. Und man wird ja keine Obduktion durchführen, es genügt, wenn alles oberflächlich so aussieht, als wäre es in Ordnung. Allerdings muss man die Ratte aus deinen Eingeweiden herausreißen, bevor sie dich finden. Aber alle Berufe haben eben auch ihre Schattenseiten.«

Manas kramte in den Schränken herum, kehrte zu Kara zurück und drückte ihm ein Stück Panzerband auf den Mund. »Wir gehen es langsam an, wir haben keine Eile.«

Kara versuchte vergeblich zu schreien, als er die scharfen Krallen des Nagers auf seinem Bauch fühlte. Manas stülpte einen kleinen, schweren Metalltopf über die Ratte. Das Tier gebärdete sich eine Weile wie verrückt, beruhigte sich aber dann.

Plötzlich hämmerte jemand an die Tür und rief etwas in Deutsch.

Manas nahm den Topf und die Ratte von Karas Bauch herunter, trat aus der Halle hinaus und schloss die Tür hinter sich.

Kara zerrte an den Nylonseilen, zog aber dadurch die Knoten nur noch fester. Er musste seine Hände oder Beine freibekommen, sonst würde er auf dem Stahltisch bei lebendigem Leibe verbrennen – der Kirgise hatte die Absicht, den Rattentopf mit einer Flamme zu erhitzen, dann würde das Propangas explodieren.

* * *

Nur eine knappe halbe Stunde, nachdem Ukkola den Namen von Vilmas Vater verraten hatte, parkte Kati Soisalo ihr Auto vor dem Haus des Kabinettsvorsitzenden in der Sandelsinkatu. Am Telefon hatte er sich überrascht, aber zugleich interessiert angehört und zugesagt, sich unverzüglich mit ihr zu treffen.

Kati Soisalo stieg die Treppe hinauf und schüttelte immer wieder den Kopf. Sie würde gleich den Vater ihrer Tochter sehen, einen Mann, dem sie nach ihrer Erinnerung nie begegnet war, dem Mann, der die Entführung Vilmas beschlossen und dafür gesorgt hatte, dass sie von seiner Tochter Helena Poulsen aufgezogen wurde. Kati Soisalo war innerlich aufgewühlt und beherrscht von chaotischen Gefühlen: Sie schämte sich für das, was vor Jahren in der Huvilakatu geschehen war, sie konnte es nicht fassen, was der Mann ihr und Vilma angetan hatte, und sie war angesichts der Absurdität der ganzen Situation völlig konsterniert.

Sie brauchte nicht zu klingeln, die Tür stand einen Spalt weit offen, und der Vorsitzende des Kabinetts wartete im Flur.

»Na also, Mädchen. Drei Jahre hat es gedauert, aber nun hast du doch den Weg hierher gefunden.« Der Vorsitzende nahm höflich den Mantel entgegen, den Kati Soisalo ausgezogen hatte, und hängte ihn an die Garderobe.

Kati Soisalo spürte das Metall ihrer Pistole im Kreuz, der Saum des Hemdes verdeckte den Griff der Waffe, die im Hosenbund steckte. Sie stand regungslos da, starrte den ehemaligen finnischen Ministerpräsidenten an und suchte in seinem Gesicht nach irgendeinem Beweis dafür, dass er Vilmas Vater war, sah sich aber enttäuscht. Der Vorsitzende erinnerte mit seinem kräftigen Kinn, der geröteten Haut und den kleinen Augen eher an einen Bauern, der Ende des neunzehnten Jahrhunderts auf einem Schwarz-Weiß-Foto posierte. Zum Glück hat Vilma ihr Äußeres von der Mutter geerbt, dachte Kati Soisalo und spürte, wie die Wut wieder in ihr hochkochte, als sie bemerkte, dass der Mann sie amüsiert musterte.

»Ich habe eben mit Ukkola gesprochen. Ich weiß, was los ist«, sagte der Vorsitzende. »Ich kann nur immer noch nicht glauben, dass du nichts von dieser Nacht im Gedächtnis behalten hast, nicht mal mich.«

»Wahrscheinlich war an dir nicht viel, was man im Gedächtnis behält«, entgegnete Kati Soisalo.

Das Gesicht des Vorsitzenden rötete sich noch mehr. Er dirigierte sie mit einer Handbewegung ins Wohnzimmer und setzte sich in einen Sessel, auf den alle anderen Sitzgelegenheiten des Raumes ausgerichtet waren. Kati Soisalo blieb mitten auf dem orientalischen Teppich stehen.

»Du bist mir aufgefallen, kurz nachdem ich Jukka Ukkola als Mitglied in das Kabinett aufgenommen hatte. Damals sahst du noch ziemlich scharf aus. Es war kein Zufall, dass wir uns auf der Party vor drei Jahren in der Huvilakatu getroffen haben. Ukkola hat mir mitgeteilt, wo du bist. Er wusste, dass er steril war, und wollte, dass du schwanger wirst, angeblich warst du zu der Zeit unheimlich versessen darauf, ein Kind zu kriegen. An dem Abend bist du dann zufällig sturzbetrunken und geil auf einen Mann gewesen. Aber dass du auf einen Schlag gleich schwanger geworden bist, das war völlig überraschend.«

»Ist das sicher? Dass du Vilmas Vater bist?«

»Ukkola hat bei der KRP die DNA-Tests machen lassen.«

Kati Soisalo setzte sich in den Biedermeiersessel. »Warum? Sag mir, warum du mir Vilma wegnehmen wolltest.«

»Das war nun eher Zufall. Helena, meiner Tochter, ist es einfach nicht gelungen, schwanger zu werden. Sie konnten kein finnisches Kind für eine Adoption bekommen, und ein ausländisches wollte Helena nicht. Das Mädchen ist verdammt eigensinnig, da kommt sie nach mir. Aber ihnen darfst du das alles nicht vorwerfen. Helena und Joakim haben sich nur damit einverstanden erklärt, dass ich meine Beziehungen nutze und ihnen ein finnisches Adoptivkind ohne Bürokratie besorge. Helena bekam das, weswegen sie allen so lange in den Ohren gelegen hatte: ein Kind. Und ich bekam die Möglichkeit, meine neue Tochter zu treffen, wann immer ich Zeit hatte und wollte. Das war eine hervorragende Lösung.«

»Für alle, außer für mich und Vilma«, erwiderte Kati Soisalo und verspürte den brennenden Wunsch, diesen überheblichen Fiesling auf der Stelle zu erschießen. »Du Idiot wirst ja wohl kapieren, dass sich all das vor Gericht so oder so klären wird. Und mir ist völlig egal, wie lange das dauert.«

Der Vorsitzende wurde ernst und beugte sich vor. »Versuch du zu kapieren, dass ich Vilmas biologischer Vater bin, ob dir das passt oder nicht. Und für meine ... Beteiligung an der Entführung des Mädchens oder an der Regelung der Adoption besitzt niemand irgendwelche Beweise. Wenn du Schwierigkeiten machst, lasse ich meine Vaterschaft bestätigen und beantrage das Sorgerecht, und dann läuft alles so weiter wie bisher. Helena und Joakim wären sicher bereit, wieder nach Finnland zu ziehen, wenn es die Situation erfordert.« Der Vorsitzende wirkte nachdenklich. »Das Gericht ist praktisch gezwungen, das Sorgerecht für Vilma entweder mir oder den Poulsens zu geben, sobald du wegen versuchten Totschlags ins Gefängnis musst. Du bekommst sicher eine mehrjährige Haftstrafe ohne Bewährung, aber das weißt du als Juristin natürlich.«

»Wegen versuchten Totschlags?«, wiederholte Kati Soisalo.

»Das hat mir Ukkola am Telefon erzählt, kurz bevor du gekommen bist. Er hat die Polizei zu sich nach Hause gerufen, nachdem du weggegangen warst. Dann hat er noch gesagt, alles Weitere würde nun davon abhängen, wie du dich entscheidest.« Der Vorsitzende schaute sie neugierig an. »Was für eine Entscheidung meint er denn damit?«

»Die hier.« Mit verzweifeltem Gesicht zog Kati Soisalo ihre Waffe. Sie wusste nicht, auf welchen Kopf sie zielen sollte – auf ihren eigenen oder den dieses Ungeheuers.

* * *

Leo Kara kam es so vor, als läge er schon eine Ewigkeit auf dem Tisch in der Tierhalle. Manas war gerade eilig hinausgegangen, nachdem jemand an die Tür gehämmert hatte. Draußen dröhnten die Motoren großer Fahrzeuge. Der Topf stand umgedreht neben ihm auf dem Tisch und darunter kratzte die Ratte mit ihren Krallen.

Jetzt wusste Kara, dass aus der Propanflasche Gas ausströmte. Er spürte es schon im Kopf, und Manas würde es auch in Kürze bemerken. Er musste die Fesseln vorher aufbekommen. Kara nahm all seine Kraft zusammen, konzentrierte sich und zog mit voller Gewalt an den Stricken, dabei wackelte der schwere Tisch so, dass der Topf herunterfiel. Blitzschnell huschte die Ratte zu den Schränken an der Wand.

Im selben Moment trat Manas herein, sah, was passiert war, und jagte dem Nager hinterher. Kara zerrte wie besessen an seinen Fesseln, jetzt lockerten sie sich ein wenig, lösten sich aber immer noch nicht. Er würde bei lebendigem Leibe verbrennen, wenn er es nicht schaffte, die Stricke zu zerreißen …

Manas trieb die Ratte in eine Ecke, erwischte sie schließlich am Schwanz und hielt sie hoch, während er aus einem Schrank einen kleinen Gasbrenner herausnahm. Dann trug er das zappelnde Tier zu seinem Gefangenen hin und hielt sie so über dessen Kopf, dass Kara die Rattenzähne erblickte, die an eine Ahle erinnerten.

»Das Forschungszentrum wird bald evakuiert sein, die Behörden wollen ihm einen Besuch abstatten. Aber wir beide bleiben noch einen Augenblick hier. Jetzt kommen wir endlich zur Sache«, sagte Manas und drückte den Topf mit der Ratte fest auf Karas Bauch. Er stand nur einen halben Meter von der Propanflasche entfernt. Der Kirgise steckte die Hand in seine Tasche, zog sie wieder heraus, und Kara hörte das Feuerzeug knacken. Dann krachte es gewaltig.

Durch die Explosion waren Karas Ohren verschlossen. Er spürte den ekligen Geruch seiner versengten Augenbrauen. Der Kirgise lag regungslos am Boden, seine Kleidungsstücke brannten wie Fackeln. Kara begriff, dass der Stahltisch ihn selbst geschützt hatte, der Propanbehälter war darunter explodiert. Alles stand in hellen Flammen, die Tiere quietschten und kreischten ohrenbetäubend. Er bemerkte, dass einer der Stricke um seine Handgelenke angesengt und ganz dunkel war. Er zerrte daran, aber das Nylonseil gab nicht nach. Die Flammen züngelten über den Tischrand und erfassten seine Jeans, die Haare an den Unterschenkeln verbrannten im Nu, als das Hosenbein Feuer fing. Kara versuchte die Hand ins Feuer zu halten, der Strick spannte sich aufs Äußerste, nur ganz knapp reichte die Hand über den Tisch hinaus bis in die Flammen. Es tat so verdammt weh, aber die Nylonschnur schmolz und schmolz – und riss.

Es dauerte noch eine qualvoll lange Minute, bis er die restlichen Fesseln geöffnet hatte und zum Ausgang taumelte, dabei schützte er seinen Kopf mit den Händen vor den Flammen. Ihm wurde schwarz vor Augen und die Rauchgase brannten in der Lunge. Er öffnete die Tür, fiel auf die Knie und atmete gierig die frische Luft ein. Irgendwo hörte man ein gleichmäßiges Rattern, das immer stärker wurde. Kara schaute nach oben und erblickte ein Geschwader blauer Hubschrauber, das in raschem Tempo näher kam. Der erste landete auf dem Dach des Verwaltungsgebäudes, der zweite auf dem Innenhof, und schon bald sah man überall Polizisten in voller Kampfausrüstung.

37

Dienstag, 11. Oktober – Mittwoch, 12. Oktober

Leo Kara spürte, dass seine Zunge am Gaumen klebte, als er wach wurde. Ganz offensichtlich war er nicht tot: Dort, wo er dann landen würde, dürfte es kaum Frauen im weißen Kittel geben, die mit einer Diagnostikleuchte in Augen schauten. Er versuchte sich aufzusetzen, musste aber passen, als der Schmerz in der Hand zu stark wurde. Da fiel ihm ein, was im Forschungszentrum geschehen war.

»Guten Abend, Sie sind schneller wieder zu Bewusstsein gekommen, als ich zu hoffen wagte. Sie befinden sich im Liechtensteinischen Landesspital in Vaduz und mein Name ist Hanni Frommelt, ich bin die leitende Ärztin der Station für Brandverletzungen. Wie fühlen Sie sich, haben Sie Schmerzen?«

Kara schloss die Augen. Wenn er dalag, ohne sich zu bewegen, tat die Hand fast gar nicht weh. Hanni Frommelts Worte klangen wie Musik in seinen Ohren, obwohl die Frau ihn ansprach wie einen Opa, der sein Gehör verloren hatte. Er war jedenfalls in Sicherheit. »Darf ich das Telefon benutzen?«, fragte Kara.

»Aber natürlich«, antwortete die Ärztin lebhaft. »Auslandsgespräche müssen wir allerdings in Rechnung stellen.« Hanni Frommelt nahm das Telefon vom Nachttisch neben Karas Bett. »Eine Null vorwählen, wenn Sie nach draußen anrufen. Ich komme gleich wieder, um Ihren Zustand genauer zu untersuchen.«

Kara brauchte einen Augenblick, bis ihm Bethas private Handynummer wieder einfiel. Es klingelte so lange, dass er schon im Begriff war aufzugeben. Schließlich meldete sich Betha aber doch noch in gereiztem Ton.

Kara hielt sich nicht mit einer langen Vorrede auf: »Was ist in Schaan passiert?«

»Liechtenstein hat ein dreiseitiges Abkommen in Bezug auf Polizeioperationen mit der Schweiz und Österreich, das Land verfügt selbst nur über reichlich hundert Polizisten. Die Operation gegen das Forschungszentrum in Schaan wurde von der taktischen Einsatzgruppe Tigris der Schweizer Bundeskriminalpolizei und vom Antiterror-Einsatzkommando Cobra des österreichischen Innenministeriums ausgeführt.«

»Ist Mundus Novus vernichtet?«

»Die führenden Leute konnten alle rechtzeitig fliehen, unter ihnen Andrej Rostow, Nikolai Mironow und Manas. Es wurde kein einziger Wissenschaftler gefunden«, Betha schwieg einen Augenblick. »Keine Spur von deinem Vater.«

»Ist Mundus Novus jetzt vernichtet?«, fragte Kara noch einmal.

»Diese Frage kann ich noch nicht beantworten. In Schaan wurden zwar haufenweise Anlagen, Geräte und Hinweise auf Technologien gefunden, aber ein Teil der Hallen war rechtzeitig leergeräumt worden. Es wird seine Zeit dauern, bis wir wissen, wie schwer die Entdeckung des Forschungszentrums Mundus geschadet hat. Ein schwerer Schlag war es für sie auf jeden Fall.«

»Was wurde alles …«

Betha unterbrach ihn: »Und du? Ist bei dir alles in Ordnung?«

»Einigermaßen. Ich komme morgen nach London, wenn nichts Außergewöhnliches passiert.«

»Gut. Dann reden wir weiter, ich kann dich am Flughafen abholen. Jetzt muss ich weiterarbeiten, in den letzten Tagen sind alle möglichen … unbegreiflichen Dinge passiert.«

* * *

Die Besprechung der Koordinierungsgruppe für die Ermittlungen zum Kabinett fand im Beratungsraum »Bindeglied« des Hauptquartiers der KRP in Jokiniemi statt.

»Anhand dieses Materials kann man sich ein gutes Bild davon machen, was das Kabinett war«, sagte Klasu Nyman mit zufriedener Miene und legte eine Hand auf den Stapel Unterlagen. »Jetzt werden endlich auch in Finnland die Spukgestalten aus der Zeit der Sowjetunion zur Strecke gebracht, diese Dokumente entlarven zumindest die wichtigsten Helfer des KGB. Das ist ein historischer Durchbruch.«

Saara Lukkari von der SUPO war nicht so begeistert wie ihr Kollege. »Wir wissen jetzt, dass dieses Kabinett in Zusammenarbeit mit den russischen Geheimdiensten die Interessen des Kreml vertreten hat, dass es aus vom KGB angeworbenen finnischen Entscheidungsträgern bestand und die Russen ab 1990 dabei unterstützt hat, das in Privathand gelangte Milliardenvermögen der Sowjetunion zu waschen und anzulegen.«

»Ziemlich spektakulär diese Enthüllungen«, lautete der Kommentar der stellvertretenden Generalstaatsanwältin Anni Alanko.

Saara Lukkari schüttelte den Kopf. »Das ist doch alles schon lange her. Aber heute, in diesem Jahrtausend, hat das Kabinett mit unterschiedlichen illegalen Geschäften, die außenstehende Akteure in seinem Auftrag besorgt haben, für die Stiftung Mundus Novus Finanzmittel beschafft. Wofür wurden die vom Kabinett in den letzten Jahren angehäuften Gelder verwendet? Wie war das Kabinett organisiert? Wer hat es geleitet? Und weshalb sind alle Kabinettsmitglieder, die in diesen Unterlagen enttarnt werden, entweder tot oder aus Finnland verschwunden – Forslund, Pohjala, Arho, Palomaa, Kankare, Saurivaara, Laamanen ...«

Klasu Nyman unterbrach Lukkari. »Jukka Ukkola lebt. Und diesem Material zufolge ist er für fast alle Verbrechen des Kabinetts verantwortlich.«

Saara Lukkari wollte erneut widersprechen, doch Nyman winkte ab und ließ sie gar nicht erst zu Wort kommen. Er tippte etwas auf einem Laptop und deutete dann auf das Bild, das an die Wand geworfen wurde. »Meiner Meinung nach sagt dieses Sitzungsprotokoll alles Notwendige über den Zweck des Kabinetts. Die Beratung fand statt, kurz nachdem die Berliner Mauer gefallen war und Gorbatschow und Reagan das Ende des Kalten Krieges verkündet hatten. Das war eine der letzten Sitzungen des Politbüros, der Zerfall der Sowjetunion war schon in Sicht.«

Auszug aus dem Protokoll der Sitzung des Politbüros des Zentralkomitees der KPdSU, 16. Mai 1990:

Streng geheim
Einziges Exemplar
ARBEITSPROTOKOLL

Vorsitzender: M. S. Gorbatschow
Anwesende Mitglieder des Politbüros: die Genossen Iwaschko, Lutschinski, Gurenko, Dsasochow, Massalijew, Gorbatschow.

Gorbatschow: Ich habe Wladimir Antonowitsch (Iwaschko) gebeten, uns zu berichten, was wir und der KGB in dieser Situation mit unseren finnischen Helfern machen sollten.
Iwaschko: Wir müssen sie unbedingt noch enger an den KGB binden. Die Informationen über alle diese Finnen befinden sich in unseren Archiven. Wir benutzen sie als Hilfsmittel.
Gorbatschow: Die Propaganda des Westens ist wirkungsvoll und die Aufklärungsorgane der Amerikaner zahlen gut.
Iwaschko: Das wurde bei der Ausarbeitung der Pläne berücksichtigt. Die finnischen Helfer sollen künftig auch mit konkurrenzfähigen finanziellen Vergütungen motiviert werden. Die Bedeutung der Bindung auf ideologischer Ebene wird sich verringern. Man wird die Unterstüt-

zung von Finnen nutzen, wenn es darum geht, das Vermögen der Kommunistischen Partei in Sicherheit zu bringen und künftig auch andere wirtschaftliche Projekte zu realisieren. Wir bilden eine aus Finnen bestehende feste Gruppierung, der große, kollektive Aufgaben übertragen werden können.

Gorbatschow: Verständigen wir uns darauf, dass dem Standpunkt des Genossen Iwaschko zugestimmt wird. Der KGB soll diesen Politbürobeschluss vorschriftsgemäß in seine Unterlagen aufnehmen.

Die Mitglieder des Politbüros: Einverstanden.

Generalstaatsanwalt Asko Väkikorpi lehnte sich entspannt zurück, als es keine Einwände mehr gab. Er hatte während der ganzen Besprechung still dagesessen, diese Suppe brauchte man nicht umzurühren, alles war exakt so abgelaufen, wie vorgesehen. Der Vorsitzende des Kabinetts hatte genau im richtigen Maße Informationen aus dem Smirnow-Material enthüllt, die Behörden waren zufrieden. Obwohl sie keine Ahnung hatten, für welchen Zweck das Kabinett jahrelang Geld beschafft hatte. Und in einigen Monaten würde alles fertig sein.

* * *

Leo Kara stand vor dem Terminal 5 des Flughafens Heathrow und steckte schockiert sein Handy in die Tasche. Kati Soisalo hatte ihm soeben von den Ereignissen in Helsinki berichtet, es hörte sich so an, als würde sie jeden Moment zusammenbrechen. Sie wollte gern, dass er nach Finnland kam, um ihr beizustehen.

Vor ihm hielt plötzlich ein Jaguar XJ, ein Dienstwagen des SIS. Er stieg hinten ein, setzte sich neben Betha Gilmartin und schaute misstrauisch auf den Chauffeur, der eine Mütze trug.

»Kümmere dich nicht um Joe, er kennt mehr Geheimnisse als ich«, sagte Betha Gilmartin und betrachtete Kara besorgt. »Was ist eigentlich mit dir passiert?«

»Ich habe meinen Vater getroffen und einen Mann namens Nikolai Mironow …«

Betha unterbrach ihn: »Das ist der Erste Stellvertreter des FSB-Chefs. Oder er war es, nach dem, was geschehen ist.«

»Und natürlich Manas. Ich habe versucht zu fliehen, Manas hat mich erwischt und … ich habe Brandwunden von einer Propangasexplosion.«

»Schwere?«

Kara schüttelte den Kopf. »Ist es sicher, dass Manas nicht gefunden wurde? Hat dort keine bis zur Unkenntlichkeit verbrannte Leiche gelegen?«

Betha Gilmartin antwortete mit einem enttäuschten Blick.

»Laut Mironow ist das Ziel von Mundus Novus *full spectrum dominance*, die totale Beherrschung aller Schlachtfelder«, berichtete Kara.

»Das ist doch die Doktrin der Amerikaner«, erwiderte Betha Gilmartin und schaute Kara an, als wollte sie von ihm hören, das sei nur ein Scherz gewesen. Es verging eine Weile, dann atmete Betha Gilmartin tief ein, stieß die ganze Luft wieder aus und wirkte verzweifelt. »Dafür entwickeln sie die Waffensysteme? Alles wird sich ändern, wenn sie versuchen, den Weltraum militärisch unter ihre Kontrolle zu bringen.«

»Dazu ist ja wohl keine Organisation imstande? Zumindest nicht ohne die Unterstützung eines großen Staates«, entgegnete Kara.

»Warum nicht? Das hängt doch nur vom Geld ab. Die Staaten verlieren schon seit Jahrzehnten ihre Macht an die Großkonzerne. Heutzutage werden selbst die wichtigsten staatlichen Aufgaben, zum Teil auch schon die Kriegsführung, an Unternehmen outgesourct. Private Firmen organisieren Touristenreisen ins Weltall, und selbst in den USA kauft der Staat schon den größten Teil der benötigten Raumfahrtdienstleistungen bei privaten Technologieunternehmen. Die Macht entgleitet den Staaten in raschem Tempo und geht in die Hände multinationaler Konzerne über, die größten haben so viel Einfluss und Geld, dass sie die Gesetze, die sie wollen, auch durchbekommen. Oder sie agieren außerhalb der Gesetze. So wie die privaten Militärunternehmer, oder eigentlich sind es Armeen, während der Kriege im Irak und in Afghanistan. Oder wie der Ölkonzern Shell in Nigeria.«

Kara schien überrascht zu sein.

»Es fällt schwer, sich eine Vorstellung von den Dimensionen des Waffengeschäfts zu machen«, fuhr Betha Gilmartin fort. »Allein die USA haben in der Zeit nach dem Zweiten Weltkrieg für die Rüstung Dutzende Billionen Dollar ausgegeben, also Tausende Milliarden. Mit dieser Summe könnte man, wenn wir den Grund und Boden mal weglassen, alles kaufen, was es in den Vereinigten Staaten gibt. Wirklich alles.«

»Ist Mundus Novus in der Lage, seine Arbeit fortzusetzen, weiß man das schon? Kann Mundus seine Absichten verwirklichen?«, fragte Kara.

»Die Forschungszentren wurden gefunden und die Beschaffung von Finanzmitteln wurde gestoppt, zumindest teilweise. Das System der Rekrutierung und Verteilung von Zwangsarbeitern wird jetzt ganz zerschlagen, es muss eine der Hauptfinanzierungsquellen von Mundus sein. Aber in Schaan wurde keine einzige Waffe, kein Laser und keine Rakete gefunden.« Betha Gilmartins Lautstärke nahm zu. »Die Führer der Organisation sind weiterhin auf freiem Fuß, und ihr steht immer noch der größte Teil ihres Vermögens zur Verfügung. Wenn sich die Umsetzung des Planes von Mundus Novus in der Schlussphase befindet, wie es Clive Grover behauptet hat, kann es gut sein, dass sie ihr Ziel erreichen.«

Plötzlich bemerkte Kara, dass der Jaguar von der Route zum SIS-Hauptquartier in Vauxhall Cross abwich. »Wohin fahren wir jetzt?«

»Ins London Bridge Hospital. Lilith Bellamy ist seit gestern wieder bei Bewusstsein. Ich habe versucht sie zu befragen, allerdings mit ziemlich geringem Erfolg. Sie sagt, sie will mit dir reden.« Betha Gilmartin sah Kara unschlüssig an.

»Warum?«, fragte Kara und runzelte die Stirn.

»Das wird sich gleich herausstellen«, antwortete Betha, als der Jaguar an der London Bridge vorbei fuhr und Joe ihn zum Eingang des Hospitals lenkte. Das luxuriöse Privatkrankenhaus mit seiner prächtigen Fassade stand am Ufer der Themse.

Betha kannte sich in dem Haus aus und führte Kara durch die Flure, in denen es nach Desinfektionsmittel roch. An der Tür von Lilith Bellamys Zimmer blieb sie stehen und schaute ihn streng an. »Versuche diesmal herauszufinden, was die Frau alles weiß.«

Kara klopfte und wartete, klopfte noch einmal und hörte eine schwache Stimme. Er trat ein und sah auf dem Kopfkissen zuerst nur weiße Binden: Bellamys linke Gesichtshälfte war ganz mit Verbänden bedeckt. Die Frau wirkte angespannt, vielleicht auch ängstlich.

Kara nahm einen Stuhl, stellte ihn ans Bett und setzte sich. »Es tut mir leid, was in der Kirche passiert ist. Ich habe nicht schnell genug reagiert ...«

»Das war nicht deine Schuld. Ich gutgläubiger Idiot habe angenommen, dass er mich wirklich schützen wollte.«

»Wer?«

Bellamy hob vorsichtig ihre Hand und zeigte auf das Glas auf dem Nachttisch. Kara gab ihr etwas Wasser zu trinken.

»Ich habe dir nicht alles erzählt, was ich weiß. Weil ich mich bemüht habe, loyal zu sein. Ich bin nur deshalb noch am Leben, weil Andrej Rostow es so wollte. Es war Rostow, der mich vor der Gefahr gewarnt und behauptet hat, er habe für mich eine Wohnung beschafft, einen Zufluchtsort. Er hat mir eindringlich erklärt, ich wäre in Sicherheit, wenn ich nicht mit dir oder irgendeinem anderen rede. Und dann hat der Kerl versucht mich umbringen zu lassen.«

Kara wusste nicht, was er dazu sagen sollte.

»Hast du deinen Vater in Liechtenstein getroffen? Hast du getan, wozu ich dich aufgefordert hatte, hast du versucht Rostow zu finden?«, fragte Lilith Bellamy.

»Ich habe Vater nach ihm gefragt und … allerhand gehört. Nichts Positives, das ist sicher«, antwortete Kara nachdenklich. »Warum wollte Andrej Rostow dich schützen?«

»Wir waren … wir hatten vor langer Zeit eine Beziehung. Es war etwas Ernstes und hielt viele Jahre.« Lilith Bellamys nicht verbundenes Auge schaute Kara unverwandt an.

»Du hattest doch aber auch ein Verhältnis mit meinem Vater.«

Bellamy setzte sich in ihrem Bett auf: »Sagst du bitte Betha Gilmartin, sie möchte hereinkommen.«

Kara tat, worum sie ihn gebeten hatte. Die stellvertretende Chefin des SIS trat mit ernstem Gesicht ein.

»Hast du es mit?«, fragte Lilith Bellamy.

Betha Gilmartin holte aus ihrer Handtasche eine große Zeichnung und reichte sie Lilith Bellamy. »Ein Foto haben wir von dem Mann immer noch nicht, aber dieses Phantombild beruht auf den Beschreibungen von mindestens zehn Menschen. Sie wurden gestern in Schaan sofort nach der Besetzung des Forschungszentrums verhört.«

Lilith Bellamy betrachtete das Bild eine Weile prüfend und schaute dann Kara an. »Seit über zwanzig Jahren hat niemand deinen Vater zu Gesicht bekommen. Jedenfalls niemand, mit dem wir reden könnten. Sieht er jetzt so aus?« Sie gab ihm die Zeichnung.

»Das ist Vater«, sagte Kara. »Warum wurde von ihm ein Phantombild gemacht?«

»Dieser Mann ist Andrej Rostow«, erwiderte Lilith Bellamy.

Kara bekam kein Wort heraus. Alles schien plötzlich sonnenklar, sämtliche Puzzlestücke passten zusammen. Deshalb hatte ihn das Lächeln von Manas in Vaters Folterkammer zwanzig Jahre lang beschäftigt.

Vater und Manas standen damals auf derselben Seite. Und heute immer noch.

Jetzt fing alles erst an.

TAAVI SOININVAARA
Schwarz
Leo Kara ermittelt
Aus dem Finnischen
von Peter Uhlmann
445 Seiten
ISBN 978-3-7466-2744-1
Auch als E-Book erhältlich

Der Auftakt der großen Mundus-Novus-Serie

Wo immer Leo Kara aufkreuzt, bringt er laufende Ermittlungen durcheinander und macht sich Feinde – nicht zuletzt bei der finnischen Kriminalpolizei und ihrem Chef. Nur in Kati Soisalo, früher Chefjuristin einer finnischen Rüstungsfirma, findet er eine Verbündete. Als bei einem Raketenanschlag auf das UN-Hauptquartier in Nairobi unzählige Menschen ums Leben kommen, ermittelt Kara gemeinsam mit Kati. Da wird der UN ein Ultimatum gestellt: IWF und Weltbank sollen die Schulden der 50 ärmsten Länder erlassen und ihnen neue Kredite gewähren, sonst folgen weitere Anschläge …

»Taavi Soininvaara ist der Meister des finnischen Krimis. Seine Romane sind spannend und glaubwürdig.« SÜDDEUTSCHE ZEITUNG

Mehr Informationen erhalten Sie unter www.aufbau-verlag.de
oder in Ihrer Buchhandlung

atb aufbau taschenbuch